DUMONT

Darauf hat Robert Bley eine Ewigkeit gewartet: Die Schule ist vorbei, endlich kann er weg von zu Hause, raus aus der Gärtnerei seines Vaters, und das tun, was er schon immer tun wollte. Was auch immer das sein soll. Auf jeden Fall in die Stadt ziehen und studieren, eine eigene Wohnung finden, neue Freunde, eine neue Band – und vor allem: die richtige Freundin, am besten eine Psychologin. Dabei sind die Mädchen aus der Stadt für Robert die reinste Naturgewalt, der er nicht immer standhalten kann. Mit Antonia Brandt erlebt Robert seine eigene sexuelle Revolution. Seine Band Herman Lush hat tatsächlich Erfolg, Robert wird gefragter Barkeeper, und das Lehramtsstudium ödet ihn zwar an, fällt ihm aber einigermaßen leicht. Besser kann es im Grunde nicht mehr werden. Dann aber beschließt das Leben kurzerhand und radikal, die Erfolgs- und Abenteuerspur in die andere Richtung zu lenken ...
Mit herausragendem Gespür für Zwischentöne fängt Berni Mayer ein Lebensgefühl ein, das gleichermaßen von Optimismus, Melancholie und Larmoyanz durchdrungen ist. Ein hochkomischer wie auch warmherziger Roman über das menschliche Miteinander und darüber, was passiert, wenn man im Grunde nur noch an einer Sache scheitern kann: den eigenen Erwartungen.

Berni Mayer, geboren 1974 in Mallersdorf, Bayern, hat Germanistik und Anglistik studiert, war Redaktionsleiter bei MTV und VIVA Online und hat für das Label Mute Records gearbeitet. Berni Mayer lebt mit seiner Familie in Berlin. Er ist Autor und Journalist und arbeitet für diverse Podcasts. Bei DuMont ist außerdem sein Roman ›Rosalie‹ (2016) erschienen.

BERNI MAYER

EIN GEMACHTER MANN

DIE LICHTSCHEUEN STUDIENJAHRE
DES ROBERT BLEY

ROMAN

DUMONT

Von Berni Mayer ist bei DuMont außerdem erschienen:

Rosalie

FSC
www.fsc.org
MIX
Papier aus verantwortungsvollen Quellen
FSC® C014496

April 2020
DuMont Buchverlag, Köln

Umschlaggestaltung: Lübbeke Naumann Thoben, Köln
Umschlagmotiv: akg-images / bilwissedition
Gesetzt aus der Arno Pro und der Neutra
Druck und Verarbeitung: GGP Media GmbH, Pößneck
Gedruckt auf säurefreiem und chlorfrei gebleichtem Papier
Printed in Germany
ISBN 978-3-8321-6529-1

www.dumont-buchverlag.de

Für Olivia und Ludwig

»Alle Männer sind ichbezogene Kinder.«

Christa Wolf, *Kassandra*

»Are you the little girl who'll grow up to save the world
or are you the little boy who carries on the evil men do?«

Frankie Stubbs/Leatherface, *»Evil That Men Do«*

1
HAUNTING THE CHAPEL

Robert Bley hält seinen Zeigefinger ins Licht. Ein roter Tropfen perlt an ihm herunter, gefolgt von einem Blutfaden, überquert die Lebenslinie und fällt auf den karminroten Boden, wo er einen kleinen dunklen Fleck hinterlässt. Robert hat noch fünf Sekunden Zeit, bevor das Chaos ausbricht.

Es ist Feierabend in der Kapelle.

Links von ihm, unter der gusseisernen Wendeltreppe, die nach oben zum Ausgang und zur Toilette führt, sitzen die Punker in Unterhemden und Lederjacken und lachen ihn aus. Rechts davon auf der Bank mit den kleinen runden Tischen aus Metall, entlang der Wand mit dem gerahmten Filmplakat von *Jesus Christ Superstar* und einer Kopie von *Gnadenbild Mariahilf* von Cranach dem Älteren, sitzen die Stammgäste, die im Gegensatz zu den Punks noch bleiben dürfen. Thomas, der permanent schwitzende Türsteher, hat sie aus allen Winkeln der Kapelle zusammengetrieben und gegenüber der Theke auf der Bank aufgereiht. Sie beobachten stumm, wie Robert Bley seine blutende Hand ins matte Deckenlicht hält, nur einer ist aufgestanden, als wollte er etwas unternehmen, umklammert aber gleichzeitig sein Bierglas, als hätte er Angst, man könne es ihm wegnehmen.

Wer in der Kapelle arbeitet, nennt sie auch »Tropfsteinhöhle«, denn sie liegt unter dem Donauspiegel, und bei ernsthaftem Hochwasser wird sie mindestens bis auf Kniehöhe durchgespült. Beim letzten Jahrhundertregen stand das Wasser fast bis zum Tresen.

Die Treppe von oben führte direkt ins Wasser, wie die Stufen ins Nichtschwimmerbecken drüben im Westbad.

Robert Bley hat jetzt noch drei Sekunden Zeit. Aus dem Augenwinkel sieht er, wie sein Chef, der heute als zweiter Keeper eingesprungen ist, sein Geschirrtuch weglegt und mit finsterer Entschlossenheit zum Tresenausgang schreitet. Er kann beinahe sein tieffrequentes Schnaufen hören, obwohl im Hintergrund immer noch New Model Army läuft. Noch zwei Sekunden. Ein neuer Blutstropfen macht sich in Richtung Lebenslinie auf.

Gerade noch hat Robert im Nebenraum ein paar Tische abgeräumt, als der schwitzende Thomas ihn darauf ansprach, dass Mona Ärger mit einem Gast habe. Robert hat sich umgehend in den Hauptraum begeben, da stand dann dieser ausgezehrte Mann mit einem abgebrochenen Flaschenhals vor Mona und hat sie satt und selbstgefällig angegrinst, während sie ihn anschrie. Irgendwas von lebenslangem Hausverbot und kleinem Schwanz. *Classic Mona.* Robert hat sich dazugestellt und so was gesagt wie: »Meister, du legst jetzt sofort die Flasche weg, sonst rufen wir die Bullen«, worauf ihn Mona mit dem linken Arm auf Abstand gehalten hat, so als wollte sie nicht, dass er sich einmische oder ihre Autorität untergrabe.

Dann ist ihm aufgefallen, dass es sich bei der zerbrochenen Flasche um ein Budweiser handelte, und er hat nicht anders gekonnt als zu denken, dass ihm damit eine Pfandflasche für die Metro am Montag fehlen würde.

»Einen Scheißdreck mach ich«, hat der Gast gesagt, jetzt nur noch ihm zugewandt. »Ich bleib da und trink in aller Ruhe mein Bier aus. Dazu habe ich als Gast ein Recht«, hat er gesagt. Robert hat sich den Hinweis gespart, dass da überhaupt kein Bier mehr sei, das der Gast hätte austrinken können, und er wollte auch nicht jemandem zum hundertsten Mal erklären, dass das Hausrecht beim Gastwirt liegt und jemand, der nicht gehen will, Hausfriedensbruch begeht. Also hat er an Mona vorbei nach dem Handgelenk des ausgezehrten Gastes gegriffen, der hat es zurückgezogen und eine Zacke der abgebrochenen Flasche hat Roberts Finger aufgeschlitzt.

Daraufhin ist Robert zurück hinter den Tresen getreten, hat abwechselnd seinen blutenden Finger und den Gast angeschaut und gewusst, dass er sich eine Eskalation wünschte, aber nicht unbeträchtliche Angst davor verspürte. Der Gast hat ein Gesicht, als wäre er in der Jugend an Akne gestorben. Ein Gesicht zum Hineinschlagen, denkt Robert. Gelbliche Zähne, die das eklige Lächeln orchestrieren. Haare dunkelblond, kurz und doch fettig, hinten einen Tick zu lang. Eine bis ins Farblose ausgewaschene Jeans, ein brauner Wollpullover, ein schwarzer, offener Mantel darüber, an dem zwei Knöpfe fehlen.

Die fünf Sekunden sind vorbei, jetzt beginnt es.

Mona rennt nach hinten zur Stereoanlage, wo auch das Telefon steht, und ruft die Polizei. Sein stämmiger Chef kommt hinter dem halbmondförmigen Tresen hervorgerumpelt. Robert tritt einen Schritt zurück, damit der Chef sein Ziel nicht verfehlt. Der Chef heißt mit Spitznamen Turkey – lange muss man nicht nach dem Ursprung des Spitznamens suchen, er trinkt am liebsten Wild Turkey auf Eis.

Der Chef rammt den Gast mit der rechten Schulter gegen einen der Tische vor der Bank, auf der die Stammgäste aufgereiht sind. Robert schickt einen Fuß hinterher, während der Gast sich krümmt, und tritt ihm damit den abgebrochenen Flaschenhals aus der Hand. Er und Turkey sind wie ein *Tag Team* im Wrestling, das einen kombinierten Angriff einstudiert hat.

Erledigt ist die Sache damit aber noch nicht. Der Gast erhebt sich und springt den Chef an, klammert sich an seinen Hals. Turkey taumelt und kippt mitsamt Gast auf die untersten Stufen der Wendeltreppe. Als Robert den Gast von seinem Chef herunterziehen will, haut ihm jemand auf den Hinterkopf, und die Punker lachen. Ein anderer Gast, der schon lange kurz vorm Hausverbot steht, hat sich offenbar spontan solidarisch erklärt und schlägt mittlerweile von hinten mit der Faust auf Roberts Nacken ein, wenn auch nicht fest.

Wo bin ich denn hier?, denkt Robert, während die Schläge in seinen Nacken regnen. Als ob er alle Zeit der Welt hätte. In diesem mittelguten Leben bist du immer noch, antwortet er sich selbst in diesen verlangsamten Sekunden. In diesem mittelguten Leben, das einfach nicht aufhört, nur mittelgut zu sein. Immerhin passiert was, denkt er dann und ist vorerst beruhigt. Immerhin schlägt jemand von hinten auf mich ein, und aus meinem Finger fließt ein bisschen Blut. Immerhin passiert was. Jetzt hat er Lust, etwas zu unternehmen, rechnet aber noch kurz im Kopf zusammen, dass er zehn dieser kleinen Underberg-Fläschchen, drei Gimlets und zwei Bier getrunken hat und natürlich den Wild Turkey auf Eis zum Schichtende. Er dürfte eigentlich gar nicht mehr stehen können, und trotzdem ist er jetzt hellwach.

Er dreht sich um und packt den anderen aufsässigen Gast, der bis eben auf ihn eingetrommelt hat, bei den Schultern, dreht ihn um und nimmt ihn von hinten in den Schwitzkasten. Es ist ein junger, freundlich aussehender Jordanier namens Renan, der mit einem anderen Jordanier befreundet ist, der Hausverbot hat, nicht weil er Jordanier ist, sondern weil er der Vorgängerbedienung von Mona einmal während der Schicht ein Messer unter seinem Pullover gezeigt hat mit dem Hinweis, er lasse sich nicht einfach so von der Belegschaft um drei Uhr rausschmeißen. Womit er durchaus recht behalten hat, denn die Polizei hat das letztlich übernommen. Robert hat keine Ahnung, warum ausgerechnet der freundliche Renan dem Gelbzähnigen beispringt, vermutlich sind sie befreundet. Diese Art von Loyalität weiß Robert zu schätzen, aber jetzt muss er Renan in Schach halten, damit die Situation nicht noch weiter außer Kontrolle gerät und sich noch mehr Gäste einmischen.

Der Schwitzkasten um Renan geht so lange gut, bis der junge Jordanier seinen Hinterkopf gegen Roberts Kinn hämmert, sodass der nach hinten auf den gelbzähnigen Gast und seinen Chef fällt.

Jetzt wird es unübersichtlich.

Ein menschlicher Knoten aus vier Kombattanten müht sich die Treppe hinauf. Der Impuls nach oben kommt natürlich von Robert und Turkey, schließlich ist oben der Ausgang, die schwere Stahltür, durch die keiner kommt, außer der schwitzende Thomas öffnet sie nach einem Blick durch sein Guckloch. Thomas ist übrigens durchaus so gebaut, dass er eingreifen könnte, aber er saß schon mehrmals für kurze Zeit im Gefängnis; er hat von Turkey die Erlaubnis, sich nicht in eine Prügelei einmischen zu müssen, außer es geht um Leben und Tod. Auch deshalb wünscht Robert sich schon lange einen neuen Türsteher, doch der Chef hält zum schwitzenden Thomas, der gerade an einem Methadon-Programm teilnimmt.

Jetzt gerät Robert selbst in einen Aufgabegriff. Irgendein Unterarm würgt ihn von hinten, sodass er kurz in Panik verfällt. Doch dann sieht er den Ehering seines Chefs an der geballten Faust vor seinem Brustkorb. Er ist ganz leicht an dem roten Stein zu erkennen. Indianischer Ehering, hat ihm Turkey, der große Amerika-Fan, mal erklärt.

»Turkey, lass los, ich bin's«, keucht Robert mit ersterbender Stimme.

Augenblicklich lässt der Druck nach, und Robert hört ein »Scheiße, sorry«, bevor er sich umdreht und sieht, wie Turkey sich stattdessen den freundlichen Jordanier packt und sich ihn über die Schulter hängt.

Jemand beißt Robert in den Arm. Es tut eigentlich nicht besonders weh, aber natürlich muss er sofort an AIDS denken. »Hast du den Arsch offen?«, stößt er aus und schlägt dem beißenden Gast mit der flachen Hand ins Gesicht, worauf der Gelbzähnige seinen Kiefer wieder entspannt. Er hat noch nie jemanden unmittelbar ins

Gesicht geschlagen, seit er kein Kind mehr ist. Es fühlt sich verboten, doch nicht schlecht an. Robert rappelt sich auf und nimmt den Gast noch auf der Treppe in einen doppelten Nelson, den er sich beim Ringen abgeschaut hat. Schiebt ihn im Doppelnelson nach oben, wo schon der Chef mit Renan wartet. Endlich hastet auch der schwitzende Thomas hinterher und macht oben die schwere Eisentür auf.

Robert entlässt den Gast aus dem Doppelnelson und schubst ihn zur Tür hinaus. Hinter ihm kommt Turkey mit Renan über der Schulter angedampft, und um nicht im Weg zu stehen, tritt Robert ebenfalls nach draußen. Dann fällt die Tür hinter ihnen zu.

»Mach auf, Thomas!«, brüllt Robert, während der Gelbzähnige ihm mit größter Wut von hinten in die Kniekehle tritt. Im Umknicken reißt ihn Robert mit auf die steinernen Fliesen und rollt sich Richtung Jagdbedarf Müngerer ab, dem Geschäft gegenüber dem Eingang der Kapelle, durch dessen Fenster man auf Gewehre, schmale grüne Hüte, Bundeswehr-Rucksäcke und dunkelbraune Jacken blickt.

Thomas macht nicht auf, und Robert sitzt jetzt auf dem Gast mit den gelben Zähnen, bohrt ihm ein Knie in den Magen. Der Gast bekommt dafür Roberts Krawatte mit dem psychedelischen Muster zu fassen. Der einfache Windsor zieht sich zu, schneidet Robert in die Haut unter dem Adamsapfel. Kurz denkt Robert, dass es das jetzt gewesen ist, dass er jetzt erwürgt wird. Mitten im immer noch nur mittelguten Leben, so eine Scheiße.

»Ich lass nicht los, damit das klar ist«, presst der Gast raus. Während er das sagt, donnert Robert ihm das Knie in den Magen, dass man die Luft förmlich aus dem Gelbzähnigen entweichen hört. Er lässt entgegen aller Ankündigungen die Krawatte los.

»Du dummes Arschloch«, sagt Robert Bley, jetzt neben dem Gast kniend. Überall ist Blut, auf Roberts Hemd, im Gesicht des Gelbzähnigen, auf den Steinfliesen.

»Mist, wo ist meine Brille?« Über ihnen steht Turkey in seinen vollständig aufgerichteten 1,90, das Hemd aufgerissen, Blutflecken auf der rechten Seite. Der freundliche junge Jordanier ist verschwunden, nachdem Turkey ihm gedroht hat, ihn auf seiner Schulter höchstpersönlich bis zum Polizeipräsidium zu tragen.

Der gelbzähnige Gast hat seinen Widerstand aufgegeben, holt rasselnd Luft und richtet von unten das Wort an Turkey und Robert, der jetzt ebenfalls steht. Wütend sieht er immer noch aus, aber jetzt so wütend wie ein kleines Kind, das weiß, dass es sich nicht mehr gegenüber den Erwachsenen durchsetzen wird.

»Ihr braucht jetzt gar nicht so überheblich schauen. Zu zweit auf einen, das traut ihr euch. Ich geh da jetzt wieder runter und trinke mein Bier aus. Weil das mein gutes Recht ist. Als Gast.« Nur noch leicht beleidigt klingt er, als hätte er nicht gerade versucht, sie aufzuschlitzen, totzubeißen, zu erwürgen.

»Das glauben wir kaum«, sagt ein Polizist, der gerade die Passage betritt. Robert kann kein Blaulicht sehen, aber das Präsidium am Bismarckplatz ist auch nur ein paar enge mittelalterliche Gassen entfernt. Vermutlich sind die Bullen, die Mona gerufen hat, zu Fuß hier.

»Was haben wir denn heute für ein Problem, Herr Geyer?«, fragt der Polizist, dessen Kollege auch gerade angekommen ist. Er hat ein glatt rasiertes, faltiges Gesicht, dessen Ausdruck irgendwo zwischen weise und zutiefst erschöpft pendelt. Sein Kollege ist jünger, hat einen hauchdünn rasierten Bart um Kinn und Oberlippe, für den man sicher eine halbe Stunde am Tag braucht.

»Das Übliche. Der will nicht gehen«, sagt Turkey, der bürgerlich Stefan Geyer heißt, und blinzelt so hektisch, als könnte er nichts mehr sehen ohne Brille.

»Handgreiflich?«, fragt der tonangebende Polizist mit Blick auf die blutverschmierten Hemden der beiden Barkeeper.

»Gar nicht. Der Kollege hat sich nur an einem Glas geschnitten, das hat sich verteilt«, sagt Turkey, woraufhin Robert zustimmend nickt. Natürlich hat keiner von ihnen Lust, als Zeuge aufs Gericht in der Auguststraße zu gehen. Wegen so einem Blödsinn.

»Also keine Anzeige, Herr Geyer?«, hakt der weise Polizist nach. Das »Herr Geyer« zu betonen macht ihm sichtlich Spaß.

»Überhaupt gar keine Anzeige, Herr Wachtmeister«, sagt der Chef mit seinem leichten Lispeln und blinzelt immer noch wie wild.

»Dann kommen Sie jetzt einmal mit«, sagt der Polizist zum Gast mit den gelben Zähnen und den Aknenarben, der mittlerweile aufgestanden ist und interessiert zugehört hat, so als beträfe ihn das alles gar nicht.

»Es ist mein gutes Recht, mein Bier auszutrinken. Ich gehe nirgendwohin«, sagt er.

»Freilich«, sagt der Polizist und nimmt seinen rechten Arm, sein jüngerer Kollege den linken.

Sie führen ihn ab, er wehrt sich kein bisschen, so als wäre die Angelegenheit für ihn damit auch erledigt, als beruhigte ihn die Anwesenheit der Polizei. Er scheint zu wissen, dass die Schlacht verloren ist; der fliegt nicht das erste Mal aus einer Kneipe, denkt Robert. Kurz hält der eine Polizist mit dem erschöpften Gesicht noch mal inne, dreht sich um und sagt: »Ich hoffe, Sie haben da unten keinen Betrieb mehr um die Uhrzeit. Sonst muss ich Ihnen das Ordnungsamt vorbeischicken.« Er tippt sich an die Polizeimütze. »Nacht, Herr Geyer.«

»Nur noch Belegschaft«, sagt Turkey, und Robert zeigt den Polizisten den Mittelfinger, nachdem sie ums Eck gebogen sind.

»Jetzt haben wir uns aber echt einen Schnaps verdient«, sagt der Chef und legt eine Hand auf Roberts Schulter. Mit der anderen klingelt er. Der schwitzende Thomas öffnet.

»Wie geht's deiner Hand?«, fragt Thomas mit seiner sanften Stimme.

»Blutet immer noch«, sagt Robert fast stolz und denkt daran, wie Kristin König morgen verständnislos den Kopf schütteln wird, wenn sie die Hand sieht. Wie sie überhaupt das meiste, was er zur Zeit so treibt, mit einem verständnislosen Kopfschütteln quittiert. Hauptsache, sie begreift, wie gefährlich er lebt.

»Raus jetzt. Und zwar alle«, schreit Mona unten die verbleibenden Gäste an. »Die Bullen sind draußen!« Natürlich lachen die Punker, aber sie spuren, denn zum einen respektieren sie Mona, zum anderen haben sie keine Lust auf die Polizei.

Während der Chef sich noch ein Bier zapft und drei Wild Turkeys einschenkt, klebt Mona drei Pflaster übereinander auf Roberts Zeigefinger.

»Das kriegst du nie wieder raus«, sagt sie und legt ihren Zeigefinger auf eine besonders rote Stelle an seinem Hemd. Dann betrachtet sie interessiert ihren eigenen Finger, ob das Blut abgefärbt hat.

»Ist das Trinkgeld okay?«, fragt Robert. Sein Blick gilt Monas ausgebeulter schwarzer Brieftasche, die sie hinten in der Jeans trägt. Einen besseren Hintern als ihren kann er sich gar nicht vorstellen. So kugelig und bestimmt. Dieser Hintern ist souverän, genau wie Monas Umgang mit den Gästen. Sie kann schmeichelnd und mädchenhaft sein, aber auch patzig und radikal, wenn sie zum Beispiel mit den betrunkenen Juristen spricht, die hin und wieder über die Bar herfallen und drohen, die ganze Kneipe zu kaufen, wenn etwas nicht nach ihrer Vorstellung läuft. Denen gibt sie nur für diesen Satz lebenslanges Hausverbot, das Turkey dann wieder aufheben muss, weil er es sich mit den Juristen nicht verscherzen will.

»Trinkgeld war gut. Das hauen wir beim Würstl-Toni auf den Kopf, oder?«, sagt sie und schüttelt ihre tomatenroten Haare, als müsste sie Staub loswerden.

»Ich komm nicht mehr mit«, sagt der Chef und hält ihnen zwei Tumbler mit Eis und Wild Turkey hin. »Ich muss morgen aufs Amt.«

»Was machst du auf dem Amt?«, fragt Robert.

»Ach, die Scheiße mit dem Mao.«

Der Mao ist ein Großgastronom, dem etliche Kneipen in der Stadt gehören, doch die meisten hat er verpachtet, so wie die Kapelle.

»Pfui Teufel«, sagt Mona und trinkt den Wild Turkey mit einem Schluck aus.

Bis der Würstl-Toni aufmacht, müssen sie noch eine halbe Stunde überbrücken. Mona nimmt zwei Budweiser mit, und Robert muss an das fehlende Leergut für die Metro am Montag denken, schließlich ist er der kommende Geschäftsführer der Kapelle.

Dann setzen sie sich gegenüber vom Eingang zur Kapellen-Passage an die Donau hinter das lang gezogene Haus an der Weinlände, das sie vor der Straße und den Blicken von früh aufstehenden Rentnern, Joggern und Straßenreinigern schützt. Es wird ein kühler Morgen werden, gegen Mitternacht hat es geregnet, die erste Junihitze ist vorbei.

Sie küssen sich aus reiner Gewohnheit, trinken ihr Bier aus und gehen schließlich zum Wurststand auf dem Parkplatz schräg gegenüber der Dombauhütte. Mona bestellt zwei Knackersemmeln mit süßem Senf und zwei Jägermeister. Danach ist Robert schlecht. Er begleitet Mona noch bis zur hinteren Hälfte der Oberen Bachgasse, sie knutschen noch mal, dann kehrt er in seine Wohnung im Gässchen ohne End zurück und legt sich in seinem kleinen Schlafzimmer auf die Matratze am Boden, neben der links und rechts Comics verstreut liegen. Das Bad, das er sich mal mit Rothkowski geteilt hat, besitzt immer noch keine Tür, deshalb duscht er auch nicht, obwohl er sich dreckig und blutverschmiert fühlt. Außerdem kann er so ein bisschen mehr Eindruck schinden, wenn sie ihn in ein paar Stunden sieht.

Es ist jetzt zwanzig vor sieben an einem Samstagmorgen, und Robert Bley kann nicht schlafen. Er steht noch mal auf, stellt sich ans Fenster hoch über dem Emmeramsplatz und blickt hinüber zum Schloss und zum Regierungsgebäude. Die Fahnen sind auf Halbmast wie nach dem Zugunglück vor ein paar Wochen. Er öffnet das Fenster und riecht an dem Samstagmorgen. Der duftet nach frisch gemähten Wiesen und Regen, nach Kamille und ein bisschen nach Benzin. Man kann jetzt nicht mehr abstreiten, dass Sommer ist. Nicht mehr abstreiten, dass jetzt dringend ein paar Dinge erledigt werden müssen, um dieses mittelgute Leben verdammt noch mal endlich hinter sich zu lassen.

Er denkt an sie, drüben in ihrem Zimmer, in dem sich bis vor ein paar Monaten noch die Whiskeyflaschen und Bücher von Rothkowski getürmt haben. Denkt an sie, wie sie vielleicht längst am Schreibtisch sitzt, an ihrer Diplomarbeit schreibt und vielleicht schon den Müll hinuntergebracht hat. Oder gar nicht mehr da ist. Sie ist ja selbst am Wochenende fürchterlich früh wach, während er es im Winter öfter geschafft hat, von Dunkelheit zu Dunkelheit zu schlafen.

Er fragt sich, wie lange er schon keinen Samstagvormittag erlebt hat. Kann Jahre her sein. Überhaupt sind die Vormittage ein rares Gut geworden. Vielleicht sogar die Tage.

2

DIE ANKUNFT DES REGENKÖNIGS

Am Vormittag von Allerheiligen 1994 fuhr Robert Bley in seinem bronzefarbenen Toyota Tercel Allrad auf der A3 die knapp fünfzig Kilometer von Ascha bis nach Regensburg und hängte spaßeshalber seine Mutter ab, die mit dem Gärtnerei-Bus verzweifelt versuchte, hinter ihm zu bleiben. Wenn er weit genug weg war, ließ er sich großzügig zurückfallen, nur um das Spiel zu wiederholen. Auf Höhe des Uniklinikums ließ er sie dann überholen, denn er hatte sich nicht gemerkt, wo die Wohnung war. Sein Orientierungssinn glich dem einer tauben Fledermaus.

Die Wohnung lag über dem Gasthaus Bürgerbräu Griesnagel und gegenüber vom Traditionsbäcker Salzmann, der mit den beiden schönen Töchtern, von denen eine aussah wie Julia Roberts, aber das sollte er erst später herausfinden. Eigentlich hatte seine Mutter vorgeschlagen, dass Robert in ein günstiges Studentenheim ziehen könnte. Auf gar keinen Fall würde er in ein Studentenwohnheim ziehen, hatte Robert protestiert. Nirgendwohin mit einem Gemeinschaftsabend und einer Gemeinschaftstoilette. Wie gehaltvoll konnte ein Morgen nach einem One-Night-Stand sein, wenn das Klo von irgendwelchen Wasserbüffeln aus Tirschenreuth besetzt war oder vollgeschissen? Das sagte er natürlich seiner Mutter nicht.

Aber da hättest du sofort Anschluss, argumentierte seine Mutter.

Ich brauche alles andere als Anschluss, ich will doch nicht vom einen betreuten Wohnen zum nächsten. Ich will endlich alleine sein.

Nichts gegen dich, hatte er hinzugefügt, als seine Mutter ihn entmutigt angeschaut hatte.

Also hatten sie seinen Vater gefragt, ob er etwas anderes als ein Studentenwohnheim finanzieren würde.

Mir ist das scheißegal, wo du wohnst und wie viel das kostet, hatte seine Antwort gelautet, *Hauptsache, du beeilst dich mit deinem Studium, wenn du schon kein Gärtner sein willst.*

Daraufhin war der Blick seiner Mutter glasig geworden, und sie hatte noch am selben Vormittag in der Zeitung eine Wohnung direkt beim Fernsehturm herausgesucht, in Universitätsnähe.

Da kannst du zu Fuß gehen. Altstadt ist zu teuer, und es gibt da keine Parkplätze, hatte sie gesagt.

Das hatte ihn überzeugt. Den Wagen unmittelbar vor der Haustür zu haben war schließlich auch eine Frage der persönlichen Freiheit, fand er. »Bleymobil« nannte er seinen Tercel Allrad zärtlich, und er konnte ewig den Gleichgewichts-Anzeigen in der Mitte des Armaturenbretts zuschauen, wie sie sanft im Rhythmus und Gefälle der Straße wogten. Er vermutete eine Art Wasserwaage dahinter, doch verstand er weder deren Sinn noch interessierten ihn die Details. Er wusste nur, dass die Reifen gleichmäßig auf der Straße liegen mussten, um in den Vierrad-Antrieb zu schalten, mit dem man besser über die Feldwege und Wiesen brennen konnte. Deshalb war der Tercel auch ein beliebtes Fahrzeug bei den Bauern in seiner Gegend.

Also hatte seine Mutter für ihn aus der *Mittelbayerischen* eine erschwingliche Vierzig-Quadratmeter-Wohnung auf dem Ziegetsberg herausgesucht, die er neulich vor dem Ausgehen mit Hamlet im Halblicht der Dämmerung besichtigt und für gut befunden hatte. Sie besaß ein eigenes Badezimmer und eine Küche, in die ein kleiner Tisch hineinpasste, an dem er rauchen konnte. Zudem hatte

Hamlet ihm versprochen: Wer so nah am Fernsehturm wohnt, der empfängt garantiert mehr Fernsehprogramme als jeder andere Mensch und ganz sicher auch beide Musiksender. Dann kam noch dazu, dass gegenüber vom Gasthof Griesnagel das katholische Studentenwohnheim Erzbischof Buchberger stand, in dem überwiegend Mädchen wohnten.

*

In den beiden Autos war alles drin, was er für die neue Wohnung benötigte. Den Gärtnerei-Bus hatte sein Vater nur unter Protest und auf Druck seiner Mutter hin ausgeräumt und zur Verfügung gestellt. Aber so hatten sie Folgendes geladen:

1 Matratze
1 Holzwürfel (H: 80 cm) als Nachttisch
1 kleine weiße Wäschekommode mit vier Fächern
1 schwarzen 14-Zoll-Röhrenfernseher von Philips
1 schwarzes Bücherregal (H: 1,20 m)
1 kleine Kompaktstereoanlage
3 Umzugskisten mit Kassetten, Büchern und CDs
1 weiß lackierter, quadratischer Holztisch für 2 Personen
1 elektrische Schreibmaschine mit Display
2 blaue Müllsäcke mit Kleidung
2 schwarze Klappstühle
1 moderner Sessel mit hölzernen Armlehnen
1 Snare Drum

Robert hätte gern sein vollständiges Schlagzeug mitgenommen, doch das Argument seiner Mutter mit der Lärmbelästigung in einer Mietwohnung sah er ein. Einen Schreibtisch hatte er nicht dabei, denn man könne und sollte eh das meiste in der Universitätsbibliothek erledigen, hatte seine Mutter behauptet. Woher auch immer sie das wissen wollte, sie hatte ja nie studiert, war gleich nach der Berufsschule zur Gemeinde in Mitterfels gegangen.

Robert war im Grunde zufrieden mit der spärlichen Einrichtung. Redete sich ein, Ballast losgeworden zu sein; in Wahrheit hatte er eher Angst, sich einem unbekannten Ort zu versprechen, von dem er nicht wusste, wie lange er dort bleiben würde. Es reichte vorerst, wenn der Auszug von zu Hause nach außen hin wie eine Zäsur wirkte, es musste sich ja nicht gleich auch so anfühlen. Mindestens einen Tag in der Woche wollte er zumindest anfangs noch in der Gärtnerei und in seinem alten Zimmer verbringen. Deshalb war es dann auch erträglich, wenn sein altes, eigenhändig schwarz lackiertes Sonor-Schlagzeug zu Hause blieb, genau wie sein alter Kenwood-Receiver und seine in schwarzes Eichenholz eingefassten Siebzigerjahre-Lautsprecher, die ihm sein Onkel zum sechzehnten Geburtstag geschenkt hatte. Ihr wärmend tiefer Klang war ihm wichtig, auch wenn er kein Hi-Fi-Spezialist war wie viele seiner ehemaligen Klassenkameraden, die in ihren Autos Stereoanlagen für tausend Mark spazierenfuhren.

*

In den Wochen vor dem Umzug hatte sich Robert wieder öfter mit seiner Ex-Freundin Nadja Fuchs getroffen. Zum Tennisspielen in der schlimmsten Augusthitze. Sie war erst sechzehn, spielte aber um Klassen besser als er, hatte schon einmal ein Jugendturnier gewonnen. Was sie ihm an Technik vorraushatte, machte er an Laufleistung wett. Nach dem Spiel hatten sie wie schon öfter eine Bierdose angestochen und waren in einer Vernebelung aus Erschöpfung, Überhitzung und Löwenbräu auf ihrem Roller die paar Meter zu ihr nach Hause zum Sex gefahren. Während der Nachmittag draußen immer heißer wurde, lagen sie im Bett und taten die unerwartetsten Dinge, wenn man bedachte, dass Nadja Fuchs erst sechzehn und offiziell längst Schluss zwischen ihnen war.

Aus dir wird kein Tennisprofi, prophezeite sein Vater, der ihm als Kind das Tennisspielen beigebracht hatte. *Dir fehlt die Geduld und du bist zu emotional. Dann noch lieber Gärtner.*

Lächerlich. Als ob er je Gärtner hätte werden wollen. Dass er sich tausend Fakten über Pflanzen und Blumen merken konnte, war nur ein neurotischer Automatismus, weil er in einer Gärtnerei groß geworden war. Mit dem Umzug und dem Studium sollte dann auch endgültig Schluss sein mit den Spekulationen seines Vaters und seiner Verwandtschaft, ob er irgendwann die Gärtnerei übernehmen würde. Und Tennis wollte er auch nicht mehr spielen. Und sich auch nicht mehr mit jungen, Vereinssport-versessenen Mädchen wie Nadja Fuchs treffen. Viel lieber hätte er jemanden getroffen, der sich im selben Maße für Musik oder Filme interessierte oder vielleicht für Bücher. Eine Psychologiestudentin oder zumindest eine Germanistin. Und doch hätte er jetzt gerne Nadja Fuchs bei sich gehabt statt seiner Mutter. Sie hatte Kraft, sie hätte sicher ein paar Möbel getragen. Er hätte auch gerne mit ihr die erste Nacht in seiner neuen Wohnung verbracht, wenn er ehrlich war. Doch zum Glück hatte sich Hamlet angekündigt.

*

Hamlet war kein Mädchen, aber er war wichtig genug, um ihn aus der alten Zeitrechnung mit hinüber in die neue zu nehmen. Hamlet war der wichtigste Chronist seines Umbruchs. Die Ungeheuerlichkeiten, die sich schon bald in dieser Wohnung abspielen würden, brauchten einen verlässlichen Zeitzeugen, einen, mit dem er sich gleichzeitig darüber begeistern konnte, wie erwachsen und autark sie plötzlich waren. Hier oben auf dem Ziegetsberg, im langen Schatten des Fernsehturms, wollten sie zusammen die Stadt regieren, selbst wenn Hamlet sich gerade eine eigene Zivildienst-Wohnung ganz unten im Stadtteil Margaretenau nahe der Gleise gesucht hatte.

Hamlet hieß mit richtigem Namen Hartmut. Hartmut Lorenz. Und doch klang »Hartmut« falsch, viel zu faktisch, viel zu diesseitig. Der viel bessere Name Hamlet leitete sich so her: Im Leistungskurs Englisch hatte der Kursleiter Englbrecht-Happich, mit seinen langen Haaren und seiner monströsen Classic-Rock-Plattensammlung, gefragt, wem der Hamlet aus Shakespeares Drama in seiner verfahrenen Situation überhaupt noch vertrauen könne. Daraufhin hatte Hartmut die Stille, die entstanden war, weil niemand über die Winterferien den *Hamlet* gelesen hatte, durchbrochen und gesagt: *Dem Kotelett.*

Das hatte Robert nicht nur wegen der mutigen Plattheit des Witzes bemerkenswert gefunden, sondern weil Hamlet sonst nie etwas ungefragt sagte und sich überhaupt nie in den Vordergrund drängte. Wenn sich Robert recht erinnerte, hatte er bis zur zwölften Klasse noch nicht einmal Hamlets Namen gekannt. Erst nach der Kotelett-Pointe hatte er ihn sich genauer angeschaut: nicht zu bändigende, längere braune Locken, permanenter Dreitagebart (wie auch immer er das machte), langes weißes T-Shirt und eine schwarz-weiß karierte Fleecejacke. Dazu trug er einen obskuren Holzanhänger, der sich als längliches Gesicht mit offenem Mund entpuppte. *Tikitiki-a-Taranga, der Maori-Gott der Briefträger,* hatte Hamlet ihn am Ende der Stunde wissen lassen und ihn zu seinem Geburtstag eingeladen.

Eine Woche nach der Kotelett-Sache feierte Hamlet seinen achtzehnten Geburtstag im Partykeller seiner Eltern. Robert war gern hingegangen, aber nicht lange geblieben, da seine Fahrgemeinschaft früh nach Hause wollte, der Fahrer spielte am nächsten Tag Eishockey im Verein. Doch selbst in der kurzen Zeit waren ungeahnte

Seiten an Hamlet zutage getreten. Wie er gesellig von Gast A zu Gast B gelaufen war, jedem seinen selbstgemixten Erdbeer-Daiquiri angeboten und für jeden ein paar Worte parat gehabt hatte. Wie er kommentarlos und bereits ziemlich früh am Abend mit Siglinde Weiß verschwunden war. So eine souveräne Gatsby-Art hatte Robert Hamlet nun gar nicht zugetraut, und auch nicht die erstklassigen Erdbeer-Daiquiris, für die Hamlet extra den Power-Mixer seiner Eltern nach unten geholt hatte, der cirka achtzehn Kilo wog. Nach der Party beschloss Robert, sich öfter mit Hamlet zu treffen.

Hamlet sprach meistens ziemlich leise und lachte häufig schon vor Satzende in sich hinein, was viele seiner gar nicht so schlechten Pointen erstickte und ihn schrullig wirken ließ. Nur wenn man genau zuhörte, verstand man, wie feinsinnig sein Humor war. Fast jeder seiner Sätze schien von der Prämisse auszugehen, dass alles im Leben schiefging. Er hatte diese Terry-Pratchett-Sicht der Dinge, für ihn war das normalste Leben hochkurios und mysteriös, doch er begegnete ihm neugierig und manchmal auch resigniert. Zum Beispiel behauptete er: *Natürlich gibt's einen Gott, aber der trinkt. Selbst tagsüber. Und weil er permanent verkatert ist, aber so viel zu tun hätte, dass er gar nicht erst mit der Arbeit anfängt, überlässt er alles seinem praktischen Zufallsgenerator.*

Außerdem behauptete Hamlet, er sei überhaupt nicht das Kind einer Handarbeitslehrerin und eines Schlossers, sondern von Aliens ausgesetzt worden. Seine Eltern hätten ihn lediglich in einer Parkstettener Sandgrube gefunden und großgezogen.

Robert hatte etliche andere Schulfreunde, aber keinen hielt er für so einen Rohdiamanten. Die anderen waren einfach nur roh, saßen stundenlang Karten spielend im Gasthaus, statt sich in die Städte und Bars zu trauen. Nur Hamlet begleitete ihn, wollte auch raus aus den Dorfwirtshäusern und Jugenddiscos. Oder er passte sich einfach nur Roberts Explorationsdrang an. Außerdem glaubte Robert, dass nur Hamlet in ihm sah, was die anderen nicht erkannten. Einen Abenteurer, einen Eroberer des Unbekannten, einen Künstler und visionären Hedonisten. Einen, der das mittelgute Leben in der Provinz überwinden konnte und zu Höherem in der Stadt bestimmt war.

In Wahrheit fand Hamlet Robert anfangs hauptsächlich deshalb interessant, weil der so viele CDs besaß, die Hamlet sich gern überspielen wollte. Das wusste er schon früh, weil Robert oft mitten im Unterricht versuchte, sich mit dem LK-Leiter Englbrecht-Happich über Musik zu streiten. Manchmal stieg der darauf ein, doch oft ließ er Robert auch vor versammelter Klasse auflaufen, was Robert die Gelegenheit und das Publikum gab, seine Schlagfertigkeit unter Beweis zu stellen.

Die neue Deep Purple ist doch Schrott, Herr Englbrecht. So was hören doch nur Altrocker wie Sie.

Bert, du hast noch weniger Ahnung von Musik als von Shakespeare. Was eigentlich gar nicht sein kann.

Ich heiß nicht Bert.

Und ich heiß nicht Englbrecht, sondern Englbrecht-Happich.

Das ist mir zu lang.

Gut, dann machen wir's kurz: mündliche Sechs wegen Störung des Unterrichts.

Alle lachten. Die Sechs wurde trotzdem eingetragen.

Ein paar Wochen nach der Geburtstagsparty hatte er Hamlet nach dem Leistungskurs gefragt, ob sie am Wochenende nicht zusammen in die Stadt fahren wollten. Robert schlug einen Irish Pub vor, weil auf Hamlets Party die Pogues gelaufen waren. Es war ihm selbst immer ein wenig unangenehm, dass er sich so für Irish Folk, für die Pogues, die Dubliners und die Chieftains begeisterte. Das gehe sicher bald wieder vorbei, hoffte er. Doch in der Zwischenzeit hatte er offenbar jemanden gefunden, mit dem er sein schlechtes musikalisches Gewissen teilen konnte. Bei einem Paddy waren sie schließlich auf Siglinde Weiß zu sprechen gekommen.

GV?, fragte Robert, und Hamlet nickte lächelnd in seinen Whiskey-Tumbler hinein. Robert konnte daraufhin seine Zigarette gar nicht anzünden vor lauter Neugier.

Dein erster?

Nein, nein.

Robert Bley war ein bisschen schwindlig vor Ehrfurcht und Neid.

Danach hatte er so schnell wie möglich jemanden finden müssen, um seine Unschuld zu verlieren, denn so wollte er nicht vor Hamlet dastehen. Beim Billardspielen hatte er vier Wochen später einer drei Jahre älteren amerikanischen Austauschstudentin aus Connecticut aus Versehen die schwarze Acht vor die Füße geschossen, sich bei ihr entschuldigt, nach der Telefonnummer gefragt und ein paar Tage später bei ihr im Studentenheim übernachtet. Es war vorbildlich gelaufen, sie hatte sogar Don Henleys »*The End Of The Innocence*« in den CD-Player gelegt, als er ihr seine Jungfräulichkeit gestanden hatte, doch den halben Morgen war das Bad von ihrer Mitbewohnerin besetzt gewesen. Ich hasse Wohnheime, hatte er gedacht.

*

Für heute Abend hatte sich Hamlet zum Antrittsbesuch in der neuen Wohnung angekündigt, aber noch war Roberts Mutter da.

»Du, Robo, wollen wir noch was essen, unten beim Griesnagel?«, fragte sie, nachdem sie gemeinsam den Röhrenfernseher auf die Kommode gehoben hatten. Jetzt war er eingerichtet.

Obwohl »Robo« schon immer sein Spitzname gewesen war, mochte er es nicht mehr, wenn sie ihn so nannte. Die Zeit für Spitznamen war vorbei.

»Nein, das ist mir ein bisschen zu teuer«, sagte er, was lachhaft war, denn er wusste, dass sie ihn einladen würde. Schließlich zahlte sie ja auch seine Miete und seine Kaution, da kam es ihr auf das Abendessen nicht an.

»Das spendier ich dir zum Einzug. Such dir aus, was du willst«, sagte sie für seinen Geschmack zu gönnerhaft.

»Du, Mama, ich bin schon ein bisschen müde. Ich werd das Bett beziehen«, sagte er, als wäre das schon eine Leistung und ein Beweis seiner Unabhängigkeit. »Dann steck ich den Fernseher ein und leg mich hin.« Er imitierte ein Gähnen.

»Du triffst dich doch noch mit dem Hartmut«, sagte sie und sah ihn jetzt unverwandt an. Dabei wischte sie mit der Handfläche über den Rand der Kommode und ließ sich dann fast trotzig in den Sessel fallen.

»Eben deswegen.« Er schaute aus dem Fenster, das zum katholischen Studentenheim hinausging. »Vorher wollte ich mich noch hinlegen.«

Sie glättete die Seiten ihrer dunkelbraun gefärbten Haare. Die Färbung erkannte er an dem leichten Rotstich. »Na gut, ich kann dich ja nicht zwingen. Wann kommst du das nächste Mal heim?«

»Ich komm gar nicht mehr heim«, sagte er.

»Was?«, sagte sie entsetzt.

»Nur ein Spaß. Am Donnerstag komm ich. Freitag ist frei.«

»Freitag ist frei?« Sie wirkte regelrecht erschrocken. Idiotisch. Warum hatte er das nur erwähnt?

»Nur diese Woche. Weil was ausfällt«, log Robert, der seinen Stundenplan extra so zusammengestellt hatte, dass der Freitag frei blieb, was ihm ja selbst impertinent vorkam.

»Irgendwie fällt mir das jetzt schon schwer«, sagte seine Mutter, die sich gerade wieder aus dem Sessel erhoben hatte. Ihre Augen glänzten, es war ihm unangenehm.

»Aber ich bin ja nicht weit weg«, sagte er widerwillig, weil es ihm nicht besonders cool vorkam, nur vierzig Autominuten von seinen Eltern weg zu wohnen. Nach einem harten Umbruch klang das nicht.

»Du bist immerhin das erste Kind, das ich ausziehen seh«, sagte sie.

»Ich bin ja auch das einzige«, sagte er, aber für Erheiterung sorgte das nicht.

Sie knöpfte sich die rote Strickjacke zu, setzte ihre kleine, eckige Brille auf, die sie auf den Fernseher gelegt hatte. Machte wieder ein freundlicheres Gesicht.

»Na dann, hab eine schöne Zeit in der Stadt.«

3

HALBGOTT IN CAMOUFLAGE

Wie eine Mischung aus Olympiadorf und Strafanstalt, dachte Robert, während sie warteten. Seit den späten 1960ern gab es den Campus, und deshalb vermengte er auch rücksichtslos die ästhetischen Strömungen dieser Zeit. Dem farblichen Ungeist der 68er trug er nicht nur durch orangene und mattgrüne Säulen Rechnung, sondern vor allem durch eine Handvoll abstrakter Skulpturen außerhalb der Fakultätsgebäude und merkwürdige Rohrkonstrukte im Inneren, so als wollte man an das Centre Pompidou erinnern, es aber gleich wieder zurücknehmen. Ansonsten gab es eine Menge Rohglas und gegossenes Aluminium zwischen Nachkriegspragmatik und Mies van der Rohe. Kubus und Rohr, dachte Robert. Überall Kubus und Rohr. Doch bevor man irgendetwas daran avantgardistisch oder originell finden konnte, setzte sich sofort der schimmelgraue Beamten-Brutalismus durch und verdarb einem im eh schon gräulichen Halbjahreswinter die Laune von Grund auf.

»Was für ein Scheißhaus, oder?«, sagte Hibiskus, als er Roberts Blick sah. »Und da sitzen wir jetzt die nächsten fünf Jahre fest. An der Uni Heidelberg sieht's dagegen aus wie im Schloss Neuschwanstein.«

»Woher weißt du das?«, fragte Robert.

»Hab ich mir angeschaut. Wollt mich da einschreiben. War aber dann doch zu weit weg von daheim.«

Robert nickte und schaute auf die Schlange vor ihnen. Eine Stunde würde es schon noch dauern.

Hibiskus nannte die Uni »das Haus, das Verrückte macht«, wie in dem Asterix-Film. Hibiskus hieß eigentlich Johann Hibinger und kam aus der Steiermark. Robert fragte sich, ob Hibiskus wusste, dass Malvengewächse wie der Hibiskus an sonnenintensiven Plätzen eingegraben werden mussten, und ob er wusste, dass man im Frühjahr noch vor dem Neuaustrieb die abgeblühten Triebe des Vorjahres aus dem Strauch herauskürzte. Dazu fragte er sich, ob ihm seine Kindheit in einer Gärtnerei nicht vielleicht doch geistig geschadet hatte und wie viel Speicherplatz für wichtigere Informationen ihm das ganze botanische Wissen geraubt hatte. Und wer weiß, was für Sporen in der Gärtnerei den ganzen Tag durch die Luft geflogen waren und ihm eine normale Persönlichkeitsentwicklung unmöglich gemacht hatten.

Er stand mit Hibiskus in einer Schlange aus über hundert Studenten und wartete darauf, sich für einen der fünf Phonetik-Kurse einzuschreiben. Es gab nicht genug Platz für alle Erstsemester, daher der Andrang zwei Stunden vor der offiziellen Bürozeit.

Hibiskus war eine Mischung aus Heavy Metal und Gothic. Sosehr ihn der Metal mit Lederjacke, langen Haaren und einem Atrocity-T-Shirt äußerlich klassifizierte, so *gothic* war seine Lebenseinstellung. Hibiskus schaute ausschließlich Horrorfilme, las Lovecraft und Crowley und erzählte mit seinem resigniert meckernden Lachen gerne von aussichtslosen Dingen des Lebens.

Zum Beispiel: *Das ganze System ist so arg verschult, dass du dich von Jahr zu Jahr weiter in die Unselbstständigkeit lernst.* Oder: *Bis du dich hier überall ang'meldet hast und die ganzen Scheine für die Zwischenprüfung beinander hast, hast du schon mehr Lebenszeit und Energie aufgebraucht, als du jemals haben könntest, um die ganzen Bücher von der Leseliste lesen zu können. Machen die Orschlöcher absichtlich, damit du dir gleich gar keine Illusionen machst von wegen geistige Elite. Das Studium prüft ausschließlich dein Reaktionsvermögen auf Regulierung, Norm und Struktur.*

Robert wollte das gar nicht wissen. Wollte nichts von kommenden Komplikationen hören. Er wollte sich nicht die Vorstellung nehmen lassen, dass er das Studium auf seine Art hinbekommen würde. Die erprobte Art, mit der er die gesamte Oberstufe bestritten hatte: nur das Notwendigste lernen, keinen Gedanken an einen übergeordneten Sinn verschwenden und sich in organisatorischen Fragen an andere hängen.

An solche wie Hibiskus zum Beispiel, denn sosehr der auch das System anklagte, so früh war er zur Einschreibung gekommen, wo Robert ihm zum ersten Mal begegnete. Seit sechs Uhr, eine Stunde länger als Robert, wartete Hibiskus in dem zugigen kopfsteingepflasterten Säulengang, hatte aber mindestens fünfzehn Plätze dadurch eingebüßt, dass er sich zwei Bier mitgenommen hatte und zwischenzeitlich aufs Klo musste. Deshalb waren sie jetzt auch gleichauf. Robert hatte noch nie einen Menschen gesehen, der so viele Zigaretten innerhalb einer Stunde drehte und rauchte wie Hibiskus. Um sie herum hatte sich beim Warten schon eine Art Bannkreis aus Tabak gebildet.

»Magst du auch ein Seidl?«, fragte Hibiskus und hielt ihm eine Halbliterflasche Pils hin.

»Ist mir noch zu früh«, sagte Robert. »Bin außerdem mit dem Auto da.«

»Ich doch auch«, sagte Hibiskus.

»Vielleicht nehm ich doch eins.«

*

Eine Woche später, an seinem ersten offiziellen Tag als Student, traf Robert Hibiskus im *General Language Course II* wieder, in den sie beide aufgrund des Einstufungstests versetzt worden waren. Ihr Englisch war offensichtlich so gut, dass sie sich den GLC I schenken konnten. Sie setzten sich nebeneinander.

»Was ist eigentlich dein zweites Fach?«, fragte Robert.

Hibiskus steckte sich sein Overkill-Shirt mit dem Totenkopf mit Fledermausflügeln in die Hose und schien zu überlegen.

»Erdkunde«, sagte er. »Also Geografie.«

»Auf Lehramt?«, fragte Robert. Hibiskus sah ihn verständnislos an. Warum sollte man sonst Geografie und Englisch kombinieren?, sollte der Blick wohl heißen.

»Ich hab noch Deutsch«, sagte Robert.

»Ich weiß«, sagte Hibiskus. »Warum eigentlich? Bist du ein literarischer Typ?«

»Nein, das würde ich nicht sagen. Ich hab mich halt leichtgetan in der Schule«, sagte Robert, und ihm fiel auf, dass er keinen Stift dabeihatte. Also auch nicht in der Wohnung, er hatte überhaupt keine.

»Ich hab mich in keinem Fach leichtgetan«, sagte Hibiskus. »Noch nicht einmal in Turnen. Schon gar nicht in Turnen.«

»Und willst du wirklich Lehrer werden?«

Hibiskus zog Rotz hoch. »Ach, wieso nicht? Hab ja auch sonst keine Vision. Und du?«

»Ob ich Lehrer werden will?«, fragte sich Robert eher selbst. »Ich glaub nicht. Mir hat jemand gesagt, dass das erste Staatsexamen so viel zählt wie ein Magister, aber dann hat man noch die Beamtenlaufbahn als Notnagel.«

»Notnagel, ha, na du denkst dir Spassetterl aus«, sagte Hibiskus. »Was willst du denn dann werden? Nein, lass mich raten ... Journalist oder Bibliothekar. Oder Lektor? Oder Lebensberater.«

»Witzig«, sagte Robert. »Ich hatte an Redakteur gedacht. Es hängt doch alles an den Praktika, die man während des Studiums macht, oder? So kommt man rein.«

»Wenn du so reinkommst, ist es doch gut«, sagte Hibiskus und wischte sich über die Nase, bevor er wieder seinen Stift in die Hand nahm, an dem nur ein bisschen durchsichtiger Rotz klebte. Jetzt betrat die Dozentin den Raum 1.3.17, und die Gespräche verstummten, wenn auch nur ganz kurz.

Bisher hatte Robert gedacht, ein Studium bestünde hauptsächlich aus Vorlesungen, doch sein Stundenplan bestand ausschließlich aus Einführungskursen, die mit siebzehn Wochenstunden zu Buche schlugen und so gar nichts Honoriges hatten, wie er das von einer Universität erwartet hatte. Er hatte zudem herausgefunden, dass Vorlesungen in seinem Studiengang absolut freiwillig waren. Was ihn begeisterte. So wie ihn eine Freistunde in der Schule begeistert hatte. Es war wie ein Geschenk, etwas doch nicht tun zu müssen.

Ihre Kursleiterin im GLC II war eine junge, indisch aussehende Amerikanerin namens Alexa Kamish, die sehr freundlich zu allen war, aber keinerlei Autorität ausstrahlte, sodass der Lärmpegel von Anfang an dem in der Cafeteria glich. Nicht nur in diesem Punkt unterschied sich der Unterricht kaum vom Englischunterricht am Ludwigs-Gymnasium. Sie erledigten Übungen in einem Arbeitsheft, erörterten anhand von Tageslichtprojektor-Folien Grammatikfragen und mussten sich melden, wenn etwas gefragt wurde. Nur am Anfang der Doppelstunde hatte sich jeder kurz auf Englisch vorstellen dürfen.

»*My name is Johann Hibinger but most people call me Hibiskus. I am a fan of Heavy Metal music*«, machte es Hibiskus kurz und hatte die Lacher auf seiner Seite. Als Robert dran war, konnte er der Versuchung nicht widerstehen, jeden im Kurs wissen zu lassen, dass er Schlagzeuger war.

»*Oh, you have to do a drum solo for us one time. You know, like the guy from Mötley Crüe who spins around in a cage way up in the air*«, schlug Miss Kamish vor, die sich offensichtlich mit Hard Rock auskannte. Sieben Achtel der Kursteilnehmer hatten garantiert noch nie von Mötley Crüe gehört, wenn er sich so umschaute. Überhaupt die Kommilitonen: Robert kam es vor, als wäre er einfach nur an ein neues Gymnasium versetzt worden. Nichts, aber auch gar nichts deutete darauf hin, dass bei den Leuten eine andere Lebensphase, geschweige denn Bildungsphase begonnen hatte. Er sah dieselben alles hinnehmenden Gesichtsausdrücke wie bei seinen Mitschülern all die Jahre lang. Die einzigen Ausnahmen bildeten Hibiskus, ein Typ mit einer Camouflage-Hose und ein Mädchen mit kurz rasierten Haaren. Er blickte an sich hinunter und musste zugeben, dass auch er nicht viel an sich geändert hatte: Jeans, schwarzes Hemd, gefütterte Wildlederjacke und seine grauen Converse mit dem gelben Stern. Nur die Haare trug er jetzt anders. Statt lang trug er jetzt einen Kurzhaarschnitt wie Bobby Briggs aus *Twin Peaks.* Und genau wie in der Schule sah er die meisten Leute auch gleich im nächsten Kurs wieder, selbst wenn das Fach ein anderes war. In *Einführung in die Neuere Deutsche Literatur* fanden sich etwa acht Leute aus dem GLC II wieder, seine allseits beliebte Fächerkombination machte es möglich. Nur Hibiskus war nicht dabei, der studierte ja Erdkunde.

*

Dieses verschulte Dasein störte Robert genau zwei Tage lang, dann akzeptierte er es als ein Positivum: die Sicherheit, sich nicht groß umstellen zu müssen, sondern sich auf das Wesentliche außerhalb des Stundenplans zu konzentrieren, zum Beispiel eine Erstsemesterparty der Psychologen am Donnerstagabend.

Robert beneidete die Psychologiestudenten. Insgeheim sah er eine erhabene Kaste in ihnen, auch wenn er sich öffentlich dem Vorurteil anschloss, dass sie sich alle nur selbst therapieren wollten. Denn während er mit seinen Fächern Englisch und Deutsch im Prinzip nur weiter zur Schule ging und Wissen vertiefte, über das er ohnehin bereits verfügte, stießen die Psychologen in eine gänzlich neue Wissenschaft vor, die so an keinem Gymnasium gelehrt wurde. Ein Psychologiestudent hatte dementsprechend viel mehr Daseinsberechtigung, und insgeheim glaubte er, dass er überhaupt einer der besten Psychologen der Welt hätte werden können.

Eine ehemalige Klassenkameradin von ihm, Uta Höfel, studierte Psychologie und hatte ihn zusammen mit ihren Kolleginnen in die Mensa mitgenommen. Während Robert ein unbekanntes Stück Fleisch mit brauner Soße und irgendetwas als Beilage wählte, was zwar wie Spätzle aussah, aber auf gar keinen Fall so schmeckte, aßen die Psychologinnen überwiegend Reis und Salat, nur die fast 1,90 große Uta hatte einen Teller Kaiserschmarrn vor sich stehen. Von den drei ihm bis dato unbekannten Psychologinnen beeindruckte ihn sofort ein Name: Kristin König. Ihr ganzes Wesen hatte etwas Alliteratives. Alle hörten ihr zu, wenn sie eine Anmerkung machte, selbst wenn sie nicht laut sprach. Und alles, was sie sagte, beinhaltete eine konkrete und nützliche Information, immer bedacht darauf, Lösungen anzubieten. Es ging um Stundenpläne, Dozenten, Arbeitsgruppen und Termine für den Psychologen-Stammtisch, doch sie redete nur, wenn sie etwas Substanzielles beizutragen wusste. Es schien ihr nie um ihren Redeanteil zu gehen, die meiste Zeit aß sie schweigend und konzentriert ihren Gemüsereis, als verlangte auch das ihre gesamte Aufmerksamkeit. Sie imponierte ihm, und sie gefiel ihm mit ihrem blonden Kurzhaarschnitt, ihrem langen Oberkörper, den leicht abstehenden Ohren und den viel zu großen, Letzteres noch betonenden Ohrringen. Und vor allem den Namen würde er so schnell nicht mehr vergessen.

»Gehst du auch auf eure Erstsemesterparty?«, versuchte Robert Kontakt mit ihr aufzunehmen.

Sie sah von ihrem Essen hoch. Strich sich die Haare hinter die Ohren, als müsste sie sich erst überlegen, wie sie ihm am besten antwortete.

»Ich kann nicht kommen. Ich muss meiner Mutter bei einem Elternabend helfen und hab auch kein Auto.«

»Wohnst du nicht in der Stadt?«, fragte Robert, der nicht glauben konnte, dass jemand hier studierte, aber nicht hier wohnte.

»Ich wohne nicht in der Stadt«, sagte Kristin König, und damit schien das Thema erledigt zu sein, denn sie widmete sich wieder ihrem Langkornreis mit gelbem Curry – oder was das obskure Zeug auf ihrem Teller auch immer darstellen sollte. Robert fiel auf, dass immer noch ein Klumpen Fleisch an seiner Gabel hing, die er in der rechten Hand hielt, eine Hand, deren Existenz er vergessen zu haben schien und die ihm nur einigermaßen bekannt vorkam, jetzt, wo er seinen Blick langsam von Kristin König abwandte und sich wieder mit seinem Essen zu beschäftigen begann.

*

Auf die Feier, die im Eingangsbereich der biologischen Fakultät stattfand, weil da mehr Platz war als bei den Psychologen, hatte er Hamlet mitgebracht und fühlte sich ein wenig wie dessen Mentor, schließlich ermöglichte er ihm seine erste Fachschaftsparty, obwohl er noch gar kein Student war. Und das gleich bei den Psychologen, was mysteriös und progressiv zugleich klang.

»Wie findest du deine erste Studentenfeier?«, fragte Robert gönnerhaft, während sie an einer Ziegelwand lehnten und auf eine Gruppe Studenten blickten, die Schlaghosen trugen und strähnige Haare wie der Sänger der Black Crowes.

»Es ist doch auch deine erste Feier«, sagte Hamlet, was Robert nur zu einem Schulterzucken veranlasste. »Sind das Psychologie-Studenten?« Hamlet deutete auf den Haufen Black-Crowes-Sänger.

Bevor Robert antworten konnte, sagte jemand: »Na, auch hier im Orkus der naturwissenschaftlichen Elite?«

Hibiskus trug eine schwarze Motorradlederjacke und ein schwarzes Bandana als Stirnband. Seine Schuhe waren weiße Adidas Trophy, von denen Robert gar nicht gewusst hatte, dass es die außerhalb der Museen noch gab.

»Orkus ist geil«, sagte Hamlet.

»Hamlet, das ist Hibiskus, Hibiskus, das ist Hamlet«, stellte Robert die beiden einander vor.

»Angenehm, Hibiskus«, sagte Hibiskus und hielt die Hand ausgestreckt, an der Tabakbrösel klebten.

»Hamlet«, sagte Hamlet.

»Lässiger Name«, sagte Hibiskus.

»Gleichfalls«, sagte Hamlet.

»Dann gehen wir uns jetzt einen gescheiten Dulliöh ansaufen«, sagte Hibiskus.

Das Bier wurde aus Fässern in große Plastikbecher hineingezapft, und der halbe Liter kostete 1,50 DM. Allerdings hatte das Bier zu wenig Kohlensäure.

Dafür war die Musik nicht schlecht. Keine Weather Girls, keine Gloria Gaynor, dafür Alice In Chains, Bad Religion und die Black Crowes. Hamlet war begeistert.

»Hätte ich gewusst, dass Studieren so gut ist, hätte ich nicht erst Zivildienst gemacht«, sagte er und zupfte an seinen Koteletten, bis er ein paar braune, sich kräuselnde Haare in der Hand hatte.

»Bist du deppert, das kann man sich doch nicht aussuchen in Deutschland, oder?«, fragte Hibiskus.

»Ich hätte mich sicherlich ausmustern lassen können wegen der Hirn-OP.«

»Eine Hirn-OP? Hatten wir vielleicht einen Tumor?«, fragte Hibiskus unaufgeregt nach.

»Nein, natürlich nicht«, schüttelte Hamlet kichernd den Kopf. »Mir wurde als Baby ein menschliches Gehirn eingesetzt, damit meine außerirdische Abstammung nicht auffliegt.« Hamlet wippte wie ein schlaftrunkener Tanzbär zur Musik.

»Okay«, sagte Hibiskus. »Aber hast du da Entwicklungsstörungen? Irgendwas, das eine Ausmusterung rechtfertigen täte?«

»Schau doch, wie ich tanze«, sagte Hamlet und begann zu tanzen. Hibiskus nickte einsichtig.

Da haben sich ja die zwei Richtigen gefunden, dachte Robert.

Bis auf die Begegnung zwischen Hamlet und Hibiskus passierte zunächst nichts Außergewöhnliches auf der Feier. Robert traf einige Kommilitonen wieder, die er in der letzten Woche kennengelernt hatte. Da war Christian, ein beinahe aufdringlich freundlicher, langhaariger Geograf und Anglist aus Kehlheim mit Fußprothese. Er war in Begleitung von Johanna, Bedienung aus Roberts altem Stamm-Café in Straubing, die ebenfalls Englisch studierte und die Robert vor zwei Jahren angehimmelt hatte, wenn sie ihm seinen Wodka Lemon mit extra Limette brachte. Dann war da noch Georg Ganserer, Theologe, Anglist und Keyboarder einer Blues-Brothers-Coverband. Er war mit David Deininger gekommen. Deininger war eine wuchtige Erscheinung mit fransigem Pony, Punkband-Shirt und Bundeswehrhosen. Er war ein Semester weiter als Robert, aber ebenfalls im GLC II und in *Einführung in die anglistische Sprachwissenschaft*. Doch Roberts erklärtes Ziel war natürlich, eine Psychologin kennenzulernen, deshalb ließ er Ganserer und Deininger nach einem kurzen Small Talk über *Pulp Fiction* und das letzte Pantera-Album wieder stehen.

Am Rande der Tanzfläche kam er mit einer der Psychologinnen aus der Mensa ins Gespräch, die nicht Kristin König war. Sie hatte ihn wiedererkannt und angesprochen, wollte ihn auf die Tanzfläche ziehen. Weil er noch zu nüchtern war, um zu tanzen, lud er sie reflexartig auf einen Tequila ein. Er konnte gar nicht sagen, ob er sie attraktiv fand, so begeistert war er davon, eine Psychologin näher kennenzulernen. Den Rest des Abends verbrachte er mit ihr und beobachtete immer wieder aus dem Augenwinkel, wie Hibiskus und Hamlet sich abgesondert von der Menge angeregt über etwas unterhielten und um die Wette rauchten. Irgendwann ging die Psychologin nach Hause und schrieb ihm ihre Nummer und ihren Namen auf, den er sich auch gar nicht gemerkt hatte.

Eine Woche später traf er sich auf einen Drink in der Altstadt mit ihr, und sie küssten sich zum Abschied. Am Samstag darauf besuchte er die Psychologin in ihrem Studentenappartement in Königswiesen, und sie schauten zusammen *Wetten, dass …?*. Dabei holte sie Robert einen runter und fragte ihn, ob sie so was wie ein Paar sein wollten. Er sagte Ja, doch ihre Gesichtszüge waren ihm mittlerweile viel zu hart, und ihr Akzent störte ihn. Sie kam aus Crailsheim und konnte den sogenannten Hohenloher Dialekt nachahmen. Es klinge, als hätte man einen Franken mit einem Gewehr in den Mund geschossen, scherzte sie selbst, was es nicht besser machte. Einen Tag später rief er sie an und sagte ihr, dass er sich das mit dem Paar-Sein anders überlegt habe.

*

Drei Wochen später hatte er sich auch ohne eine Psychologenfreundin gut in den universitären Alltag eingefügt. Er wusste langsam, wo die Kursräume waren, ohne sich jedes Mal vorher mit Hibiskus verabreden zu müssen, und hatte auch freundschaftliche Kontakte zu anderen Studenten geknüpft. Nur David Deininger mit seinen Camouflage-Hosen, mit dem er etliche Kurse in Englisch zusammen hatte, ging ihm auf den Zeiger.

Die Stühle im Raum 3.3.87 waren in Hufeisenform angeordnet, sodass Robert nur leicht nach links schielen musste, um zu sehen, was Deininger so trieb, und es beschäftigte ihn ungemein. Deininger war deutlich größer und um einiges breiter als er selbst, auf eine beneidenswert vitale Weise. Er hatte blonde Haare, die er vorne ein bisschen zu lang trug wie ein Waver, die ihm ständig und irrsinnig lässig ins Gesicht fielen. Außerdem fehlte ihm der Bartwuchs an den Backen, weshalb sein Bart aussah wie der von Ethan Hawke, ohne dass er ihn so penibel in Form rasieren musste wie Robert.

Bevor der Kurs begann und Professor Dr. Herman Lush mit seiner sterbenslangweiligen Lektion über die Unterschiede zwischen Morphologie und Syntax anfangen konnte, beobachtete Robert, wie Deininger mit seiner Sitznachbarin Sabine Zeitl herumschäkerte, als wäre nicht das Geringste dabei. Er flüsterte ihr etwas ins Ohr, lachte dann scheinbar ungehalten und boxte sie auf den Arm. Sie zeigte ihm dafür ganz konspirativ etwas in ihrem Buch und warf dabei fast ihre gesamte Dauerwelle über seine linke Schulter. Und immer wieder Gelächter.

Robert wunderte sich, wie sich so eine wie Sabine Zeitl für so einen wie Deininger begeistern konnte. Sie sah eher aus, als stünde sie auf surfende Sportlehrer, und Deininger war ein Punker. Vielleicht nicht im strengsten Sinn des Wortes, doch er trug diese Tarnhose und ein T-Shirt von einer Band, die Robert nicht kannte. Manches an ihm wirkte grobschlächtig, zum Beispiel nahm seine Nase viel zu viel Platz in seinem Gesicht ein, und auch seine Hände waren viel zu groß, doch wenn er dieses dröhnende Lachen hörte, wusste er, was ihn wirklich fuchsig an David Deininger machte: seine brachiale Unbeschwertheit, diese penetrante Fröhlichkeit. Die Selbstverständlichkeit, mit der er zerrissene Band-Shirts und löchrige Skater-Schuhe trug, sich die Haare wahrscheinlich selbst schnitt und scheinbar nichts darauf gab, was Frauen wie die Zeitl von ihm hielten. Und genau deshalb hielten sie auch so viel von ihm.

David Deininger bemerkte nicht, wie Robert ständig zu ihnen hinüberschaute. Sabine Zeitl schon. Sie zwinkerte Robert kurz zu, dann hing sie schon wieder an Deiningers Schulter.

Als Professor Lush den Raum betrat, merkte es zunächst keiner. Herman Lush war ein Gnom im Rollkragenpullover, vielleicht 1,60 groß, er trug ausschließlich die engsten und dunkelgrünsten Pullunder der Welt, mit enormen Schweißflecken unter den Achseln, hatte ein Gesicht wie Paul Kuhn und einen Bauch, als hätte er sich Kissen unter den Pullunder gesteckt. Wenn schon niemand sein Eintreten bemerkte, dann zumindest seinen Mischgeruch aus herbem Rasierwasser und süßlichem Schweiß, der sich eilig in dem engen Kursraum ausbreitete.

»Heute wir bearbeiten die Modalverben«, sagte Lush in seinem weichen Akzent.

Das schien Deiningers Stichwort zu sein, um Sabine Zeitl etwas ins Ohr zu sagen. Und er brachte sie schon wieder zum Lachen.

*

In der Cafeteria roch es nach Senf und nach Wiener Würstchen. Es war so laut, dass die Küchenfrau um ihr Leben brüllen musste, wenn sie »Schnitzelsemmel ist fertig!« in den Sitzbereich schrie. Gleichzeitig sprangen vier Leute auf, Enttäuschung war vorprogrammiert.

Nach dem Unterricht saß Robert mit zwei Musikern und einem Keyboarder an einem der kleinen runden Tische, die im Kopfsteinpflaster der PT-Cafeteria verschraubt waren. Das Kopfsteinpflaster vermittelte einem nie das Gefühl, dass man sich im Innern des Gebäudes befand. Irgendwie blieb man immer draußen.

»Im Roxy ist der Deini auf jeden Fall öfter, da hast du ihn garantiert schon mal gesehen«, sagte Georg Ganserer, Keyboarder der Blues-Brothers-Coverband. Robert hatte seine Band einmal auf dem Stadtfest in Straubing gesehen, es war das reinste Bauerntheater mit den Anzügen, den Hüten und den Sonnenbrillen, getoppt nur noch vom pseudoamerikanischen Akzent des Sängers, der seine Ansagen auf Englisch machte.

»Den hab ich noch nie im Roxy gesehen«, sagte Robert.

»Seltsam«, sagte der Ganserer. »Weil eigentlich arbeitet seine Freundin an der Theke.«

»Echt?«, sagte Robert. »Wie sieht die aus?«

»Die kennst du garantiert, die hat blonde, glatte Haare und lacht nie. Eine Zehn.«

»Eine Zehn? Weiß nicht, wen du meinst«, sagte Robert, aber befürchtete, ganz genau zu wissen, wer gemeint war. Es musste das Mädchen sein, das ungerührt vier Weißbier gleichzeitig ausschenken konnte und immer nur mit den älteren Langhaarigen redete, die meistens auch noch einen ausgewachsenen Ziegenbart hatten, für den Robert einfach keine Geduld aufbrachte. In der letzten Stunde vom Discobetrieb, wenn nicht mehr ganz so viele Leute Weißbier bestellten, ging sie meistens auf die Tanzfläche und tanzte zu irgendeinem Hippie-Mist wie Alex Oriental, und das wie in Trance. Oft stand er mit Hamlet am Rand und überlegte sich, wie man so eine auf sich aufmerksam machen könnte, auf seine gefütterte Wildlederjacke und seinen Bobby-Briggs-Schnitt.

»Lydi«, unterbrach der Keyboarder Roberts Gedankengänge.

»Lydi?«, wiederholte Robert träge, noch erschöpft von dem Gedanken an die ganzen ergebnislosen Nächte im Roxy.

»Ja, so heißt sie. Lydi von Lydia. Die sind schon lange zusammen. Obwohl er gut drei Jahre älter ist. Schau, da kommt er eh.«

Ganserer nickte in Richtung der Einbuchtung, in die die Ladentheke der Cafeteria eingelassen war. Sie war samt Miniküche in das Mauerwerk unter der Treppe zum ersten Stock hineingebaut worden, und wenn man bestellen wollte, musste man sich in eine Schlange stellen, die hinter der Cafeteria scheinbar ins Mauerwerk führte und auf der anderen Seite bei den kleinen runden Tischen wieder herauskam.

David Deininger, der eine Art orientalische Gebetskappe trug, und Sabine Zeitl grüßten und setzten sich an den Nebentisch.

»Der Herr Deininger, grüß Sie Gott«, sagte der Keyboarder Ganserer überschwänglich.

»Halloooo, liebe Freunde«, sagte David gestelzt, mit einer

Stimme wie ein Zirkusdirektor oder als ob er im Kinderfernsehen aufträte.

»Du, der Kollege Bley hier«, sagte der Keyboarder und legte seine Hand auf Roberts Arm, »der kennt die Lydi auch. Aus dem Roxy.«

»Wer kennst sie nicht?«, sagte David in seiner Zirkusdirektor-Stimme und lachte guttural in Richtung Sabine Zeitl.

»Ich kenn sie gar nicht wirklich«, sagte Robert und versuchte desinteressiert zu klingen. »Wir sind nur drauf gekommen, weil sie hinter der Bar arbeitet.«

David Deininger schienen weder Roberts Interesse noch sein schlecht geschauspielertes Desinteresse an seiner Freundin argwöhnisch zu machen. Er sah Robert verständnisvoll an.

»Du, die Lydi arbeitet da ja auch ständig. Die kann man gar nicht übersehen. Beim nächsten Mal, wenn ich auch da bin, trinken wir einen Tequila miteinander. Aufs Haus selbstverständlich.«

Robert wurde widerwillig ein bisschen warm ums Herz. »Ja gern«, sagte er.

»Tequila? Bist du nicht mehr Straight Edge?«, fragte einer der Musiker an Roberts Tisch.

»Zurzeit eher Straight Flush«, schallte es aus David Deininger, dessen Witz direkt ins eigene Gelächter überging. Beide Tische lachten jetzt, obwohl Robert sich nicht sicher war, ob jeder die Poker-Referenz verstand. Als sich alle wieder beruhigt hatten, wandte sich Deininger explizit Robert zu. Sein massiver Körperbau warf einen regelrechten Schatten über ihn.

»Du bist Robert, oder?«, fragte er.

»Kannst Bley sagen«, sagte Robert.

»Gut, Bley. Ich bin der Deini.« Er hielt ihm seine massive Hand hin, und Robert legte seine wesentlich kleinere hinein. Dann schüttelte Deini sie so heftig, dass es Robert vorkam, als vibrierte sein ganzer Körper mit.

»Hast du schon das Buch, das wir für die Prüfung beim Lush brauchen?«, fragte Robert, in der Hoffnung, dass das Geschüttel damit aufhörte.

»Logisch, das hab ich von meiner Schwester. Die hat den Kurs schon letztes Jahr gemacht. Kannst du dir kopieren. Steht aber eh nur Bullshit drin, von den Modalverben abgesehen.«

»Dank dir. Wegen der bescheuerten Modalverben will ich auch echt nicht dreißig Mark ausgeben. Die spar ich mir lieber fürs Heroin«, sagte Robert.

Niemand außer Deininger lachte. »Heroin, ja Wahnsinn«, sagte er anerkennend.

»Kennst du eigentlich seine Band?«, fragte der Keyboarder Ganserer und nickte in Richtung Deininger. Der hielt sich die Ohren zu.

Robert schüttelte den Kopf.

»Smash The Oppression. Ganz brutaler Krach«, sagte Ganserer.

»Ist halt Grindcore«, sagte David, die Hände wieder unten. »Das kann man nicht so leise spielen wie euer Blues-Gewinsel.« Dann sah er Robert ernst an. »Bandname ist vielleicht nicht der beste, aber stammt aus einem Oi-Polloi-Song.«

Robert hatte noch nie von Oi Polloi gehört.

»Ich muss los, zur Fachschaft«, sagte Sabine Zeitl und wirkte gelangweilt. Robert hatte schon vergessen, dass sie auch dabeisaß, so sehr war er auf Deininger fixiert gewesen.

»Habe die Ehre, nimm's nicht zu schwere«, sagte David zu ihr, und Sabine Zeitl wuschelte ihm durch den zu langen Pony und ging, ohne Roberts Tisch auch nur eines weiteren Blickes zu würdigen.

»Hast du auch eine Band? Siehst ganz so aus mit deinem Johnny-Depp-Bärtchen«, fragte David Deininger und meinte es keineswegs despektierlich.

Robert zögerte für einen Moment, suchte nach der bestmöglichen Antwort. Unglücklicherweise kam ihm Ganserer zu Hilfe.

»The Pimply Dead heißt seine Band. Haben schon mal im JuZ gespielt.«

»Aber nur bei einem Nachwuchswettbewerb«, merkte Robert sinnloserweise an. Das machte es ja nur noch schlimmer.

»Pimply Dead! Pickelige Leichen. Guter Name. Funpunk, oder?«, lachte David Deininger und haute auf den runden Tisch, an dem er jetzt alleine saß und den er dennoch irgendwie ganz einnahm.

»Eigentlich nicht«, sagte Robert und kam sich furchtbar provinziell vor. Beinahe hätte er gesagt, dass seine Band durchaus sozialkritische Texte habe, aber dann ging er in eine andere Richtung. »Wir lösen uns auch demnächst auf.«

4

HEY ANTONIA BRANDT, YOU'RE SO FINE, YOU BLOW MY MIND

Am Wochenende war Robert erst in der Gärtnerei, wo er seinem Vater widerwillig beim Pflastern eines Wegs an den Gewächshäusern vorbei half, abends fuhr er mit Hamlet auf einen »Mega Rave« in der Mehrzweckhalle Obertraubling, weil dessen Zivildienst-Kollege ihnen Karten geschenkt hatte. Eigentlich hätte er mit seiner Band proben sollen, aber seine Lüge über die kommende Auflösung gegenüber Deininger hatte einen Prozess in Gang gesetzt, der ihn an der Sinnhaftigkeit von Pimply Dead zweifeln ließ. Also sagte er die Bandprobe ab.

Auf dem Mega Rave begegnete er Antonia Brandt wieder. Es war bereits nach zwei Uhr, er war längst vergiftet von Sambuca und Bier und gerade dabei, ein paar leere Flaschen einzusammeln, um das Pfand zu kassieren. Hamlet und er waren deswegen in verschiedene Richtungen ausgeschwärmt, eine führte quer durch Antonia Brandts Ausflugsschneise.

»Was machst du denn hier?«, sagte Robert, wahrscheinlich viel zu laut, aber er wollte sich gegen die boshaft lauten hundertvierzig Beats *per minute* durchsetzen.

»Ich bin mit einer Freundin hier.«

»Das freut mich«, sagte Robert, der sich kurze Sätze vornahm, um seinen desolaten Zustand zu kaschieren. Und auch seinen ländlichen Akzent, denn Antonia Brandt sprach so korrekt Hochdeutsch wie der Bordcomputer in einem Science-Fiction-Hörspiel. Sie trug eine etwas ideenlose Jeans und eine schwarze Bluse mit weißem Kragen, roch nach Zitrone und Karamell. Er hätte sich gerne irgendwo festgehalten, der Alkohol und seine Begeisterung für Antonia Brandt zerrten an seinem Gleichgewichtssinn.

Denn Antonia Brandt hatte seine Welt schon aus den Angeln gehoben, als er sie zum ersten Mal gesehen hatte.

*

Damals im Floyd, im Schneidersitz auf dem Tresen, umringt von drei Jungs, die ihr huldigten und zuhörten. Das war im letzten Sommer vor Beginn des Studiums gewesen, als er mit Hamlet schon öfter in der Stadt war, um das Studentenleben »anzutesten«. Schon da hatte es ihm den Magen zusammengezogen wie in der Achterbahn. Das Bild hatte sich bis heute in ihm festgesetzt: Antonia Brandt auf dem Tresen, unter ihr ein Zirkel aus Anbetern. Darüber sie im Schneidersitz mit halblangen, dunkelbraunen Locken, einem spitzen Kinn, kantigen Wangenknochen und einer dünnen Nase mit einem faszinierenden Knick. Mit großen, teichgrünen Augen, denen man unbedingt vertrauen wollte, aber vermutlich nicht sollte, weil irgendetwas Abgründiges darin lag.

An jenem Abend und vielen darauf folgenden hatte sie nicht die geringste Notiz von ihm genommen. *Crazy Diamond* hatte er sie eine Zeit lang Hamlet gegenüber genannt, ein Derivat des Pink-Floyd-Songs, denn Floyd war ja der Name der Kneipe, in der er sie zum ersten Mal gesehen hatte. In der Nacht vor seinem Griechenland-Urlaub mit Hamlet war er schließlich zu ihr hingegangen. Sie hatte am Tresen gesessen, ihr Begleiter war gerade aufs Klo gegangen.

Du bist Antonia, oder?

Ja, woher kennst du mich? Ihre Stimme war mädchenhaft und leise, doch ihre Aussprache präzise und selbstbewusst. Sie schien nicht sonderlich überrascht, von ihm angesprochen zu werden.

Ich hab den Chef vom Floyd nach deinem Namen gefragt. Ich hoffe, das ist okay.

Ach, das ist ja süß. Wer bist du?

Ich heiße Robert.

Robert, hatte sie andächtig wiederholt und ihren schwarzen Strohhalm langsam aus dem roten Drink genommen.

Jetzt musste der Satz aller Sätze kommen, und er musste gleichzeitig beiläufig und aufrichtig klingen, irgendwas zwischen trotzig und verliebt, so wie Ethan Hawke in *Reality Bites.*

Weißt du, ich glaub, ich finde dich ganz gut. Ich würde dich gerne näher kennenlernen.

Mensch, das ist wirklich lieb. Ich habe nur leider einen Freund. Momentan.

Der, mit dem du hier bist? Robert hatte besorgt in Richtung Toilette geschaut.

Nein, ein anderer. Aber mich freut, dass du mich einfach so ansprichst. Ohne dass wir uns kennen. Das ist ja auch ganz mutig. Kommst du aus der Stadt?

Nein, leider nicht. Aus Ascha.

Kenne ich gar nicht, hatte sie gesagt, als bedauerte sie das, und hinter den Tresen nach einem Stift gegriffen. Erst dachte er, sie notierte sich den Namen seines Dorfs. Auf den Bierdeckel hatte sie dann aber ihre Telefonnummer geschrieben und ihm den gegeben. Diese Ungeheuerlichkeit von einem Mädchen.

Du rufst mich einfach mal an, Robert, ja? Vielleicht habe ich ja dann keinen Freund mehr. Wie und dass sie seinen Namen aussprach, war das Beste. Als machte das ihre Bekanntschaft erst real.

Zusammen mit Hamlet und dem Bierdeckel war er am Tag danach nach Athen geflogen, und als er zwei Tage später mittags unten in einer Taverne auf Santorini, nur ein paar Meter weit weg von der Kraterwand, seinen Bauernsalat mit Schafskäse und einer Wochenration Zwiebeln gegessen hatte, war im Radio eines entfernten Imbissstands ausgerechnet »*Wish You Were Here*« gelaufen. Natürlich hatte er den Bierdeckel aus seinem braunen Umhänge-Portemonnaie genommen und so lange angestarrt, bis Hamlet förmlich gezwungen war, von seinem Souflaki aufzuschauen.

Hör doch mal. Das ist doch ein Zeichen, hatte er zu Hamlet gesagt, und der hatte wie ein Fragezeichen geschaut und dann weiter seine Spieße gegessen.

Ein paar Wochen nach dem Urlaub hatte er sie in der Schlange vor einer Diskothek wiedergesehen. Ihr ominöser Freund war dabei gewesen. Dichtes Haar, mit Gel zurückgekämmt und versiegelt, guter Salz-und-Pfeffer-Mantel, gute Lederschuhe. Freundliches Gesicht, guter Händedruck. Schnösel, aber leider keine Arschgeige, so Roberts Eindruck. Deklassiert mich mit links. Das wird wohl so schnell nichts, dachte er.

*

Doch jetzt stand sie vor ihm auf dem Mega Rave, und er wusste null, was er mit ihr reden sollte. Obwohl er den ganzen letzten Sommer über an sie gedacht hatte, kannte er sie nicht im Geringsten, und jetzt, wo er ihren stilsicheren und attraktiven Freund gesehen hatte, kam er sich auch so gar nicht mehr wie Troy Dyer in *Reality Bites* vor.

»Der Robert«, sagte sie, offenbar belustigt von seiner Sprachlosigkeit.

»Wie geht's?«, fragte er.

Sie kam ganz nahe, damit er sie unter dem Beschuss der Bass Drum verstand. »Weißt du«, sagte sie mit ihrer Bordcomputerstimme, »nicht so gut eigentlich. Mit Christoph ist Schluss.«

»Hoppla«, sagte Robert. »Wie lang schon?« Im Kopf fragte er sich panisch, wie schnell man zuschlagen musste, bevor eine wie Antonia Brandt wieder neu liiert war. Er schätzte den Handlungsspielraum auf maximal eine Woche.

»Vor ziemlich genau einer Woche.« Sie hob ihr spitzes Kinn, zuckte mit den Schultern und lächelte verschämt. »Bisschen traurig bin ich aber schon noch.«

Robert fiel die Empathie einigermaßen schwer. »Aber weißt du, was das Gute ist?«, sagte er wieder viel zu laut. »Dann können wir uns ja endlich treffen. Ich wohne jetzt auch in der Stadt.« Vielleicht war das ein bisschen dreist, dachte er, aber für seinen Zustand und die Uhrzeit ehrlich und »positivistisch«. Wenn er normalerweise nach Mitternacht angetrunken mit Mädchen redete, lästerte er meistens über die Musik und hatte auch kein Geld mehr, jemandem ein Bier auszugeben. Die Aussichten auf eine neue Bekanntschaft blieben überschaubar.

»Ja, das ist eine gute Idee«, sagte Antonia Brandt, »das heitert mich ein bisschen auf.« Sie legte ihm die Hand auf die Schulter. In dem Moment empfahl sein Instinkt ihm, sich möglichst schnell zu verabschieden, bevor er mit seiner Sambuca-Vergiftung noch etwas sagte, was ihm zu seinen Ungunsten ausgelegt werden konnte oder die anvisierte Verabredung wieder ins Wanken brachte. Zum Beispiel über die Musik. Oder bevor ihm Hamlet in ihrem Beisein noch den aktuellen Pfandflaschenstand durchgab.

»Wir gehen jetzt leider auch schon gleich. Deine Nummer hab ich ja«, sagte er deshalb hastig und wollte ihr einen Kuss zum Abschied geben.

»Warte«, sagte Antonia Brandt und zog ihren Kopf aus der Schusslinie. »Sagen wir doch gleich Montag nächste Woche im Café Revue. Um acht. Hast du ein Auto?«

Robert nickte und stellte sich vor, wie glorreich sein bronzefarbenes Bleymobil mit Antonia Brandt auf dem Beifahrersitz aussehen würde.

»Dann hol mich doch daheim ab. Bonifatiusweg 17. Bei Brandt klingeln. Kannst du dir das merken mit deinem Schwips?«, fragte sie und hielt ihm die Nase zu.

»Auf jeden Fall«, sagte er nasal.

Dann drehte Antonia Brandt sich um und ging. Erst jetzt fiel ihm auf, dass er die ganze Zeit sieben leere Flaschen in den Händen gehalten hatte.

*

Die Verabredung mit Antonia Brandt fing unschön an. Im Auto hörten sie eine Kassette mit seinen Lieblingsliedern aus dem letzten Jahr, die er selbst zusammengestellt hatte. Sie kannte kein einziges davon.

»Aber das hier kennst du«, sagte er, als die Beastie Boys kamen.

Sie schüttelte den Kopf.

»Aber die Band kennst du«, sagte er.

Erneutes Kopfschütteln.

»Du kennst die Beastie Boys nicht?« Er wollte es nicht wahrhaben.

»Ist das schlimm?«, fragte sie.

»Natürlich ist das schlimm. Wer die Beastie Boys nicht kennt, hat nicht die geringste Ahnung von Musik und kann nie und nimmer meine Freundin werden«, hätte er gern gesagt, ließ es aber.

Den Rest der Fahrt über war er wortkarg. Dabei war die Szenerie, als er sie abgeholt hatte, eigentlich sehr stimmungsvoll gewesen. Er klingelte auf der Rückseite des großen Mietbunkers und wartete unten auf sie. Der Eingang befand sich am Rande eines zu den Wohnanlagen gehörenden Parks, der hinunter zur Donau führte. In der Mitte lag ein an den Rändern zugewachsener See, der im Februar-Dunkel aussah wie ein Loch voller Teer. In den Sekunden, bis sie nach unten kam, starrte er auf den dunklen See und fühlte sich wie am Anfang eines monumentalen Abenteuerfilms.

Die Tür ging auf, und ohne zu zögern, küsste sie ihn zur Begrüßung kurz auf den Mund. Sie trug eine schwarze Lederjacke und ein Wollkleid darunter. Dazu eine hellgrau gestreifte Strumpfhose und halbhohe Stiefel. Am Fußweg, der an den verschiedenen Hauseingängen des Wohnhauskomplexes entlangführte, wuchsen Schwarze Heckenkirschen. Winterblüher aus der Familie der Geißblattgewächse, hätte er beinahe laut gesagt. Mitten in seinem monumentalen Gefühl. Doch das war vor den Beastie Boys gewesen.

Robert parkte umständlich und viel zu weit weg vom Café Revue, weil ihm die Parksituation in der Altstadt nicht geheuer war, und sie liefen fast einen Kilometer bis zu ihrem Ziel. Dort setzten sie sich im ersten Stock an einen Fenstertisch. Robert bestellte ein Bier, Antonia einen Cidre.

»Im Grunde mag ich das Revue gar nicht«, sagte Robert.

»Das fängt ja gut an«, sagte Antonia. »Warum denn nicht?«

»Ist doch eher ein ziemlich aufgesetzter Laden.« Robert nahm sein Bier mit zu viel Energie, setzte es zu schnell an den Mund und trank einen demonstrativ großen Schluck, als wollte er damit gegen das schicke Café in Widerstand gehen. Und fragte sich, schon während er das tat, warum er das Gespräch in eine so negative Richtung gelenkt hatte. Doch jetzt gab es kein Zurück mehr.

»Woran machst du das fest?«, fragte Antonia Brandt.

Robert schaute sich um. »Schau doch mal die Bedienungen an«, sagte er nach reiflicher Überlegung.

»Was ist mit denen?«, fragte sie.

»Die sind bauchfrei«, sagte er und nahm einen weiteren Barbarenschluck.

»Ich hab auch bauchfreie Sachen«, sagte sie jetzt auch leicht gereizt. »Das trägt man gerade.«

»Aber das ist doch gehässig gegenüber den Frauen, die vielleicht nicht den Bauch dafür haben«, sagte Robert und fand, dass er damit ein gutes Argument habe.

»Aber das kann doch jeder selbst entscheiden. Oder denkst du jetzt bei jeder nicht bauchfrei rumlaufenden Frau, dass die einen dicken Bauch hat?«

»Nein, natürlich nicht«, räumte er ein und begann zu ahnen, dass diese Schlacht nicht mehr zu gewinnen war. »Vielleicht ist das Revue ja gar nicht so schlimm, und ich bin nur unsicher, weil ich in solche Läden normalerweise nicht gehe«, versuchte er sich im demütigen Rückzug.

Sie sah ihn mit zusammengekniffenen Augen an, konnte offenbar nicht entschlüsseln, ob er das ernst meinte. Dann sagte sie: »Was machen eigentlich deine Eltern?«

Anderthalb Stunden später, in denen sie sich dann doch nicht schlecht unterhalten hatten, wenn auch nicht mehr über Musik oder Cafés, fuhr er sie nach Hause. Auf der dem Bonifatiusweg zugewandten Hausseite küssten sie sich im Auto, während »*Luna*« von den Smashing Pumpkins lief. Sie zeigte ihre Zuneigung überraschend deutlich, küsste fordernder, als er sie eingeschätzt hatte.

»Möchtest du eigentlich jetzt, dass ich deine Freundin bin?«, fragte Antonia und legte ihre Hand auf die Innenseite seines Oberschenkels.

»Möchtest du, dass ich dein Freund bin?«, fragte er.

»Keine Ahnung. Ich kenn dich doch noch gar nicht«, sagte sie und lachte. »Wir sehen uns bald!« Dann stieg sie aus, und er sah ihr nach, wie sie um das Haus ging. Er fühlte sich, als hätte ihm jemand erstmals von der Erfindung der bemannten Raumfahrt erzählt. Ab jetzt musste das ganze Universum neu vermessen werden.

Er fuhr zu Hamlets Achtzehn-Quadratmeter-Zivildienst-Wohnung und klingelte, obwohl es bereits nach Mitternacht war. Hamlet öffnete ihm schlaftrunken, und Robert polterte in die Wohnung, nahm sich ein Bier aus dem Kasten unter der Spüle und sagte: »Ich hab's geschafft, Häm.«

»Was hast du geschafft?«

»Ich hab die Brandt geküsst. Neues Zeitalter bricht an.«

»Was für ein Zeitalter?« Hamlet, der eine grau karierte Schlafanzughose und ein T-Shirt in Übergröße mit dem Logo einer Baufirma trug, gähnte und setzte sich auf den Rand des Bettes, das im selben Zimmer wie die Küchenzeile war. Er schien über etwas nachzudenken. Dann griff er zu dem gelben Buch, das neben ihm auf dem Bett lag. *Darwin Awards* stand darauf. Er hielt es hoch.

»Das hier ist übrigens der Wahnsinn«, sagte Hamlet. »Da gibt's beziehungsweise gab's einen Polizisten in Illinois, der für einen Kollegen eine Schießerei nachstellen wollte und sich selbst in den Bauch geschossen hat. Das wär ja schon doof genug, aber dann ist er bei einem Autounfall gestorben, als er sich selbst schwer verletzt ins Krankenhaus fahren wollte.«

*

Ein paar Tage später fuhr Robert vom Campus direkt in die Gärtnerei. Am Nachmittag war der Übersetzungskurs ausgefallen, der ohnehin nur daraus bestand, kurze Passagen von Al Gores *Earth In The Balance* zu übersetzen und im Plenum zu korrigieren.

Um zum Wohnhaus seiner Eltern zu gelangen, musste man vor Ascha scharf links abbiegen und eine kleine, rissige Straße um ein kurzes Waldstück herum einen kleinen Hügel hinauffahren, vorbei an der Gärtnerei & Baumschule Bley, bis man sein Auto vor dem zweistöckigen Haus mit dem hölzernen Rundum-Balkon parken konnte, das Roberts Opa in den Fünfzigern hier auf dem Friedensberg hatte bauen lassen. Noch bevor er aussteigen konnte, parkte ihn von hinten sein Vater zu und zwang ihn, beim Ausgraben von zwei Rhododendron-Sträuchern zu helfen. Das war seine Art der Begrüßung.

Anschließend ging Robert ins Haus. Er hatte sich nicht angekündigt und fand seine Mutter jetzt dabei vor, wie sie im Wintergarten dem Hund, einem schwarz-weißen Wolfsspitz namens Hieronymus, das Fell kämmte.

»Hi, Mama«, sagte er und wusste nichts mit seinen Händen

anzufangen. Deshalb beugte er sich hinunter und streichelte den Hund. Hieronymus schüttelte sich. Kämmen und streicheln war ihm zu viel.

»Der Robo ist da«, sagte sie mehr zu sich selbst. »Das ist doch schön.«

»Ich bin heute Abend auf eine Klassenparty in Mitterfels eingeladen.« Er hatte das Gefühl, sich für seine Anwesenheit entschuldigen zu müssen, denn im Grunde wollte er ja längst nicht mehr hier wohnen, und trotzdem war er jedes Wochenende da.

»Und, was gibt's Neues in der Stadt?«, fragte seine Mutter.

Er stand wieder auf und bemerkte die weißen Streifen in ihrem Pferdeschwanz. Er sah sie an, merkte, dass sie ihr Gesicht gar nicht so arg in Falten gelegt hatte, wie er dachte, sondern dass die Falten mittlerweile einfach da blieben. »Nichts«, sagte er und wischte sich die Hände an seiner schwarzgefärbten Bundeswehrhose ab. Eigentlich fand er den Hund eklig. »Ich hab vielleicht eine neue Freundin.«

»Ach, das ist ja toll. An der Uni kennengelernt? Was studiert sie denn?«

»Sie studiert nicht, sie macht eine Gastronomie-Ausbildung.«

»Sehr gut, so was Bodenständiges«, sagte seine Mutter und ging in die Küche.

»Was macht der Waldfriedhof?«, rief er ihr hinterher, während der Wolfsspitz ihn fragend anschaute.

»Der Waldfriedhof wird schon«, sagte sie nach einer Weile und richtete sich mit beiden Händen hinter dem Kopf den Pferdeschwanz. »Für mehr Tiere brauchen wir aber die Genehmigung von der Gemeinde. Für die ist das nur leider ein Fall ohne Präzedenz, die müssen erst im Landratsamt nachfragen, wie man mit der Genehmigung für einen Tierfriedhof verfährt. Du weißt ja, wie das ist.«

»Immer schwierig mit dem Amt«, sagte er, obwohl er bisher noch keine Genehmigungen für Waldfriedhöfe hatte einholen müssen, aber ihm reichten die ganzen Einschreibungen an der Universität.

»Was magst du essen?«, fragte sie.

»Was gibt's denn?«, fragte er.

»Was du willst«, sagte sie.

»Vielleicht Rigatoni mit scharfer Sauce?«

»Dann machen wir Rigatoni«, sagte sie und schien sich darüber zu freuen. »Wie heißt denn deine neue Freundin?«

»Antonia Brandt.«

»Du hast eine neue Freundin?«, sagte sein Vater, der gerade ins Esszimmer kam. Er trug einen Hut, einen Regenmantel und Gummistiefel, die nasse Spuren auf den Dielen hinterließen.

»Vielleicht«, sagte Robert.

»Na, die kann sich warm anziehen«, sagte sein Vater, nahm sich im Gehen einen Apfel und die Zeitung vom Tisch und war schon wieder weg.

*

Auch das nächste Treffen mit Antonia Brandt verlief zunächst alles andere als optimal. Robert wurde kurz vorher von der Polizei festgenommen. Weil ihn die Rasur seines Ethan-Hawke-Barts zu viel Zeit gekostet hatte, lief er ohnehin schon verspätet und hektisch durch die Gesandtenstraße, wo man ihn für einen flüchtenden Handtaschenräuber hielt und ihn im Streifenwagen mit Blaulicht mit aufs Revier nahm. Dort wurde er von den Polizisten einer weinenden Zeugin gegenübergestellt, die ihn zu seiner großen Erleichterung nicht als Täter identifizierte. Als Entschuldigung, weil er es ja nicht war, setzten ihn die Polizisten mit Blaulicht direkt vor der Haifischbar ab, wo Antonia schon wartete und durchs Fenster hoffentlich beobachten konnte, wie Robert aus einem Polizeiauto stieg. Den Auftritt hatte sich Robert von den Polizisten so gewünscht. Als Entschädigung für die falsche Verdächtigung und seine Verspätung.

Die Haifischbar hatte er ausgesucht, weil er sehen wollte, ob sie Antonia gefiel. Die Bar war klein, laut, ein bisschen unhygienisch und der Barmann unfreundlich. Es war das Gegenteil vom Revue. Antonia schien davon keine Notiz zu nehmen. Sie trank schon Pernod, als er kam und zur Begrüßung winkte.

»Du winkst wie ein Mädchen«, sagte sie belustigt, und das, obwohl er mit der Polizei gekommen war.

»Ich bin verhaftet worden«, sagte er fast vorwurfsvoll. »Die Polizei hat mich gebracht.«

»Ach nein, ich hab nur Blaulicht draußen gesehen. Das warst du? Weshalb hat man dich verhaftet?« Sie lächelte amüsiert, schien sich nicht sicher zu sein, wie ernst er seine Geschichte meinte.

»Sie haben gesagt, ich bin zu verliebt und eine Gefahr für die öffentliche Sicherheit.« Er hatte sich wie zufällig neben sie an die Bar gelehnt und sah sie absichtlich nicht an. *Playing it cool.*

»Du bist also ein Verbrecher«, sagte sie und legte ihm einen Arm um die Hüfte. Später erzählte sie vom Kirchenchor, in dem sie sang. Obwohl er sie nach wie vor für die bestaussehende Frau der Welt hielt mit ihren braunen Locken, die gegen ihren klar definierten Unterkiefer fielen und ihr angriffslustiges Kinn, konnte er sich beim Stichwort »Kirche« nicht verkneifen, den Rebellen raushängen zu lassen.

»Nix gegen deinen Chor, aber die katholische Kirche ist doch scheiße, ich hoffe, ich trete dir da nicht zu nahe«, sagte Robert. »Was die Blut an den Händen kleben haben. Und würden uns immer noch am liebsten vorschreiben, was wir tun und lassen sollen. Der Papst wär ein astreiner Diktator, wenn er noch so könnte, wie er wollte.«

Antonia verzog gequält den Mund. »Du, ich höre das nicht so gern. Ich gehe auch hin und wieder mit meinen Eltern in die Kirche und würde mich durchaus als gläubig oder sogar christlich bezeichnen. Ich finde nicht alles richtig, aber man muss auch nicht so schlecht drüber reden. Die Kirche gibt sich Mühe mit der Modernisierung.«

»Deshalb gibt es auch so viele weibliche Pfarrer«, sagte er und kam sich schlau vor. Antonia schaute in eine andere Richtung und seufzte.

»Woran glaubst du denn?« Sie drehte sich wieder zu ihm und ihre teichgrünen Augen wirkten jetzt genauso angriffslustig wie ihr Kinn.

»Ich glaube an die Kraft der Liebe«, sagte Robert und versuchte ironisch, aber auch nicht zu ironisch zu klingen.

Als Antonia keine Reaktion zeigte, räusperte er sich. »Na ja, ich glaube, wir haben ein Leben lang Zeit, Dinge zu tun, die uns liegen, die wir tun wollen. Das finde ich eine schöne Aussicht. Was danach ist, interessiert mich nicht. Wenn ich tot bin, bin ich tot.«

»Man kann doch nicht nur Dinge tun, die einem liegen«, sagte Antonia.

»Das will die Gesellschaft uns einreden. Ich tu hauptsächlich nur das, was ich will. Zum Beispiel mit dir schlafen. Natürlich nur, wenn du das mit deiner Religion in Einklang bringen kannst.«

»Du bist ein Angeber«, sagte Antonia und boxte ihn in den Bauch.

Er schlug vor, noch in seine Wohnung beim Fernsehturm zu fahren, doch sie wollte nach Hause, sie hatte ihren Eltern gesagt, sie bleibe nicht so lange. Also nahmen sie den Nachtbus zum Bonifatiusweg.

Als sie den engen Flur der Mietwohnung betraten, rief sie: »Die Toni ist da! Ich hab den Robert mitgebracht«, und zog ihn in ihr acht Quadratmeter großes Mädchenzimmer. Außer einem vorwurfsvollen Räuspern kam keine Antwort aus dem Wohnzimmer.

Im Zimmer zog Antonia ihren Blazer und ihren Rock aus.

»Ich trag keine Unterhose unter der Strumpfhose. Siehst du's?«, sagte sie. »Du kannst noch eine halbe Stunde bleiben, dann gehe ich schlafen.« Sie legte sich aufs Bett, Robert legte sich dazu. Er spürte, wie das Nylon sich seinen rauen Fingerkuppen widersetzte.

»Ich muss dir was sagen. Und bitte nicht ärgern. Wir schlafen wahrscheinlich erst in genau dreieinhalb Wochen das erste Mal miteinander«, sagte sie.

»Woher weißt du das so genau?«

»Weil ich die Pille vergessen habe, und in dreieinhalb Wochen kann ich die neue Packung anfangen. Dann können wir so viel Sex haben, wie wir wollen. Bis dahin kann ich dir höchstens einen blasen, denn Kondome sind nur der halbe Spaß, und wir sollten nichts Halbes machen.«

»Ist völlig okay«, sagte Robert, war sich aber ganz und gar nicht sicher, ob es völlig okay war.

»Dann haben wir auch noch genug Zeit für einen HIV-Test«, sagte Antonia und zog ihre dunkelblaue Strumpfhose aus.

»Zeit fürs Bett, Antonia!«, rief jemand durch den engen, finsteren Flur.

5

INTO THE GREAT WIDE OPEN

Nachdem Antonia weg war, legte Robert sich wieder zum Schlafen hin. Als er an diesem Vormittag das zweite Mal aufwachte, war er schweißgebadet, obwohl die Wohnung kalt war. Vorhänge gab es keine. Seine Mutter hatte ihm zwar angeboten, welche mitzubringen und aufzuhängen, doch er wollte sie nicht in der Wohnung haben, sie hätte sich zum einen garantiert über den Zustand erschrocken und ihm fortan gespiegelt, wie er hauste, zum anderen sollte die Wohnung sein Refugium vor der Welt der Eltern bleiben.

Vom Bett aus sah er den Nebel, wie er um den Betonstamm des Fernsehturms herumschlich. Er schaltete den Fernseher ein, dann setzte er sich in die Badewanne mit dem schwarzen Boden, der Vormieter hatte Pflanzen darin gezüchtet. Es sah aus, als hätte es gebrannt, selbst seine Mutter hatte das mit Scheuermittel nicht wegbekommen. Während er sich mit zu wenig Wasserdruck abbrauste, lief im Schlafzimmer Musikfernsehen, The Cure, wenn er richtig hörte.

Robert stieg aus der Badewanne, trocknete sich nur unvollständig ab, ging ins Wohnzimmer und sah auf die blauen Digitalziffern seines Weckers. Er würde es nicht rechtzeitig in den Phonetik-Kurs schaffen, hoffentlich schrieb Hibiskus ihn auf die Anwesenheitsliste. Dabei hätte es ihm nicht geschadet, in den Kurs zu gehen, das Semester war so gut wie vorbei und seine Lautschrift-Kenntnisse beschränkten sich auf den Doppelpunkt hinter langen Vokalen. Er überlegte kurz, ob er überhaupt in die Uni gehen sollte, und entschied sich nach einer Zigarette in der Küche dafür. Er hatte immerhin gerade zum ersten Mal mit Antonia Brandt geschlafen, ein Ereignis, das einem gewonnenen Krieg gleichkam. Das musste er mit irgendjemandem da draußen teilen. Nachdem die Sperrfrist von der vergessenen Pille abgelaufen war, hatten sie sich den Wecker auf fünf Uhr morgens gestellt, um mindestens noch eine Stunde zu haben, bevor Antonia ins Insel-Hotel musste. Das konnte er nicht für sich behalten.

Während sich draußen der kalte Dunst um die bunten Röhren wickelte und Hunderte von Studenten in Regenjacken die zahllosen kleinen Treppen auf dem Campus hinauf- und wieder hinunterliefen, die oft keinerlei Zweck zu erfüllen schienen und einem Hindernisparcours glichen, stand Robert in einer kleinen Schlange vor dem Bibliotheks-Counter, trank einen Automaten-Kaffee und hörte Hibiskus bei einem seiner Lamentos zu.

»Der Schaaß is doch der: Im Grunde werden wir hier nicht zu Lehrern ausgebildet, sondern zu Gelehrten. Am Ende weißt du alles Mögliche, aber du weißt immer noch nicht, wie du es anderen beibringen kannst.« Hibiskus zog sich eine seiner fettigen Haarsträhnen ins Gesicht und steckte sie in den Mundwinkel.

»Mit Folien auf dem Tageslichtprojektor«, sagte Robert unbeeindruckt. »Und wie Gelehrte sehen die meisten hier bitte wirklich nicht aus.« Robert deutete auf zwei Kommilitonen aus Tirschenreuth, die sich vorhin in der Cafeteria schon das zweite Weizen des Tages gekauft hatten und jetzt hinter ihnen in der Schlange standen und sich angeregt über Pete Sampras' zweiten Aufschlag unterhielten.

»Punkt für dich.« Hibiskus hörte auf, an seinen graubraunen Haaren zu ziehen, und fing an, sich eine Zigarette zu drehen.

Zurück in der Cafeteria, nachdem Robert das ausgeliehene Buch über das Elisabethanische Drama zurückgebracht hatte, beobachtete er am Nebentisch einen elend langen Menschen mit schmutzblonden langen Haaren, einem fusseligen Bart und einem Trilby-Hut aus Stroh. Auf seinem Schoß saß eine Frau. Mit der einen Hand rauchte er, die andere hatte er am Rücken besagter Frau unter ihrem T-Shirt. Sie kicherte. Der lange Mensch hatte schmale Augen und war käseweiß im Gesicht.

»Schau dir den an«, sagte Robert.

»Das ist Rothkowski«, sagte der angesprochene David Deininger und setzte sich mit einem Plastikbecher und viel Wucht zwischen Robert und Hibiskus. »Er besteht eigentlich drauf, dass man ihn ›Rothkauski‹ ausspricht. Dass du den noch gar nicht kennst. Der ist eine PT-Legende. Unser hauseigener Weltuntergangspoet.« PT stand für Philosophisch-Theologische Fakultät, zu der auch Roberts Studiengänge gehörten. »Der schenkt sich nichts, aber gönnt sich jede Menge«, summierte Deininger selbstzufrieden.

»Rothkauski«, wiederholte Robert nachdenklich und schaute zu, wie Rothkowski einen schwarzen BH unter dem T-Shirt der Frau auf seinem Schoß hervorzog.

Deininger sah auf eine eingebildete Uhr an seinem Handgelenk und applaudierte zu ihm hinüber. »Endlich unter dreißig Sekunden!«, rief er, und Rothkowski streckte zur Bestätigung einen Daumen in die Luft. »Bravissimo«, sagte David Deininger und drehte sich wieder zu Robert. »Der Typ ist unfassbar. Hat mehr Bücher in seiner Wohnung als die meisten Professoren hier und ist gar nicht in der Lage, sich wie ein normaler Mensch auszudrücken.«

»Rothkauski«, sagte Robert erneut. »Was ist das für ein Name?«

»Eigentlich heißt er Henning Roth, aber weil er so ein Bukowski-Fan ist und auch seine Lebensweise in die grobe Richtung geht ...«, fing Deininger an zu erklären.

»Dass der so mit den feschen Katzen kann«, unterbrach ihn Hibiskus. »Der Allerschönste ist er jetzt nicht. Wahrscheinlich ist er ein Gfrast.«

»Ein was bitte?«, fragte Robert.

»Ein Gfrast, ein Trickser, ein Täuscher«, sagte Hibiskus.

»Blödsinn, Biskus«, sagte David Deininger freundlich. »Der bringt die Girls halt zum Lachen. Das ist mehr wert als ein Gesicht wie ein Zehn-Mark-Schein.«

»Zumindest hat er die Frisur vom Zehn-Mark-Schein«, sagte Robert und ärgerte sich, dass ihm dieser Rothkowski die Aufmerksamkeit gestohlen hatte, die er eigentlich darauf hatte verwenden wollen, David und Hibiskus die Neuigkeiten vom Sex mit Antonia zu servieren. Jetzt war ein bisschen die Luft raus aus seinem geplanten Triumphmarsch, und es fehlte auch die Zeit, vor dem nächsten Kurs so weit auszuholen, vom AIDS-Test bis zum langersehnten Vollzug am heutigen Morgen.

*

Denn in der zermürbenden Wartezeit bis zum Sex mit Antonia Brandt hatte Robert immerhin Zeit für den AIDS-Test gefunden, zu dem Antonia ihnen geraten hatte.

Der Test glich in etwa dem, was er sich unter einer Nahtoderfahrung vorstellte. Er war mit Antonia zu einem ihnen beiden unbekannten Allgemeinarzt zum Blutabnehmen gegangen und eine Woche später noch mal, um die Ergebnisse abzuholen.

Antonia hatte sich ihre schon am Morgen vor Beginn ihrer Arbeit im Insel-Hotel besorgt, er selbst war erst um fünfzehn Uhr nach dem Al-Gore-Übersetzungskurs dazu gekommen. Im Wartezimmer hockend waren ihm alle bisherigen sexuellen Begegnungen seines Lebens durch den Kopf geschossen, dazu hatte er das Hochzeitsbild seiner Eltern vor seinem geistigen Auge gesehen, warum auch immer. Sein Vater stand darauf mit langen Haaren und einem Schnauzbart unter einem Hirschgeweih, sodass es aussah, als wären es seine Hörner. Die Mutter stand zwei Köpfe kleiner neben ihm und lächelte ihn freundlich von der Seite an. Sie hatte einen

Blumenstrauß in der Hand und trug einen weißen Minirock statt eines Hochzeitskleids. Ihre Haare waren kurz wie die von Mia Farrow in *Rosemary's Baby*.

Nachdem der Arzt ihm schließlich die Nachricht überbracht hatte, dass keinerlei Indizien für eine HIV-Infektion vorlägen, setzte er sich vors Goldene Kreuz und bestellte ein Weizen und ein Stück Apfelkuchen. Es war endlich warm genug, draußen zu sitzen, wenn auch noch mit Jacke. Aber die Regensburger neigten dazu, sich selbst im Februar auf ihre Plätze zu hocken, sobald es nur einen Hauch über zehn Grad plus hatte. Da wollte er nicht als verfrorener Provinzler auffallen. Er öffnete einen Brief von seiner amerikanischen Brieffreundin Greta Walsh, die er damals im Griechenland-Urlaub auf einer Schaumparty kennengelernt hatte, weil sie sich beide so deplatziert vorgekommen waren und Hamlet schon schlafend im Appartement lag. Sie hatten nur ein wenig am Strand herumgemacht, aber seitdem schrieben sie sich. Greta stand damals kurz vor ihrem Psychologiestudium in Boulder. Vor Kurzem hatte er ihr von seiner neuen Beziehung geschrieben und das gleich zum Anlass genommen, einen Kontaktabbruch anzukündigen. Nicht etwa weil Antonia eifersüchtig gewesen wäre oder er ein schlechtes Gewissen hatte, sondern weil ihn Gretas melancholisch-dramatische Briefe nervten, so wie der, den er gerade in der Hand hielt.

You are a loner, Robert. Always have been. Always will be. I couldn't stay for long by your side, just a little while but I'm thankful for each and every minute we shared under the same Greek sun. Everything is sad and beautiful at the same time and so are you. I'm so glad that you found your certain someone. Give her everything. Always love, Greta

»*Loner*« schmeichelte ihm irgendwie. Das war angenehm mysteriös. Ansonsten turnte ihn dieses Gönnerhafte ab. Dieses demütige Sich-um-jeden-Preis-für-den-anderen-Freuende. Immerhin war das Thema Greta damit erledigt, und AIDS hatte er auch nicht. Zufrieden biss Robert in den Apfelkuchen und rechnete aus, wie viele Stunden er noch auf sein erstes Mal mit Antonia Brandt warten musste.

*

Nach ihrem ersten Mal musste sich Robert eingestehen, dass er offensichtlich nicht die Hälfte von dem wusste, was Antonia über Sex wusste. Es war nicht so, dass er sich dumm angestellt hatte, doch ihm fehlte jegliche Selbstverständlichkeit. Er fühlte sich wie im Weltraum, auf einer Expedition, weit weg von daheim. Und er war viel zu konzentriert, um Spaß zu haben. Sie war viel lauter beim Sex als er, doch sie schämte sich weder währenddessen noch anschließend dafür. Ihre sonst so kindliche Stimme gewann dabei an unvorhergesehener Kraft. Nach dem Sex schien Roberts Gehör nicht mehr richtig zu funktionieren, und er hatte grüne Flecken vor den Augen. Sie lachte über die Nässe zwischen ihnen, ließ sein Sperma aus sich heraus zurück auf seinen Bauch tropfen und holte sich etwas zu trinken, bevor sie sich wieder zu ihm legte, während er immer noch ein Rauschen auf den Ohren hatte.

Noch am selben Abend fuhren sie nach ihrem zweiten Mal in die Altstadt zum Italiener auf dem Haidplatz, wo sie zu den letzten Gästen gehörten. Er bestellte Rigatoni mit Thunfisch und sie Spaghetti mit Muscheln. Er fühlte sich, als wäre er jetzt erst erwachsen. Mit der Freundin essen gehen in der glorreichen Altstadt, und dann beim Italiener, das war ein Ritterschlag. Dann fragte er sich aber auch gleich, wie Deininger das wohl finden würde, ob das wirklich noch Punk war.

»Wie oft willst du in Zukunft Sex haben?«, fragte er, noch mit der Gabel am Mund. Der Versuch, auch mal kokett zu sein.

»Jeden Tag mindestens ein Mal«, sagte sie und legte sich die rot-weiß karierte Serviette auf den Schoß. »Sooft wir es einrichten können. Solange die Libido mitmacht.«

»Und wann lässt die Libido nach?«, fragte er.

»Meine lässt nicht nach«, sagte sie, schnappte mit Daumen und Zeigefinger das weiche Fleisch aus der Muschel heraus, schnell und ungerührt wie eine Katze.

»Was war der extremste Sex, den du je hattest?«, fragte Robert.

»Weiß nicht. Auf dem Esstisch vielleicht.«

»Auf welchem Esstisch? Bei deinen Eltern?« Robert war innerlich entsetzt.

»Nein, bei Huberts Eltern.«

»Wer ist Hubert?«

»Hab ich dir das gar nicht erzählt?«

»Nein«, sagte er. Sie ignorierte seinen verschreckten Unterton, erzählte gut gelaunt weiter.

»Ich hab dir doch erzählt, dass wir bei den Englischen Fräulein in der Neunten den Tanzkurs mit den Domspatzen gemacht haben.«

»Okay ...«, sagte er und wünschte, er hätte nicht gefragt.

»Und weil unser katholisches Mädchengymnasium da immer zum ersten Mal in Kontakt mit Jungs kommt, flippen alle aus.«

»Und da hast du Hubert kennengelernt?«

»Na ja, der war eigentlich der Freund von Martha, aber sie hat ihn mir ausgeliehen. Zum Rummachen.« Sie nahm sich eine Zigarette aus seiner Schachtel.

»Ausgeliehen?«

»Ja. Sie hat auch schon mal mit einem von meinen Freunden geknutscht.« Antonia sagte das mit einer Selbstverständlichkeit, die Robert Angst machte vor dem, was er in Zukunft noch herausfinden würde, wenn er weiter nachfragte. Trotzdem fragte er nach.

»Und dann habt ihr auf dem Tisch?«

»Nein, Kokolores. Ich war doch erst in der Neunten. So hab ich Hubert nur kennengelernt. Das mit dem Tisch war erst vor ein paar Wochen. Da haben wir uns seit Langem mal wieder getroffen.«

Robert fiel fast die Gabel aus der Hand. »Vor ein paar Wochen? Warst du da nicht noch mit Christoph zusammen?«

»Nein, das war genau in der Woche zwischen Christoph und dir.«

*

Wenn er sich in letzter Zeit mit Hamlet traf, geschah das auch, um ihm zu erzählen, wie unglaublich es mit Antonia Brandt war. Hamlet nahm die Informationen pflichtbewusst auf, fragte allerdings nicht nach Details. Fragte eigentlich überhaupt nicht nach, wenn es um Antonia ging. Da Robert am Wochenende jetzt meistens mit ihr in seiner Wohnung übernachtete, fielen seine und Hamlets gemeinsamen Unternehmungen und Autofahrten meist aus, vor allem die nächtlichen zur Walhalla.

Die Walhalla war dem Parthenon in Athen nachempfunden, und Leo von Klenze hatte sie auf Geheiß von Ludwig I. zum Gedenken an »teutsche Persönlichkeiten« so demonstrativ über eine Biegung der Donau gebaut, als endete hier tatsächlich die Welt. Vor allem im Winter war er hier oft mit Hamlet, wenn sonst niemand da war. Die Walhalla war ihr nahe liegender Sehnsuchtsort, ein Ort, an dem sie unter sich waren, an dem sie die Stadt und die ihnen oft rätselhafte Gesellschaft nicht nur hinter sich, sondern unter sich ließen. An dem sie das Gefühl hatten, dass es eine höhere Logik gebe als nur das Abarbeiten von Stationen eines Lebenswegs, ein Ort, an dem man manchmal, wenn es ganz still und einsam war, für Bruchteile von Sekunden alle Zusammenhänge begreifen konnte. Oder es zumindest denken.

Hinter einem geräumigen Parkplatz, auf dem im Sommer oft die Ausflugsbusse parkten, führte eine lang gezogene und dennoch ordentlich ansteigende Treppe hoch zum megalomanischen Klenze-Tempel. An der Ostflanke tauchte man unter den mammutbaumdicken dorischen Säulen hindurch, bis man auf der nach Norden hin offenen Seite angelangt war, am oberen Ende einer Treppe, die sich hinunter zum Tal hin öffnete, zur Donauschleife, in der selbst im Winter manchmal nachtbeleuchtete Transportkähne vor Anker lagen.

Auf den obersten Stufen saßen sie dann und überlegten, warum das Leben immer wieder in die absurdesten Ritzen fiel. Dort hatte ihm Hamlet auch vor ein paar Monaten das erste Mal vom Nierenversagen seiner Mutter erzählt.

Was ist eine Dialyse?, hatte Robert gefragt.

Eine Blutwäsche, hatte Hamlet gesagt und versucht, eine selbstgedrehte Zigarette anzuzünden. Doch der harsche Februarwind über dem Bräuberg hatte darüber nur schmunzeln können.

Blutwäsche? Klingt nach Cronenberg.

Im Körper ist halt so ganz viel Scheiße vom Stoffwechsel abgelagert. Also wortwörtlich. Und ohne Niere ist da niemand, der sauber macht.

Und was unternimmt man dagegen? Robert hatte den Reißverschluss seines Ski-Anoraks ganz nach oben gezogen. Auf der Walhalla war man dem Wetter schutzlos ausgesetzt.

Die Mama hat so ein Gerät zu Hause, das tauscht das Blut aus. Sie sitzt da stundenlang.

Kann man fernsehsehen nebenbei?

Natürlich.

Am Tag nach dem siebten Mal Sex mit Antonia Brandt verspürte Robert das dringende Bedürfnis, mit Hamlet auf die Walhalla zu fahren, um das Erlebte via Hamlet zu verarbeiten. Antonia war ohnehin mit einer Freundin verabredet, die Gelegenheit war günstig. Doch Hamlet war schon von ein paar Zivildienstkollegen zum Kickern verpflichtet worden. Da Robert nicht gut im Kickern war, verzichtete er darauf, sich selbst einzuladen, und verbrachte seine erste Samstagnacht allein in der Wohnung am Ziegetsberg.

Aus dem Gasthaus Griesnagel holte er sich zwei Bierflaschen, legte sich auf sein Bett und schaltete das Musikfernsehen ein. Nach einer Stunde war ihm so langweilig, dass er zu Fuß in die Stadt hinunterging und sich ins Floyd an die Theke setzte, wo ihm Hans der Pächter mit den ergrauenden langen Locken einen Wodka Lemon hinstellte.

»Aufs Haus«, sagte er.

»Aufs Haus?«, fragte Robert, weil »Aufs Haus« alles andere als ein typischer Satz für Hans den Pächter war.

»Genau. Aufs Haus. Weil's eh wurscht ist.« Hans der Pächter hob Roberts Glas hoch, noch bevor der anfangen konnte zu trinken, und wischte aggressiv über die stark zerkratzte Glasplatte auf dem Tresen.

»Warum ist es wurscht?«, fragte Robert und nahm endlich einen Schluck.

»Weil wir bald zusperren müssen«, sagte Hans, drehte sich um und wischte an den Streben des Baumarkt-Regals weiter, in dem die Rialto-Gläser und die Schnapsflaschen standen. Das ganze Regal wackelte, und er musste einen Fernet Menta auffangen, der sich aus der Reihe gelöst hatte. Er redete jetzt mit dem Rücken zu Robert, sodass der sich stark konzentrieren musste, um bei der Musik noch etwas zu verstehen.

»Die Uni dreht uns den Hahn zu«, sagte der Pächter. »Die wollen einen Fahrradkeller hier reinmachen.« Jetzt drehte er sich um, und noch mit dem Lappen in der Hand spuckte er einen dicken Hering ins Spülbecken. »Da stirbst du doch den Märtyrertod. Einen Fahrradkeller. Haben die den Zirkus Roncalli gefrühstückt?«

Robert schüttelte fragend den Kopf. Wie so viele Kneipen in der Stadt lag das Floyd auf Kellerebene und war nur durch eine steile Treppe zu erreichen, die quasi unter die mittelalterlichen Stadtpaläste führte. Auch deshalb nannte man die Altstadt vielleicht »Bermuda-Dreieck«. Egal, wo man landete, man ging fast immer unter.

»Mit einer Rampe statt einer Treppe«, sagte Hans der Pächter.

»Ich versteh's noch nicht ganz«, sagte Robert. »Wieso ausgerechnet ein Fahrradkeller? Und wieso die Uni?«

»Weil der das Haus gehört. Die Mieter oben haben sich beschwert. Über die Musik. Obwohl ich letztes Jahr für zehntausend Mark noch diese Dreckschallschutzdecke eingebaut hab. Und jetzt kommt ein Fahrradkeller, da haut's dir doch den Vogel raus. Was Besseres fällt denen nicht ein. Wenn's wenigstens ein Weinkeller wäre. Aber ein Fahrradkeller, geh, leck mich doch am Arsch, das ist doch würdelos. Dafür steh ich jetzt seit acht Jahren jeden Abend hier drin. Dafür, dass die einen Fahrradkeller aus meinem Laden machen.«

Robert gab sich Mühe, nicht allzu schnell von seinem geschenkten Getränk zu trinken. »Wann macht ihr denn zu? Oder ist das letzte Wort noch nicht gesprochen?«, fragte er nach.

»Wir machen zuallererst mal einen Artikel in der Zeitung. Der Rolli Gerber ist doch bei der *Mittelbayerischen*. Der kann was schreiben. Du kennst doch den Rolli?«

Robert schüttelte den Kopf.

»Der war doch auch mal kurz mit deiner Antonia zusammen. So ein grauhaariger, älterer Typ mit Hornbrille. Sitzt immer ganz rechts am Tresen. In letzter Zeit war er nicht mehr so oft da, weil er jetzt eine Abiturientin als Freundin hat. Der Rolli. Geh, den kennst du doch?«, nickte ihm der Pächter auffordernd zu.

Robert, dem sich ein bisschen der Magen umgedreht hatte, schüttelte mit halb offenem Mund den Kopf.

»Das Wirtschaftswunder macht übrigens auch bald zu, falls du es nicht wusstest. Da kommt so ein Cocktail-Mexikaner von einer Münchner Kette rein.«

»Wirklich? Das Wirtschaftswunder?«, sagte Robert, der noch kein einziges Mal im Wirtschaftswunder gewesen war. Ein empörter Tonfall schien jedoch angebracht zu sein. Er wusste nur, dass montags viele ins Wirtschaftswunder gingen, denn da war Happy Hour. Überhaupt gab es für jeden Werktag eine Kneipe, auf die sich offensichtlich alle einigen konnten und die dann knüppelvoll war. Wenn man es gut organisierte, konnte man über die gesamte Woche eine nie endende Happy Hour in der Altstadt erleben. Nur am Sonntag war Pause mit der Selbsthinrichtung, aber selbst da hatten ja zig Cafés geöffnet, in denen die Leute auch tagsüber ihren Grünen Veltliner tranken.

Natürlich war es ärgerlich, wenn das Floyd schloss, immerhin war es seine erste Stammkneipe in der Altstadt gewesen und der Ort, an dem er Antonia kennengelernt hatte, doch es wollten sich weder Wut noch Sentimentalität bei Robert einstellen. Im Gegenteil, je mehr Hans der Pächter schimpfte, desto gleichgültiger wurde es ihm.

»Weißt du übrigens, wer der prominenteste Absolvent von der beschissenen Uni da oben ist?«, fragte Hans.

»Keine Ahnung. Gloria von Thurn und Taxis?«, fragte Robert.

»Blödsinn, die Gloria hat doch nicht studiert. Mit neunzehn war die schon die Punker-Fürstin und hat das Geld von ihrem Johannes verjubelt.«

»Dann weiß ich es auch nicht.«

»Der Stoiber natürlich. Das sagt doch schon alles über diesen Verein.« Hans der Pächter fischte mit einem Teelöffel im Spülbecken nach seinem gelbgrünen Auswurf, der hartnäckig an der Oberfläche trieb.

»Ich will ja jetzt nicht klugscheißen, Hans, aber sind's nicht gerade die Studenten, die die Gastro in der Altstadt auf Trab halten? Meine Eltern haben erzählt, bevor die Uni kam, war in der Altstadt der Hund verreckt«, sagte Robert und schob sein halb leeres Glas von sich weg.

»Um Gottes willen, du bist ja auch einer von denen, oder?«, sagte Hans und griff blind hinter sich ins Whiskey-Tumbler-Regal, wo seine goldenen Marlboro Lights lagen. »Dann kannst du dir ja bald eine Wohnung hier im Haus mieten und in Zukunft dein Fahrrad da abstellen, wo du jetzt sitzt.«

6
CHEMIE

»Das war aber natürlich nicht das erste Mal, das ich einem Mann einen geblasen habe«, sagte Henry und straffte seinen Rücken, sodass er wie ein Strich vor Robert saß.

Robert schaute ihn andächtig an und wollte sich möglichst unauffällig zurücklehnen. Dabei bemerkte er zu spät, dass er auf einer Bierbank saß, und konnte sich gerade noch im Kies hinter sich abstützen.

»Hast du dich erschreckt?«, fragte Henry und kratzte sich durch seine grüne Jeans am Knie, während Robert mit den Händen in der Luft ruderte, um wieder nach oben zu kommen.

»Überhaupt nicht«, sagte er. »Es war nur, weil da plötzlich keine Lehne mehr war. Die Stühle drüben unter der Edelkastanie haben alle Lehnen.«

»Plötzlich keine Lehne mehr«, wiederholte Henry amüsiert.

»Urplötzlich«, sagte Robert und wischte sich die vom Kies dreckigen Finger an seiner abgeschnittenen Bundeswehrhose ab.

Der Biergarten der Alten Mälzerei war bis auf den letzten Tisch besetzt. Der Mai hatte mit einem so furiosen wie plötzlichen Wärmeeinbruch begonnen, dass überall noch die Beläge des Winters wie abgestorbene Blätter und Spuren von verwehtem Streusalz auf Bänken und Tischen hafteten. Es hatte selbst abends noch fünfundzwanzig Grad, doch es sah aus wie im Februar, selbst die Bäume waren zum Teil noch kahl.

Die Abschlussklausuren des ersten Semesters hatte Robert alle bestanden, ganze sechs Scheine hatte er in der Tasche, was er der Sorgfalt seiner Mitstudenten und einem gewissen Last-Minute-Fleiß verdankte, der ihn immer dann überkam, wenn er realisierte, dass die Konsequenzen seiner Bequemlichkeit ihm das Leben in Zukunft noch viel unbequemer gestalten würden.

Die Semesterferien hatte er überwiegend in der Stadt verbracht. Tagsüber, wenn Antonia arbeiten musste, hatte er an einer Hausarbeit über Modalverben gesessen oder einfach nur Musikfernsehen geschaut. Die Gärtnerei hatte er zum Leidwesen seiner Mutter so gut es ging gemieden, denn gleich nach Semesterende war er nur kurz zum Wäschewaschen da gewesen und schon hatte ihn der Vater die Freilandtomaten und den Chicorée aussäen lassen. Das war ihm eine Lehre gewesen.

Es war jetzt die dritte Woche des Sommersemesters, und er hatte sich dagegen entschieden, mit David und den anderen zur *Star-Trek*-Nacht ins Ostentor-Kino zu fahren, wo sie Teil eins bis sieben hintereinander zeigten. Zwar traf er sich neuerdings mit Hibiskus, Rothkowski und manchmal auch Blues Brother Ganserer mindestens zweimal in der Woche nach den Vorlesungen bei David Deininger, um aus einer Bong zu rauchen und gleichzeitig *Star Trek: The Next Generation* zu schauen, doch sieben Teile am Stück war ihm dann doch zu viel des Guten. Er war weiß Gott kein *Trekkie*. Zugleich war das eine gute Gelegenheit, ein bisschen Unabhängigkeit von der sich formierenden Clique zu demonstrieren. Cliquen überforderten ihn mit ihrer Erwartungshaltung. Es gab immer so etwas wie Anwesenheitspflicht, irgendeinen Verhaltenskodex, den man erst zu spät identifizierte, und früher oder später wurde allen eine Rolle zugeteilt. Und wenn man der nicht entsprach, zog das Ärger und Verdruss nach sich. Erwartungshaltungen anderer machten ihn nervös. Ihm reichten die seiner Eltern.

Außerdem hatte er eigentlich geplant, stattdessen mit Antonia auf die Winzerer Höhen zu fahren, doch ein Streit war dazwischengekommen. Und da er bei dem schönen Abendwetter nicht allein im Schatten des Fernsehturms sitzen wollte, hatte er sich mit seinem schwulen Kommilitonen Henry verabredet und fühlte sich ein wenig einsam, aber wenigstens ziemlich modern dabei. Sollten die anderen sich mit abgelaufenen Erdnussflips, dem lauwarmen Thurn-und-Taxis-Pils und sieben *Star-Trek*-Filmen verlustieren, er war einen Schritt weiter als diese archaischen Männerrunden.

Henry war schon im ersten Semester sehr zuvorkommend gewesen, hatte ihn von Anfang an mit in die Kursräume genommen, als er sich noch ständig verlaufen hatte. Im Einführungsseminar *Neue Deutsche Literatur* hatte Henry im Gegensatz zu den anderen ausschließlich schlaue oder praktikable Fragen gestellt, zum Beispiel, ob Ludwig Anzengrubers Idee vom »Entgöttern« der Welt nicht eine generelle Lebensphilosophie darstelle und es deshalb problematisch sei, ihn auch den Naturalisten zuzuordnen. Nein, hatte der junge Dozent Neubauer gesagt, das sei es nicht, weil Anzengrubers poetischer Realismus mit diesen unwirklichen und milieugetriebenen Figuren den Naturalismus schon vorwegnehme oder zumindest ankündige. Außerdem hatten sich Henry und Robert beide an dem Satz »Au weh! Hebt schon wieder so ein sakrischer Tag an« aus dem Stück *Gwissenswurm* erfreuen können. Es war ihre morgendliche Begrüßung vor Kursbeginn geworden.

»Und wie ist das mit dem Sex?«, fragte Robert und versuchte, eine ähnlich aufrechte Haltung wie Henry einzunehmen, doch er bekam seinen Rücken nicht gerade, ohne dass seine Arme sich wie Zehn-Kilo-Hanteln anfühlten. Aus dem Augenwinkel nahm er wahr, wie ein Kellner mit Dreadlocks nahte, und er hob präventiv sein Bierglas, um anzudeuten, dass er noch eins wolle.

»Wie ist was mit dem Sex?«, fragte Henry unverhältnismäßig gereizt zurück, wie Robert fand, und zog an einer Lucky Strike, blies den Rauch zur Seite weg. »Soll ich dir jetzt die Technik erklären?«

»Nein, nein, die hab ich schon begriffen. Ich wollte eher fragen, ob man nicht, also ob es nicht … Vergiss es.«

»Hör mal«, sagte Henry, und jetzt verebbte sein mild spöttischer Gesichtsausdruck und machte einer verhärteten Unterlippe Platz. »Ich sitz hier auf keinem Wissenschafts-Panel, wo man den exotischen Schwulen alles fragen kann, was man schon immer über Schwule wissen wollte. Und ja, es tut am Anfang weh, in den Arsch gefickt zu werden. Und es finden auch nicht alle gleich geil. Auch nach vielen Jahren nicht. Das wolltest du doch wissen, oder?«

Robert hatte sein Bierglas wieder gesenkt, der Kellner mit den Dreadlocks war achtlos an ihm vorbeigelaufen. »Sorry«, sagte er. »Hat mich halt beschäftigt.«

»Und warum hat's dich beschäftigt?« Henry zog eine Augenbraue hoch. Das hätte Robert auch gerne gekonnt. Genau wie auf zwei Fingern pfeifen. Doch in beiden Disziplinen Fehlanzeige.

»Na ja, das Leben ist lang. Vielleicht kommt man ja noch mal auf den Trichter.«

»Den Trichter«, wiederholte Henry und schüttelte den Kopf. Dann räusperte er sich, schloss kurz die Augen, und zurück war das mild spöttische Lächeln. Er drückte seine Zigarette aus. »Sagt man das überhaupt noch? Auf den Trichter kommen?«

»Ich denke schon«, sagte Robert. »Wissen deine Eltern, dass du schwul bist?«

»Wissen deine, dass du hetero bist?«

*

Später saß Robert zu Hause auf dem Bett, trank die Reste eines wahnsinnig schlechten Wodkas, den er bei Norma gekauft hatte, und wartete auf das Klingeln des Telefons. In der Stereoanlage steckte eine Demo-Kassette, die ihm David Deininger geliehen hatte, eine Linzer Punkband namens Trümmer sind Steine der Hoffnung.

Seiner Rechnung nach mussten die anderen jetzt bei *Star Trek: Am Rande des Universums* angekommen sein. Er dachte kurz über die Starfleet-Namen nach, die sie sich selbst beim Bong-Rauchen gegeben hatten. David war der klingonische Waffenexperte Lieutenant Stumpf, dann gab es Schiffsarzt Dr. Beverly Hibiskus, Rothkowski als Captain Rothcard und er selbst war der Erste Offizier William Bleyker. Wenn Ganserer sporadisch vorbeischaute, war er Gansi LaForge oder auch Gansi Wonder, blinder Schiffspianist. Hibiskus hatte sich als Einziger seinen Namen nicht selbst aussuchen dürfen, David hatte ihn bestimmt.

Gestern Abend hatte er mit Antonia gestritten, weil sie vorhatte, im Juli mit ihrer Freundin nach Malta zu fliegen. Ohne ihn. Das war aber noch nicht alles. Auf Malta wohnte ein Ex-Freund, von dem sie ihm bereits erzählt hatte. Ein Tänzer. Ein Bewegungstalent durch und durch. Und dann war da noch ihre Freundin Martha, eine noch freizügigere Person als Antonia, die eine Au-pair-Stelle in Valletta angenommen hatte, nachdem sie sich zu Hause von ihrem Freund, einem Musiker, getrennt hatte. Bei Robert waren eh schon alle roten Lampen an, wenn es um Martha und den Tänzer aus Malta ging, aber als Antonia Robert dann noch ganz stolz von ihrem bereits gebuchten Flug berichtet und erwartet hatte, dass er sich für sie freute, hatte Robert das Gesicht verzogen, als müsste er einen Erbschaftsverzicht unterschreiben.

»Freust du dich nicht?«, wollte sie wissen.

»Freuen?«, fragte er ungläubig, als kennte er die Vokabel nicht.

»Ja, freuen. Du, ich mach jetzt seit einem Jahr diese Ausbildung und hatte noch keine drei Tage Urlaub am Stück. Und jetzt kann ich in die Sonne, zu meinen Freunden.« Sie strich sich einen Tick zu schnell die Haare hinter das Ohr, ein Zeichen dafür, dass sie sauer wurde.

»Zu deinem Ex«, stellte er klar.

»Der wohnt da eben zufällig. Außerdem ist er kein Ex, nur eine

Ex-Affäre. Macht dich das so eifersüchtig, dass du dich nicht für mich freuen kannst?«

›Eifersüchtig‹ ist jetzt nicht das richtige Wort«, sagte Robert und stand auf, um ohne ersichtlichen Grund das Fenster zu schließen. Es war alles andere als kalt in der Wohnung.

»Und was ist das richtige Wort?«, fragte sie und strich erneut ihre Haare zurück. Jetzt war das andere Ohr dran.

»Es ist nur ein Gefühl, mehr nicht.«

»Denkst du, dass ich wieder was mit Olivier anfange?«

»Nein, natürlich nicht«, sagte er und setzte sich wieder zu ihr aufs Bett, diesmal in größerem Abstand.

»Dann gib doch einfach nichts auf dein Gefühl.« Sie stand auf und ging ins Bad. »Hast du dich jetzt beruhigt?«, fragte sie deutlich sanfter, als sie wieder da war und die Hand auf seine legte.

»Ich habe mich gar nicht aufgeregt«, sagte er. »Aber wie wäre es denn für dich, wenn ich alleine in Urlaub fahre, dahin, wo erstens eine Ex-Freundin von mir wohnt und zweitens ein alter Freund, mit dem ich was weiß ich für Exzesse gefeiert habe?«

»Du hast dich also nicht beruhigt«, sagte Antonia überraschend säuerlich und zog ihre Hand weg.

»Warum muss ich mich denn beruhigen, wenn ich etwas empfinde? Kann ich nicht authentisch sein?« Er ergänzte: »Also echt sein?«

»Ich versteh schon, was ›authentisch‹ bedeutet, ich bin nicht blöder als du, nur weil ich eine Ausbildung mache, Herr Student.«

»Ist ja gut, war nicht so gemeint.«

»Und natürlich sollst du echt sein, solange du nicht kleinlich und eifersüchtig bist. Das ist nämlich respektlos, weil ich fast mein ganzes Leben nach dir ausrichte und sich siebzig Prozent meiner Gedanken um dich drehen.« Jetzt stand sie auf.

»Warum stehst du auf?«, fragte er, während sich sein Magen zusammenzog.

»Weil ich jetzt gehe. Weil du dich überhaupt nicht für mich interessierst. Sondern nur dafür, was du fühlst.« Sie nahm ihre Jeansjacke von einem der Garderobenhaken, die schon vor Roberts Einzug in der Flurwand gesteckt hatten. »Oh, ich bin Robert Bley und ich fühle ja so viel«, fügte sie hinzu und warf die Arme theatralisch in die Luft.

»Du gehst jetzt einfach? Lässt mich hier sitzen, nur weil ich ein bisschen traurig bin, weil du wegfährst?« Robert stand auch auf. Schnell. Fuhr förmlich in die Höhe. Sie wich einen Schritt zurück.

»Traurig wirkst du nicht. Wütend bist du.«

»Weil du gehst. Und dich auch noch über mich lustig machst.«

»Weil ich keine Lust habe, mir von dir den Urlaub verderben zu lassen.«

»Dann hau doch ab.«

»Genau das mach ich. Adios.« Sie hatte eh schon die Türklinke in der Hand gehabt, jetzt ging sie einfach. Als wäre das nicht der für ihn komplizierteste emotionale Vorgang, als wüsste sie nicht, wie weh es ihm tat, einfach so hier zurückgelassen zu werden. Sie ging, als machte es ihr nicht das Geringste aus.

»Ignorante Kuh«, brüllte er ihr durchs Treppenhaus hinterher. Und zwanzig Sekunden später: »Tut mir leid, Toni. Tut mir leid. Komm wieder zurück!«

*

Wenn man nach dreiundzwanzig Uhr in seine Wohnung über der Gaststätte Griesnagel wollte oder sie verließ, musste man sich mit den beiden riesigen Schäferhunden herumärgern, die der Griesnagel senior abends im Garten anleinte. In der Regel merkten sich die Bestien schnell, wer zum Haus gehörte und wer nicht, doch bei Robert blieben sie auch im zweiten Semester noch skeptisch und knurrten ihn mit triefenden Lefzen an, als wollten sie ihm in dem

Moment ein Bein abbeißen, in dem er sich an ihnen vorbeidrückte. Als siebenjähriges Kind war Robert vom herumtollenden Irish Setter seiner Tante über den Haufen gerannt worden. Der Hund hatte sich auf ihn gesetzt und ihn nicht mehr aufstehen lassen. Das war für den Hund offensichtlich ein großer Spaß gewesen, aber Robert hatte in dem Moment mit dem Leben abgeschlossen. Zwei Jahre später war besagter Irish Setter eingeschläfert worden, weil er das Nachbarskind seiner Tante reflexhaft in den Kopf und damit ins Koma gebissen hatte. Es war ihm aus Versehen auf den Schwanz gestiegen. Das bestätigte Robert nur in seiner Urangst vor großen Hunden.

Trotz seiner Abscheu vor den Schäferhunden verließ Robert am späten Abend noch einmal das Haus, auch wenn er schon mit Henry im Biergarten gewesen war. Zu unruhig machte ihn der Gedanke an den Streit mit Antonia und noch unruhiger die Tatsache, dass sie sich nicht meldete. Einer der Schäferhunde schlief, der andere hob nur kurz müde den Kopf. Die Luft war wieder kühl und klar, doch es lag noch der Geruch dieses außerordentlich warmen Maitages in der Luft. Ein bisschen Grillkohle, ein bisschen Deodorant, aber noch keine Sonnencreme.

Er hatte kurz überlegt, noch quer in die *Star-Trek*-Nacht einzusteigen, doch dann war ihm eingefallen, dass unten im Thoma-Heim, genannt »Koma-Heim«, ein Weinfest war, er hatte einen entsprechenden Aushang in der Cafeteria gesehen. Er schloss sein Mountainbike am Zaun auf und ließ sich den Berg hinunterrollen. Man musste noch nicht einmal in die Pedale treten, um Geschwindigkeiten von bis zu 45 km/h zu erreichen, so steil fiel der Berg in Richtung Altstadt ab. Auf dem Weg nach unten, auf dem er ohne eigenes Zutun an Fahrt aufnahm, fühlte er sich zum ersten Mal an diesem Tag befreit von den Stimmungen, die durch seine Beziehung zu Antonia entstanden. Er nahm sich vor, sich nicht so abhängig von Antonia zu machen, und glitt friedlich und in hoher Geschwindigkeit den Ziegetsberg hinunter.

Auf Höhe der Kreuzung Karl-Stieler-Straße musste Robert schärfer bremsen, weil ein Auto von rechts kam, was überraschenderweise dazu führte, dass der Bremsblock seinen Vorderreifen zerfetzte. Das Fahrrad stellte sich auf, warf ihn ab, er schlitterte mit den Händen voraus die Straße entlang, und hätte er den Kopf nicht unten gehalten, hätte ihn noch sein eigenes Mountainbike geköpft, das über ihn hinweggeschossen kam.

Eine halbe Minute lang blieb Robert liegen, um zu verstehen, was passiert war. Dann stand er auf und merkte, dass seine Hände bluteten. Seine Hose war zerrissen, und er konnte die linke Hand kaum benutzen, die Verbindung zwischen Unterarm und Hand war offenbar teilweise unterbrochen. Mit der rechten zog er das Rad von der Straße und lehnte es an einen Mülleimer. Dann lief er die Augsburger Straße hoch zu seiner Wohnung, vorbei an den mittlerweile schlafenden Schäferhunden, und legte sich ins Bett, das Licht eingeschaltet, die blutenden Hände in ein Handtuch gesteckt.

Nach einer Weile bemerkte er, wie sehr sein linkes Handgelenk schmerzte, und er holte sich das grüne Tastentelefon ins Bett. Jemand musste ihn ins Krankenhaus fahren. Seine Bong-Clique schaute vermutlich gerade das Ende von *Star Trek: Das unentdeckte Land,* und Hamlet hatte ihn wissen lassen, dass er die ganze Woche an der Bewerbungsmappe für sein Architekturstudium arbeite und nicht ansprechbar sei und deshalb auch nicht ans Telefon gehen würde. Das hätte man nicht so wörtlich nehmen müssen, aber Robert suchte ohnehin nach der besten Ausrede, um sich bei Antonia zu melden.

»Wer ist denn da noch?« Die Stimme von Antonias Mutter klang nicht verärgert, nur leer.

»Hier ist Robert, Frau Brandt, tut mir leid, dass ich noch störe, aber ich hatte einen Fahrradunfall, ist Antonia da?«, sagte Robert.

»Warum rufen Sie nicht den Notarzt an, Robert? Der ist wenigstens noch wach um die Uhrzeit.« Sie legte offenbar den Hörer weg, und kurze Zeit später war Antonia dran.

»Was hast du denn gemacht?«

»Die Vorderbremse hat meinen Reifen zerfetzt.«

»Wie bitte?«

»Ich hatte einen Fahrradunfall.«

»Weil du so gerast bist?«

»Nein, weil der Bremsblock den Vorderreifen zerfetzt hat. Der saß wohl zu weit unten.«

»Das verstehe ich nicht.« Sie klang müde und verwirrt, aber dennoch besorgt und vor allem nicht mehr verärgert.

»Der Reifen ist nicht das Problem«, sagte Robert und gab sich Mühe, schwer angeschlagen zu klingen. »Mit meinem Handgelenk ist etwas nicht in Ordnung. Es ist vielleicht gebrochen.«

»Gebrochen?« Sie wurde kurz lauter, auch wenn das bei ihr Nuancen waren. »Aber wieso bist du dann nicht im Krankenhaus?«

»Weil alle, die mich fahren könnten, in der *Star-Trek*-Nacht sind.«

»Wo?« Sie schien kurz zu überlegen. »Und was ist mit dem Notarzt? Der ist ja wohl nicht in der *Star-Trek*-Nacht.«

»Nein«, sagte er und schämte sich ein wenig. »Ich dachte halt, Notarzt ist übertrieben.« Dann wartete er ab.

»Soll ich dich abholen und ins Krankenhaus fahren?«, fragte sie in die Funkstille.

»Wenn das ginge …«, sagte er.

*

Zwanzig Minuten später kam sie im alten mattgrünen Opel Kadett ihres Vaters angefahren und brachte ihn ins Uniklinikum. Im Autoradio lief eine Ballade von Bryan Adams. Der diensthabende Arzt stellte fest, dass nichts gebrochen war, aber dass Elle und Speiche sich verschoben hatten und die Elle nicht mehr im richtigen Kontakt mit dem Mondbein stand. Nicht der Rede wert, meinte der

Arzt. Robert bekam eine Schiene für sein Handgelenk, die mit einem engen Verband bis hoch zum Ellenbogen fixiert wurde. Wenigstens sah es nach einer ernsthaften Verletzung aus. Danach fuhr Antonia ihn zurück auf den Ziegetsberg und schlief mit ihm, natürlich mit größter Rücksicht auf sein Mondbein.

»Würdest du eigentlich gerne mit nach Malta kommen?«, fragte sie ihn danach.

»Sehr gern«, sagte Robert.

*

Anderthalb Wochen später hatten sich Mondbein und Elle wieder ausreichend angenähert, um mit David und Hibiskus auf die Sommerfeier der Biologen zu gehen, die draußen an dem kleinen Bach stattfand, der sich von den Biologen bis hinüber zu den Außensportanlagen zog.

Bei Robert in der Wohnung hatten sie bereits Joghurt mit zerkleinerten Haschisch-Stücken gegessen, und jetzt warteten sie auf die Wirkung.

»Merkst du was?«, fragte Robert David, als sie die kleine Brücke gegenüber vom Rechenzentrum in Richtung Biologie passierten.

»Eigentlich noch nicht. Aber ich muss jetzt eh rüber an den Tequila-Stand und mit Yvette einen Schnaps trinken.«

»Wer ist Yvette?«, fragte Robert.

»Eine Neuseeländerin«, sagte David.

»Was sagt deine Freundin dazu?«, fragte Hibiskus.

»Das musst du sie selbst fragen«, sagte David und lachte missmutig. David hatte sich in den letzten Semesterferien von Lydi getrennt, die ihn mit einem langhaarigen Musiker mit Ziegenbart betrogen hatte, und seine neue Freundin Irmi studierte in Tübingen, die beiden trafen sich nur jedes zweite Wochenende. Er hatte sie gegen Ende der Semesterferien auf einem Konzert in Nürnberg kennengelernt. Robert hatte Irmi noch nicht getroffen, wunderte sich aber schwer, wie David nach Lydi, mit der er immerhin drei Jahre zusammen gewesen war, so schnell wieder eine neue Freundin haben konnte und gleichzeitig offensichtlich eine Neuseeländerin kennengelernt hatte.

»Geh zu, Bley, dann saufen *wir* uns heute einen Dulliöh an. Bis das Dope ins Blut haut, wird's sonst Allerheiligen«, sagte Hibiskus, und schließlich standen sie zu dritt am Tequila-Stand und bekamen von der muskulös aussehenden Neuseeländerin jeweils fast ein Limonadenglas voll mit weißem Tequila eingeschenkt, es war brutal.

Danach lag er mit Hibiskus am kleinen Bach, und sie rauchten dessen Selbstgedrehte.

»Das da ist Milzkraut«, sagte Robert und deutete auf eine Reihe gelber Blumen am Bachufer.

»Das hat's bei uns am Bergbach auch«, sagte Hibiskus.

»Ja klar, bei euch wächst das ganz natürlich. Hier hat es jemand angesiedelt. Weißt du, Biskus, Milzkraut ist ein Geophyt. Da überdauern die Erneuerungsorgane unter der Erde«, sagte Robert, dem schwindlig von dem Tequila-Overkill war und der selbst nicht genau verstand, warum er über Milzkraut dozierte.

»Bist du deppert? Das ist doch mal eine Information von größter Dringlichkeit. Wieso wirst du nicht gleich Gärtner?«, fragte Hibiskus. »Ist doch ein herrlicher Beruf. Immer an der frischen Luft. Kannst sicher auch dein eigenes Gras samt Erneuerungsorganen anbauen.«

»Auf gar keinen Fall. Es reicht schon, dass ich genauso heiße wie mein Vater. Da mach ich nicht auch noch denselben Beruf«, sagte Robert bierernst und stand auf, um Antonia in den Arm zu nehmen, die in sein Blickfeld getreten war. Hibiskus schaute ehrfurchtsvoll zu ihr hoch.

»Hallo, Hibiskus«, sagte sie und machte große, freundliche Augen für ihn nach unten. Sie trug hellblaue Bermudas und eine weiße, kurzärmelige Bluse. Ihre Haare waren jetzt so lang, dass sie sie hinten zusammenbinden konnte. Auch waren sie viel glatter als damals im Floyd, als er sie zum ersten Mal gesehen hatte. Er hatte sich noch nicht zu fragen getraut, aber vielleicht hatte auch sie damals eine Dauerwelle gehabt.

»Mylady«, sagte Hibiskus, und man merkte ihm an, dass er gerade nicht aufstehen konnte, so gern er es getan hätte.

»Habt ihr schon so viel getrunken?«, fragte Antonia.

»Wir haben vor allem auch was gegessen«, sagte Hibiskus. Robert warf ihm einen verstohlen strengen Blick zu. »Aber nur ein Abschnitzel«, fügte er hinzu.

»Ein was?«, fragte Antonia.

»Eine Kleinigkeit«, erklärte Hibiskus, und Antonias Blick war anzumerken, dass sie keine Ahnung hatte, wovon er sprach, aber auch keine weiteren Anstrengungen unternehmen würde, um es herauszufinden.

»Ich geh mal mit der Toni was zu trinken holen«, sagte Robert. »Du liegst ja hier gut.«

»Eh«, sagte Hibiskus und schloss die Augen.

Um den Tequila-Stand machte Robert einen Bogen. Dann kaufte er sich selbst am Eingang zum Fakultätsgebäude eine Cola und Antonia einen Weißwein, den jemand aus einem Tetra Pak eingoss. Jetzt spürte er das Haschisch aus dem Joghurt dann doch recht deutlich. Es war, als würde er auf elastischem Rasen laufen. Auf einem Trampolin aus Gras sogar. Dementsprechend unsicher waren seine Schritte.

»Du, ich glaube, ich bin high«, sagte Robert entschuldigend, und Antonia legte beide Arme um ihn, als wäre sie stolz auf ihn.

»High gefällst du mir ganz gut. Da siehst du nicht alles so eng.«

»Ich seh auch sonst nichts eng«, sagte Robert und war kurz davor, das Gleichgewicht zu verlieren. »Ich bin nur ein Stürmer und Dränger.«

»Ein Spinner und Drängler bist du höchstens. Kannst du mir einen der Hörsäle zeigen?«, fragte sie.

»Ich glaube nicht, dass die abends noch offen sind. Und unsere Hörsäle sind auch ganz woanders.«

»Ach komm, dann irgendeinen. Ich leb schon hundert Jahre in der Stadt, aber war noch nie in einem Hörsaal hier«, sagte Antonia, löste sich von ihm und ging auf das gegenüberliegende flache Gebäude zu, in dem auch Robert noch nie gewesen war. Ein Schild auf dem Weg ließ sie wissen, dass es sich um die Fakultät für Chemie und Pharmazie handelte. War ihm das Gehen eben noch wie auf einem Trampolin vorgekommen, so hatte sich der Boden jetzt in ein Rollband verwandelt, das ihn quasi von selbst ins Fakultätsgebäude transportierte.

Die breite Glastür ging ohne Weiteres auf, und er musste sich Mühe geben, um mit Antonia Schritt zu halten, die schon links in einen Gang abgebogen war. Mit dem Rollband fuhr er ihr hinterher bis an die Tür zu Hörsaal 13. Dort sah sie ihn fragend an. Er zuckte mit den Schultern, und sie drückte die silberne Klinke herunter.

Sie befanden sich jetzt in einem dunklen, nur von einem Notausgangsschild erleuchteten Raum, von dem man erahnen konnte, dass es nach wenigen Schritten steil bergab ging. Direkt vor ihnen mussten sich die höchstgelegenen Sitzreihen befinden. Antonia fand einen Lichtschalter, es wurde hell und sie konnten sehen, dass es keinerlei Fenster in dem enorm tiefen, holzvertäfelten Saal gab.

»Sollen wir hier Sex haben?«, fragte Antonia. »Oder bist du dafür zu high?«

»Hier?«, fragte Robert und sah sich um. Die langen hölzernen Bankreihen mit den nach oben klappenden Sitzflächen bereiteten ihm Sorgen. Andererseits hatte ihnen Rothkowski neulich in der Mensa erzählt, dass es seine größte Ambition im Studium sei, einmal in der Bibliothek hinter den Regalen »eine Kommilitonin zu verräumen«, wie er das charmant ausgedrückt hatte, und das war die Gelegenheit, ihm in einem Exzess zuvorzukommen.

»Ist es nicht ein bisschen unbequem auf den Stühlen?«, fragte Robert vorsichtig.

»Ach, du Rentner. Schau, da ist auch ein Teppichboden für Leute wie dich«, sagte Antonia und fuhr mit ihren hellbraunen Sandalen den reichlich ausgefilzten beige-grünen Boden entlang. Er sah sich ihre langen Zehen an und hatte das Gefühl, dass sie länger wurden, während er sie betrachtete.

Sie küssten sich und zwei Minuten später saß sie auf ihm, ohne dass er viel dazu beigetragen hatte. Ihm gefiel die passive Rolle, gleichzeitig wurde er auch das Gefühl nicht los, dass er aktiver an dem Ganzen hätte teilnehmen sollen. Durch das Haschisch kam es ihm vor, als dauerte sein Orgasmus zehn Minuten am Stück.

»Jetzt fühle ich mich auch wie eine Studentin«, sagte Antonia, die ihm die Inaktivität offenbar nicht übel genommen hatte, und rollte sich vorsichtig von ihm herunter.

*

»Du, ich möchte gerne heim, ich muss ja morgen wieder extrem früh raus«, sagte Antonia, als sie sich zehn Minuten später wieder unters Volk mischten.

»Ich muss noch David suchen.« Robert zog sie hinüber zu dem kleinen Bach, wo er mit Hibiskus gelegen hatte, und sie setzten sich. Seine Lebensgeister waren gerade wieder ein bisschen erwacht, er hatte Lust, sich auf dem Fest umzuschauen. Es interessierte ihn auch, wohin David und die Neuseeländerin verschwunden waren.

»Dann bleib doch einfach noch ein bisschen da«, sagte Antonia und drehte sich schon halb weg.

»Bist du sauer?«, fragte Robert. Es kam ihm tatsächlich entgegen, wenn sie nach Hause ging. Er wollte nur sichergehen.

»Nein, überhaupt nicht. Hab noch einen schönen Abend«, sagte sie, stand auf und lief in Richtung Universitätsstraße. Im Grunde wollte er aufstehen, doch er war trotz erwachter Lebensgeister noch relativ high und ließ es bleiben. Er rollte sich ein paar Meter weiter in Richtung Wasser, zog seine Schuhe aus und hielt die Füße in den Bach, um wacher zu werden.

Als er das nächste Mal auf die Uhr schaute, war es anderthalb Stunden später, er musste eingeschlafen sein. Neben ihm drehten sich ein paar Sportstudenten, die er aus dem GLC III kannte, einen Joint. Einer hatte eine rasierte Glatze, einen grotesk durchtrainierten nackten Oberkörper und einen geringschätzigen Blick, der andere sah aus wie ein Surfer mit seinen längeren, rotblonden Haaren.

»Machste mit, Bley?«, fragte der Rothaarige und hielt ihm den noch unangezündeten Joint hin.

Robert schüttelte den Kopf. Er fühlte sich, als hätte er unter einer Dampfwalze geschlafen, und seine Füße waren kalt.

»Ich hab eine gebrauchte Vespa für dich«, sagte der Athlet mit dem nackten Oberkörper unvermittelt. »Fünfhundert Mark, optisch nicht mehr ganz top, paar Lackschäden, aber fährt noch 1a.«

»Gut«, sagte Robert dämmrig.

»Ja, willste?«, fragte der Athlet mit dem geringschätzigen Blick.

»Warum nicht?«, sagte Robert und achtete darauf, nicht aufzustoßen. Denn dann hätte er sich an Ort und Stelle übergeben. In den Schoß vom Athleten. Oder wenn er schnell genug gewesen wäre, in den Bach.

»Gut, ich bring sie dir am Freitagmittag vorbei.«

»Alles klar. Muss los«, sagte Robert, riss sich kurz zusammen und stand auf. Er torkelte außer Sichtweite in Richtung botanischer Garten, wo er sich in eine noch nicht blühende Besenheide übergab.

7
DER MALTESISCHE KREIS

Am folgenden Freitag war Robert einigermaßen überrascht, als ihm jemand einen Roller vorbeibrachte und fünfhundert Mark von ihm verlangte. Er gab ihm das Geld trotzdem, es schien sich ja um ein Schnäppchen zu handeln, aber er weinte innerlich, weil er ja dabei war, auf den Malta-Urlaub zu sparen.

Sein Verhältnis zu Antonia hatte sich trotz der gemeinsamen Urlaubspläne nicht sonderlich verbessert. Immer wieder fiel er sich selbst unangenehm mit seiner Mimosenhaftigkeit auf. Hatte sie mal keine Zeit oder sagte kurzfristig ein Treffen ab, brauchte er einen halben Tag, bis er sich wieder einigermaßen geliebt fühlte.

Traf sie sich mit einem männlichen Bekannten – von denen sie immer noch viel zu viele hatte –, konnte er nicht schlafen und nicht allein sein, betrank er sich zusammen mit Hamlet in dessen kleiner Wohnung in Margaretenau, in einem Ausmaß, als hätte sie ihn gerade verlassen. Doch Hamlet schien immerhin froh um die Gesellschaft und erzählte Robert ausführlich von seinem Skizzenbuch, in dem er die Walhalla gezeichnet hatte, und wie er plante, die Skizzen mit Motiven aus der nordischen und griechischen Mythologie zu verbinden und mit Wasserfarben zu kolorieren.

Dann war neulich noch ein römischer Einfluss hinzugekommen. Genauer gesagt Diana, die Göttin des Mondes und der Jagd. Bei einem gemeinsamen Besuch im Schlossbiergarten mit Robert, Antonia und ein paar ihrer ehemaligen Klassenkameradinnen hatte Hamlet Denise kennengelernt, eine mit wilden schwarzen Locken, die Robert als laut und quälend schnippisch empfand. Hamlet war jedoch begeistert von ihrer energischen Art und hatte sich von Antonia die Telefonnummer geben lassen, bisher aber nicht angerufen. Doch er plante, sie in einem seiner Walhalla-Bilder zu verewigen, wovon ihm Robert dringend abgeraten hatte.

Ruf sie doch vorher lieber an, hatte er empfohlen.

Irgendwie vergingen die Wochen bis zum Abflug dann aber doch ohne größere Zerwürfnisse, und obwohl Robert sich vor nicht so langer Zeit gewünscht hatte, dass sie ihn mit nach Malta nahm, hatte er jetzt ein ungutes Gefühl.

*

Am Flughafen trafen sie auf Richard, den Ex-Freund von Antonias Freundin Martha. Robert kannte ihn als Gitarrist der Blues-Rock-Band Delta Drive, hatte ihn mehrmals auf dem Bürgerfest spielen sehen. »Ritsch« Geißler besuchte seine Ex-Freundin in Malta, weil er hoffte – er war da ganz ehrlich –, Sex mit ihr zu haben, es sei ja doch schon eine Weile her.

Er führte einen riesigen Gitarrenkoffer mit sich, mit dem er alle fünf Minuten gegen irgendwas oder irgendwen stieß. Ritsch war äußerst freundlich zu Robert, lachte über seine Witze und manchmal selbst über seine Sprechpausen so intensiv, dass ihm dabei die langen schwarzen Haare ins Gesicht fielen, die ihn wie jemand von den Eagles in den Siebzigern aussehen ließen, da er auch diesen Glenn-Frey-artigen Schnauzbart dazu trug.

Nur sein Umgang mit Antonia war Robert zu jovial, denn die beiden tauschten bis zum Abflug endlose Anekdoten über ihre wilde gemeinsame Zeit aus: Antonia und Martha als die Femmes fatales der Englischen Fräulein und der fünf Jahre ältere Ritsch der umschwärmte Rockstar-Lover von Martha. Ständig fielen Namen von Männern, von denen Robert noch nie etwas gehört hatte, doch

Ritsch bemerkte Roberts Missmut gar nicht, im Gegenteil, er sah ihn erwartungsvoll an, sobald er eine Geschichte beendet hatte, in der Martha, Antonia, er und irgendein Nils zusammen nackt ums Feuer getanzt und danach im selben kleinen Zelt mit ihren jeweiligen Partnern geschlafen hatten.

Schon als sie an Bord gingen, war Robert sich nicht mehr sicher, ob es wirklich eine gute Idee gewesen war mitzukommen. Er fühlte sich unwichtig und farblos in Ritschs Gegenwart, fühlte sich ausgeschlossen aus dieser Love-Clique um Ritsch, Antonia und die ominöse Martha.

Dazu ließ ihn der Gedanke an die anstehenden Prüfungen am Semesterende nicht los, und er hatte Geldsorgen, nicht zuletzt wegen der dämlichen Vespa. Sein Flug war außerdem doppelt so teuer wie der von Antonia gewesen, weil er so kurzfristig gebucht hatte. Er hatte ein Sparkonto angerissen, auf das seine Mutter jahrelang Kindergeld eingezahlt hatte. Dafür hatte er sie um Erlaubnis fragen müssen, und sie hatte ihm ein schlechtes Gewissen gemacht, warum er so einen teuren Flug buche, statt Antonia einfach die paar Tage allein mit ihren Freunden verreisen zu lassen. Den Roller hatte er ihr daher auch verschwiegen.

Knapp zwei Stunden dauerte der Flug nach Valletta. Der Mann vom Check-in hatte es geschafft, sie alle in einer Reihe zu platzieren, und Robert setzte sich absichtlich in die Mitte, um weitere Gespräche zwischen Ritsch und Antonia über vergangene Exzesse zu verhindern. Stattdessen spielte er Ritsch auf seinem Walkman ein paar Demos vor, die er zusammen mit David Deininger aufgenommen hatte.

»Klingt ganz geil, aber auch irgendwie schrottig«, sagte Ritsch, weil die Soundqualität tatsächlich furchtbar war. Deininger besaß einen alten Vierspurrekorder von Tascam, der aus dem allerletzten Loch pfiff, und außerdem ein uraltes Mikrofon. Das reiche für Punk, behauptete er.

»Worum geht's da?«, fragte Ritsch beim dritten Lied.

»Angst vor AIDS«, sagte Robert.

Ritsch machte zunächst ein ratloses Gesicht. Dann hellte es sich auf, und er sagte: »Voll sozialkritisch, oder was?«

»Nein, eher ein privater Text. Handelt eigentlich von der Angst an sich. AIDS ist nur der Anlass«, sagte Robert. »Worum geht's denn in euren Texten?«

»Haha«, sagte Ritsch und zog an seinem Schnurrbart. »Bei Delta Drive meinst du? Das ist nur so Machokacke. Steh ich null dahinter.« Er nahm einen Schluck von seinem Rotwein im Plastikbecher.

»Spiel Ritsch doch das Lied vor, das du für mich geschrieben hast«, sagte Antonia vom Fensterplatz aus.

»Das ist doch eine geile Idee. Lass mal hören«, sagte Ritsch und hätte fast seinen Rotwein umgestoßen.

»Das ist ja doch ein bisschen zu persönlich jetzt, oder?«, sagte Robert, ahnte aber, dass es kein Entkommen gab.

»Es ist doch cool, was für die Toni zu schreiben«, feuerte ihn Ritsch an. »Die Toni ist die Beste. Wenn wer ein Lied verdient hat, dann sie.«

»Ist ja gut«, sagte Robert, spulte den Walkman an eine bestimmte Stelle und reichte ihn erneut an Ritsch weiter. Robert beobachtete ihn, wie er stumm nickend zuhörte, die Hand am Plastikbecher. »Was singst du da?«, fragte er viel zu laut, sodass sich jemand im Sitz vor ihm umdrehte. »Containerherz?«

»Entertainerherz«, korrigierte Robert. »Wach auf aus deinem Fieberwahn, lass dein Entertainerherz pochen.«

»Geil«, sagte Ritsch. »Aber ziemlich schnell für ein Liebeslied. Und den Text kapier ich auch irgendwie nicht ganz. Was für ein Fieberwahn?«

»Na ja, das ist halt metaphorisch. Und außerdem Punk«, sagte Robert. Antonia nahm seine Hand.

*

Mit dem Bus fuhren sie nach St. Julian's, wo Martha eine dunkle, enge Wohnung gemietet hatte. Sie lag in einer mit Hundescheiße überzogenen Seitengasse, in der die Häuser nicht weiter als zwei Meter auseinanderliegen konnten. Ritsch öffnete selbstbewusst die Haustür, die nur angelehnt war, und lief durch das dunkle Treppenhaus nach oben, nicht ohne bei jeder Kurve mit dem Gitarrenkoffer an der Wand entlangzuschrammen. Einmal zerdepperte er beinahe ein kleines Fenster, das Robert gar nicht bemerkt hatte, weil es in einen lichtlosen Schacht führte und pechschwarz war. Oben im zweiten Stock öffnete ihnen Martha in einem schwarzen Kleid und mit hochgesteckten Dreadlocks.

»Siehst du geil aus!«, sagte Ritsch und gab ihr einen Kuss auf den Mund. Sie kniff ihn dafür kurz zwischen die Beine. Dann löste sie sich von Ritsch und nahm Antonia in den Arm. Sie küsste sie länger auf den Mund als nötig. Schließlich wandte sie sich ihm zu.

»Du bist Robert, richtig? Du vögelst die Toni?«

»Marschi«, sagte Antonia vorwurfs-, aber auch liebevoll.

»Gelegentlich«, sagte Robert und zwang sich, Marthas neugierigem Blick standzuhalten, wollte souverän wirken, doch er kam sich wie ein Vierjähriger unter lauter Erwachsenen vor. Jetzt nahm sie auch ihn in den Arm. Sie roch nach Tabak, Sonnenmilch und ein bisschen nach Schweiß, doch alles andere als unangenehm. Ihre Augen lagen tief in den Höhlen, und ihre hervorstehenden Wangenknochen waren zwei kleine Kugeln unter der Haut und umrahmten ihre knochige Nase.

Zum Abendessen kochten die Mädchen Nudeln, während Ritsch irgendetwas im Bad reparierte. Robert saß im Wohnzimmer auf einer löchrigen beigen Ledercouch und spielte auf Ritschs Gitarre. Als der mit einem langen Schraubenzieher in der Hand zurück aus dem Bad kam, sagte er zu Robert: »Klingt ganz geil von der Melodie her. Aber dein Picking ist ziemlich kacke.« Er lachte, als hätte er nur einen Witz gemacht. Doch Roberts Picking war tatsächlich nicht besonders gut.

»Ich bin eigentlich auch Schlagzeuger«, sagte Robert.

Irgendwann musste er aufs Klo und nach ihm gleich Martha. Als sie wieder da war, sah sie Robert vorwurfsvoll an.

»Sag mal, du pisst im Stehen, oder? Auf dem Boden sind Spritzer.« Er hörte Antonia seufzen und schaute betreten in sein Weinglas. »Sorry«, sagte er. »Ich pass da normalerweise echt auf.«

»Wichtiger wäre, dass du dich beim Pinkeln hinsetzt«, sagte Martha, und Ritsch lachte laut. Selbst Antonia musste ein Kichern unterdrücken.

»Lach du mal nicht, Richard Geißler«, sagte Martha. »Du hast früher ins Waschbecken gepisst, wenn du betrunken warst.«

»Ey, mach ich immer noch«, verteidigte sich Ritsch.

Nach dem Abendessen bekam Robert Bauchschmerzen und saß lange auf dem Klo. Danach verabschiedete er sich gen Bett, hoffend, dass Antonia gleich nachkommen würde, in Marthas kleines Schlafzimmer, in das sie die beiden einquartiert hatte. Während er immer noch mit Bauchschmerzen auf der breiten Matratze auf dem Boden lag und die anderen drüben im Wohnzimmer lachen hörte, fühlte er sich wie damals als Kind, wenn seine Eltern Besuch von Freunden gehabt hatten und bei Rotwein, Zigaretten und Canasta niemand Notiz von ihm genommen hatte.

Als Antonia gegen eins ins Zimmer kam, lag er noch wach. Sie gab ihm einen sanften Kuss auf die Wange, und er setzte sich auf.

»Was habt ihr denn so lange gemacht?«, fragte er missmutig.

»Wir haben noch Rotwein getrunken. Es war wirklich sehr lustig. Schade, dass du schon so früh im Bett warst.«

»Ich hatte Bauchschmerzen«, sagte Robert etwas fassungslos darüber, dass die anderen sich trotz seiner Bauchschmerzen offenbar prächtig amüsiert hatten.

»Das tut mir leid«, sagte Antonia und streichelte ihm über den Kopf. »Aber deshalb muss *ich* doch nicht früh ins Bett, oder? Ich hab die Martha doch seit einem Jahr nicht gesehen.«

»Sagt doch auch keiner«, sagte Robert trotzig. »Hättest ja nur kurz mal nach mir schauen können.«

»Hättest ja auch noch mal kurz rüberkommen können«, sagte Antonia, jetzt auch nicht mehr gewillt, ihn zu besänftigen.

»Sollen wir noch miteinander schlafen?«, fragte er sinnloserweise, und Antonia schüttelte den Kopf und deutete zwischen ihre Beine. »Ich kann gerade nicht«, sagte sie.

Im Gegensatz zu ihm schlief sie sofort ein.

*

Am nächsten Morgen nach dem Frühstück kam ein leicht untersetzter Mann mit Bart und einer riesigen Sonnenbrille vorbei. Martha begrüßte ihn mit einem langen Kuss. Der Mann kam aus Valletta, hieß Aaron und fuhr sie alle mit seinem offenen, burgunderroten Jeep zu einem versteckten Strandabschnitt irgendwo weiter nördlich außerhalb der Stadt. Er heizte rücksichtslos durch die engen Gassen und scherzte dabei laut mit Antonia und Martha, während Robert und Ritsch sich hinten auf der Ladefläche kaum aufrecht halten konnten.

»Bist du eigentlich noch mit Martha zusammen?«, fragte Robert und zog rechtzeitig seine Hand vom Rand der Ladefläche zurück, bevor sie von einer Straßenlaterne abgerissen wurde.

»Ach komm, nein, schon lange nicht mehr. Wir vögeln nur noch miteinander. Also, wenn sich's ergibt«, schrie Ritsch gegen den Fahrtwind an.

Als Robert blinzelte, deutete er nach vorne auf Aaron, dessen riesige Sonnenbrille eher einer Skibrille glich, und schrie: »Das ist ihr neuer Freund. Aber natürlich auch nur für Malta.«

»Und das stört dich nicht?«, fragte Robert.

»Was?«, schrie Ritsch.

»Dass die mit dem Hausmeistertyp da vorne schläft.«

»Hä? Warum?«, sagte Ritsch und sah ihn fragend an. »Ich bin doch nicht da, und mit irgendwem muss sie doch vögeln.«

Robert ließ das Gespräch bleiben und fühlte sich wie damals, als er das erste Mal seine Cousine in München besucht hatte und sie seine enge Hose mit Zebramuster angeschaut hatte, auf die er so stolz gewesen war, weil sie ihn an Iron Maiden erinnerte. *Bei der Hose wissen die hier sofort, dass du ein Landei bist.*

Aaron chauffierte sie in die Nähe einer kleinen Bucht, in der es nur wenig Strand und umso mehr Felsen gab. Ein Stück mussten sie noch zu Fuß gehen, während Aaron wieder zurückfuhr. Am Strand zogen sich alle vollständig aus. Bis auf Robert.

»Ist okay, wenn dir das unangenehm ist«, sagte Martha und lächelte. Sie hatte einen sehr runden Busen mit großen Brustwarzen, und obwohl sie blond war, waren ihre Schamhaare schwarz. Er zwang sich wegzuschauen.

»›Unangenehm‹ ist nicht das richtige Wort«, sagte er. »Nur ungewohnt.«

»Nichts muss, alles kann«, sagte Martha.

Ritsch wollte Beifall lachen, doch er verschluckte sich und fing an zu husten.

»Wusste gar nicht, dass du so gern nackt badest«, sagte Robert leise zu Antonia.

»Wir hatten doch auch noch nicht die Gelegenheit. Am Weiher geht das ja nicht. Da wäre man die Einzige. Wobei der Marschi auch das immer schon egal war«, sagte sie und deutete auf Marthas Schritt. Offenbar stolz auf die Schambehaarung ihrer alten Freundin.

Ritsch drehte Zigaretten für alle, die Tabakbrösel fielen in seinen nackten Schoß, klebten fortan auf seinem Schwanz. Martha verteilte Äpfel und hart gekochte Eier, die sie aus der Wohnung mitgebracht hatte. Antonia schälte eins und steckte es Robert in die Badehose. Martha kicherte und Ritsch sagte: »Geil.« Dann holte Antonia das Ei betont langsam wieder aus der Badehose heraus und fummelte dabei an ihm herum. Es war jetzt trotz Badehose nicht zu übersehen, dass er eine Erektion hatte. Martha zeigte ihm ihren erhobenen Daumen, und er beschloss, sich ab jetzt nicht mehr zu schämen, weil jetzt eh schon alles egal war.

*

Am dritten Abend waren sie bei Olivier, dem Tänzer und Ex-Freund Antonias, eingeladen. Er wohnte in einer großen Wohnung im fünften Stock über der Spinola Bay und konnte von seinem Wohnzimmerfenster hinunter auf das Ensemble aus Motorbooten und rot und gelb lackierten Holzkähnen blicken, die ohne sichtbare Ordnung in großzügigen Abständen kreuz und quer über das kleine Hafenbecken verteilt ankerten. Als sie die Klingel betätigten, von der genau wie vom Haus alles abzublättern schien, ging bereits ein ziemlicher Wind, bald würde es regnen.

»Das wird der schlimmste Sturm des Jahres«, sagte Martha.

Antonia hatte ihm von Olivier erzählt, doch hatte er kein Bild von ihm gehabt, hatte ihn sich als dunkelhaarigen Modell-Athleten vorgestellt. In Wirklichkeit war Olivier schlaksig mit viel zu langen Armen, relativ klein, hatte eine runde Nase und abstehende Ohren und dunkelblonde Locken, die auch mit Haargel nicht zu bändigen waren. Bevor sie eintraten, wollte Robert noch Antonias Hand ergreifen, aber sie war zu schnell und schon an ihm vorbeigehuscht. Dann wurde sie innig von Olivier umarmt und mit »*Hello, little Birdie*« begrüßt.

Little Birdie?, dachte Robert fast laut, riss sich jedoch zusammen und gab Olivier die Hand.

»*My name is Robert*«, sagte er und sprach seinen Namen britisch und einen Ticken zu vornehm aus, was ein Glucksen von Ritsch nach sich zog.

»*I've heard a lot about you*«, sagte Olivier, und Robert fragte sich, ob das stimmte, und wenn ja, wie das möglich sein konnte.

Die Wohnung war spartanisch eingerichtet in einer Zweckmäßigkeit, die Robert auch bei sich gerne gesehen hätte, nur dass er einfach zu viele Dinge anhäufte, von denen er sich nicht trennen konnte, egal, wo er wohnte. Immer noch nahm er ständig Sachen aus der Baumschule mit in die Stadt und stapelte Comics, Schallplatten und Bücher, für die es in der kleinen Wohnung am Fernsehturm eigentlich keinen Platz gab.

Olivier und Ritsch drückten sich, als wären sie Brüder, und Martha biss Olivier zur Begrüßung in den Hals. Während der Gastgeber für jeden ein Glas Wein auf den Tisch beim Fenster stellte, begann es draußen derart stark zu regnen, dass der Blick aus dem Fenster dem in eine Duschkabine glich. Nur noch mattrote und gelbe Farbtupfer aus dem Hafenbecken dienten Robert als Anhaltspunkte.

Sie unterhielten sich überwiegend auf Englisch, es ging zunächst um das Teatru Manoel in Valletta, angeblich eins der ältesten noch bespielten Theater der Welt, wo Olivier gerade bei *Le Malade imaginaire,* dem *Eingebildeten Kranken,* mittanzte. Roberts Witz vom »eingebildeten Kraken« wurde geflissentlich überhört beziehungsweise nicht übersetzt.

Bei dem Gespräch stellte sich auch heraus, wie viel Antonia über die französische Oper wusste und wie frankophil sie generell war. Das war ihm nicht bewusst gewesen. Daher vielleicht auch ihre Vorliebe für Olivier, Kind einer Französin und eines Maltesers.

Während des Gesprächs, zu dem er und Ritsch so gut wie überhaupt nichts beitrugen, kraulte er Antonias Nacken, die es sich zwar gefallen ließ, aber nicht mit einer Gegenzärtlichkeit reagierte. Irgendwann musste Robert pinkeln und setzte sich vorsichtig auf die Schüssel.

Als er zurückkam, hatte Antonia mit Martha Plätze getauscht und saß jetzt neben Olivier, der ihr das Programmheft vom *Eingebildeten Kraken* zeigte.

»Hast dich hoffentlich hingesetzt, Alter«, sagte Ritsch hämisch, und Robert boxte ihm als Antwort so stark auf die Schulter, dass Ritsch zusammenzuckte.

Als der Regen aufhörte, gingen sie alle zusammen über eine erst vor Kurzem aufgemauerte Treppe innerhalb des Appartements auf das Flachdach des Hauses, wo ein paar vor sich hin rostende Drahtstühle in ermüdetem Grün standen. Der Wind war zwischenzeitlich ein wenig abgeflaut, doch Ritsch musste den Kopf in den Treppenaufgang stecken, um den Joint anzuzünden, den sie sich alle teilten.

»Du«, sagte Antonia, sodass nur Robert sie hören konnte. »Ich würde mich gerne mit Olivier morgen zum Frühstück treffen.«

»Okay, können wir machen«, sagte Robert, obwohl er es nicht okay fand, seinen kostbaren Urlaub weiterhin mit dem Tänzer zu verbringen, der mit seiner Freundin geschlafen hatte, sie wahrscheinlich mit seinen dünnen Tanzbeinen beim Sex an sich geknotet hatte.

»Nicht wir, ich alleine. Wir haben uns so lange nicht gesehen und wollen einfach mal in Ruhe reden. Musst aber wirklich nicht eifersüchtig sein, ich seh's dir schon an.«

»Bin ich nicht«, sagte Robert und verspürte so etwas wie Seitenstechen.

In der nächsten halbe Stunde beteiligte er sich nicht an den Gesprächen und versuchte das Gefühl der Kränkung zu verscheuchen, weil er ja wusste, dass es ihm nichts Gutes einhandeln würde. Und doch wurde er das Gefühl nicht los, von Antonia nicht gesehen zu werden, und das machte ihn wütend. Dass sie nicht begriff, wie schutzlos er sich hier auf Malta fühlte, wie fremd er war. Dass er sie brauchte, um sich zurechtzufinden. Er empfand so etwas wie

Heimweh und schämte sich dafür. Heimweh nach ein paar Tagen auf Malta. Lächerlich.

Als sie wieder drinnen saßen, entschuldigte er sich und ging ohne eine Erklärung nach unten zum Hafen. Der Wind war mittlerweile wieder so stark geworden, dass er die Boote in Spinola Bay entlang ihrer Leinen durch das Hafenbecken trieb und diejenigen aneinanderrückte, die vorher etliche Meter zwischen sich gehabt hatten. Der Himmel war schwarzrot, über ihn hinweg wurden im Minutentakt riesige Wolkentanks gejagt. Kein Mensch war mehr auf der Straße.

Er ging am Wasser entlang und gelangte an eine hohe Kaimauer, über die er nicht drüberschauen konnte, doch er hörte, wie die Wellen dagegenschlugen und Gischt über die obere Kante aus dem Meer in die Stadt wehte. Er versuchte sich eine Zigarette anzuzünden, doch das war unmöglich bei dem Wind. Er lehnte sich an die Mauer und fühlte das Meer hinter ihm pochen wie ein alarmierter Nerv.

Eine halbe Stunde später kehrte er in Oliviers Wohnung zurück, und obwohl man von seiner Rückkehr Notiz nahm, ließ man ihn in Ruhe. Er merkte, wie eine gewisse Unsicherheit von der restlichen Gruppe Besitz ergriffen hatte, darüber, wie man ihn behandeln musste. Selbst Ritsch verschonte ihn mit seinen Sprüchen, das sagte viel.

Gegen eins rannten sie durch einen erneuten heftigen Regenschauer nach Hause. In Marthas Wohnung gingen sie sofort zu Bett, selbst Robert konnte zügig einschlafen, das Gras und der Wein erfüllten ihren Zweck.

*

Als er am nächsten Morgen um halb elf aufwachte, war Antonia schon weg. Ritsch spielte Gitarre und rauchte. Sein Picking war hervorragend. Martha saß am Tisch und schnitt einen Brie in Scheiben.

»Hunger?«, fragte sie und hielt ihm den Käse hin.

»Nur Kaffee«, sagte er und schüttelte den Kopf. »Mach ich mir auch selber«, sagte er, ohne zu wissen, wie.

»Ist noch da, nimm dir«, sagte Martha freundlich, steckte sich eine Scheibe Brie in den Mund.

Nachdem er seinen Kaffee ausgetrunken hatte, fragte er: »Wann kommt Antonia zurück?«

»Ich weiß es nicht«, sagte Martha. »Ich glaube, die brauchen noch ein bisschen. Willst du mit uns nach Valletta kommen?«

»Warum nicht?«, sagte Robert.

Der Ausflug mit Martha und Ritsch tat ihm gut, die Stadt war schön, er fühlte sich unabhängiger, Martha und Ritsch gaben ihm das Gefühl, zu ihnen zu gehören. Dennoch bereitete ihm sein Magen weiterhin Probleme, und er konnte nicht aufhören, sich auszumalen, wie Antonia Sex mit dem Tänzer hatte. Irgendwo auf der Toilette eines dieser Cafés in St. Julian's. Mit Robert hatte sie es schließlich auch schon mal auf einer Damentoilette gemacht. Irgendwo in der Altstadt in einem studentischen Cocktailladen, der jeden Abend vier Stunden Happy Hour hatte.

*

Antonia sah Robert erst am Abend wieder. Er hätte sie gerne alleine gesprochen, aber als sie zurückkam, gab es gerade Abendessen, Blätterteig, gefüllt mit Reis und angebratenen Auberginen. Martha dozierte über die gestiegenen Mieten in Valletta aufgrund der vielen ausländischen Studenten, Ritsch las ein englischsprachiges *Fritz-the-Cat*-Paperback, und Antonia aß schweigend, aber mit großem Hunger.

Als Robert und sie endlich allein waren, sah er sie wortlos an, weil er keine eifersüchtigen Fragen stellen wollte. Er wusste, dass jetzt Zurückhaltung angebracht war, doch sein wortlos leidender Blick war offenbar auch nicht das Richtige.

»Was schaust du denn so?«, fragte sie gereizt. Es war wie die Erlaubnis, sich jetzt auch nicht mehr zurückhalten zu müssen.

»Na ja, du warst den ganzen Tag mit dem Segelohrenmann unterwegs. Vielleicht erzählst du ja gnädigerweise was drüber.«

»Du musst echt nicht so über Olivier reden. Er war sehr freundlich zu dir.« Sie strich sich eine Haarsträhne hinters Ohr.

»Ja, das stimmt«, sagte Robert, den die Geste mit der Haarsträhne aus seiner Eifersuchts-Umnachtung riss. Wenn er jetzt nicht einlenkte, war der nächste Streit nicht mehr aufzuhalten. Er schaute auf seine Hände. »Ich bin nur eifersüchtig. Ist scheiße von mir.«

»Musst du aber nicht sein. Ist ganz, ganz unnötig. Wir waren frühstücken und danach im Museum of Fine Arts. Haben uns nur unterhalten.« Sie hatte die nächste Strähne zwischen den Fingern.

»Und worüber?« Robert traute sich, den Blick wieder zu heben, war sich aber nicht sicher, ob die Nachfrage nicht auch zu weit ging.

»Mein Gott, worüber haben wir geredet? Über alles Mögliche.« Ihre Bordcomputerstimme klang jetzt dünner, als würde gleich das Betriebssystem versagen.

»Auch über mich?«

»Natürlich auch über dich«, sagte sie und strich die Strähne endlich hinters Ohr. Nahm sich eine andere.

»Aha«, sagte Robert und verschränkte die Arme. Sei jetzt vorsichtig, sagte er sich.

»Willst du jetzt wirklich wissen, was ich über dich erzählt habe?«

Wie genervt sie von mir klingt, dachte er. Er schüttelte den Kopf und sagte: »Nur, wenn du willst.«

»Ich habe gesagt, dass ich dich sehr gern mag, auch wenn ich nicht immer ganz verstehe, warum du manche Dinge tust oder sagst. Warum du vieles so eng siehst. Warum du so schnell gekränkt bist. So unzufrieden oft.« Sie zog sich die Hose aus und legte sich ins Bett.

Robert blieb stehen. »Moment mal, ich bin gar nicht so schnell gekränkt, du kannst doch machen, was du willst. Wenn du dich mit anderen treffen willst, dann tu das. Ich mache dir keine Vorschriften. Ich kann aber auch nicht leugnen, wenn mir etwas wehtut. Ich fress halt nichts in mich hinein.«

»Ich treffe mich nicht mit anderen«, sagte Antonia, und ihre Stimme hatte jetzt kaum mehr Melodie.

»Ich übrigens auch nicht«, sagte Robert, als stünde das zur Debatte, und legte sich neben sie, breitete die Decke über ihr aus.

»Dann sind wir uns ja einig«, sagte Antonia tonlos und drehte sich weg.

Robert konnte lange nicht einschlafen.

*

Am nächsten Morgen wartete er, bis die anderen in den Supermarkt gegangen waren, dann rief er am Flughafen an und fragte, was ein früherer Rückflug koste. Die Antwort war niederschmetternd, er verwarf die Idee.

Am Nachmittag fuhren sie mit dem Bus nach Mdina, einer mittelalterlichen Stadt wie aus einem *Indiana-Jones*-Film. Sie war auf einem felsigen Plateau erbaut worden, um sie herum Hänge und Felder, und sie fing punktgenau mit der Stadtmauer an, keine Vorstadt, kein Straßennetz, nur das weite Land und dann die Stadt.

Der Bus hielt vor dem Haupttor, da in Mdina keine Fahrzeuge außer denen der Anwohner erlaubt waren.

»Deshalb heißt sie auch die *›stille Stadt‹*«, wusste Martha. Über einen brückenartigen Zugang gelangten sie ins Zentrum und liefen durch die engen Gassen aus beigem Kalkstein. Hier gab es weder Hundescheiße noch lagen Zigarettenstummel auf dem Boden. Robert machte ein paar Fotos, und einmal gab er den Fotoapparat an Ritsch, der ihn und Antonia zusammen fotografierte. Sie standen vor einer tiefrot gestrichenen Tür unter dem logenartigen Balkon eines kleinen beigen Wohnhauses und lächelten.

Über Olivier sprachen sie nicht mehr. Antonia kam ihm seltsam sanftmütig vor, aber wenig gesprächig. Am selben Abend zurück in St. Julian's schliefen sie miteinander, doch der Sex hatte sich verändert. War er vorher meistens euphorisch und sie dabei gelegentlich sogar albern gewesen, war er jetzt intensiver, sie agierten verbissen, als hätte man nur noch eine begrenzte Anzahl von sexuellen Begegnungen und müsste aus jeder das Letzte herausholen.

Als die Woche vorbei war, umarmte er Ritsch, der noch eine weitere Woche blieb, zum Abschied herzlich. Martha gab er einen Kuss und bedankte sich für alles. Sie strich ihm über die Wange. Er hatte das Gefühl, jetzt erst nach Malta gekommen zu sein, jetzt erst Antonias Freunde kennengelernt zu haben. Als könnte der Urlaub jetzt anfangen.

»Sei gut zur Toni«, sagte Martha.

8

JAPANISCHER AHORN

Als Robert nach der Landung am Münchner Flughafen nachts auf dem Ziegetsberg ankam, sich an den beiden Schäferhunden vorbeischlich und den Briefkasten aufsperrte, fiel ihm ein Haufen Postkarten entgegen.

Schon beim Aufheben erkannte er Hamlets Schrift, ausschließlich Großbuchstaben. Es waren sieben Postkarten, eine für jeden Tag auf Malta. Jede zierte die Walhalla, und auf jeder stand auf der Rückseite eine eingekreiste Zahl, die auf die korrekte Lesereihenfolge hinwies.

Oben in der Wohnung fing Robert mit Postkarte Nummer eins an, auf der Hamlet berichtete, wie er in der WG seiner Zivildienstkollegen so viel Gras geraucht habe, dass er anschließend beim Ausparken auf dem Großparkplatz Donaumarkt eingeschlafen sei. Er war erst aufgewacht, als ihn jemand darauf hingewiesen hatte, dass sein kleiner blauer Renault schräg aus der Parklücke herausragte und zudem die Fahrertür seines Nebenmanns touchierte. Hamlet konnte sich an nichts erinnern. Er hatte dem Nebenmann einen Zettel mit seiner Nummer hinterlassen und war nach Hause gefahren.

An Tag zwei hatte er nach der Arbeit bei Denise angerufen und sich mit ihr für den nächsten Abend verabredet. Außerdem war er nachts mit einer Taschenlampe allein zur Walhalla gefahren und hatte dort neue Skizzen angefertigt. Allerdings erst um drei Uhr morgens, als die Studenten weg waren. In jener Nacht hätten ihn nur die Silhouetten interessiert, denn in den Silhouetten seien die Chakren der Walhalla erkennbar, schrieb er. Hamlets esoterische Faszination für die Walhalla wurde immer beliebiger, fand Robert. Jetzt brachte er nach nordischer, griechischer und römischer Mythologie auch noch Hinduismus ins Spiel.

Tag drei handelte vom Treffen mit Denise in der Spaghetteria, wo sie Hamlet von ihrem Freund erzählt hatte, dem sie ganz bestimmt treu sei. Noch in derselben Nacht versuchte Hamlet dann, bis obenhin voll mit Averna, sich zu ertränken, indem er sich im Bett mit Mineralwasser übergoss. Schrieb er.

Die restlichen Postkarten beschäftigten sich mit seinem Versuch, die Enttäuschung zu überwinden. Mit einem Zivildienstleistenden namens Franjo war er in eine Spielhalle im Gewerbepark Ost gefahren, in der man einen *Virtual Reality Shooter* spielen konnte. Wenn man sich einen gelben Helm mit übergroßem Visier aufsetzte und eine Art Laserpistole in die Hand nahm, konnte man in *Dactyl Nightmare* gegen einen menschlichen Gegner und zahllose Daktylosaurier antreten. Hamlet hatte den Tages-Highscore erzielt. Noch an Tag fünf hatte Hamlet angeblich Kopfschmerzen davon gehabt.

An Tag sechs nannte er sich einen »wehrlosen Besucher in Odins perversem Freizeitpark. Gott ist betrunken, und ich vermisse dich, mein Freund«, schloss die letzte Postkarte, und Robert befestigte sie alle nach der Lektüre mit Klebeband an seinem Kühlschrank und ging ins Bett.

*

Malta hätte ihn beinahe Kopf und Kragen gekostet. Die Prüfungen zum Ende des Sommersemesters waren deutlich schwerer, als er angenommen hatte, und in Mittelhochdeutsch rettete ihn tatsächlich nur das Abschreiben der Ablautreihen bei Henry. Zudem hatte er sein Konto überzogen und musste seine Mutter bitten, es auszugleichen.

Nach dem Urlaub sah er auch Antonia zunächst seltener. Das lag nicht nur an seiner Prüfungssituation, sondern auch daran, dass sie im Rahmen eines Austauschprogramms ihre Ausbildung für einen Monat im Hotel Maximilian fortsetzte, einer eher vornehmen Adresse, wo Musiker, Schauspieler und Geschäftsleute abstiegen. Dort schien es ihr so gut zu gefallen, dass sie sich auch privat mit einigen der neuen Kolleginnen und Kollegen traf und ziemlich niedergeschlagen war, als sie Ende August wieder zurück ins Insel-Hotel musste. Normalerweise hätte er ihren Umgang mit der besseren Hotelgesellschaft mit mehr Argwohn beobachtet, aber ihm schlugen die Prüfungen auf den Magen, er sorgte sich um seinen Kontostand und war überhaupt viel zu beschäftigt, um seine Erwartungshaltung an Antonia zu hinterfragen. Es war eine Erleichterung für beide Parteien.

Unmittelbar nach Semesterende bestellte ihn sein Vater dann nach Hause in die Baumschule, weil er Hilfe bei der Inventur brauchte. Er zwang ihn nicht, doch Robert hatte sich nicht rechtzeitig um einen Ferienjob gekümmert, und weil er dringend Geld brauchte, arbeitete er also drei Wochen lang für acht Mark die Stunde in der Gärtnerei mit. Er hatte das schon während der Schulzeit öfter in den Sommerferien getan, es war ihm zumindest ein vertrautes Übel.

Jeden Morgen weckte ihn seine Mutter um sieben, er setzte sich kurz an den Tisch, auf dem schon Kaffee und ein Nusshörnchen auf ihn warteten, dann ging es um halb acht in die Gärtnerei. Erst zur Mittagspause durfte er kurz ins Wohnhaus, um etwas zu essen. Sein Vater blieb in der Gärtnerei, er nahm sich morgens eine Brotdose aus dem Haus mit, so als arbeitete er viele Kilometer entfernt.

Die Tage begannen meistens hinten im Gewächshaus mit dem Sortieren von Setzlingen. Dann ging es in die Baumschule zur Bodenpflege. Sein Vater versuchte ihm beizubringen, wie man Erdqualität und Substrate beurteilte. Auf Roberts Einwände, dass er die Gärtnerei ohnehin nicht übernehmen werde und auch anderweitig keine Verwendung für dieses Wissen habe, erwiderte sein Vater mit einem mürrischen: »Sich mit etwas zu befassen, was man nicht kennt, ist die eigentliche Bildung. Alles andere ist nur ein fortgesetztes Hobby.«

»Du redest dich leicht, du interessierst dich ja wenigstens für den ganzen Botanik-Wahn«, sagte Robert und steckte demonstrativ seine schmutzigen und rau gewordenen Hände in die Hosentaschen, auf die er doch immer ein bisschen stolz war, wenn er in der Gärtnerei mithalf.

Abfälliges Lachen. »Du glaubst doch nicht ernsthaft, dass ich mich für Pflanzen oder Gärtnern interessiere, oder? Ich hätte auch lieber Literatur studiert, Junior. Oder Geografie. Dann könnte ich mein Geld jetzt mit Schlau-Daherreden verdienen, statt hier meinen Meniskus und meine Bandscheiben zu ruinieren.«

»Warum hast du's dann nicht gemacht?«

»Weil ich eine Familie ernähren muss, du Eumel.«

»Nenn mich doch nicht ›Eumel‹.« Robert riss die Hände aus den Hosentaschen. »Was ist nur mit dir los?« Sein Vater ignorierte den Einwand.

Robert hatte den Eindruck, dass die Stimmung zwischen ihm und seinem Vater schlechter geworden war, seit er studierte. Sosehr sein Vater immer betont hatte, dass es ihm nichts ausmache, wenn Robert die Gärtnerei nicht übernähme, so sehr hatte er jetzt das gegenteilige Gefühl. Vielleicht war es auch der Neid seines Vaters darauf, dass er die Freiheit hatte, seinen Interessen zu folgen. Dann wiederum schien es auch eine Leidenschaft seines Vaters zu sein, alles, was seine Familienmitglieder taten oder mochten, auf eine so bärbeißige Art zu hinterfragen oder gleich vollkommen infrage zu stellen, dass man am Ende selbst nicht mehr von seinen Plänen überzeugt sein konnte. Er hätte selbst Fußballprofis einreden können, dass sie lieber Gärtner oder Platzwart geworden wären.

»Außerdem muss der Mensch nicht immer das machen, was ihn interessiert«, sagte sein Vater. »Wenn jeder nur das macht, was ihn interessiert, stehen die Maschinen im Land still und keiner macht mehr die notwendige Arbeit. Weil alle nur noch ihren Interessen nachgehen. Du glaubst doch nicht ernsthaft, dass ich mich dafür interessiere, was für einen Humusanteil der Rhododendron braucht. Wenn das irgendwann alles nicht mehr mein Geschäft ist, werf ich alle meine Pflanzen auf den Mist und betonier meinen Garten zu, damit ich kein Grün mehr sehen muss.«

Robert ging davon aus, dass das nur Selbstdarstellung war. Sein Vater mochte seine Arbeit bis zu einem gewissen Grad, es gehörte sich nur einfach nicht zu sagen, dass man sie gut finde, Arbeit musste Entbehrung bleiben. In dem Moment, in dem sie dir gefällt, arbeitest du ja nicht mehr, sondern hast Freizeit, schien er zu glauben.

Nachmittags fuhren sie oft zu Kunden, pflanzten oder zogen Bäume, schnitten Hecken, Zier-Efeu und junge Birken zurecht oder tauschten in einem Kindergarten die gesamte Grasfläche aus, die der heiße Juli verbrannt hatte. Roberts einziger Verbündeter war der eigentlich ungeliebte Wolfsspitz Hieronymus, der seinen Vater ständig begleitete und manchmal einen Tritt in den Hintern bekam, wenn er ihm in die Quere lief. Dann suchte er Robert und hechelte ihn hoffnungsvoll an, der ihm schließlich solidarisch über den Kopf strich, weil er wusste, wie es war, von seinem Vater aus dem Weg geräumt zu werden.

In der ersten Woche konnte Robert nicht gut atmen, und ihm brannten die Augen. Eine seiner Allergien spielte ihm übel mit, welche, konnte man bei der Vielfalt an Blüten nicht genau sagen. Doch in Woche zwei hatte er sich wie jedes Mal einigermaßen immunisiert, und überhaupt verging jetzt die Zeit schneller, und Abläufe richteten sich ein. Hatte er einmal nichts zu tun, versteckte er sich oben bei den Apfelbäumen vor seinem Vater und dachte über Antonia nach, ritzte sich sogar mit dem Opinel ihre Initialen in den Arm.

Einmal kam sie unter der Woche mit dem Auto ihrer Eltern in die Baumschule und aß mit ihm zu Abend. Sein Vater war besonders freundlich zu ihr, hörte gar nicht auf mit seinen Witzen in breitem Dialekt, über die Antonia sich zusammen mit seinem Vater kaputtlachte. Robert empfand das als leichten Verrat, wusste sie doch, wie problematisch sein Verhältnis zu ihm war.

»Ist doch ein origineller Typ«, resümierte sie den Abend, als sie in Roberts Jugendzimmer alleine waren.

»Originell?«, sagte Robert und legte eine Platte von Joni Mitchell auf, die er von seiner Mutter bekommen hatte. »Der erzählt seit Jahren die gleichen peinlichen Anekdoten. Die von dem schwulen Pärchen zum Beispiel ist nichts anderes als homophob. Also schwulenfeindlich.«

»Ich weiß, was ›homophob‹ bedeutet, Robert Bley. Außerdem bist du viel zu streng mit ihm. In seiner Generation ist doch klar, dass ihn zwei Händchen haltende Männer in der Sauna belustigen.«

»Genau«, sagte Robert. »Und ›Neger‹ darf er auch sagen, weil er ja noch in den Kolonialkriegen dabei war.«

»Manchmal mag ich dich nicht«, sagte Antonia.

Am darauffolgenden Tag war sein Vater besonders hart zu ihm. Er war allein damit beauftragt worden, zehn japanische Ahornbäumchen im riesigen, bis zum Fluss hinunterreichenden Lustgarten vom Bauunternehmer Passlack zu pflanzen, dem sie dort einen Zen-Garten einrichten sollten. Angeblich hatte Robert nicht das richtige Substrat mit saurem PH-Wert hergestellt, und zu allem Überfluss hatte er dort gepflanzt, wo den ganzen Vormittag über der Schatten des zweistöckigen Wohnhauses auf die Bäumchen fiel.

Als sein Vater von einer Besprechung mit dem Passlack zurückkam, war er so sauer, dass er Robert am Arm packte und ihn von den frisch gepflanzten Bäumen wegzog wie einen Hund, der gerade ins Beet machen wollte.

»Du spinnst wohl, lass los«, sagte Robert.

Sein Vater ließ ihn los, schimpfte irgendwas von »Du lernst es nie« in seinen Kragen, wischte sich die Hände an seinem Overall ab und ließ ihn allein. Pflichtbewusst genug war Robert trotz seiner Wut, um den japanischen Ahorn noch einmal umzusetzen, doch als er fertig war, stellte er fest, dass sein Vater einfach weggefahren war. Da stand kein weißer Fiat-Transporter mehr in der Einfahrt der Passlacks. Selbst der Wolfsspitz Hieronymus war weg. Robert musste seine Mutter anrufen, damit sie ihn abholte.

»Der Irre ist einfach ohne mich losgefahren!«, sagte er im Auto zu ihr.

»Red nicht so von ihm. Der steht unter Druck«, sagte sie und hantierte an der Lüftung herum, obwohl die Temperatur im Auto stimmte.

»Unter welchem Druck steht er denn? Dass er mich in sich verwandeln will? Einen ewig unzufriedenen, fantasielosen Einsiedler?«

»Weißt du, wir haben in den letzten Jahren viel Kundschaft verloren, die Leute kaufen sich ihre Pflanzen im Baumarkt. Der Papa kämpft um die Existenz.«

»Das wusste ich nicht«, sagte Robert und schaltete die Lüftung aus, weil wirklich alles in Ordnung mit der Luft im Auto war. »Trotzdem muss er mich nicht behandeln wie einen Lehrling, der nichts taugt.«

»Es ist auch sein Anspruch an sich selbst, musst du wissen. Er zwingt sich selbst dazu, alles überkorrekt und exakt zu machen, seinen Beruf so gut wie möglich auszuüben, es den Kunden recht zu machen, obwohl er sich tief in sich drin eigentlich auch lieber mit

Literatur und Musik beschäftigen würde. Aber er will sich nie nachsagen lassen, dass er etwas nicht ordentlich erledigt hat oder zu bequem oder egoistisch war.«

»Dann ist er neidisch auf mich?«

»Das weiß ich nicht. Ich weiß nur, dass er dir gegenüber nicht aus seiner Haut herauskann. So wie du ihm gegenüber. Wenn ihr beide ein bisschen mehr Verständnis für die Lebensart des anderen hättet, wäre vieles besser.« Seine Mutter kurbelte das Fenster einen Spalt weit runter. Nur einen Spalt. Kaum der Rede wert.

»Ich kann sehr wohl aus meiner Haut«, sagte Robert und öffnete grundlos das Handschuhfach. »Ich verändere mich ständig. Ich bleibe nicht stehen, so wie er.« Dann schloss er es wieder.

*

Das folgende Wochenende verbrachte er in seiner Wohnung am Ziegetsberg, jetzt mehr denn je sein Zufluchtsort. Antonia besuchte ihn, und sie spielten, dass sie seine neue Nachbarin war, die unverhofft klingelte, um sich bei ihm vorzustellen. Für das Spiel hatten sie sich Namen ausgedacht. Robert nannte sich Bert van Oysten und Antonia Angelina Verhaag. Der Vorteil am Rollenspiel war, dass sie sich nicht über die Baumschule, das Insel-Hotel oder Malta unterhalten mussten, sondern sich fiktive Lebensläufe ausdachten. Bert van Oysten war ein reisender Wodka-Vertreter und Angelina Verhaag Regisseurin für Tanztheater. Auch ihr Sex war dann anders, erwachsener und abgebrühter, so kam es ihm zumindest vor.

Wenn sie kein Rollenspiel praktizierten, experimentierten sie neuerdings mit Essen im Bett herum. Antonia steckte sich eine Aprikose zwischen die Beine, und Robert musste sie essen. Ein anderes Mal rieb er sie mit Joghurt ein, oder sie träufelte Honig auf seinen Schwanz. Eine zweite Welle der sexuellen Neugier und Begeisterung erfasste sie, und doch wurde Robert das Gefühl von Dekadenz nicht los, als gehörte es sich nicht ganz, wie sie übereinander herfielen, als wäre das ein Akt der Verzweiflung, weil sie sich anderweitig nicht als besonders kompatibel erwiesen hatten.

Auch mit Hamlet hatte er eine neue Beschäftigung. Am Samstagnachmittag gingen sie jetzt häufig ins Einkaufszentrum. Dort hatten sie eine Theke mit Bier und Kaffee gefunden, an der sie sitzen und die Familien beobachten konnten, die sich uneins durch das Einkaufszentrum quälten, jede Partei wollte in eine andere Richtung, in ein anderes Geschäft. Hamlet war weiterhin im Denise-Fieber. Sie hatte ihm bei einem zweiten Treffen noch einmal dargelegt, warum sie sich auf keinen Fall ein drittes Mal mit ihm treffen könne und wie wichtig ihr der Freund sei. Dann hatte sie ihn angeblich zum Abschied intensiv und lange geküsst. Hamlet machte den größten Teil der Sommerferien über einen trübsinnigen Eindruck, und selbst als er nach einer Woche fast ohne Schlaf mit seiner Mappe fertig geworden war, blieb er wortkarg, rauchte die doppelte Menge an Zigaretten und gewöhnte sich an, Fernet Menta zu trinken. Es stärke sein Immunsystem für den kommenden Winter, begründete er den Schritt.

Erst als er im September die endgültige Zulassung fürs Architektur-Studium an der Fachhochschule erhielt, hellte sich seine Stimmung auf; er rasierte sich seinen Bart ab, kündigte seinen Nebenjob bei McDonald's und stieg auf Fernet Branca um, den er mit Blue Curaçao mischte und »Fernet Päng« taufte.

Seinen zwanzigsten Geburtstag feierte Robert mit Antonia in einem chinesischen Restaurant in einer Neubausiedlung im Stadtwesten. Nach dem Essen gesellte sich Hamlet zu ihnen, und sie gingen ins Statt-Theater, eine Kabarettbühne, für die ihm Antonia Karten geschenkt und als Überraschung auch Hamlet Bescheid gesagt hatte. Es war ein Programm, bei dem laut Ankündigung alle Shakespeare-Stücke in neunzig Minuten zusammengefasst wurden.

»Hier tanzt der Shakes-Bär«, hatte die Zeitung darüber geschrieben. Robert war das alles zu viel Slapstick und Energie, Antonia und Hamlet hingegen lachten und tuschelten die ganze Zeit.

*

Mitte Oktober begann das Wintersemester und damit Hamlets erstes Studienjahr an der Fachhochschule. Am Sonntag, bevor seine Kurse begannen, fuhr Robert mit Hamlet auf die Walhalla. Er stellte den Tercel in der Mitte des völlig leeren Parkplatzes ab, dann marschierten sie die lang gezogene Treppe hinauf durch das kleine Waldstück, bis sich die riesigen Umrisse des Schau-Tempels aus der Nacht schälten. Oben ging ein eiskalter Wind, sie vergruben sich tiefer in ihre gefütterten Parkas, und Hamlet holte eine Thermoskanne voll Tee mit Rum aus dem Rucksack.

»Wie geht's deiner Mutter?«, fragte Robert, als sie am oberen Ende der langen Treppe saßen und auf die im Finstern erstarrte Donauschleife starrten, wo kein Frachtkahn zu sehen war.

»Wie immer. Hängt an der Maschine oder kocht«, sagte Hamlet. »Und wie ist es mit Antonia?«

Es erstaunte Robert, dass er das fragte. Hamlet klammerte Antonia in der Regel aus ihren Gesprächen aus. Er verstand sich gut mit ihr, genauer gesagt war sie eine der wenigen Frauen, mit denen Hamlet sich völlig ungezwungen unterhalten konnte, bei ihr konnte er eine beinahe charmante Art an den Tag legen, die einen glatt vergessen ließ, was für ein seltsamer Kerl er war. Doch über Roberts Beziehung zu ihr wollte er nie etwas wissen.

»Ganz gut. Wir hatten eine kleine Verschnaufpause nach Malta, aber jetzt passt es wieder.«

»Kannst du dir vorstellen, die nächsten zehn Jahre mit ihr da zu verbringen?« Hamlet zeigte in Richtung Donaustaufer Brücke, die wie ein länglicher Käfig über die breite Donau führte, Robert sah jetzt doch die roten Rücklichter eines sich entfernenden Frachtboots.

»Wo zeigst du hin?«, fragte er Hamlet.

»In die Stadt.«

Die Stadt konnte man von hier aus nicht sehen, aber man wusste, wo sie lag, man spürte sie förmlich in ihrer mittelalterlichen Schwere. Die schweren alten Steine, der schwere Nebel in den Gassen, der sich seinen Weg durch die Altstadt bahnte, wo er die nächsten sechs Monate bleiben würde.

»Zehn Jahre? Ich weiß nicht. Ich denke schon«, sagte Robert und wollte einen Schluck aus der Thermoskanne nehmen, verbrannte sich dabei aber die Lippen.

»Ist noch heiß«, sagte Hamlet.

»Danke für die News«, sagte Robert.

»Bist du verliebt?«, fragte Hamlet und nahm die Thermoskanne an sich. Trank einen größeren Schluck, als wäre sie gerade mal lauwarm.

»Natürlich«, sagte Robert. »So, dass es wehtut manchmal.«

»Muss das wehtun?«, fragte Hamlet.

»Ich weiß es nicht. Ich kenn's nicht anders mit Antonia.«

»Was liebst du denn an ihr?« Hamlet hielt die Thermoskanne jetzt wie eine Wärmflasche an seine Brust gedrückt.

Robert überlegte, hatte das Gefühl, nicht zu lange überlegen zu dürfen. »Dass sie sich was traut. Dass sie neugierig ist. Dass sie mich vielleicht gar nicht unbedingt braucht.«

»Und was magst du gar nicht an ihr?«, fragte Hamlet.

Robert tat, als müsste er nachdenken. »Dass sie mich vermutlich nicht braucht. Und dass sie die Beastie Boys nicht kennt.«

9

ZIMMER HUNDERTNEUN

Was wird ihn wohl heute nerven?, war einer ihrer ersten Gedanken, als sie aufwachte, und er trübte ihre Stimmung. Sie fand nicht nur, dass sie in letzter Zeit viel zu viel über ihn nachdachte, sondern vor allem auch darüber, wie sie sich verhalten musste, damit es keinen Streit gab. Als ob sie unter Zensur lebte, eine Beziehung auf Eierschalen.

Eine Beziehung, von der sie eigentlich wollte, dass sie zur Selbstverständlichkeit wurde und nicht ständig hinterfragt werden musste. So wie sie selbst auch ständig hinterfragt wurde. Das machte ihr zu schaffen, denn sie liebte Robert schon. Er gefiel ihr ja außerordentlich gut mit seinen immer leicht zerzausten Haaren, seinem langen Oberkörper, seiner glatten Haut und den wachen grau-grünen Augen. Sie mochte seine Dringlichkeit und seine gelegentliche Euphorie, seine Stimme nahm einen gefangen, und er war entwaffnend ehrlich, so als wäre er dauerhaft auf einem Wahrheitsserum. Doch genau das war auch das Anstrengende an ihm. Jede Stimmung in ihm, jede Meinung fand ohne Umwege ans Tageslicht. Und genauso oft, wie er sie zum Lachen brachte mit seinem Weltuntergangshumor, so oft brachte er sie zur Verzweiflung mit seiner Einstellung, dass am Ende kein Platz in der Gesellschaft für jemanden wie ihn war, und damit, dass er jedem misstraute, der diese Gesellschaft nicht hinterfragte, sondern sich einfach unkritisch hineinfallen ließ.

Es war fünf Uhr morgens, der Uferpark draußen war nur dunkle Masse und die Donau ein schwarzer Fleck. Sie setzte sich auf, musste sich nur ein bisschen strecken, um an den Lichtschalter zu kommen. Ihr Zimmer – ihr ehemaliges Kinderzimmer – war so klein, dass sie praktisch vom Bett aus alles erreichen konnte. Ihr Vater schlief noch, nur ihre Mutter stand ungefähr um die gleiche Zeit auf, weil sie ohnehin kaum schlafen konnte. Antonia ging ins Bad und putzte sich die Zähne, geduscht hatte sie schon am Vorabend, nachdem sie bei Robert gewesen war. Sie hatten eine Ewigkeit rumgemacht, und die Stimmung war gut gewesen, doch als sie erwähnte, dass sie zu Hause schlafen wolle, war er beleidigt, vermutete eine heraufziehende Krise, denn bisher sei sie noch nie nachts nach Hause gefahren, behauptete er. Ihre Versicherung, es habe nichts mit ihm zu tun, sie habe nur nicht mehr genug frische Wäsche bei ihm und wolle auch mal wieder eine Nacht bei ihren Eltern schlafen, beruhigte ihn kaum. Und das war auch zur Hälfte gelogen. Sie brauchte tatsächlich eine Auszeit von ihm, fühlte sich ihm zu nah, zu sehr in Anspruch genommen, fand keinen Raum mehr für sich. Malta hatte sie sehr angestrengt, als wäre sie allein verantwortlich dafür, wie er sich fühlte.

Sie zog eine schwarze Stoffhose und eine weiße Bluse an, strich ihren Dienst-Blazer vom Insel-Hotel glatt und setzte sich in die Wohnküche, in der ihre Mutter bereits mit einem Darjeeling auf sie wartete.

»Kommst du nach der Arbeit nach Hause?«, fragte sie.

»Ich weiß es noch nicht. Ich bin vielleicht bei Robert.«

»Du kannst doch eigentlich gleich bei ihm einziehen«, sagte ihre Mutter und wischte sich energisch die eh sehr kurzen grauen Haarsträhnen aus der Stirn. Sie war über sechzig, doch ihre Augen wirkten schon müde, seit Antonia denken konnte, und ihre Haare wurden immer weißer und borstiger. Ihr Vater ging auf die siebzig zu. Ein gebrechlicher, mittlerweile pensionierter Beamter der Diakonie, der nach dem Krebstod seiner ersten Frau noch einmal geheiratet hatte und spät mit seiner zweiten ein Kind bekommen hatte –

Antonia. Ihr Halbbruder aus erster Ehe wohnte längst nicht mehr hier, studierte Bibliotheks- und Informationswissenschaft in Berlin.

»Wir ziehen nicht zusammen. Wir sind doch noch gar nicht so lange ein Paar.«

»Das geht doch mindestens schon ein halbes Jahr. Das ist doch deine längste Beziehung bisher.« Ihre Mutter griff sich Antonias Teetasse, obwohl sie noch gar nicht leer war, und goss ihr ungefragt Darjeeling nach. Dann zog sie ihre graue Strickjacke enger um sich, so als wäre ihr kalt.

»Wir sind noch nicht stabil genug fürs Zusammenziehen«, sagte Antonia.

»Was soll denn ›nicht stabil‹ bedeuten? Entweder man ist ein Paar oder nicht«, sagte ihre Mutter.

»Kann sein«, sagte Antonia. »Vielleicht hast du recht. Vielleicht ist es so einfach.«

*

Im Personalbüro des Insel-Hotels zog sie ihren weinroten Blazer an, auf dem bereits ihr Namensschild angebracht war. *Antonia Brandt, Auszubildende* stand da, was sie bei ihrer Chefin beanstandet hatte, da manche Gäste sie wie Personal zweiter Klasse behandelten, wenn sie an der Rezeption stand. Die Chefin hatte irgendetwas von Vorschriften der IHK gesagt und das Anliegen im Keim erstickt.

Das Insel-Hotel war über einen Nebenarm der Donau gebaut und lag genau gegenüber der Altstadt. Statt den direkten Bus dorthin zu nehmen, fuhr Antonia jeden Tag mit einem anderen in die Keplerstraße und lief von dort über den Eisernen Steg hinüber ans andere Ufer. Die Flussüberquerung machte ihr immer noch große Freude, und es war ein Glücksfall, dass sie in einem Vier-Sterne-Hotel arbeiten durfte, das mitten im Fluss lag.

Antonia war auch nicht unglücklich mit ihrer Entscheidung, in die Gastronomie zu gehen, sie hatte immer schon eine Vorliebe für Hotels, Bars und Restaurants gehabt, und es hatte ihr Freude bereitet, Leuten etwas zu kochen, sie einzuladen oder einfach nur freundlich zu sein, auch wenn sie sich das kaum noch zu sagen traute. Freundlichkeit schien bei den meisten ihrer Freunde nicht als besonders interessante Eigenschaft durchzugehen. Vor allem bei Robert, der sie sogar noch dafür tadelte, wenn sie zu jedem freundlich war.

Deine Freundlichkeit müssen sich die Leute doch auch verdienen, du gehst inflationär damit um, sagte er.

Meine Zuneigung müssen sie sich verdienen, freundlich bin ich doch zum Postboten, entgegnete sie dann.

Du bist aber viel zu verbindlich freundlich, kam dann, und sie fand es langsam lächerlich. Aber Robert stellte ja nicht nur ihre Freundlichkeit infrage, sondern gleich ihre gesamte Ausbildung.

Jemand wie du muss doch studieren, hatte er gesagt. *Du liebst doch Französisch, du könntest Romanistik studieren, ein Praktikum in Paris machen, die Ausbildung ans Studium anschließen.*

Das kann ich doch immer noch, hatte sie geantwortet, aber nicht aus voller Überzeugung. Vielleicht war sie nach der Ausbildung ja zu alt für ein Studium. Alle aus ihrer Abiturklasse studierten jetzt gerade, alle bis auf sie.

»Toni, kannst du die 101 bis 109 machen?«, fragte ihre direkte Vorgesetzte Silke Deutz, die schon seit sieben Jahren im Insel-Hotel arbeitete und offensichtlich nur noch wenig Spaß daran hatte, seit ihr die neue Chefin vorgesetzt wurde, die aus Garmisch gekommen war. »Die Selina hat sich heute krankgemeldet.«

»Natürlich«, sagte Antonia, die jeden Tag ein paar Zimmer machte. Robert hatte sie das nie erzählt, der dachte, sie stünde ausschließlich an der Rezeption, in der Hotelbar oder im Restaurant oder arbeitete in der Abrechnung.

Niemand antwortete, als sie an der 109 klopfte, und es hing auch kein Bitte-nicht-stören-Schild an der Klinke. Sie benutzte den Generalschlüssel, um aufzuschließen, stellte einen Fuß in die Tür, holte dann Bettbezüge und Handtücher von ihrem Wagen und klemmte sie sich unter den Arm. Das Putzzeug fürs Bad blieb noch auf dem Wagen. Als sie das Zimmer betrat, saß ein Mann auf dem Bett und sah fern, ohne Ton. Er trug ein Hemd und eine Krawatte, aber sonst nur eine weiße Unterhose. Eine Anzughose lag neben ihm auf dem ungemachten Bett.

»Kommen Sie ruhig rein, Sie stören nicht«, sagte der Mann, der ganz sicher über vierzig war, langes graues Deckhaar trug und einen kurz rasierten Oberlippenbart. Er wirkte gepflegt, roch nach Rasierwasser.

»Nein, ich komme später wieder, kein Problem«, sagte Antonia, die so etwas nicht zum ersten Mal erlebte. Hotelgäste waren häufig im Bad oder in etwas vertieft, wenn sie klopfte. Sie hatte auch mal ein Pärchen beim Sex erwischt und sich die nächsten zwei Stunden nicht mehr in die Nähe des Zimmers getraut.

»Nein, kommen Sie doch kurz her, bitte, ich möchte Ihnen etwas zeigen: Der Fernseher hat keinen Ton.« Es war nicht so, dass der Mann sie von oben bis unten musterte, also hielt sich ihr Misstrauen in Grenzen. Er lächelte sie freundlich an, machte aber auch keine Anstalten, die Bettdecke über seine nackten Beine zu schlagen, geschweige denn seine Hose anziehen.

»Vermutlich ist die Lautlos-Taste gedrückt«, sagte Antonia und kam zwei Schritte näher, streckte die Hand nach der Fernbedienung aus, die neben dem Mann auf dem Bett lag. »Das passiert mir auch hin und wieder.«

Er hob die Fernbedienung auf, streckte sie ihr allerdings nicht wirklich entgegen. Sie kam noch einen Schritt näher und nahm die Fernbedienung an sich. Sie drückte auf *Mute,* doch es änderte sich nichts.

»Auf Anhieb erkenne ich das Problem auch nicht«, sagte sie. Jetzt musterte er sie. Ihren Oberkörper. Dann ihre Beine und Füße. »Macht es Ihnen was aus, sich anzuziehen?«

»Ach, das ist doch nicht so schlimm, oder? Sie haben doch sicher schon viele Männer in Unterhosen gesehen.« Er lachte leise, und wenn man nur auf seine Stimme achtete, klang er freundlich. Aber er musterte sie weiter.

»Ich muss jetzt wieder gehen, ich schicke Ihnen dann einen Techniker, wenn Sie beim Frühstück sind.«

»Wenn du jetzt gehst, beschwere ich mich bei der Hotelleitung, dass du ohne Anklopfen ins Zimmer gestürmt bist und mich lautstark beschuldigt hast, den Fernseher kaputt gemacht zu haben. Und das als Auszubildende. Kapiert, was ich meine?«

Ein Welle Adrenalin schwappte in ihr hoch. Sie wusste noch nicht, ob sie Angst hatte oder gleich wütend werden würde – gerade fühlte es sich noch wie die reinste Energie an. »Beschweren Sie sich ruhig«, sagte Antonia. »Wenn Sie sich nicht zu dumm dabei vorkommen, so dreist zu lügen.« Sie warf die Fernbedienung aufs Bett und traf ihn am Oberschenkel.

»Jetzt attackieren Sie mich auch noch?«, sagte der Mann, seine Stimme hatte ihre Gelassenheit verloren, die sie selbst bei seinen Drohungen noch behalten hatte. »Das ist Körperverletzung. Und das wird Folgen haben, Mädel. Du kannst dich morgen früh schon mal beim Arbeitsamt in die Schlange stellen.« Er war jetzt aufgestanden und kam in der Unterhose auf sie zu.

Schnell verließ sie das Zimmer und schlug die Tür hinter sich zu, hatte immer noch Handtücher und Bettzeug unter dem Arm. Sie hörte noch, wie er ihr »Schnalle« hinterherrief, eilte den Gang hinunter, ins Treppenhaus, nach unten, an der Rezeption vorbei, auf die Personaltoilette und schloss sich dort ein. Weinte. Eine kurze Weile nur. Überlegte, ob der Mann sie wirklich bei der Chefin melden würde. Hielt das dann für unrealistisch, konnte sich aber nicht sicher sein. Nachdem sie sich nachgeschminkt hatte, ging sie zur Rezeption, an der Silke Deutz emotionslos auf einen Computerbildschirm starrte.

»Silke, wie heißt der Gast auf der 109 noch mal?«

»Warte«, sagte sie und klickte mit einer durchsichtigen Maus herum. »Hochwart. Jens. Warum?«

»Sieht so aus, als wär der schon abgereist. Da steht aber noch das teure Rasierwasser im Bad.«

»Nein, der müsste noch da sein. Ist wahrscheinlich beim Frühstück.«

»Sah nicht so aus, als wäre er noch da. Lass mich doch zur Sicherheit schnell in die Daten schauen wegen der Adresse, dann kann ich da anrufen und ihm das schicken.«

»Von mir aus«, sagte Silke und machte Antonia Platz. Antonia notierte sich eine Telefonnummer in Pfaffenhofen.

Ihre Befürchtung, dass sie dem Mann noch mal begegnen könnte, bewahrheitete sich zum Glück nicht. Weder als sie half, den Frühstücksraum aufzuräumen, wo noch die letzten Gäste saßen, noch beim Saubermachen der restlichen Zimmer im ersten Stock.

*

Auf dem Weg nach Hause stieg sie ein paar Stationen früher aus und stellte sich an eine der wenigen verbliebenen Telefonzellen im Stadtwesten, die im Grunde nur noch aus einer überdachten Säule in Telekom-Farben bestand. Sie warf Geld ein und wählte die Nummer von Jens Hochwart in Pfaffenhofen.

»Hochwart?«, sagte eine weibliche Stimme.

»Sind Sie die Ehefrau von Jens Hochwart?«, fragte Antonia und gab sich Mühe, mit tiefer Stimme zu sprechen.

»Wer ist denn da?«, fragte die Frau am anderen Ende mit einem starken bairischen Akzent.

»Sie sollten wissen, dass Ihr Mann ein Arschloch ist und Sie vermutlich nach Strich und Faden betrügt.« Dann legte sie auf, bevor Frau Hochwart etwas erwidern konnte.

Zu Hause bei ihren Eltern saß sie wortlos am Küchentisch und trank einen Vanilletee, den ihre Mutter ihr gekocht hatte. Die Mutter bügelte im Wohnzimmer, während der Vater fernsah, irgendeine Sportübertragung. Antonia überlegte, ob der Mann den Anruf mit der Angelegenheit im Hotel in Verbindung bringen würde. Sicher würde er das. Außer er hatte tatsächlich eine Affäre. Aber auch so konnte er nicht beweisen, dass sie es war, die angerufen hatte. Und die Sache im Hotel würde er sicher auch nicht nachträglich melden. Wenn er es bereits getan hätte, stünde sie längst der Chefin Rede und Antwort. Nein, mir kann nichts passieren, dachte sie und fühlte sich trotzdem elend. Robert würde sie das nicht erzählen. Das würde ihn zu sehr bestätigen in seinem Vorurteil, dass sie zu leichtgläubig und freundlich gegenüber Männern sei und die Welt grundsätzlich nicht zu retten. Und dann merkte sie, dass sie jetzt schon wieder darüber nachdachte, wie er das wohl alles fand. Das hasste sie.

10

DER SCHWARZE HUND

»*This is a modal Hitchcock*«, sagte ihr neuer Sprachwissenschaftsdozent Marcus D. Hagstrom, während Robert und David Deininger sich Zettel mit verschiedenen Bandnamen hin- und herschoben. »*The order of modal verbs can change the entire complexion, the entire meaning of a sentence. This is a thrill ride, a detective's case. And we're all in on it. Except for the gentlemen in the back.*«

»*Sorry, Mr. Hagstrom*«, sagte David Deininger und lachte verlegen, doch selbst ein verlegenes Lachen hatte bei ihm ein gewisses Volumen. Hagstrom schien sich trotzdem mit der Entschuldigung zufriedenzugeben und machte weiter.

»Bitte nicht *Foiazoig*«, sagte Robert. »Wir sind doch keine Oi-Band.«

»Aber auch nicht *Pro Anger*, bitte«, sagte David und zog seinen Zettel zurück. »Das klingt nach einer mit Tribals zutätowierten Hardcoreband aus Plattling, die gerne aus der Bronx käme.«

»Ist ja gut«, sagte Robert. Er riss eine Seite aus seinem Notizbuch und schrieb etwas darauf. Dann schob er den Zettel zu David. Der las, wirkte kurz nachdenklich, dann hellte sich sein Gesichtsausdruck auf. Er öffnete den Mund und zeigte seine dominanten Vorderzähne.

»Der ist ja total scheiße. Aber gut. Den nehmen wir.«

Auf den Zettel hatte Robert den Namen ihres letzten Sprachwissenschaftsdozenten, *Herman Lush*, geschrieben. Damit hatte die Band ihren Namen.

Die Band bestand aus Robert am Schlagzeug, David am Bass und Davids altem Schulfreund Torpedo, einem stoischen Maschinenschlosser, dem man vermutlich deshalb einen stillen Sarkasmus unterstellte, weil er außer einem Schmunzeln oder im Ernstfall einem hustenden Lachen nicht viel zu einem Gespräch beisteuerte, dafür schallte er umso bestimmter aus seiner riesigen Marshall-Box. Er spielte weder Soli noch Melodien, war einfach nur eine Dampfmaschine aus übersteuerten Akkorden und gelegentlichen doomigen Riffs. Wenn er dann seinen Verstärker ausschaltete, war es wieder, als wäre er gar nicht da.

Herman Lush probten in einem mit Eierschachteln und schwarzen Tüchern verkleideten Kellergewölbe bei der Nibelungenbrücke. Den Raum teilte sich Deininger mit seinen Freunden der Band Disgruntled Unless, darin stand auch ein Schlagzeug, sodass Robert nicht erst seins aus der Baumschule holen musste, sondern nur seine Snare Drum aus der Wohnung mitnahm.

Schon im letzten Semester hatten David und er ein paar Lieder in Davids Wohnung geschrieben. Zu vegetarischen Ravioli, Weißbier und Gras waren drei Songs entstanden. Der erste hieß »Exodus«, eine Abwanderungsfantasie mit folgenden Anfangszeilen, die von Robert stammten:

Gestern ist in mir eine Bombe explodiert
Konnt' es nicht verhindern, es ist einfach so passiert
Heute sieht die Welt zwar etwas grauer aus
Doch dafür weiß ich endlich, ich muss hier raus
Hurrikan in meinen Cornflakes, Zeichen zum Aufbruch
Mit Paukenschlag, Trompetenklang – der Exodus

Der zweite hieß »Schreihälse«, Davids Manöverkritik an anderen Punkbands, und dann gab es noch »Sommerkleid«, dessen Text Robert auch wieder allein geschrieben hatte. Der Refrain lautete:

Ich muss verschlafen haben
Bis in den frühen Abend
Sonst hätte ich bemerkt
Der Druck hat sich verstärkt
Ich muss verschlafen haben
Wahrscheinlich sogar Jahre
Sonst wüsste ich Bescheid
Die Welt, die Welt, die Welt –
trägt kein Sommerkleid!

Bei der ersten Bandprobe übertönte Torpedos Gitarre alles. Trotzdem hatte es was. Der teilnahmslos wirkende, aber ohrenbetäubende Torpedo, der im Proberaum auf und ab springende Derwisch Deininger und der Blut und Wasser schwitzende Robert, der so schnelle Rhythmen aus den Grunge-Bands seiner Gymnasialzeit nicht gewohnt war und schon beim ersten Song aussah wie im Dampfbad.

Die Band verankerte Robert noch mal tiefer in der Stadt, verband ihn mit seinen neuen Freunden. Es war nicht so, dass er eine Rock-'n'-Roll-Karriere für sich am Horizont sah, aber er empfand es als sinnstiftend, seine Energie auf die Band zu lenken, denn das war es, was die Monotonie seines Studiums erträglicher machte. Und es machte ihn auch unabhängiger von Antonia, die bis zur Bandgründung ganz allein ausschlaggebend für seine Stimmungen gewesen war.

Herman Lush vermittelte David und Robert ein neues Zusammengehörigkeitsgefühl – eine Zeit lang waren sie kaum mehr getrennt anzutreffen, außer am Wochenende, wenn David bei seiner Freundin Irmi in Wasserburg war. Herman Lush verlieh Robert eine neue Identität. Er war jetzt nicht mehr der unentschlossene Hybride aus Gärtnersohn und Lehramt-Student mit Bobby-Briggs-Schnitt und Wildlederjacke, sondern in erster Linie Musiker. Er rasierte sich die Haare so kurz ab wie die Beastie Boys, so kurz, dass ihn ein Stammkunde seines Vaters fragte, ob er jetzt »bei den Nazis« sei. Auch David rasierte sich die Haare, und so sahen sie sich eine Zeit lang ähnlich, zumal Robert sich in seinem Modegeschmack an David angepasst hatte, selbst wenn er immer noch nicht alle Bands auf Davids T-Shirts kannte. Und er hatte den Eindruck, dass sie mit ihrer Zwei-Mann-Punkrock-Einheit immer mehr Blicke in der Cafeteria auf sich zogen, darunter viele weibliche.

*

Auch gegenüber Antonia trat er anders auf. Er äußerte sich noch abfälliger über Kirche, Staat und Gesellschaft, sagte ihr gegenüber so Sätze wie *Leute wie ich sind ein Tritt ans Schienbein der Gesellschaft, mich will man doch gar nicht hochkommen lassen* oder *Der Papst gehört vor Gericht*, was Antonia deprimierend und unnötig provokativ fand. *Was willst du mir denn beweisen?*, fragte sie ihn dann. *Ich bin doch nicht dein Gegner.*

Nach einem kurzen sexuellen Post-Malta-Hoch hatte ihre Beischlaffrequenz schleichend abgenommen. Robert hatte deswegen Alarm geschlagen, doch Antonia hatte ihn gebeten, sie nicht andauernd darauf hinzuweisen und so noch mehr Erfolgsdruck zu schaffen. Als Antonia ein paar Wochen später wieder mehr Lust auf Sex hatte, war er nun plötzlich nicht mehr in der Lage, einfach so mit ihr zu schlafen. Er dachte über das Wie und das Wie-oft nach, über die Intensität, achtete auf Details und Veränderungen zum Negativen. Dabei war die Beiläufigkeit ihrer sexuellen Begegnungen immer das Schönste für ihn gewesen. Die Selbstverständlichkeit. Die Zwanglosigkeit.

Dazu kam, dass sie in letzter Zeit unter Blasenentzündungen litt und auch ihn zum Urologen schickte, weil sie einen Virus vermutete. Der Urologe zwang Robert, sich auszuziehen, und stach ihm mit einer Nadel unter die Vorhaut. Seine Lust auf Sex steigerte sich dadurch nicht, aber er akzeptierte, dass die Beziehung friedlicher war, wenn sie das Thema Sex nicht ständig zur Sprache brachten.

*

Anfang Dezember war Antonia auf einer einwöchigen Fortbildung in Nürnberg, und er nahm Hibiskus' Vorschlag an, mit ihm nach Hause in die Steiermark zu fahren.

Hibiskus stammte aus St. Veit am Rande der Fischbacher Alpen, wo am 5. Dezember die sogenannte *Teiflbruat* ihr Unwesen trieb. Im Grunde war das ein Maskenumzug, ein »Perchtenlauf«, wie man es hier nannte. Der heilige Nikolaus zog durch den Ort, eskortiert von einem bedrohlichen Geleitzug aus Stroh und Ketten, dämonischen Masken und Hörnern, von Krampussen, Buttnmandln und Ganggerl.

Robert kannte die Sparversion davon aus seinem Heimatort Ascha und den umliegenden Dörfern. Da zogen sich die älteren Realschüler Fellwesten an und Strumpfhosen über den Kopf und liefen mit Ruten den Jüngeren hinterher. Das artete oft in regelrechte Treibjagden aus, bei denen sich die Gejagten auf Bauernhöfen und Fabrikgeländen versteckten, um nicht grün und blau geprügelt nach Hause zu kommen. Aber im Risiko lag natürlich auch der Reiz.

Hier in St. Veit im Walde fiel die Maskerade viel kunstvoller aus. Die Larven waren so detailliert, dass man sich selbst bei Tageslicht fürchten konnte, die Ketten aus schwerem Eisen waren zusammen mit den Kuhglocken weit durch den blauen Vorabend zu hören, und überall hinterließ der dämonische Zug Stroh, wie eine Mahnung, dass dieser Ortsteil eingenommen worden war.

St. Veit lag am Hang vom Teufelstein, und durch seinen Ortskern führte eine sich windende Hauptstraße, in der sich am späten

Nachmittag des 5. Dezember nicht nur Einheimische, sondern auch eine Menge Touristen einfanden. Robert und Hibiskus lehnten in der Dämmerung am Holzgeländer des örtlichen Gasthauses, das in den Fels hineingeschlagen war, und rauchten eine nach der anderen, blickten auf die wartenden Leute in der Hauptstraße hinunter. Nasse Schneeflocken trieben ziellos durch die Luft und fügten sich nahtlos in den Schneematsch unten auf der Straße ein.

»Und wann kommen die endlich?«, fragte Robert.

»Das hörst du, selbst wenn die noch einen Kilometer weg sind. Die schweren Ketten. Wie die scheppern und kratzen, wenn sie über die Straße schleifen.« Hibiskus freute sich offenbar, Robert ein bisschen Angst machen zu dürfen.

»Und dann rennen da unten alle los?«, fragte Robert, dem das mit den Ketten und Dämonen rein von der Ästhetik her gefiel, ganz wohl war ihm aber nicht in seiner Haut.

»Ganz genau. Dann rennen alle«, sagte Hibiskus und breitete die Arme aus. »Die da unten und wir hier oben.«

»Wieso, die kommen doch nicht hier hoch, oder?«, fragte Robert.

»Aber selbstverständlich. Die jagen dich auch durch die Häuser, bist du deppert.«

»Ach komm«, sagte Robert. »Und wenn die einen erwischen?«

»Dann hau'n sie dich mit der Rute, und wenn du Pech hast, bekommst du auch eins mit der Kett'n.«

»Aber das geht doch gar nicht wegen Körperverletzung und so. Oder?«

Hibiskus ließ ein rasselndes Lachen los, als hätte Robert gerade etwas wirklich Dummes gesagt. »Geh, bitte. Weiß doch keiner, wer unter der Maske steckt. Früher ist es öfter vorgekommen, dass sich jemand wehgetan hat. Es ist auch schon mal jemand zum Gendarmen gegangen. Dann hat sich sogar der Bürgermeister eingeschaltet. Aber mehr als eine Mahnung aussprechen kann der auch nicht. Der weiß ja nicht, wer ein Buttnmandl ist und wer nicht. Die halten alle dicht.«

»Und heutzutage ist das nicht mehr so gefährlich?« Robert bemerkte, dass er lange nicht mehr an seiner Zigarette gezogen hatte. Der Dezemberwind blies die Aschenstange über den Balkon vom Gasthaus hinunter auf die wartenden Touristen.

»Genau, mittlerweile ist es nicht mehr so arg. Bei Touristen hauen sie nicht mehr so drauf, weil, die sollen ja wiederkommen. Dafür kriegen's Leute wie ich dann ab.«

»Wieso du?«

»Weil die mich natürlich kennen.«

»Wieso kennen sie dich?«

»Weil das natürlich die Spezl von früher sind. Aus der Schule. Einer von unseren Kommilitonen, der Anderl, läuft auch mit. Kennst du doch eh, der, der mit der Miriam zusammen ist.«

»Der Andi, der mit uns in Phonetik war? Mit dem wir neulich Billardspielen waren?«, fragte Robert und rieb sich die Hände.

»Hättest Handschuhe mitnehmen sollen«, sagte Hibiskus.

»Du hast doch auch keine«, sagte Robert.

»Ich bin die Kält'n hier gewohnt«, sagte Hibiskus.

»Ich komm auch nicht aus der Südsee«, sagte Robert halb beleidigt und wünschte sich, er hätte Handschuhe mitgenommen.

»Der Anderl läuft schon mit, seit er vierzehn ist«, fuhr Hibiskus fort. »Der war damals schon so groß wie jetzt. Der ist so was wie der Chef von den Perchten. Und sein Vater hat die einzige Kneip'n im Ort, da oben hinterm Rathaus. Dadurch hat der immer schon eine privilegierte Stellung gehabt. Ich hoffe für uns, dass er seine Leute heuer einigermaßen im Griff hat. Aber rennen musst du auf jeden Fall, das kann ich dir nur ans Herz legen.«

»Aber was passiert, wenn …«, wollte Robert weiterfragen, als ein Raunen durch die Menge ging und ein paar Kinder anfingen zu kreischen. Er hörte genauer hin, und jetzt vernahm er es auch: ein entferntes Klirren und Rasseln wie beim Anfang von »*Jingle Bells*« auf einer seiner Weihnachtsschallplatten früher. Schnell machte sich Nervosität in der Menge breit. Noch äußerte sie sich überwiegend in Geraune und Gelächter.

»Aber Kinder rühren die nicht an, oder?«, fragte Robert Hibiskus, der sich gerade die nächste Zigarette drehte. Das Holzgeländer war voller Tabakreste, zumindest bis zum nächsten Windstoß.

Je näher das Gerassel der Ketten und das Gedröhne der Kuhglocken kam, desto mehr Unruhe erfasste die Menge, ohne dass sich jemand groß von der Stelle bewegte. Robert blickte die Hauptstraße hinunter, die auf Höhe der Kirche einen Knick abwärts machte, hinter dem man nichts mehr erkennen konnte. Den Kuhglocken nach zu urteilen musste der Zug jede Sekunde dort auftauchen.

»Sollten die Leute nicht langsam losrennen?«, wollte Robert wissen.

»Nein, zuerst kommen ja die zahmen Perchten. Die schauen wild aus, begleiten aber nur den Heiligen und lassen sich anschauen. Nur nicht anfassen. Der eine spielt sogar ein Trommerl, hörst du's?«

»Und was ist mit der Treibjagd?«

»Die kommt erst, wenn der Heilige mit seinem Faschingszug vorbei ist. Dann kommen die echten Buttnmandln mit dem Stroh und den Holzmasken. Die echten Dämonen, nicht dieses Touristentheater.«

»Aha«, machte Robert und wunderte sich, was für ein Traditionalist da aus Hibiskus hervorbrach, hier in St. Veit, seinem Heimatort.

»Manchmal eskaliert das aber auch schon vorher, wenn einer übermütig wird und sich mit den Perchten anlegt. Dann pfeifen die, und schon kommen die Buttnmandln angefegt. Aber in der Regel kommen die nach dem Heiligen.«

»Der Heilige«, wiederholte Robert ehrfürchtig, aber das ging in einem allgemeinen Aufschrei unter, als die ersten Perchten auftauchten.

Voraus schritten unter Kuhglockengeschepper hochgewachsene Gestalten mit spitzen Hörnern und warzenübersäten Gesichtern.

»Pfui«, sagte Hibiskus und spuckte auf den Boden. »Das ist doch der reinste Kinderfasching mit diesen Plastikvisagen. Das wird echt jedes Jahr schlimmer.«

Robert schaute sich den Zug in Ruhe an. Manche der Dämonen trugen Ruten aus gebündelten Ästen, andere Fackeln, einer mit einem roten Gesicht und einer langen Nase hatte eine Art Marschtrommel umgeschnallt. Es handelte sich ausschließlich um männliche Monster.

»Sind da auch Frauen unter den Masken?«, fragte Robert.

»Geh, sag einmal, wo denkst du hin?«, sagte Hibiskus.

Die Leute machten Platz auf der Straße, und der Zug aus cirka fünfzehn Untieren zog beinahe ohne Interaktion mit dem Publikum vorüber, nur gelegentlich fuchtelte der ein oder andere mit der Rute in die Menge hinein.

»Die kommen von außerhalb, merkt man gleich. Wahrscheinlich Sportverein vom Nachbarort. Das sind die Harmlosen«, kommentierte Hibiskus.

»Und die aus St. Veit?«

»Das sind die echten. Die Buttnmandln. Vier Leut brauchst du da, um einen in das Stroh einzuwickeln.«

»Und was bezwecken die?«, fragte Robert. »Also rein mythologisch?«

Hibiskus rollte mit den Augen. »Was sollen die schon bezwecken? Das ist halt eine alpenländische Tradition zur Austreibung der Wintergeister. Zur Erhaltung der guten Ernte oder so was. Heidnischer Schabrack halt. Deshalb war's auch lange verboten. Aber dann haben die Kramperl sich mit dem Heiligen zusammengetan, sozusagen als Geleitschutz, damit waren sie legitimiert.« Hibiskus zog zufrieden an seiner Selbstgedrehten. »Da schau hin, da ist er eh schon«, sagte er und deutete in Richtung Kirche.

Ein Nikolaus in Bischofstracht mit einer riesigen Mitra kam den Berg herauf, gefolgt von sich bewegenden Strohballen, deren Gesichter man nicht erkennen konnte. Der Heilige hielt einen Stab in der Hand und trug eine eckige, randlose Brille, wie Robert erkennen konnte, sobald er näher gekommen war. Der Heilige grüßte und segnete wahllos in die Menge hinein. Hinter den lebendig gewordenen Strohballen kamen jetzt vier weitere Gestalten den Hang hinauf. Sie waren mit Ketten behängt und trugen eine Art Fell-Overall. Die Holzmasken waren rot und schwarz lackiert und hatten Hörner und schielende Augen und Hauer statt Zähnen.

»Au weh«, sagte Hibiskus. »Das könnte wild werden.«

»Wie meinst du das?«, fragte Robert.

»Weil die heiß sind. Die können's gar nicht erwarten. Das seh ich denen doch an«, sagte Hibiskus und deutete kirch-abwärts, bevor er sich mit den Fingern, an denen noch Tabak klebte, über die Lippen fuhr.

»Hauen die auch Mädchen?«, fragte Robert.

»Klar, vor allem die Mädels erwischt's. Das ist ein ganz besonderes Spiel. Und irgendwie erraten die Einheimischen oft ganz genau, wer ihnen da auf die Waden gehauen hat, und kommen dann kurz darauf mit dem entsprechenden Buttnmandl zusammen. Ist auch eine Art Dating.«

»Klingt eher nach Stockholm-Syndrom. Wolltest du nie Buttnmandl werden?«, fragte Robert.

»Bist deppert, Bley? Das machen nur die Sportler oder die, wo der Papa auch schon ein Buttnmandl war.«

»Ja, echt?«, sagte Robert, als das Geschrei einsetzte. Drei in braunes Fell gehüllte Gestalten mit schwarz-roten Masken rannten auf die Menge zu, die sich sofort in Bewegung setzte. Auch Robert ließ die Holzbrüstung los und machte einen Schritt nach hinten. Hibiskus hielt ihn fest.

»Noch nicht«, sagte er.

»Warum nicht?«, fragte Robert.

»Weil's sonst nicht spannend ist. Ich hab denen außerdem gesagt, dass ich mit einem Spezl komme. Die wollen uns sehen.« Jetzt rieb sich auch Hibiskus die Hände, vermutlich nicht wegen der Kälte.

»Sehen wollen die uns?«, fragte Robert, so als wäre er nicht sicher, ob er richtig gehört hatte.

Hibiskus unterdrückte ein Lächeln. »Du hast keinen Schiss, oder?«

»Doch«, sagte Robert.

Ein paar ganz besonders dreiste Jugendliche waren stehen geblieben, um die Horde zu empfangen. Einer wurde von einem Strohdämon in den Schneematsch geschubst, die anderen von den Holzmasken eingekreist und bekamen mit den Ruten auf den Arsch, auf die Beine und auf den Rücken.

»Hey, Anderl!«, rief Hibiskus von oben, und für einen Moment schien es, als würde der mittlere der drei Maskierten innehalten und sich umdrehen wollen, aber dann schlugen sie weiter auf die Jugendlichen ein.

»Spinnst du?«, sagte Robert. »Das ist doch eine Provokation.«

»Klar. So ist es gedacht. Jetzt darfst du auch rennen«, sagte Hibiskus, schmiss seine Zigarette weg und rannte los. Die Holzmasken hatten von den Jugendlichen abgelassen und starrten nun durch ihre toten Holzaugen zu Robert hoch, der für den erschreckten Teil einer Sekunde immer noch da stand. Dann lief er Hibiskus hinterher, die Treppe hinunter zur Hauptstraße und dann in Richtung Kirche. Die Buttnmandln waren ihnen sofort auf den Fersen. Auf der Flucht schlossen sich ihnen noch etliche Zuschauer, ein paar ältere Mädchen und diverse Kinder an. Irgendwann bog Hibiskus in eine Seitengasse und lief durch die offene Tür eines Souvenirladens.

»Geh, bitte nicht schon wieder zu mir«, sagte ein überwiegend kahler Mann mit Vollbart und einer runden Brille.

»'tschuldigung, Karl«, sagte Hibiskus, was dem Souvenirverkäufer nur einen entnervten Seufzer entlockte, während Hibiskus nun in aller Ruhe einen gerade von der Straße hereingeräumten Postkartenständer mit Ansichten von St. Veit und den Fischbacher Alpen durchschaute.

»Letztes Jahr haben die mir ein ganzes Regal umgeschmissen«, beschwerte sich der Verkäufer.

Erst als die Ketten und Glocken ankündigten, dass zwei der Buttnmandln gleich über das Souvenirgeschäft hereinbrechen würden, lief Hibiskus wieder los, aus dem Geschäft hinaus, und Robert folgte ihm auf die Hauptstraße.

Robert war deutlich schneller und schon gute fünfzig Meter voraus, als sie Hibiskus schnappten. Ein Maskierter warf beide Hände um seine Hüfte, hob ihn hoch und schmiss ihn auf den Boden, wo der Schneematsch seinen Sturz dämpfte.

Robert blieb stehen, um sich das Ganze aus einigermaßen sicherer Entfernung anzuschauen. Er wusste nicht, wo die anderen beiden Buttnmandl waren, aber einer saß auf Hibiskus' Rücken, und der andere schlug ihm mit der Kette auf die schwarzen Turnschuhe. Es wurde etwas in starkem Dialekt geredet, doch Robert konnte es nicht verstehen. Er drückte sich an eine Hausmauer und horchte, ob irgendwo noch Menschen kreischten, Ketten rasselten oder Kuhglocken dröhnten. Es war still geworden auf der Hauptstraße, bis auf das Geräusch der Kette auf den Turnschuhen von Hibiskus.

Eine Minute später ließen seine Peiniger von ihm ab und liefen kettenrasselnd zurück in Richtung Gasthaus. Robert ignorierten sie oder sie hatten ihn nicht bemerkt. Robert war erleichtert und enttäuscht zugleich.

Langsam rappelte sich Hibiskus auf und kam auf ihn zugehinkt.

»Fehlt dir was?«, fragte Robert und wagte sich wieder ins Licht der Straßenlaternen.

»Paar blaue Flecken werden's schon werden«, sagte Hibiskus und wischte sich die Nässe von der Lederjacke. »Der Anderl passt gut auf mich auf, aber seine Kollegen sind Grobiane.«

»Und jetzt?«, fragte Robert.

»Jetzt gehen wir in den Schwarzen Hund«, sagte Hibiskus.

*

Der Schwarze Hund war die Musikkneipe von Andis Vater Joseph, den alle nur »den Joe« nannten. Der Hund bestand aus einem kleinen Gastraum mit Holztischen und einer zusätzlichen Sofaecke. Über eine schmale Treppe ging es in die sogenannte Gnadenstoß-Bar über dem Gastraum, doch die sei nur bei Partys geöffnet, sagte Hibiskus.

Als sie kamen, war die Kneipe fast leer, doch langsam trafen immer mehr junge Leute ein und warfen ihre Winterjacken in die Sofaecke.

Auch Hibiskus hatte seine Lederjacke abgelegt und drehte sich in seinem Testament-Pulli eine Zigarette. Robert trank Schwarzbier aus seinem Willybecher und schlug den Kragen seines Ski-Anoraks hoch.

»Ist dir immer noch kalt? Hier ist es doch brunzbieselwarm«, sagte Hibiskus.

»Ist vielleicht noch der Grusel«, sagte Robert. »Hier habt ihr euch also früher immer getroffen?«

»Wir treffen uns immer noch. Ein jeder, der am Wochenende daheim ist, kommt in den Schwarzen Hund. Schon allein, um den Anderl zu besuchen.«

»Der Andi fährt wirklich jedes Wochenende in die Steiermark?«, fragte Robert.

»Bleibt ihm doch nichts übrig. Sein Vater packt das allein gar nicht mehr. Bei dem setzt die Altersblödheit langsam ein. Wenn am Wochenende viel los ist, muss der Anderl den Laden schmeißen.«

Robert schüttelte ungläubig den Kopf. »Und wenn er dann mal ins Lehramt geht, wer macht dann die Kneipe?«

»Dann muss man weiterschauen. Vielleicht machen sie den Hund dann wirklich nur noch am Wochenende auf. Oder er macht die Kneipe mit der Miriam zusammen, und sie werden halt keine Lehrer, sondern Wirtsleute.«

Robert fühlte sich seltsam berührt von der Vorstellung, dass Miriam und Andi zusammen eine Kneipe führten. Das kam ihm sehr erwachsen und loyal, ja romantisch vor. Er konnte sich nicht vorstellen, mit Antonia eine Kneipe zu führen.

»Jetzt haben wir noch gar nicht dein Haus gesehen«, fiel Robert ein.

»Ich wohne ganz unten am Ortseingang. Unterhalb der Kirche noch. Weit unterhalb«, sagte Hibiskus.

»Und warum übernachten wir nicht bei dir, sondern im Schwarzen Hund?«

»Weil der Vater dieses Wochenende daheim ist.«

»Ja und?«

»Der säuft und wird ausfällig.«

»Das tut mir leid«, sagte Robert, aber Hibiskus schaute ihn nur leidenschaftslos an. »Wo ist dein Vater, wenn er nicht daheim ist?«, fragte Robert.

»Der hat eine Freundin in Graz. Eine Krankenschwester.«

Die Tür ging auf, und die Holzmasken kamen herein und bildeten eine Art Spalier. Nach ihnen betrat der Heilige den Schwarzen Hund. Die anwesenden Leute schien das nicht groß zu interessieren.

»Wo sind die mit dem Stroh?«, fragte Robert, während der Heilige sich an die Bar stellte, seine Mitra, seinen Bart und seine Perücke abnahm.

»Die passen nicht durch die Tür. Die warten draußen, bis ihnen jemand das Stroh abschneidet«, sagte Hibiskus.

Eines der hünenhaften Buttnmandln setzte seine Maske ab und knöpfte seine Fellweste auf, während er auf sie zukam. Es war Andi, die Haare platt gedrückt, das Gesicht rot. Ohne Maske wirkte er sofort wieder kleiner, obwohl er immer noch gute 1,85 war.

»Servus, Burschen«, sagte Andi. »Schön, dass ihr's geschafft habt's.«

»Deine Leut haben ganz schön zu'droschen heuer«, sagte Hibiskus vorwurfsvoll.

Andi nahm Hibiskus' Kopf in seine großen Hände und gab ihm einen Kuss auf die Stirn. Robert rührte das, weil Hibiskus für einen Moment ganz selig aussah. Sonst hingen seine Mundwinkel meistens hinab, und seine Stimme war leise und brüchig. Wenn er ausnahmsweise mal etwas komisch fand, war sein Lachen hektisch und kurz, so als wäre es ihm peinlich. Eine Frohnatur war der Hibiskus nicht, aber die Geste von Andi schien ihn für ein paar Sekunden zu verwandeln.

»Geh weiter, Bisko, da haut dich dein Papa schlimmer als wir«, lachte Andi und ließ Hibiskus wieder los. Der schloss kurz die Augen und lächelte gequält.

»Du, die Miriam kommt später auch noch, die freut sich, dass du da bist«, sagte Andi dann wie zum Trost.

Andis Freundin Miriam war eine kleine, sportliche Person mit langen, immer frisch gewaschenen braunen Haaren und dem Hang, jeden früher oder später »Arsch« zu nennen. Außerdem roch sie immer wie eben frisch geduscht. Sie kam nicht aus der Steiermark, sondern aus Augsburg, und das hörte man. Immer wenn sie zusammen in der Cafeteria waren, saß sie neben Hibiskus, wollte alles

Neue von ihm wissen und lachte laut und verbindlich über seine mühsamen Witze und sarkastischen Bemerkungen. Es war also kein Wunder, dass Hibiskus in Miriam verliebt war, und es war auch nicht zu übersehen. Auch nicht für den Andi. Dennoch schien es ihn nicht im Geringsten zu stören.

»Wie lang steckst du schon in dem Gewand drin?«, fragte Robert und deutete auf Andis Kostüm.

»Seit heut in der Früh«, sagte Andi und roch an seiner Fellweste. »Willst auch mal riechen?«

»Nein, danke schön«, sagte Robert, aber Andi hatte sich eh schon zum Tresen gedreht.

»Wiesi!«, schrie er den Barkeeper an. »Du kannst jetzt aufreißen.«

Der Barkeeper ging zur Stereoanlage und legte eine CD ein. Led Zeppelins »*Good Times Bad Times*« erschütterte den Schwarzen Hund. Es schienen immer mehr Leute zu werden, sie drängten sich um die Bar und bestellten, als wäre es der letzte Abend auf Erden.

Kurz darauf kam Miriam mit einem Mann herein, an dem überall Stroh klebte. Sie begrüßte Hibiskus mit einem Kuss auf die Wange.

»Und der andere Arsch ist also auch da«, sagte sie zu Robert und drückte ihn. Er lächelte schief und atmete ihre kalte Frische und den Kräutergeruch ihres Shampoos ein.

Als sie ein paar Stunden später für einen letzten selbstgebrannten Obstler mit Miriam und Andi an der Bar saßen, sagte Hibiskus unvermittelt: »Seid's mir nicht bös, aber ich glaub, ich muss spei'm.« Dann stand er auf und ging. Als Robert eine Weile später ins Gästezimmer im ersten Stock kam, lag Hibiskus mit einem Beutel Tabak in der Hand da und schlief, die Decke nur über die Füße gebreitet, die schwarzen, hohen Turnschuhe standen daneben.

»Nacht, Hibiskus«, sagte Robert mehr zu sich selbst und legte sich in das zweite Gästebett. Er dachte über Hibiskus und dessen

Vater nach. Und über seinen Vater. Der ihm als Kind auch die eine oder andere Schelle verpasst hatte, wenn er etwas im Gewächshaus verwüstet oder ihm dreist bei etwas widersprochen hatte. Man kann sich leider nicht dagegen wehren, wo man herkommt, war der letzte Gedanke vorm Einschlafen, an den er sich erinnern konnte.

11

EVANGELIUM

An Weihnachten nahm Robert Antonia mit nach Hause in die Baumschule, auch weil er sich dadurch erhoffte, die Sollbruchstellen-Stimmung, die jedes Jahr herrschte, ein wenig mit Antonias sorgloser Art kitten zu können. Schließlich war sein Vater besonders zahm in ihrer Gegenwart, davon würde jeder nur profitieren.

Wegen Antonias Schichtdienst trafen sie erst gegen siebzehn Uhr ein, aber das war ihm nur recht. Der 24. Dezember sah in der Regel so aus, dass seine Mutter den halben Tag in der Küche verbrachte, um einen in Schwarzbier und Gemüsedunst vor sich hin gärenden Schweinebraten, mehrere Salate und eine Nachspeise zuzubereiten, obwohl sein Vater dann später beim Essen jedes Mal sagte: *Immer der Heckmeck mit dem Essen. Nächstes Jahr gibt's nur noch Bratwurst und einen Kartoffelsalat.* Letztes Jahr hatte er vorgeschlagen, sich doch in Zukunft *eine* Pizza beim Kroaten in Mitterfels zu bestellen, was seine Mutter schwer gekränkt hatte. Er selbst kam meist erst zum Abendessen ins Haus, bis achtzehn Uhr werkelte er in der Gärtnerei herum oder verkaufte Last-Minute-Weihnachtsbäume, die er persönlich zu den Leuten fuhr, während seine Frau kochte.

Antonia und Robert bekamen zur Begrüßung von der Mama einen Prosecco hingestellt und dazu ein Schälchen Kokosmakronen mit Oblaten drunter. Die er lieber mochte als das gesamte Kokoszeug. Oblaten strahlten eine große, geschmackfreie Ruhe auf ihn aus, und er aß sie gerne auch ohne irgendwas.

»Hast du nicht gesagt, deine Großeltern feiern mit?«, fragte Antonia Robert.

»Doch, doch«, antwortete stattdessen Roberts Mutter. »Den Opa Wolfgang und die Oma Silvia, die holt mein Mann jetzt gleich vom Bahnhof ab, die kommen aus Bad Gögging.«

»Die sind tatsächlich ganz nett«, erklärte Robert. »Kann man sich gar nicht vorstellen bei dem Sohn.« Robert nickte in Richtung Baumschule.

»Robo, hör auf. Nicht an Weihnachten«, sagte seine Mutter aus der Küche.

»Und wo steht euer Christbaum?«, fragte Antonia, um den Druck rauszunehmen.

»Drüben im Wohnzimmer. Den hat sie eingeschlossen«, sagte Robert und deutete auf den Rücken seiner Mutter in der Küche. »Darf niemand sehen bis nach dem Essen. Als ob ich noch fünf wär«, sagte Robert.

»Weil's eine schöne Tradition ist«, rief seine Mutter aus der Küche, die offenbar allhörend war.

Robert vermutete, dass sie sich noch nicht damit abgefunden hatte, dass kein Kind mehr im Haus war. Er hatte sie nie gefragt, war sich aber sicher, dass sie gerne mehr Kinder als nur ihn gehabt hätte. Er nahm an, der Vater sei da anderer Meinung gewesen. Immerhin hatte ihm ja schon *ein* Kind das Gefühl gegeben, er müsse sein ganzes Leben lang nur noch arbeiten, um die Familie zu ernähren. Dieses mürrische Pflichtbewusstsein, diese zornige Loyalität hatten letztlich genau das Gegenteil bewirkt, sie hatten der Familie geschadet.

Der Opa Wolfgang kam mit einem Spazierstock und einem dunkelgrünen Filzhut herein, nahm ihn ab und verbeugte sich fast dienerhaft. »Grüß euch Gott beinander«, sagte er, gab zuerst Antonia die Hand und ließ sich dann von Roberts Mutter umarmen, die aus der Küche geeilt kam. »Du bist immer noch eine ganz schöne Frau, Irene«, sagte er, während der Wolfsspitz Hieronymus an ihm hochsprang.

»Servus, Opa«, sagte Robert, der aufgestanden war.

»Und du bist immer noch mein Arschgeigerl«, sagte der Opa Wolfgang, klatschte ihm die Hand auf die Wange und setzte sich auf den Stuhl gegenüber der Eckbank, auf der Robert und Antonia saßen. Mit seinem Auftritt hatte er wie immer völlig von der Oma Silvia abgelenkt, die mit leicht gesenktem Kopf im Türrahmen stand. Wenn die Oma nicht redete, war sie so lautlos, dass man sie im Grunde übersah, es war, als wäre sie gar nicht anwesend. Robert konnte sie vielleicht deshalb so gut leiden, denn der Rest der Verwandtschaft war dauerpräsent, laut und redselig.

»Grüß euch«, sagte die Oma leise. Es klang immer ein bisschen falsch, wenn sie Bairisch redete, schließlich kam sie aus Schlesien und hatte sich den Dialekt erst mit Anfang zwanzig angeeignet. Ihre Konsonanten waren immer noch viel zu hart.

»Dieses Jahr machen wir es so«, sagte Roberts Mutter, »dass wir erst nur den Salat essen und dann Bescherung machen. Danach ist dann auch das Schweinerne fertig. Wo ist eigentlich der Bert? Der hat euch doch gebracht?«

»Der musste noch mal schnell ins Gewächshaus«, sagte Opa Wolfgang.

»Ja, der war schon immer ein wirklich großartiger Gastgeber«, sagte Robert leise zu Antonia, die tadelnd den Kopf schüttelte. Seine Oma lächelte, obwohl sie den Kommentar sicher nicht gehört hatte.

Irgendwann kam dann auch Roberts Vater ins Wohnhaus, trug noch seine Arbeitsschuhe und seinen olivgrünen Regenmantel und hatte eine Flasche Weißbier dabei. Er zog die Handschuhe, aber noch nicht den Regenmantel aus und schenkte sich das Bier ein, nahm einen tiefen Schluck. Erst dann zog er die Jacke aus und hängte sie über den Stuhl.

»Magst du auch ein Weißbier, Vati?«, fragte er den Opa Wolfgang. Seine Mutter fragte er nicht, was sie trinken wolle.

»Nein danke, ich vertrag doch keine Hefe mehr. Behauptet zumindest der Dr. Weidmann«, sagte der Opa.

Auch ohne Weißbier erwies sich der Opa Wolfgang wie jedes Jahr als Erzähler mit Feuereifer. Weil Antonia wissen wollte, was er früher gearbeitet hatte, erzählte er einen seiner *Greatest Hits*, die Geschichte, wie sein Vater ihm den Hof weggenommen und ihn seinem Stiefbruder aus zweiter Ehe gegeben hatte. Eine Tragödie, vorgetragen wie ein Schwank. Das alles hatte ihn in einen Beamtenberuf gezwungen, und am Ende war er landwirtschaftlicher Berater beim Landkreis geworden. Darüber hinaus – das erzählte er natürlich nicht – auch wahnsinnig misstrauisch und protektiv gegenüber seinen Kindern, was eine äußerst autoritäre Erziehung zur Folge gehabt hatte. Im Alter schien bei ihm aber ein gewisses Wohlwollen und so etwas wie Humor dazugekommen zu sein. Das machte Robert ein kleines bisschen Hoffnung für seinen Vater.

Hingegen war die Oma Silvia früher angeblich eine ziemlich lebensfrohe Frau gewesen, hatte Roberts Mutter ihm erzählt. Dankbar, nach der Vertreibung eine neue Heimat gefunden zu haben, dankbar für die neue Familie. Neugierig und immer erpicht auf Ausflüge in die Umgebung, aufs Einkaufen in der Stadt und Reisen in die Berge. Das Problem war wohl, dass der Opa Wolfgang nie wollte, dass man Geld für die eigene Belustigung oder Freizeit ausgab. Und dass er die Berge hasste, die Oma aber den flachen und faden Gäuboden, der nur aus Nutzfeldern und noch mehr Nutzfeldern zu bestehen schien.

»Musst du am Heiligen Abend gar nicht bei deinen Eltern sein, du Hübsche?«, fragte der Opa Antonia und kratzte sich an seinem weißen und etwas zu ausgefransten Oberlippenbart.

»Die feiern bei meinem Halbbruder in Berlin.«

»In Berlin war ich auch einmal. Auf einem Kongress. Bei der Messe. Wo's ausschaut wie auf einem Weltraumhafen«, sagte Opa Wolfgang.

»Ich war selbst nur ein Mal da«, sagte Antonia. »Aber nicht auf der Messe. Mein Bruder wohnt in Kreuzberg.«

»Kreuzberger Nächte sind lang«, sang der Opa, und Robert sah, wie Antonia lächelte. Es schien ihr gut zu gehen im Moment.

Die Oma, die neben Robert und Antonia auf der Eckbank saß, tippte Robert sanft auf die Schulter und machte ihn auf ein Crouton aufmerksam, das ihm von der Gabel gefallen war.

Nach dem Salat dirigierte die Mutter alle vor die Wohnzimmertür, dann ging sie hinein, und es passierte erst einmal nichts. Nach einer Minute hörte man eine helle Glocke, und als sie das Zimmer daraufhin betraten, lief bereits eine Harfenversion von »Es wird scho glei dumpa« auf CD.

Dann drückte Roberts Vater ihm eine gefaltete Zeitungsbeilage aus dem aktuellen Wochenblatt in die Hand, die er offensichtlich in der Hosentasche aufbewahrt hatte. Entfaltet ergab sie eine billige Imitation hellbraunen Pergamentpapiers, auf dem unter einem Bild vom Bethlehemer Stall das Weihnachtsevangelium abgedruckt war.

»Was soll ich damit?«, fragte Robert und hielt die Beilage von sich weg, als würde sie stinken.

»Was wohl, Sherlock Holmes. Vorlesen halt«, sagte sein Vater, ohne ihn anzusehen.

»Und warum?«

»Zwecks der Festlichkeit.«

»Ich les ganz sicher kein Evangelium«, sagte Robert und hielt seinem Vater das Evangelium vors Gesicht. »Ich hab mit der blöden Kirche absolut nichts am Hut.«

»So redet man aber jetzt wirklich nicht über die Kirche«, sagte der Opa Wolfgang und sah ihn besorgt an, so als wäre er ernsthaft erkrankt.

»Du liest das jetzt gefälligst vor«, sagte sein Vater und wandte sich ihm zu. Er stand jetzt ganz nah vor ihm. Seine Augen lauerten schwarz im flackernden Halblicht der Kerzen vom Weihnachtsbaum. Robert war, als hätte er einen Wachhund vor sich, der kurz davor stand, ihn anzufallen. Doch er entschloss sich gegen das Wegrennen.

»Einen Scheiß mach ich«, sagte Robert mit hämmerndem Puls. »Du kannst mich doch zu keiner religiösen Handlung zwingen, wenn ich gar nicht religiös bin. Wir sind hier doch nicht im katholischen Internat.« Robert ließ die Beilage demonstrativ fallen und sah sich um, wie das Publikum reagierte, wie Antonia reagierte. Jeder schien die Luft anzuhalten. Antonia sah ihn verständnislos an. Ihr Blick schien sagen zu wollen: *Hast du sie noch alle?* Er empfand allein diesen Blick als Verrat.

Sein Vater hob den Zettel mit dem Evangelium in aller Ruhe auf, faltete ihn einmal zusammen und schlug ihn Robert aufs linke Ohr.

»Ich kann dir sagen, wo wir sind. Wir sind im Haus deiner Familie. In einem Haus, das auch für dich gebaut wurde. In einem Haus, in dem du achtzehn Jahre lang tun und lassen konntest, was du wolltest. In dem du nichts zum Familienleben beitragen musstest, außer vielleicht in die Schule zu gehen oder deinen scheiß Teller in den Geschirrspüler zu stellen. In dem du dich einfach nur von deiner nachsichtigen Mutter hast verwöhnen lassen. Da bist du. Genau da. Und dann darf ich den feinen Herrn an Weihnachten nicht bitten, dass er ein paar Takte aus dem Evangelium vorliest zwecks der festlichen Stimmung? Weil er nichts mit der Kirche am Hut hat, weil er gar so progressiv und politisch ist. Weißt du was, Junior? Du bist doch nur ein Schwätzer. Ein Blender sogar. Du kannst doch nichts, du machst doch nichts, du hast noch nicht einmal eine eigene Meinung. Betest die Sprüche und Meinungen deiner Lieblingsmusiker nach. Und selbst die habt ihr von den 68ern gestohlen. Du bist ein stinkfauler Hund. Das wird deine Freundin da auch noch merken.« Er deutete mit dem Daumen auf Antonia, ohne sie anzusehen.

Der Wolfsspitz Hieronymus bellte zweimal laut auf.

Robert stand da wie angeschossen, seine Arme hingen wie zwei Ambosse an seinen Schultern. Dann sagte er langsam und deutlich, ließ jeder Silbe Luft: »Du autokratisches Arschloch.«

Er ging in betont gleichmäßigen Schritten in die Wohnküche, in der seine Jacke war, zog sie an und verließ das Haus. Als er den Schlüssel in die Fahrertür steckte, kam Antonia hinterher.

»Wo fährst du denn jetzt hin?«, fragte sie, doch er antwortete nicht, setzte sich in den Wagen und fuhr los.

Er fuhr nicht weit. Nur ein paar Kilometer hinter den Ortsausgang, wo er am Rande eines angefrorenen Maisfeldes parkte. Dann lief er in die Mitte des Ackers, ließ sich dort auf den Boden fallen und weinte.

Nach zehn Minuten wurde es ihm zu kalt, bei der Kälte kam ihm das Weinen auch nicht besonders pragmatisch vor, und er setzte sich bei laufendem Motor in den Wagen und hörte ein The-Damned-Album auf Kassette, das ihm David Deininger überspielt hatte. Der kannte den Bassisten, hatte ihn in London bei einem Konzert kennengelernt. Er fragte sich, warum er sich nicht mehr im Recht fühlte. Sein Vater hatte ihn provoziert, hatte ihn bloßstellen wollen. Er hatte sich nur gewehrt. Er ließ sich nichts mehr von dem alten Magnolientyrann gefallen. Er hatte alles richtig gemacht. Und trotzdem fühlte er sich irgendwie falsch, so als hätte er die Kontrolle über sich verloren, und der Vorgang war jetzt in die Familiengeschichte eingetragen wie in ein Strafregister. Schlimmer noch: Auch Antonia hatte sein Verhalten verurteilt, und das ließ ja nur zwei mögliche Schlüsse zu: Entweder hatte er wirklich nichts mit ihr gemeinsam oder er hatte sich grundlegend falsch verhalten. Ihm gefiel allerdings keine der beiden Möglichkeiten.

Robert steuerte den Tercel vom erfrorenen Feld zurück zur Baumschule und ließ den Motor laufen, weil er hoffte, dass Antonia so auf ihn aufmerksam wurde. Irgendwann hupte er. Drei Minuten später stieg sie in ihrer weißen Daunenjacke zu ihm ins Auto, und sie fuhren zurück in die Stadt, in seine Wohnung neben dem Fernsehturm. Keiner sprach auch nur ein Wort.

*

Silvester verbrachte er bei Antonia, die noch eine Freundin und deren Freund eingeladen hatte, ihre Eltern waren bei Bekannten. Obwohl Robert weit im Vorfeld angekündigt hatte, dass er kein Käsefondue möge, gab es genau das, und während die beiden Mädchen es nach dem Essen lustig fanden, zu DJ Bobo zu tanzen, wollte sich der Freund von Antonias Freundin nur über Fußball mit ihm unterhalten. Das ohrenbetäubende Feuerwerk über dem Stadtwesten, das sie alle vom Balkon aus verfolgten, war die reinste Erlösung für ihn, danach entschuldigte er sich mit Kopfschmerzen und ging zu Fuß über das angrenzende Gewerbegebiet nach Hause, denn an Taxis war in der Silvesternacht nicht zu denken. Die anderen feierten noch weiter.

Antonia schien nicht erstaunt zu sein, dass er nicht blieb, sie nahm es eher schulterzuckend hin. Nach einem vierzigminütigen Fußmarsch durch die Kälte und einem leisen Bogen um die schlafenden Hunde, war er daheim und rief sie noch mal an.

»Was ist eigentlich mit uns los?«, fragte er.

»Was soll denn los sein?« Sie klang nicht begeistert über seinen Anruf, im Hintergrund lief immer noch belangloser Pop.

»Irgendwas ist doch«, sagte er. »Da stimmt doch was nicht mehr.«

»Ich will jetzt aber gar nicht darüber nachdenken«, sagte sie, klang, als hätte sie es eilig. »Vielleicht mach ich das morgen. Ich weiß nur, dass du immer alles so schwer machst.«

»Ich mach nichts schwer. Ich spüre nur, wenn es schwer wird.«

»Dann spür bitte nicht so viel«, sagte sie.

12

WAUFEN

Manchmal dichtete Robert kitschige Lyrik in sein Tagebuch, für die er sich schon zwei Tage später wieder schämte.

Ein warmer Hauch kühlen Nachtwinds
Gleitet über meinen Nacken
Und erhärtet meinen leisen Verdacht
Dass die Schatten sich bald erwärmen
Dass die Nächte sich bald wie im Rausch verlieren
Dass der Schlaf mich jetzt übermannt
Und mich in einem warmen Sonnenuntergang aufwachen lässt

In jedem dieser Gedichte ging es um die Hoffnung auf Veränderung, meist festgemacht am Wetter. Immer wenn er eins der Gedichte, die er für besonders gut gehalten hatte, wieder aufblätterte, lief es ihm kalt den Rücken hinunter vor schlechtem Gewissen darüber, wie sehr er seine lyrischen Versuche überschätzt hatte. Wie sehr er sich dauernd überschätzte und wie grässlich die Wahrheit war. Dann strich er alles durch, bis nichts mehr leserlich war.

Obwohl er sich seiner lyrischen Wetterfantasien schämte, war er tatsächlich heilfroh, dass das Winterende näher rückte und endlich das Semester weiterging, denn die Tage bekamen wieder eine Struktur, er sah David wieder, und es gab wieder Bandproben. Außerdem stellte er erschrocken fest, dass die ledrigen Wiener Würstchen aus der Cafeteria und die lavaheiße Brühe aus dem Kaffeeautomaten ihm gefehlt hatten.

In den Tagen nach Weihnachten bis zum Vorlesungsbeginn hatte er in seiner überheizten Wohnung gesessen, und wenn er nicht gerade mit Antonia zum Italiener gegangen war, hatte er sich von Toastbrot mit ungarischer Salami, Vanillejoghurt, Nussschokolade vom Discounter, Warsteiner in Plastikflaschen und Leitungswasser ernährt. Endlich gab es wieder geregelte Mahlzeiten. Vorausgesetzt, man war auf dem Campus.

Zusammen mit David belegte er in diesem Semester ein Seminar in englischer Literaturwissenschaft über moderne Romane, darunter Updikes *Rabbit*-Bücher und *Meridian* von Alice Walker. Updike konnte er zunächst sogar etwas abgewinnen, doch ihr Dozent, der kurz vor der Emeritierung stehende Dr. Reinhardt Runge, hatte sich auf die *Paradigmenwechsel* in der amerikanischen Gesellschaft eingeschossen, sodass wenig Platz für die deftige und desillusionierende Darstellung von Sex im *Rabbit* blieb, die Robert viel mehr interessierte. Er war beim ersten Lesen ein wenig erschrocken, wie banal und beiläufig der Sex dargestellt und auch von den Figuren empfunden wurde und welch desaströse Ausmaße er doch annahm und wie fatal seine Wirkung am Ende war. Wie profan und gelegentlich ekelhaft, wie bedrohlich und doch über alle Maßen erstrebenswert er für die Protagonisten war. Mit dem Sex änderte sich auch die amerikanische Gesellschaft, so interpretierte er Updike.

»Paradigmenwechsel« war auch seit Neustem sein und Davids gemeinsames Lieblingswort.

Dennoch war ihm im Kurs meistens langweilig, und statt sich an den – wie er fand – selbstgefälligen Interpretationsschlachten seiner Kommilitonen zu beteiligen, schrieben David und er Gedichte, die sie sich später per E-Mail schicken würden. Sie hatten sich vor Kurzem eine E-Mail-Adresse von der Universität zuweisen lassen, die länger war als jede Reisepassnummer, und jedes Mal nach dem Runge-Kurs setzten sie sich im Zip-Pool, dem Computerraum, einander gegenüber, sodass der eine nicht sehen konnte, was der andere schrieb, und sendeten sich E-Mails über eine Distanz von einem Meter. So fing zum Beispiel David an:

Viele Tage hat das Jahr
Viele Stacheln hat ein Igel
Helles Bier schmeckt wunderbar
Dies tut auch ein Schokoriegel
Ja, es kann mich extra reizen
Dieses Bier, gebraut aus Weizen
Sind im Riegel doch Rosinen
Schmeiss ihn weg

Woraufhin Robert in der nächsten E-Mail antwortete:

Nach durchzechten Nächten
Schlechten Schlägen mit der Rechten
Möcht ich in die Donau hechten
Und mit Anja Fichtel fechten
Danach wird man mich ächten
Zu leben in den U-Bahn-Schächten
Dort seh ich nach dem Rechten
Und krieg am Hintern Flechten
Im Wahn sprech ich mit Spechten
Tu mit Marianne Sägebrechten

Gelegentlich machte auch Hibiskus bei ihrem Lyrik-Battle des Absurden mit, doch den hatte Robert jetzt schon seit mehr als einer Woche nicht gesehen, und auch Andi und Miriam waren nicht im GLC IV aufgetaucht. Deshalb ging er davon aus, dass die Steiermärker sich einfach selbstherrlich ihre Winterferien verlängert hatten oder St. Veit eingeschneit war. Hibiskus fuhr in der Regel immer mit Andi zurück nach Deutschland, er selbst besaß ja nur das schwere Motorrad, und im Winter war das zu riskant.

In der folgenden Woche war zumindest Miriam wieder da. Vor Kursbeginn kam sie zu ihm, nahm ihn bei der Hand, was ihm sonderbar vorkam, und führte ihn ans Ende des Gangs, dorthin, wo ein Fenster in ein totes Eck zwischen zwei Flügeln des PT-Gebäudes hinausschaute. Das PT-Institut sah aus der Luft aus, als hätte jemand versucht, ein Autobahnkreuz ohne runde Anschlussstücke zu bauen, hatte er in einem Bericht im Regionalfernsehen gesehen, wo es um geplante Renovierungsarbeiten ging.

»Der Hibiskus ist tot«, sagte Miriam, verstärkte den Druck auf seine Hand, genauer gesagt auf den Knöchel seines kleinen Fingers.

»Was?« Robert zog seine Hand weg und stellte seinen Kaffeebecher auf den Boden. Wusste sofort, dass es stimmte.

»Ja …« Sie sah an ihm vorbei in das tote Gebäudeeck.

Robert überlegte, wie man in so einem Moment am besten reagierte. Er versuchte sich an Filme zu erinnern, in denen solche Nachrichten überbracht worden waren.

»Nein, das stimmt doch nicht, oder?«, sagte er, um Zeit zu gewinnen.

»Doch«, sagte sie. Und fing an, leise zu weinen.

Er nahm sie in den Arm. Sie zog den Rotz hoch, und er spürte ihre feuchte Nase auf seiner Schulter. Dann befreite sie sich aus der Umarmung, als hätte sie sie gar nicht gewollt.

»Und wie?«, fragte Robert, sah, wie David Deininger mit einem Witz auf den Lippen den Gang entlang auf sie zukam. Er winkte ihn hinter Miriams Rücken weg.

»Der Andi, der Biskus und noch zwei andere waren oben auf dem Teufelstein und haben gesoffen.« Miriam verdrehte kurz die Augen, als moniere sie die Eskapaden ihrer Freunde. »Das machen die öfter, wenn sie daheim in St. Veit sind. ›Waufen‹ sagen sie dazu. Wandern und Saufen. Und viel mehr ist auch gar nicht passiert: Der Hibiskus ist zum Pinkeln gegangen und einen Hang hinuntergefallen. Hat sich den Kopf aufgeschlagen und war tot. Mehr weiß man nicht.«

Irgendwas in Robert wollte ihn zum Grinsen zwingen. Irgendetwas fand die Vorstellung komisch, wie Hibiskus beim Pinkeln vornüber in die Tiefe kippte. Er musste sich den gespaltenen Schädel vorstellen, um sich wieder unter Kontrolle zu bringen. Herrgott, der Tod überfordert mich halt, entschuldigte er sich selbst.

»Das kann doch nicht sein«, hörte er sich sagen. »Der kann doch nicht so dumm sein und beim Brunzen abstürzen!« Robert sah Miriam an, als könnte sie etwas dafür. Sie zuckte nur mit den Schultern. »*Fuck this shit*«, sagte er und trat mit dem Fuß den Kaffeebecher weg. Der Kaffee spritzte gegen die graue Wand, und der Becher flog fast bis zur Tür vom Kursraum. »Hey!«, rief jemand empört.

»Geiler Heber«, hörte er Deininger sagen.

»Weißt du, ich glaube, der Biskus, der mochte dich wirklich gern«, sagte Miriam und holte ein Tempo aus ihrer Trainingshose. »Ich glaub, du warst so was wie sein bester Freund an der Uni.« Sie schnäuzte sich, dann zog sie eine Packung Kaugummi aus der anderen Hosentasche.

Robert merkte, wie ihn ein seltsames Gefühl überkam. Wie ein Wetterumschwung, so als ob es vom einen Augenblick auf den anderen zuzog. Es war weniger ein Gefühl der Trauer als ein allgemeines Unwohlsein. Es gibt keine Sicherheiten, es kann jederzeit etwas schiefgehen, sagte dieses Unwohlsein. Schlagartig kann der Boden unter dir nachgeben, dachte er.

»Wann ist denn die Beerdigung?«, fragte er und hoffte insgeheim, dass sie schon vorbei war.

»Die war schon. Das ist ja alles in den Ferien passiert, zwei Tage nach Weihnachten.«

»Und wie geht's seinem Vater?«, fragte Robert.

»Ich weiß es nicht ... Ich weiß nur, dass er auf der Beerdigung gesagt hat: ›War immer schon ein ganz Ung'schickter, der Hansi.‹«

*

Nach dem Kurs ging Robert nach Hause, setzte sich in seine fleckige Badewanne und rauchte. Gegen Abend überlegte er, Hamlet oder Antonia anzurufen, aber ließ es bleiben. Miriam hatte ihm ihre Telefonnummer gegeben, falls er noch was wissen wollte. Die wählte er.

»Hier ist Robert.«

»Hallo, Arsch«, sagte sie.

»Wie geht's dir?«, fragte er.

»Ganz okay, den Umständen entsprechend halt. Ich mach mir Kartoffeln mit Curry-Quark.«

»Bist du allein?«, fragte er.

»Ja. Der Andi ist noch in Österreich. Sachen regeln für Hibiskus, weil der Vater das nicht auf die Reihe bekommt. Hast du Hunger?«

»Eigentlich nicht. Aber vielleicht auch schon. Curry-Quark klingt komisch.«

»Kannst jederzeit vorbeikommen und probieren, wie komisch es nicht nur klingt, sondern auch schmeckt. Wir haben eine Wohnung außerhalb der Stadt, in Grass. Ein halbes Haus sogar. Hast du ein Auto?«

»Ja, aber wo liegt Grass?«

»Das ist doch hinter der Universitätsklinik. Du musst in die Nothaftstraße 12.«

»›Nothaftstraße‹ klingt gut. Ich bin nicht weit weg, ich wohn ja beim Fernsehturm«, sagte Robert und schaute sich schon nach seinem Parka um.

»Fein, das geht ja dann schnell. Bis gleich, Arsch.«

*

In Grass war er tatsächlich schnell, doch die Nothaftstraße 12 fand er nicht. Niemand befand sich auf der Straße, den er hätte fragen können an diesem lichtlosen Montagabend Ende Januar. Grass war andererseits aber auch nicht groß genug, als dass man die Nothaftstraße 12 nicht auch zufällig hätte finden können, und so klingelte er gegen halb neun bei Fegert und Lang. Miriam machte ihm auf, sie trug einen lila Trainingsanzug und schwarze Pantoffeln. Ihr sonst so vitales Haar hing ihr strähnig ins Gesicht, und statt Händen hatte sie riesige schwarze Ofenhandschuhe.

»Ist jetzt doch ein Gratin geworden«, sagte sie und umarmte ihn mit den Innenseiten ihrer Arme.

»Ich ess alles«, sagte er.

»Magst du dazu ein Bier aus Augsburg?«, fragte sie.

»Nein danke. Ich hätt' eins genommen, aber nicht aus Augsburg.«

»Du bist ein Arsch, Arsch«, sagte sie und stieß ihm spielerisch ihr Knie zwischen die Beine, und er zuckte zurück. Sie war wesentlich kleiner als er, doch kam er sich alles andere als stärker vor.

Eigentlich hatte er nach ihrer Spätschicht noch mit Antonia telefonieren wollen, fiel ihm ein, und er fragte sich, wie er sich wohl für den ausbleibenden Anruf rechtfertigen sollte. Aber gut, er konnte sagen, ein Freund sei gestorben.

Nach dem Curry-Gratin setzten sie sich mit einer Flasche Bier auf die Couch im Wohnzimmer. Die Wohnung hatte so gar nichts von jungen Leuten, fand Robert, sie glich vielmehr dem Einrichtungsgeschmack seiner Eltern. Keine Farben bis auf die Monet-Repros, alles in Mittelgrau oder Salz und Pfeffer und alles voller Regale. Keine Schallplatten, nur CDs, kein Verstärker, nur eine Kompaktanlage. Bücher von der Uni, Bücher über Sport, Hermann Hesse, was von Simmel und sogar Anaïs Nin. Das einzig Bemerkenswerte war eine Perchtenmaske aus Holz, die in einen Glaskasten eingefasst an der Wand hing.

»Verstößt das nicht gegen den Geheimhaltungs-Kodex?«, fragte Robert und deutete auf den Glaskasten. »Darf doch sicher niemand wissen, dass der Andi ein Dämon ist.«

»Nur in der Steiermark wär's ein Sakrileg«, sagte Miriam und winkelte die Knie an. »Hier juckt das ja niemanden.«

»Wie lange seid ihr eigentlich schon zusammen? Kann ich hier rauchen?«, fragte Robert.

»Hier schon«, sagte Miriam. »Nur im Schlafzimmer nicht. Seit dem ersten Semester.«

»Dann habt ihr euch an der Uni kennengelernt?«, fragte Robert und stellte fest, dass seine Schachtel leer war.

»Willst du eine von mir?«, fragte Miriam.

»Ich wusste gar nicht, dass du rauchst. Du bist doch so eine fanatische Sportlerin.«

»Ich rauch nur, wenn der Andi nicht da ist«, sagte sie, stand auf und ging in die Küche.

»Was hat das mit dem Andi zu tun?« Robert hörte, wie sie den Hängeschrank über der Spüle öffnete, dann kam sie mit einer Stange Lucky Strike wieder.

»Der ist Nichtraucher«, sagte sie und entfernte die Folie, nahm eine Schachtel, öffnete sie, zog eine Zigarette heraus und hielt Robert die Schachtel hin. Robert griff nach der Zigarette. Dann setzte sie sich neben ihn, nahm sich selbst eine und ließ sich Feuer geben. Dabei beugte sie sich ganz nah zu ihm, er musste die Hand mit dem Feuerzeug noch nicht einmal ausstrecken.

»Bist du noch mit deiner Antonia zusammen?«, fragte sie.

»Kennst du sie?«, fragte Robert.

»Der Hibiskus erzählt mir immer alles. Also, er hat mir alles erzählt …«, sagte sie und hielt seinem Blick stand.

»Ja, bin ich schon«, sagte er und fand, es klang wie eine Entschuldigung. »Sag mal, war der Hibiskus vielleicht ein bisschen in dich verliebt?«, lenkte er ab.

»Klar. Ganz sicher war er das. Aber er konnte damit umgehen. Er und der Andi sind ja auch schon lange Freunde.«

»Damit umgehen«, wiederholte Robert. »Was heißt das?«

»Ich hab sogar mal mit ihm geschlafen«, sagte Miriam und lächelte harmlos, als würde der Satz nicht Roberts Weltbild in Stücke sprengen.

»Wie bitte?« Er aschte abwesend in eine Schale mit Walnüssen.

»*No big deal.* Das war mit Andi abgesprochen.« Sie schwieg und schaute ihn an. »Jetzt hat's dich aber gerissen, oder?« Sie schubste ihn an der Schulter, sie hatte Kraft.

»Ich glaube, das ist mir zu fortschrittlich, was ihr da treibt«, sagte Robert und versuchte, unauffällig mit dem Finger die Asche aus der Walnussschüssel zu wischen.

»Jetzt komm, du wirst doch auch mal was ausprobieren mit deiner Antonia. Die ist garantiert ganz wild. Komm schon, Arsch, gib's zu. Du bist doch nur neidisch.« Miriam wirkte jetzt ausgelassen. Der Alkohol, nahm er an.

»Toni und ich, also wir sind eher konventionell«, antwortete er, schwieg kurz, dann besann er sich. »Aber klar, wir machen auch mal was anderes zwischendurch. Rollenspiele und so.«

»Rollenspiele?«, lachte Miriam, und Robert kam sich ausgelacht vor. Sie schien es zu bemerken und rückte ganz eng an ihn heran. »Was spielt ihr denn?«

»Ach, nix Großartiges. Nachbarn. So was halt.«

»Spielt ihr auch Kommilitonen?«, fragte sie und entdeckte die mit Asche eingestaubten Walnüsse.

Robert schüttelte ein bisschen überfordert den Kopf.

»Sollen wir uns ein bisschen zusammenhauen?«, fragte sie. »Im Namen vom Biskus. So als Hommage.«

»Was meinst du mit ›zusammenhauen‹?«, fragte Robert.

»Einen ansaufen, mein ich. Keine Lust?«

»Doch, ja«, sagte Robert, aber da war sie eh schon aufgestanden, um einen Wodka aus ihrem Kühlfach zu holen.

Beim dritten Glas küsste er sie. Sie biss ihm auf die Zunge. Es tat weh.

»Hab ich was falsch gemacht?«, fragte er.

»Nein, warum?«

»Weil du mich in die Zunge gebissen hast.«

»Ich wollte nur von Anfang an klarstellen, wer hier Herr im Haus ist«, lachte sie, und er wusste nicht genau, wie sie es meinte.

Was sie in der Folge auf der Couch veranstalteten, ähnelte einer Handgreiflichkeit, wobei er eindeutig der Unterlegene war. Irgendwer stieß mit dem Fuß den Couchtisch weg, die leeren Bierflaschen und die Walnussschüssel fielen auf den Boden und der Läufer unter dem Couchtisch wölbte sich.

Danach lagen sie lange friedlich und ohne zu reden auf der Couch. Wenn Robert die Augen öffnete, konnte er ihren Rücken hinunterblicken, bis der durchtrainierte Arsch kam, der das Zentrum aller Energie im Raum zu sein schien.

Robert wunderte sich, dass er kein schlechtes Gewissen wegen Antonia verspürte, und Miriam wirkte auch nicht gerade, als bereue sie irgendwas. Sie winkelte jetzt die Beine an und summte vor sich hin. Er konnte sich einreden, dass das eher eine Zeremonie als Fremdgehen gewesen war. Eine Zeremonie für Hibiskus und auch für das Leben im Allgemeinen. Er fühlte sich zumindest in dem Moment wahnsinnig lebendig. Das Unwohlsein von heute Vormittag, die Ahnung, dass etwas Unangenehmes auf ihn zukam, war vorerst weg.

Als er aufbrach, wickelte ihm Miriam noch etwas von dem Curry-Gratin in Alufolie ein.

»Tschüss, Arsch«, sagte sie, bevor sie ihm die Tür vor der Nase fast etwas zu schwungvoll zumachte.

13

HERTZSCHMERZ

Nach dem Abend mit Miriam ging Robert Antonia ein paar Tage lang aus dem Weg.

Am Telefon redete er sich mit seiner Updike-Hausarbeit heraus. Er war dankbar, als sie behauptete, sie habe auch gerade viel um die Ohren. Doch als sie irgendwann an einem Mittwochabend am Telefon sagte: »Wir haben uns ganz schön aus den Augen verloren«, widersprach Robert nicht.

Natürlich vermisste er sie, doch sein Fremdgehen schien ihm ein untrüglicher Beweis dafür, dass etwas von Grund auf nicht stimmte, dass er nicht aus rein hedonistischen Gründen mit Miriam geschlafen hatte.

Längst vorbei war das zeremonielle Hibiskus-Tribute-Gefühl seiner Nacht in Grass, die metaphysische Rechtfertigung, die den Sex mit Miriam zunächst über profanes Fremdgehen erhoben hatte. Auch das damit verbundene Gefühl der Lebendigkeit und Freiheit. Er konnte nicht mehr leugnen, dass er Antonia mit Vorsatz betrogen hatte und es sich auch haargenau so anfühlte.

Doch weitergehen konnte es ja so auch nicht und deshalb beschlossen Robert und Antonia, sich bei ihrem Italiener am Haidplatz zu treffen, bei Rigatoni Tonno und Spaghetti Vongole, sie einen Pastis, er ein Bier.

»Du bist ja ganz woanders«, sagte sie beim Insalata Caprese, den sie sich vorab teilten.

»Ist wegen dem Hibiskus«, sagte er abwinkend. »Wir haben noch gar nicht über deine Fortbildung geredet. Wie war's?«

»War ganz nett. Die von Hertz waren auch dabei.«

»Wer?«

»Na, bei uns im Hotel ist doch im Eingangsbereich gleich auch die Autovermietung Hertz. Da steht meistens der Roland, von dem hab ich dir doch erzählt, hast du vielleicht sogar schon mal gesehen, als du mich abgeholt hast«, sagte sie und klopfte ungeduldig mit der Gabelspitze auf ein Stück Mozzarella.

»Ah, der Roland von Hertz«, sagte Robert ohne die geringste Ahnung, wer gemeint war. »Und der war auch dabei?«

»Ja, der und sein Chef. Von der Autovermietung, sagte ich doch.«

»Und warum waren die auf einem Lehrgang für Hotelangestellte dabei, wenn sie in einer Autovermietung arbeiten?«

»Das ging ja nicht von der Berufsschule aus, sondern vom Hotel. Das war so eine Art Betriebsausflug mit Fortbildung. Da gab es einen Motivationskurs von so einem bekannten Hotelmanager, aber der sagt dir wahrscheinlich nichts.«

»Sagt mir wahrscheinlich gar nichts, nein«, bestätigte Robert.

»Und da hat das Hotel die Autovermietungsleute einfach auch mit eingeladen. Formal gehören die ja nicht zu uns, aber wir arbeiten im selben Empfangsbereich.«

»Ja, ich hab's jetzt verstanden«, sagte Robert. »Du, ich hab mit einer anderen Frau geschlafen.« Er sah sie an, mit zusammengekniffenen Augen, so als blendete ihn etwas.

»Nicht dein Ernst«, sagte sie und legte die Gabel weg. Lehnte sich zurück. Schloss die Augen. »Du spinnst wohl.«

»Es tut mir leid«, sagte er. »Es war in der Trauerphase.«

»In welcher Trauerphase?« Sie zog jetzt ihre dunkelblaue Strickjacke an, die sie über den Stuhl gehängt hatte, als wäre ihr plötzlich kalt.

»Wegen dem Hibiskus. Das war kurz danach.« Robert rückte mit dem Stuhl herum, er hatte das Gefühl, dass er schräg stand.

»Trauerphase? Das war doch noch nicht mal ein richtig enger Freund von dir«, sagte sie und knöpfte die Strickjacke zu.

»Willst du gar nicht wissen, mit wem?«, fragte er.

»Nein. Ist es dir wichtig, dass ich das weiß? Ist es was Wichtiges?«, fragte sie unmelodiös. »Bist du verliebt?« Sie sah ihn noch nicht einmal streng an, es war eher, als hätte sich ihr Blick nach innen gewandt, da war gar kein Leben in ihren Pupillen.

»Nein, überhaupt nicht«, sagte er und bekam feuchte Augen. Hoffte inständig, dass sie sich als großzügig erwies. Fragte sich, warum er so ein Idiot war und es erwähnt hatte. Und das noch mit so einer Nonchalance und der Ausrede der Trauerphase. Er hätte das besser planen müssen.

Sie schwieg. »Ich geh jetzt«, sagte sie nach einer Weile. »Ich muss darüber nachdenken.«

»Und wie lange musst du drüber nachdenken?«, fragte er und malte sich aus, wie er Abend für Abend vor dem Musikfernsehen saß und sein Telefon anstarrte.

»Das weiß ich nicht«, sagte sie und stand schon.

»Bitte geh nicht«, sagte er, die Augen endgültig wässrig. »Ich brauch dich doch.«

»Jetzt werd nicht unverschämt«, sagte sie laut zum Entertainment der beiden Nebentische, zog ihre Daunenjacke an und ging. Der Kellner brachte trotzdem noch die Spaghetti Vongole und die Rigatoni Tonno.

*

Eine Woche lang hörte er rein gar nichts von ihr und tat sich schwer mit den anstehenden Prüfungen und Hausarbeiten. Wenigstens hatte er mit Herman Lush jetzt acht Songs zusammen, und er und David beschlossen, sie in den Ferien vor dem Sommersemester aufzunehmen, sobald David mit seinem Fließbandjob bei BMW in Dingolfing fertig war, den er seit der ersten Ferienwoche absolvierte.

Robert wusste nicht, was er in den Ferien machen sollte, nach dem Vorfall an Weihnachten sträubte sich alles in ihm gegen die Gärtnerei. Er fragte einen Kommilitonen, der in einem Musikgeschäft in der Ostengasse arbeitete.

»Kann schon sein, dass die noch einen Verkäufer brauchen. Ich bin in Indien in den Semesterferien. Kennst du dich denn gut mit Gitarren aus?«

»Auf jeden Fall. Also, einigermaßen«, sagte Robert.

Robert kannte sich nicht nur nicht mit Gitarren aus, sondern auch nicht mit Akkordeons, Zithern und Blasinstrumenten. Sein einziges Fachgebiet – Schlagzeug – war nicht gefragt, denn der Besitzer hatte eine Woche vorher sein letztes Schlagzeug ans Sound Aktuell im Gewerbepark als Kommissionsware gegeben.

Robert beendete das Wintersemester mit vier Scheinen, zwei in Anglistik, zwei in Germanistik, und nahm sich vor, im Sommersemester maximal zwei zu machen, um nicht auf über fünf Wochenstunden zu kommen. Mitte Februar begann er seinen Ferienjob in dem Musikgeschäft in der Ostengasse. Nur eine Woche, für die er dreihundert Mark bekam, hielt er es dort aus, dann ging er reumütig zurück in die Gärtnerei, weil dort zumindest keine Volksmusiker einkauften und er niemanden in Angelegenheiten beraten musste, von denen er nicht die geringste Ahnung hatte. Immerhin wusste er nach der einen Woche mehr über Stimmstöcke und Mehrschichtholz eines Akkordeons oder eines Bandoneons, als ihm lieb war.

Sein Vater feixte: »Na, Junior, genug von der Musik? Hast du Sehnsucht nach dem Steppen-Salbei?«

»So sehr wie nach einem Heiligabend mit dir«, sagte Robert, für den die Rückkehr eine große Demütigung war, die er nicht nur wegen des Geldes vollzog, sondern auch, weil seine Mutter ihm suggeriert hatte, dass es sie sehr betrübe, wenn er nach dem grauenvollen Weihnachten nicht wieder ein bisschen versöhnlicher mit der Familie wäre. Nicht dem Vater zuliebe, das sah sie schon ein, aber ihr zuliebe. »Es belastet mich ja auch, wenn ihr euch aus dem Weg geht«, sagte sie.

Schon in der ersten Woche in der Gärtnerei rief er Antonia an, und sie war freundlich und stimmte einem erneuten Treffen zu. Er rechnete mit einer Bedingung oder damit, dass sie ihn betteln ließ, aber nichts dergleichen passierte.

An einem regnerischen Tag im März holte er sie also im Stadtwesten ab und lud sie zu einem Griechen in der Nähe seiner Eltern ein. Sie betranken sich mit Retsina, und wie sie mit dem Tercel die dreiundzwanzig Kilometer zurück in die Gärtnerei gekommen waren, konnte er anschließend gar nicht mehr genau sagen. Seine Eltern waren über das Wochenende zu Bekannten in die Schweiz gefahren, und so vögelte er sich mit Antonia anderthalb Tage lang quer durchs Elternhaus.

»Hey, das ist ja immer noch ganz schön mit uns«, sagte Robert ihr bei einem späten Mittagessen in der Küche.

»Na klar, Herr Robert, wir haben schon eine gewisse Verbindung«, sagte Antonia und biss sehr bestimmt in ihr Mohnhörnchen. Irgendwas an dem resoluten Hineinbeißen machte Robert misstrauisch. Auch dass sie ihn seit gestern »Herr Robert« nannte.

»Eine gewisse Verbindung?«, fragte er nach.

»Na ja, ich denke, wir sind wirklich gut beim Sex miteinander.«

»Aber das finde ich langfristig gar nicht so wichtig«, wandte er ein.

»Den Eindruck machst du aber nicht gerade«, sagte sie und legte das Mohnhörnchen weg. Er schob seinen Kaffee beiseite.

»Und sonst? Was verbindet uns sonst noch?«, lauerte er.

»Also. Wir haben schon auch öfter Spaß, das geb ich zu. Du bringst mich zum Lachen. Aber insgesamt streiten wir viel zu viel.

Du bist auch wirklich sehr sensibel, muss ich jetzt mal sagen. Ich kenn zumindest niemanden, der so schnell von etwas getroffen ist.«

»Ich bin sensibel?« Robert zog die Schultern hoch, machte sich breiter. »Du bist doch diejenige, die sich bei der leisesten Kritik sofort bei ihren Eltern versteckt.«

»Was heißt denn ›Kritik‹? Meinst du damit deine andauernde Eifersucht? Oder deine Angst, dass ich mich mit den falschen Leuten abgebe? Dass ich mich nicht behaupten kann? Oder deine gehässigen Sprüche über die Kirche?«

»Ich bin einfach nur ehrlich«, sagte Robert und stand auf. »Bei mir weißt du wenigstens, woran du bist. Ich fress nichts in mich rein so wie du. Und ich sag dir im Gegenzug auch viele Dinge, die ich an dir mag. Das Positive kommt garantiert nicht zu kurz. Garantiert nicht«, nahm er sich selbst den Zweifel an dieser Aussage.

Sie blieb sitzen, ihre Blicke folgten ihm, als er vom Tisch zum Fenster ging. »Positive Dinge, ja? Bitte, ich höre.«

Dass sie so ruhig sitzen blieb, verunsicherte ihn. Er spürte, wie ihm die Kontrolle über die Situation entglitt. Gerade war doch noch alles in Ordnung gewesen, und er hatte sich echte Chancen auf vollständige Erholung der Beziehung ausgerechnet. Er öffnete das Fenster, hörte draußen den Regen auf die Gewächshäuser hämmern. Verlor sich für ein paar Sekunden in diesem Rhythmus, bevor er antwortete.

»Deine freundliche Art. Dass du dich so über Kleinigkeiten freuen kannst. Dein Aussehen.«

»Mein Aussehen und meine freundliche Art«, wiederholte sie hämisch. »Du weißt schon, dass ich vor dir das Gefühl hatte, eine einigermaßen interessante Person zu sein. Aber seit wir zusammen sind, denke ich, ich habe keinen Intellekt, keinen Geschmack und keine Fantasie. Ganz klein machst du mich. Nein, besser gesagt: Ganz klein *hältst* du mich.«

Er schloss das Fenster einen Tick zu laut und lief zum Tisch zurück, stützte sich demonstrativ vor ihr an der Tischkante auf. »Du bist paranoid. Du bist doch alleine dafür verantwortlich, ob du dich magst. Wenn überhaupt, dann spiegle ich nur die Unsicherheiten wider, die du eh schon hast. Für die ich nichts kann.«

»Paranoid bin ich also ? Alleine verantwortlich? Du arroganter Arsch«, sagte sie, stand auf und sah ihn an wie einen gegnerischen Boxer vor dem Gong zur ersten Runde. So teilnahmslos und apathisch ihre Pupillen noch gewirkt hatten, als er ihr beim Italiener den Seitensprung gebeichtet hatte, so sehr schienen sie jetzt zu vibrieren.

»Danke für den ›Arsch‹«, sagte er.

»›Arsch‹ ist keine Beleidigung«, sagte sie. Und: »Du bist ab jetzt auch alleine verantwortlich.« Sie hielt sich die Hände vor den Mund, als müsste sie gleich kotzen, und verließ die Küche.

Erst nach ein paar Minuten folgte er ihr und stellte fest, dass sie sich in seinem alten Zimmer eingeschlossen hatte. Sein Klopfen half nichts, sie reagierte auch nicht auf ihren Namen oder ein »Bitte mach doch auf«. Also setzte er sich in den Keller und spielte Schlagzeug, übte für die Demoaufnahmen von Herman Lush.

Als er wieder aufhörte, war Antonia weg. In der Gärtnerei war sie nicht, sie musste den kleinen Berg hinunter zur Hauptstraße gegangen sein. Er setzte sich ins Auto und fuhr ihr hinterher. Weit war sie nicht gekommen und stieg zu seinem Erstaunen bereitwillig in den Tercel.

»Es tut mir leid«, sagte er.

»Mir auch«, sagte sie. »So sollten wir nicht miteinander reden. Fährst du mich heim?«

»Natürlich«, sagte er, enttäuscht, dass sie nicht bleiben wollte, aber erleichtert, dass sie überhaupt eingestiegen war.

Weil er die Stille im Auto nicht aushielt, erzählte er schließlich von Hamlets Obsession gegenüber Denise und der Walhalla. Als er sie am Bonifatiusweg absetzte und ihr noch einen kurzen Kuss auf den Mund gab, den sie nur über sich ergehen ließ, war er sich einigermaßen sicher, dass es das gewesen war.

*

Die Aufnahmen mit der Band lenkten Robert an den folgenden Tagen ab. David und er spielten ihre Parts zügig ein, nur Torpedo war immer einen Tick zu langsam, und Robert musste neben ihm stehen und laut zu seiner eigenen Schlagzeugspur klatschen.

Die Abende verbrachte er mit seiner Hausarbeit über »Hyperindividualismus in *Rabbit in Ruhe*« und vor dem Fernseher. Kurz vor Beginn des Sommersemesters explodierte eine Bombe in Oklahoma, und der Strahlenexpress kam erstmals in Gorleben an. Es war leer ohne Antonia auf dem Ziegetsberg. Selbst der Anblick der Schäferhunde tröstete ihn derzeit ein wenig, auch wenn sie ihn immer noch auffressen wollten.

An einem Donnerstag, als er gegen elf nach Hause kam, hörte er noch das Telefon klingeln, erreichte es aber nicht rechtzeitig, bevor der Anrufbeantworter übernahm.

»Hier ist der Ausschluss von Robert Bley. Bitte schweigen Sie nach dem Ton.« Beim Aufnehmen hatte er die Bandansage noch sehr komisch gefunden.

»Hallo, Herr Robert. Hier ist die Toni. Wollte nur kurz hören, wie es Ihnen geht.«

Keine zehn Sekunden später hatte er schon ihre Nummer gewählt und hoffte, dass ihre Mutter nicht mehr wach war.

»Das ging ja schnell«, sagte Antonia. »Da hättest du ja gleich selbst rangehen können.« Sie klang anders, nicht mehr so hell und optimistisch. So als hätte sie eine wochenlange Krankheit gehabt und finge jetzt erst an, sich langsam wieder davon zu erholen.

»Der AB war schneller.«

»Offensichtlich«, sagte sie, ihre Stimme tatsächlich ein wenig belegt. »Den hast du neu besprochen, oder?«

»Ja«, gab er zu. Die Ansage vorher hatte er sie einsprechen lassen.

»Machst alles neu jetzt?«, fragte sie spöttisch oder vielleicht auch unsicher.

»Nicht alles«, sagte er. »Ich hab immer noch keine Waschmaschine.«

»Das wäre ja auch eine Revolution«, sagte sie. »Bloß nichts überstürzen.«

»Wie geht es dir?«, fragte er.

»Ach, ganz gut«, sagte sie. »Fehlst mir ein bisschen.«

»Du mir auch«, sagte er. »Vielleicht reden wir noch mal?«

»Gut«, sagte sie. »Ich kann übermorgen gegen fünf in Stadtamhof sein, also nach dem Hotel.«

*

Er war sich nicht sicher, ob es richtig war, sich mit ihr zu treffen.

Die Aussicht auf Veränderung interessierte ihn fast genauso sehr wie die auf eine Wiedervereinigung. Die Aussicht auf einen Neuanfang ohne sie, auch wenn er ahnte oder zumindest befürchtete, dass der Trennungsschmerz hemmungslos und brutal ausfallen würde.

Es war kalt an der Donau, kälter als in der Altstadt. Er saß auf einer Bank zwischen Ufer und Wassergasse und nestelte an den Schnüren herum, mit denen man die Kapuze seines Parkas enger machen konnte. *»I want something like I remember«,* fiel ihm eine Textzeile von Sugar ein. Je länger er wartete, desto weniger wollte er einen Neuanfang ohne sie.

Dann sah er sie kommen, in einem neuen schwarzen Stoffmantel und ihrer beigen Reithose mit den langen braunen Stiefeln darüber. Sie sah älter und souveräner aus als noch vor einer Woche. Abgeklärter. Schmaler. Er stand auf, sie gab ihm einen flüchtigen Kuss auf den Mund.

»Wollen wir spazieren gehen?«, fragte sie, und er nickte zögerlich, wäre lieber sitzen geblieben, hätte sie an sich gedrückt und geküsst. Als Bestätigung, dass alles in Ordnung war.

Sie steckte die Hände in den Mantel und ging schon los, sodass er ein paar Schritte brauchte, um wieder gleichauf mit ihr zu sein.

»Ich hab dich vermisst«, sagte er.

»Ich dich auch irgendwie«, sagte sie.

»Irgendwie?«

»Irgendwie. Vielleicht nicht so wie du mich. Ich glaube, das war gestern eher so ein spontaner Anruf. Bin einfach einem Gefühl nachgegangen.«

»Heißt das, du wärst lieber nicht gekommen?« Robert merkte, wie er anfing zu schwitzen. Er bohrte die Fingernägel der linken Hand in seine Handfläche. Danach wurde es besser. Der Schmerz kühlte ihn ab.

»Nein, das nicht. Aber ich weiß nicht, was du erwartet hast«, sagte Antonia und vergrub ihre Hände noch tiefer in den Manteltaschen.

»Ich hab gar nichts erwartet«, sagte er, und es klang trotziger, als er wollte.

»Wir haben uns wirklich viel gestritten die letzten Wochen. Monate. Und dann bist du fremdgegangen«, sagte sie und blieb stehen.

Sie waren jetzt am Grieser Spitz angekommen, der flussabwärts in die Donau hineinragte wie ein Pfeil. »Das hat vielleicht schon seinen Sinn, dass wir nicht mehr zusammen sind.«

Wir sind nicht mehr zusammen. So klar in die Aprilkälte hineingesprochen klang es schlimmer als in seinen Gedanken. Endgültiger. Aussichtsloser.

»Ja, findest du?«, sagte er.

Als Antonia nicht reagierte, griff er nach ihren Handgelenken und zog ihre Hände aus den Manteltaschen. Sie war überrascht, trat dann einen Schritt zurück.

»Lass mich bitte in Ruhe.« Er ließ los. Fühlte sich sofort wie ein Angreifer. Es war ihm peinlich, dass er das getan hatte, und das machte ihn wütend. Wütend auf sie, die ihn in diese Rolle gedrängt hatte. Wobei er sich auch für diese Wut schämte. Er sah wenig Ausweg aus dem Dilemma.

»Jetzt mach nicht so ein Drama.« Robert wusste, dass er mit dem Satz zu weit ging, sagte ihn trotzdem.

»Weißt du, was?«, sagte sie. »Du bist doch eigentlich überhaupt nicht an mir interessiert. Fragst nie, wie es mir geht oder was meine Bedürfnisse sind. Du hältst mich klein, damit du dich großartig fühlen kannst. Du, der große Student und Musiker, und ich, die Hotelangestellte. Und wenn das nicht funktioniert und du ins Hintertreffen gerätst, dann tobst du und weinst du. Wie ein Kind. So verhält sich doch kein erwachsener Mann.« Beim letzten Satz haute sie mit der Spitze ihres linken Stiefels in den Kies, dass ein paar Steine davonflogen, unter anderem gegen Roberts Hosenbein.

»Und du bist eine naive, ja vielleicht die naivste Frau überhaupt, die noch nicht mal ahnt, dass die meisten Männer ganz eigensüchtige und widerwärtige Arschlöcher sind. Und ich weiß genau, wie es dir geht, ich denke andauernd über dich nach.«

»Aha. Und wie geht's mir?«

»Nicht so gut, wie du immer tust. Du hast einen Minderwertigkeitskomplex, weil alle deine Freunde studieren und du nur diese Hotelausbildung machst.«

»Okay, jetzt reicht's mir«, sagte Antonia und fing an, so schnell wieder in Richtung Steinerne Brücke zu gehen, dass sie fast lief.

Robert hastete hinterher. »Jetzt warte bitte. Bitte!« Das letzte »Bitte« schrie er.

Sie lief weiter.

»Warte, es tut mir leid!«

»Aber mir tut nichts leid!«, schrie sie zurück, ohne sich umzudrehen. »Gar nichts mehr. Ich hätte gar nicht kommen sollen.«

Er hatte sie fast eingeholt. »Toni! Warte. Ich bin doch für dich da.«

Sie blieb abrupt stehen. Drehte sich so schnell zu ihm um, dass er zurückzuckte, als hätte sie ein Messer in der Hand. Er wich vom Gehweg zurück auf die nach unten zur Donau steil abfallende, nasse Wiese.

»Du bist überhaupt nicht für mich da. Das redest du dir nur ein. Lass mich in Ruhe, Robert. Ich will wieder ich sein, ohne schlechtes Gewissen, ohne jemanden, der mich kleinredet.«

»Ich tu das nicht mit Absicht. Ich mag dich doch, wie du bist. Ich bin nur zu kritisch mit allem«, sagte Robert leise, den Blick auf ihre Schuhe gerichtet.

»Außerdem hab ich jemanden kennengelernt«, sagte sie und sah ihn auffordernd an. So als wollte sie sagen: »Na, wo ist jetzt dein Argument?« Als er nicht reagierte, drehte sie sich um und schritt, ja stolzierte in Richtung Brücke davon.

Er war immer noch schockiert von ihrem »Hab jemand kennengelernt« und wusste nicht so recht, ob er hinterhersollte oder einfach den Rest des Tages hier stehen bleiben. Er entschloss sich dann doch hinterherzurennen, rutschte aber beim Loslaufen auf dem nassen Rasen aus, fiel auf den Rücken und kugelte den steilen Uferhang in Richtung Donau-Auen hinunter. Als er sich wieder aufrappelte, tat ihm das Handgelenk weh, das er sich bei dem Fahrradunfall fast gebrochen hätte, und er war nass und dreckig. Scheiß Mondbein, dachte er. Antonia hatte seinen Sturz noch nicht einmal bemerkt. Als er wieder nach oben kletterte, war sie schon fast hinter den Häusern verschwunden, die man umrunden musste, um zur Steinernen Brücke zu kommen.

»Blöde Fotze«, rief er ihr hinterher, in dem Wissen, dass sie ihn unmöglich noch hören konnte, und zwang sich, jetzt nicht zu weinen. Er hatte noch eine Mütze in der Tasche, die er sich bis fast in die Augen zog, dann ging er zurück zum Auto, das im Halteverbot vor dem italienischen Eiscafé parkte.

Er fuhr zu Hamlet und klingelte, doch niemand machte auf. Noch eine halbe Stunde blieb er im Auto vor Hamlets Haus sitzen und hörte das Sheryl-Crow-Album, das er mit Antonia öfter gehört hatte, bevor er den Motor wieder startete und auf die Autobahn fuhr. Er fühlte sich, als müsste er quer durch alle amerikanischen Bundesstaaten fahren, in Wirklichkeit war er fünfzig Minuten später zu Hause bei seinen Eltern, und seine Mutter machte ihm einen Tee und einen Tomatensalat.

»Was ist denn los?«, fragte sie.

»Mit Antonia ist Schluss«, sagte er.

»Seit wann?«

»Seit ein paar Stunden. Wir hatten einen Riesenstreit an der Donau«, sagte Robert und fühlte sich, als wäre er wieder neun und würde von einem Streit in der Schule erzählen.

»Und wie geht es dir jetzt?« Seine Mutter sah ihn besorgt an.

»Geht schon. Es war ja auch nicht mehr so gut mit der Toni in letzter Zeit.«

Sie lächelte mitleidig. »Ach, Robo, das ist vielleicht auch besser so. Antonia konnte nicht mit deiner Art umgehen.«

Er wusste nicht, ob sie sich damit auf seine Seite stellte oder nicht. »Was meinst du damit?«

»Du brauchst eine Frau, die sich nicht so leicht aus der Ruhe bringen lässt. Die deine Befindlichkeiten nicht so ernst nimmt.«

»Was für Befindlichkeiten?«

»Was dich gerade aufregt oder dir nahegeht. Es ist wie bei deinem Vater. Der hat auch keinerlei Panzer. Dem geht alles direkt unter die Haut.«

»Danke für den Vergleich. Das heitert mich enorm auf.«

»Spar dir doch deinen Sarkasmus, Robo«, sagte sie immer noch mit diesem milden Lächeln, auch wenn sich ihre Mundwinkel mit jedem seiner Sätze ein bisschen gerader zogen. »Ich mein's nur gut mit dir.« Sie räumte die leere Salatschüssel in die Spüle.

»Ich weiß«, sagte Robert mehr zu sich, und da war wieder das unheilvolle Gefühl, das er an dem Morgen gespürt hatte, an dem Miriam ihm von Hibiskus' Unfall erzählt hatte. Das Gefühl, dass die Dinge nie wieder so in Ordnung kämen, wie sie als Kind einmal gewesen waren.

»Ich weiß, Mama«, sagte er noch mal, diesmal lauter.

*

Als er anderthalb Tage später zurück in seiner Wohnung war – seinem Vater hatte er bis auf zufällige Begegnungen vor dem Badezimmer im Flur des ersten Stocks aus dem Weg gehen können –, mied er die Altstadt, so gut er konnte, aus Angst, Antonia zu treffen. Natürlich grübelte er jetzt ständig darüber nach, wen Antonia kennengelernt haben könnte, doch auf keinen Fall wollte er sie mit einem neuen Freund sehen. Hätte er nicht David und Hamlet von der Trennung berichtet, man hätte ihm wahrscheinlich gar nicht viel angemerkt, außer dass er oft so müde und verkatert war, dass er teilweise in den Kursen einschlief. Modalverben-Fan Hagstrom warnte ihn: »*If you fall asleep during my lessons one more time, your Zwischenprüfung will turn into a real bummer*«. Und selbst der sympathisch lispelnde, immer in wunderbar bunte Anzüge gekleidete und nie zynische Sprachwissenschaftsprofessor Albert Horrvath, den viele trotzdem nur den »Horror« nannten, wünschte ihm vor cirka fünfzig Anwesenden im Hörsaal eine »angenehme Nachtruhe«.

*

Anfang Mai veranstaltete Rothkowski eine Lesung im Dubliner, einem Irish Pub. Rothkowski selbst las Stücke von Burroughs, Ginsberg und die Grabstein-Inschrift von Gregory Corso vor. In seinem Vorprogramm, wenn man so wollte, zitierte der irische Kneipen-Musiker Gerry aus biografischen Notizen, in denen es um Messerstechereien in Dublin und um obskure One-Night-Stands in New York Anfang der 1980er-Jahre ging. Robert konnte sich nur schwer vorstellen, wie das alles einem einzigen Menschen hatte passieren können, der erst Mitte dreißig war.

Rothkowski trug aus *Howl* vor, und das in einem schamanischen Tonfall, der eine so ehrfurchtsvolle Stille erzeugte, dass man einzelne Zuschauer an ihrem Atmen unterscheiden konnte. Die Veranstaltung war erstaunlich gut besucht, allerdings hatte Rothkowski auch über Wochen seine Flyer an der Uni verteilt, eine Schwarz-Weiß-Kopie des berühmten Fotos, auf dem Ginsberg und Dylan am Grab von Kerouac sitzen. Darunter stand: »*In the Machinery of Night* – Literatur abseits des Mainstream mit Henning Roth aka Rothkowski und Gerald O'Connor.«

Nach der Lesung gingen David, Rothkowski, Gerry und Robert noch in die Kapelle, da der Irish Pub um eins zumachte. Die Kapelle war eine Spätkneipe in einem der alten Kellergewölbe an der Keplerstraße, die es bei den immer wiederkehrenden Hochwassern mit als Erstes erwischte. Sie war die einzige Bar in der Altstadt, die nach ein Uhr noch geöffnet war, und der große Gleichmacher von Altlinken, BWL-Studenten, stadtbekannten Tresen-Schläfern, Punks, sich gegenseitig abschleppenden Pärchen, Tontechnikern und peinlichen Junggesellenabschieden. Nur ausgerechnet die passionierten Cocktailtrinker blieben aus, obwohl die Kapelle sich den Untertitel *Faith in Cocktails* verliehen hatte.

Robert, David, Rothkowski und Gerry holten sich vier König Ludwig Dunkle, marschierten in den kleinen Nebenraum mit Tischkicker und bildeten Teams. Als sie eine Stunde später verschwitzt und noch um einiges betrunkener zurück in den Hauptraum kamen, sah Robert Antonia am Ende der langen Bank gegenüber dem Tresen sitzen. Es war ohnehin ein Schock, sie in der Kapelle zu sehen, die sie normalerweise mied, doch dann saß auch noch ein schmächtiger Mann mit Glatze, dürftigem Bartwuchs, einem schlecht sitzenden weißen Hemd und einer breiten, blau karierten Krawatte neben ihr. Er hatte so weißblonde Augenbrauen, dass man sie kaum sehen konnte, und vielleicht hatte er auch noch ein paar Haare auf dem Kopf, nur war alles an ihm so hell und transparent, dass er kaum zu sehen war. Eine Schachtel rote Gauloises lag auf dem Tisch vor ihnen, und daneben standen zwei orangefarbene Cocktails in identischen Gläsern.

Sie sah ihn zuerst nicht, und er hätte es gerne dabei belassen, hätte sie gern im stillen Schock mit dem durchsichtigen Mann beobachtet, doch Rothkowski lief bierselig auf sie zu und sagte: »Ach, so was, die Antonia, das ist ja delektabel, dich hier zu sehen!«

Sie erschrak kurz, vielleicht auch wegen »delektabel«, einem typischen Rothkowskiismus, doch dann beugte sie sich über den Tisch zu seinem wartenden Gesicht und gab ihm einen Begrüßungskuss auf die Wange. »Hallo, du Lieber«, sagte sie, und ihr Blick fiel auf Robert, der sie fassungslos anstarrte, als hätte er Leben auf dem Mars entdeckt.

Sie winkte ihm schüchtern. So als wäre im Grunde alles in Ordnung, als wäre sie lediglich unsicher, wie er auf sie reagierte. Als wäre das hier nicht der absolute Supergau, als den er die Situation empfand. Der durchsichtige Mann lächelte einfach nur. So pauschal und richtungslos, dass Robert nicht wusste, ob er oder Rothkowski oder einfach die ganze Welt gemeint war. Robert kam er bekannt vor, er wusste nur nicht, woher. David Deininger legte Robert einen Arm um die Schulter und schob ihn sanft zur Seite, schließlich blockierte er den Eingang zum Nebenraum, wo noch andere den Tischkicker nutzen wollten.

»Das ist doch scheiße, das kann die doch nicht bringen. Warum kommt die denn hierher?«, sagte Robert, und David nickte verständnisvoll.

Dann ging Robert grußlos an ihr und dem durchsichtigen Mann vorbei und die schmale Wendeltreppe hinauf zu den Klos, wo er sich in einer Einzelkabine einschloss und auf den geschlossenen Klodeckel setzte. Dort wartete er fünf Minuten, starrte auf die Aufkleber an der Tür gegenüber und nahm sich vor, sich nicht den Abend verderben zu lassen, sich vielmehr überhaupt nichts anmerken zu lassen, auch nicht, dass er sauer auf Rothkowski wegen seiner unsensiblen Art war. Der Idiot wusste nämlich sehr wohl, dass Schluss mit Antonia war, er hatte es ihm gerade noch auf dem Weg zur Kapelle erzählt.

Als er wieder nach unten kam, sah er auf der Hälfte der Treppe, wie der durchsichtige Mann seinen Arm um Antonia legte und sie sich an ihn lehnte. Er blieb stehen und ihm fiel jetzt ein, wer der Mann war, wo er ihn schon einmal gesehen hatte.

Als er Antonia vom Insel-Hotel abgeholt hatte. Ein kleiner Rezeptionstisch gegenüber vom Empfang, an dem man Autos mieten konnte. Da hatte er gestanden in einem schwarzen Anzug mit gelber Krawatte. Das war dieser ominöse Roland von der Hertz-Autovermietung, und Robert glaubte zu bemerken, wie er einfach in der Mitte durchriss.

Er drehte sich um, ging die Treppe wieder hinauf und verließ die Kapelle. Beinahe eine halbe Stunde wartete er am Ende der Zandtengasse, bis Antonia und Roland die Kapelle verließen. Dann folgte er ihnen in sicherem Abstand über den Weißgerbergraben bis zum Arnulfsplatz, wo Roland offensichtlich ein Auto in der Tiefgarage stehen hatte. Vor McDonald's blieben sie stehen und küssten sich. Der durchsichtige Roland sah aus, als küsste er zum ersten Mal, sein Mund stand viel zu offen, das konnte Robert selbst aus der Entfernung vor dem Garbo-Kino sehen.

Robert lief zu Fuß durch die beißende Kälte bis nach Hause ganz nach oben am Fernsehturm. Auf halbem Weg kam er an einem Blumengeschäft vorbei, das sich Blühendes Leben nannte. Vor der Eingangstür standen mehrere Töpfe mit Bartnelken und Hortensien. Robert trat mit dem Fuß hinein, zerdepperte mindestens zwei Töpfe und verteilte damit Unmengen Blumenerde auf dem Gehweg.

14

CARPE-DIEM-WUCHT

»Hertzilein, du musst nicht traurig sein«, sang ihm David in der Cafeteria ins Ohr, was er nur mäßig lustig fand.

Man musste ihm aber lassen, dass er vollkommen auf Roberts Seite stand. Er wollte nichts hören von Roberts Selbstvorwürfen – dass er zu eifersüchtig gewesen sei, zu viel an ihr herumgenörgelt oder sie mit seiner ewigen Skepsis vergrault habe. Nein, von einer Mitschuld wollte David Deininger nichts hören. Er war im Team Robert, und es war Antonias Schuld. Obwohl Robert wusste, wie wenig valide Davids Einschätzung der Situation war, tat es gut, von ihm nicht im Geringsten hinterfragt zu werden. Und doch nervte David Deininger ihn mittlerweile mit der zwanghaften Art, sämtliche Gesprächsthemen seinem polternden Humor unterzuordnen, egal, wie ernst oder unangenehm sie waren. Je problematischer das Thema, desto schneller kam der brachiale Gag.

Das Sommersemester, und damit sein viertes, war fast zu Ende, und er würde zwei längere Hausarbeiten mit in die Ferien nehmen. Zum einen Updike, zum anderen eine Sprachwissenschaftsarbeit über *Pidgin and Creole English*, worüber er in zwei Tagen auch ein Referat halten sollte, das er noch nicht vorbereitet hatte.

Germanistik hatte er in diesem Semester vernachlässigt; es erschien ihm ohnehin als ein beinahe übernatürlicher Segen, dass er die Klausur in Mittelhochdeutsch geschafft hatte, was wohl ohne Abschreiben bei Henry nicht funktioniert hätte. Henry verdankte er außerdem, dass er in den Semesterferien nicht in der Baumschule oder im Volksmusikgeschäft arbeiten musste. Denn Henry wollte Rundfunkjournalist werden und hatte schon im letzten Semester ein Praktikum beim Funkhaus absolviert, wo er mittlerweile als studentischer Redakteur arbeitete und sogar hin und wieder eine Verkehrsdurchsage einsprach.

Auf seinen Rat hin bewarb sich Robert dort selbst und wurde nach einem kurzen Bewerbungsgespräch mit einer freundlichen, aber rücksichtslos einparfümierten Frau von der Personalabteilung sofort genommen. Am Montag der Folgewoche sollte es losgehen, um sechs Uhr morgens. Robert gefiel der Gedanke, fürs Radio zu arbeiten, sich vielleicht eine Basis zu schaffen, um nicht tatsächlich als Lehrer zu enden, aber er war sich auch nicht sicher, was ihn erwartete, ob er schon bereit für eine Welt außerhalb seiner wenigen universitären Pflichten war.

Einige der Leute, die ihr Studium zeitgleich mit ihm begonnen hatten, schafften nach diesem Semester ihre Zwischenprüfung, doch erstens fühlte sich Robert dazu weder geistig noch körperlich in der Lage, zweitens wartete er auf David Deininger, der ebenfalls das Wintersemester dafür angepeilt hatte. Denn so chaotisch David manchmal wirkte, so akkurat war er im Studium, hatte immer alle Unterlagen beisammen und lieh sie Robert bereitwillig für fünfzigminütige Kopiervorgänge an den immer besetzten Kopiermaschinen im PT-Gebäude. Nach Hibiskus' unvorhergesehener Exmatrikulation war Deininger jetzt seine wichtigste logistische Stütze auf dem Campus.

»*Hello, ladies*«, tönte jemand durch die Cafeteria, während Robert düsteren Gedanken über Antonias Autoverleiher nachhing und David auf der Tischkante etwas von Poison Idea trommelte und dazu die Gitarrenbegleitung sang.

»Schau an, der Herr Rothkowski, unser Hofliterat«, unterbrach David seinen eigenen Rhythmus.

Der riesige Rothkowski wehte förmlich herein mit seinem offenen, grauen Armeemantel, einem roten Mao-T-Shirt und einer Leinenhose, die ihm etwas von einem Sektenführer verlieh. Er war barfuß und setzte sich an einen Tisch mit zwei Frauen, die er kannte, bewerkstelligte mit seinen langen Armen eine Art Gruppenumarmung und fasste einer etwas runderen namens Katrin dabei vielleicht versehentlich an die Brüste. Robert wunderte sich, wie er damit durchkam.

Der hat so eine Carpe-Diem-Wucht, hatte ihm Hibiskus mal erklärt. Als sich Rothkowski nach Kurzaudienzen an drei verschiedenen Tischen schließlich zu Robert und David setzte, hatte er bereits ein Weißbier in der Hand. Jemand musste es ihm gekauft oder geschenkt haben, am Cafeteria-Tresen war er nicht gewesen.

»Wo hast du das Bier her?«, fragte Robert.

»Hat mir die Bine geholt«, sagte Rothkowski. »Du schaust ja aus wie der lebendige Tod, Bley. Was machst du jetzt eigentlich ohne deine delektable Toni? Vegetierst du? Masturbierst du?« Rothkowski kraulte David Deininger die Haare, während er redete. »Aber klar, die Toni war garantiert das reinste sexuelle Saccharin. Also extern betrachtet. Völlig logisch, dass du jetzt so versalzen wirkst.« Rothkowski nahm die Hand aus Davids Haaren und lächelte Robert unschuldig, aber breit an.

»Lass ihn in Ruhe, der braucht noch eine Weile, bis er wieder aus dem *Heartbreak Hotel* entlassen wird«, erklärte Deininger.

»Ihr könnt mich mal«, antwortete Robert und hätte Rothkowski das Grinsen gerne aus dem Gesicht geschlagen. Dann erinnerte er sich an die »Carpe-Diem-Wucht« und daran, dass man sich vielleicht etwas davon abschauen konnte.

»Ich schau mich schon längst wieder um«, ergänzte er deshalb.

»Marvelous. Umschauen ist das Aufreißen des gebildeten Mannes«, sagte Rothkowski, bevor er sich an David wandte: »Ich schau mich auch um. Ich suche nämlich eine neue Mitbewohnerin. Meine alte zieht im Herbst zu ihrem Freund in ein Haus in Matting mit Flussblick. Macht auf Neobiedermeier. Widerlich. Ich hätte jedenfalls gerne wieder jemanden mit zwei X-Chromosomen.« Er lachte. »Wenn ihr also jemanden wisst. Altstadt, wie's dekadenter nicht geht, du kennst meinen Verhau ja«, sagte er zu David.

Von David wusste Robert, dass die Wohnung im Gäßchen ohne End lag. Zentralste Lage. Am Strand vom Altstadtmeer aus Bars, Cafés und Restaurants. Das war auch der Grund, warum man Rothkowski so selten auf dem Campus antraf. Der brauchte nur einen Fuß aus der Haustür zu setzen und schon war er mitten in einem mörderischen Gastronomiestrudel. Selbst auf dem Weg zum Supermarkt hatte es noch kein lebender Altstadtbewohner jemals geschafft, sich nicht mindestens für einen Espresso in eine Cafébar zu setzen. Es führte kein Weg am Einkehren vorbei, wenn man in der Altstadt wohnte.

Das war die wahre Stadt, nicht dieses artifizielle Studentendasein mit Wohnheimpartys und Spieleabenden, dieses »geschwollene Studentenleben«, wie Rothkowski sich ausdrückte. Es sei zunehmend schwerer, sich zu überwinden, in den Bus zu steigen und den Uniberg hinaufzufahren, sagte er. Nur die eine oder andere Kommilitonin könne ihn neben der Anwesenheitspflicht in den Kursen noch dazu bewegen.

Tatsächlich galt die Altstadt hier oben auf dem Galgenberg als beinahe mythische Welt, in die man sich nur nachts oder zum Einkaufen wagte. Beinahe unvorstellbar, dass dort auch jemand wohnte. Für die Altstadt brauchte man grundsätzlich ein bisschen mehr Selbstbewusstsein, zählte man in den meisten Kneipen doch zu den Jüngeren und wurde nicht selten von den Barleuten als reiner Nachtleben-Tourist oder – noch schlimmer – als Student enttarnt. Zumindest wenn man nicht zwanghaft ausgelassene Tex-Mex-Läden wie Joe's Cantina oder die Tequila-Party im Zack aufsuchte, auf der ein Tequila eine Mark kostete und es ab Mitternacht mit einem Schlag nach Erbrochenem roch. Obwohl die Bars von ihnen lebten, galten vor allem Studenten jüngeren Semesters in der Altstadt häufig als unerwünschte Personen. Akzeptiert wurde man erst nach Studienabbruch oder Ablauf der Regelstudienzeit.

Die Altstadt war das Reich der Drop-outs, der Ewigstudierer, der Gastronomen, Musiker, Galeristen, Tontechniker, Grafiker, Journalisten und hauptberuflichen Alkoholiker. Hier saß man nicht neben dem Sportstudenten am Tresen, sondern neben einem suizidgefährdeten Apotheker aus dem Bayerischen Wald, der eine Fünfzehn-Quadratmeter-Altstadtwohnung unterhielt, um von der Familie ungestört saufen gehen zu können. Hier trank man Bier vom Fass statt Beck's, Rusty Nail und Gimlet mit hochwertigen Zutaten statt Touchdown oder Zombie mit Basisschnäpsen aus dem Norma. Hier liefen Fugazi und Massive Attack statt The Offspring und die Weather Girls.

Es war eine Welt, die auch Robert für die bessere hielt, die ihn magisch anzog, seit er zwar in der Stadt, aber eben nicht in der Altstadt wohnte. Eine Welt, die er für erwachsener und echter hielt. Eine wahrhaftigere Welt, die er durch Antonia schon besser kennengelernt hatte als die meisten seiner Mitstudenten, aber von der er noch längst nicht genug hatte. Und trotzdem scheute er sich, dort zu wohnen. Er wusste, es klang lächerlich, aber ihn schreckte die Parkplatzsituation ab. Selbst mit Anwohnerausweis suchte man bis zu einer Dreiviertelstunde lang, wusste Rothkowski. Die meisten Wohnungen waren zudem steinalt und im Winter nur aufwendig mit Nachtspeicheröfen beheizbar und trotzdem drastisch teurer als auf dem Ziegetsberg oder in vergleichbaren Neubauvierteln. Doch vor allem zog niemand jemals dort aus, denn eine Altstadtwohnung galt unter Studenten als Prestigeobjekt, das man nicht einfach so aufgab.

Obwohl Robert die Altstadt faszinierte, kam er nicht auf die Idee, dorthin zu ziehen. Und schon gar nicht zu Rothkowski. Nicht nur weil der sich eine Frau als Mitbewohnerin wünschte, sondern weil ihn das Exzessive an ihm abschreckte. Obwohl Robert sich mehr abgründige Abenteuer in seinem Leben wünschte, flößten ihm die Geschichten, die sich um Rothkowski rankten, Respekt ein. Zum Beispiel: einmal kurz in den Kneitinger am Arnulfsplatz gehen und dann drei Tage lang nicht mehr nach Hause kommen. Nach dem Besäufnis in einer Schwulenkneipe am nächsten Morgen neben einem fremden Mann in Rosenheim aufwachen. Angebliche Dreier mit seiner Mitbewohnerin und deren bester Freundin. Das alles zog Robert an, war ihm zugleich aber auch nicht geheuer, erinnerte ihn daran, wie unbedarft und wie wenig städtisch er sich noch fühlte.

»Vielleicht will ja der Bley einziehen?«, sagte David Deininger zu Rothkowski, der sein Weißbier schon fast wieder ausgetrunken hatte. »Der geht garantiert jede Nacht mit dir in eine Bar. Dann muss *ich* auch nicht mehr so viel mit euch zum Saufen gehen, ich steuere ja ruhigere Fahrwasser an.«

»Aber er hat keine Brüste.«

*

An seinem ersten Tag beim Radio wunderten sich seine neuen Kollegen über ihn, darunter auch Henry, der an diesem Morgen Verkehrsdienst hatte. Das war nicht der junge Mann, den sie im Vorgespräch kennengelernt hatten. Robert hatte sich die Haare abrasiert und sich einen Hufeisenbart stehen lassen, sodass er aussah wie ein Jahrmarktboxer Anfang des Jahrhunderts. Dazu trug er eine weiße Trachtenjacke von Opa Wolfgang, Hosenträger und eine Armeehose. Charlie Zossner, sein zukünftiger Chef vom Dienst, begrüßte ihn mit: »Jessas, so können wir dich nicht zur Umfrage schicken.«

Eine »Umfrage« sah zu seiner unangenehmen Überraschung so aus, dass der jeweilige Praktikant mit einem Aufnahmegerät nach unten auf den Haidplatz ging und kurz angebundene bis widerwillige Passanten zu aktuellen Themen befragte. Zum Beispiel: »Wie finden Sie die Alzheimerpartei?« Die Alzheimerpartei war eine Satirepartei, die unter ihrem Vorsitzenden Josef Alzheimer und dem Spruch »Vergessen wir, was gestern war« für den Stadtrat kandidierte. Wenn überhaupt jemand etwas sagen wollte, dann kam nach einer hyperallgemeingültigen oder im unverständlichsten Dialekt geäußerten Meinung immer ein »Kann ich noch jemand grüßen?«. Es war demütigend und deprimierend.

Nach der Umfrage musste der Praktikant mit den Bändern in den Schneideraum und aus den Antworten der Passanten einen Beitrag schneiden. Dazu hörte man die Tonbänder ab und drehte die Bandteller jeweils um Zehntelsekunden vor oder zurück, bis man die perfekte Stelle für den Schnitt gefunden hatte. Man trennte den Audioballast heraus, indem man das Tonband über eine scharfe Schneidekante legte, und klebte es mit einer Art Tesafilm an der korrekten Stelle wieder zusammen.

So verbrachte Robert endlose Stunden im lichtlosen Schneideraum, während draußen die Touristen bei sengender Sonne über den Haidplatz strömten und die echten Altstädter spätestens nachmittags an den Seen lagen.

Roberts Vorstellung von Radiojournalismus war natürlich eine andere gewesen. Seine monotonen Arbeitstage bestanden aus Umfragen, Schneideraum und Materialbesorgungen mit dem Firmenwagen, einem Fiat Ducato, der ihm andauernd abstarb. Nur selten schaute er im Studio bei einer Moderation zu – meistens, wenn er dem Moderator Kaffee brachte. Wenn Zeit blieb, nahm er Sprechproben auf, um sich für einen Moderationskurs zu bewerben, den der Sender geeigneten Kandidaten umsonst anbot. So war Henry zu seinen Verkehrsdurchsagen gekommen.

Doch meistens war Robert zu müde für jede Form von Eigeninitiative. Nie blieb er am Vorabend der Schicht zu Hause, nie schlief er mehr als vier Stunden. Sich selbst gegenüber rechtfertigte er sich damit, dass er sowieso nicht zum Radio und vielleicht auch gar nicht mehr in den Journalismus wollte. Das war nur ein Jugendtraum gewesen. Zu geleckt, zu provinziell, zu dekadent, zu jovial und unseriös erschien ihm das ganze Funkhaus und damit Pars pro Toto auch der gesamte Berufszweig. Andauernd fiel das Wort »Schnee« oder »Pulver«, zu oft unterhielten sich die Moderatoren und Redakteure über Markenkleidung, Autos oder italienische Restaurants. So hatte er sich den Journalismus nicht vorgestellt.

Seine Vorurteile manifestierten sich besonders in seinem Vorgängerpraktikanten Stephan Riezmann, der sich Striezi nannte und direkt nach Abschluss seines Praktikums schon ganze Sendungen moderieren durfte. Striezi hatte zu allem eine Meinung, mischte sich in jedes verdammte Gespräch ein. Es war fast, als könnte man ihn allein dadurch heraufbeschwören, dass man sich auf dem Gang hörbar mit mehr als einem Menschen unterhielt. Schon teleportierte er sich dazu. Wo sich eine Gruppe Radioleute auf den engen Teppichfluren aufhielt, war Striezi nie weit. Niemand hörte ihn kommen, niemand sah ihn herbeilaufen, es war, als wäre er auf Kniehöhe heimlich dazugerobbt. Es war geradezu unheimlich, wie ihm nichts entging. Striezi konnte natürlich nie nur zuhören, er hatte immer eine Anekdote, einen Ratschlag oder Fragen parat. Er besaß sogar die Dreistigkeit, einfach in den Schneideraum hineinzuplatzen, kurz Probe zu hören, was Robert da trieb, und dann Verbesserungsvorschläge anzubringen. Anfangs hatte er sogar selbst das Band weiter nach vorn oder hinten bewegt, aber irgendwann hatte Robert seine Hand genommen und sie mit dem nötigen Schwung vom Revox entfernt.

Die Leute im Funkhaus verdrehten durchaus die Augen, sobald Striezi wieder weg war oder auch nur die Rede von ihm war, letztlich konnte oder wollte ihn jedoch niemand aufhalten auf seinem Weg nach oben. Er moderierte und moderierte und moderierte, teleportierte und teleportierte sich von Gespräch zu Gespräch. Als Robert sich einmal bei seinem CvD darüber erkundigt hatte, wie denn seine eigenen Chancen als zukünftiger Moderator stünden, hatte sich Striezi vor ihnen materialisiert und Robert empfohlen, eine Sendung für Kleingärtner zu moderieren – bei seinen Vorkenntnissen. Ab da hatte er endgültig ausgeschissen.

»Der nervt doch alle. Wieso bringt's der so weit?«, fragte Robert am nächsten Tag seinen CvD Charlie Zossner, als Striezi laut verbrieften Zeugenaussagen in der Mittagspause war.

»Weil der fleißig ist«, sagte Charlie Zossner, der Robert irgendwie ins Herz geschlossen hatte. Und das, obwohl keinerlei Engagement von ihm ausging, er jeden Tag grässlich übermüdet und merklich verkatert zur Arbeit erschien und noch dazu furchtbar melancholisch dreinschaute. Dennoch ließ Zossner Robert nach ein paar Wochen statt nur Umfragen kleinere Wortbeiträge schneiden oder schickte ihn mit einer Redakteurin zu einem Mordprozess ans Landgericht in Amberg, wo ein Jugendlicher einen türkischen Taxifahrer erstochen hatte, weil er zu Unrecht vermutet hatte, dass der was mit seiner Mutter habe.

Überhaupt stieg Roberts Popularität im Sender ohne viel Zutun. Er selbst vermutete, es liege an seiner Art, auch unangenehme Dinge anzusprechen und niemandem in den Arsch zu kriechen. Jeder wusste, dass man als Rebell langfristig hier im Sender nicht bestehen konnte, deshalb war niemand einer, doch zum Glück gab es da jetzt diesen ständig verkaterten, leicht überheblichen, aber unterhaltsamen Praktikanten mit dem Hufeisenbart, der sich auch mal traute, die herrschenden Strukturen verbal anzupinkeln, und sowieso in ein paar Wochen wieder weg war, sodass man sich relativ gefahrlos mit ihm einlassen konnte.

*

Auch an anderer Stelle sammelte Robert Zuspruch, aber da mit etwas mehr Zutun, denn Herman Lush hatten ihren ersten Gig im

Alten Kabinett, und das Interesse daran schien unverhältnismäßig groß zu sein. Auch Miriam, mit der er noch gelegentlich schlief und die ihren Andi immer seltener in die Steiermark begleitete, hatte sich angekündigt, was ihm gar nicht so recht war, schließlich wollte er die Gelegenheit nicht verpassen, neue Leute kennenzulernen.

Das Funkhaus gab ihm die Möglichkeit, mit Torpedo und Deininger zusammen in eine Vormittagssendung zu kommen, um das Konzert am Abend anzukündigen. Dabei war es David und Robert aus Imagegründen wichtig, um zehn Uhr morgens schon angetrunken im Studio aufzutauchen, und bei Torpedo konnte man ja ohnehin nie sagen, ob er noch oder schon wieder bekifft war. Zu Roberts großem Schrecken war der zuständige Vormittagsmoderator krank, und die Band wurde von Striezi empfangen.

»Heute haben wir eine ganz besondere Band bei uns. Sie nennt sich Herman Lush, und da spielt unser Praktikant Robert Bley Schlagzeug. Robert, wie fühlt es sich an, mal keinen Kaffee für den Chef machen zu müssen, sondern als hofierter Gast hier zu sein?«, fragte Striezi gleich zu Beginn des Interviews.

Robert überlegte, ob er ihm on air eine reinhauen sollte und damit etwas für den Punk-Ruf der Band tun könnte, aber dann dachte er an seinen wohlwollenden CvD und ließ es bleiben.

»Fühlt sich berechtigt an«, sagte Robert.

»Beschreibt doch mal kurz eure Musik«, bat Striezi, und Robert trat David auf den Fuß, damit der antwortete.

»Wir machen Funpunk mit deutschen Texten«, sagte David, der das vermutlich ironisch meinte, aber wer sollte das erkennen?

»Na ja, ›Fun‹ ist jetzt nicht der richtige Ausdruck«, korrigierte Robert. »Wir haben ja schon auch ernste Themen.«

»Welche denn zum Beispiel?«, fragte Striezi und zwinkerte Robert verschwörerisch zu. »Ich hab ja hier euer Demo liegen, und ein Song nennt sich ›Die Ex-Freundin‹.«

Torpedo hustete oder lachte, es war schwer zu sagen, und hätte er nicht gehustet, hätte Robert vergessen, dass er überhaupt mit im Studio war.

*

Das Konzert war surreal.

Nach dem unerfreulichen Radiointerview war Robert mit David und Torpedo in die Baumschule gefahren, um sein eigenes Schlagzeug zu holen. Beim Abholen stellte er fest, dass das Fell seiner Bass Drum gerissen war, und beim Aufbau brach ihm ein Beckenständer ab. Deshalb hetzte er ins Musikgeschäft im Gewerbepark, während die anderen beiden sich weiter betranken, nur um bei seiner Rückkehr festzustellen, dass es im Alten Kabinett weder Mikros noch eine Gesangsanlage gab. Also fuhr Robert, der als Einziger noch halbwegs nüchtern war, zurück ins Musikgeschäft, um für sechzig Mark eine PA und ein Mischpult auszuleihen.

Damit die Anlage angeschlossen werden konnte und anschließend auch jemand die Band abmischte, rief Robert einen Tontechniker an, den er aus dem Proberaum kannte und der aussah wie ein Indianer mit langen, schwarzen Haaren und bernsteinfarbenen Ohrringen. Er hieß Ulrich, die meisten nannten ihn aber nur den »Chief«.

Der Chief tat eine halbe Stunde lang nichts anderes als zu seufzen, während er alles verkabelte. Irgendwann hatten David und Robert den Glauben daran verloren, dass auch nur ein Ton durchs Mischpult kommen würde, und selbst der phlegmatische Torpedo schloss offenbar mit dem Auftritt ab, bevor er überhaupt begonnen hatte, und schlief im Sitzen am Tresen ein, während Robert und David die Setlist erstellten. Robert beschloss, »Die Ex-Freundin« wegzulassen. Sie hätten die Songs gerne vorher noch einmal durchgespielt, statt sich mit technischen Unzulänglichkeiten herumzuquälen, doch es blieb keine Zeit mehr. Der Chief zwang sie so lange in Soundcheck-Geiselhaft, bis die ersten Gäste da waren.

Robert hielt es nicht aus, am Tresen zu sitzen und zu beobachten, wie vereinzelt Leute eintrafen. Zum einen, weil er nicht sehen wollte, wie wenig kamen, zum anderen, weil er nicht wahrhaben wollte, dass es wahrscheinlich alles nur Bekannte der Band waren. Er wollte auch nicht jedem Hallo sagen müssen, vor allem nicht so Leuten wie Striezi. Er wollte sich seine mystische Musiker-Aura bewahren. Deshalb setzte er sich mit einem Cuba Libre und einer Schachtel Zigaretten hinten ins Lager vom Alten Kabinett, während Torpedo und Deininger sich am Dart-Automaten vergnügten. Er hoffte, dass Antonia irgendwie von dem Konzert gehört hatte und auftauchte, ihn bewunderte und ad hoc wieder zurückwollte, er fürchtete aber auch, dass sie mit dem durchsichtigen Roland oder einem neuen Freund kam und er vor Schreck eine spontane Lähmung der Handgelenke erfahren würde und nicht mehr weitertrommeln könnte. Nach fast einer Stunde, zehn Zigaretten und drei Cuba Libres erhob Robert sich von seiner Bierkiste, trat durch den Plastikvorhang in den oberen Gastraum vom Alten Kabinett und konnte es kaum fassen. Der Laden war so voll, dass Leute auf den Tischen saßen, die Bühne war nicht zu sehen vor lauter Haaren und Hinterköpfen. Und die meisten Leute hatte er noch nie zuvor gesehen. Am hinteren Ende der Bar stand Striezi und winkte ihm zu, und es hätte ihn nicht gewundert, wenn der sich trotz des Gedränges gleich in die erste Reihe teleportiert hätte.

Und dann war es, als hätten sie nie etwas anderes gemacht. Als hätte man eine Maschine eingeschaltet, spielten sie ihr Programm fast fehlerlos in einer Dreiviertelstunde, und obwohl das Publikum ihnen ohnehin gewogen war, staunte es kollektiv über die Selbstverständlichkeit, mit der sich vor allem David und Robert auf der Bühne nass arbeiteten und dabei die Souveränität von mehreren Jahren gemeinsamer Banderfahrung ausstrahlten. David und er machten abwechselnd die Ansagen, und Robert fühlte sich wie ein Hohepriester, dem alle an den Lippen hingen, selbst wenn sie bei David Deininger mehr lachten. Es war ungemein befriedigend, wenn auch körperlich anstrengend. Schon beim zweiten Song, »Exodus«, tat ihm alles weh, ab dem vierten spürte er nichts mehr, und unmittelbar nach der Zugabe musste er sich kurz hinters Schlagzeug auf den Boden legen.

Andi und Miriam erschienen als Erste hinter dem Schlagzeug, um ihm zu gratulieren, und im Grunde war er erleichtert, dass Miriam nicht allein gekommen war. Denn dahinten stand eine aus dem Sprachwissenschaftskurs mit langen, schwarzen Kniestrümpfen und schwarzen, glatten Haaren. Sie sah aus wie eine potenzielle Tochter vom Chief. Jemand sagte zu ihm: »Es war unmenschlich laut, aber geil«, und jemand anderes klopfte ihm auf die Schulter. Robert ignorierte das und stellte sich zur vermeintlichen Tochter vom Chief. Fast zeitgleich stieß Rothkowski dazu, der die Frau offensichtlich schon länger kannte. Er hatte ein zweites Bier dabei, das er ihr schenkte. Keine schlechte Idee, immer ein zweites Bier dabeizuhaben, dachte Robert, und es wurmte ihn ein wenig die Erkenntnis, dass er dafür wahrscheinlich bisher zu geizig gewesen war. Er überließ Rothkowski das Feld in der Hoffnung, dass die Kniestrümpfe nicht dessen Liga waren, und ließ sich zumindest ihre Telefonnummer geben. Stellte sich vor, wie der Chief den Hörer abnahm und ihn ermahnte, bitte beim nächsten Konzert seine schallenden Becken abzukleben, bevor er ihn an seine Tochter weiterreichte.

Dann sah er Hamlet drüben in einer Ecke bei Denise und ihrem Freund stehen. Hamlet trug seine erstaunlich gut aussehende dunkelbraune Lederjacke, die wie ein Jackett geschnitten war, ein neues grün-weißes Karohemd darunter und hatte sich die Haare zurückgebunden. Sein Kinnbart war jetzt länger und wurde durch einen schmalen Oberlippenbart ergänzt. Die Konturen waren sauber, und er sah drei Kilo leichter aus. Hatte er Hamlet so lange nicht gesehen, oder wieso war ihm diese neue Frische nicht aufgefallen? War Hamlet im Urlaub gewesen? Er versuchte sich zu erinnern, wann er zum letzten Mal mit ihm geredet hatte.

Denise' Freund sah so aus, als wollte er dringend weg, trank sein Bier zu schnell und verlagerte immer wieder sein Gewicht vom einen auf den anderen Fuß. Denise lehnte sich beim Reden mit ihrer Schulter immer leicht an die von Hamlet.

Robert beobachtete, wie Rothkowski das Mädchen mit den Kniestrümpfen weiter rhetorisch bearbeitete, und ging zu David Deininger. Er umarmte ihn, er hatte das nach dem Auftritt ganz vergessen.

»Das könnte doch was werden mit Herman Lush«, sagte Robert.

»Ja, war schon ganz gut.« David zuckte mit den Schultern. »Aber aus Punk wird ja nie was. Soll ja auch gar nichts werden. Sonst ist es nicht mehr Punk«, sagte er und hielt Robert sein Bier zum Anstoßen hin. Robert zögerte, stieß dann aber mit ihm an.

Sosehr sich Robert an diesem Abend auch anstrengte, so gesprächig und charmant er auch tat, es wollte sich keine amouröse Begegnung mehr anbahnen. Also unterhielt er sich lange mit Radio-Chef Charlie Zossner, der ihm Komplimente wegen seines Schlagzeugspiels machte und ihn mit Nick Mason verglich. Robert wagte nicht zu fragen, wer Nick Mason war. Dann fing er Miriam auf dem Weg zum Klo ab, um sie zu fragen, ob sie sich heute Nacht nicht doch noch irgendwie von Andi loseisen könne. Sie verneinte mit Bedauern, und so schlief Robert am Ende weit in den nächsten Tag hinein, bis seine Spätschicht im Funkhaus begann.

*

Bis auf den zuständigen Moderator war dort sonst niemand, und Robert sprach im Schneideraum einen Text ein, den er Antonia schicken wollte. Er erzählte von dem Konzert und sagte, wie sehr sie ihm fehle. Er unterlegte die Aufnahme mit Sheryl Crow. Er überspielte sie auf Kassette, löschte das Originalband und nahm die Kassette mit in die Kapelle, wo er sich nach Feierabend an den Tresen setzte. Jetzt, da er so häufig kam, durfte er dort sogar sitzen bleiben. Er gehörte zum inneren Zirkel der Stammgäste.

»Hast du Lust, bei uns zu arbeiten?«, fragte ihn Turkey, der Boss. Turkey war eine eindrucksvolle Erscheinung mit dichtem schwarzen Haar, einem nervösen Blinzeln und einem schier unerschöpflichen Wissen über Cocktails, mit dem er nicht hinter dem Berg hielt, und er schloss jeden ins Herz, der sich für seine Getränke interessierte, statt sich nach ein Uhr nachts einfach nur noch hemmungslos zu besaufen und ins Klo zu kotzen. »Wir suchen einen neuen Barkeeper.«

»Ich hab genau null Ahnung von Cocktails«, sagte Robert und tastete nach der Kassette in der Tasche seiner Jeansjacke.

»Das bringen wir dir schon bei. Wichtig ist, dass du schnell bist und gut mit den Gästen umgehen kannst. Und ein Interesse hast an Drinks.«

»Was heißt denn ›gut umgehen‹?«, fragte Robert, während Turkey ihm ungefragt einen zweiten Gimlet hinstellte.

»Zu den Netten bist du freundlich, zu den Deppen bist du höflich.«

»Geht viel mit Mädchen?«, fragte Robert.

»Unter Garantie. Als ich jünger war, hat nach jeder Schicht eine auf mich gewartet.«

»Okay, ich bin dabei«, sagte Robert, auch wenn er sich nicht vorstellen konnte, dass besonders viele Mädchen auf Turkey gewartet hatten. Der lachte laut, beinahe ungehalten, hob seinen Vodkatini, und Robert stieß mit ihm an.

Später, auf dem Weg nach Hause, schmiss er die Kassette für Antonia in den nächstbesten Mülleimer.

15

PLANTER'S PUNCH

Noch vor Ende des Sommers trat Robert aus der Kirche aus. Er hatte es eh vorgehabt, war bisher zu faul gewesen, aber jetzt machte er es sich selbst auch noch als eine Art Rache an Antonia schmackhaft. An einem Mittwochmorgen, nachdem er vom »Ende der Welt« geträumt hatte, wie er sein Tagebuch wissen ließ, setzte er sich aufs Amt und wartete eine halbe Stunde lang, bis er zur Sachbearbeiterin vorgelassen wurde. Er war gleichzeitig deprimiert und voller Tatendrang, auch das hielt er schriftlich fest: »Ich fühle mich gerüstet für antike Schlachten, versinke jedoch im Schlamm meines verregneten Vorgartens.« Schon beim Aufschreiben ahnte er, dass ihm der Satz nächste Woche schon wieder peinlich sein könnte.

Natürlich hätte Robert auch schon viel früher aus der Kirche austreten können, aber seine Mutter hatte ihn gebeten, damit zu warten, bis er in einer anderen Stadt angemeldet sei, sonst hätte es nämlich jeder im Ort mitbekommen, und das hätte dem Geschäft geschadet.

Der Amtsbesuch verlief unspektakulärer als gedacht. Die Sachbearbeiterin mit den kurzen, braunen Haaren, der bunten Bluse und den freundlichen Augen sah ihn einladend an.

»Was ist denn Ihr Anliegen, Herr Bley?«

»Ich würde gerne aus der Kirche austreten.«

»Das ist kein Problem, dazu müssten Sie einfach diesen Antrag hier ausfüllen.«

Robert sah sie argwöhnisch an. »Es ist kein Problem, sagen Sie?«

»Nein«, sagte die Sachbearbeiterin und griff zu der Handcreme in der blauen Tube, die neben ihrem Computer lag. »Das haben wir ja ganz oft. Vor allem unter jungen Arbeitnehmern.«

»Wieso das?« Robert beobachtete, wie sie sich die Hände eincremte.

»Weil die oft erst beim Berufsantritt feststellen, dass sie Kirchensteuer zahlen müssen.«

»Aber ich bin kein junger Arbeitnehmer, ich bin noch Student.«

»Ja, ja, das ist doch gar kein Problem.«

»Und fragen Sie mich gar nicht, warum ich austrete?«

»Nein, das geht mich doch nichts an. Ich wickle ja hier nur ab, die Glaubensfragen müssen Sie mit Ihrem zuständigen Pfarrer klären, falls der sich bei Ihnen meldet.« Sie war fertig mit der Handcreme und verschraubte die Tube, stellte sie neben ihrem Computer auf den Verschluss.

»Kann das sein, dass sich jemand bei mir meldet?«, fragte Robert besorgt.

»Hier in der Stadt ist das eher unwahrscheinlich. Aber jetzt füllen Sie doch Ihren Antrag aus, Herr Bley, da warten noch andere Leute.«

Nachdem er den Antrag ausgefüllt hatte, gab sie ihm eine Bestätigung mit und wünschte ihm einen betont schönen Tag. Vorsichtig stand Robert auf, wünschte den schönen Tag zurück und schlich aus dem Amtszimmer.

*

Es war ein ungewöhnlich heißer Vormittag für Anfang September, und er rief bei Rothkowski an, von dem er wusste, dass er in den Semesterferien in der Stadt war und dass er außerdem einem Biergartenbesuch gegen Mittag nicht abgeneigt sein würde. So er denn schon wach war.

Gegen elf Uhr dreißig saßen sie also zusammen im Spitalgarten nahe der Steinernen Brücke, und Robert fragte sich, ob das Wetter nur trügerisch schön war und gleich der Blitz in ihn einschlagen würde, weil er der Kirche den Rücken gekehrt hatte. Rothkowski war längst aus der Kirche ausgetreten.

»In der Heimatgmoa«, sagte er und streichelte sich den Bauch.

»Wo?«

»In der Heimat-ge-mein-de.«

»Gab's Probleme?«, fragte Robert.

»Und ob. Der Sachbearbeiter hat sofort den Pfarrer angerufen.«

»Nicht dein Ernst, oder?«

»Freilich.« Rothkowski zog sich den Strohhut ins Gesicht, weil die Sonne ihn blendete. Das reichte offenbar noch nicht, denn danach setzte er eine runde Sonnenbrille mit roten Gläsern auf.

»Ja, und dann?«, fragte Robert, weil Rothkowski keine Anstalten machte, weiterzureden.

»Der Pfarrer kam kurz drauf vorbei, und ich musste begründen, warum ich ausgetreten bin.«

»Und was hast du gesagt?«

»Dass ich viel zu gerne bumse, rauche, saufe und kiffe, um andauernd ein schlechtes Gewissen haben zu müssen.«

»Echt? Du spinnst ja«, sagte Robert beeindruckt.

»Nein.« Rothkowski nahm die Brille wieder ab und sah Robert an, als müsste er seinem kleinen Neffen etwas ganz Grundsätzliches über das Leben erklären. »Das war nur ein Schmäh. In Wirklichkeit hab ich gesagt, ich trete zum Islam über, und da bleibt mir nichts anderes übrig, als bei Ihnen zu kündigen, Hochwürden.«

Robert kniff die Augen zusammen.

»Was meinst du, was sich meine Eltern heute noch deswegen anhören müssen.«

Robert kam sich blöd dabei vor, diese Münchhausen-Geschichten zu hinterfragen, also ließ er es bleiben, und sie unterhielten sich über die Zwischenprüfung beim Horrvath, die Rothkowski bereits vor zwei Semestern absolviert hatte. Er war schon im siebten.

»Wenn dich der Horrvath mag, lässt er dich während der Prüfung aufs Scheißhaus. Musst halt dann was zum Nachschlagen deponieren.«

»Okay«, sagte Robert, unsicher, ob er auf Horrvaths Sympathie bauen konnte. Immerhin war er jetzt schon drei Mal in seinem Seminar eingeschlafen. »Was anderes: Ist das Zimmer bei dir in der Wohnung eigentlich noch frei?«, fragte er.

»Ist noch zu haben«, sagte Rothkowski. »Hast du mittlerweile Brüste?«

*

Noch vor der Kirche war Robert aus dem Funkhaus ausgetreten, und das vor Praktikumsende, ein Sakrileg in den Augen seiner Kollegen. Trotz seiner steigenden Beliebtheit in der Redaktion und seines wachsenden Aufgabenbereichs konnte er sich nicht motivieren, weiterhin jeden Tag ins Funkhaus zu gehen, besonders die Frühschichten machten ihn fertig, schließlich kam er an keinem Tag außer Sonntag vor zwei oder drei Uhr ins Bett. Er entwickelte sogar ein Magenleiden während der Frühschichten, das ihn manchmal mit Bauchkrämpfen in seinem Stuhl im Schneideraum versinken ließ oder ihn für eine halbe Stunde aufs Redaktionsklo zwang. Zudem ging ihm bei vierhundert Mark Praktikantengehalt pro Monat langsam das Geld aus.

Zwei Tage nach seinem einundzwanzigsten Geburtstag, den er mit Hamlet und den zukünftigen Kollegen in der Kapelle gefeiert hatte, wartete er, bis Zossner um neun Uhr morgens ins Büro kam und seinen Autoschlüssel von der Tür aus auf seinen Schreibtisch pfefferte, haarscharf an seiner Redaktionsassistentin vorbei, die ihm gerade den Kaffee hinstellte.

»Was'n los, mein Junge?«, sagte Charlie Zossner, als Robert leicht verschämt den Kopf in sein Büro steckte.

»Ich muss dir was sagen, Chef vom Dienst«, sagte Robert und zog sich selbst am rechten Ohr.

»Du kündigst«, sagte Zossner und nahm einen vulgär großen Schluck aus seinem Kaffeebecher. Er war an sich ein ganz gut aussehender Typ mit grau werdenden Koteletten und gut sitzender, aber immer leicht zu herausgewachsener Siebzigerjahre-Frisur, doch sein Bauch ließ ihn mit dem Drehstuhl nicht mehr ganz so nah an den Schreibtisch heranfahren.

»Woher weißt du das?«, fragte Robert und zog sein Ohrläppchen lang.

»Das sieht man dir an«, sagte Zossner. »Gründe?«

Bevor Robert antworten konnte, sagte Zossner: »Und lass doch bitte dein Ohr los.«

Augenblicklich steckte Robert die Hand in die Hosentasche.

»Also … weil ich hier zu wenig verdiene. Zum einen.«

»Klar, bei einem Praktikum machst du immer Miese«, stimmte ihm Zossner zu, sah aber so aus, als würde er den Grund lächerlich finden. »Vierhundert Mark sind aber schon Spitzenlohn. Bei Charivari drüben verdienst du gar nichts. Da kannst du froh sein, wenn du den Kaffee, den du dem Redakteur holst, nicht noch selber zahlen musst.«

»Und dann ist vielleicht Radio auch gar nichts für mich. Ich bin ja eher Musikmacher als Musikvorspieler.« Robert kam der Satz schon blöd vor, als er ihn noch nicht ganz zu Ende gesprochen hatte.

Charlie Zossner entfuhr dementsprechend ein kurzes Lachen.

»Weißt du, Robert, du kannst mir viel erzählen. Und vielleicht glaubst du's dir auch selbst, was du da erzählst. Ich wiederum glaub, dass du ein wahnsinnig schlauer Bursch bist, aber ein stinkfauler und wehleidiger Hund. Nichts für ungut, ich mag dich ja wirklich gern. Andererseits, man muss dir schon lassen, dass du die Eier hast, hier einfach aufzuhören. Es gibt viele, die's hier zum Kotzen finden, aber bleiben, weil sie sich nicht unbeliebt machen wollen. Oder an ihre Karriere denken.« Jetzt lächelte ihn Zossner an wie ein Vater, dem man seinen ersten Schulverweis unterschreiben lassen muss, der aber durchaus Verständnis für die Eskapaden des Sohns hat.

Irgendwie kam Robert in dem Moment der Gedanke, dass Zossner ihn um seine Entscheidungsfreiheit beneidete. Dass er vielleicht selbst manchmal gern alles hingeworfen hätte. Das beruhigte ihn ein wenig, denn gut fühlte er sich nicht mit der Kündigung, zeigte sie doch auch, dass er unfähig war, etwas durchzuhalten. Doch allein die Aussicht, ein paar Tage am Stück ausschlafen zu können, trieb ihn an, so müde und kaputt war er.

*

Lange konnte Robert sich nicht ausruhen. Zum einen fing das Semester wieder an, zum anderen musste er an einem Mittwochabend seine erste Schicht in der Kapelle antreten. Er hatte sich vorher bei diversen Hospitanzen von Turkey die gängigsten Cocktails zeigen lassen und zu Hause die Rezepte auswendig gelernt. Hatte gelernt, drei Gläser Bier in einer Geschwindigkeit zu zapfen, in der andere ihr Kleingeld abzählten, konnte zwei Weizen gleichzeitig einschenken und die Flaschen vorm Zugeben der Resthefe einmal in der Luft drehen. Er konnte dem Monstrum von Mailänder Kaffeemaschine Espresso, Cappuccino und Milchkaffee entlocken, er kannte die Stammgäste, das gesamte Personal inklusive Putzfrau, wusste, wo das Wechselgeld, der Schlüssel fürs Lager und die kleinen Underberg-Flaschen waren, das einzige Getränk, das man sich während der Rushhour nachts zwischen ein und zwei Uhr ohne großen Aufwand genehmigen konnte, um den Stress zu dämpfen.

Als er Rothkowski und Deininger von seinem neuen Job erzählte, hatte es allgemeine Erheiterung gegeben.

Du servierst aber hoffentlich nicht auch?«, hatte David gefragt.

Selten, ich stehe ja hinter der Bar. Aber hin und wieder schon.

Dir fällt doch im Stehen die Bierflasche aus der Hand! Das hatten wir doch schon ganz oft, das mit deiner Grobmotorik. Wenn du einen Job als Servicekraft annimmst, ist das so, als würde man einen Blinden als Filmvorführer beschäftigen, hatte Rothkowski gesagt.

Kommt vorbei, dann seht ihr's ja, ihr Arschpfeifen, hatte Robert geantwortet, und seine Angst vor einem Worst-Case-Szenario voller Scherben und Häme war noch größer geworden.

Und sie kamen. Rothkowski, Deininger, Hamlet, Miriam, Torpedo und selbst die potenzielle Tochter vom Chief mit den Kniestrümpfen, die dieses Mal leider Jeans und Clogs trug. Robert hatte sich seine mittlerweile wieder nachgewachsenen Haare blondiert und aus seinem Hufeisenbart war längst wieder ein Ethan Hawke geworden.

»Gut siehst du aus«, sagte Miriam.

»Die Haare sind eher orange als blond«, sagte Hamlet.

»Das ist aber kein sauberer Windsor«, sagte Rothkowski und deutete auf Roberts Krawatte.

Am kurzen Tresen saß Turkey und schaute sich alles in Ruhe an, bestellte ab und zu einen gehässig komplizierten Cocktail und tat dann wieder so, als wäre er ein ganz normaler Gast, der sich nicht für ihn interessierte, bis er ihm den nächsten Auftrag für einen Cocktail der Schwierigkeitsstufe *»fuck no«* gab. Wie Turkey sich gegen Mitternacht noch aufrecht halten konnte, war Robert ein Rätsel.

Zum Glück arbeitete Mona mit ihm. Arbeitete ihn ein. Mit Mona hatte er sich auf Anhieb gut verstanden. Er kannte sie als Bedienung von seinen Abstürzen in der Kapelle, hatte schon öfter mit ihr geschäkert, sich aber nichts drauf eingebildet, denn das Schäkern mit Gästen, weiblich oder männlich, war Monas leichteste Übung und wirkte unverbindlich und herzlich zugleich. Sie war einen Kopf kleiner als er, hatte einen rot gefärbten Pagenkopf und muskulöse Beine. Sie strahlte körperliche Kraft und Begeisterungsfähigkeit aus, und man musste schon ein ziemliches Arschloch sein, damit Mona keinen Kurzen mit einem trank. Wenn man allerdings eins war, bediente sie einen nicht oder schmiss einen kurzerhand aus dem Laden, indem sie den schwitzenden Thomas, den Türsteher auf Methadon mit seinen vielen Piercings und Tätowierungen, auf einen ansetzte. Thomas hatte früher in einer Punkband unter dem Künstlernamen Totte Overkill gesungen und war wegen eines bunten Straußes von Vergehen in den Knast gewandert: fehlende Unterhaltszahlungen, Strafzettel und Regressansprüche aus Prügeleien auf Volksfesten. Robert kannte Thomas noch aus der Punkrock-Zeitschrift *Plastic Bomb* und aus David Deiningers ehrfürchtigen Erzählungen, deshalb war es ihm eine Ehre, den legendären Totte Overkill von Devastated Society persönlich kennenzulernen, selbst wenn er immer einen gewissen ängstlichen Respekt vor ihm behielt. Dabei war Thomas leise und wirkte noch nicht einmal unterschwellig aggressiv, wenn er oben am Eingang ein Buch las oder unliebsame Gäste sanft hinausdiskutierte. Man konnte sich nicht vorstellen, dass er sich jemals mit jemandem geprügelt hatte, so *street credible* er auch aussah mit seinen zig Tätowierungen

»Kennst du den Typen mit dem komischen Armeemantel an Tisch eins?«, fragte Mona ihn, während Robert gerade die Zutaten zum Planter's Punch in den Mixbecher goss und sich zwang, nicht auf die laminierten Cocktail-Rezepte zu schauen, die er unter dem Tresen auf einer Ablage liegen hatte. Er entwickelte einen Ehrgeiz und einen Sinn für Details, den er gar nicht von sich kannte, und auch seine Grobmotorik schien sich auf früheren Erfolgen auszuruhen.

»Klar. Das ist Rothkowski. Aus meinem Germanistik-Studium. Beziehungsweise Rothkauski«, verbesserte er sich.

»Der sieht ja wuid aus«, sagte Mona, die scheinbar mühelos zwischen sorgfältigem Hochdeutsch und wüstem Oberpfälzer Dialekt wechseln konnte.

»Das ist er auch. Ich glaube, der hat in einem Monat mit mehr Frauen was als ich in einem ganzen Jahr.«

»Das liegt dran, dass du so unnahbar wirkst. Arrogant eigentlich sogar«, sagte Mona und patschte ihn freundschaftlich auf die linke Wange, was trotzdem ein bisschen wehtat. Als wüsste sie nicht, wie viel Kraft sie besaß.

Die erste Schicht verlief überraschenderweise ohne größere Zwischenfälle. Größere. Denn einmal ging ihm der Shaker bei einem Planter's Punch auf und er saute den gesamten kurzen Tresen inklusive Turkey und einen Stammgast mit rötlicher Flüssigkeit ein. Das war aber schnell vergessen, als er seinen ersten offiziellen Wodka Martini mixte und der Gast, Turkey zufolge ein »absoluter Kenner der Materie«, ihm gönnerhaft bescheinigte, dass er selten so einen »klar geschichteten« Wodka Martini getrunken habe. Seinen Freunden war er dankbar, dass sie überwiegend nur Bier bestellt, ihn auch sonst nicht groß belagert und sich eine Stunde lang in den Kickerraum verzogen hatten. Rothkowski attestierte ihm sogar eine »unerwartete Fluidität in der Handbewegung beim Umgang mit Schnapsflaschen«, was ihn freute.

Nach Feierabend zeigte ihm Mona, wie man aufräumte, abspülte, Regale putzte, das Lager auffüllte und abrechnete. Es dauerte Stunden. Stunden, in denen Turkey und seine Freunde aus der Gastro, die meist erst kurz vor Schluss kamen, weiter tranken und bestellten, als gäbe es keine Sperrstunde, obwohl die Kapelle längst oben abgeschlossen war.

Da auch Robert weiter trank, kam er gegen sechs Uhr dreißig morgens auf eine erstaunliche Bilanz aus zwei Bier, zehn Underberg, zwei Gimlets, den Rest des versprühten Planter's Punch, vier kurze Wodka, zwei Aquavit und ein Pils für den Nachhauseweg. Von anderthalb Schachteln Gitanes ganz zu schweigen.

Nach Hause ging es dann aber doch noch nicht, weil ihn Mona mit zum Würstl-Toni nahm, wo er neben einer Knackersemmel noch einen doppelten Jägermeister einnehmen musste. Er war stolz auf sich, dass er nicht umfiel. Dass er diesen Abend überhaupt so gut überstanden hatte. Dass er hinter der Theke erste Anflüge von Kompetenz gespürt hatte. Dass er erstmals seit der Schule wieder Kommabeträge im Kopf addiert hatte.

Aber jetzt musste er um jeden Preis ins Bett. Robert versuchte es danach mit Fahrradfahren, aber der Ziegetsberg sagte Nein, und er schob sein Rad gefühlte zweiundsiebzig Stunden den Berg hinauf. Das war der Moment, in dem er beschloss, in die Altstadt zu ziehen.

*

Am nächsten Tag schlief er bis weit nach Mittag und hatte selbst eine Stunde nach dem Aufstehen noch Schwierigkeiten, die Uhrzeit auf seinem Wecker zu lesen, was er auf den letzten Jägermeister schob. Er ließ sich den Ziegetsberg hinunter zur Uni rollen und ging in seinen Übersetzungskurs, der ihm den letzten fehlenden Schein für die Zwischenprüfung in Englisch verschaffen sollte. Er hatte sich vorsorglich in diesem Semester nur bei drei Kursen angemeldet, also sechs Wochenstunden, um sich auf die Zwischenprüfung vorzubereiten und die fehlenden Scheine zu absolvieren. Redete er sich zumindest ein.

Nach dem Übersetzungskurs bei der *always so joyful* Alexa Kamish, in dem ein unglaublicher Lärmpegel herrschte, setzte er sich allein in die Cafeteria und starrte ausgehöhlt vor sich hin. Irgendwann sah er Rothkowski hinten den Gang entlang in Richtung Bibliothekstreppe laufen. Mitte Oktober ging er nicht mehr barfuß, sondern trug jetzt schwere Armeestiefel, die fast bis zu den Knien reichten.

»Hey, Kauski«, sagte Robert.

»Bley, mein Freund«, sagte Rothkowski und änderte die Richtung hin zur Cafeteria. »Weißbier?«, fragte er.

»Nein, danke«, sagte Robert und musste einen Würgereflex unterdrücken.

»Noch toxisch?«, fragte Rothkowski.

»*Yes, Sir*«, nickte Robert. »*I can't boogie*. Vielleicht nie wieder, so vom Vergiftungsgrad her. Hast du eine Mitbewohnerin gefunden?«

»Mir hat grade heute eine abgesagt. Zieht auch mit ihrem Freund zusammen. Ich weiß gar nicht, was mit den Leuten los ist. Das kommt mir apokalyptisch vor, dass jetzt alle zusammenziehen. So als wär was Schlimmes im Anmarsch. Die Zeichen verdichten sich.«

»Welche Zeichen gibt es denn noch?«

»Thomas Muster, ein Österreicher als Erster der ATP-Weltrangliste.«

»Könnte ich theoretisch bei dir einziehen?«, fragte Robert.

»Du?«

»Ja.«

»Dann musst du dir aber eine Perücke aufsetzen und dich glaubwürdig verkleiden, bevor ich dir die Wohnung zeige. Und erst wenn du schon eingezogen bist, werde ich merken, dass du das in Wirklichkeit warst. Dann musst du hoffen, dass ich dich nicht wieder hinausschmeiße.«

16

THINGS WILL BE GREAT WHEN YOU'RE DOWNTOWN

Robert kam unrasiert und ohne Perücke, dafür mit Miriam, was Rothkowski mindestens genauso freute.

»Marvelous«, sagte Rothkowski. »Wenn du regelmäßig solch delektable Erscheinungen wie das Fräulein Miriam mit in die Wohnung bringst, dann kannst du natürlich sofort hier einziehen.«

Damit war Robert offiziell sein neuer Mitbewohner ab November.

Der alte Griesnagel akzeptierte seine Kündigung mit vollem Verständnis, schließlich wusste selbst er um das Prestige einer Altstadt-Wohnung. Er verlangte lediglich, dass ihm Robert einen Nachmieter vorstellte, und den fand Robert in einer Theologiestudentin, der die Zelle im katholischen Wohnheim gegenüber, wo er einen Zettel ausgehängt hatte, zu klein geworden war. Außerdem sei nie das Klo frei, hatte sie geklagt.

Den Umzug erledigte er an einem frühen Freitagabend zusammen mit Hamlet, was deutlich weniger emotional ausfiel als der auf den Ziegetsberg mit seiner Mutter. Die hatte sich natürlich angeboten, aber Rothkowskis Altstadt-WG war eine andere Kampfklasse als sein altes Appartement. Es ging schon mit dem zerfetzten Teppichboden im Flur los, dann die mit Flaschen und unabgespülten Tellern zugewachsene Küche, das *Stille-Tage-in-Clichy*-Filmplakat und schließlich der exaltierte Rothkowski. Sie hätte es sicher noch fertiggebracht, ihm irgendwie ein schlechtes Gewissen wegen des Umzugs zu machen, und das, obwohl er bei Rothkowski dreißig Mark weniger Miete zahlte. Sein Vater hatte nur verständnislos den Kopf geschüttelt, als er von der Altstadt-WG erzählt hatte.

Du in einer WG? Da kann man deinen zukünftigen Mitbewohner nur bedauern, hatte er gesagt. *Stichwort Putzfrau.*

Kurz vor Mitternacht waren sie fertig, allein der Kampf durch die vom Verkehr verstopfte Altstadt kostete sie anderthalb Stunden. Rothkowski befand sich längst im Irish Pub, als Hamlet und Robert erschöpft auf Umzugskisten saßen und zwei Leikeimer mit Bügelverschluss tranken.

»Schöne Wohnung«, sagte Hamlet. »Aber noch mal helfe ich dir nicht als Einziger, in einen vierten Stock umziehen.«

»Versteh ich«, sagte Robert, stand auf und sah aus dem Fenster. Der Glockenturm der Klosterkirche und das Schloss von Thurn und Taxis hockten schemenhaft im Dunkeln.

»Ab jetzt kannst du dich jeden Tag rund um die Uhr abschießen, ohne weiter als fünfhundert Meter gehen zu müssen«, sagte Hamlet. »Vollpäng twenty-four-seven.«

»Und fast noch besser: Hier gibt's eine Waschmaschine. Byebye, Gärtnerei, lang lebe die Altstadt, die Freiheit und der Zugriff auf frische Unterwäsche«, sagte Robert.

»Apropos Altstadt, ich mach eine Vernissage Ende April«, sagte Hamlet.

»Cool«, sagte Robert, obwohl der Sinngehalt von Hamlets Satz noch nicht bei ihm angekommen war. »Du machst was?«

»Eine Vernissage«, sagte Hamlet und kratzte am Etikett seines Biers. »Ich hab doch diese Skizzen von der Walhalla angefertigt und mit Wasserfarben ausgearbeitet.«

»Und wo willst du die machen? Kennst du eine Galerie?«, fragte Robert und schloss das Fenster zum Emmeramsplatz.

»In der Bar 13. Da kenn ich den Besitzer.«

»Du kennst den Besitzer der Bar 13? Woher denn bitte?«

»Weil ich da öfters bin«, sagte Hamlet.

»Aha. Wie oft denn?«

»Paarmal die Woche«, sagte Hamlet, und Robert fragte sich, wie Hamlet eine so parallele Existenz führen konnte, in der er sich mit dem Besitzer einer stadtbekannten Bar anfreundete, ohne dass Robert es mitbekam.

*

Am nächsten Tag stand Robert auf und ging ins Bad, nur um festzustellen, dass die Badezimmertür fehlte. Das war ihm bei der Besichtigung nicht aufgefallen, wahrscheinlich hatte er einfach nur gedacht, sie sei offen. Er sah sich um, ob irgendwo in der Wohnung eine ausgehängte Tür herumstand, aber dem war nicht so. Das Zimmer von Rothkowski, normalerweise lediglich mit einer Falttür verschlossen, stand offen. Hatte Rothkowski all die Jahre mit einer Mitbewohnerin ohne Badezimmertür in der Wohnung gelebt?

Er ging ins Bad und gönnte sich nur einen sehr schwachen Duschstrahl, aus Angst, er könnte Rothkowski wecken. Dann verließ er das Haus in dem Wissen, dass er dringend in seinen Didaktik-Kurs hätte gehen müssen, weil David heute sein neues Auto anmeldete und ihn nicht auf die Anwesenheitsliste schreiben konnte. Trotzdem setzte er sich nicht in den Bus – sein eigener Wagen stand zudem viel zu weit weg, außerhalb der Anwohnerzone beim Gericht –, sondern ins Visconti und bestellte einen Espresso und ein Gurken-Putenbrust-Sandwich mit Honig-Senf-Soße.

Das Visconti befand sich in »der Passage«, einer Unterführung zwischen Gesandtenstraße und Rote-Hahnen-Gasse, die sich durch einen klobigen Formalbau bohrte, in dem auch eine große Buchhandlung untergebracht war. Es lag auf halbem Weg durch den Beton und war ein besserer Glaskasten mit ein paar wenigen Stehtischen, einer kleinen Bar und einer langen Fensterbank, direkt über der Heizung, was sie in den kalten Monaten zu einem beliebten Sitzplatz machte, wenn der Glaskasten kaum mehr der Kälte des anfrierenden Donaunebels standhalten konnte.

Er hatte einen Platz ganz links auf der Fensterbank ergattert und beobachtete kauend die beiden gut frisierten Barkeeper, die so aussahen, als wüssten sie alles über kalifornische Weine. Ansonsten tummelten sich hier überwiegend Leute, die älter und schicker waren als er, sie lasen in der *Frankfurter Allgemeinen*, putzten sich die Lesebrillen oder unterhielten sich über die Aufhebung des Sonntag-Backverbots. Auf der ganz rechten Seite der arschwärmenden Fensterbank sah er Kristin König sitzen. *Die* Kristin König. Die Frau gewordene Alliteration. Königin der Psychologen. Unvergessen, seit sie ihn im ersten Semester in der Mensa weitgehend ignoriert hatte. Sie las Zeitung.

Robert hatte beinahe vergessen, wie gut sie ihm damals gefallen hatte. Danach hatte er sie noch ein paarmal auf dem Campus gesehen, aber nach dem ersten Semester war sie in der Cafeteria praktisch nicht mehr anzutreffen. Er hatte seine alte Schulfreundin Uta Höfel nach ihr gefragt, und die hatte ihm berichtet, Kristin lerne viel fürs Studium, arbeite nebenbei im Altenheim und verbringe ihre wenige Freizeit mit ihrem Freund Koen. Ein Holländer, der ebenfalls Psychologie studiere, den sie erst nach einer vierwöchigen Kennenlernphase geküsst habe, um auch ganz sicherzugehen, dass er es ernst meine. Der guten Uta schien Kristin König nicht ganz geheuer zu sein, so erklärte er sich die Indiskretion.

Robert kannte Koen, den Holländer, vom Sehen, es handelte sich um einen zugegebenermaßen äußerst attraktiven, großen, dunkelblonden Mann mit einer tiefen Stimme und tief in die Frisur eingreifenden Geheimratsecken. Im ersten Semester hatte er immer wieder mitbekommen, wie andere Studentinnen von ihm schwärmten, darunter auch Miriam. Aber schön und schön verdiente wohl einander, und eigentlich hatte er seit über einem Jahr nicht mehr an Doppel-K gedacht.

Bis heute. Sie trug die Haare mittlerweile länger und heller, hinten zusammengebunden. Beim Lesen nickte sie gelegentlich, und ihr Pferdeschwanz wippte affirmativ mit. Sie trug keine Ohrringe mehr und sah überhaupt nicht mehr so vorstädtisch brav aus wie im ersten Semester. Stattdessen ein schwarzes Männerhemd, ein schwarzer Rock und eine schwarze Strumpfhose mit gelben Turnschuhen. Er war etwas überrascht, dass sein Magen sich in stiller Begeisterung leicht zusammenzog, und musste sich zwingen, den Blick wieder von ihr abzuwenden. Erstaunlich, wie schnell diese Begeisterung ihn erfasst hatte und wie schnell sie ihm die tristen Gedanken an Antonia vertrieb. Kurz darauf verließ Kristin König das Visconti, ohne ihn beachtet oder überhaupt bemerkt zu haben. Robert blieb sitzen und dachte nach. Ein Jurist, den er aus der Kapelle kannte und der in der Kölsch-Kneipe gegenüber ausschenkte, betrat das Visconti und setzte sich auf den einzig freien Platz neben ihm. Er roch nach Alkohol.

»Wenn's genehm ist, der Herr«, sagte der Jurist.

»Auf jeden Fall«, sagte Robert.

»Averna zum Frühschoppen? Ich zahle«, fragte der Jurist.

»Warum nicht?«, sagte Robert, dem plötzlich irgendwie nach Anstoßen zumute war. Der Jurist winkte den Barmann mit den kurzen schwarzen Haaren heran.

»Schoffel, zwei AV's, wenn's recht ist.«

So lebt man also in der Altstadt, dachte Robert. Es war kurz nach halb zwölf.

*

Robert hätte nachmittags noch in die Uni fahren und sich ein paar Unterlagen für die Zwischenprüfung von Christian, dem freundlichen Kommilitonen mit der Fußprothese, kopieren können, doch er entschied sich dagegen und für ein Mittagessen im Neuen Tag. Er bestellte geröstete Knödel mit Radicchio-Salat. Radicchio rosso di Verona, weinrot mit weißen Blattrippen, zylindrische Köpfe.

Nach dem Mittagessen lief er unter der letzten warmen Oktobersonne durch den Herzogspark, saß dort lange auf einer Bank und rauchte, holte sich auf dem Rückweg einen Erdbeer-Shake bei McDonald's, überquerte die Steinerne Brücke, lief an der Wassergasse entlang über die Donauinsel, vorbei am Tatort seines Beziehungsendes mit Antonia und über den kleinen Steg und die Eiserne Brücke in Richtung Bandprobe. Die Songs, die sie in den Sommersemesterferien aufgenommen hatten, fingen bereits an, ihn zu langweilen, deshalb probierten sie neue aus. Jetzt mit politischeren Texten. Das war Robert wichtig, seit Deininger die Band im Radio als »Funpunk« bezeichnet hatte.

Danach setzte er sich mit Torpedo und Deininger ins Alte Kabinett und trank Wodka Lemon, nachdem er bei der Bandprobe bereits vier oder sechs Bier aus dem Getränkeautomaten weggerissen hatte. Gegen zwei Uhr kam er zurück ins Gäßchen ohne End und hätte gerne auf seiner Couch masturbiert und dabei an Kristin Königs Beine in den gelben Turnschuhen gedacht, wäre nicht Rothkowski in sein Zimmer gestürzt. Er war nackt und auf seinem rechten Schlüsselbein stand in Schreibschrift *Don't try* tätowiert.

»Ist das neu?«, fragte ihn Robert und deutete auf die Tätowierung.

»Die? Nein, die ist von letzter Woche. Ist dir nicht aufgefallen, dass Plastikfolie aus meinem T-Shirt rausgeschaut hat?«

»Offenbar nicht«, sagte Robert.

»Entschuldigung übrigens, dass ich so reinplatze«, sagte Rothkowski, »aber um zwei Uhr kommt immer die *Simpsons*-Wiederholung, und ich hab doch keinen Fernseher. Ich hab grad einen Spliff geraucht, da sind die *Simpsons* immer enorm psychedelisch. Magst auch was von dem heiligen Kraut? Ich kann die Mischung Spliff und *Simpsons* nur allerwärmstens empfehlen«, sagte er und kratzte sich am nackten Hintern, bevor er sich zu Robert auf die Couch setzte und die Fernbedienung in die Hand nahm, die zwischen ihnen lag. Er roch frisch geduscht und gleichzeitig nach Hanf.

»Nein, danke, ich bin eh ziemlich bedient«, sagte Robert und rutschte zur Seite, damit er nicht Hüfte an Hüfte an dem nackten Rothkowski saß. »Ich war den ganzen Tag unterwegs.«

»Marvelous, Bley. Die Altstadt verschluckt einen stante pede; sobald man einmal kurz nicht aufpasst, ist man versumpft. Einmal zu lang in einem Lokal gehockt, und du kommst tagelang nicht mehr heim.«

»Sag mal, hast du echt so spät noch geduscht?«, fragte Robert.

»Klar. Das ist die halbe Miete gegen den Kater. Dazu Alka Seltzer und einen Liter Wasser. Dann setzt sich das Toxin gar nicht erst fest, und du pieselst den Schnaps noch in derselben Nacht wieder raus. Am nächsten Morgen: *fresh as a daisy*, und du kannst sofort weitersaufen.«

»Marvelous«, sagte Robert.

Während eine Folge der *Simpsons* lief, in der Bart seine Seele für fünf Dollar an Milhouse verkaufte, nahm ihn Rothkowski bei der Hand.

»Du gehörst jetzt mir, Bley. Zusammen werden wir die berüchtigtste WG der Altstadt. Wir brauchen nur noch einen Namen.«

Robert erinnerte sich an Deiningers Wohnung, die sie wegen der verkifften *Star-Trek*-Sessions am Nachmittag »USS Superstumpf« getauft hatten. »Wie wärs mit ›Deep City Nine‹, von *Deep Space Nine* abgeleitet?«

»Wieso nicht ›Deep Throat Nine‹?«

»Was ist das?«, fragte Robert.

»Du musst noch viel lernen, Roberto Bley. Aber dafür bist du ja hier«, sagte Rothkowski, der immer noch seine Hand hielt.

*

An einem frühen Sonntagabend im November – die Stadt hatte sich längst vollständig in ihren Halbjahresnebel eingewickelt – nahm Rothkowski ihn mit, ohne ihm zu verraten, wohin. Er bezahlte sogar ein Taxi. Als sie sich dem Gewerbegebiet Ost näherten, dachte Robert an die Spielhalle mit dem *Virtual-Reality*-Ballerspiel, doch letztlich hielten sie vor einem Tabledance-Club namens Tabu.

Es war kaum jemand da, und die Tänzerinnen wirkten gelangweilt, nahmen trotz der Leere kaum Notiz von ihnen. Sie setzten sich in eine schwarze Sitzecke mit einem großen runden Tisch, und Rothkowski rieb sich die Hände.

»Warst du schon mal in so einem Laden?«

»Auf gar keinen Fall«, sagte Robert, so als könnte das seine Ehre retten.

»Jetzt tu mal nicht so säulenheilig«, sagte Rothkowski und winkte einen Kellner herbei.

Robert fragte sich, was Antonia davon halten würde, dass er in einem Stripclub saß. Jetzt gefiel es ihm gleich besser. Trotzdem musste Rothkowski ihn förmlich dazu zwingen, Spielgeld zu kaufen und es den Tänzerinnen in die Strumpfhalter oder in den BH zu stecken. Robert staunte. Rothkowski benahm sich, als wäre er jede Woche hier, und kannte sogar zwei der Tänzerinnen mit Namen.

»Wie laufen die Geschäfte, Dinah?«, fragte er sie.

»Wenn du da bist, gut, Rothkowski«, sagte die Tänzerin, während sie auf Rothkowskis Schoß saß und ihm den obersten Hemdknopf aufmachte. Robert fand es absurd, dass auch sie ihn »Rothkowski« nannte. Als wäre er eine stadtbekannte Größe, auf dem Campus, in den Bars und im Stripclub.

»Bei so einem herausragenden Service lass ich mich doch auch nicht lumpen«, sagte Rothkowski und steckte der Tänzerin einen

Spielgeldschein in den durchsichtigen BH, sodass er ihre Brustwarze bedeckte.

Robert gefielen die Frauen hier nicht besonders gut, nur eine mit kurzen Haaren erinnerte ihn entfernt an Winona Ryder, leider hatte sie offensichtlich auf einer Sonnenbank übernachtet. Ein kleines Bier aus der Flasche kostete zehn Mark, also blieb er halbwegs nüchtern, und es wollte sich auch nicht die geringste Form von Erotik einstellen. Eigentlich wollte er jetzt wieder gehen und vergessen, dass er überhaupt hier gewesen war, da tauchte zu seinem Entsetzen auch noch das Regionalfernsehen auf und interviewte Gäste und Tänzer. Robert flüchtete aufs Klo, während Rothkowski sich wie selbstverständlich vor der Kamera dazu äußerte, warum er gerne zum Tabledance ging. Robert harrte auf der Toilette aus. Dass seine Mutter ihn womöglich im Fernsehen in einem Stripclub sah, war nicht in seinem Sinne. Und auch sonst würde eine Kamera ihn für immer an den einen Ort bannen, an dem er eigentlich nie gewesen sein wollte.

Als er wieder vom Klo kam, zogen die Stripperinnen und Stripper die Gäste gerade auf die Bühne für einen gemeinsamen Sirtaki. Er wollte sich an ihren Tisch setzen, aber Rothkowski, der längst auf dem Laufsteg stand, brüllte durch den ganzen Club: »Komm, Bley, scheiß dich nicht ein!« Eine Tänzerin reichte ihm die Hand und zog ihn nach oben, und er reihte sich neben Rothkowski und einem Stripper ein. Der Stripper trug nichts als einen Stringtanga, und seine Haut war so stark eingeölt, dass Roberts Hand wieder von seiner Schulter rutschte. Robert schaute sich ängstlich um, ob das Regionalfernsehen vielleicht noch mal zurückgekommen war, um dieses Grande Finale zu filmen, doch zu seiner großen Erleichterung hielt niemand mehr eine Kamera auf den kollektiven Sirtaki.

Der eingeölte Tänzer neben ihm mit den vielen kleinen schwarzen und nassen Locken im Nacken fragte ihn: »Macht dir Spaß?«, und Robert nickte, während er seine Finger in dessen glitschige

Schulter grub und die Beine wie hypnotisiert zur Musik hob. Nie hatte er sich so weit außerhalb seines eigenen Körpers gefühlt. Er konnte sich praktisch selbst dabei zusehen, wie er Sirtaki mit vier Stripperinnen, zwei Strippern und vier Männern über vierzig tanzte, sowie Rothkowski, der rechts von ihm lautstark die Melodie mitsang und sich freute, der überbräunten Version von Winona Ryder den Arm um die Schultern legen zu dürfen.

*

Im Anschluss zeigte ihm Rothkowski ein Sushi-Restaurant in der Altstadt, das gerade erst eröffnet hatte. Robert hatte noch nie Sushi gegessen, er kannte gerade mal den Begriff, und tauchte mit einem der Reisdinger viel zu tief in die grüne Paste ein. Die Schärfe fegte ihn förmlich vom Stuhl, und er musste husten. Rothkowski lachte väterlich.

»Du kannst übrigens die Stäbchen weglegen. Sushi ist eigentlich Fingerfood«, sagte er, und Robert war erleichtert, weil er sich mit den Stäbchen ohnehin ganz furchtbar ungeschickt anstellte.

»Warst du auch schon mal im Puff?«, fragte Robert, während er das restliche Sushi auf seinem Plastikteller beäugte, auf das er eigentlich keine Lust mehr hatte.

»Nein, wo denkst du hin?«

»Warum nicht?«, sagte Robert, erstaunt über die Entschiedenheit der Antwort.

»Na sag mal. Die wenigsten Frauen da arbeiten freiwillig. Das unterstütze ich doch nicht«, sagte Rothkowski und leckte die grüne Creme von einem halb zerfallenen »Nigiri« ab, wie Rothkowski es genannt hatte.

»Bukowski war doch auch mal Türsteher in einem Bordell, oder?«, wollte sich Robert hervortun, weil er sich ein bisschen abgekanzelt vorkam.

»Jesus, was ist das denn für ein Argument? Der Hank saß auch eine Zeit lang im Irrenhaus. Seh ich jetzt auch nicht als zwingende Station für meine Vita an.«

»Willst du eigentlich Schriftsteller werden?«, fragte Robert, der sich nichts anderes bei Rothkowski vorstellen konnte und wieder vom Thema Rotlicht ablenken wollte.

»Man wird kein Schriftsteller mit Vorsatz«, sagte Rothkowski. »Das passiert, weil man ganz unten ist und seinen mentalen Unrat nicht mehr für sich behalten kann.« Robert hatte keine richtige Ahnung, wie er das meinte. »Lass uns gehen jetzt. Deep Throat Nine wartet«, sagte Rothkowski, offenbar nicht gewillt, noch weiter über Zukunftspläne zu reden.

Letzte Woche hatte Rothkowski eine Dartscheibe für die WG gekauft, in seinem Zimmer aufgehängt und die Regel aufgestellt, dass man nur nach Mitternacht und nur nackt drauf werfen dürfe. In dieser Nacht verlor Robert drei Spiele hintereinander im Nackt-301.

*

Am Heiligabend versuchte sein Vater nicht, ihn zum Vorlesen zu zwingen, und Opa Wolfgang und Oma Silvia waren nicht eingeladen, was seine Mutter damit begründete, dass beide dieses Jahr beim großen Verwandtschaftsessen in Straubing im Peterhof dabei sein und nicht zweimal anreisen wollten.

Das Verwandtschaftsessen fand jedes Jahr am zweiten Weihnachtsfeiertag statt und war Robert ein absoluter Graus, hatte er doch mit dem Großteil der Verwandtschaft so wenig am Hut, dass er noch nicht mal alle Namen kannte. Deshalb war er dem Essen in den letzten Jahren ferngeblieben, doch als er da am Heiligabend so teilnahmslos vor seinem halb leeren Teller saß, merkte er seiner Mutter an, wie froh sie über seine Gesellschaft war, sein Vater lag mit Grippe im Bett. Also begleitete Robert sie zwei Tage später in den Peterhof, sonst hätte sie allein hinfahren müssen. An einer langen Tafel, die vermutlich aus fünf aneinandergereihten Tischen bestand und mit einem Zirkuszelt überdeckt war, saß die Verwandtschaft seines Vaters in all ihrer weihnachtlichen Pracht, eingekleidet in weinrote Jacketts und rote Blusen, allesamt parfümiert wie im Frankreich des vorigen Jahrhunderts. Stellenweise zog Robert sich zwischen den Gesprächen seinen Schal vor Mund und Nase, um die gallige Süße kurz zu unterbrechen.

Ihm und seiner Mutter gegenüber saß Roberts Großtante Franziska, die als Lebensberaterin in München arbeitete und nebenbei hellsehen konnte.

»Wie funktioniert hellsehen jetzt rein technisch?«, fragte Robert seine Großtante, die kurze graue Haare hatte, eine runde Brille und große hellgrüne Augen. Sie konnte nicht anders schauen als freundlich, glaubte er. Nichts an ihr wirkte besonders esoterisch oder spirituell. Sie hätte auch eine seiner Dozentinnen sein können.

»Ich nenne es lieber ›Sehen‹. Es ist alles nur eine Frage der Aura«, erklärte sie ihm beim Hackbraten mit Kartoffelsalat.

»Du kannst eine Aura lesen?«, fragte Robert.

»Genau. So wie du deinem besten Kumpel oder deiner Freundin schon von Weitem ansehen kannst, ob er oder sie heute mies oder gut gelaunt ist. Eine Aura ist im Prinzip nichts anderes. Ich bin einfach nur über Gebühr empfänglich für Stimmungen, wenn man so will. Das Sehen ist nur eine erweiterte Form der Empathie.«

»Und was siehst du bei mir?«, wollte Robert wissen.

»Du musst mir schon eine konkrete Frage stellen. Sonst kann ich dir nichts Genaues sagen. So ganz spontan würde ich sagen, dass dein Farbspektrum etwas fragmentiert ist, das deutet auf eine desorientierte Lebensphase hin. Aber du bist ja auch Student.« Sie lachte und nahm sich einen Zahnstocher aus dem kleinen grauen Becher vor ihr.

»Der war gut«, sagte Robert. »Ich bin gerade umgezogen und wieder Single. Kann schon sein, dass ich ein bisschen orientierungslos bin.«

»Na klar, das ist ja auch nichts Besonderes. In deinem Alter sowieso nicht«, sagte Tante Franzi und sah ihn wohlwollend an. »Möchtest du wissen, wie dein Studium verläuft?«

»Eigentlich nicht«, sagte Robert. »Vielleicht eher so das Private?«

»Du meinst, mit Mädchen? Ich kann dir schon helfen, aber nur, wenn du schon jemanden kennengelernt hast. Denn dann hat sich deine Aura schon dahingehend verändert, und ich kann etwas interpretieren.«

»Kennengelernt nicht direkt, aber da ist ein Mädchen von der Uni. Sie studiert Psychologie. Ich kenne sie aber nicht gut. Ich denk mal, sie ist sehr zielstrebig. Ehrgeizig vielleicht. Ernsthaft irgendwie. So schätz ich sie zumindest ein.«

»Und die magst du, richtig? Wie heißt sie denn?«, fragte Tante Franzi.

»Kristin König«, sagte Robert.

»Du, die ist gar nicht so ernsthaft. Die hat einen Sinn für Humor«, sagte Tante Franzi. »Was willst du wissen? Ob du eine Chance bei ihr hast?«

»Ach ja, warum nicht?«, sagte Robert und schaute sich um, ob ihnen jemand zuhörte. Seine Mutter sprach mit Oma Silvia, sein Opa Wolfgang war buchstäblich in seinen Hackbraten vertieft.

»Warte kurz«, sagte Franzi und strich sich bedächtig die Haare aus der Stirn. Dann spreizte sie Daumen und Zeigefinger der rechten Hand und presste sie gegen beide Augenbrauen. Sie hatte beeindruckend dichte schwarze Augenbrauen. »Ich sehe dich um sie herumtanzen. Sie weiß noch nicht, wie sie dich finden soll, aber ihr gefällt, dass du für sie tanzt.«

»Ich tanze aber ganz schlecht, Tante Franzi.«

»Du tanzt ja auch nicht wirklich. Es geht hier um das Spielerische. Um die Leichtigkeit, mit der sie erobert werden will. Geh nicht zu forsch auf sie zu.«

»Leichtigkeit ist meine leichteste Übung«, sagte Robert, und Franzi lachte. Er fragte sich, ob sie lachte, weil sie seine Ironie verstand, oder einfach nur aufmunternd lachen wollte. Er wusste nicht genau, was er von ihrer parapsychologischen Analyse halten sollte, aber ihm gefiel die Tatsache, dass seine simple Schwärmerei für Kristin König schon so ein Level erreicht hatte, dass sie Teil einer Prophezeiung war. Es konnte doch dann nur eine Frage der Zeit sein, bis die physische Welt nachzog und sich etwas Reelles ergab, selbst wenn es nur eine Abfuhr war.

*

Wie er die Zwischenprüfung schaffen sollte, wusste er nicht. An Silvester hatte er in der Kapelle als dritter Keeper gearbeitet und viel Geld verdient, allerdings hatte er danach auch eine Woche mit hohem Fieber und Magenkrämpfen im Bett gelegen. Statt für die Prüfungen zu lernen, hatte er mit Rothkowski den zweiten Teil von *Monkey Island* um die Wette gespielt, und als er bei einem Rätsel nicht weiterkam, hatte ihm Rothkowski, der schon weiter war, einen geheimen Tipp in einen Briefumschlag getan und auf den Umschlag geschrieben: »Wer das öffnet, kapituliert.«

Robert hatte sich wochenlang von Tiefkühlpizza ernährt und sich außerdem ein Modem gekauft und einen Internet-Zugang eingerichtet, mit dem er auch zu Hause Mails mit Songtexten von Deininger beantworten und Bilder von Blowjobs finden konnte. Die Ladezeiten, bis sich ein entsprechendes Bild aufgebaut hatte, waren biblisch, außerdem blockierte man dadurch die Telefonleitung, was besonders auffiel, wenn Rothkowski auf einen Anruf eines seiner zahlreichen Dates wartete. Robert konnte auch schon nach einer Woche nicht mehr zählen, wie oft er über das Kabel gestolpert war, das von der Telefonbuchse im Flur bis zum Modem in seinem Zimmer reichte.

Apropos Zimmer. Dort staubte es seit Wochen wie in der Wüste Gobi, und in der Küche stand Geschirr von über einer Woche, das sich längst von der Spüle und dem Platz daneben auf den kleinen Esstisch ausgebreitet hatte.

Am Tag der Anglistik-Prüfung stand er früh auf, suchte eine ganze Weile seinen Tercel, den er seit drei Wochen nicht mehr benutzt hatte, und fuhr hoch zur Uni, wo David schon auf ihn wartete. An der Kreuzung vorm Parkhaus starb ihm der Wagen ab, weil die Batterie schwach war, er hatte mehrmals das Licht brennen lassen. Es dauerte ein paar Minuten, bis er wieder starten konnte. Da hatte er schon einen schweren Stau auf der Galgenbergstraße verursacht. Und war eigentlich fertig mit der Welt.

Als er nach Essay und Grammatikteil auch mit der Übersetzung fertig war, fiel ihm beim Hinausgehen auf, dass er die Überschrift nicht übersetzt hatte. Das bedeutete automatisch so viele Fehler, wie die Überschrift Wörter hatte, also keine Aussicht mehr auf ein gutes Ergebnis. Er hetzte verzweifelt zur Prüfungsaufsicht. Eingereicht sei eingereicht, teilte man ihm mitleidig lächelnd mit.

Die mündliche Prüfung ein paar Tage später in Sprachfertigkeit bei Alexa Kamish war dagegen kein Problem. Erst erschrak er kurz, weil Hagstrom als zweiter Prüfer dabeisaß, doch als selbst der ihm aufmunternd zunickte, war er sich seiner Sache sicher und erzählte so ausschweifend über sein Thema, Naturschutz im Yosemite-Nationalpark, dass sie ihn bremsen mussten.

Die zweite mündliche Prüfung in Anglistik absolvierte er ein paar Tage später in Literaturwissenschaft. Zum Glück konnte er sich gut an die in der Vornacht eingepeitschte Chronik der englischen Literatur erinnern; wenn er auf eine kleine Lücke stieß, redete er sich darüber hinweg und machte einen Witz. Der Prüfer war

Mr. Paradigmenwechsel Reinhardt Runge, und der wirkte gut unterhalten und gab ihm eine Zwei minus. Blieb noch die Zwischenprüfung in Germanistik Anfang der nächsten Woche.

Am Abend arbeitete er eine Schicht mit Turkey in der Kapelle.

»Ich hab übrigens auch studiert«, sagte Turkey ungefragt.

»Ja? Was denn?«

»Politik und Geografie«, sagte Turkey, während er die kleinen Cocktailschalen polierte, die Robert eben gerade schon poliert hatte.

»Auch zu Ende?«, fragte Robert, der sich einen Milchkaffee aufschäumte, weil die Kapelle kurz nach Mitternacht immer noch leer war und die Arbeit, die ein Milchkaffee machte, nur dann seine Berechtigung hatte. Türsteher Thomas saß am Tresen, trank ein dunkles Bier und schwitzte in einem weißen Unterhemd sanft vor sich hin. Über seinem rechten Ellenbogen hatte er ein Spinnennetz tätowiert.

»Zu Ende? Wo denkst du hin«, sagte Turkey. »Ich hab ab dem dritten Semester in der Gastro geknechtet, ab dem sechsten hab ich mich gefragt, wieso ich noch studiere, wenn ich doch längst Geld verdienen kann. Mit etwas, das mir Spaß macht.«

»Und wie bist du zur Kapelle gekommen?«

»Ich hab angefangen, hier zu arbeiten, als sie noch dem Mao gehört hat.«

»Wer ist der Mao?«, fragte Robert.

»Dem gehört auch das Kabinett, das Floyd früher und das Chagall. Der hat in den Siebzigern als Student geerbt und sein Geld in die Gastro gesteckt. Sein erster Laden war das Floyd. Totaler Punker-Schuppen damals noch.«

»Und wie hast du die Kapelle übernommen?«, fragte Robert, der jetzt mit dem Rücken zu Thomas am Innentresen lehnte und seine Hand an der Oberfläche der riesigen silbernen Mailänder Kaffeemaschine wärmte. Seine schwarz-lila gemusterte Krawatte hatte er ins weiße Hemd gesteckt. Hemd und Krawatte galten in der Kapelle als Arbeitskleidung, dafür lachten ihn die Punker regelmäßig aus, wenn sie ihn mal auswärts auf einem Konzert trafen. *Schau hin, der Schlipspunk*, sagten sie dann.

»Der Mao wollte den Laden loswerden, der hatte keine Lust mehr auf die langen Nächte«, erklärte Turkey und schenkte sich selbst einen Calvados ein, in den er eine Zitronenscheibe warf.

»Und woher hattest du das Geld?«

»Ich hab gar nicht viel gebraucht. Fünftausend zum Einstieg. Von meinem Vater geliehen. Und ansonsten zahle ich ja Pacht an den Mao. Wie an einen Vermieter. Das Geld nehm ich aus den Umsätzen. Die Miete zahlt die Brauerei. Das Haus gehört der Diakonie.«

»Und würdest du mittlerweile lieber einen anderen Job machen, wenn du könntest?«, fragte Robert.

»Nein. Wieso?«, sagte Turkey und kratzte sich am Hinterkopf, trank seinen Calvados aus und sagte dann: »In den besten Zeiten ist die Arbeit wie Ausgehen. Bezahltes Ausgehen. Damals hab ich so viele Weiber gevögelt, dass ich sie gar nicht mehr zählen kann. Bis die Rhonda kam.«

Robert musste an Turkeys Frau, eine Heilpraktikerin in langen, dunkelroten Kleidern, denken. Sie half manchmal am Tresen aus, wenn zu viel los war, und benahm sich immer sehr mütterlich ihm gegenüber.

»Und wie hast du die Frauen kennengelernt? Hier ist doch nach Mitternacht immer die Hölle los«, wunderte sich Robert.

»Ich hab denen einen Cocktail aufs Haus hingestellt und war freundlich. Die sind einfach so lang an der Theke sitzen geblieben, bis ich fertig war, dann sind wir zusammen nach Hause«, fuhr Turkey fort, und seine Augen glänzten. »Man muss aber auch sagen, das war früher viel lässiger als heute. Heute machen alle so ein Geschiss um Sex. Früher hat man's halt einfach gemacht«, sagte Turkey, fuhr sich durch die ergrauenden Haare und drückte sich an Robert vorbei zum Tresenausgang, wo er einen Stammgast begrüßte.

Später am Abend kam Roberts Schlagzeugschülerin Ellen vorbei, die ihm zwanzig Mark in der Stunde zahlte, und brachte eine Freundin aus dem Bayerischen Wald mit. Sie hatte schwarz gefärbte Haare und ein längliches, etwas ausdrucksloses Gesicht, aber interessante hellgrüne Augen.

»Wenn du wartest, bis die Schicht aus ist, kann ich dir noch was über den Ätna erzählen«, sagte Robert, als er ihr einen Gin Tonic reichte. Mit siebzehn war er zusammen mit einem Freund auf Sizilien gewesen, kurz nachdem die Nordflanke gerissen war und sich die Lava in Richtung Tal und Dörfer gefressen hatte. Er stellte ihr einen Gin Tonic nach dem anderen hin, solange seine Schicht dauerte und noch darüber hinaus, und bezahlte jeweils den Personalpreis in die Kasse. Das hatte ihm Turkey eingeschärft, für den Fall, dass er jemandem was ausgeben wollte. *Immer den Personalpreis in die Kasse werfen und aufschreiben.* Das Aufräumen, Auffüllen und Putzen dauerte ewig, weil Turkey sich nicht stressen ließ, doch die Frau mit dem langen Gesicht und den interessanten Augen blieb geduldig sitzen. Bis sechs Uhr früh.

»Brauchst du noch meine Lohnsteuerkarte?«, fragte Robert, während er seine Jacke anzog.

»Pressiert nicht«, sagte Turkey und setzte sich mit Thomas auf die Bank gegenüber der Theke, in der Hand eine Flasche Aquavit. »Grad können wir ganz gut mit dem Zoll.« Robert verstand nicht ganz, was das bedeutete, fragte aber nicht nach.

Seine Begleitung wohnte in einer Ein-Zimmer-Galerie-Wohnung in der Kapuzinergasse und machte das Licht aus, während er dabei war, sie auszuziehen. Auf einmal nahm sie seine Hand von ihrem Hintern und machte »Psst«.

»Was ist denn?«, fragte er.

»Eine Fliege«, sagte sie.

»Mitten im Winter?«, fragte er.

»Ja«, sagte sie und machte das Licht wieder an. Sie wirkte jetzt doch viel ländlicher als unten im künstlichen Dämmerlicht der Kapelle. Man konnte sehen, wo ihr dunkles Blond aus dem gefärbten Schwarz hervorwuchs. »Leise, da ist sie«, sagte sie und deutete auf die Wand neben ihm.

Da saß tatsächlich eine vitale, fette Fliege und bewegte sich nicht. Dann flog ihre flache Hand knapp an seinem Kopf vorbei und zermalmte die Fliege an der Wand, wo diese einen rotschwarzen Fleck hinterließ. Der Rest von ihr klebte an ihrer Hand.

»Ich muss kurz ins Bad«, lachte sie, als hätte sie gerade viel Spaß gehabt.

Als sie wieder da war, hatte Robert sein Hemd angezogen. Er konnte nicht aufhören, an die zermalmte Fliege zu denken.

»Gehst du?«, fragte sie.

»Ich muss morgen ganz früh an die Uni«, log er.

17

TAUBENJAGD

»Schießen bitte nur auf dem Dachboden«, sagte der Antiquitätenhändler Volkhart, als er Robert das Luftgewehr überreichte.

»Hab ich schon verstanden, Herr Volkhart«, sagte Robert und nahm das Gewehr ehrfürchtig entgegen, als handle es sich um ein antikes Samurai-Schwert. Er hatte noch nie ein Gewehr in der Hand gehabt, höchstens als Kind seinem Onkel beim Tontaubenschießen zuschauen dürfen.

»Das Scheuermittel steht oben an der Treppe«, sagte Volkhart, ein älterer Mann mit Hornbrille, kurzen, weißen Haaren und einem penibel rasierten Bart. »Und hier ist Ihre Schürze.«

Er gab Robert eine zusammengefaltete dunkelgraue Metzgerschürze. Robert legte das Gewehr vorsichtig auf den Boden, als könnte es jeden Moment von selbst losgehen, und legte die Schürze an.

»Sie können mit einem Gewehr umgehen?«, fragte Volkhart.

»Ehrlich gesagt, nicht wirklich«, sagte Robert und klappte die Träger der Schürze aus.

»Dann zeig ich es Ihnen«, sagte Volkhart und klang, als müsste er längst woanders sein.

*

Dr. Jochen Volkhart hatte vor ihm Rothkowski als Hausmeister für sein Mietshaus in der Kramgasse beschäftigt, und der war offensichtlich von Anfang an problemlos mit der Schusswaffe zurechtgekommen. Da Rothkowski aber als Bierfahrer für die Thurn-und-Taxis-Brauerei wesentlich besser verdienen konnte und sich auch deutlich »mehr Bizeps« davon versprach, vermittelte er kurzfristig Robert als seinen Nachfolger an Volkhart.

Kurz nach dem Bescheid, dass er beide Zwischenprüfungen bestanden habe, war Robert in einen nächtlichen Exzess aus Bandproben, Arbeit in der Kapelle und Sex mit Miriam verfallen, von dem er sich tagsüber erholen musste. Dann saß er stundenlang im Visconti und fachsimpelte mit anderen Gastronomen, die tagsüber nichts zu tun hatten, über italienischen Kaffee oder Zinfandel, wobei er von beidem keine Ahnung hatte, oder las einfach nur bei einem Milchkaffee und einem Averna Bret Easton Ellis auf der Fensterbank.

Diese Bohème-Tage bestritt er ausschließlich in Secondhand-Anzügen aus den Siebzigerjahren, die er in einem alten Edeka in der Nähe seiner Eltern gekauft hatte; dessen Besitzer hatten ein Lager voll mit Kleidung aufgelöst, die sie seit Anfang der Achtziger nicht mehr verkauft und auch nicht mehr gesichtet hatten. Es war kurios, denn der vordere Teil des Ladens blieb ein überschaubar kleiner Supermarkt, doch da war eine Metalltür im hinteren Teil des Ladens, die in eine angebaute Lagerhalle und somit ein unvermutet riesiges Wunderland aus Kleidung einer vergangenen Ära führte. Es gab unzählige Regale voll mit engen T-Shirts und weiten Anzügen, karierten Pullundern, Hemden mit breitem Kragen und Hosen mit Schlag. Das meiste davon war nicht einmal mehr zusammengelegt, zu viele Leute hatten sich schon durch diese Secondhand-Arche-Noah gewühlt, und die steinalten Besitzer vom Edeka-Laden hatten keine Lust mehr, die Kleidungsstücke wieder zu ordnen.

Vier Anzüge hatte Robert dort erstanden, und am liebsten saß er in einem hellbraunen Ensemble mit kaum sichtbaren hellgrünen Nadelstreifen im Visconti, aß und trank, als kostete es nichts.

Bis ihm irgendwann auffiel, dass ihm das Geld ausging. Beziehungsweise war es vor allem seiner Mutter aufgefallen, die über seine Kontobewegungen genau Bescheid wusste, schließlich war sie gut mit dem Leiter der Raiffeisenbank Mitterfels bekannt. In der Annahme, dass die Arbeit in der Kapelle ausreiche, hatte sich Robert nicht um einen Ferienjob bemüht, doch musste er sein Defizit ausbessern, auch um seine Mutter zu beruhigen.

Deshalb übernahm er während der Semesterferien nun drei Nachmittage in der Woche Hausmeistertätigkeiten beim Antiquitätenhändler Volkhart. In den trüben Märztagen war im Haus Kramgasse Nummer 6 so einiges zu tun. Lampen auswechseln, Treppe putzen, Mietern Mahnungen und Termine mit Tesafilm an die Wohnungstür heften und eben die große Taubenplage auf dem Dachboden beseitigen. Bisher hatte sich Robert eher als Tierfreund gesehen, doch Volkhart hatte ihm in einem Vorgespräch die Ausdünnung der Taubenpopulation als ökologisch wertvoll verkauft, sodass Robert sein schlechtes Gewissen kurz auf Eis legen konnte. Zudem interessierte ihn die Handhabung einer Schusswaffe, auch wenn er das niemandem gegenüber zugegeben hätte. Ganz wohl war ihm dann aber doch nicht in seiner Haut, so kurz vor Tauben-High-Noon.

*

»So, jetzt passen Sie bitte genau auf, Herr Bley«, sagte Dr. Volkhart, während sie im Treppenhaus auf Höhe des dritten Stocks vor einem kleinen Fenster standen, dessen Fensterbrett mit länglichen Metalldornen vermint war. Auch wegen der Tauben.

»Das Eisen müssen Sie immer in eine Richtung halten, wo es keinen Schaden anrichten kann. Auch wenn Sie sicher sind, dass es nicht geladen ist. Denn absolute Sicherheit liegt nie im menschlichen Ermessen, immer nur in der tatsächlichen Physik, verstehen Sie?«

Robert nickte, auch wenn er nicht genau wusste, was Volkhart mit »tatsächlicher Physik« meinte.

»Und bitte den Finger weg vom Abzug, wenn Sie nicht auch tatsächlich schießen wollen, klar?«

Nicken.

»Oder wollen Sie schon schießen? Vielleicht auf mich?«

Kopfschütteln.

»Jetzt drücken Sie den Hebel links neben der Kimme nach vorne. Sie wissen, was eine Kimme ist?«, fragte Volkhart und schaute über den Rand seiner Brille hinweg.

»Natürlich.« Robert hängte sich die Metzgerschürze um.

»So lange, bis der Kolben einrastet. Dann kann man das Diabolo in den Lauf schieben, bis er kein Spiel mehr hat.«

»Was ist das Diabolo?«

»So heißt die Munition.«

»Und wo ist das Diabolo?«, fragte Robert und band die Schürze hinter seinem Rücken fest.

»Geb ich Ihnen im Anschluss. Nicht, dass Sie mir hier einen Mieter im dritten Stock abknallen.«

»Nur die mit Mietschulden«, sagte Robert, doch Volkharts Mundwinkel indizierten das Gegenteil von Belustigung.

»Das Ding ist kein Spielzeug, ja?«, sagte er, klappte das Gewehr zusammen und reichte es Robert. »Und wenn Sie eine erledigt haben, schmeißen Sie sie bitte sofort unten im Hof in die Umwelttonne. Auf keinen Fall in den Mülleimer oben im Dachstuhl. Sonst kommen die Ratten. Dann müssten Sie die auch noch erschießen.« Er holte eine kleine Blechdose mit Munition aus seiner Manteltasche und steckte sie Robert vorne in die Metzgerschürze.

»Verstanden«, sagte Robert und schulterte das Gewehr.

»Machen Sie bitte kein Kasperltheater draus«, mahnte Volkhart, drehte sich um und stiefelte betont laut die Treppe hinunter.

»Arsch«, sagte ihm Robert leise hinterher.

*

Er hatte noch nie so viel Taubenscheiße auf engem Raum gesehen wie im Dachstuhl der Kramgasse 6.

Schon beim Öffnen der Tür erspähte er drei Tauben, die ganz hinten in einer vom Licht fast vergessenen Ecke zwischen gestapelten Stühlen und verrottenden Pappkartons saßen und sich nicht um seine Anwesenheit scherten.

Etwa hundert kleine Projektile befanden sich in der Dose, runder Kopf, hinten ein Zylinder. Er lud das Gewehr und ließ dabei die Dose fallen, was die Tauben aufschreckte und sie nach oben ins Gebälk vertrieb. Er bückte sich, um die Diabolos aufzuheben, manche waren meterweit über den Boden gerollt. Dann wartete er eine geschlagene halbe Stunde, bis die Tauben sich wieder aus dem Dunkel herunterwagten. Er wünschte sich eine Tageszeitung oder seinen Walkman. Endlich kamen sie zurück. Erst eine, die sich ganz vorsichtig neben einem in der Ecke umgefallenen Garderobenständer niederließ, dann die andern beiden. Robert fing an zu schießen.

Die ersten zwanzig Schüsse waren laut, aber ergebnislos. Er traf lediglich Holzbalken, den Boden oder die Kartons. Die Schulter tat ihm weh, der Arm war unendlich schwer. Irgendwann stand auf einmal Volkhart hinter ihm. Robert erschrak zu Tode.

»Ich habe Ihnen doch gesagt, Sie sollen die Tür hinter sich abschließen! Was machen Sie denn, wenn plötzlich ein Mieter reinkommt und in Ihre Schussbahn läuft? Haben Sie überhaupt schon eine erwischt?«

»Nein«, gab Robert zu.

»Dann brauchen Sie vermutlich ein Zielfernrohr«, sagte Volkhart, und Roberts Züge hellten sich auf.

»Haben Sie so was?«

»Das war ein Scherz. Links von der Kimme ist eine Schraube. Das ist die Seitenverstellung, und die obendrauf ist für die Höhe.

Spielen Sie damit ein bisschen rum, bevor Sie hier alles in Grund und Boden ballern und ich Ihnen das Eisen wieder wegnehmen und das Gehalt kürzen muss.«

»Arsch«, seufzte Robert, als Volkhart weg war und er die Tür hinter ihm abschloss.

Kurz darauf erledigte er seine erste Taube. Es gelang, nachdem er die Höhe der Kimme justiert hatte; ihm war schon vorher aufgefallen, dass sein Augenmaß entweder dem eines Hundertjährigen glich oder etwas mit der Zielvorrichtung nicht stimmte.

Die Taube saß auf dem schmalen Sims eines Kippfensters, und hätte Robert länger darüber nachgedacht, hätte er gar nicht geschossen, aus Angst, das Fenster zu sprengen. Doch das Diabolo schlug *straight* in die Taube ein, die nach einem finalen panischen Flügelschlag wie ein Packen Mehl zu Boden fiel und dort anfing zu bluten.

Robert holte einen durchsichtigen Müllbeutel aus der Brusttasche, in der er auch die Blechdose mit der Munition verstaut hatte, und hob die Taube vorsichtig am Flügel hoch. Ihm wurde leicht übel, und hektisch versuchte er, sie mit der rechten Hand in den Müllbeutel zu stopfen, den er mit der linken hielt, doch leider nicht ganz geöffnet hatte. Im nächsten Moment war nicht nur der Müllbeutel, sondern auch seine Schürze mit Taubenblut verschmiert, und er schlich mit dem denkbar schlechtesten Gewissen möglichst leise das Treppenhaus hinunter, um sein Opfer zu entsorgen, ohne dass jemand auf ihn aufmerksam wurde.

Auf Höhe des dritten Stocks hörte Robert, wie ihm jemand entgegenkam. Er überlegte, wie er die verdammte Taube verbergen könnte, ging jetzt nah an der Wand, den Oberkörper vom Treppengeländer weggedreht. Doch das sah noch seltsamer aus. Die Schritte kamen näher. Es war jetzt klar, dass die Person mindestens in den dritten Stock musste. Er überlegte, wieder zurück auf den Dachboden zu gehen, doch dann dachte er: *Fuck it*, und stellte sich mit der blutigen Schürze und dem Müllbeutel auf die halbe Treppe und erwartete den Gegenverkehr.

Ihm kam Kristin König entgegen. Es bestand überhaupt kein Zweifel. Obwohl kein halber Meter zwischen ihnen war, schaute sie unverwandt an ihm vorbei, was er überheblich fand. Er tat einen hektischen Schritt zur Seite, und vielleicht bemerkte sie deshalb das Blut und die Taube, und ihre Augen verengten sich.

»Hallo«, sagte Robert und merkte, wie ihm heiß im Nacken wurde, weshalb er völlig vergaß, dass er aussah wie ein Serienmörder, der in flagranti bei der Arbeit gestört wurde. Sie blieb stehen. Er ging aufs Ganze, dieser Zufall war zu irre, die Gelegenheit zu einzigartig.

»Ich kenn dich. Du bist doch Kristin, die mit Uta Psychologie studiert«, sagte er, die Finger fest um den Müllbeutel gekrallt.

»Ja«, sagte Kristin König und drückte sich ans Geländer, damit er ihr auf der Treppe nicht zu nahe kam mit der blutigen Metzgerschürze und dem Vogel in der transparenten Mülltüte. »Und?«

»Ich bin ein alter Schulfreund von Uta. Wir waren mal zusammen in der Mensa. Am selben Tisch. Wohnst du hier?«

»Vielleicht. Was machst du mit der Taube?«, fragte sie, und erst jetzt riss es Robert wieder einigermaßen in die Realität zurück.

»Taubenplage«, sagte er und deutete mit dem Finger nach oben. Er fragte sich fiebrig, ob er die Tür zum Dachstuhl abgeschlossen hatte, denn dort lag noch das Luftgewehr.

»Taubenplage«, wiederholte sie argwöhnisch. »Bringst du die eigenhändig um?« Sie ging ein paar Schritte weiter nach oben, ihm entgegen, ohne ihn aus den Augen zu lassen und immer noch in Kontakt mit dem Treppengeländer.

»Also nicht mit den eigenen Händen. Ich entsorge die nur«, sagte Robert. »Weil die krank sind. Und ansteckend«, log er, auch weil er sich nicht sicher war, ob Volkharts Begründung von der ökologischen Ausdünnung der Population wirklich so hieb- und stichfest war.

»Weil die krank sind? Wirklich?«, fragte sie. Sie trug die Haare offen. Es versuchte, etwas an ihr zu finden, was ihn störte, damit er nicht so kindlich beeindruckt war, fand aber nichts. Gar nichts.

»Die liegen einfach so tot da oben rum?«, hakte sie nach.

»Nicht direkt«, sagte Robert, der nun auch nicht bei einer Lüge ertappt werden wollte. »Ich habe ein Luftgewehr. Das ist oben.«

»Und damit erschießt du kranke Tauben?«

»Na ja, das ist ja nicht meine Idee. Das hat mir der Hausbesitzer Volkhart aufgetragen. Es ist nur ein Ferienjob«, sagte Robert, der erkannte, dass er sich längst reingeritten hatte, und anfing zu befürchten, dass es keinen eleganten Weg mehr raus aus dem Gespräch gab.

»Abgesehen davon, dass das erzbrutal und ziemlich eklig ist, versaust du dir damit auch ganz massiv dein Karma«, sagte sie und sah nicht so angewidert aus, wie sie klang. »Hast du der Taube da wenigstens eine gute Wiedergeburt gewünscht?«, fragte sie, ihre Mundwinkel zuckten.

»Äh, noch nicht«, sagte er.

»Das war ein Scherz«, sagte sie und legte eine Hand aufs Geländer, was ihn erleichterte, denn es sah so aus, als würde sie endlich auf der Treppenstufe einrasten, auf der sie so aufbruchsbereit gelauert hatte.

»Der war gut«, sagte er. »Ich seh das mit dem Karma ein, und ich will es auch nicht hauptberuflich machen.« Robert versuchte, sich nicht zu bewegen, um die Aufmerksamkeit nicht noch mehr auf Beutel oder Schürze zu lenken.

»Ballerst du hier dann noch weiter rum? Ich muss nämlich was für die Uni tun.« Sie ließ das Geländer los und setzte ihren Marsch nach oben jetzt fort.

»Nein, ich bin fertig für heute«, log Robert und fragte sich, was er Volkhart erzählen sollte, wenn er nur eine Taube aus dem Verkehr zog. »Ich dachte immer, du wohnst außerhalb.«

»Schon länger nicht mehr«, sagte sie und war jetzt im dritten Stock angekommen, hatte den letzten Satz schon mit dem Rücken zu ihm gesagt.

»Wohnst du mit deinem Freund hier?«, fragte er.

»Wieso willst du denn das wissen?«, fragte sie, drehte sich noch mal zu ihm um und zog sich den Rock nach unten, so als wäre er hochgerutscht, was gar nicht der Fall war.

Ihre kurze schwarze Lederjacke gefiel ihm. Sie sah tatsächlich nicht mehr so bieder aus wie noch im ersten Semester. Sein Eindruck aus dem Visconti hatte ihn nicht getäuscht. Sie war anders geschminkt, benutzte mehr Kajal, sofern er das beurteilen konnte. Sie sah irgendwie gefährlicher aus, er fand sie umwerfend, und sie hier zu treffen, während er mit Metzgerschürze und Taubenkadaver durchs Treppenhaus lief, war so schräg, dass man schon nicht mehr von schlechtem Timing reden konnte. Auch deshalb traute er sich den folgenden Satz, was hatte er schon zu verlieren?

»Ich wollte dich fragen, ob wir uns mal treffen können. Auf einen Kaffee oder so?«, sagte er.

»Wieso willst du mich treffen?«, fragte sie.

»Weil ich dich gut finde …?«

»Du kennst mich doch gar nicht.«

»Rein äußerlich finde ich dich gut.«

»›Rein äußerlich‹, sagt er«, sagte sie. Robert fühlte sich nicht ernst genommen. »Vom Auftreten her auch«, ergänzte er.

»›Vom Auftreten‹«, sagte sie sichtlich amüsiert. Das erste Lächeln, wenn auch eher über ihn. »Was ist denn mein Auftreten?«

Die Taube in seiner Mülltüte wurde immer schwerer. »Irgendwie selbstbewusst. Mein Gott, ich will nur sagen: Es ist halt ein Gefühl, dem ich nachgehe. Wie man das so macht, wenn man jemanden gut findet.« Er fühlte sich jetzt so exponiert, als wäre das Regionalfernsehen mit Kamerateam anwesend und er auf der Bühne Sirtaki tanzend mit dem eingeölten Stripper.

»Nicht gleich so ungeduldig, junger Mann«, sagte Kristin und lächelte jetzt freundlicher. »Ich weiß schon, was du meinst.«

»Und, trinkst du einen Kaffee mit mir? Also ich meine: Hättest du denn Lust?«

»Ja, ich treff mich mit dir, obwohl du aussiehst wie ein Psychokiller und ich noch keine absurdere Anmache in meinem Leben erlebt habe. Vielleicht treff ich dich gerade deshalb. Dienstag um vier im Visconti, okay?«

»Okay«, sagte er und hatte das Gefühl, er sei ein paar Zentimeter vom Boden abgehoben. »Visconti ist gut.«

»Bis dann«, sagte sie und ging ohne einen weiteren Blick im dritten Stock nach links, wo sie offensichtlich wohnte.

Völlig high von ihrer Zusage lief er die Treppe hinunter und stolperte auf Höhe des zweiten Stocks, wollte sich mit den Händen am Geländer festhalten, quetschte dabei aber die Taube zwischen sich und Geländer ein und hatte noch mehr Blut im Beutel.

»Scheiße«, sagte er, war aber allerbester Dinge.

*

Die nächsten Tage trug er das bevorstehende Date mit Kristin König wie ein Banner vor sich her. Die Tage waren eine einzige Prozession hin zum kommenden Dienstag. Nichts und niemand konnte ihn aus dieser Hochstimmung reißen. Nicht sein eigener Hausmeister, der ihm mit Rauswurf drohte, weil er zu laut »Ich töte meinen Nachbarn und verprügle seine Leiche« von den Kassierern gehört hatte. Rothkowski wurde übrigens nie ermahnt, da waren dem Hausmeister die Hände gebunden, seine Eltern waren mit dem Vermieter gut bekannt, der aus demselben Ort im Allgäu stammte wie sie. Dabei war es vor allem Rothkowski, der sich manchmal tagelang in seinem Zimmer einschloss und manisch laut Nick Cave, die Pixies oder Vivaldi hörte, den er den »Rock 'n' Roller des achtzehnten Jahrhunderts« nannte, was Robert ein bisschen peinlich fand.

Auch von David Deininger ließ er sich dieses Date des Jahrhunderts nicht miesmachen. David Deininger, der ihn bei der Bandprobe ermahnte, sich bloß nicht auf eine Psychologin einzulassen, denn die hätten »alle einen an der Waffel« und würden nur studieren, um ihre eigenen Neurosen zu verstehen.

Studiert deine Schwester nicht auch Psychologie?, hatte Robert eingewandt.

Quod erat demonstrandum, hatte David gesagt.

Und schon gar nicht ließ er sich die Stimmung von den endlosen Nächten in der Kapelle verderben, die noch das letzte Quäntchen verbleibende Tagesenergie aus ihm heraussaugten. Er arbeitete neuerdings mit Bernd zusammen, der immer eine Fliege statt einer Krawatte trug. Man musste nur eine einzige Schicht mit Bernd arbeiten, um zu begreifen, was für ein pathologischer Pedant er war. Einer, der einem auch am Tag nach der Schicht noch auf den Anrufbeantworter sprach, dass man zu wenig Zitronensaft gepresst oder den Kokossirup nicht in den Kühlschrank geräumt habe. Natürlich hinterließ er seine Vorwürfe und peniblen Verbesserungsvorschläge auch auf einem Zettel für Turkey, damit der den Missstand auf der nächsten Personalversammlung zur Sprache bringen konnte.

»Holy Shit, Bernd!«, sagte Robert, als ihm Bernd während einer Schicht plötzlich die Likörflasche aus der Hand nahm. »Auf den Milliliter Cointreau kommt's jetzt doch auch nicht an.«

»Probier deinen Long Island Iced Tea doch selbst, dann wirst du's schon merken, wie sehr's drauf ankommt.« Bernd lachte, aber hinter dem Lachen versteckt sich nur eine aggressive Ungeduld und Zwanghaftigkeit, dachte Robert.

»Ich wette, das macht nicht den geringsten Unterschied«, sagte er trotzig.

»Du, weißt du, Bley, Cocktails-Mixen ist wie Fünf-Sterne-Kochen. Ein Schuss vom Falschen versaut dir das ganze Essen, und der Gast ist für immer vergrault. Hier muss jeder Handgriff sitzen. Das muss man entweder gelernt haben oder man muss zumindest ein Gespür dafür haben. Aber dir bleibt ja immer noch das Lernen.«

Robert probierte den Long Island und sagte: »Ist doch voll okay«, obwohl er tatsächlich zu stark nach bitterer Orange schmeckte. Widerwillig trank er ihn aus und machte dem Gast einen neuen. Wenn er sich die Gäste so anschaute, hatte hier nur jeder achtundzwanzigste Ahnung von Cocktails, und der vor ihm garantiert nicht. Dennoch parierte er Bernd und spuckte ihm nur in Gedanken vor die Füße. Und dachte dann sofort wieder an Kristin König. An diesem Abend würde ihn nichts mehr aus der Ruhe bringen, weder der Weinhändler mit dem zuckenden Auge, der einen minutenlang in Gespräche über Merlots verwickelte und einem dabei Erdnussreste ins Ohr spuckte, während sich eine Schlange von der Länge der Chinesischen Mauer am Tresen bildete, noch Wodka-Lemon-Lenny, ein Gastronom aus Gera, der eine ganz spezielle Variante mit Moskovskaya bevorzugte und immer eine furchtbare Begräbnislaune ausstrahlte, wenn man mal vergaß, ihn sofort zu bedienen, oder den herkömmlichen Gorbatschow verwendete. Das alles ließ Robert nicht an sich ran. Er wähnte sich endgültig auf der Gewinnerstraße und zählte die Stunden bis zu seinem Treffen mit Kristin König.

*

Bleischwer und schwanger mit Underberg stand Robert am nächsten Tag gegen Mittag auf und schleppte sich in die Dusche. Rothkowski saß in der Küche und frühstückte mit seiner Bumsfreundin Silke verbrannte Bratwürstchen und schwarze Bohnen.

»Hallo, Silke«, sagte Robert, als er mit einem Handtuch um die Hüften aus dem Bad kam.

»Hallo«, sagte sie und hielt ihm eine schwarze Bratwurst hin.

»Nein danke. Haben wir noch Alka Seltzer?«, fragte er Rothkowski.

»Auf dem Telefontisch«, sagte Rothkowski. »Hatte ich dir gestern Nacht noch hingelegt. Ich weiß doch, dass du heute fit sein musst.«

»Hab ich übersehen. Aber merci.«

»Bist du nervös?«, fragte Silke, der Rothkowski offenbar von seinem Date erzählt hatte.

»Geht so«, sagte Robert und nahm sich ein Glas aus der Spüle, ließ ein bisschen Wasser darüberlaufen. »Ich glaube, wenn sie sich erst mal mit mir trifft, dann kann ich sie von mir überzeugen. Das hat bisher noch immer hingehauen. Ich brauch nur ein bisschen Gelegenheit, mich einigermaßen zeigen zu können.«

»Zeig nicht zu viel, Gebruder Bley«, sagte Rothkowski, und Silke lachte, immer noch die Bratwurst in der Hand, die er nicht wollte.

*

Er war vor Kristin König im Visconti und ergatterte den letzten Fensterplatz. Neben Bernd. Ausgerechnet Bernd.

»Na?«, sagte Bernd.

»Na?«, antwortete Robert.

»Wie gehen die Gänge?«, fragte Bernd und lachte so stop-and-go, als steckte ihm etwas im Hals.

»Welche Gänge?«, fragte Robert, der den Spruch kannte, Bernd aber auflaufen lassen wollte.

»Du kommst ja ganz schön rum«, ignorierte Bernd seine Gegenfrage. »Gestern Kapelle, heute Visconti, morgen Vatikan ...« Er lachte wieder brockenhaft. Dann schlang er seine Wolljacke im Trachtenstil enger um sich, als wäre ihm kalt, und hörte abrupt auf zu lachen. Gruselig abrupt, fand Robert.

»Du bist doch auch dauernd in der Stadt unterwegs«, sagte Robert und trank von seinem Milchkaffee im Glas.

»Aber nur ganz kurz. Auf ein Espresschen. Dann wieder heim. Weißt du, ich bin heute Mofa«, sagte Bernd.

»Du bist was?«, fragte Robert.

»Halb Mensch, halb Sofa«, sagte Bernd und verschluckte sich fast an seinem eigenen Lachen, bis es wieder urplötzlich aufhörte, als hätte jemand auf Stopp gedrückt.

»Nicht schlecht«, sagte Robert, schaute aber in Richtung Tür.

In dem Moment betrat zum Glück Kristin König das Visconti. In einer schwarzen Steppjacke, einem schwarzen Rock, schwarzer Strumpfhose und weißen Turnschuhen. Robert versuchte, ihren Blick auf sich zu ziehen, indem er sie fixierte und Bernd ignorierte.

»Ah, daher weht der Wind.« Bernd kniff Robert ins Ohr. »Damenbesuch.«

»Dir entgeht ja nichts.« Robert fuhr sich mit der Hand angewidert übers Ohr.

»Barkeeper-Auge. Hat man oder nicht. Ich lass euch zwei Herzblätter mal allein.« Bernd stand auf, ging vor zum Tresen und stellte sich neben den Juristen, der in der Kölsch-Kneipe arbeitete. Sprach ihn an, als stünde er schon seit einer Stunde neben ihm. Robert schüttelte sich kurz.

Jetzt war rechts neben Robert mehr als genug Platz für Kristin König, und trotzdem machte er sich umständlich in der Ecke klein. Sie hatte ihn inzwischen gesehen.

»Immer mit der Ruhe. Ich bin keine zwei Meter breit«, sagte sie und dann erst: »Hallo.«

»Hallo«, sagte er und nahm sich vor, ihr nicht sofort zu erzählen, wie gut er sie fand. »Gut siehst du aus.«

»Danke«, sagte sie. »Du leider nicht mehr ganz so interessant ohne Metzger-Outfit und tote Taube.«

»Lustig«, sagte Robert und fand sie wirklich sehr gut. Sie hingegen hatte die Augen skeptisch zusammengekniffen. Er fühlte sich erneut nicht ganz ernst genommen. Das machte ihn so nervös, dass er ungefragt und unnötigerweise davon erzählte, dass er seine wahrsagende Tante Franzi nach seinen Chancen bei ihr gefragt habe. Als Einstiegsthema. Um Himmels willen, hör auf zu reden, dachte Robert, während er weiterredete.

»Moment, also deine Tante ist Wahrsagerin?«

»Großtante.«

»Deine Großtante ist Wahrsagerin, und du hast sie gefragt, ob wir zusammenkommen? Ohne dass du mich auch nur im Ansatz kennst?«

»Nur spielerisch«, sagte Robert und fühlte sich zumindest so, als würde sein Gesicht vor sich hin glühen wie eine angelassene Herdplatte.

»Ich könnte diese Anekdote mit der Wahrsagerin auch ein bisschen gruselig finden, das ist dir klar, oder?«

»Völlig klar«, sagte Robert.

»Also, wollen wir nicht lieber erst über was Belangloses reden, bevor wir zu unserem Liebeshoroskop kommen?«, fragte sie. »Sonst weiß ich ja schon, wie gut du mich findest. Wo ist da der Reiz?«

Das versetzte ihm einen leichten Punch. »Na, der Reiz liegt darin, ob du mich auch gut findest«, versuchte er die Situation zu retten.

»Das ist ja nur dein Reiz«, sagte sie. »Wo ist dann meiner?«

»Okay«, sagte er. »Okay, seh ich ein.« Latein am Ende. Er kratzte sich am Kinnbart, starrte in seinen Milchkaffee im Glas.

»Wie war das mit der Leichtigkeit?«, sagte sie nach einer Minute des Schweigens.

»Ist gar nicht so einfach, wenn jemand so kritisch ist«, sagte Robert und wärmte sich an seinem nicht mehr warmen Glas.

»›Wenn jemand so kritisch ist‹«, wiederholte sie. »Ein bisschen mehr Geduld musst du schon aufbringen, wenn du mich so gut findest«, sagte sie. »Meinst du, ich spring dir jetzt auf den Schoß und steck dir die Zunge in den Hals, nur weil du gut aussiehst? Ich brauche doch Zeit, um dich kennenzulernen. Ein bisschen Impulskontrolle könnte nicht schaden, oder?«

Robert musste sich zusammenreißen, um nicht aufzustehen und zu gehen, weil er sich so ertappt vorkam, andererseits aber auch so unfreundlich bloßgestellt. Sie testet dich nur, hoffte er.

Er zuckte ein wenig hilflos mit den Schultern.

»Es ist nicht so, dass ich dich teste«, sagte sie. »Ich finde es nur komisch, dass du dich so wenig für mich interessierst und erst mal deine Wahrsager-Tanten-Anekdote bringst. ›Wie gehts dir?‹, wurde ich schon öfter bei Verabredungen gefragt. Geht es dir immer zuerst um deine Darbietung?«

»Keine Ahnung«, sagte er und zog erneut resigniert die Schultern hoch. Er hatte noch nie hinterfragt, was er bei Dates von sich gab. Bisher war das ja sein Trumpf gewesen: seine Anekdoten, seine Art, zu erzählen.

»Weißt du, was?«, sagte sie und band sich ihre Haare zusammen. »Jetzt gibst du mir mal deine Telefonnummer, und dann treffen wir uns ein anderes Mal wieder, wenn du genauer weißt, was du von mir willst. Wenn du mich ein bisschen kennenlernen willst, bevor du in Euphorie verfällst. Ich hab noch einiges um die Ohren mit meinem Ex-Freund, das hätte jetzt eh nicht gut gepasst. Es war halt die tolle Begegnung im Treppenhaus. Und nimm's mir nicht übel. Ich finde dich wirklich sehr gut aussehend, wenn dir das was hilft.«

Sie bezahlte seinen Milchkaffee gleich mit, als sie unter Bernds neugierigen Blicken vorne am Tresen Stift und Zettel holte und ihm in die Hand drückte. Mit zitternden Fingern schrieb er ihr die Nummer von Deep City Nine auf und hoffte, dass sie nicht den albernen Anrufbeantworterspruch hörte, falls sie in einem anderen Leben mal anrief. Ihr Date hatte keine zehn Minuten gedauert, er hätte am liebsten laut geschrien aus Frust darüber, dass er es ganz offensichtlich versaut hatte.

»Wir haben einen verrückten Anrufbeantworter«, sagte er stattdessen.

»›Einen verrückten Anrufbeantworter‹«, wiederholte Kristin König. »Dann müsst ihr ihn therapieren.«

Sie gab ihm einen Kuss auf die Stirn und ließ ihn sitzen. Bernd zwinkerte ihm von der Bar aus zu, und Roberts Lippen formten die Worte »Leck mich«, in der Hoffnung, dass er sie nicht lesen konnte.

18

SCHWARZES BIER

»Franz Kafka war kein Visionär, sondern ein armes Schwein«, sagte Dr. Helmut Neubauer, Leiter des Kafka-Seminars. »Und warum war das so, Bley?«

Robert richtete sich aus seiner völligen Zusammensackung auf und schaute den Neubauer unverwandt an.

»Wieso meinen Sie, dass ich das weiß?«, fragte er.

»Weil Sie auch so bemitleidenswert aussehen«, sagte der Neubauer trocken. Der Kurs lachte, was Robert nicht unrecht war. Es zeigte ihm, dass er seine Rolle als leicht desinteressierter und vom Nachtleben gezeichneter Bohemien ganz gut interpretierte.

»Ich denk mal, er befand sich in einem Lebenslauf, dem er sich nicht zugehörig fühlte, der ihm aber alternativlos vorkam. Also im falschen Leben. Außerdem war er ja wohl andauernd unglücklich verliebt, was man so hört«, sagte Robert und legte den Kopf schief, so als müsste er seinen Nacken dehnen.

»Ich wusste, auf Sie ist Verlass, Bley«, sagte der Neubauer. »Und weil Sie auch so ein Fin-de-Siècle-Typ sind, hab ich genau das richtige Referatsthema für Sie.« Der Neubauer zog sein Jeanshemd glatt und strich sich die gut gepflegten, halblangen, graubraunen Haare hinter die Ohren. Ließ den Fin-de-Siècle-Satz wirken. Genoss das allgemeine Schmunzeln genau wie Robert. Ihre kleinen Scharmützel waren neben der Anwesenheitspflicht für manche ein Grund, den Kurs am Montagnachmittag nicht zu verpassen.

»Und das wäre?«

»Ritualmorde: ein Vergleich der Hinrichtungsszene in Kafkas *Der Process* mit antisemitischen Morden zur Zeit der österreichisch-ungarischen Monarchie«, las der Neubauer von einem Blatt ab.

»Klingt gut«, sagte Robert und tat so, als machte er sich eine Notiz.

»Mord und heraufziehendes Unheil. Das steht Ihnen doch zu Gesicht, oder, Bley?«

»Sicher«, sagte Robert. »Der Tod steht mir gut.« Er erntete Gelächter, verbuchte innerlich einen Punkt für sich.

Er hatte den Neubauer schon im ersten Semester als Kursleiter von *Einführung in die neuere deutsche Literatur* erlebt, da hatte das angefangen mit dem gegenseitigen Gefrotzel. Neubauer war lakonisch und eitel und schaffte es, seinen Studenten die ihm wichtigen Inhalte zu vermitteln, indem er sich abfällig über die unwichtigeren äußerte.

Handke, den Robert nicht so schlecht fand, war ein beliebtes Ziel seines Spotts. Über dessen *Linkshändige Frau* hatte er mal gesagt: *Das Buch ist ein gutes Beispiel dafür, dass Handke gar kein großer Schriftsteller ist, sondern sich nur als einer ausgibt. Symbolismus und Manierismus sind hier völlig übersteuert und masturbativer Selbstzweck, eine Art autoliterarische Wichsvorlage. Der Handke schreibt keinen Roman, er stellt sich nur vor, wie man einen schreibt.*

Das hatte Robert als Punkt für Neubauer verbucht.

*

Robert hatte mit Nachwehen seiner verpatzten Verabredung mit Kristin König gerechnet, doch nicht in dem Ausmaß. Die offenbar weiterhin in ihm gärende Trennung von Antonia und dieser jüngste amouröse Misserfolg hatten ihn in eine Krise gestürzt, die sich nach dem Besuch des Starkbieranstichs auf dem Adlersberg geradezu zu einer Weltuntergangsstimmung auswachsen sollte.

Der Adlersberg war ein besserer Erdaufwurf, auf dem ab dem vierzehnten Jahrhundert ein Dominikanerinnen-Orden residiert und irgendwann einer Brauerei Platz gemacht hatte. Seit etlichen Jahren war der Hügel im Nordwesten der Stadt für das ausufernde Bierfest der Familie Rösner und Söhne bekannt, das immer am Palmsonntag im Laufe eines Tages Tausende von Schwarzbiertouristen anlockte. Ein geheiztes Bierzelt und unzählige Biertische im meist frostigen Freien erlaubten vor der trügerisch andächtigen Kulisse der alten Klosterkirche eine rasende Alkoholisierung der Gäste, die, vergiftet von dem literweise servierten pechschwarzen, ungehörig hochprozentigen Bier, in psychoaktiven Schüben über das Gelände herfielen.

Robert und Hamlet waren gegen elf Uhr vormittags mit dem Bus zum »Palmator« gekommen, wie ihn der Volksmund nannte, um den Schwarzbier-Tsunami von Anfang an mitzuerleben. Eine Stunde lang blieben sie zusammen, mischten sich nicht unter die Leute, tranken langsam ihren ersten Liter Schwarzöl, beobachteten die anwachsende Menschenmenge und unterhielten sich.

»Wann ist jetzt deine Vernissage?«, wollte Robert wissen.

»Doch erst im Mai«, sagte Hamlet.

»Und wie viele Leute lädst du ein?«

»Dreizehn«, sagte Hamlet und fügte hinzu: »Ich bin übrigens total high, falls es dir noch nicht aufgefallen ist.«

»Wieso bist du high?«, fragte Robert, der sich wunderte, dass Hamlet sich jetzt schon ohne ihn Dope besorgen konnte. *Der Mann wird immer unabhängiger.*

»Ich hab noch etwas daheim gehabt vom Frank. Hab ich nach dem Aufstehen im Kühlschrank gefunden. Ich hab's in eine Melone gesteckt und gegessen«, sagte Hamlet und holte eine Mundharmonika aus der Innentasche seiner zerschlissenen, dunkelblauen Wachsjacke.

»Gibt's heuer schon Melonen?«, fragte Robert sinnloserweise.

»Nur Honigmelonen«, sagte Hamlet. Er setzte sich hin und lehnte sich an die alte Klostermauer, übte ein paar Bluesläufe. Robert ging neben ihm in die Hocke.

»Hier pissen sicher alle hin«, sagte er und deutete auf die Grasfläche, auf der Hamlet saß.

»Aber erst später, wenn sie dann auch mit den geklauten Bierkrügen über die Mauer abhauen«, sagte Hamlet. »Noch sind ja die meisten nüchtern.« Fünf Minuten später war er im Sitzen eingeschlafen, die Mundharmonika noch in der Hand.

Es war Anfang April und noch relativ kühl, er konnte Hamlet nicht auf Dauer hier sitzen lassen, dachte Robert, beschloss aber, ihm zumindest ein paar Minuten Schlaf zu gönnen. Die Sonne schien auf die Klostermauer, und im schlimmsten Fall kassierte Hamlet seinen ersten kleinen Sonnenbrand des Jahres auf der Stirn.

Robert bestellte sich einen zweiten Krug Starkbier und stellte sich zu einer Gruppe Juristen, die er aus der Kapelle kannte. Eine Stunde später saß er im Bierzelt neben Mina, einer blonden Bosnierin, die ihre Haare mit Haarspray aufgepeitscht hatte wie ein Glamrocker. Sie fasste ihm beim Small Talk spaßeshalber an den Hintern, und das interpretierte er ganz richtig als Erlaubnis, sie küssen zu dürfen.

Als er zwischenzeitlich die Augen aufmachte – er war jetzt bei Schwarzbier-Krug Nummer drei –, dachte er kurz, da sitze fünf Reihen weiter rechts Antonia mit einem mindestens zwei Meter großen Mann, der ihr über den Kopf streichle wie einem Stofftier. Er war sich jedoch nicht sicher, also löste er sich aus der Umarmung von Bosnien-Mina und wollte gerade aufstehen, da hörte er einen dumpfen Knall und nahm im ersten Moment an, dass er selbst einen Krug vom Tisch gestoßen habe.

»Sorry«, sagte er, doch zwei Tische links von ihm bildete sich eine Menschentraube, und jemand schrie und jemand kreischte und jemand brüllte: »Sanka, Sanka, holt's den Sanka!«

Die vier Volksmusiker auf der kleinen Bühne hatten aufgehört zu spielen, und Robert setzte sich wieder, während alle anderen am Tisch aufstanden. Er schaute in die Richtung, wo er vielleicht Antonia gesehen hatte, doch die Leute versperrten ihm die Sicht. Einer der Juristen, ein korpulenter Typ mit Halbglatze und rotem Hals in Trachtenjacke und Lederhose kam zurück an den Tisch, stemmte die Arme in das rissige Orange des Biertisches und sagte: »Da hat sich jemand daschoss'n.« Robert war sich nicht sicher, ob er das richtig verstanden hatte. Denn der Jurist sagte es so, als präsentierte er ein Fußballergebnis.

»Wer hat sich erschossen?«, fragte Robert, dem die Information zu surreal vorkam, um entsprechend zu reagieren.

»Hab den Namen vergessen. Aber ich kenn ihn aus dem Don Bosco, wo ich Zivi g'macht hab«, sagte der Trachten-Jurist. »Hat mit seiner Freundin an einem Tisch g'sessen. Pistole hat er am Tisch liegen g'habt. Gab wohl einen heftigen Streit.«

»Woher weißt du das?«, fragte Mina und rieb sich ein wenig Haarspray aus den Haaren, als fände sie ihre Frisur plötzlich unpassend.

»Weil ich da grad selber noch g'sessen bin«, sagte der Jurist. »Der Typ hat einen Schluck genommen und sich die Buff'n in den Mund gesteckt. Wegen dem Unterdruck. Und dann – bumms!« Mit jedem Satz wirkte der stämmige Jurist jetzt doch fragiler. Die Farbe war aus seinem roten Hals gewichen.

»Was für ein Unterdruck?«, fragte Mina und wurde ignoriert. Robert suchte die Trachtenjacke vom Juristen verstohlen nach Blut- oder Hirnspritzern ab. Jetzt fing er doch an, innerlich zu frieren, und sagte: »Der hätte also auch einfach hier im Zelt rumballern können. Und jeden erwischen. Antonia zum Beispiel!«

»Wen?«, fragte der Jurist, und auch Mina sah ihn fragend an.

»Mina, meinte ich«, sagte Robert und legte den Arm um ihren Hals. Dann stand er auf, hielt sich kurz am Tisch fest, weil sein

Kreislauf ihm das riet, und lief nach draußen. Sanitäter kamen ihm entgegen, die Volksmusiker fingen wieder an zu spielen. »Resi, i hol di mit mei'm Traktor ab.«

Vor der Brauerei Rösner hatte sich eine riesige Schlange gebildet, die vermutlich aufs einzige Klo führte. Der Rest der Leute drängte ins Zelt.

Robert ging zurück zur Klostermauer und übergab sich fast zeitgleich mit einem anderen Betrunkenen. Dann fiel ihm Hamlet wieder ein. Er fand die Stelle, wo er eingeschlafen war, doch da war kein Hamlet mehr. Nur die Mundharmonika, eine in G-Dur, lag noch da.

Ins Zelt wollte er nicht zurück, und so suchte Robert das Gelände weitere zwanzig Minuten vergeblich nach Hamlet ab, dann doch das Zelt erfolglos nach Bosnien-Mina, bevor er sich erschöpft draußen gegen die Klostermauer lehnte und beobachtete, wie ein maximal Vierzehnjähriger zwei leere Maßkrüge nacheinander über die Mauer warf. »Pass doch auf, du Hirsch!«, sagte jemand von der anderen Seite der Mauer. Robert konnte kaum stehen, so schlecht war ihm, aber er hatte Respekt vor dem vermutlich vollgepissten Gras, und vielleicht würde er auch einschlafen wie Hamlet und einfach erfrieren. Mitten am Palmator unter all den besoffenen und destruktiven Leuten. Er dachte an Antonia, wünschte sich, er könnte jetzt zu ihr, in ihr Kinderzimmer und das raue Nylon ihrer Strumpfhose unter seinen Fingern spüren. Einen Folgegedanken verschwendete er an Kristin König und ihren Satz: *Wenn du genauer weißt, was du von mir willst.* Er wusste es immer noch nicht. Vielleicht, dass sie ihn aufweckte, wenn er jetzt im Pissgras einschlief, und mit nach Hause in die Kramgasse nahm. Mehr war es eigentlich nicht.

Stattdessen nahm ihn der stämmige Jurist in Trachten mit dem Auto zurück in die Altstadt. Robert fragte ihn nicht, ob er nüchtern war, und sie sprachen auch nicht mehr über den Suizid. Er wollte einfach nur weg vom Adlersberg und in sein Bett.

Im Gäßchen ohne End schaute Rothkowski in Roberts Zimmer

Eurosport. Er wollte ihn begrüßen, doch Robert blickte durch ihn hindurch.

»Hast du wieder Ärger mit den Weibern, oder was ist los?«, sagte Rothkowski und schaltete den Fernseher aus. So viel Feingefühl hatte er dann doch.

»Ich muss einfach nur schlafen«, sagte Robert, ging an ihm vorbei und ließ sich aufs Bett fallen. Der Fall kam ihm unendlich lang vor und war viel besser als das eigentliche Schlafen.

*

Gegen neun Uhr am Abend wachte Robert in der gerade angebrochenen Dunkelheit auf und holte sich das Telefon ins Zimmer, um Hamlet anzurufen. Nach cirka zehn Mal Läuten hob jemand ab.

»Hallo?«, sagte Hamlet.

»Wo bist du hin?«, fragte Robert.

»Bin nach Hause getrampt. Das Dope in der Melone hab ich doch nicht so gut vertragen. Zumindest nicht in Kombination mit dem Starkbier. Hab die ganze Zeit geschlafen.«

»Du hast deine Mundharmonika vergessen. Ich hab sie mitgenommen.«

»Ah, super«, sagte Hamlet. »Welche Tonart?«

»G-Dur. Geht's dir gut?«, fragte Robert.

»Geh-Dur-gut?«

»Geht's dir gut, sagte ich.«

»Selbstverständlich. Warum nicht?«, fragte Hamlet.

»Hast du das mit dem Suizid nicht gehört?«, fragte Robert.

»Doch. Aber erst im Radio gerade. Aber mir geht's gut. Es war ja nicht mein Suizid.« Hamlet pausierte kurz. »Das ist gar nicht komisch, oder? Warst du im Zelt? Hast du was gesehen?«

»Ich bin mir nicht sicher«, sagte Robert. »Ich bin mir echt nicht sicher.«

»Warum hat der sich umgebracht?«, fragte Hamlet. Er klang fast, als sei er guter Dinge.

»Liebeskummer, hab ich gehört.«

»Das zählt immer«, sagte Hamlet, und Robert konnte da keine Ironie raushören.

*

Die nächste, wenn auch kleinere Katastrophe kam, als er nachts um zwei in einer Gasse Antonias Autovermieter aus der Haifischbar kommen sah und ihn absichtlich im Vorbeigehen anrempelte, sodass der durchsichtige Roland kurz zu Boden ging. Leider hatte er das Ganze nicht zu Ende gedacht, vor allem nicht in der Hinsicht, dass Roland mit zwei Freunden unterwegs war, die Robert umgehend an eine Hausmauer pressten, deren Unebenheiten im Putz wie Stacheln waren und kleine Dellen in seinem Rücken hinterließen. Einer von den Roland-Freunden schlug ihm in den Magen.

»Jetzt haust du aber schleunigst ab, du Psycho«, sagte er. »Sonst reißen wir dir die Eier ab und stecken sie dir in den Arsch. Hast du uns verstanden?«

Rolands Freunde hatten kurze Haare und teure Lederjacken, sahen gar nicht so aus, als wären sie auf vermehrten Stress aus. Auch das Vokabular hatte er ihnen nicht zugetraut. Robert setzte dennoch auf Deeskalation durch Trotzigkeit.

»Leckt mich doch am Arsch«, sagte er und bekam dafür noch eine schmerzhafte Faust in den Magen. Dann ließen die teuren Lederjacken von ihm ab.

Roland selbst schüttelte nur irritiert den Kopf und putzte sich die Ellenbogen seines Wildlederblousons ab. Dann zog die Gang um den durchsichtigen Roland ab.

Auf dem Nachhauseweg trat Robert einem neuen roten Mercedes, der in der Adlergasse parkte, den Außenspiegel ab und war sich dabei sicher, dass er einem aus der Autovermieter-Clique gehörte, auch wenn er dafür keinerlei Anhaltspunkte besaß.

*

Ein paar Stunden vor der Bandprobe am nächsten Tag hatte er einen Termin bei Francis, dem Tätowierer in der oberen Bachgasse. Auf einer LP von The Cure war eine wie von Kinderhand gezeichnete Mischung aus fliegendem Auge und Fisch abgebildet. Damit ging er zu Francis.

»Wirklich das da?«, fragte Francis, ein älterer Mann mit Schnauzbart, der eher nach Fahrlehrer als nach Tätowierer aussah. »Wo willst du das hinhaben?«

»Auf die Schulter oder so«, sagte Robert. »Und drunter soll *Wish* stehen.«

»Wisch?«, fragte Francis und rieb sich die Augen. »Wie der Wisch? Also das Papier?«

»Nein, das englische Wort«, sagte Robert und versuchte, sich seine Enttäuschung nicht anmerken zu lassen. Er hatte gehofft, der Tätowierer freue sich, wenn mal einer nicht mit einem Adler oder einem Indianermuster ankam.

»Das musst du mir aufschreiben. Ich weiß gerade nicht, was du meinst«, sagte Francis.

Das Tätowieren selbst tat Robert kaum weh, es versetzte ihn vielmehr in eine Art irrationale Ekstase. Je mehr die Nadel über ihn herfiel, desto mehr wurde der anfängliche Schmerz zu einem Hochgefühl, darüber, wie er sich veränderte, sich weiterentwickelte. Am Ende bekam er eine Frischhaltefolie über die Schulter, die Francis mit Pflastern an der Haut festklebte. Dazu verlangte er achtzig Mark.

*

»Hast du dich jetzt wirklich tätowieren lassen?«, fragte David Deininger bei der Bandprobe, weil Robert im Unterhemd Schlagzeug spielte und jeder die Frischhaltefolie sehen konnte.

»Nein, das war ein Dart-Unfall«, sagte Robert.

»Und welches Motiv?«, fragte David, der es unter der Folie nicht erkennen konnte.

»Ein Augenfisch. Von der Cure-Platte.«

»Schau an. Einen Augenfisch«, sagte David Deininger, der offensichtlich keine Ahnung hatte, von welcher Platte die Rede war. »Und was steht da drunter? Da steht doch was drunter? Oder ist das ein Tribal-Dings?«

»*Wish*«, sagte Robert. »Wie der Wunsch. Nicht wie der Zettel.«

»Aber ›Wisch‹ wie der Zettel wär noch geiler.« Deininger drehte seinen schwer verzerrten Bass an dem schwarzen Knopf des weißen Schlagbretts ganz auf, sodass Roberts Replik in einer gewaltigen tieffrequenten Rückkopplung unterging.

Nach der Probe saßen sie noch in der kleinen Kneipe, die zum Ostentor-Kino gehörte, in der Einstürzende Neubauten lief und meistens die deprimierendste Stimmung der Welt herrschte.

»Hast du den Hale-Bopp schon gesehen?«, fragte Robert, weil die Zeitung auf dem Tresen etwas darüber titelte.

»Nein. Hier ist doch ständig Nebel«, sagte Deininger. »Den würdest du erst sehen, wenn er vor deiner Haustür landet.«

»Kann sein«, sagte Robert. »Neulich ist in der Altstadt das Licht ausgefallen, und bei dem Nebel sah wirklich alles aus wie im Mittelalter. Ich hab schon mit Jack the Ripper hinter der nächsten Ecke gerechnet.«

»Du, ich sag dir was. Also, muss dir quasi was sagen«, sagte David Deininger, ging gar nicht auf Jack the Ripper ein.

»Ich höre«, sagte Robert.

»Die Irmi kommt gegen Ende des Monats in die Stadt.« Deininger blies vorsichtig in den Schaum seines Weißbiers.

Irmi machte eine Ausbildung zur Krankenschwester in Amberg und war deshalb nur an den Wochenenden da. Robert kannte sie nur von einer einzigen Begegnung. David war mit ihr auf dem letztjährigen Biologenfest gewesen und hatte außer einem Radler nichts getrunken, sich kaum vom Fleck gerührt und sich ausschließlich mit Männern unterhalten.

»Bleibt sie länger?«, fragte Robert.

»Kann man sagen. Sie zieht bei mir ein.«

»Wirklich? Warum?«

»Weil sie mit der Ausbildung fertig ist und am BKH arbeiten kann.«

Das Bezirkskrankenhaus war eine psychiatrische Klinik in den Räumen eines säkularisierten Klosters, die früher »Königliche Kreisirrenanstalt Karthaus-Prüll« geheißen hatte. Damals hatte man noch von »Tobzimmern« und »Tobabteilungen« gesprochen, wie Rothkowski ihn aufgeklärt hatte, der sich offenbar freute, eine solche Einrichtung in Gehweite zu haben. Aber Rothkowski sammelte auch Bücher über Serienmörder.

»Das ist sicher eine Umstellung«, sagte Robert und fragte sich, wen er um Zigaretten anbetteln sollte. Und ob seine Zeit mit David jetzt für immer vorbei war.

»Nein, das geht, ich wohne mit der Irmi ja oft am Wochenende bei ihr in Amberg zusammen«, sagte David.

»Ich meinte den Job am BKH«, sagte Robert.

»Ach so«, sagte David, ohne sich über das Missverständnis zu amüsieren.

»Dann gehst du wohl demnächst nicht mehr so oft abends raus?«, fragte Robert, um so etwas wie eine Trotzreaktion zu provozieren.

»Du, ich trink ja eh nicht mehr so viel«, sagte Deininger und nahm einen so tiefen Schluck von seinem Weißbier, dass man wirklich denken konnte, es wäre sein letzter.

»Und wie läuft's bei dir mit den Girls?«, fragte Deininger nach einer Weile und betonte das »Girls« so albern, dass Robert beinahe keine Lust hatte, darauf zu antworten.

»Du, es geht. Ich treff verschiedene gerade.«

»Du hast es gut«, sagte David. Überlegte kurz. »Obwohl du gar nicht so wirkst«, fügte er lächelnd hinzu.

»Doch, das passt schon. Hin und wieder schlaf ich noch mit der Miriam, du weißt schon, die Bekannte vom Hibiskus, und kennst du zufällig diese blonde Bosnierin mit der Glamrock-Frisur? Mina?«

»Die kenn ich nicht. Aber die Frisur klingt gut«, sagte David Deininger. »Und was ist jetzt mit deiner Psychologin? Kirsten?«

»Kristin«, verbesserte ihn Robert.

»Ihr habt euch doch getroffen. Du warst doch ganz enthusiasmiert deswegen?« »Enthusiasmiert« war eins von Davids neuen Lieblingswörtern. »Wie lief's denn?«

»Nicht so gut. Hat mich abblitzen lassen.«

»Warum hat sie sich dann überhaupt mit dir getroffen?«

»Ich glaube, weil ich sie mit einer toten Taube in der Hand angesprochen habe.«

»Jesusmaria, Bley! Du bist ein wilder Hund.«

»Ich will kein wilder Hund sein. Vielleicht hätte ich auch gerne so eine stabile, längere Beziehung wie du.«

Deininger rutschte mit Barhocker leicht vom Tresen weg, räusperte sich und starrte an ihm vorbei wie hypnotisiert auf eine Flasche Cynar, die zwischen Averna und Ramazzotti im Regal stand.

»Jetzt pass mal auf, Robert«, sagte David und sah ihn so ernsthaft und verbindlich an wie noch nie. »Ich mag die Irmi, das ist überhaupt keine Frage, aber du hast es ja wohl auch alles andere als schlecht erwischt. Du schaust gut aus, kannst gut reden, spielst gut Schlagzeug und arbeitest in der Altstadtkneipe, in der früher oder später alle landen. Du kannst in der Gegend herumvögeln, wie es dir passt, und den ganzen Tag im Café sitzen, weil du dich mit dem Studium doch im Grunde leicht tust und Geld von deinen Eltern kriegst. Auf gut Deutsch: Du hast das höchste Leben. Und was machst du draus? Du bist den ganzen Tag melancholisch und schreibst dir ›Wish auf‹ den Arm. Als ob's groß was zu wünschen gäbe bei dir. Sag doch mal ganz genau, was du dir wirklich wünschst.« Deiningers Blick blieb so starr und unangenehm auf ihn gerichtet wie eine grelle Leselampe.

Robert fühlte sich vorgeführt und suchte nach der richtigen Antwort.

»Na ja, schon eine feste Beziehung. Ist doch nichts falsch dran, oder?«

»Aber warum bist du dann nicht einfach mit jemandem zusammen, wenn das so dringend ist?«

»Weil das nicht so einfach ist. Man findet nicht einfach so eine Frau, die einen völlig fasziniert.«

»Warum musst du denn völlig fasziniert sein?«, fragte David und rückte wieder an den Tresen heran. Der Leselampenblick war endlich aus.

»So muss doch jede große Liebe anfangen, oder? Mit einer Faszination.« Robert war sich plötzlich nicht mehr so sicher.

»Ja? Ist das so?«, sagte David. »Dass der andere gut zu einem passt und freundlich ist, ist eher zweitrangig?«

»Nein, zweitrangig natürlich nicht.«

Deininger schien kurz überlegen zu müssen, fuhr mit dem Finger über sein Glas, zeichnete ein unsichtbares Symbol. »Weißt du, was? Wenn ich die Irmi nicht hätte, sosehr ich sie mag, ich wäre sofort wieder mit einer anderen zusammen. Man muss sich halt schnell auf jemand festlegen können.«

Robert fiel nichts ein, was er darauf sagen sollte. Er kam sich naiv vor mit seinem Big-Love-Ansatz. Andererseits gaben sich Leute wie Deininger vielleicht auch einfach mit zu wenig zufrieden.

»Also, was empfiehlst du mir?«, fragte Robert.

»Entspann dich«, sagte David Deininger.

19

GIGER

Robert ließ sich um halb eins am Mittag wecken. Die kleine Kompaktstereoanlage holte ihn mit »*Caught A Lite Sneeze*« aus alkoholgeschwängerten Träumen. In einem davon war er wie in Mel Gibsons *Braveheart* mit blauer Gesichtsbemalung über eine taunasse und tiefgrüne Wiese gelaufen und an einem Burgtor angekommen, hinter dem sich nichts befand, als es sich öffnete. Nichts als noch mehr grüne, nasse Wiesen. *Building, tumbling,* hatte Tori Amos dann verheißungsvoll in seinen Traum hineingesungen, und wie so oft wachte er erschöpfter auf, als er ins Bett gegangen war. Heute war Hamlets Vernissage, und er konnte sich kaum vorstellen, noch einmal das Haus verlassen zu müssen. Aber das konnte er eigentlich nie nach dem Aufstehen.

In der vergangenen Nacht war er nach seiner Schicht in der Kapelle ins Kino gegangen. Der Programmkinobesitzer, ein Stammgast, hatte alle Anwesenden zu einer privaten Vorführung von *Leaving Las Vegas* eingeladen, der gerade in der Fünf-Mark-Vorstellung lief, in der bereits ausgelaufene Filme noch mal für weniger Geld gezeigt wurden, was sich bei Studenten großer Beliebtheit erfreute.

Den Nachmittag bis zur Vernissage verbrachte er vor dem Fernseher, wo er *Apokalypse Now* in voller Länge schaute und immer wieder dabei einschlief. Zwischenzeitlich rief ihn seine Mutter an, um ihn an den Geburtstag seines Vaters zu erinnern. Robert legte auf, wartete dann eine halbe Stunde und rief seinen Vater an.

»Hi, Dad«, sagte er.

»Junior.« Sein Vater klang friedlich, auch wenn Robert das »Junior« als demütigend empfand. Aber gut, es war sein Geburtstag, sollte er ruhig »Junior« sagen.

»Ich wünsch dir …«

»Ich brauch doch nichts«, unterbrach ihn sein Vater.

»… alles erdenklich Gute zum Geburtstag«, vollendete Robert seinen Satz.

»Ist ja gut«, sagte sein Vater.

»Und, was machst du heute?«, fragte Robert.

»Ich?«

»Ja, du.«

»Ich mach nichts. Was soll ich denn machen?«

»Feiern. Kommen keine Leute?« Schon komisch, wie unangenehm uns beiden ein simples Telefonat ist, dachte Robert.

»Zumindest habe ich keine eingeladen. Aber ein paar Unbelehrbare kommen ja immer.«

Robert musste lachen. Manchmal fand er seinen Vater ganz komisch. Seinen mürrischen Humor. Wenn es überhaupt als Humor gedacht war. »Dann wünsch ich dir noch einen schönen Tag«, sagte Robert.

»Dir auch«, sagte der Vater und legte auf.

Jetzt hatte Robert doch das Gefühl, dass er sich irgendwie gefreut hatte.

*

Hamlets Vernissage war nicht die große Katastrophe, die er befürchtet hatte, aber auch nicht das, was er sich unter einer Vernissage vorstellte. Als Robert die Bar 13 betrat, deutete nichts, aber auch gar nichts auf eine Ausstellung hin. Es hing nicht ein Bild irgendwo, und es lief todlangweiliger Vocal House.

Hamlet saß als einziger Gast mit einem White Russian am Tresen und las in einem Stadtmagazin. Robert haute ihn auf die Schulter.

»Na, Picasso, wie läuft das Geschäft mit den schönen Künsten?«

Hamlet drehte sich um und strahlte ihn an. Er trug ein schwarzes, viel zu weites Jackett, ein weißes T-Shirt, seinen Maori-Anhänger und eine schwarze Jeans. »Gut, wirklich gut. Wobei ich mich ein bisschen frag, wo die Leute bleiben.«

»Die kommen schon noch«, sagte Robert, war sich aber nicht sicher. »Warum hängen deine Bilder eigentlich nicht?«

»Der Charlie, also der Wirt von der Dreizehn, sagt, dass die Wand selbst schon ein Kunstkonzept ist.« Hamlet wirkte keineswegs sauer.

»Aber die Wand ist eigentlich nur rot gestrichen«, wandte Robert ein.

»Ich weiß es doch auch nicht«, sagte Hamlet und zuckte nicht schlecht gelaunt mit den Schultern. »Komm, ich zeig dir mal die Ausstellung.« Er stand auf und ging in den hinteren Teil der Bar. Robert folgte ihm.

Hamlets Zeichnungen waren alle in einem schwarzen DIN-A3-Skizzenbuch versammelt, das auf einem Tisch in der Mitte des Raums lag, wo es jeder selbst durchblättern konnte.

Die Skizzen von der Walhalla waren gut, da hatte das Architekturstudium schon Spuren hinterlassen, auch die Wurmwesen, die Robert an den von Hamlet verehrten Surrealisten HR Giger erinnerten, hatten was. Das Ganze passte nur leider überhaupt nicht zusammen. Und dann war da in der Buchmitte dieses doppelseitige Bild mit dem Chamäleon, das auf einer Pflanze saß, die unmissverständlich wie ein Penis aussah, und seine lange Zunge zeigte. Das Bild war mit *Denise* betitelt.

»Ist das nicht ein bisschen zu eindeutig?«, fragte Robert.

»Das ist *so* eindeutig, dass sie das gar nicht auf sich beziehen wird«, sagte Hamlet überzeugt.

»Da wäre ich mir nicht so sicher«, sagte Robert. »Vielleicht übertreibst du es ein bisschen mit deiner Begeisterung für sie? Wenn sie dich so gut fände wie du sie, dann würde sie ihren Freund doch auch verlassen.«

Hamlet schaute ihn kurz irritiert an, doch nach ein paar Sekunden war es, als hätte man ihn neu gestartet, er lächelte wieder und ging zur Bar. Gleichzeitig trafen Gäste ein, Kollegen aus Hamlets Architekturstudium.

Hamlet hatte dem Wirt der Bar 13 ein paar Flaschen Sekt zum Einkaufspreis abgenommen und dreizehn Gläser bereitgestellt, doch auch nach zwei Stunden waren nur acht Besucher da, Robert eingeschlossen. Hamlet verdarb das nicht die Laune. Schließlich war Denise gekommen, wenn auch mit Freund.

Den acht Gästen hatte Hamlet zu Beginn der Veranstaltung in einer Art Rede erklärt, worum es in den Bildern ging, doch erstens waren seine Ausführungen zur griechisch-nordischen Mythologie in Verbindung zum Psychosexuellen der Pflanzenwelt viel zu verworren, um ihm folgen zu können, und zweitens hatte ihn der Wirt mitten in der Rede unterbrochen, als er einfach die Musik wieder anmachte. Mit der Begründung, die Stille verwirre die Laufkundschaft, auf die er angewiesen sei.

Immerhin ließ er Hamlet später selbst auflegen, und so kam die Bar 13 statt ihrer üblichen Drum-and-Bass-Sampler in den seltenen Genuss von Fischer Z, Blues Traveler und The The.

Robert blieb dabei, solange es ging, an Hamlets Seite, kommentierte seine Songauswahl und riss Witze über Denise' Freund, der eine Frisur hatte, als wäre er mit einem Cabrio in die Waschanlage an der Friedenstraße gefahren und hätte sich von dem Gebläse dort auch gleich die Haare föhnen lassen.

Später kamen David Deininger und seine Freundin Irmi vorbei. Irmi hatte mittlerweile grüne Haare mit einem kurzen Pony und ein Augenbrauenpiercing. Als Robert sie kennengelernt hatte, waren die Haare noch braun gewesen und die Augenbrauen unversehrt. Sie blätterte interessiert das Vernissage-Buch durch, und als sie bei dem Penis-Chamäleon angelangt war, sagte sie: »Pfui Teufel, was ist denn das?«

»Du, das ist ein echter Hamlet«, sagte Deininger, nahm Irmi fest in den Arm und rüttelte kumpelhaft an ihr. »Der ist bald ein Vermögen wert.« Er betonte den Satz, als wäre er die deutsche Synchronstimme von Vincent Price. Robert, der danebenstand, musste lachen.

»Ich find das nicht gut«, sagte Irmi. »Das ist doch sexistisch.«

David schaute sich um, ob Hamlet den letzten Satz gehört hatte, doch der kramte selbstvergessen hinter dem Tresen in seinen CDs. Dann warf er Robert einen entschuldigenden Blick zu, drehte sich wieder zu Irmi und sagte mit sehr lauter Stimme: »Imse, kennst du eigentlich den Witz, wo der Mann zu einem Kunsthändler kommt und sagt: ›Sie haben da einen van Gogh für fünfundzwanzig Mark im Schaufenster liegen. Ist der echt oder eine Fälschung?‹«

Robert lachte, aber Irmi blieb eisern. »Ich find das sexistisch.«

Danach bestellte sich David an der Bar ein Weißbier, und Robert bemerkte, wie Irmi resigniert den Kopf schüttelte, als setzte er sich den ersten Schuss Heroin nach dem Entzug.

Nach der Vernissage, gegen Mitternacht, saß Robert mit Hamlet am kurzen Tresen in der Kapelle und schaute Bernd und Mona beim Arbeiten zu. Sie tranken einen Gimlet und einen Planter's Punch. Robert hatte beides bei Bernd bestellt, und der hatte die Dreistigkeit besessen, zu ihm zu sagen: *Deinen letzten Planter's hast du übrigens am Donnerstag ganz schön verpanscht. Ein Gast hat sich bei mir beschwert.*

Gutes Wortspiel, sagte Robert und gab sich unbeeindruckt von dem Vorwurf, obwohl er schon wieder kochte.

Was meinst du mit ›Wortspiel‹?, fragte Bernd. *Sei mir nicht böse, aber du arbeitest immer noch ein bisschen ungenau. Die Schnelligkeit kommt von selbst. Die Präzision kommt zuerst.*

Ich lern das schon noch, sagte Robert, der keine Lust hatte, sich zu streiten. Immerhin war das Hamlets Abend. Dennoch starrte er danach wütend, aber auch ein bisschen neidisch auf Bernds manisch schnelle Hände, die betont spielerisch eine Zutat nach der anderen in den Shaker beförderten, ohne dass er nur einen einzigen Gedanken an Rezept oder Maßeinheiten zu verschwenden schien. Robert nahm sich vor, sich ein paar Tricks anzueignen, um souveräner zu wirken. Vielleicht mal einen Shaker in der Luft zu drehen und hinter dem Rücken wieder aufzufangen wie Tom Cruise in diesem Cocktail-Film.

»... und jetzt will sie sich doch treffen«, sagte Hamlet und riss Robert aus seinen Tom-Cruise-Fantasien.

»Wer?«, fragte er.

»Winona Ryder«, sagte Hamlet. Er biss in die Sternfrucht, die ihm Bernd ans Glas gesteckt hatte. Dafür hatte er mit dem Messer einen kleinen Schnitt in einen der Sternarme geschnitten. Merk ich mir, dachte Robert.

»Winona Ryder?«, fragte er nach.

»Nein, Denise natürlich, du bist ja ulkig«, sagte Hamlet, immer noch beseelt vom »Erfolg« seiner Vernissage und offenbar keines verdrießlichen Gedankens fähig.

»Das lag sicher nicht an dem Chamäleon-Bild«, sagte Robert. »Ich bleib dabei, das war zu offensiv.«

»Woran sonst?«, fragte Hamlet.

»Vielleicht hat sie erkannt, dass ihr Freund eine Frisur hat, als hätte der Blitz in ihn eingeschlagen.«

Hamlet kicherte dankbar und asthmatisch wie der Kriminalhund Murmel.

»Bist du zufrieden mit der Vernissage?«, fragte Robert und faltete an dem Strohhalm herum, den er aus dem Strohhalm-Glas hinter der Theke entwendet hatte, um den peniblen Bernd zu ärgern.

»Ich bin sehr zufrieden«, sagte Hamlet und nahm seinen Maori-Anhänger in die rechte Hand, als beschwört er ihn. »Das war meine erste Vernissage, ich hab meine Vision erklären dürfen, und es sind sogar Leute gekommen. Das ist ein Anfang. Oder?«

»Ich denke schon«, sagte Robert. Und musste zugeben, dass die Vernissage in Hamlets Worten gar kein so großer Reinfall war, wie er selbst behauptet hätte. Vielleicht sollte er auch die Auftritte von Herman Lush so einordnen. Oder sein gesamtes Studium. Als Anfang von etwas. Nicht als Zustand, mit dem er unzufrieden war.

»Du, ich muss jetzt eh gleich los, ich bin noch mit der Miriam verabredet«, sagte Robert dann.

»So spät noch? Zum Sex?«, fragte Hamlet.

Robert nickte.

»Du hast es gut, Mann. Ich hab seit drei Jahren keinen Sex mehr gehabt. Und davor eigentlich auch nur zweimal.«

»Ich spür, dass sich da bald was bei dir tut«, sagte Robert, ohne dass er wirklich etwas spürte.

*

Er traf Miriam in der Rotunde, wo sie mit ihrer besten Freundin am runden Tisch unter dem Fenster saß. Sie tranken alle zusammen einen Cuba Libre, bevor Miriam und Robert ins Gäßchen ohne End gingen.

In letzter Zeit trafen sie sich öfter, zum einen weil Andi ein Auslandssemester absolvierte, zum anderen weil Robert nach der Kristin-König-Pleite bedürftiger denn je nach Anerkennung war. Dessen war er sich auch vollkommen bewusst. Selbst wenn er tagsüber keinen Gedanken an Miriam verschwendete, sobald sie nachts bei ihm war und dreimal hintereinander der Soundtrack zu *Dead Man Walking* durchlief, fühlte er sich stark mit ihr verbunden, als wären sie für die paar Stunden ein Paar. Was durchaus daran liegen konnte, wie engagiert sie mit ihm schlief, wie durchtrainiert sie war und wie gut sie roch.

»Wer macht denn jetzt den Schwarzen Hund, wenn der Andi in Colorado ist?«, fragte Robert, als sie zusammen in seinem kleinen Schlafzimmer, seiner Dunkelkammer, lagen.

»Niemand. Der bleibt zu«, sagte Miriam und drehte sich zu ihm.

»Das ist ja schade«, sagte Robert. »Ich hab den Abend da in guter Erinnerung. Kommt mir aber vor, als wäre er zehn Jahre her.«

»Denkst du noch öfter an Hibiskus?«, wollte sie wissen und streichelte seinen Bauch.

»Klar«, log er. »Und du?«

»Ganz oft«, sagte sie, und es klang nicht gelogen. »Weißt du, der war so uneitel irgendwie. Dem war egal, ob ihn jemand gut findet. Der hat keinen Applaus gebraucht.«

»Das glaub ich nicht.« Robert roch an ihren Haaren. »Der wollte doch sicher auch eine Freundin. Eine, die ihn schätzt. Eine wie dich.«

Sie drehte den Kopf weg und starrte an die Decke. Sogar im Dunkeln erkannte er das Weiß in ihren Augen. »Was wohl aus uns noch wird?«, sagte sie.

Er antwortete nicht. Überlegte, aber ihm fiel keine Antwort ein. »Wahrscheinlich nichts«, wollte er sagen, behielt es aber für sich.

Sie drehte sich jetzt ganz weg.

»Bist du sauer?«, fragte er.

»Sauer nicht. Aber du hättest schon was sagen können.«

»Aber du hast doch einen Freund. Was soll ich denn sagen?«

»Manchmal glaub ich, es ist dir ganz recht, dass ich einen Freund hab«, sagte Miriam.

»Es ist mir gar nicht recht«, sagte er leise. So leise, dass man ihm den Satz kaum nachweisen konnte. »Es ist nur so, dass ich mich jetzt schon daran gewöhnt habe. Oder … drauf eingestellt.«

»Was wäre denn, wenn ich jetzt Schluss mit dem Andi machen würde? Deinetwegen?« Sie suchte ihren BH in der Dunkelheit, zog ihm dafür die Decke weg.

»Dann würden wir uns vermutlich mal zusammensetzen und reden, oder?«, sagte Robert.

»Weißt du, was? Ich geh jetzt heim«, sagte sie. Ihren BH hatte sie gefunden, die Unterhose längst wieder an.

»Warum gehst du jetzt?«, fragte Robert.

»Warum nicht?«, fragte sie, und ihm fiel keine Antwort darauf ein.

20
KURSCHATTEN

In den Sommermonaten verdiente man in der Kapelle nicht viel, da Turkey aufgrund des schmalen Gehwegs draußen keine Sitzplätze anbieten durfte und sich die Leute in den warmen Nächten ohnehin lieber an die Donau statt in das klamme Kellerloch setzten. Robert ging wie jeden Sommer das Geld aus, und sein Vater hatte noch dazu gegen den Willen seiner Mutter durchgesetzt, ihm die hundert Euro zu streichen, die er zusätzlich zur Miete als »Essensgeld« bekam. Seine Hausmeistertätigkeit in der Kramgasse Nr. 6 hatte er gleich nach dem misslungenen Date mit Kristin König aufgegeben, weil er ihr nach der Blamage auch nicht mehr mit Metzgerschürze im Treppenhaus begegnen wollte, außerdem fand er den Volkhart unerträglich. Auf keinen Fall wollte er aber wieder in der Baumschule mit seinem Vater zusammenarbeiten, schon gar nicht, nachdem der ihm das Essensgeld gestrichen hatte.

Also fragte er Rothkowski um Rat, und der schickte ihn zur Großbrauerei Thurn und Taxis, wo sich Robert als studentischer Beifahrer vorstellte. Der Stundenlohn lag bei spektakulären sechzehn Mark, dazu kamen Nachtzuschläge, weil man bereits um sechs Uhr morgens begann, und jede Menge bezahlter Überstunden. Die Überstunden waren zwar auch der Haken, da man auf manchen Touren bis zu zwölf Stunden am Stück unterwegs war, doch nach vier Wochen hatte man mehr im Monat verdient als die eigenen Eltern.

Auch in Sachen Muskelaufbautraining konnte man keinen besseren Job antreten. Robert sah seine Oberarme jeden Tag im Spiegel wachsen und trug immer öfter ärmellose T-Shirts. Die schwere körperliche Arbeit schreckte ihn überraschenderweise nicht ab, wie er anfänglich befürchtet hatte, ganz im Gegenteil: Das erste Mal im Leben entwickelte er außerhalb von Alkohol und Ausschlafen eine Lust, an seine körperlichen Grenzen zu gehen: immer noch einen Kasten mehr zu tragen oder auf die Sackkarre zu hieven, immer noch ein Fass mehr per Hand vom Wagen zu holen, statt die hydraulische Rampe zu benutzen. Es war anders als in der Gärtnerei, in der er körperliche Arbeit als Schikane seines Vaters empfand. Diese Schufterei hatte er sich selbst ausgesucht, und er wurde mehr als anständig dafür bezahlt.

In den kommenden Wochen war er nur für eine einzige Wochenendschicht in der Kapelle eingetragen, die Bandproben waren bis zum Beginn des Wintersemesters im Oktober ausgesetzt, und wenn er gegen achtzehn Uhr dreißig völlig kraftentleert nach Hause kam, verspürte er eine glückselig bleierne Müdigkeit auf seinem beigen Sofa, wie er sie bisher im Leben nicht gekannt hatte. Natürlich trank er während der Arbeit Bier, aber das schuftete er wieder heraus, und abends blieb er trocken und erfuhr etwas, das er gar nicht mehr kannte: einen halbwegs nüchternen, ausreichend langen und ruhigen Schlaf.

Rothkowski verführte ihn auch nicht zu seinen berüchtigten Dreitagesexzessen oder zum Nacktdarts um Mitternacht, denn er arbeitete selbst in der Brauerei. Ein paar Wochen lang war Deep City Nine eine Arbeiterwohnung ohne Wein, Weib und Gesang.

*

In der Regel war man vier Wochen lang demselben Bierfahrer zugeteilt. In Roberts Fall war das Wilfried Rüttgens, ein leicht schwäbelnder Mann um die fünfzig mit grauen Schläfen, der ihm zu Beginn sehr freundlich und zugleich sehr ernsthaft vorkam. Im Gegensatz zu anderen Bierfahrern, die im Verlauf ihres zehnstündigen Arbeitstages um die acht Bier tranken, erlaubte sich Rüttgens nur eines zu Mittag, den Rest der Zeit trank er Spezi.

Was aber Robert nicht vom einen oder anderen Pils abhielt, schließlich saß er eine nicht unbeträchtliche Zeit mit Rüttgens im Fahrerhaus und musste sich dessen Lebensweisheiten anhören, während sie die entlegensten Gasthäuser im Oberpfälzer Jura und im Naabtal belieferten, in denen um sieben Uhr morgens bereits der örtliche Stammtisch mit Weißbier und Obstbrand tagte, was Robert in seinem Weltbild erschütterte, obwohl er selbst vom Land kam.

»Da hat der Willi Seitz sein Studio«, erklärte Rüttgens ihm am zweiten Tag in einer kleinen Ortschaft irgendwo im Nirgendwo.

»Wer ist der Willi Seitz?«, fragte Robert.

»Geh, lebst du hinter dem Mond, Junior? Das ist der Schlagzeuger vom Original Naabtal Duo. Kennst du nicht ›*Patrona Bavariae*‹? Den erfolgreichsten Schlager aller Zeiten?«

»Doch natürlich«, gab Robert verärgert zurück, nicht nur, weil er damals im Schulbus damit dauermaltrătiert worden war, sondern weil ihn schon wieder jemand verdammt noch mal »Junior« nannte.

»Ich kenn den Willi Seitz persönlich. Ein ganz feiner Kerl und total auf dem Boden geblieben«, proklamierte Rüttgens.

Rüttgens dozierte nicht nur über das Original Naabtal-Duo, seinen neuen Mercedes E230 und seine kaputten Bandscheiben, sondern spätestens ab der zweiten Woche auch über Frauen und Beziehungen.

»Siehst du das Weibi da?«, fragte er Robert, als sie im Wagen saßen und warteten, bis ihnen das Tor zum Hinterhof eines Gasthofes in Maxhütte-Haidhof aufgeschlossen wurde. Er deutete mit dem Finger auf eine jüngere Frau in einem gelben Sommerkleid, die mit einem Rucksack an ihrem Siebeneinhalbtonner vorbeilief.

»Weibi?«, sagte Robert.

»Ja, wie sagst du denn, Junior?« Das war das zweite »Junior« heute. Damit hatte er bei Robert eigentlich schon an Tag eins ausgeschissen.

»›Frauen‹, sag ich. Oder ›Mädchen‹.« Robert stellte seine leere Pilsflasche in den Kasten hinter seinem Sitz. Dann drehte er sich wieder nach vorne, wo Rüttgens immer noch den Finger in der Luft hatte, obwohl die junge Frau schon außer Sichtweite war.

»Mädchen«, äffte er ihn nach. »Ihr seid ja auch die Generation, die so furchtbar verständnisvoll ist mit den Weibern.«

Robert zog es vor, ihn zu ignorieren.

»Meine Generation hat nicht so lang rumgewurschtelt wie deine. Bei uns gab's auch keinen Liebeskummer. Bei uns hat man einfach geheiratet. Wenn eine da war zum Heiraten, hat man geheiratet. Ohne viel Trara. Mit einer Pragmatik halt. Es ist ja letztlich alles Pragmatik zwischen Mann und Frau. Am Anfang, da packst du dein Weibi noch jeden Tag, als gäb's nichts Wichtigeres, aber dann kommen die Kinder und dann musst du dich anderweitig austoben.«

»Was meinst du mit ›anderweitig austoben‹?«, fragte Robert und bereute es gleich wieder.

»Das kann ich dir gern sagen, Junior«, freute sich Rüttgens über die Aufmerksamkeit. »Wenn du es für dich behältst. Behältst du es für dich?« Rüttgens wirkte eigentlich eher so begeistert, als wollte er, dass Robert es allen weitererzählte. Was auch immer da gleich kommen sollte.

»Mach ich«, sagte Robert und räusperte sich laut, so als entwertete das heimlich sein Versprechen.

»Also pass auf: Weil ich einen Hochbelastungsberuf ausübe, der mir auf den Rücken geht wie nix, bezahlt mir meine Krankenkasse einmal im Jahr eine Kur. Dann reise ich ins wunderbare Bad

Wildbad im Schwarzwald. Da gibt es die Fürstenbäder und das königliche Kurtheater, und du wirst rund um die Uhr betreut. Es ist, wie wenn du zu deiner Mama heimfährst, Junior. Und ich fahr *da* hin. Nach Bad Wildbad. Jedes Jahr um die gleiche Zeit. Und da hab ich auch meinen Kurschatten. Weißt du überhaupt, was ein Kurschatten ist, Junior?«

»Ich glaube schon«, sagte Robert, der es nicht wusste. Er stellte sich eine Art Sonnenbrand vor.

»Ich hab meinen Kurschatten in Bad Wildbad gefunden«, sagte Rüttgens stolz, während er mit dem rechten Zeigefinger aufs Lenkrad klopfte. »Eine ganz elegante Frau, Sekretärin bei Daimler, die seit zehn Jahren zur Kur dahinfährt. Immer nach Bad Wildbad. Vor neun Jahren haben wir uns beim Rheuma-Schwimmen kennengelernt. Na, und seitdem vögeln wir.«

Robert hätte fast sein Bier ausgespuckt.

»Und weißt du, Junior, was passiert, wenn ich wieder nach Hause komme? Zu meiner eigenen Frau nach Hause? Das errätst du nicht.«

Robert schüttelte den Kopf.

»Dann bin ich der beste Ehemann der Welt. Ich bring der immer was mit. Einen Blumenstrauß und eine ganz besondere Vase aus Bad Wildbad. Da gibt es diesen örtlichen Keramiker, der auch Maler ist. Der malt antike Motive auf seine Vasen. Griechische Mythologie. Jedes Jahr bring ich ihr eine mit. Die sind aber nicht billig. Ganz hochwertig sogar. Und die Martina freut sich jedes Jahr so darüber. Jedes Jahr gibt's eine neue Vase. Und sie freut sich auch, wie ausgeglichen ich nach der Kur bin. Und dann ist sie selbst auch gleich viel ausgeglichener. Selbst die Kinder merken das, wenn sie sich mal wieder blicken lassen. Allen geht's besser nach der Kur.«

»Klingt recht zwielichtig …«, sagte Robert angewidert.

»Das sagst du nur, weil du noch nicht verheiratet bist«, konterte Rüttgens.

Zum Glück kam endlich der Wirt und schloss ihnen das Tor zum Hinterhof auf, wo sie ihre Kästen und Fässer abladen konnten. Robert stapelte acht Kisten auf die Sackkarre, obwohl Rüttgens ihn warnte. »Das fällt dir um und zertrümmert dir den Fuß.«

»Geht schon«, sagte Robert. Nach ein paar Metern sah er ein, dass er mit den acht Kästen unmöglich über den gepflasterten letzten Teil des Hofs kommen würde, der zum Kellereingang der Wirtschaft führte. Er halbierte den Stapel, stolperte aber trotzdem über einen hervorstehenden Pflasterstein, und zwei Kisten helles Export explodierten kurz vor den Mülltonnen. Man könne sich kaum vorstellen, wie viele Scherben und Bier freigesetzt werden, wenn man noch nie zwei volle Bierkisten auf einen Schlag zerstört habe, würde Robert später Hamlet erzählen. Als würden das Glas und das Bier sich vervielfachen.

Nachdem Rüttgens vom Lärm alarmiert um den Wagen herumgelaufen kam, schüttelte er fassungslos den Kopf. Robert wusste, dass er Schaufel und Besen aus dem Wagen holen musste und mindestens die nächsten zwanzig Minuten mit Aufräumarbeiten beschäftigt wäre.

Als sie wieder im Auto saßen und zurück in Richtung Ponholz fuhren, sah ihn Rüttgens nachdenklich an.

»Junior.«

»Ja?«

»Ich hab mir das jetzt länger angeschaut mit dir und wollte auch nicht gleich damit rausplatzen, weil es dich ja auch nicht frustrieren soll, aber ich glaube wirklich, dass aus dir kein guter Bierfahrer mehr wird.«

Robert plante, das später Hamlet als Riesengag zu verkaufen, doch insgeheim war er gekränkt. Er war nämlich durchaus der Meinung gewesen, dass er als Bierbeifahrer eine Menge leistete und locker mithalten konnte mit Rüttgens.

»Und noch was sage ich dir, Junior.«

»Ja, bitte?«, sagte Robert mit leiernder Stimme, weil er nichts mehr hören wollte.

»Ich verfüge aufgrund meiner langjährigen beruflichen Erfahrung als Bierfahrer über besondere Einblicke in die menschliche Natur. Mehr als andere, die den ganzen Tag nur im Büro sitzen. Ich komme mit so vielen Leuten zusammen. Mit den unterschiedlichsten. Und das jeden Tag. Und in Bad Wildbad sowieso.«

Rüttgens fuhr sich mit der Hand über den Bauch, so als freute er sich schon auf das Essen in Bad Wildbad. Robert wollte ihm nicht widersprechen. Auch er hatte in den zwei Wochen als Bierfahrer besondere Einblicke in die menschliche Natur erhalten, die ihm lieber verborgen geblieben wären. In seinem Tagebuch hatte er notiert: »Ich hätte nicht gedacht, dass mich pure Dummheit noch so erschüttern kann. Wie wenig ich doch über Ignoranz wusste, bis ich Wilfried Rüttgens traf.«

»Ja und?«, fragte Robert.

»Die wichtigste Lektion lautet: Es kann jeden treffen. Absolut jeden. Niemand ist davor gefeit, ganz unten zu landen. Wenn man sich nicht zusammenreißt und seiner beruflichen Pflicht nachgeht. Wenn man sich nur von seinen Gedanken leiten lässt. So wie du.«

»Wie meinst du das?«, fragte Robert.

»Ich seh doch, wie du den ganzen Tag mit dem Kopf woanders bist, wahrscheinlich bei den Weibern. Statt deinen Job zu machen. Deshalb hast du uns heut auch vierzig Liter Bier verschüttet. Du musst lernen, dich zu konzentrieren, sonst wirst du es später noch ganz schwer im Leben haben.«

»Sehr erhellend«, sagte Robert. »Danke, Wilfried.«

»Da brauchst du gar nicht so siebengescheit tun.« Wilfried Rüttgens klang jetzt beleidigt, fühlte sich als Weiser vom Galgenberg offensichtlich nicht genug gewürdigt. »In ein paar Jahren bist du froh, wenn ich dich wieder mitnehme. So gut wie beim Fürst verdienst du nämlich nicht als ... was studierst du gleich wieder?«

»Lehramt Gymnasium«, sagte Robert, der ihm dieselbe Frage letzte Woche schon beantwortet hatte.

»Lehrer? Um Gottes willen. Die armen Kinder. Sagst du mir bitte, wo, damit ich meine Enkel warnen kann?«, lachte Rüttgens, der wieder bester Dinge zu sein schien. »Aber gut, dann hast du wenigstens jede Menge Ferien«, schloss er seine Analyse.

»Genau. Und in denen arbeite ich dann wieder als Bierfahrer mit dir«, sagte Robert.

*

Ab der dritten Woche stritt Robert im Akkord mit Rüttgens. Es hatte damit angefangen, dass er den schwarzen Kellner eines Edelrestaurants in Kallmünz als »Neger« bezeichnete. Nicht nur insgeheim im Siebeneinhalbtonner, sondern im Restaurant, vor allen Leuten. *Frag doch mal deinen Neger, ob er uns noch einen Spezi bringt,* hatte Rüttgens zum Wirt gesagt. Robert ging im Anschluss zu dem Kellner hin und entschuldigte sich für seinen Vorgesetzten.

Ich hab mich schon mehrmals beim Fürsten über das rassistische Schwein da beschwert, sagte der Wirt und nickte in Richtung Rüttgens. Mit dem »Fürsten« meinte er die Brauerei.

Und?, fragte Robert.

Na ja, die schicken ihn immer noch her, wie du siehst, sagte der Wirt.

Am Freitag der dritten Woche nannte Robert Rüttgens schließlich ein »Arschloch«. Das war, nachdem Rüttgens gemutmaßt hatte, man könne in dem China-Restaurant in Burglengenfeld sicher auch nach »Schnackseln« fragen, die asiatischen Bedienungen dort würden sich sicher gerne etwas dazuverdienen.

Rüttgens reagierte seltsam gelassen auf die Beleidigung. Robert hatte auf eine höhere Eskalationsstufe als *Das »Arschloch« nimmst du bitte zurück* gehofft.

»Mit einem Rassisten will ich nicht arbeiten«, setzte Robert nach, doch Rüttgens nickte nur stumm in sich hinein. Nach einer Weile sagte er: »Was glaubst du, was ich schon alles erlebt habe in der Gastronomie? In solchen Restaurants. Leute wie du, Junior, die haben ihr Wissen über das Leben da draußen doch nur aus Schulbüchern. Ihr wisst doch nichts über das echte Leben. Eure Eltern waren 68er, stinkfaule Leute, die sich vom Geld ihrer Eltern ein feines Leben gemacht haben und auf der Straße ›Ho Chi Minh‹ geplärrt haben. Und dann sind sie alle Lehrer geworden, weil man da ein halbes Jahr Ferien hat. Aber vom echten Leben haben die keine Ahnung, und woher sollt ihr dann eine haben?«

»Meine Eltern sind Gärtner, keine Lehrer, Wilfried, du dummer Hund«, sagte Robert, dessen Wut auf Rüttgens ihren Höhepunkt überschritten hatte. Er beschloss, auf kalte Verachtung umzuschalten.

»Ich werde der Brauerei sagen, dass ich dich nicht mehr mitnehme. Du bist respektlos und vermutlich auch noch Kommunist.«

»Fick dich«, sagte Robert ruhig, stieg aus, schlug die Beifahrertür hinter sich zu.

Rüttgens rutschte vom Fahrersitz auf den Beifahrersitz, kurbelte das Fenster ganz hinunter und rief ihm ohne jeden Spott hinterher: »Du hast noch deinen Geldbeutel im Handschuhfach.«

»Verdammte Scheiße!«, sagte Robert mehr zu sich und ging zurück zum Siebeneinhalbtonner. Es wäre so ein schöner Abgang gewesen.

*

Als Rothkowski gegen achtzehn Uhr nach Hause kam, lag Robert in der Badewanne und rauchte Gras, das er von David geschenkt bekommen hatte, der es wegen Irmi hatte loswerden wollen. Er war selbst noch nicht lange zu Hause, schließlich musste er nach dem

Streit mit Rüttgens mit dem Zug aus Burglengenfeld nach Hause fahren.

»Schon Feierabend?«, rief Robert nach draußen in den Flur. Er hörte, wie Rothkowski zum Kühlschrank ging. Ein Kühlschrank, in dem Robert nichts deponierte außer das eine oder andere Bier oder einen Vanillejoghurt.

Rothkowskis Bierfahrer hieß Lothar, war ein übergewichtiger, freundlicher Mann mit ergrautem Lockenkopf, der jeden Tag mit Rothkowski im Wagen einen Kasten Bier leer trank. Rothkowski hatte dieses Jahr eine der gefragten Altstadttouren ergattert, bei denen man mehr schleppen musste, weil zwischen den Einsatzorten maximal fünf Minuten Fahrt lagen. Dafür bekam man exorbitant mehr Trinkgeld und lernte die heimische Gastro-Elite kennen.

In der Regel war Rothkowski bester Dinge, wenn er abends nach Hause kam, und sang »*Strada del Sole*« von Rainhard Fendrich oder einen anderen österreichischen Schlager, mit dem auch Robert groß geworden war.

Heute war Rothkowski merkwürdig still.

»Alles gut?«, fragte Robert nach draußen.

Rothkowski bewegte sich so leise, dass Robert ihn nicht kommen hörte und er so plötzlich im Türrahmen vom Badezimmer auftauchte wie ein Gespenst um Mitternacht. Seine dunkelgrünen Augen waren weit in die Höhlen gerutscht, und sein Gesicht war weiß und teigig. Robert wäre beinahe vor Schreck der Joint ins Wasser gefallen. »Wie war die Schicht?«, fragte er.

»Ich war heute Morgen beim Arzt.« Selbst Rothkowskis Stimme war blass.

»Wieso warst du beim Arzt?«

»Wegen der Koliken.«

»Was sind Koliken?«

»Bauchweh.«

»Und was sagt der Arzt?«

»Bauchspeicheldrüse ist entzündet.«

»Und jetzt? Ist das schlimm?«

»Hab die Leberwerte überprüfen lassen. Grad kam der Anruf. Meine Werte sind total im Arsch. Darf ein Jahr lang keinen Alkohol trinken und nichts Fettiges essen, sonst krieg ich einen Herzkasperl. Exitus promptus, verstehst du mich? Einfach weg vom Erdboden, und das mit Anfang zwanzig.«

»Scheiße«, sagte Robert und fühlte sich jetzt schon schuldig. Sein Leben war ein einziges Baden im Alkohol, wenn er nicht gerade als Bierfahrer arbeitete, es war schier unmöglich, das aus Rücksicht auf Rothkowski zu kaschieren. Trotzdem wollte er Solidarität zeigen.

»Ich geb mein Bier weg«, sagte Robert, machte den Joint im Wasser aus, legte ihn auf den Badewannenrand und strich sich den Schaum aus den Haaren. Dann fiel ihm ein, dass er ja schon vier Kästen aus der Brauerei mit nach Hause genommen hatte. Um die täte es ihm dann doch leid.

»Du spinnst wohl«, sagte Rothkowski. »Du bist ab jetzt mein Wirtskörper. Durch dich trinke ich weiter. Durch dich gehe ich weiter feiern, und durch dich ficke ich auch. Du musst mir einfach nur alles erzählen, mich teilhaben lassen. Vielleicht auch zuschauen.«

»Das klingt very, very creepy«, sagte Robert. »Und ficken kannst du doch auch nüchtern.«

»Das wird zu beweisen sein«, sagte Rothkowski und schlich zurück in die Küche. »Vielleicht leihst du mir ja mal eine deiner Gespielinnen aus.«

»Ungern«, rief Robert ihm hinterher und fühlte sich plötzlich ganz schutzlos in der halbvollen Badewanne im türlosen Badezimmer. »Very, very creepy«, sagte er noch mal zu sich selbst.

*

Immerhin absolvierte Rothkowski noch tapfer seine letzte Woche in der Brauerei, während Robert krankgemeldet zu Hause blieb und hoffte, dass sie ihm die ersten drei Wochen voll ausbezahlten. Er brauchte das Geld dringend, denn Anfang September wollte er mit Hamlet nach Spanien und Portugal. Die Brauerei zahlte, offensichtlich hatte ihn Rüttgens doch nicht wegen Beleidigung gemeldet.

Als sie nachts losfuhren, war Robert froh, endlich für ein paar Wochen aus der Stadt verschwinden zu können. Die nullprozentige Wahrscheinlichkeit zu genießen, irgendwo an der Algarve Antonia und einem ihrer neuen Liebhaber über den Weg zu laufen. Die depressive Musik aus Rothkowskis Zimmer nicht hören zu müssen und nicht um sieben Uhr früh noch mit Turkey und einer Flasche Aquavit am penibel gewischten Tresen zu sitzen.

Hamlet war so ausgelassen, wie er ihn lange nicht erlebt hatte, voller Erzählungen und absurder Späße. Zum Beispiel vergrub er Roberts Schuhe einen Meter tief am Campingplatz und fertigte eine Schatzkarte für ihn an, um sie wiederzufinden.

»Hast du dich eigentlich noch mal mit Denise getroffen?«, wollte Robert bei einem Dosenbier am Strand von Faro wissen. Es war so lange nicht mehr von Denise die Rede gewesen, dass er das Thema fast ganz vergessen hatte.

»Ja, klar. Öfter sogar«, sagte Hamlet und drückte eine Zigarette im nachtgrauen Sand aus.

»Wirklich?« Robert fragte sich, warum er davon nichts wusste.

»Ja, regelmäßig sogar«, sagte Hamlet.

»Schlaft ihr miteinander?«

»Jedes Mal«, sagte Hamlet lächelnd.

Statt sich für ihn zu freuen, dachte Robert mit Bedauern an Kristin König. »Gratuliere«, sagte er mit Blick auf ein Lagerfeuer ein paar Meter weiter westlich von ihnen.

»Aber sie hat immer noch ihren Freund. Es ist nur eine Affäre«, sagte Hamlet und klang trotzdem stolz.

21

REVOLUTION

»Neologismen fallen heute aus«, sagte Henry.

Er hatte sich die Haare halblang wachsen lassen und sah jetzt aus wie ein gesünderer Kurt Cobain mit runden, wachen Augen und Geheimratsecken. Er stand mit einem Thermobecher inmitten dieses Bienenstocks aus mit braunen Kaffeebechern uniformierten, durcheinanderredenden Menschen, und es roch nach Senf und Zigaretten. Robert schaute sich nach einem freien Sitzplatz für sie um. Von einem Tisch ganz hinten beim Fenster, das hinaus in den grausten Tag des Monats und auf die lange und dunkelgeregnete Betontreppe ging, winkte David Deininger, der in einem Geheimratseckenwettbewerb durchaus mit Henry hätte mithalten können. Der Unterschied: Henrys Geheimratsecken waren seit dem ersten Semester unverändert, David hatte im Lauf der letzten beiden Semester Haare verloren wie Winterfell.

Deininger saß mit Sabine Zeitl am Tisch, die ihrerseits mittlerweile ganz kurze Haare trug. Auf sie war Robert nicht gut zu sprechen, seit sie Flyer für die Whitesnake-Coverband ihres Freundes verteilt hatte und sie stapelweise über die von Herman Lush für ein Konzert am selben Tag gelegt hatte. David schien das nichts auszumachen, wenn er Sabine Zeitls enthusiastisches Lachen richtig deutete.

»Warum fallen Neologismen aus?«, fragte Robert und nahm die Kapuze seines Parkas ab, er war gerade erst aus dem Regen in die Cafeteria gekommen. Robert hatte sich die Haare rot gefärbt, doch unerklärlicherweise war ein Schuss Lila dazugekommen. Von seinem Portugal-Urlaub war ihm zudem ein Vollbart geblieben. Deininger hatte ihn erst gestern »Lila-Laune-Punk« genannt, und Robert überlegte immer noch, ob er das als Beleidigung auffassen sollte.

»Wegen dem Streik fallen sie aus«, sagte Henry, mit dem sich Robert in den letzten Wochen wieder öfter an der Uni verabredet hatte. Nicht nur weil Henry nach wie vor sein Hauptdealer für Germanistik-Unterlagen war und er ihn ganz sympathisch fand, sondern auch weil er herausgefunden hatte, dass Henry sehr gut mit Koen, dem holländischen Freund oder Ex-Freund von Kristin König, befreundet war. Denn so ganz abgeschrieben hatte er die König noch nicht. Immerhin hatte sie ihn »gut aussehend« genannt, vielleicht musste er sich nur eine Zeit lang unauffällig verhalten, dann konnte er ihr erneut Interesse signalisieren. Diesmal leichter, spielerischer, wie ein Tänzer. So, wie seine Großtante Franzi gesagt hatte.

»Welcher Streik?«, fragte Robert und deutete auf gerade frei gewordene Plätze an einem der runden Tische gleich in der vordersten Reihe neben der Säule, wo ein Wahlplakat der konservativen Studentenpartei RCDS klebte; darauf abgebildet war der Superathlet aus dem GLC III, der ihm die beschissene Vespa verkauft hatte, die schon nach zwei Wochen nicht mehr angesprungen war. Er hatte auch nur noch die Hälfte vom Kaufpreis im Roller-Laden dafür bekommen. Ganz sicher hatte der Superathlet ihn absichtlich über den Tisch gezogen. Dass er jetzt für den RCDS kandidierte, war praktisch der nachträgliche Beweis für seine faulige Gesinnung. Seinen hämischen Blick konnte auch das falsche Lächeln auf dem Plakat nicht kaschieren.

»Die Pädagogen streiken«, sagte Henry und stellte seinen Thermobecher wie in Zeitlupe auf den Tisch.

»Warum streiken die? Und warum fällt das überhaupt auf, die haben im Schnitt doch eh nur fünf Wochenstunden.«

»Lehrstellen werden gestrichen. Und es sollen Studiengebühren erhoben werden«, ignorierte Henry seinen Witz.

»Studiengebühren? Nur für die Pädagogen?«

»Nein, für alle. Aber die Pädagogen haben angefangen mit dem Streik. Auf jeden Fall solidarisieren sich die anderen Fachschaften hier im Gebäude mehr und mehr und viele der Profs auch. Die Germanisten sind schon involviert, aber das ist nur der Anfang.«

»Also fällt Lyrik des Barock auch aus?«, fragte Robert und konnte die Begeisterung in seiner Stimme kaum unterdrücken.

»Ich denke schon.« Henry hatte ein Notizbuch aus seiner Umhängetasche geholt und blätterte darin.

»Das ist ja hochinteressant.« Robert stand auf und holte sich einen Kaffee am Automaten. Auf halbem Weg drehte er noch mal um und fragte Henry, ob er auch einen wolle. Der hob leicht vorwurfsvoll seinen Thermobecher in die Luft, so als wollte er sagen: *Wie viel Kaffee soll ich denn noch in mich reinschütten?*

Als Robert wiederkam, musste er fragen, was ihm unter den Nägeln brannte. »Was ist denn jetzt mit dem Holländer?«

»Koenraad meinst du?«

»Vermutlich. Ich kenn ihn nur als Koen«, sagte Robert.

»Der kommt jetzt gleich«, sagte Henry und zeigte beim Lächeln ein bisschen zu demonstrativ die Zähne, fast so als fletschte er sie.

»*Spit it out*, Henry, läuft da was?«

Henrys gefletschtes Lächeln verschwand, er vergrub die Hände in seinen halblangen Haaren, bemerkte die Unordnung in seiner Frisur und strich die Haare wieder nach hinten.

»Der hat eine Freundin, Mann«, sagte er und richtete sich wieder auf. »Obwohl es da offenbar Probleme gibt.«

»Aber hat er überhaupt ein Herz für Männer?«

»Das wird sich noch herausstellen«, sagte Henry, aber optimistisch klang er nicht.

Robert erwartete jeden Moment, dass Koen auftauchte, und

sogar mit dem dauerabsenten Rothkowski hätte er eher gerechnet als mit der Person, die als Nächstes durch die Glastür in die Cafeteria kam. Selbst ein wiederauferstandener Hibiskus hätte ihn kaum mehr überraschen können.

In einem grünen Wollmantel, dunkelblauer Strumpfhose und groben braunen Stiefeln betrat eine beschwingt wirkende Antonia Brandt die Philosophisch-Theologische Fakultät und klappte einen schwarzen Regenschirm zu.

Robert starrte sie mit offenem Mund an, und sie sah ihn sofort. Gewissermaßen entschuldigend hob sie die Hände, so als hätte sie ihn in seinem eigenen Badezimmer überrascht, und ein bisschen fühlte es sich auch so an. Weil er nicht wusste, wie er sich verhalten sollte, winkte er sie zu sich an den Tisch. Er konnte die nasse Novemberkälte an ihr riechen, und doch erschien sie ihm ganz warm vor Lebensbegeisterung. Da war kein Funken Abneigung.

»Hi«, sagte sie. Und: »Hallo, Henry.«

Henry nickte wohlwollend.

»Was machst du denn hier?«, fragte Robert.

»Ich hab einen Termin bei der Studienberatung.« Sie fuhr sich durch die Haare. Er hatte sie noch nie mit so langen Haaren gesehen. Es war merkwürdig, als ob sie eine Schauspielerin wäre, die er nun zum ersten Mal privat traf und nicht mehr in ihrer beim Publikum so beliebten Rolle als Antonia Brandt. Er war ruhig, ganz ohne Angst oder Wut, spürte nur eine Schiffsschaukel-Flauheit im Unterbauch. Sie roch auch privat immer noch nach Karamell und Zitrone.

»Heißt das, du willst doch noch studieren?« Er bedeutete ihr, sich auf den freien Hocker zu setzen.

»Nur vielleicht. Nach der Ausbildung. Ich hab ja nicht mehr lang. Ich würde gerne Französisch beziehungsweise Romanistik studieren. Hast du mir doch selbst mal nahegelegt.« Sie lachte verschämt, als hätte sie etwas furchtbar Albernes gesagt.

»Auf Lehramt?«, wollte Robert wissen und musste an seine alte

Wohnung beim Fernsehturm denken, die immer so staubig gewesen war, dass Antonia sie »Wüstenhotel« genannt hatte.

»Das weiß ich noch nicht«, sagte sie. »Deshalb gehe ich ja zur Beratung.«

»Na du?«, sagte jemand zu Henry. Von hinten war Koen, der Holländer, an ihren Tisch herangetreten. Er war mindestens 1,90, goldblond, und seine Geheimratsecken ließen die von Deininger und Henry einsam hinter sich.

»Darf ich mich zu euch setzen?«, fragte Koen.

»Aber klar doch«, sagte Robert, obwohl eher Henry gemeint gewesen war.

Koen setzte sich und überragte sie alle dabei trotzdem noch.

Antonia streckte die Hand aus. »Wir kennen uns«, sagte sie.

»Ja«, sagte Koen und zeigte seine großen, weißen Zähne. »Vom Rafting-Kurs in Bodenmais, richtig?«

»Genau«, sagte Antonia und lächelte.

Rafting-Kurs? Robert musste sich verhört haben. Henry blickte interessiert zwischen den beiden hin und her.

»Du warst da mit deinem Freund«, sagte Koen und zog seine enge, schwarze Lederjacke aus.

»Und du mit deiner Freundin Kristin, oder?«, fragte Antonia. »Wie geht es ihr?« In Robert schlugen so viele unterschiedliche Emotionen gleichzeitig ein, dass er am liebsten *Stopp, nicht so schnell!* geschrien hätte. Doch es kam noch besser.

»Leider ist sie nicht mehr meine Freundin«, sagte Koen. Seine schönen Zähne strahlten durch die trübe Cafeteria, als könnte er sie von innen heraus beleuchten wie ein Monument bei Nacht.

»Ach, das tut mir leid. Ich fand sie nett«, sagte Antonia, während Robert versuchte, nicht das Bewusstsein zu verlieren.

»Die beiden waren auch mal ein Paar«, sagte Henry zu allem Überfluss und deutete abwechselnd auf Antonia und Robert. So wie er das sagte, klang es nach dem Anfang eines Witzes.

»Aha, das ist gut. Alles hängt zusammen«, sagte Koen. »Erstes Gesetz des Universums: Alles hängt zusammen«, wiederholte er, als müsste er alle davon überzeugen.

»Ich muss mal wieder los«, lächelte Antonia und legte ihre Hand in Roberts Nacken, was ihn für ein paar Sekunden lähmte. »Schön, dich getroffen zu haben. Vielleicht können wir uns ja wieder besser verstehen in Zukunft«, sagte sie leise und nur zu ihm, obwohl die anderen es sicher hören konnten.

»Klar, wir können uns ja mal treffen«, sagte Robert, ohne zu wissen, was er da sagte.

»Ich finde deine lila Haare interessant«, sagte sie und dann viel lauter: »Viel Spaß noch«, zum Rest des Tisches, winkte zaghaft, dann war sie schon auf der Treppe.

»Wie lange wart ihr zusammen?«, fragte Koen, als Antonia weg war.

»Ein Jahr vielleicht«, sagte Robert. Er schüttelte sich innerlich, als hätte ihn jemand mit Eiswasser übergossen.

»Ja, ja, Beziehungen sind schwierig.« Koen rieb freundschaftlich Henrys Arm.

»Ach«, machte Henry. »Ich wusste gar nicht, dass du nicht mehr mit Kristin zusammen bist.«

»Es war immer ein Hin und ein Her«, sagte Koen. »Aber jetzt haben wir das gemeinsam beschlossen.«

»Gemeinsam was beschlossen?«, fragte Robert.

»Keine Beziehung zu führen. Aber wir sind noch sehr gut befreundet. Wir sehen uns täglich.«

»Aber ihr habt nichts mehr miteinander?«, fragte Robert. »Also rein physisch?«

»Physikalisch? Was meinst du?«

»Er meint Sex«, sagte Henry.

»Ach so«, lachte Koen, ohne die Frage zu beantworten. »Bist du interessiert an Kristin?«, fragte er stattdessen.

Robert schaute verlegen zum hinteren Tisch, an dem Deininger immer noch mit Sabine Zeitl saß und irgendeinen Klamauk machte. »Ich kenne sie ja kaum«, sagte er. Ohne sich wieder Koen zuzuwenden.

»Sie hat aber von dir erzählt«, sagte Koen. »Ihr habt euch getroffen. Ich schätze es so ein, dass sie dich mag.«

Henry sah Robert prüfend bis mahnend an. Robert interpretierte es so, dass er gefälligst nicht alle Aufmerksamkeit auf sich ziehen sollte.

»Ich muss in die Bibliothek«, sagte er deshalb, nahm seinen Armeerucksack, ging die Treppe hoch, auf der anderen Seite wieder runter, nahm den südlichen Ausgang und fuhr zurück in die Altstadt.

*

Drei Tage später streikten endlich auch die Anglisten, sein gesamter Unterricht fiel aus, und Robert aß mit seiner Mutter zu Mittag in der eher teuren Osteria in der Deischgasse, ganz in der Nähe seiner Wohnung. Sie hatte ihm einen Korb mit Lebensmitteln und eine Salatschleuder mitgebracht, dann hatte sie angefangen, die Küche zu putzen. Er hatte in seinem ganzen Leben noch keine Salatschleuder in der Hand gehabt und wusste nichts damit anzufangen. Vormittags war er noch auf einer Kundgebung im Audimax gewesen, dem größten Hörsaal auf dem Campus und gleichzeitig Konzertsaal, hatte mit Deininger den Superathleten vom RCDS ausgebuht und die Sprecher des eher linken Allgemeinen Studierendenausschusses AStA bejubelt, ohne auch nur einen von ihnen zu kennen.

»Worum geht's bei dem Streik?«, fragte ihn seine Mutter bei den Resten des Vitello Tonnato, das sie für sie beide als Vorspeise bestellt hatte.

»Du, ich weiß es ehrlich gesagt gar nicht so genau. Studiengebühren, glaub ich«, sagte Robert, leckte sich die sämige Thunfischsauce von der rechten Seite seiner Unterlippe.

»Das ist aber doch schade, dass du das nicht weißt«, sagte seine Mutter. »So ein Streik ist doch auch ein Zeichen.« Sie hielt kurz inne. »Wobei man schon mal sagen muss, dass ihr Studenten ja im Grunde genommen das schönste Leben habt.«

»Wieso haben wir das schönste Leben?«, fragte Robert. Sie hatten beide aufgegessen, und Robert hielt ihr eine Zigarette hin.

»Nein danke«, winkte sie ab. »Nicht nach der Vorspeise. Was wolltest du wissen?«

»Wieso wir das schönste Leben haben.«

»Ach so, ja. Weil ihr umsonst studiert. In Amerika kostet das viel Geld. Und weil ihr so gut wie nichts zu tun habt. Ich hab mal die Tochter von der Gerti gefragt, die im ersten Semester Sport und Physik studiert. Die hat gesagt, sie hat weniger Wochenstunden als in der Schule.«

»Das kommt ganz auf den Studiengang an«, sagte Robert und spürte Gefahr im Verzug.

»Jetzt sag mir nicht, dass du mehr Stunden hast. So viel Musik, wie du machst. Ständig Auftritte. Und dann arbeitest du auch noch in der Kneipe jede Nacht. Du bist ja praktisch nie zu erreichen. Und auch kaum mehr daheim.«

»Du wolltest doch, dass ich mehr arbeite«, sagte Robert, der hoffte, dass sie nicht aufs Thema Miete zu sprechen kam. Denn die hätte er in der Tat längst selbst bezahlen können, würde er nicht beinahe sein gesamtes Geld für CDs ausgeben. Außerdem hatte er sich gerade für siebzig Mark im Monat eine permanente Internetverbindung besorgt, mit der er MP3s herunterladen und sie auf CD brennen konnte. Das verringere seine CD-Kosten, argumentierte er sich selbst gegenüber, doch bisher hatte sich das nicht wirklich bewahrheitet.

»Ist das denn eine richtige Arbeit?«, sagte seine Mutter und trank einen Schluck Rotwein aus dem riesigen Glaskelch, als schützte sie sich dadurch vor Roberts zu erwartender empörter Replik.

»Stell du dich doch mal bis sechs Uhr früh in so eine Teergrube mit lauter betrunkenen Juristen, Leuten mit Messern unter der Jacke, auf dem Klo kopulierenden Pärchen und pöbelnden Punks«, sagte Robert.

»Musst du immer gleich so übertreiben?«, sagte seine Mutter. »Du kannst doch auch was anderes arbeiten. Du warst doch auch schon Hausmeister. Das kann man tagsüber machen.«

»Da musste ich Tauben erschießen.«

»Dann kommst du halt wieder zurück in die Gärtnerei. Dein Papa würde sich freuen.«

»Ganz sicher würde er das«, sagte Robert. »Damit er mich wieder –« Der Kellner unterbrach ihn mit dem Hauptgericht. Er wünschte seiner Mutter übertrieben einen guten Appetit und pries das Hauptgericht an: Verdesca alla Molese, Kleinhai mit Safransauce. Ihm reichte der Kellner wortlos das Schnitzel Milanese, das Robert bestellt hatte. Seine Mutter stocherte so ehrfürchtig in ihrem Beilagengemüse herum, als wolle sie dem Hai nicht wehtun.

»Hier hat Roger Whittaker schon gegessen«, sagte sie, und bevor Robert etwas Abfälliges erwidern konnte, fügte sie hinzu: »Und Paul Breitner.«

»Ja, wirklich?«, sagte Robert. Immerhin war das Thema Arbeit und Geld vom Tisch. »Wie geht's dir eigentlich, Mama?«

»Mir geht's gut, wie soll's mir auch gehen. Warum fragst du denn?« Sie schien ernsthaft überrascht von seiner Frage zu sein.

»Nur so. Kann man doch mal fragen.«

Nach diesem kurzen Moment der Irritation fragte sie: »Was macht eigentlich die Antonia?«, und schaffte es, das einzige noch unangenehmere Thema als Geld anzuschneiden.

»Einen Rafting-Kurs. Aber wir sind doch schon seit Ewigkeiten nicht mehr zusammen, Mama.« Robert nahm einen viel zu großen Bissen von seinem Schnitzel, sodass es ihm beim Schlucken beinahe die Luft abschnürte.

»Aber habt ihr denn gar keinen Kontakt mehr? Ich fand die so erfrischend.«

»›Erfrischend?‹«, wiederholte Robert ungläubig.

»Die war doch immer so aufgeschlossen und positiv, oder?«

»Ganz im Gegensatz zu mir, willst du damit sagen? Mama, wir haben uns getrennt. Die war ganz schön unerbittlich zuletzt. Bitte erzähl mir doch jetzt nicht, wie erfrischend du sie findest.«

»Jetzt sei doch nicht so empfindlich. Du wirst schon auch nicht leicht zu ertragen sein in einer Beziehung. Ich brauch ja nur deinen Vater anschauen«, sagte sie und griff nach ihrem Rotwein-Schutzschild.

*

Am nächsten Tag fuhr er trotz des Streiks an den Campus, denn er hatte gehört, dass die Psychologen an vorderster Front streikten und für den Mittag eine Kundgebung angesetzt hatten. Und wie er Kristin König einschätzte, war sie ein Aktivposten. Er hatte jetzt beschlossen, dem Ganzen noch mal nachzugehen, nachdem er quasi von Koen selbst bestätigt bekommen hatte, dass sie über ihn sprach und außerdem wieder Single war. Antonia wiederzusehen war ein Flash gewesen, hatte ihn aber nur noch mehr darin bestätigt, sich auf Kristin zu konzentrieren, immerhin war sie mit ihrem Freund beim Rafting gewesen, wer auch immer das gerade war.

Während er mit dem einbeinigen Christian – der statt des linken Fußes eine Prothese trug – und Deininger im nadelartigen Regen vor der vier Meter hohen Blechkugel-Skulptur auf dem zentralen Platz stand und nach Kristin König Ausschau hielt, füllte sich der Platz mit Hunderten von Studenten in Herbstjacken, Mützen und überwiegend beigen Schals. Robert war überrascht, so viele Lehramtsstudenten zu sehen. Normalerweise trauten die sich noch nicht einmal, was für Greenpeace zu unterschreiben, aus Angst, das Kultusministerium könne davon Wind bekommen, es irgendwo vermerken und ihnen die Lehrgenehmigung verweigern.

»Was ist eigentlich mit Rothkowski?«, fragte Deininger und kaute auf etwas herum. »Eine Studentenrevolte ohne Rothkowski, das gibt's doch eigentlich nicht.«

»Was kaust du da?«, fragte Robert.

»Kautabak«, sagte Deininger.

»Kautabak? Das ist ja geil«, sagte der leicht zu begeisternde Christian, der David Deininger idolisierte. »Kautabak. Das ist mal eine geile Idee.«

Jetzt beruhig dich wieder, dachte Robert.

»Er hat gesagt, er nimmt den Streik zur Kenntnis«, sagte Robert. »Und wir sollen für ihn mitrandalieren.«

»Ist er immer noch depressiv wegen der Leberwerte?«, fragte David.

»Er hat gesagt, auf allen guten Demonstrationen wird gesoffen, LSD genommen und gevögelt. Also muss er leider zu Hause bleiben. Aber er demonstriert durch mich mit. Ich bin sein Wirtskörper.«

»Was für ein Spinner«, sagte Deininger mehr bewundernd als befremdet, und Christian klatschte tatsächlich Beifall.

»Gut, dass ich euch zwei Arschbacken treff«, sagte jemand hinter ihnen. Georg Ganserer, der Blues Brother mit dem brachialen Humor, war da, im Schlepptau die aparte Johanna. Seltsame Kombination, fand Robert.

Er kannte Johanna als Bedienung eines Kaffeehauses in Straubing, in dem er in der Oberstufe oft gewesen war. Damals war sie ihm unerreichbar vorgekommen, doch an der Uni hatte er sie als zugänglich, aber auch einigermaßen neurotisch kennengelernt. Sie hatte eine Menge Ticks, zum Beispiel riss sie oft den Mund weit auf und ließ ihn offen stehen, wenn sie eine ihrer Aussagen besonders unterstreichen wollte oder sich empört gab. Oder sie fand alles besonders »lieb«. Außerdem hatte sie nach einer Wohnheim-Feier stockbetrunken bei ihm übernachtet und so laut geschnarcht, dass sie ihren erotischen Mythos vollständig eingebüßt hatte.

»Mensch, der Sankt Georg«, sagte Deininger, der den Ganserer noch aus der Schule kannte und ihn »Sankt Georg« nannte, weil er Theologie studierte.

»Ich hab was für euch, ihr Banditen. Die AStA-Leut haben mich gefragt, ob ich mit Blues Bruder bei der Kundgebung nächsten Dienstagnachmittag im Foyer vom Audimax spielen will, aber wir haben da einen Gig im Roxy.«

»Nachmittags spielt ihr im Roxy?«, fragte Robert.

»Nein, abends natürlich. Aber das ist uns zu viel Trouble, außerdem arbeitet unser Schlagzeuger tagsüber auf dem Bau, der kann nachmittags gar nicht«, sagte Sankt Georg Ganserer.

»Und jetzt sollen wir da spielen?«, folgerte David Deininger.

»Genau. Ihr passt ja eh viel besser, weil, ihr seid ja politisch, oder? Wir machen nur Coverversionen.«

Christian klatschte in die Hände, sagte leise: »Yes.«

»Haben wir eine politische Message, Bley?«, wandte sich Deininger an Robert.

»Alle Studenten sind Wichser«, sagte Robert, woraufhin Christian einen hysterischen Lachanfall bekam. Da lief Kristin König an der Kugel vorbei in Richtung Mensa. Robert konzentrierte all seine Gedankenkraft, und tatsächlich schaute sie kurz in seine Richtung. Für eine halbe Sekunde verweilte ihr Blick auf ihm, dann winkte sie und lächelte, ohne stehen zu bleiben.

»Wow«, dachte Robert laut.

»Wow?«, fragte Johanna.

»Ich hab nur jemanden gesehen«, spielte Robert das Monumentalereignis herunter, wollte aber, dass man nachfragte.

»Wen denn?« Johanna kam ihm mit ihrer schmalen Nase ganz nahe, als erwartete sie ein Geheimnis.

»Kennst du wahrscheinlich nicht. Eine Psychologin.«

»Die Kristin? Die gerade vorbeigelaufen ist?«, fragte Johanna und wirkte fast genauso aufgeregt wie er. »Klar kenn ich die. Die ist superlieb. Die gefällt dir?«

Deininger lachte tief. »Ist der Papst katholisch?«

»Ich hab gehört, er ist katholisch«, sagte Robert.

»Das ist doch wunderbar«, sagte Johanna und ließ den Mund offen. »Die hat sich doch gerade von ihrem Freund getrennt, weil der nur nach ihrer Pfeife getanzt hat. Der war viel zu lieb. Der schöne Koen. Die braucht was Wilderes. Ich würde mich bei ihr vorstellen, wenn ich du wäre.«

»Hat er schon«, merkte Deininger an.

»Dann seid ihr Punks dabei?«, fragte Ganserer, unbeeindruckt vom *Talk of the Town* Kristin König.

»Freilich«, sagte Deininger. »Das wird unser Woodstock. Der Torpedo kann ja seine Telecaster verbrennen.«

»Dann geb ich dir die Nummer vom AStA«, sagte Ganserer zufrieden und holte einen zusammengefalteten Zettel heraus. Robert griff danach, doch Ganserer steckte ihn David Deininger in die Jackentasche seines Parkas.

»Ich muss los«, sagte Ganserer. »Gehen wir, Maus?«, fragte er Johanna.

»Danke, Sankt Georg«, sagte David. »*Fight the power!*«

Johanna machte eine Telefonhörergeste in Richtung Robert.

»›Maus?‹«, sagte Robert fassungslos.

*

Am Freitagnachmittag fand eine Großdemonstration in München statt, zu der man umsonst mit organisierten Bussen fahren konnte.

Zunächst wollte Robert nicht, weil er Freitag eigentlich keine Uni hatte und sich von der Donnerstagsschicht in der Kapelle, die er mittlerweile übernommen hatte, regenerieren musste, außerdem arbeitete er ja auch freitags in der Kapelle – oder im »alkoholischen Steinbruch«, wie er es nannte – und fing dort schon um neunzehn Uhr an, Säfte zu pressen und Sternfrucht zu schneiden. Was ihn jedoch letztlich überzeugte, war die realistische Chance auf eine Kristin-Sichtung, und außerdem waren auch David und Hamlet dabei. Hamlet hatte zwar mit dem Streik noch weniger am Hut als er – an der FH wurde nicht gestreikt –, aber er wollte ein Mal im Leben an einer Demo teilnehmen. Offensichtlich hatte er sich gut informiert oder eingelesen, denn er diskutierte im Bus mit seinem Sitznachbarn über Reformen der Studienordnung im Pädagogik-Bereich. Robert fand ihn zunehmend seltsam.

Der Bus hielt irgendwo in Schwabing. Robert kannte sich in München so gut wie überhaupt nicht aus. Er war auch ungern da, selbst knapp zehn Jahre später hing ihm noch die Sache mit seiner Cousine und der Hose mit dem Zebramuster nach. In seinen Augen war München eine Stadt für selbstzufriedene Schnösel, und allein die Tatsache, dass man zwischen manchen Universitätsgebäuden mit der U-Bahn hin- und herfahren musste, turnte ihn ab. Er war in den letzten beiden Jahren ein paarmal mit David und Torpedo in München auf Konzerten gewesen, und mit Herman Lush hatten sie sogar einmal als Vorband im Kafe Kult gespielt, aber das war Subkultur gewesen, die war eh überall gleich. Ein ranziger Punkladen sah in Erlangen genauso aus wie in München. Das war nicht das echte München. Das echte München waren die Leute, die ihn für seinen Dialekt belächelten und in PR-Agenturen arbeiteten.

Nachdem sich die Insassen beider Busse an der Leopoldstraße auf Höhe der U-Bahn-Station Giselastraße versammelt hatten, sprach jemand, den Robert nicht sehen konnte, in ein Megafon und wies sie an, auf den Zug der LMU zu warten. Hamlet hatte eine Thermoskanne mit ziemlich rumlastigem Fruchtpunsch dabei und ein paar Plastikbecher, die er an David, Johanna und Robert verteilte.

»Da ist doch Kristin«, sagte Johanna und deutete nach vorne. Jetzt sah er sie auch. In einem langen, blauen Anorak mit einer schwarzen Mütze entrollte sie ein Plakat, auf dem stand: *Lucky Streik 1997.*

»Was für ein beschissenes Wortspiel«, sagte Deininger, und im ersten Reflex hätte Robert ihm beinahe widersprochen, um Kristins Plakat zu verteidigen, doch dann nickte er. Denn es war ein beschissenes Wortspiel.

»Komm, wir gehen hin und sagen ganz lieb Hallo«, schlug Johanna vor.

»Ich weiß nicht«, sagte Robert und krampfte die rechte Hand so um den Plastikbecher mit dem Fruchtpunsch, dass etwas davon herausschwappte und ihm heiß über die Hand lief. »Fuck«, sagte er.

»Jetzt komm mit, Casanova«, sagte Johanna und nahm seine unversehrte Hand.

»Ich hab mich übrigens schon mal mit ihr getroffen«, sagte Robert auf dem Weg durch die Reihen an Johannas Hand.

»Ja, echt?«, sagte Johanna begeistert. »Und wie war das?«

»Haben uns nicht so gut verstanden.«

»Das glaube ich nicht.« Johanna schüttelte vehement den Kopf. »War vielleicht einfach nicht der richtige Zeitpunkt. Hatte sie da noch den Koen?«

»Kann sein«, sagte Robert.

»Siehst du«, sagte Johanna, und eigentlich waren sie schon da. Kristin König stand mit dem Rücken zu ihnen, das Plakat hatte sie jemand anderem gegeben, sie hatte den Kopf geneigt, tat etwas mit ihren Händen. Dann hob sie den Kopf.

»Hast du für mich auch eine, das wär ganz lieb?«, fragte Johanna, und Robert wünschte sich so sehr, dass sie das mit dem »lieb« bleiben ließ.

Kristin König drehte sich mit einer Zigarette im Mund um. Falls sie erstaunt war, ihn hier zu sehen, ließ sie es sich nicht anmerken. »Klar«, sagte sie zu Johanna und streckte ihr einen Beutel Tabak entgegen. »Du auch?«, nickte sie unglaublich beifällig in seine Richtung.

»Gerne«, sagte er. »Ich wusste gar nicht, dass du selber drehst.«

»Ich wusste gar nicht, dass du selber demonstrierst«, sagte sie, die Augen skeptisch verengt.

»Wie läuft's bei euch?«, fragte Johanna.

Eine Durchsage kam durchs Megafon. »Die LMU ist da«, sagte Kristin und warf ihre kaum gerauchte Zigarette weg, zog sich die schwarze Mütze über die Ohren. »Es geht los.«

Langsam setzte sich der Zug in Bewegung, und weil es viel zu umständlich gewesen wäre, sich wieder nach hinten durchzuwühlen, liefen Johanna und Robert servil neben Kristin König her. Johanna zog ihn zwischen sich und Kristin. Eine Minute später war sie verschwunden.

»Ist das deine neue Freundin oder will sie uns verkuppeln?«, fragte Kristin König.

»Letzteres«, sagte er und hielt ihr seinen Becher hin. »Schluck Fruchtpunsch?«

»Mit Alkohol?«, fragte sie.

»Ja, mit Stroh-Rum sogar. Siebenundvierzig Prozent.«

»Nein danke«, sagte sie. »Reinige mich grade.«

»Reinigen?«

»Kein Alkohol, keine Kohlenhydrate, kein Fett. Nur Zigaretten.«

»Du bist doch eh so schlank«, sagte er, in dem Moment schon ahnend, dass er sich auf dünnes Eis begeben hatte.

»›Du bist doch eh so schlank‹«, machte sie ihn nach. »Mann, das hat doch nichts mit Schlank-Sein zu tun. Da geht es um Entgiftung.«

Er beschloss, nicht weiter nachzufragen, um nicht noch inkompetenter zu wirken.

»Ich bin übrigens wieder Single«, sagte sie nach einer Weile. »Aber das weißt du vielleicht schon. Du hast ja Koen getroffen.«

»Tut mir leid«, sagte er.

»Tut's nicht. Würdest du dich denn noch mal mit mir treffen, nachdem ich beim ersten Mal so rigoros mit dir war?« Jetzt sah sie ihn zum ersten Mal so an, als würde sie ihn mögen. Das Eingeständnis, dass sie hart zu ihm gewesen sei, bedeutete ihm viel. Es erlöste ihn von dem Schuldgefühl, es selbst in den Sand gesetzt zu haben.

»Ist das eine Fangfrage?«, fragte er und trank seinen Punsch aus, bevor die Antwort kam.

»Nein«, sagte sie und zog den Reißverschluss ihres Anoraks ganz hoch, fast über den Mund, sah ihn an und merkte, dass er verunsichert war.

»Also willst du dich jetzt noch mal treffen?«

»Warum nicht?«, sagte er.

»Und warum schon?«

»Weil du mich nicht so ernst nimmst. Und gleichzeitig viel zu ernst. Ich mag das.« Er fand, das klang nicht dumm.

»Das ergibt keinen Sinn«, sagte sie. »Aber ich kann mir schon vorstellen, dass du es magst, wenn man sich mit dir beschäftigt.«

»Magst du es nicht, wenn man sich mit dir beschäftigt?«

»Doch«, sagte sie und gab ihm einen fast unmerkbar schnellen Kuss auf den Mund. So schnell waren ihre Lippen wieder weg, dass sein Nervensystem es gar nicht rechtzeitig zu einemSinneseindruck verarbeiten konnte.

»Aber ich will mich gar nicht unbedingt noch mal auf ein Date treffen«, sagte sie.

»Ach so? Doch nicht?«, fragte er in einer Mischung aus eben gewonnener Selbstsicherheit und Panik, dass sie es sich anders überlegte.

»Das hier ist ja schon das bestmögliche Date. Auf einer Studentendemo entstehen doch die großen Beziehungen.«

»Ja, welche zum Beispiel?«, wollte er wissen.

»Zum Beispiel Baader und Ensslin«, sagte sie, zog ihn an der Hand auf Höhe der Akademie der Künste aus der Menge heraus und küsste ihn.

22
DIE ANKUNFT DER SONNENKÖNIGIN

Robert sah sich jetzt gern als jemand, der in den Revolutionswirren des Studentenprotests gefangen war, in einem Dauerzustand aus Aufstand und Liebe. Er ging auf jede nur denkbare Kundgebung und jeden Vortrag, auch wenn er teilweise vor Übermüdung am Boden eines Hörsaals auf seinem Armee-Rucksack einnickte. Es waren nicht nur die langen Schichten in der Kapelle, die ihn Energie kosteten, sondern vor allem die langen Nächte in der Kramgasse, der dort stattfindende außerordentlich ausdauernde Sex mit Kristin König. Schon am Samstag nach der München-Exkursion hatten sie sich nachmittags bei ihr in der Wohnung getroffen und stundenlang miteinander geschlafen.

Man muss jetzt ja auch wirklich keine Zeit mehr verschwenden, hatte sie an dem Nachmittag gesagt. *Wir müssen nicht erst dreimal ins Kino gehen, bevor wir bumsen.* »Bumsen« hatte er schon lange niemanden mehr sagen hören. Schon gar keine Frau.

Aber ich habe gehört, mit Koen bist du erst vier Wochen lang ausgegangen, bevor ihr euch das erste Mal geküsst habt, hatte Robert angemerkt.

Damals wollte ich mir nur selbst beweisen, dass ich nicht so leicht zu haben bin. Jetzt weiß ich: Ich bin leicht zu haben. Man muss eigentlich nur freundlich zu mir sein und sich für mich interessieren. Also wirklich interessieren.

Mit Kristin König zu schlafen war kein neugieriges Miteinander wie bei Antonia, bei dem sich beide ausprobierten und langsam zusammen Geschwindigkeit aufnahmen. Es war eher ein Unter-die-Räder-eines-Schnellzuges-Kommen. Effektiv und stellenweise brutal. Sie biss ihn in die Handfläche und kniff ihn in den Oberschenkel, teils aus Leidenschaft, teils um zu sehen, ob er es aushielt. Er verfiel dabei in eine ungewohnte Passivität, die sie nicht zu stören schien, auch wenn sie nach dem Sex so was sagte wie *Na, gut erholt?*, dabei aber vorwurfslos lachte.

Wenn sie keinen Sex hatten, schauten sie weder Fernsehen noch hörten sie Musik, an beidem hatte sie kein großes Interesse. Sie fragte ihn lieber aus, wollte viel von ihm wissen, über seine Beziehungen, seinen bisherigen Sex, vor allem aber über seine Eltern und die Gärtnerei und darüber, wie man Lilien anpflanzte. In ihrer spärlich eingerichteten Wohnung in der Kramgasse hingen nur wenige Bilder. Über der Couch eine Art indische Gottheit mit weißem Bart, drei Köpfen und vier Armen in einer Lotusblüte und an der Tür zum Bad die Illustration einer Kaiserkrone, mit den hängenden roten Blüten und ihren nach oben spitz abstehenden Blättern. Das Bild stammte von dem Pflanzenmaler Pierre-Joseph Redouté, sein Vater hatte einen Bildband von dem.

»Die ist giftig«, sagte Robert am Morgen vor dem Herman-Lush-Konzert an der Uni.

»Ich weiß«, sagte Kristin.

»Und sie schreckt Wühlmäuse ab. Wegen dem Geruch.«

»Das war mir neu«, sagte Kristin und lächelte ihn vielversprechend an, während sie einen kleinen Schluck von ihrem grünen Tee nahm.

Hätte Robert gewusst, dass die Botanik so gut bei ihr ankam, hätte er sie schon beim ersten Date im Visconti angewandt. Endlich war die Gärtnerei zu was gut.

»Was genau magst du an mir?«, fragte er sie und steckte sich einen Löffel mit noch warmem Haferbrei in den Mund. Sie hatte ihn aus Weetabix, Haferflocken, Bananen und frischen Orangen angerührt und mit geriebenen Mandeln verziert. Ein beinahe zu ästhetischer Anblick, um ihn mit einem Löffel zu zerstören.

»Du bist gut im Bett.« Sie sah ihn mit schmalen Augen an, als erwartete sie eine ganz bestimmte Reaktion auf ihre Antwort.

Er nahm den Löffel aus dem Mund. »Das ist doch nicht alles, oder?«, sagte er.

»Natürlich nicht. Ich mag, wie du riechst. Und ...« Sie schien zu überlegen oder tat nur so, um ihn zu ärgern.

»Und du hast Ahnung von Pflanzen. Weißt viel über Lilien«, fügte sie hinzu. »Komm, erzähl mir was über Lilien.« Kristin griff hinter sich auf die Ablage nach ihrem Tabak. »Sag mir alles über die da.« Sie deutete auf die Kaiserkrone an ihrer Badezimmertür.

»Das ist tatsächlich eine Lilienart und heißt auf Lateinisch *Fritillaria imperialis*. Du, ich hab aber eigentlich gar nicht so viel Lust, jetzt über Lilien zu reden«, sagte Robert. »Vielleicht später.«

»Dann tu's für mich«, sagte sie. »Weil's mich anmacht. Sexy Gärtner-Boy.«

»Na gut«, sagte er und nahm vorher noch einen Löffel Haferbrei. »Für Lilien musst du ein tieferes Loch graben als gewöhnlich. Mindestens zwanzig Zentimeter auf jeden Fall. Kies oder Sand kann man als Basis für die Drainage nehmen. Dann braucht man natürlich Gartenerde und Kompost. Da setzt du dann die Zwiebeln ein. Die Lilie ist ja eine Zwiebelpflanze. Muss man aber unbedingt düngen, gerade wenn's nicht so sonnig ist. Topf geht auch, aber dann kommt's auf einen guten Wasserabzug an. Staunässe mögen die nicht.«

»›Staunässe‹ klingt so hot«, sagte sie und riss ein Zigarettenpapier ab, verteilte den Tabak. »Und wann setzt man die Zwiebeln ein, Gärtner-Boy?«

»Zwischen Frühjahr und Sommer, wenn ich mich recht erinnere.«

»Natürlich erinnerst du dich«, sagte sie amüsiert. »Du willst doch Gärtner werden, sobald du dein sinnloses Lehramtsstudium abgebrochen hast.«

»Nur über meine moosbewachsene Leiche«, sagte Robert, beugte sich über den Tisch und gab ihr einen Kuss.

*

Es dauerte, mehr über Kristin König herauszufinden. So sehr sie ihn aus der Reserve lockte und regelrecht aushorchte, nur um sich dann anschließend über seine Redseligkeit lustig zu machen, so wenig erzählte sie ihm über sich. Über den Streik, über ihr Studium, über Ex-Freunde redete sie jederzeit. Doch über sich selbst nur indirekt, als wäre das etwas Verwerfliches. Nach drei Wochen hatte er sich folgendes zusammengereimt, was er in seinem Tagebuch notierte:

> Kristin König:
> Direkt, mitreißend, ehrlich, fordernd. Ehrgeizig, zielstrebig, bodenständig. Aber vielleicht auch nur artifiziell bodenständig und in Wirklichkeit ein wenig exzentrisch. Sagt, sie urteilt nicht über andere, sie beobachtet nur. Sagt, sich selbst zu suchen ist reinste Zeitverschwendung. Zeit nutzt man sinnvoller, um anderen zu helfen. Liest Bücher über Buddhismus, bezeichnet sich aber nicht als Buddhistin. Mutter ist Gymnasial-Lehrerin. Vater Musiker, hat die Mutter irgendwann verlassen und sich nach Indien abgesetzt. Hat einen jüngeren Bruder (17), der Leistungssport betreibt. Musikgeschmack irgendwas zwischen Björk und Britpop. Letzte gekaufte CD: LTJ Bukem – »Earth I«. Mag auch die Beastie Boys. Geht gerne in die Oper oder ins Theater. Hatte erst zwei Beziehungen, bezeichnet sich als treu, aber »leicht zu haben«.

Behauptet, sie ist überwiegend ausgeglichen, aber man spürt eine große Ungeduld in ihr. Sagt, sie kann gar nicht glauben, wie man so wenig denken kann, bevor man redet oder reagiert wie ich. Wundert sich über meine »mangelnde Impulskontrolle«. Sagt, sie hätte gerne denselben klaren Zugang zu ihren Emotionen wie ich. Sagt, sie ist nicht besonders empfindsam. Reagiert aber auf jede kleinste Stimmungsveränderung wie ein Geigerzähler. Trockener Humor. Lieblingstee: Grün. Lieblingsgericht: Spinatmaultaschen und Salat. Lieblingsfilme: »Breaking the Waves« und »Frühstück bei Tiffany«. Toll im Bett, weil sie das auch unbedingt sein will. Gibt dort exakte anatomische Anweisungen und stellt Fragen zur Optimierung. Kann sicher viel von ihr lernen.

*

Nachdem der Streik beendet und offensichtlich alle Ziele erreicht worden waren, so genau konnte das Robert niemand sagen, beschlossen Kristin König und er, noch im Dezember ein paar Tage zusammen nach Wien zu fahren, um ihre noch frische Paarung auf Lagerkollerresistenz und somit auf Beziehungstauglichkeit zu überprüfen. Es war ihr Vorschlag, weil sie die Stadt kannte und mochte, aber auch er war von der Idee begeistert, denn Wien galt gerade als Epizentrum von Drum & Bass und elektronischer Musik. Er wollte in dem Café sitzen, in dem Kruder & Dorfmeister auflegten, und danach lange Spaziergänge im Schneematsch an der Donau unternehmen.

Die Tage in Wien hatten angenehm begonnen, mit einem Tag in den Museen rund um den Ring, einem Spaziergang über die Praterinsel und einem Abend, den sie ausschließlich in ihrer Pension verbrachten. Der zweite Tag war ein Samstag, und sie beschlossen,

Klamotten einkaufen zu gehen, ein Vorschlag von Robert, den Kristin eher belustigt als begeistert entgegennahm. Robert hatte gehört, dass es in Wien hervorragende Secondhandläden gebe, und im Internet ein paar Adressen nachgeschlagen. In der Landskrongasse standen sie vor einer Boutique, im Schaufenster jede Menge Schuhe. Robert deutete auf ein grünes Paar Wildlederstiefel mit leichten Absätzen.

»Die sind ganz gut, oder?«

»Nein, viel zu exzentrisch. Ich trag außerdem keine Absätze.« Kristin schüttelte leicht angewidert den Kopf. »Du hast aber schon bemerkt, dass ich mir nicht viel aus Mode mache, oder? Und schon gar nicht will ich damit auffallen. Ist mir zu narzisstisch vom Denken her.«

»Versteh ich nicht«, sagte Robert. »Ist dann jeder, der sich auffällig oder modisch anzieht, ein Narzisst?«

»Vielleicht. Zumindest ist das ein Indikator«, sagte Kristin König. »Warum ist dir das Anziehen so wichtig?«

»Ist es gar nicht«, sagte Robert. Er steckte die Hände tief in die Taschen seiner zu dünnen, hellgrauen Jacke, die er aus dem Secondhand-Edeka hatte. Der falsche Pelzkragen hatte ihm die Winterfestigkeit nur vorgegaukelt.

»Glaub ich dir nicht. Bist du eingeschnappt, weil ich nicht auf diese grünen Schuhe stehe? Wirkt so.«

»Nein. Wieso soll ich deswegen eingeschnappt sein? Du kannst mögen, was du willst«, sagte er, um Deeskalation bemüht. »Du bist ganz eigen. Das mag ich an dir.«

»Dass ich ganz eigen bin, magst du an mir«, wiederholte sie. »Ich bin also eigen, weil ich nicht dasselbe gut finde wie du? Vor ein paar Wochen war ich noch deine Traumfrau, jetzt bin ich dir zu spießig angezogen?« Sie tippte sich etwas fassungslos an die Stirn. Robert war regelrecht erschrocken, wohin sich dieses Gespräch in den letzten Sekunden entwickelt hatte.

»Du bist mir nicht zu spießig angezogen. Das legst du mir in den Mund«, sagte er. »Und jetzt sei doch nicht so auf Krawall aus, ich wollte doch nur sagen, dass dir die Stiefel gut stehen würden.«

»Ganz genau. Mehr wolltest du nicht sagen«, sagte sie, und das war das Letzte, was sie von sich gab, bevor sie die nächste halbe Stunde schweigend am Ring entlangliefen, bis sie eins der Cafés erreichten, in denen angeblich Kruder & Dorfmeister auflegten. An dem Tag aber nicht.

Die schlechte Stimmung hielt bis zum Abend an, als sie im Burgtheater auf den letzten Drücker Karten für eine Komödie namens *Der Floh im Ohr* bekamen und tatsächlich viel miteinander lachten.

»Ich find's schön mit dir«, sagte Robert und legte ihr die Hand in den Nacken, nachdem die Darsteller zehnmal wiedergekommen waren und jetzt der Vorhang endgültig gefallen war.

»Das glaub ich dir nicht«, sagte sie und küsste ihn auf den Hals. Sie blieben sitzen, bis fast alle Theaterbesucher weg waren und das Licht im Saal vollständig anging.

*

In seiner Wohnung im Gäßchen ohne End waren sie nur selten. Meistens dann, wenn Rothkowski bei seinen Eltern weilte, was beinahe jedes zweite Wochenende vorkam, seit er abstinent und depressiv war. In seiner exzessfreien Zeit reagierte er auch deutlich empfindlicher auf Kristins Anwesenheit, versteckte sich in seinem Zimmer, schlich wortkarg durch den Flur und duschte nicht, solange Kristin da war. Vielleicht lag es auch daran, dass Kristin sich nicht im Geringsten von seinem rustikalen Charme beeindrucken ließ, von den Handküssen, der geschwollenen Ausdrucksweise und den anzüglichen Witzen. Außerdem nutzte Kristin ohne jede Scheu Küche und Kühlschrank, was bisher vorwiegend Rothkowskis Reich gewesen war, deponierte über Nacht ihr Müsli oder bereitete Salat zu, während er sich gerne einen Kaffee gemacht hätte.

Neulich hatten sie sich auch das erste Mal als Paar mit Hamlet in der Kneipe am Ostentor-Kino getroffen. Hamlet hatte Kristin bisher nicht persönlich kennengelernt, aber Robert hatte ihr von Hamlets Affäre mit Denise erzählt. Sie wollte alles darüber erfahren, bis hin zu den sexuellen Details, und Hamlet freute sich aufrichtig über Kristins Interesse.

Magst du sie, weil du sonst keine Möglichkeit siehst, jemanden kennenzulernen?, hatte Kristin ihn gefragt und sich von Robert Feuer für eine selbstgedrehte Zigarette geben lassen.

Das ist sicher ein Grund. Hamlet hatte verlegen gelächelt.

Robert war perplex, wie schnell er das zugeben konnte.

Als sie anschließend wieder in der Kramgasse waren, hatte Kristin zu Robert gesagt: *Das macht den ganz unglücklich. Er sollte das lassen.*

Aber dann hat er doch gar niemand. Wie du ihm ja deutlich suggeriert hast.

Sie hatte abgewunken. *Ach, der findet bald eine Frau. Das ist ein fürsorglicher Mensch. So jemand wird immer wichtiger, je älter die Frauen werden. Niemand hat ewig Lust auf die Narzissten.*

Da sind sie wieder – die Narzissten, hatte Robert gesagt und am Rand ihrer Bettdecke herumgezupft. *Ist das eine Kritik an mir?*

Genau das würde der Narzisst auch fragen, hatte Kristin König gesagt, ihn aufs Bett geworfen und in seinen Bauchnabel trompetet.

*

Am Heiligabend ging Robert auch aus Gründen der Rebellion gegenüber seinem Vater und in bitterer Reminiszenz an das Weihnachtsevangelium mit zu Kristins Mutter, die er Jutta nennen musste. Sie hatte für sich und ihn eine Forelle blau zubereitet, während

Kristin nur den Salat und ein wenig Brot dazu aß. Nach der Nachspeise, einer Mandel-Panna-cotta mit Zimtpflaumen, nahm das Tischgespräch eine merkwürdige Wendung, vielleicht bedingt dadurch, dass Kristins Mutter schon beim vierten Glas sizilianischen Rotweins war.

»Was wählst du eigentlich, Robert?«

»Was meinen Sie mit ›wählen‹?«

»Nicht ›Sie‹. Du sagst Du. Ich bin die Jutta«, sagte Kristins Mutter, öffnete dabei ihren Pferdeschwanz und warf den Kopf nach hinten, sodass sich das Haar verteilen konnte. Es glänzte silbern im Kerzenlicht, doch bis auf die vielen kleinen Fältchen am Kinn, die wie ein Raster aussahen, wirkte sie nicht alt.

»Du meinst politisch?« Robert merkte, wie Kristin unter dem Tisch seine Hand ergriff.

»Na, was soll ich denn sonst meinen? Telefonnummern?« Jutta lachte, nicht abfällig.

»Mama«, sagte Kristin genervt.

»Ich wähle die SPD«, sagte Robert und kam sich scharlatanig mit der Aussage vor, obwohl es die Wahrheit war. Er hatte nicht viel Interesse an Politik. Wichtig erschien ihm nur, dass man der CSU die Stirn bot, wo nur möglich. Sein Vater war derselben Meinung und hatte in seinem Landkreis, in dem die SPD nur noch ein Gespenst der Vergangenheit war, angefangen, die Freien Wähler zu unterstützen. *Sind natürlich dieselben Arschlöcher*, hatte er kommentiert. *Aber die scheißen der CSU ins Nest.*

»Und *warum* wählst du die SPD?«, fragte Jutta ihn.

»Soziale Gerechtigkeit«, sagte Robert, weil ihm nichts anderes einfiel.

»Soziale Gerechtigkeit«, wiederholte Jutta. Die argwöhnische Wiederholung. Dasselbe Stilmittel wie bei der Tochter.

»Nächstes Jahr ist Bundestagswahl. Mal sehen, ob wir die Birne da loswerden«, versuchte Robert die Stimmung aufzuhellen.

»Der geht so schnell nicht weg«, sagte Jutta mit düsterer Miene. »Der bleibt für immer. Zumindest wenn deine SPD wieder so ein Fliegengewicht wie den Scharping schickt.«

»Sie wählen dann wahrscheinlich die Grünen. Also ich meine: *Du* wählst die Grünen«, folgerte Robert, und Jutta nickte langsam, nahm einen Schluck Wein.

»Die haben doch jetzt in Hamburg über dreizehn Prozent geholt und regieren mit der SPD«, wollte Robert ein wenig angeben. »Das ist doch ein Modell, das funktionieren kann gegen die Union, oder?«

»Na ja, na ja, werden wir sehen. Das ist schon eine sehr exotische Situation.« Jutta stand auf und ging in die Küche, um die leeren Schälchen von der Mandel-Panna-cotta abzuräumen. Kristin, die seit geraumer Zeit verdächtig still war, ließ seine Hand unter dem Tisch los, so als wollte sie sagen: *Jetzt haben wir es hinter uns.*

Als Jutta zurückkam, setzte sie sich wieder an den Tisch gegenüber von Robert und ihrer Tochter.

»Es ist noch nicht so lange her, da hab ich keinen Leistungskurs an meiner Schule bekommen, weil ich bei den Grünen war«, sagte sie und schob ihr Weinglas zur Seite, sodass die Sicht auf Robert frei war. »Als ich relativ neu am Albrecht-Altdorfer war, wusste das nur ein einziger Kollege und ehemaliger Studienfreund, aber der hat sich offenbar verplappert, denn dann haben die Lehrer und Elternbeiräte sich in einer Art Telefonlawine gegenseitig angerufen, und ich wurde gemieden wie die Beulenpest. Ich wollte einen Arbeitskreis ›Frieden und Abrüstung‹ mit meiner Klasse machen, aber der Direktor hat es mir verboten und mir mit Entzug der Klassenleitung gedroht.«

»Oha«, sagte Robert und schaute Kristin an. Sie schien kein Mitleid mit ihrer Mutter zu haben, starrte aus dem Fenster in den dunklen Garten, in dem eine kleine Fichte stand.

»Du bist aber auch nie die Diplomatischste gewesen«, sagte Kristin, ohne ihr Starren zu unterbrechen.

Ihre Mutter fasste sich an den Rücken. »Wem gehört das Messer da?«, sagte sie und lachte. Dann warf sie ihrer Tochter das fiktive Messer zu. Die fing es auf und legte es neben ihren Teller. Robert fand das witzig. So was war mit seinen Eltern unmöglich. Ironie. Höchstens Zynismus war drin, wenn sein Vater guter Dinge war.

Auf dem Heimweg fragte Robert Kristin, ob sie besser mit ihrer Mutter auskomme, seit sie ausgezogen sei.

»Kommst du besser mit deinen Eltern aus, seit du ausgezogen bist?«

»Ich weiß nicht.« Er kratzte sich am Bart. »Vielleicht.«

»Ach wirklich?«

»Eigentlich nicht. Mit meinem Vater sogar noch schlechter.«

»Hm«, sagte Kristin und sah verletzlich aus im spärlichen Licht, das die Scheinwerfer des Autos hinter ihnen in die Kabine des Wagens warfen.

23
FRIEND OF THE DEVIL

Nach Ende des Wintersemesters fuhr Robert mit Kristin nach Irland und hatte offensichtlich vergessen, Hamlet davon zu unterrichten. Hamlet hatte ihn angerufen, wollte ihn auf ein Konzert der Band Snuff in Nürnberg mitnehmen, und dann aber nur Rothkowski drangehabt, der ihn wissen ließ, dass Robert in Irland sei. Es war nicht so, dass sich Hamlet in letzter Zeit oft bei Robert meldete, und eigentlich war es ihm auch nicht wirklich um das Konzert gegangen, sondern um die Gelegenheit, mal wieder länger mit Robert zu reden. Denn Hamlet hatte etwas zu erzählen.

Bei Hamlets letztem Besuch in der Kapelle an einem Donnerstagabend hatte ihn Turkey zunächst gefragt, ob er seine Cocktail-Kreation *Dreiundvierzig Sour* probieren wolle, die er mithilfe seiner Neuerrungenschaft Licor 43 aus dem letzten Spanienurlaub zusammenkomponiert hatte. Nachdem Hamlet den Cocktail probiert und für gut befunden hatte, hatte Turkey gefragt, ob er in der Kapelle als Barkeeper anfangen wolle.

Hamlets erster Impuls war gewesen, Robert zu fragen, ob er etwas dagegen habe, aber erstens war Robert nicht da und zweitens: Was sollte er dagegen haben? Schließlich konnten sie dann endlich zusammenarbeiten und wieder mehr Zeit miteinander verbringen. Und da Turkey in großer Personalnot für das kommende Wochenende war – der penible Bernd war bei einer dreitägigen Weinprobe an der Hessischen Bergstraße –, trat Hamlet bereits einen Tag später seine erste Schicht an, zusammen mit Turkey und Mona.

Sie trafen sich am Freitag um achtzehn Uhr und zeigten Hamlet, welche Lüftungen und Lichter er anschalten musste, wie viel Zitronensaft man an einem Wochenendtag brauchte und wie viel Kokos-Sirup aus der Dose kalt gestellt wurde. Hamlet saugte die Informationen auf wie ein Schwamm. Seit Robert dort arbeitete, hatte Hamlet viel Zeit am kurzen Tresen der Kapelle verbracht, kannte schon vom Zuschauen längst die Namen aller Cocktail- und Longdrink-Gläser sowie die wichtigsten Cocktail-Rezepte, und was er nicht wusste, schaffte er sich so bereitwillig und schnell drauf, dass Turkey sich fragte, wo Hamlet all die Jahre gewesen war.

Punkt ein Uhr brachen die Leute über seine erste Schicht herein wie eine Sturmflut. Turkey, Mona und Hamlet gingen völlig unter. Sie hatten so viel zu tun, dass sie Stammgäste bitten mussten, das Bierfass zu wechseln, neues Budweiser aus dem Lager zu holen und Eiswürfel aus der Spaghetteria zu beschaffen. Es war ein Ansturm, wie ihn Turkey seit dem Wiedereröffnungsabend nach dem letzten Jahrhunderthochwasser nicht erlebt hatte.

Ab zwei Uhr wurde es besser. Hamlet war schweißgebadet, doch er fühlte sich wohl und nützlich, fühlte sich gemocht. Sein weißes Hemd war ihm aus der Hose gerutscht, sein haariger Bauch hing ein Stück über die Hose, die Locken hatten sich ausgestreckt und fielen ihm feucht neben den Nasenflügeln ins Gesicht. Er strich sich zufrieden über den Bart, der bis hoch zu den Wangen reichte, als Mona ihm einen harten Stoß in die Rippen versetzte.

»Keine Müdigkeit, Hartmut. Underberg.«

»Hartmut« hatte ihn, abgesehen von seinen Eltern, schon lange niemand mehr genannt. Er hatte Mona immer aus der Ferne bewundert, wie sie mit Robert Schnaps getrunken und dabei unverhältnismäßig laut gelacht hatte, manchmal nach der Schicht neben dem Spülbecken auf der Theke getanzt, betrunkene Juristen rausgeschmissen und ihm seinen Erdbeer-Daiquiri gebracht hatte, ohne dass er auch nur ein Wort hatte sagen müssen. Er bewunderte ihre kurzen roten Haare, ihre an den Knien zerrissenen Jeans und ihre engen T-Shirts mit den Bandnamen, die er nicht kannte.

Seine Affäre mit Denise war mittlerweile von einer Regelmäßigkeit geprägt, die ihn an den Sportunterricht am Gymnasium damals erinnerte. Jeden Donnerstagnachmittag eine Doppelstunde. Oft stand sie tatsächlich in Jogginghose und Kapuzenjacke vor der Tür, wenn sie nicht gerade von der Uni kam. Nur wenn ihr Freund verreist war, gingen sie danach noch zu dem ehemaligen Jugoslawen an der Ecke, der jetzt ein Kroate war. Hamlet fühlte sich gut, wenn sie da war, aber auch, wenn sie wieder weg war. Er wollte auch nicht mehr, dass sie sich von ihrem Freund trennte, was sie ohnehin nicht vorhatte. Im Gegenteil, sie wollte innerhalb des nächsten halben Jahres mit der Waschanlagen-Frisur zusammenziehen und suchte sogar schon nach einem halben Haus in der Vorstadt.

Nachdem sie alle Gläser gespült hatten und Turkey ihn für seine Verhältnisse überschwänglich gelobt hatte – *Gar nicht so schlecht für den Anfang* –, saß er mit Mona an Tisch eins, vor ihnen zwei halbleere Budweiser und ein voller Aschenbecher. Es war halb sieben, und Turkey war gerade gegangen mit dem Hinweis: *Tut mir leid, ich muss morgen früh ans Gericht*. Mona hatte ihm die Treppe hochgeholfen, doch niemand hatte ihn gefragt, was er eigentlich am Gericht machte.

»Hartmut, my love, ich kann nicht mehr«, sagte Mona irgendwann, gähnte vulgär und streckte die Arme gen Tropfsteindecke, die Feuchtigkeit war fast greifbar.

»Dann gehen wir doch heim«, sagte Hamlet, dessen Haare noch immer nass von dem Besucheransturm waren.

»Ja, aber ich weiß doch genau, dass ich daheim jetzt auch nicht schlafen kann. Bin noch viel zu aufgepeitscht. Komm, wir trinken noch einen letzten«, sagte sie und war schon aufgestanden und Richtung Theke unterwegs.

Eigentlich wollte Hamlet protestieren, aber mehr Schnaps bedeutete auch noch ein paar Minuten mehr Mona.

»Bruderschaft auf unsere erste Schicht«, sagte Mona, und sie verhakten die Arme. Dann gab sie ihm einen Kuss auf die Lippen und gleich noch einen hinterher. Hamlet hielt sich am Tisch fest. Nach dem Schnaps nahm sie ihn mit zu sich nach Hause.

*

Am nächsten Mittag, als Hamlet längst wieder in seinem schmalen Bett in Margaretenau lag, war ihm so schlecht, dass er sich von seinem ersten Earl Grey übergeben musste. Trotzdem fühlte er sich hervorragend. Nicht nur, weil er die letzten Stunden mit Mona verbracht, sondern weil er einen guten Job in der Kapelle gemacht und ein kleines Vermögen an Trinkgeld nach Hause gebracht hatte.

Sein Architekturstudium hielt nur noch selten Erfolgserlebnisse parat. Wie oft hatte er nächtelang mit Rückenschmerzen an seinem Zeichenbrett gesessen, und am Ende war er froh gewesen, wenn er gerade noch eine Gnaden-Vier bekommen hatte, weil die Lichtführung wieder nicht gestimmt hatte. Und jetzt, da Ende dieses Semesters wieder entscheidende Prüfungen anstanden, war er alles andere als sicher, ob er überhaupt eine Chance hatte, jemals sein Diplom zu bestehen. Baustoffkunde war seine Achillesferse, der Leiter des Lehrstuhls nannte ihn einen »Fantasten und rücksichtslosen Modernisten«.

Bei aller Freude über den gestrigen Abend blieb allerdings ein leiser Zweifel in ihm zurück. Es kam ihm so vor, als hätte er Robert nicht nur den Arbeitsplatz abspenstig gemacht, sondern auch Mona. Aber das ist wahrscheinlich nur Paranoia, dachte er. Was soll er dagegen haben, dass wir zusammenarbeiten, und was soll er dagegen haben, wenn ich eine Freundin habe. Er hat ja Kristin. Er muss ja nicht immer gewinnen. Jetzt bin ich dran.

Dann schämte er sich umgehend für den Gedanken, für dieses revanchistische Zeug. Es stimmte schon, dass manche dachten, er eifere Robert nach, dass er nur Roberts Anhang sei. Und dass Robert jedes Mal das Interesse an seiner Gesellschaft verlor, sobald er eine neue Freundin hatte oder es um Herman Lush ging, war nicht von der Hand zu weisen. Robert hatte außerdem auch noch Deininger und Rothkowski und wer weiß wie viele Bekannte, seit er studierte. Und natürlich seine übernatürliche Kristin König, die Psychologin. Von der er nur in den höchsten Tönen redete. Gegen die Hamlet an sich nicht das Geringste hatte, sagte er sich. Letztlich kam er zu dem Schluss, dass es wahrscheinlich ganz gut war, wenn Robert und er jetzt zusammen in der Kapelle arbeiteten, das belebte ihre Freundschaft wieder, das musste zumindest der Ansatz sein.

Hamlet vermisste Antonia ein wenig, sie hatte ihm immer das Gefühl gegeben, dass er zu ihnen gehöre. Der dritte Teil des Pärchens. Die Psychologin war sicher die intelligenteste von Roberts bisherigen Freundinnen, doch sie kam ihm auch spitzfindig vor, als würde sie einem ständig auf den Zahn fühlen.

Dass er die FH heute ausfallen ließ, war nicht besonders clever, er hatte seine Absenzen in Statik längst ausgereizt. Doch zum einen schaffte er es ohnehin nicht mehr pünktlich zum Kursbeginn, zum anderen kostete es ihn auch physisch zu viel Überwindung, den Bus in die Seybothstraße zu nehmen.

Er duschte sich, putzte sich die Zähne, zog sich ein weißes T-Shirt, eine grau gewaschene schwarze Jeans und sein einziges Jackett an, legte sein Lederband mit dem gebogenen Reißzahn vom kanadischen Graufuchs um, das er vor ein paar Wochen auf dem Flohmarkt gekauft hatte, und machte sich zu Fuß auf den Weg in die Altstadt.

Als er die Autowaschanlage an der Friedenstraße passierte, war der Nebelschlund gerade dabei, sich zu öffnen und den Blick auf eine plötzlich viel freundlichere Altstadt freizugeben. Er fragte sich, ob *Scarwash* ein guter Bandname war. Er hatte auch Lust, in einer Band zu singen. Nach einer guten halben Stunde stand er vor der Wollwirkergasse Nummer 9 und klingelte an Monas Wohnungstür.

»Ja?«, sagte eine Stimme, deren Schlaftrunkenheit durch die blecherne Sprechanlage noch amplifiziert wurde.

»Hamlet. Beziehungsweise Hartmut.«

»Was ist denn?«, machte die Stimme, klang aber eher amüsiert als entrüstet. »Hast du was vergessen?«

»Nein, aber ich frage mich, warum ich überhaupt gegangen bin.«

»Was bist du?«, fragte sie, weil sie ihn offensichtlich nicht verstanden hatte.

»Gegangen!«

»Ach so!«

»Was machst du?«, fragte er.

»Nichts!«, blecherte sie zurück. Hustete. »Und du?«

»Nichts!«, schrie er in die Gegensprechanlage.

»Dann komm doch rein!« Es surrte.

*

Am Donnerstag darauf, vier weitere Treffen mit Mona später, rief Robert ihn überraschend an, der wieder aus Irland zurück war. Sie verabredeten sich auf einen Kaffee und einen Karottenkuchen mit Zuckerguss im Goldenen Kreuz.

»Du siehst gut aus«, sagte Robert.

»Du auch«, sagte Hamlet. Die lila Farbe war aus Roberts Haaren herausgewachsen und hatte einer schmutzig-rotstichigen Blondierung Platz gemacht, die Haare waren länger und durcheinander, er hatte wieder seinen Kinnbart, und seine Augenringe ließen ihn aussehen, als benutzte er Kajal.

»Wie geht's?«, fragte Robert.

»Sehr gut«, sagte Hamlet.

»Sehr gut gleich?« Das schien Robert skeptisch zu machen.

»Wie war's in Irland?«, fragte Hamlet.

»In Irland?«, überlegte Robert. »In Irland war's ganz gut, glaub ich.«

»Wo seid ihr überall gewesen?« Hamlet lehnte sich zurück. Er war eigentlich ganz froh, nicht gleich zu Beginn über Mona und den neuen Job in der Kapelle sprechen zu müssen.

»Wir waren erst in Dublin.« Robert holte ein Taschentuch hervor und schnäuzte sich so laut, dass das ältere Ehepaar am Nebentisch zusammenzuckte. »Musst du dir vorstellen, Häm, es gab in der ganzen Stadt nur noch Platz in Mehrbettzimmern von Jugendherbergen. Die Herbergen waren nur leider in männlich und weiblich unterteilt, also mussten wir getrennt schlafen. In unserem Urlaub. Ätzend.« Robert schnaufte verächtlich.

»Doof«, sagte Hamlet und dachte daran, dass er noch nie mit einer Frau im Urlaub gewesen war außer seiner Mutter.

»Egal, auf jeden Fall waren wir danach an der Westküste in Galway und Connemara und sind da gewandert. Das war ein bisschen wie im Fantasy-Film.«

»Warum?«

»Du glaubst es nicht, aber am Strand stand plötzlich ein schneeweißes Pferd. Ohne Reiter, ohne Sattel, ohne Koppel, ohne nichts. Einfach so. Wie von einem Regisseur hineingestellt. Und dann ist uns sogar noch ein pechschwarzer Hund zugelaufen, den haben wir Tobi genannt.«

»Warum Tobi?«

»Warum nicht?«

»Warum nicht«, bekräftigte Hamlet und faltete seine Hände, fragte sich, ob Robert jetzt bereit für seine Geschichte war.

Robert machte eine Pause und aß das letzte Stück von seinem Kuchen. Auf seinem Teller lagen zig Krümel, während Hamlets Teller fast wie leer geleckt war.

»Na ja, wir haben uns eigentlich ganz gut verstanden«, sagte Robert, obwohl Hamlet ihn nicht danach gefragt hatte. »Ich dachte ja, das wird schwierig, weil ich im Urlaub gerne in Plattenläden gehe oder ins Kino, und Kristin wandert lieber, aber ich hab mich dann einfach angepasst. Das ist ja auch eine gute Übung gegen das eigene Ego.«

»Hmm«, machte Hamlet.

»Ich hab kaum geraucht und so gut wie nichts getrunken. Hab beim Wandern nämlich festgestellt, dass ich die Kondition eines Achtzigjährigen habe.«

»Sehr schön«, sagte Hamlet, jetzt wollte er das doch langsam loswerden mit der Kapelle und mit Mona.

»Aber eins war unheimlich, Häm«, kam ihm Robert zuvor.

Hamlet nickte verständnisvoll. »Was denn?«

»Pass auf, wir sitzen im Bus von Galway nach Cork, und es ist schon dunkel, so gegen zehn. Ich hocke mit Kristin ganz vorne im Bus, in der ersten Sitzreihe, und ein Auto kommt uns entgegen. Eine schwarze, relativ flache Karre, vielleicht ein Sportwagen. Die Scheinwerfer sind zwar an, aber wirken ganz matt, irgendwie gedämpft, so wie Standlicht. Den Fahrer kann man nicht sehen und auch sonst niemanden im Auto. Das Gruselige ist, dass das Auto erst kurz vor dem Bus auf die andere Spur wechselt. Es hätte uns fast gerammt, ist die ganze Zeit auf der falschen Seite gefahren. Der Busfahrer hat es erst so spät bemerkt, weil man in der Dunkelheit, bei dem Nebel und in der Entfernung auch nicht sehen kann, auf welcher Seite der andere fährt. Und ich persönlich war ja eh ein bisschen durcheinander wegen dem Linksverkehr. Und weißt du, es ist da wirklich stockdunkel auf dem irischen Land. Als hätte jemand das Licht in einem Raum ohne Fenster ausgemacht. Auf jeden Fall passiert Folgendes: Das Auto wechselt im letzten Moment die Spur, und ich schaue in die Fahrerkabine. Und wie gesagt, ich kann den Fahrer nicht erkennen, es ist zu dunkel, ich sehe nur, dass er raucht, das

Glühen der Zigarette hab ich komischerweise in der einen Sekunde wahrgenommen. Aber pass auf, jetzt wird's verrückt: Ich habe plötzlich das Gefühl, dass der Fahrer mich kennt. Oder mich erkennt.« Robert fuhr mit den Fingern durch seinen dunkel nachwachsenden Haaransatz.

»Wie meinst du das, er erkennt dich?«, fragte Hamlet.

»Klingt bescheuert, ich weiß. Aber ich hatte einfach das Gefühl, dass er mich kennt. Das Gefühl war so präsent, leck mich am Arsch. Ich denke, der kennt mich nicht nur, der weiß genau, dass ich in dem Bus sitze, der hat mich gesehen und der will mir zeigen, dass er da ist. Dass er mich erkannt hat und mir auf der Spur ist.«

»Aber ich versteh nicht ganz, was du mit ›auf der Spur –‹«, sagte Hamlet.

»Ich versteh's doch auch nicht. Aber ich wollte es dir erzählen, weil du doch auch schon komische Dinge erlebt hast.«

»Na ja«, sagte Hamlet.

»Aber das Komischste kommt noch. Ich war mir in dem Moment völlig sicher, dass auch ich weiß, wer in dem Auto sitzt.« Robert hob die Hände in die Luft und senkte sie schnell wieder, als dirigierte er ein unsichtbares Orchester.

»Und wer?«, fragte Hamlet. Sein Blick folgte Roberts Händen.

»Der Teufel.«

»Wie meinst du das? Der Teufel?«

»Ja, oder Luzifer. Satan, keine Ahnung. Wie man jetzt genau sagt, ist doch egal.«

Hamlet wollte lachen, verkniff es sich aber rasch, als er Roberts ansatzweise beleidigten Blick sah.

»Ich war nüchtern, falls du das fragen willst«, sagte Robert.

»Okay«, sagte Hamlet. »Ich verstehe, dann hast du also –«

»Ich war mir ganz sicher in dem Moment«, unterbrach ihn Robert. »Und versteh mich nicht falsch, ich weiß, dass das Schwachsinn ist, ich glaub ja auch nicht an den Teufel oder an den Himmel, ich bin ja aus der Kirche ausgetreten. Aber da war etwas ganz Durchtriebenes, Böses in dem Auto, würde ich fast sagen.«

»Hast du dich bedroht gefühlt?«

»Nein, das nicht. Eher ... eher ermahnt. Oder gewarnt. Nach dem Motto: Ich sehe dich, ich kenn dich, ich weiß, wer du bist. Ich weiß, was du machst.«

»Und dann? Nachdem er euch ausgewichen ist?« Jetzt sagte Hamlet auch schon »er«.

»Nichts mehr. Danach, in dem Hotel in Cork, haben wir beide wahnsinnig schlecht geschlafen, und ich habe geträumt, ich hätte mich in einem alten Hotel verlaufen. Ich bin um halb vier aufgewacht, weil mehrere Alarmanlagen im Ort gleichzeitig losgegangen sind. Aber wir haben nicht erfahren, was los war, auch nicht am nächsten Tag. Wir haben einfach die Tür abgeschlossen und versucht, wieder einzuschlafen.«

»Hast du Kristin das auch erzählt?«

Robert schüttelte übertrieben den Kopf. »Nein, nur dir. Dachte, du könntest damit was anfangen, weil du ja ...«

»Weil ich was?«

»Na ja, manchmal an so Sachen glaubst.«

»An was für Sachen?« Hamlet war irritiert und fühlte sich zugleich von Roberts Eindringlichkeit überfordert. »Meinst du die Außerirdischen?«

»Zum Beispiel. Aber ist auch nicht so wichtig«, sagte Robert und schien darum bemüht, wieder möglichst unbeeindruckt zu wirken. Als wäre ihm die Geschichte jetzt peinlich.

»Ja, aber das ist doch auch nur ein Witz«, sagte Hamlet, der sich jetzt fragte, ob Robert ihn wirklich für so exzentrisch oder gar verrückt hielt.

»Okay. Schade«, sagte Robert. »Dann zahlen wir mal, oder? Ich muss noch ein paar Unterlagen bei David abholen und kopieren.

Wettervorhersage: ein schweres Lehramtsstudententief am Uni-Kopierer.«

»Kopier doch bei uns an der FH«, schlug Hamlet vor. »Da ist nie so viel los.«

»Ja? Ich kenn mich da nur nicht aus. Magst du vielleicht mitkommen?«

»Heute ist schlecht. Geht's morgen bei dir?«

»Nein, morgen geht's nicht«, sagte Robert und zahlte Hamlets Milchkaffee mit, nicht aber den Kuchen. »Morgen bin ich mit Kristin im Möbelhaus, die braucht was für ihr Bad.«

Dass Robert freiwillig ein Möbelhaus besuchte, kam Hamlet fast seltsamer als die Teufelsgeschichte vor. Und dann packte es ihn doch.

»Du, ich hab jetzt auch in der Kapelle angefangen.«

»Als Türsteher? Geil!«, sagte Robert.

»Nein, als Barkeeper. Bin sogar schon angelernt. Musste bei deiner Freitagsschicht einspringen, weil Bernd auf Weinprobe war. Ich möchte gar nicht wissen, mit was für neuen Adjektiven für Riesling der zurückkommt.«

Robert schwieg einen Moment, fuhr mit der Handfläche über die Tischkante. »Du bist Barkeeper in der Kapelle?«, sagte er dann. »Aber da musst du doch die ganzen Standards können.«

»Ich kenn die meisten schon. Und ich kann ja jederzeit nachschauen, hat Turkey gesagt.«

»Ach so. Ja, das ist doch dann toll.« Robert stand auf und zog hektisch seine gefütterte Jeansjacke an. »Da können wir ja mal zusammen eine Schicht machen.«

»Die Vollpäng-Brothers wieder vereint«, sagte Hamlet und zuckte unsicher mit den Schultern.

»Auf jeden Fall«, sagte Robert ausdruckslos und hielt Hamlet die Tür vom Goldenen Kreuz auf.

»Also bis bald.«

»Bis bald. Viel Spaß beim Kopieren«, sagte Hamlet, aber Robert war schon unterwegs.

Hamlet stand noch kurz da, blickte hinterher, wie Robert den Haidplatz überquerte, und stellte sich das schwarze Auto mit den gedämpften Scheinwerfern auf der stockdunklen Straße vor.

24

FREIHEIT

Es war ihm ein wenig unheimlich, wie beschäftigt sie war.

Kristin König hatte sich zwei Semester vor ihrem Diplom entschieden, kein Geld mehr von ihrer Mutter anzunehmen, und brauchte nun einen zusätzlichen Job. Sie arbeitete ohnehin jeden Vormittag am Lehrstuhl, wo sie auch an ihrer Diplomarbeit über »Verarbeitungsstrategien beim Verlust von Angehörigen und Lebenspartnern« weiterschrieb, doch jetzt übernahm sie noch zusätzlich an drei Abenden in der Woche eine Spätschicht im Albertinum, einem Seniorenheim im äußeren Stadtwesten.

Oft saß sie an der Rezeption, gelegentlich half sie den Ordensschwestern beim Bewegen der Patienten oder beim Aufräumen und beim Servieren des Abendessens. Wenn sie früher kam, durfte sie hin und wieder stellvertretend eine Abendgymnastik leiten und an freien Nachmittagen hospitierte sie bei der Sterbepflege.

Die Geschichten, die sie aus dem Albertinum mit nach Hause nahm, waren ihr wichtig, und sie war verärgert, wenn Robert ihr nicht aufmerksam zuhörte oder mit Anekdoten aus der Bandprobe dagegenhielt.

»Was merkst du dir überhaupt, wenn du dir nicht mal den Namen des Altersheims merken kannst, in dem deine Freundin arbeitet?«, fragte Kristin um Mitternacht in ihrem kleinen Bett in der Kramgasse, in dem man eng beieinanderliegen musste, um überhaupt zu zweit Platz zu finden.

»Ich merke mir eine Menge. Akkorde, Ablautreihen, Literaturepochen und wann du Geburtstag hast«, sagte er und schob seinen Arm unter ihren Nacken, als wollte er den aufkeimenden Streit mit einer Umarmung ersticken.

»Du kannst dir auf jeden Fall auch gleich merken, dass ich morgen noch eine Schicht angenommen habe, weil Christa krank ist.« Robert überlegte, wer Christa war, fragte aber nicht nach.

»Du hast wenig Zeit zurzeit, oder?«, sagte er, tat so, als wäre das eine Frage.

»Ist das ein Vorwurf?«, fragte sie.

»Nicht unbedingt. Ich arbeite aber *weniger* in der Kapelle, seit wir uns kennen.«

»Dann arbeite halt wieder mehr«, sagte sie.

»Was bist du denn so auf Konfrontation aus?« Robert zog seinen Arm wieder zurück. »Außerdem verstehe ich eh nicht ganz, warum du ausgerechnet bei den katholischen Schwestern arbeitest. Ich dachte, du kannst mit dem Katholizismus nichts anfangen.«

»Du, erstens fallen Nebenjobs nicht vom Himmel und zweitens ist die Sterbebetreuung ein faszinierendes Gebiet, auf dem ich auch später arbeiten will. Außerdem kann ich jeder Form von Spiritualität etwas abgewinnen, wenn sie selbstlos gemeint ist, auch der Seelsorge dort.«

»Du klingst irgendwie mechanisch«, sagte er und war sich nicht sicher, ob er damit ausdrückte, was er fühlte.

»Was meinst du mit ›mechanisch‹?« Sie hob den Oberkörper leicht an, so als würde sie sich gleich aufsetzen wollen.

»Vielleicht hast du eine etwas zu zwanghafte Vorstellung davon, wie dein Leben auszusehen hat. Da gibt es wenig Platz für Improvisation. Für mich. Für uns, meinte ich.« Schon als er es aussprach, fand er es furchtbar, wie unterlegen und bedürftig ihn das wirken ließ.

»Zwanghaft?«, sagte sie, setzte sich jetzt auf. »Nur weil ich im Gegensatz zu dir Vorstellungen habe und Struktur gut finde? Das ist unverschämt. Du profitierst doch genauso von meinen Strukturen, von meiner *Zwanghaftigkeit*. Ich koch dir jeden Tag was, du wohnst praktisch hier, wenn du nicht bei dir zu Hause in deiner ranzigen WG Ballerspiele spielst, und wir haben regelmäßig Sex. Ich gebe dir doch deinen Rhythmus, deine Struktur. Aber ich bin dann zwanghaft und du so ein romantischer Freigeist. Weißt du, was? Ich glaube, du gehst jetzt besser heim und schießt noch ein paar Panzer ab oder was du da machst, und wir sehen uns übermorgen wieder.« Sie stand jetzt ganz auf, nur in der Unterhose und mit verschränkten Armen. So als würde sie sich erst wieder hinlegen, wenn er weg war.

»Übermorgen muss ich arbeiten«, sagte Robert und blieb liegen.

»Dann eben am Samstag. Und bitte geh jetzt, sonst krieg ich wieder keinen Schlaf. Wenn du keinen brauchst, fein, aber ich existiere auch bei Tageslicht«, sagte sie und zog ihm die Decke weg.

Er spürte, wie ihm die Tränen kamen, ärgerte sich darüber, weil er wusste, dass sie ihm die Tränen als eine Art Erpressung auslegen würde. Aber noch mehr ärgerte er sich über die Ungerechtigkeit. Seine Art zu leben, zu denken, seine Anti-Struktur, warum hatten sie weniger Berechtigung? Und warum lag er in der Hierarchie ihrer Aktivitäten weit hinter Studium, Altenheim und Lehrstuhl? Es konnte ihr doch nicht entgangen sein, dass ihn das kränkte. Schwerfällig stand er auf.

»Also ich geh jetzt, ja?«, fragte er lauter als notwendig. Sie ignorierte ihn, blieb stehen, bis er die Wohnungstür hinter sich schloss.

*

Die Irlandreise hatte ihn innerlich gespalten. Zum einen hatte er Kristin so zufrieden und unkritisch wie noch nie erlebt, zum anderen fürchtete er, dass es nur daran gelegen hatte, dass er sich vollkommen gefügt hatte, ohne Murren all ihre Wanderungen mitgemacht und auf nichts bestanden hatte – kein Konsum, kein Alkohol, kein Kino. Entgegen seiner Gewohnheiten war er sogar jeden Tag um zehn ins Bett gegangen, nur um dann noch stundenlang wach zu liegen und über Miriam und ihre unkomplizierte Art nachzudenken, die Art, wie sie ihn »Arsch« nannte.

Wenn er nicht gerade *Half-Life* auf seinem PC spielte, schrieb er an seiner Zulassungsarbeit »Suizid als inneres Exil – Auswanderung und Eskapismus im Werk Thomas Bernhards anhand der Romane *Auslöschung, Holzfällen* und *Der Untergeher*«, ein Thema, das er sich selbst ausgesucht hatte und das den betreuenden Dozenten Neubauer nicht besonders zu begeistern schien.

»Machen Sie doch wenigstens eine Exkursion zu diesem verdammten Schloss.« Gemeint war Schloss Wolfsegg aus *Auslöschung*. »Machen Sie ein paar gute Fotos, bringen Sie ein bisschen Korrelation zur Architektur mit rein. Machen Sie doch etwas Neues. Nicht immer nur die alte wehleidige Suizid-Nummer. Das hätte doch den Bernhard selbst angekäst.«

Robert hatte genickt, sich aber nicht mit dem Gedanken anfreunden können, alleine mit einer Kamera nach Oberösterreich zu fahren, sich Genehmigungen für das Schloss zu besorgen und einen Zusammenhang zwischen Architektur und Literatur herzustellen. Es war noch nicht einmal so, dass er riesiger Bernhard-Fan war, ihn amüsierte das Trostlos-Repetitive, das Gehässige und das Widerspenstige an den Büchern. »Der Bernhard ist im Grunde ein verkappter Humorist«, hatte er gegenüber dem Neubauer mal behauptet, und der hatte mit einem »Seien Sie sich da mal nicht zu sicher« geantwortet. Gern las er die Bücher jedenfalls nicht.

Er wollte eigentlich jeden Tag mindestens eine Seite schreiben, doch da er zum einen aus Geldnot, zum anderen aus Trotz gegenüber Kristin wieder mehr in der Kapelle arbeitete, fiel ihm die Überwindung, sich nach einer Schicht vormittags an den Computer zu setzen, fast übermenschlich schwer.

Er bestritt jetzt den Freitagabend zusammen mit Hamlet und Mona, da Bernd überraschend gekündigt hatte und neuerdings in einer renommierten Weinbar arbeitete.

Robert war überrascht bis vor den Kopf gestoßen gewesen, dass Hamlet nach nur zwei Wochen schon die Freitagsschicht bekam, das hatte bei ihm über ein halbes Jahr gedauert, und selbst da hatte Turkey noch darauf hingewiesen, was für ein Emporkömmling er sei. Doch er musste zugeben, dass Hamlet sich verdammt gut hinterm Tresen schlug und er bestens mit Mona im Service harmonierte. Er bereitete in für seine Verhältnisse halsbrecherischer Geschwindigkeit die Getränke für ihr Tablett vor, sodass Robert sich oft nur um den Small Talk und die Musik kümmern musste.

An diesem Freitag besuchten ihn Blues-Bruder Ganserer und seine neue Freundin Ebru, eine Türkin. Ganserer brachte neben Ebru eine heftige Erkältung mit und verabschiedete sich irgendwann mit implodierenden Nebenhöhlen in die Nacht, während seine Freundin noch am Tresen sitzen blieb.

Mona und Hamlet bestanden mit Rücksicht auf Roberts Zulassungsarbeit darauf, dass er früher nach Hause ging, und so verabschiedete er sich schon gegen vier Uhr früh und begleitete Ebru über den Eisernen Steg auf die andere Donauseite, wo sie über einem Elektrogeschäft wohnte, das mit der Reparatur von »Trafos, Drosseln und Bremsspulen« warb.

Er lud sich selbst auf einen Tee ein und redete mit ihr über Istanbul, Musik und Fußball, denn sie war aus irgendeinem Grund Schalke-Fan. Die ersten zehn Minuten saß er ihr am Küchentisch gegenüber, dann gingen sie in das kleine Wohnzimmer und setzten sich mit einem Glas Rotwein auf die Couch. Sie lehnten aneinander, sie hatte seine Hand genommen. Dann küssten sie sich und machten ein bisschen rum.

Auf dem Nachhauseweg wurde es hell, und Robert fühlte sich nicht schuldig, sondern frei. Vielleicht war Treue nicht so wichtig, vielleicht bedeutete sie gar nichts, dachte er. Was sich alles für Möglichkeiten auftaten. Er würde Kristin König unter keinen Umständen verlassen, sie war ja genau die Frau, die er wollte. Eine mit Plänen und Zielen, eine, die sich nicht aus der Fassung bringen ließ. Die nicht an sich selbst zweifelte. Und wenn er hin und wieder etwas mit anderen unternahm, dann befreite das irgendwo auch sie von seinen Erwartungen. Dann war er nicht so fordernd und anhänglich und damit nicht so schutzlos ihren Stimmungen und ihrem Zeitmanagement ausgeliefert. Jeder gewann.

Natürlich stellte er sich die Frage, ob sie auch andere Männer haben konnte, und vielleicht hatte er nichts dagegen, solange er es nicht erfuhr. Denn dann existierte es ja nicht. Warum nicht Beziehungen frei von jeglichen Erwartungshaltungen führen? Von jedem Besitzdenken? Sicher war ihnen das alles nur falsch beigebracht worden, und die nächsten Generationen brauchten diese gesellschaftlichen Vorgaben nicht mehr, wie man eine Beziehung führte. Oder eine Ehe. Oder eine Familie. Wenn er sich seine anschaute, dann waren es doch genau die enttäuschten Erwartungshaltungen, die aus einer vermutlich mal euphorischen Liebesgeschichte ein eher verbittertes Ausharren beieinander gemacht hatten. Ganz wohl war ihm natürlich nicht bei dem Gedanken, dass Kristin König mit jemand anderem schlief, trotzdem fühlte er sich frei und euphorisch, als er bei Tagesanbruch über den Eisernen Steg lief und die Vögel ihn ankreischten. So lang war es nicht mehr bis zum Sommer.

*

Am folgenden Mittag, als der Alkohol in seinem Blut langsam abnahm, schämte Robert sich dann doch für seine Visite bei Ebru und noch mehr für den Gedanken, ab jetzt ohne Gewissensbisse fremdgehen zu wollen. Er stand am Fenster und schaute in den mittlerweile verregneten Aprilsamstag hinaus, und es roch ein bisschen nach Irland. Im Hintergrund über den Häusern zu seiner Rechten schunkelten die Baumkronen vom Schlosspark gelangweilt im Mittagswind, und man konnte sich leicht einreden, dass die Stadt vier Straßen weiter zu Ende war.

Er rauchte eine Zigarette und nahm einen Schluck von dem italienischen Erdbeer-Zitronen-Likör, den ihm seine Eltern aus Italien mitgebracht hatten.

Es klopfte.

»Ja, bitte«, sagte Robert und stellte sein Glas raus aufs Fensterbrett, hinter einen der Holzbalken des Fensterkreuzes, sodass man es nicht sehen konnte. Den Erdbeerlikör legte er auf das beige Sofa und warf eine Wolldecke darüber.

Rothkowski stand in Unterhose und mit einem Levellers-T-Shirt vor ihm, in der Hand eine Tasse. »Lange Nacht?«, fragte er.

»Mittellang«, sagte Robert und versuchte, den Mund beim Sprechen nicht allzu weit zu öffnen, um nicht nach Erdbeer-Zitrone-Likör zu riechen.

»Marvelous. Wie geht's deiner Psychologin?«, fragte Rothkowski und zog Rotz hoch. Er sah überhaupt aus, als hätte er geweint oder wäre die ganze Nacht wach geblieben.

»Ganz gut«, sagte Robert und wunderte sich. Nach Kristin König hatte Rothkowski seit Monaten nicht gefragt.

»Bist oft bei ihr, oder?«

»Nicht mehr so oft wie früher. Brauch ja auch Zeit für die Zulassungsarbeit«, sagte Robert.

»Für *Half-Life,* meinst du.« Rothkowski lächelte müde und nickte in Richtung von Roberts Monitor und Tastatur, die zu dem PC-Turm unter seinem Schreibtisch gehörten.

»Hast du jetzt auch schon ein Thema?«, fragte Robert.

Statt einer Antwort ließ Rothkowski sich auf das Sofa sacken, stöhnte kurz auf, griff unter die Wolldecke und holte den Erdbeer-Zitronen-Likör hervor, auf den er sich gesetzt hatte. Stellte ihn auf den Couchtisch, las nicht einmal das Etikett, blickte mit leicht blutunterlaufenen und vielleicht traurigen Augen hinauf zu Robert.

»Ich werde dieses Semester gar nichts mehr an der Uni machen«, sagte er dann.

»Das sind doch keine Neuigkeiten«, sagte Robert. »Du bist doch eh nie an der Uni.«

»Ich meine, nichts mehr fürs Studium«, sagte Rothkowski. »Ich geh auf Kur.«

»Auf Kur?« Robert musste sofort an Wilfried Rüttgens denken, den Bierfahrer, und seinen Kurschatten. »Nach Bad Wildbad?«

»Nein, wie kommst du denn darauf? Nach Amrum.«

»Amrum«, sagte Robert, ohne genau zu wissen, wo das lag. »Ist das eine Insel?«

»Die neben Sylt«, bestätigte Rothkowski.

»Und was machst du da?«

»Ernährungstherapie, um meine Werte wieder in Ordnung zu bringen. Im schlimmsten Fall Sport. Die meiste Zeit aber wohl lesen, vielleicht schreibe ich was auf.«

Was schreibst du denn auf?, hätte Robert wahrscheinlich fragen sollen, aber er wollte es gar nicht wissen. Rothkowski hatte ihm neulich ein paar seiner Gedichte vorgelesen, und sie waren ausnahmslos abstoßend gewesen. Immer etwas von wälzenden Leibern, klaffenden Löchern, von Whiskey, Blut und Sperma.

»Jetzt gibt es nur folgendes Problem.« Rothkowski schaute ihn jetzt noch trauriger an.

Robert musste dringend aufs Klo. Erdbeer-Zitronen-Likör und Zigarette auf nüchternen Magen war keine gute Idee gewesen.

»Ich weiß nicht, wann und ob ich wieder zurückkomme, wenn ich mit der Kur fertig bin. Vielleicht brauch ich eine längere Pause, vielleicht zieh ich zu meinen Eltern. Vielleicht brauch ich aber nur eine andere Wohnung. Diese Altstadt ist ja doch ein Sumpf, aus dem man sich nur schwer an den eigenen Haaren herausziehen kann.«

»Das klingt ja gar nicht gut«, sagte Robert und überprüfte währenddessen kurz, was das mit ihm machte, dass Rothkowski ging. Noch nicht besonders viel. »Kann ich dann hier in der Wohnung bleiben?«

»Du müsstest dich bei den Vermietern vorstellen, aber ich leg natürlich ein gutes Wort für dich ein und sag denen, dass du ganze leise beim Sex bist und nur mit Kopfhörern deine Sick-of-it-All-Platten hörst. Und dass sie dem Hausmeister nichts glauben sollen.«

»Das ist beruhigend.«

»Aber du müsstest dir halt einen neuen Mitbewohner suchen. Oder besser eine Mitbewohnerin, wenn ich mich hier so umschaue. Mit unserer Männer-WG hat sich die Wohnung zivilisatorisch doch arg zurückentwickelt.« Er wischte mit dem Finger über den Couchtisch und eine graue Staubmasse blieb hängen, die sich sofort zu einem kleinen Bällchen verdichtete.

»Ok, das ist ja kein Problem«, sagte Robert. Es war ein riesiges Problem. Er saß an seiner Zulassung, musste in den Semesterferien noch ein Praktikum an einer Schule absolvieren und arbeitete dreimal die Woche in der Kapelle. Von den drei Scheinen, die ihm für die Examenszulassung noch fehlten, ganz zu schweigen. Er fühlte sich nicht imstande, jetzt einen neuen Mitbewohner zu finden.

»Das ist nicht so schwer, wie du es dir vorstellst«, sagte Rothkowski, als hätte er seine Gedanken gelesen. »Jeder Depp will doch in der Altstadt wohnen. Wirklich jeder.« Er kratzte sich am Hintern. »Und wer weiß, vielleicht komm ich ja auch bald wieder.«

»Soll ich das dann dem neuen Untermieter auch so in Aussicht stellen?«

»Natürlich nicht. Ist ja nicht sicher. Das klären wir, wenn es so weit ist.« Er stand auf, griff nach dem Erdbeerlikör und drückte ihn Robert in die Hand. »Prost«, sagte er und war wieder verschwunden.

Robert nahm noch einen Schluck und fragte sich, warum es ihm so wenig ausmachte, dass Rothkowski ging, von den Umständen mit dem neuen Mitbewohner mal abgesehen. Irgendwo da draußen war ein Gefühl dazu, aber es drang nicht zu ihm durch. Es war, als wäre er in Watte gepackt.

25

HERODES

No news is good news.

Sagte Rothkowski, wenn man ihn fragte, wie es ihm gehe, und eine Weile hatte Robert das als pseudostoische Imagepflege abgetan. Wer wollte schon, dass nichts passierte?

Doch mittlerweile geriet er selbst immer mehr außer Atem, und sein Wunsch nach ständiger Abwechslung war beinahe erloschen. Es gab zu viel Auf und Ab in seiner Beziehung zu Kristin König, ihm blühte ein neuer Mitbewohner, die Arbeit in der Kapelle laugte ihn aus, und neulich hatte er sich nach längerer Zeit wieder mit Miriam getroffen und eine alte starke Anziehung gespürt, die beinahe in Sex ohne Handbremse gegipfelt hätte, und das, obwohl Miriam und Andi mit dem Gedanken spielten zu heiraten.

Außerdem hielt Robert die Zulassungsarbeit auf Trab, die Anmeldung zum Examen war ein einziger Spießrutenlauf durch die Sekretariate und eine langwierige Durchforstung seines gesamten Papierbestands auf der Suche nach alten Scheinen. Und jetzt hatte sich auch noch ein Musikproduzent bei Herman Lush gemeldet, der die Band bei einem Wettbewerb gesehen hatte.

Das Köwe-Center war im Prinzip nichts weiter als ein hässlicher Parkplatz im Gewerbegebiet Königswiesen mit einem kleinen Einkaufszentrum und einer McDonald's-Filiale. Jedes Jahr fand dort ein mit Geldpreisen ausgelobter Bandwettbewerb statt. Zwar waren David und Robert sich eigentlich einig darüber, wie uncool und aufmerksamkeitsgeil man bei einer Teilnahme wirkte, andererseits kümmerte sich auch sonst keiner in der Band um Auftritte, und man ging eh jedes Jahr hin, um sich schon mittags zu betrinken und über die teilnehmenden Bands zu lästern. Wenn man eh schon da sei, könne man auch gleich spielen, sagte David, und dem wollte auch Robert nichts entgegensetzen, denn im Grunde hatte er schon immer mitspielen wollen und es nur für unter seiner Würde befunden, sich zu bewerben. Also schickten sie ein Demotape an die Werbeagentur, die den Wettbewerb veranstaltete, und erst im Nachhinein fiel ihnen einen, dass sie auch Torpedo hätten fragen müssen.

Obwohl Herman Lush bei all ihren bisherigen Auftritten seit ihrem Debüt im Alten Kabinett gut bei den Leuten angekommen war und es auch mehr Songs gab, fehlte der Band jeglicher Drive, etwas darüber hinaus zu erreichen. Torpedo wirkte wie die personifizierte Indifferenz, wenn es um Strategien ging; er schien zufrieden, wenn er seine Gitarre laut und breit im Raum verteilen konnte und in den Pausen etwas rauchte. David Deininger ging nach den Bandproben meist schnell nach Hause zu Irmi, sodass überhaupt keine Zeit mehr blieb, das weitere Vorgehen zu besprechen, und Robert war mit der Verantwortung als Promoter und Planer überfordert. Zum einen blieb auch ihm eh schon wenig Zeit für die Band zwischen Kristin Königs Terminkalender, seiner Zulassungsarbeit und der Arbeit in der Kapelle, zum anderen war es ihm zutiefst zuwider, sich irgendwo anbiedern zu müssen, besonders bei Leuten, denen er ohnehin nicht den geringsten Musikgeschmack zutraute beziehungsweise ein Verständnis für Punkrock.

Somit geriet das Blue Note Festival im Köwe-Center zu so etwas wie einer Last-Exit-Strategie für David und Robert; sie wussten, dass sie so wie bisher nicht weiterkamen und die Motivation bei den Bandproben nur weiter sinken würde. Deshalb bewarben sie sich bei einem *Nachwuchswettbewerb*, wenn man ihn so schmerzhaft wie möglich beim Namen nennen wollte.

Angeblich unterlag die Auftrittsreihenfolge dem Losglück, wahrscheinlich um Wutanfälle wie den von Robert zu vermeiden, als er erfuhr, dass Herman Lush bereits als zweite Band um zwölf Uhr zwanzig dran waren.

Wir sind doch besser als die ganzen Schülerbands, sollen die doch in aller Herrgottsfrüh auftreten, wo kein Schwanz zuschaut! Um zwanzig nach zwölf bin ich normalerweise noch nicht mal wach, verdammte Scheiße.

Denn dann konnte jemand wie David sagen: *Reg dich ab, es wurde doch ausgelost.*

Vor ihnen war eine Band mit einer Flötistin dran, die keltische Melodien spielte und über dunkle Wälder sang, während ihre männliche Begleitband mit schwarz gefärbten Haaren und langen Ziegenbärten sich in stumpfen Metal-Riffs versuchte. Sie nannten sich The Magic Oath, und David drehte einsam Pirouetten vor der Bühne, vermutlich weil er schon das zweite Weißbier getrunken hatte. Irmi war heute nicht da.

Jede Band spielte zwanzig Minuten, was im Fall von Herman Lush fast sieben Songs bedeutete, so sich David und Robert denn mit den Ansagen zurückhielten, ansonsten wären es nur drei. Auf einem Parkplatz voller leerer Bierbänke und mit einem noch geschlossenen Wurststand und vor etwa zehn Leuten traten Herman Lush dann um zwölf Uhr siebenundvierzig – die Keltenmetaller hatten fahrlässig getrödelt – mit nacktem Oberkörper auf, weil es bereits am Mittag dieses Junitages so heiß war, dass ihre T-Shirts schon nach dem kurzen Soundcheck mit der Haut fusioniert waren. Und weil sie natürlich fanden, dass sie gute Oberkörper hatten. Bis auf Torpedo, seiner war einfach nur lang und fiel unten in einem kleinen Bäuchlein über den Bund seiner Tarnhose.

Und trotz des kaum vorhandenen Publikums hatte Robert ein gutes Gefühl. Die Band kam ihm lauter und besser vor als zuletzt. Er saß hinter seinem schwarz lackierten Sonor und sah Davids nackten Rücken, hörte ihn den Text schreien, den er geschrieben hatte, und merkte, wie ihm die Energie förmlich aus den Fingern in die Drumsticks schoss. Als hätte man ihn elektrisch aufgeladen.

Denn ich will hören, wie du schreist vor Schmerz
Das will ich sehen, wie die Wahrheit dich packt
Wie du erwachst aus deinem traumlosen Schlaf
Aus deiner VOLLNARKOSE!

Schrie David Deininger, und das Wort »Vollnarkose« schrien sie zusammen. Es gab Applaus, der mehr als nur höflich war, schätzte Robert, allerdings konnten da nicht mehr als siebzehn Leute sein, gut die Hälfte davon von Magic Oath. Dazu noch ein älterer Mann mit langen Haaren, einer randlosen Nickelbrille und einem Vollbart. Als Robert kurze Zeit später mit Torpedo und David Deininger vor dem mittlerweile geöffneten Wurststand saß, sprach er sie an.

»'tschuldigung. Ihr habt's mir echt supergut gefallen. Das war ganz authentisch«, sagte der Nickelbrillen-Mann.

Bei »authentisch« schaute Robert besorgt zu David, weil er wusste, dass das eins von Davids Reizwörtern war, wenn er Musikzeitschriften las. Doch David verzog keine Miene, nickte aufmerksam.

»'tschuldigung, vielleicht stelle ich mich besser vor. Mein Name ist Heinz Rhodes.«

Robert kam ein Lachen raus, das er umgehend wieder wegbiss. David sah ihn fragend an. Torpedo drehte sich eine Zigarette und schaute irgendwo in die Ferne in Richtung McDonald's, obwohl er Veganer war. Der Mann schien ihn ohnehin nicht zu bemerken.

»Tut mir leid«, sagte Robert zu Heinz Rhodes.

»Lachst du wegen dem Namen?«, fragte Heinz Rhodes.

»Nein, mir ist nur was eingefallen. Tut mir leid.« David schüttelte vorwurfsvoll den Kopf.

»'tschuldigung, Jungs, was ich sagen wollte: Ihr habt mir wirklich gut gefallen. Wirklich. Ich würd euch sehr gerne produzieren.«

Der nächste Lacher kam von Torpedo, klang aber eher nach Keuchhusten, und als ihn alle, auch Rhodes, anschauten, schien er mit den Gedanken schon längst wieder woanders zu sein und entfernte mit dem Finger die Krümel von der Klebefläche seines Zigarettenpapiers.

»Was heißt denn ›produzieren‹?«, fragte Robert, der zunächst einmal glaubte, dass der Mann geistig verwirrt sei. Der war Typ Altrocker, wie es sie in der hiesigen Musikszene zuhauf gab, und konnte ganz sicher nicht eine Band wie Herman Lush verstehen.

»Das heißt, wir machen eine Vorproduktion. Nehmen erst mal eure Songs auf, so wie sie sind. Dann sag ich euch, was ich noch anders machen würde im Arrangement, und dann nehmen wir ein richtiges Album auf. In einem richtigen Studio. In einem Wert von zehntausend Mark. Und dann verkauf ich das Ganze an eine Plattenfirma. Weil ihr richtig gute, authentische Songs habt und ich mir sicher bin, dass man daraus was machen kann.«

»Änderungen am Arrangement?«, stellte Robert die Frage, die er eigentlich noch mitten in Rhodes' Satz von David erwartet hatte, denn David wehrte sich immer gegen konventionelle Abläufe und Roberts Hang zu Pop-Refrains. Aber David lächelte weiter starr vor sich hin, als hätte ihn eine Gesichtslähmung erfasst.

»Ja, ja, keine Angst, nichts Gravierendes, die Songs sind ja schon ganz gut. 'tschuldigung, wenn ich das so sag, aber hier und da kann man schon noch einen Feinschliff machen«, sagte Heinz Rhodes, zog ein riesiges Taschentuch mit einem eingestickten *H* darauf hervor und schnäuzte sich. »Der Zuhörer muss den Song ja auch verstehen.« Er trug ein grobes, graues Herbstjackett und ein stechend blaues Hemd darunter, dessen oberste drei Knöpfe geöffnet waren. Grauschwarzes, feucht glänzendes Brusthaar bahnte sich seinen Weg durch das offene Hemd. Seine Nase lief.

»'tschuldigung, ich hab eine chronische Erkältung«, sagte er.

»Und warum wir?«, fragte jetzt endlich auch David Deininger, ohne seinen affirmativen Gesichtsausdruck zu verändern. »Wir sind doch nicht kommerziell.«

»Ach Quatsch. Punk ist im Kommen. Green Day, Offspring, Rancing.«

»Rancid«, verbesserte Robert. »Und er ist ja vielleicht schon wieder im Gehen.«

»'tschuldigung, aber wirklich gar nicht«, sagte Rhodes fast empört und steckte sein Schnäuztuch weg. »In Deutschland geht's jetzt erst los. Da wollen wir mit die Ersten sein.«

»Aber gibt doch längst jede Menge deutschsprachiger Punkbands«, warf David ein.

»Aber wie viele sind erfolgreich und verdienen mit der Musik ihre Miete? 'tschuldigung, wer soll denn das sein? Die Ärzte und die Toten Hosen, aber das ist ja beides längst kein Punk mehr. Da fehlt der jugendliche Leichtsinn, das sind doch Arrivierte.«

Und wieder das hustende Lachen von Torpedo.

*

Als Heinz Rhodes längst wieder in sein schwarzes Mercedes-Cabrio gestiegen war, kam Kristin König von einer Schicht im Altenheim, kaufte sich ein Wasser und setzte sich zu ihnen an den Tisch, fragte, wie der Auftritt gelaufen sei.

Robert erzählte ihr von dem Gespräch, und sie wollte wissen, wie die Band überprüfen könne, ob der Produzent wirklich im Wert von zehntausend Mark Aufnahmen mache.

»Gute Frage«, sagte David.

»Wir können uns ja die Rechnung vom Studio zeigen lassen«, sagte Robert. »Außerdem fährt der ein dreihunderter-Cabrio, für den sind zehntausend Mark doch nur Klimpergeld.« Deininger war jetzt plötzlich der Skeptische, und Robert ärgerte sich über Kristins kritische Nachfrage. Sie könnte sich doch stattdessen auch einfach nur mitfreuen, dass ihr Freund die Chance auf eine ernsthafte Musikerkarriere bekam.

»Warum hast du eigentlich so gelacht, als der Typ sich vorgestellt hat?«, fragte David Deininger.

»Na, warum wohl? Er heißt Heinz Rhodes. Herr Rhodes!«

»Ja, und?«

»Deininger, aufwachen, der Wortspielwecker klingelt. Dann heißt er wie der Typ, der Jesus kidnappen wollte nach der Geburt. Der aus der Bibel. Kaiser Herodes, Mann.«

»Ach so«, sagte David. »Das ist echt gut.« Er lachte aber nicht sein gutturales Lachen.

Dafür hustete wenigstens Torpedo.

Sechs Stunden später wurden die Preisträger bekannt gegeben. Einen Preis hatten sie nicht gewonnen, doch dafür eine Erwähnung als Band mit dem »besten Outfit«, damit waren wohl ihre nackten Oberkörper gemeint. Es war ein Trauerspiel, und hätten sie nicht Herrn Rhodes getroffen, wäre Robert gerne mit der Zeitmaschine einen Monat in der Zeit zurückgereist und hätte sich selbst davon abgehalten, die Bewerbung samt Demo zur Post zu bringen.

Kristin König war längst nach Hause gegangen, um an ihrer Diplomarbeit zu schreiben, während Robert, David und Torpedo eisern und angetrunken selbst die schlimmsten Bands und Songwriter über sich ergehen ließen. Den Wettbewerb gewann eine Coverband mit mehreren Backgroundsängerinnen, die Earth, Wind & Fire und Aretha Franklin coverten. Phunkodelic nannten sie sich.

*

Es war Rothkowskis letzter Abend, bevor er nach Hause zu seinen Eltern fuhr und danach auf Kur. Seine Bücher und CDs hatte er schon letzte Woche mitgenommen, die meisten Möbel standen noch da, er wollte, dass Robert die Wohnung teilmöbliert vermietete. Rothkowski packte gerade den Monitor seines PCs in einen Karton, als Robert sich von ihm verabschieden wollte, um zu Kristin König zu gehen.

»Nimmst du den mit auf Kur?«, fragte Robert.

»Nein, man darf gar keine Medien benutzen. Fernsehen gibt es auch nur im Gemeinschaftsraum.«

»Das ist ja scheiße. Gut, dass du so viel liest«, sagte Robert.

Rothkowski schaute ihn verständnislos an.

»Ich bin dann mal dahin«, sagte Robert.

Rothkowski ließ den Karton stehen, stand auf und kam näher, streckte die Hand aus. Robert nahm sie, aber nun zog Rothkowski ihn zu sich und drückte seine Wange fest an seine. Dann küsste er Robert auf den Hals.

»Deep City Nine forever«, sagte Rothkowski.

»Forever«, sagte Robert.

*

Die Aufnahmen mit Herrn Rhodes begannen bereits im Juli, obwohl noch kein Vertrag unterschrieben worden war. Der wanderte ständig zwischen Rhodes' Anwalt und einem Arbeitskollegen von Robert aus der Kapelle hin und her, der Jura studierte. In der Zwischenzeit hatte Rhodes ein Studio bei einem Tontechniker gebucht, von dem Robert noch nie gehört hatte, und er hatte so einige Tontechniker in den letzten Jahren kennengelernt, die meisten davon in schwarzen Cargohosen und schwarzen Funktionswesten mit mehr Taschen, als man zählen konnte. Nur Tontechniker konnten sich bei so vielen Taschen noch merken, wo sie ihre Taschenlampe, Spannungsprüfer und Schraubenzieher hingepackt hatten.

Das Tonstudio lag an der A3 auf einem Vierkanthof, auf dem ein Tontechniker namens Armin Hundsdörfer zugleich arbeitete und wohnte. Der Hof bestand aus einem Wohnhaus und einer zum Tonstudio umgebauten und beheizten Holzscheune, an deren Tür eine blaue Plane hing, auf der ein Dackel zu sehen war, der eine Schallplatte apportierte. *DOG SOUND STUDIO, Inhaber A. Hundsdörfer* stand darauf.

Noch vor der ersten Aufnahme der Vorproduktion erwischte Herr Rhodes Robert auf dem ganz falschen Fuß, als er ihn fragte, ob er die Wahl des Bandnamens wirklich glücklich finde.

»Die Leute können sich doch unter Herman Lush gar nichts vorstellen beziehungsweise denken, es handelt sich um einen einzelnen Interpreten.«

Zu Roberts Entsetzen nickte David Deininger verständnisvoll, und sogar Torpedo sparte sich sein epileptisches Lachen.

»Da hat der Heinz schon irgendwie recht. Wenn wir noch mal den Namen ändern wollen, dann jetzt«, sagte Deininger.

»Und wie sollen wir uns dann bitte nennen?«, fragte Robert grantig.

»Feuerzeug«, sagte Deininger.

Torpedo grunzte.

»Das ist doch hier kein Witz«, sagte Robert. »Das ist doch jetzt echt nicht der Zeitpunkt für deine Oi-Witze.«

»Ich meine auch ohne Oi. Einfach nur *Feuerzeug*.«

Robert war schockiert, wie corporate ausgerechnet David Deininger offenbar mittlerweile dachte. Der immer auf das Unangepasste bestanden hatte.

»'tschuldigung, aber das finde ich echt gut. Das ist ein echt guter Name. Da steckt ganz viel Energie drin, Jungs. Feuer steckt da drin, wenn ich mir den Gag erlauben darf«, sagte Heinz Rhodes und lachte mit sich selbst. »Was sagst du denn, Torpedo?«

Torpedo wirkte fast erschrocken, dass ihn jemand etwas fragte, sah auf seine zerschlissenen, schwarzen Skaterschuhe hinab. »Find ich gut«, sagte er kaum hörbar. Robert traute seinen Ohren kaum.

»Aber dann hätten wir's doch«, sagte Rhodes und vermied es, Robert anzuschauen.

»Geht, leckt's mich doch alle am Arsch«, sagte Robert. »Von mir aus dann halt Feuerzeug.« Insgeheim musste er zugeben, dass er mit Herman Lush auch nie ganz zufrieden gewesen war, aber »Feuerzeug« konnte es doch auch nicht sein.

»Mit der Startnummer drei«, machte Deininger Dieter Thomas Heck nach, »und ihrem Welterfolg ›Sommerkleid‹, hier sind FEUERZEUG! Liebe Ted-Mitspieler, wählen Sie jetzt!«

Alle bis auf Robert lachten. Der saß mit einem Ausdruck hinter seinem Schlagzeug, als wollte er es jeden Moment umwerfen. Schweigend und vorwurfsvoll sah er Deininger dabei zu, wie er sich im Schneidersitz, den Bass im Schoß liegend, die Lachtränen aus den Augen rieb und unschuldig mit den Schultern zuckte. Rhodes auf dem schwarzen Ledersofa hatte sein Jackett ausgezogen, und ein Schweißdreieck erstreckte sich auf jeder Seite von der Achsel bis zur Hüfte. In dem anderen Raum am Mischpult saß A. Hundsdörfer mit seinem Kopfhörer und sah sie erwartungsvoll an. Offenbar wartete er seit geraumer Zeit auf ein Zeichen.

*

Herman Lush waren also tot, und Feuerzeug nahmen alte Songs neu auf und neue zum ersten Mal, immer wieder unterbrochen von Kurskorrekturen und Kürzungen seitens Rhodes, sodass am Ende von jedem der dreizehn Songs drei Versionen existierten und Robert sich nach drei Tagen Bauernhof, in denen sie nur zum Schlafen daheim gewesen waren, fühlte, als hätte man ihm seine Band und seine Songs weggenommen. Obwohl er zugeben musste, dass die meisten von Rhodes' Änderungen durchaus sinnvoll waren, fühlte er sich abgesetzt als der Spiritus Rector der Band, auch deswegen, weil Rhodes die meisten Dinge mit David besprach, dem »Vernünftigen«.

Nach diesen drei Tagen auf dem Vierkanthof brachte ihm sein Juristenfreund schließlich den Vertrag in die Kapelle mit und verkündete, er sei jetzt unterschriftsbereit. Robert nahm ihn mit nach Hause, las ihn mehrmals durch, ohne ihn komplett zu verstehen, und lag noch lange wach.

Er überlegte, wie er aus dem Dilemma entkommen könnte, mit Rhodes zusammenzuarbeiten, den er für völlig unfähig hielt und der seine Vision dieser Band nicht im Geringsten teilte. Wie eigentlich auch David Deininger. Und was Torpedo wollte, war sowieso nicht herauszufinden. Vermutlich nur Krach machen und Gras rauchen. Und dann stellte Robert gegen vier Uhr morgens fest, dass es ihm ohnehin keinen Spaß mehr machte, unter diesen Bedingungen und Zwängen Musik zu machen. Und mit diesen Leuten, die sich so leicht von ein bisschen Geld und einem BMW blenden ließen. Die Band, die er sich vorstellte, ging nicht ins Dog Sound Studio von A. Hundsdörfer und ließ sich nicht von jemandem wie Herrn Rhodes in den Arrangements herumpfuschen.

Gegen fünf Uhr beschloss er, die Band aufzulösen, denn damit war er Rhodes los. Wenn er den Vertrag nicht unterschrieb, hatte der auch nichts in der Hand außer der mündlichen Zusage einer Band, die es nicht mehr gab, und konnte nichts mit den Aufnahmen vom Vierkanthof anfangen. Armin Hundsdörfer wollte zwar sicher noch für drei Tage Arbeit bezahlt werden, aber das war dann auch nicht mehr Roberts Problem. Es war längst hell, als er aufstand und den Vertrag zerriss, das Fenster öffnete und ihn langsam in den Morgen in Richtung Kindergarten unter ihm segeln ließ.

26

GOING TO THE CHAPEL

Wir heiraten. Aber kommt trotzdem.

Stand auf der Karte, die Ende Juli bei Robert im Briefkasten lag. Er kam gerade von seinem Blockpraktikum bei den Englischen Fräulein nach Hause und hatte den Brief geöffnet, der an ihn und Kristin adressiert war, wenn auch nur unter seinem Nachnamen. *An Kristin & Robert Bley.* Das hatte ihm irgendwie gefallen, wobei er weniger vermutete, dass die Deiningers ihn zum Heiraten motivieren wollten, vielmehr war ihnen sicher Kristins Nachname entfallen, wobei das eigentlich nicht sein konnte bei der krassen Alliteration.

Die Vorderseite war wie der Flyer für ein Punk-Konzert aufgemacht, eine pseudoabgefuckte Collage aus ausgerissenen Fotos, auf x-mal schwarz-weiß-kopiert gemacht, mit diversen nicht zueinander passenden Schriftarten. Doch wenn man mit dem Zeigefinger darüberfuhr, bemerkte man den geriffelten Druck, und außerdem reflektierte sie das Licht, das von den Fenstern der Zwischenetagen durchs Treppenhaus fiel. Es war ein Hochglanz-Flyer. Auf der rechten Innenseite stand mit schwarzem Filzstift in rigoroser Handschrift und mit auffällig gleichmäßigen Zeilenabständen:

> Liebe Kristin & lieber Robert, da schaut Ihr blöd, oder?
> Wir heiraten nämlich ganz im Ernst (und außerdem in
> Kallmünz) am 15. August und Ihr seid herzlich eingeladen

zu unserem großen Paradigmenwechsel. Es freuen sich wie Bolle – Irmi und David

Auf der Rückseite dann in gedruckter Typo:

Was Ihr wissen müsst: Wir heiraten in der Pfarrkirche St. Michael in Kallmünz um 10:00 Uhr und essen anschließend zu Mittag in der Roten Amsel. Am Abend findet dann im Tanzsaal der Amsel unsere Hauptfeier statt, wo die Bands Dr. Bison, Loveboat Bashers und Smash The Oppression spielen werden. Gebt uns bitte bis zum 31. Juli Bescheid, ob Ihr schon in die Kirche und zum Mittagessen kommt oder erst am Abend zu Feier und Konzert, damit wir planen können. Auf Geschenke verzichten wir gerne zugunsten einer kleinen Spende für unseren Honeymoon in Southern California, Baby. Es freuen sich auf Euch: Iron Irmi Wagner und Dirty Davey Deininger.

Robert war aus verschiedenen Gründen betrübt über die Karte, sogar ein bisschen sauer.

Erstens hatte er erst vor ein paar Wochen die Band aufgelöst, und obwohl er froh war, dass David ihm das offenbar nicht nachtrug, ärgerte er sich, dass er ihm nicht angeboten hatte, einen letzten gemeinsamen Auftritt auf seiner Hochzeit zu absolvieren. Stattdessen spielte David mit seiner alten Band Smash The Oppression.

Zweitens: Wieso erfuhr er jetzt erst von den Heiratsplänen? Hatten sie nicht gerade erst Tag und Nacht in Rhodes' Aufnahmecamp zusammen verbracht?

Drittens: Wieso in Kallmünz? Da kam man nur mit dem Auto hin, das war doch asozial.

Viertens: Wieso heirateten die beiden überhaupt so früh? Was sollte denn das? War das auch Punk? Und was wurde jetzt aus seiner Freundschaft zu David, die seit Irmis Zuzug eh fast nur noch aus Treffen in der Uni-Cafeteria bestand?

*

Am nächsten Tag stand er wie schon in den letzten Tagen um sieben Uhr auf, duschte sich, machte sich ein Toastbrot mit Honig, das er im Gehen aß, und lief stadtauswärts die fünfhundert Meter bis zum Gymnasium der »Englischen Fräulein« in der Helenenstraße. Eigentlich hieß die Schule Marien-Gymnasium, »Englische Fräulein« war der Kosename der Einheimischen für das Mädchengymnasium, das aus der Klosterschule der Mary-Ward-Schwestern hervorgegangen war. Es war dieselbe Schule, auf die auch Antonia gegangen war, und obwohl er immer schon neugierig auf den Kult um die Englischen Fräulein gewesen war, hatte er die Schule nicht deswegen ausgesucht, sie hatte nur den letzten Praktikumsplatz in diesen Semesterferien im Innenstadtbereich angeboten.

Heute musste er vier Stunden anwesend sein. Zwei davon verbrachte er mit Englischunterricht in der fünften Klasse, für den er ein paar Beatle-Songs mitgebracht hatte. Dann hatte er eine längere Pause, bevor er einer Doppelstunde Leistungskurs Deutsch in der K12 beiwohnte.

Nach dem Schlussgong setzte er sich vor der Schule, die eher einem Schloss als einer Schule ähnelte, auf die Mauer zwischen Eingangsportal und Gehweg und sah zu, wie Jungs mit dem Mercedes ihrer Eltern ihre Freundinnen abholten, Mädchen mit dem Skateboard wegfuhren und sich Gruppen von rauchenden Oberstuflerinnen vor ihm bildeten. Dann kam die Weinkönigin aus der Zwölften. Erst vorgestern hatte er in der Zeitung einen Artikel über die Wahl zur Weinkönigin der Oberpfalz gelesen. Neben neunzehn anderen Kandidatinnen war auch das Mädchen aus der Zwölften dort abgebildet gewesen – die Leser konnten per Postkarte abstimmen.

Sie trug ein gelbes Kleid mit der Andeutung von Rüschen an den Armen. Sie war dünn, Kinn und Wangenknochen stachen geradezu aus dem schmalen Gesicht hervor, und ihre braunen langen Haare fielen ihr links und rechts in perfekter Symmetrie über die Schultern. Eine hübschere Person habe er noch nie gesehen, dachte er schon seit ein paar Tagen.

Sie tat so, als bemerkte sie ihn nicht, lachte über etwas, das eine Freundin zu ihr sagte, und nahm eine Zigarette von ihr an. Er versuchte, nicht zu auffällig hinzuschauen, sie wollte sicher nicht, dass ihre Verabredung öffentlich wurde. Sie rauchte ein bisschen zu hektisch und lachte einen Tick zu laut.

*

Als er nach der Mädchenschule wieder zu Hause war, legte er sich hin und fragte sich, warum er ständig über die Weinkönigin nachdachte. Rothkowski hatte ihm kurz nach seiner Diagnose mehrere angebrochene Single Malts geschenkt. Einer war noch übrig, den machte er jetzt auf. Glendronach, achtzehn Jahre alt. Er trank aus der Flasche. Es klingelte. Robert stand auf und betätigte den Türöffner. Dann fiel ihm ein, dass der kaputt war. Er schlüpfte in seine Espandrilles, die Fersen blieben draußen, und lief nach unten. Wer kam um die Uhrzeit?

Als er die Haustür unten aufmachte, stand Kristin König vor ihm. Sie trug eine lilafarbene Bermudahose und ein weites, weißes T-Shirt. In der Hand hatte sie einen Zollstock und ein Notizbuch, in dem ein Kugelschreiber mit dem Logo vom Albertinum klemmte.

»Hast du geschlafen?«, fragte sie.

Er schüttelte den Kopf. Jetzt fiel ihm wieder ein, warum sie da war.

»Du hast vergessen, dass wir verabredet sind, ja?«

»Nein. Gar nicht. Ich wusste nur nicht, dass es schon so spät ist.«

»Klar«, sagte sie. »Darf ich jetzt rein oder muss ich dir erst meinen Ausweis zeigen?« Sie ging an ihm vorbei, ohne eine Antwort abzuwarten.

»Soll ich einen Tee machen?«, fragte er, während sie schon die Treppe hochstieg.

»Es hat dreißig Grad draußen«, sagte sie und nahm wie immer zwei Stufen auf einmal. »Wie war dein Praktikum?«

»Unspektakulär«, sagte er, obwohl er am liebsten von der Weinkönigin erzählt hätte. Stattdessen begleitete er sie wortlos nach oben. Er hatte tatsächlich vergessen, dass sie um vier Uhr kommen wollte, um seine Wohnung zu vermessen, vor allem das ehemalige Zimmer von Rothkowski.

Sie hatte sich überlegt, bei ihm einzuziehen, weil seine Wohnung und vor allem Rothkowskis Zimmer so viel geräumiger waren als alles in ihrer Miniaturwohnung in der Kramgasse. Und noch dazu billiger. Das war wichtig, jetzt, wo sie das Geld ihrer Mutter verweigerte.

Es sei kein Zusammenziehen im klassischen Pärchen-Sinn, hatte sie ihm versichert. Sie brauche den Platz und er eine Mitbewohnerin. Und mit ihr wäre er doch auf der sicheren Seite. Sie würden auch keine Schlaf- und Wohnzimmersituation schaffen. Jeder behalte sein Zimmer, und wenn Robert wolle, könne er nach wie vor nächtelang *Half-Life* spielen und sie in Ruhe schlafen lassen. Im Prinzip ändere sich nichts, außer dass sie sich jetzt auch sähen, wenn sie nicht verabredet seien. Das nähme ihm doch sicher auch seinen Ärger darüber, dass sie immer so beschäftigt sei. Denn dann sähen sie sich ja so oder so.

Kristin König blies sich die Haare aus dem Gesicht und schaute den Gang entlang in Richtung seines Zimmers.

»Da kann man auch was draus machen«, sagte sie.

»Aus dem Flur? Ich dachte, du willst nichts verändern außer Rothkowskis Zimmer«, sagte er.

»Hast du Angst vor Veränderung?«, fragte sie und zwickte ihn in die Seite.

»Ein bisschen«, sagte er.

»Musst du nicht«, sagte sie und umarmte ihn. »Ich hab nämlich nur einen einzigen Änderungswunsch.«

»Und der wäre?«

»Das Bad braucht eine Tür.«

*

»Was ist denn das?«, fragte die eiserne Irmi, als Robert ihr einen Topf in die Hand drückte, der scheinbar nur aus riesigen Blättern zu bestehen schien, über deren Oberfläche sich tiefrote Bahnen wie dicke Venen zogen, die auch ihr näheres Umfeld rot einfärbten, so als wäre Blut ausgetreten.

»Das sind Kaladien«, sagte Robert stolz, und Kristin König verdrehte die Augen, so als müsste sie das an der Stelle. Doch Robert wusste, dass sie es gut fand, dass er Irmi und David zur Hochzeit eine exotische Pflanze schenkte. Sie liebte sein Botanikwissen wider Willen. Sie war dabei gewesen, als er die Blumen aus der Gärtnerei abgeholt hatte. Sein Vater hatte sie ihm rausgesucht, wollte ihr was dazu erklären, aber Robert wusste noch alles über die Kaladien und kam ihm zuvor.

Wann heiratet ihr denn?, hatte sein Vater dann gefragt, und für Robert hatte es wie eine Provokation geklungen. *Wenn die Hölle zufriert*, hatte Robert gesagt, aber niemand hatte das witzig gefunden.

»Aha«, sagte David. »Sehen aus wie angemalte Elefantenohren.«

»Man kann auch ›Buntwurz‹ dazu sagen«, erklärte Robert und fuhr mit dem Finger zärtlich über eins der Blätter, als müsste er sich von einem Wurf Jungkatzen verabschieden, die er ins Herz geschlossen hatte.

»'tschuldigung, Buntwurz klingt aber schon viel besser als … Kala… was?«, sagte Deininger, das »'tschuldigung« vermutlich eine Reminiszenz an Heinz Rhodes, was Robert ein bisschen wehtat. Er fragte sich, ob es wirklich so klug gewesen war, die Band aufzulösen. Man hätte Herrn Rhodes auch später noch loswerden können. Beim zweiten Album dann.

»Kaladien heißen sie«, sagte Robert. »Das dachte ich mir, dass dir *Buntwurz* besser gefällt. Hat was von Gerhard Polt.«

»Mai Ling, hol einmal die Kaladien«, sagte Deininger.

»Das ist übrigens eine Miniaturzüchtung«, sagte Robert. »Ansonsten könntest du dich mit den Blättern nachts zudecken.« Gutturales Deininger-Lachen. Alle waren zufrieden.

»Wenn ihr die schön warm haltet, könnt ihr im Frühjahr Tochterknollen ernten und selbst einpflanzen«, sagte Robert.

»Tochterknollen«, lachte David Deininger weiter, öffnete den oberen Hemdknopf und lockerte die schwarze Krawatte. »Unser Botanik-Bert, wie er leibt und lebt!«

»Spinnst du, Dave?«, sagte Irmi, machte ihm den Knopf wieder zu und zog die Krawatte um seinen kräftigen Hals zusammen. »Jetzt kommt doch gleich das Gruppenfoto.«

Sie standen zu viert auf der Treppe zum Eingang von St. Michael, einer gelben Kirche mit Zwiebelspitze und Wetterkreuz, die mitten im alten Ortskern von Kallmünz auf eine Art steinernes Podest gebaut worden war, unweit der hohen Felswand, die zum Burgberg gehörte. Kristin und Robert hatten draußen abgewartet, bis die Zeremonie zu Ende war, und das Brautpaar noch schnell abgefangen, bevor es in die Rote Amsel zum Mittagessen und zurück in den Gästetrubel ging.

Es war Roberts Idee gewesen, erst nach der kirchlichen Trauung zu den Gästen zu stoßen, obwohl Kristin ihm abgeraten hatte. *Entweder gehen wir gleich mit in die Kirche, oder wir kommen erst am Abend,* hatte sie am Morgen gesagt, als sie sich im mittlerweile gemeinsamen Bad die Haare geföhnt hatte. Noch war keine Tür installiert, und er konnte sie auch noch in seinem Zimmer verstehen.

Kirche ist mir zu intim. Wir kennen doch auch die Verwandtschaft nicht, hatte Robert geantwortet.

Kristin König hatte den Föhn ausgeschaltet. *Dann gehen wir eben abends hin, meine Güte.*

Nein, dafür sind wir zu gut befreundet, als dass wir erst abends hingehen, rief Robert ins Bad, obwohl der Föhn längst aus war.

Du willst doch nur ein Mittagessen schnorren, aber dafür nicht in die Kirche gehen, weil du dich in der Kirche langweilst, gab sie zurück. Robert hasste und bewunderte es zu gleichen Teilen, dass sie ihn durchschaute, dass sie fast jeden seiner Sätze in seine semantischen Bestandteile hätte zerlegen und ihm hätte sagen können, wo er übertrieb, log oder die Wahrheit sagte.

David trug einen dunkelblauen Anzug und eine schwarze Krawatte, doch statt eines Einstecktuchs hatte er einen Button mit Gorillakopf auf der linken Brusttasche seines Jacketts.

»Wie hat dir der Gottesdienst gefallen, Kristin?«, wollte Irmi wissen. Sie trug ein weites, weißes Kleid aus schlichtem Stoff. Lediglich um die Brust herum war es eng, und sie hatte sich für einen Spitzenbesatz entschieden. Dazu weiße Segelschuhe. Die blonden Haare hatte sie zu einem Haarkranz binden lassen, und die Lippen waren stark rot im Gegensatz zu ihrer hellen Haut. Sie erinnerte ihn an Allison aus *Cry-Baby,* den er mit Antonia aus der Stadtbibliothek ausgeliehen hatte.

»Wir waren nicht im Gottesdienst. Leider«, sagte Kristin König und ignorierte den sanften Stoß in die Seite, den Robert ihr verpasste. Er hatte darauf gesetzt, dass ihre Abwesenheit nicht auffiele.

»Ach schade, warum denn nicht?«, fragte Irmi.

»Habt nix versäumt«, lachte David im eindeutigen Versuch, Robert und Kristin zu retten. »Nur, dass die Irmi für das Jawort zirka drei Stunden gebraucht hat. Offensichtlich musste sie noch überlegen.«

»Weil ich nicht wusste, ob der Pfarrer schon fertig ist mit seinem Spruch!«, rief Irmi empört.

»Irmchen, lass uns nicht streiten, sondern in die Amsel schreiten«, sagte Deininger im gestelzten Ton eines Adeligen aus einem Loriot-Sketch und nahm seine Ehefrau an der Hand. Er zwinkerte Robert übertrieben zu, als wäre die Heirat nur ein Schelmenstück und auch Robert jetzt im Bilde.

»Wir haben euch ein Hotelzimmer in der Pension Malerwinkel reserviert, dann könnt ihr heute Abend auch was trinken. Müsst ihr erst morgen bei der Abreise zahlen«, sagte Irmi und ergriff dabei Kristins Handgelenk wie eine alte Dame, die ihren Satz mit einem versichernden Zupacken unterstreichen wollte.

»Wir dachten eigentlich …«, fing Robert an, weil er mit Kristin ausgemacht hatte, dass er trank und sie fuhr und sie sich das Zimmer sparten.

»Das ist toll«, sagte Kristin. »Wir waren nicht ganz sicher, ob das geklappt hat, aber dann bleiben wir auf jeden Fall über Nacht. Ich hab eh was dabei. Danke!«

»Du hast doch gesagt, du fährst«, flüsterte Robert ihr zu, als die Deiningers schon ein paar Schritte voraus waren.

»Du willst mich doch jetzt nicht aus reinem Geiz fahren lassen, oder? Was kostet denn so ein Zimmer hier auf dem Land schon?«, sagte Kristin und strich sich die weiße Bluse glatt.

»Das ist Kallmünz, ein Touristenort. Das kostet eine saftige Mark.« Deininger drehte sich zu ihnen um. Robert lächelte ihn an.

»Eine saftige Mark«, äffte Kristin König ihn nach.

»Dann nehmen wir halt das Zimmer«, sagte Robert. »Wird sicher ganz lustig, mal wieder zusammen was zu trinken.« Er klang nicht überzeugt.

»Ganz sicher«, sagte Kristin König.

*

Bei der Hochzeitsfeier fiel es Kristin schwer, sich einzubringen, oder sie wollte es nicht. Die meisten Gäste kannten sich von früher, und auch Robert hatte anfangs Probleme, Anschluss zu finden. Doch während er sich immer weiter in die Hochzeitsgesellschaft hineintrank, hielt sich Kristin immer mehr an ihrer Weißweinschorle fest. Sie hätte locker noch nach Hause fahren können, dachte Robert gegen zweiundzwanzig Uhr, als Dr. Bison auf die Bühne kamen. Dr. Bison klangen wie eine Mischung aus Hüsker Dü und Lynyrd Skynyrd, und ihr Sänger Baz Oldfield, ein kleiner Mann mit Bürstenhaarschnitt und einer viel zu guten Stimme, nannte das Publikum nach jedem Lied »*you bastards*«.

Gegen Ende des Konzerts standen alle Tische an der Wand, Menschen sprangen kreuz und quer durch den kleinen Festsaal der Roten Amsel, und das Ehepaar Deininger tanzte auf der Bühne. Dirty Davey durfte beim Refrain der Zugabe mitsingen, während Iron Irmi rote Blüten aus einem Korb, den ihr ihre Nichten gereicht hatten, ins Publikum warf.

Kristin König sah sich das alles von der rechten hinteren Wand aus an, an die ihr Tisch gerückt worden war. Mit ihrem leeren Glas in der Hand, in dem sich Weißweinschorle befunden hatte. Hin und wieder drehte Robert sich zu ihr um, während er mit erhobenen Armen lauthals mitsang und nicht umhin kam, sich zu fragen, ob sie wirklich das war, was er wollte.

Gegen eins war er so betrunken, dass er auf dem einen Kilometer langen Fußweg zur Pension Malerwinkel in ein Gebüsch kotzen musste.

*

Am nächsten Tag um kurz nach neun wachte er auf und hatte das Gefühl, jemand habe seinen Kopf ans Bett genagelt. Kristin saß vital und mit geradem Kreuz neben ihm im Bett, aß einen Apfel und las in einer Tageszeitung, von der er sich nicht vorstellen konnte, woher sie die hatte.

Er stand auf und ging mit einem gefühlt bald explodierenden Schädel ins Bad, putzte sich die Zähne. Zurück im Zimmer riss er das gekippte Fenster auf und beugte sich mit dem Oberkörper so weit hinaus, dass er das Holz des Fachwerks auf seiner Brust spüren konnte.

»Du fällst gleich raus«, sagte Kristin über ihre Zeitung hinweg. »Du bist ja noch ein alkoholischer Schwellkörper. Dein Gleichgewichtssinn kann noch gar nicht funktionieren.«

Er holte seinen Oberkörper zurück und schaute aus dem Fenster zu seiner Linken, wo ein alter, baufälliger Turm mit einem spitz zulaufenden Dach an einem Hang stand. Er drehte sich nicht um, als er fragte: »Warst du schon frühstücken?«

»Klar.« Sie sah nicht von ihrer Zeitung auf. »Ab neun Uhr gibt's keins mehr, und ich wusste ja nicht, wie lange du schlafen willst.«

»Und weshalb hast du mich nicht geweckt?« Jetzt drehte er sich um und kniete sich neben sie aufs Bett. Sie sah ihn nicht an. Sie trug eine kurze Sporthose und ein schwarzes Trägershirt, die Haare zu einem Zopf gebunden. Er hatte nur eine Unterhose an.

»Kurz vor elf hätte ich dich spätestens geweckt, da müssen wir aus der Pension raus.«

»Vielen Dank«, sagte Robert. Er war wütend. Er wusste noch nicht einmal genau, warum, er hätte es sicher auch nicht gut gefunden, wenn sie ihn genötigt hätte zu frühstücken. Er zwang sich zur Banalität. »Was gab's?«

»Schinken, Käse, Marmelade«, sagte sie. »Ich hab dir eine Semmel mitgebracht und einen Apfel. Liegt beides da vorne auf dem Tisch in der Serviette eingewickelt.«

»Danke«, sagte er. »Hattest du denn wenigstens ein *bisschen* Spaß gestern?«

»Ja, klar. War nett. Konnte halt dann irgendwann mit der Musik nicht mehr so viel anfangen. Und ich hätte auch noch gern mit dir geschlafen; fand dich gut, wie du da so ausgelassen getanzt hast. Hast so unbekümmert gewirkt, das seh ich nicht oft. Aber ist okay, auf der Hochzeit vom besten Freund kann man ruhig betrunken sein.«

»Ist das ironisch gemeint? Das klingt wie ein Vorwurf«, sagte er und griff sich an die Nase. Für einen Moment hatte er das Gefühl, sie blute, doch da war nur transparenter Rotz am Finger.

»Was genau sollte der Vorwurf sein?«, fragte sie und legte die Zeitung weg.

»Der Alkohol.«

»Das ist nur dein schlechtes Gewissen. Mit mir hat das nichts zu tun.«

»Ich hab kein schlechtes Gewissen«, sagte er. »Ich lass mir nur von dir nicht dauernd alles miesmachen.«

»›Dauernd alles miesmachen‹«, sagte sie. »Ich hab dir gerade gesagt, dass ich dich gestern gut fand. Besser, du legst dich noch mal hin, bevor du dich in Generalvorwürfen verlierst und wir streiten.«

Für einen Moment war er abgelenkt und dachte darüber nach, ob sie recht hatte. Dann fiel ihm wieder auf, wie wütend er war und wie authentisch und berechtigt sich die Wut anfühlte. Er stand auf und ging zurück ins Bad, ohne eine Idee, was er dort wollte. Er schrie zurück ins Zimmer: »Hör mal, wenn es dir nicht passt, wie ich bin, wie meine Freunde sind, dann können wir's auch lassen. Ich verbieg mich hier bis zum Anschlag für dich, und du hast trotzdem noch was auszusetzen!«

»Dann lassen wir's halt, wenn du so unglücklich bist und dich so schrecklich verbiegen musst«, sagte sie. Ohne im Geringsten laut zu werden.

Er nahm den gläsernen Zahnputzbecher und warf ihn durch den kleinen Gang ins Zimmer. Dumpfer Schlag. Nichts zerbrach.

»Du Arschloch!«, schrie Kristin.

»Hab ich dich getroffen?«, fragte er auf dem Weg zurück ins Zimmer. »Ich hab den Becher extra nur auf den Boden geworfen.« Er sah, wie sie neben dem Bett stand und weinte.

»Mann, es tut mir leid. Es tut mir leid«, sagte er. »Ich bin ein fucking Idiot.« Er versuchte, sie in den Arm zu nehmen, doch sie schob ihn mit erstaunlicher Kraft weg. Er ließ sich gegen die Wand fallen, so als hätte sie ihn geschubst. Er sank auf den Boden, vergrub seinen Kopf zwischen den Knien, musste gar nicht hinsehen, um zu wissen, dass sie angefangen hatte, ihre Sporttasche zu packen.

»Gehst du jetzt?«, fragte er, ohne aufzublicken.

Sie antwortete nicht. Er hörte einen Reißverschluss.

»Wie kommst du nach Hause?«

Sie antwortete nicht. Ging an ihm vorbei ins Bad. Er stand auf und blockierte den Türrahmen. Sie packte ihre Zahnbürste in den kleinen schwarzen Beutel.

»Lass mich durch«, sagte sie tonlos, doch er blieb in der Tür stehen.

»Lass mich bitte durch«, sagte sie jetzt lauter, und er trat zur Seite. Im Zimmer öffnete sie erneut die Sporttasche, die sie eben noch so demonstrativ zugezogen hatte, und ließ den Beutel hineinfallen. Dann wieder der Reißverschluss. Sie nahm ihren Blazer aus dem Schrank, hängte ihn sich über die Schulter, lief noch einmal an ihm vorbei und schloss die Tür hinter sich.

»Was ist mit der Rechnung? Ich hab gar nicht genug Bargeld dabei!«, rief er durch die Tür. Ihm fiel auf, wie kleinlich er war, und er rief noch lauter: »Kein Ding, ich geh zum Automaten«, nur um sich noch dümmer vorzukommen. Einen Moment lang überlegte er, ob er hinterherlaufen sollte, doch dann ging er zum Fenster und wartete, bis er sie unten aus der Pension kommen sah. Sie lief quer über den Parkplatz an seinem Auto vorbei und entschlossen die Straße in nördlicher Richtung weiter. Er konnte sich nicht vorstellen, dass es hier einen Bahnhof gab. Er wusste nicht, ob sie erwartete, dass er sie einholte, sie aufhielt. Er wusste nur, dass er noch nicht die Kraft hatte, sich aufzuraffen und hinterherzulaufen. Er legte sich aufs Bett und nahm die Zeitung, in der Kristin König bis eben noch gelesen hatte. In Nordirland war eine Autobombe der IRA explodiert und hatte gut dreißig Leute umgebracht.

27

GEMEINER EFEU

Die Zukunft interessiert mich erst dann, wenn ich da bin, hatte Robert ein paar Tage vor dem Eklat bei der Hochzeit zu Kristin gesagt. Auf ihre Frage hin, was er sich für die Zukunft vorstelle. Erstaunlicherweise konnte sie der eher patzigen Antwort durchaus etwas abgewinnen. Denn wenn es auch sonst nicht viel gab, was er ihr voraushatte – genau das versuchte sie, von ihm zu lernen. Ihre Zukunft war nämlich so voll, dass sie eigentlich drei Zukünfte gebraucht hätte, um all ihre Pläne in die Tat umzusetzen.

Ansonsten erschien Robert ihr auch schon vor ihrem Streit seltsam ideenlos für jemanden mit so viel Impulsivität und Fantasie. Trotz seines nonchalanten Spruchs über die Zukunft und seiner angeblich programmatischen Planlosigkeit schien er nicht im Hier und Jetzt zu leben, sondern die ganze Zeit mit etwas zu hadern, was von Monat zu Monat deprimierender mit anzusehen war.

Sie wusste nicht, wie viel der Alkohol damit zu tun hatte, sie wusste auch nicht genau, wie viel er wirklich bei der Arbeit in der Kapelle trank, denn in ihrer Gegenwart beließ er es meistens bei zwei Bier. Aber dass diese Menge so gut wie überhaupt nichts bei ihm bewirkte, nicht die geringste Veränderung in Rede oder Motorik, machte sie nervös. Sie nahm sich Toleranz ihm gegenüber vor, sie merkte, wie sie ihn oft mit ihrer Kritik verunsicherte oder genau das Gegenteil bewirkte, doch es wurde immer schwieriger, ihm dabei zuzuschauen, wie seine Energie nachließ.

Heute war er schon gegen achtzehn Uhr dreißig aus dem Haus gegangen, obwohl sie wusste, dass es ausreichte, wenn er um zwanzig Uhr unten in seinem Kellerloch stand, um Säfte zu pressen und Cocktails für die Happy Hour an die Tafel zu schreiben. Seine größte Errungenschaft der letzten Wochen war ein eigens kreierter Cocktail namens *Der Märtyrer* mit Whiskey, Licor 43, Zitronensaft und Granatapfelsirup, der ihr persönlich zu süß und zu stark war.

Sie wusste, dass Robert freitags mit Mona arbeitete und sich manchmal auch vor der Schicht mit ihr traf. Hamlets Freundin Mona. Mit ihren immer wieder anders gefärbten Haaren, ihrer unerschütterlichen Positivität, scheinbar frei von jeglichen Befindlichkeiten. Die auch ihr mit einer ungemeinen Herzlichkeit begegnete. Bei Kristins wenigen Besuchen in der Kapelle war es ihr nicht entgangen, wie gut Robert mit Mona harmonierte, und sie wunderte sich, wie wenig er von ihr sprach, vor allem, seit er erfahren hatte, dass sie mit Hamlet zusammen war. Nur einen Abend lang hatte er sich darüber aufgeregt, dass Hamlet ihm nicht früher Bescheid gesagt hatte, dass er Mona gut fand. Er habe sich überrumpelt gefühlt. Kristin hatte Robert gebeten, großzügig zu sein, sich für seinen alten Freund zu freuen, statt gekränkt zu sein. Robert hatte nichts darauf erwidert.

*

Es war jetzt zwei Wochen her, dass sie mit ihm Schluss gemacht hatte. Zwei Wochen waren seit der Hochzeit vergangen, zwei Wochen, seit er das Glas nach ihr geworfen hatte. Oder zumindest in ihre Richtung. Ein paar Tage lang hatte sie bei ihrer Mutter gewohnt, war dann aber wieder ins Gäßchen ohne End zurückgekehrt. Zum einen weil sie es bei ihrer Mutter nicht lange aushielt, zum anderen weil sie nicht flüchten wollte. So sah sie sich nicht. Als Weglaufende.

Sie wollte eine sein, die sich den Dingen stellte. Ihre Mutter hatte im Sommer einen Schamanen-Lehrgang irgendwo in der Nähe von St. Gallen besucht, und obwohl sie einem gewissen Maß an Esoterik ja nicht abgeneigt war, empfand sie es als Affront, neuerdings von ihrer Mutter über Psychosomatik und die Realität des Unterbewussten belehrt zu werden. Das war ihre Welt.

Bei der ersten Wiederbegegnung mit Robert nach dem Krach in der Pension Malerwinkel hatte er sich demütig entschuldigt und betont, dass er ihr alle Zeit der Welt gebe und froh sei, dass sie nicht sofort ausgezogen sei. In der Zwischenzeit hatten sie sogar miteinander geschlafen, doch sie hatte unmissverständlich darauf bestanden, dass sie auch weiterhin getrennt blieben, bis sie sich zu einem endgültigen Entschluss durchgerungen habe. Das musste er aushalten, das hatte er sich selbst zuzuschreiben.

Natürlich wollte sie ihn nicht verlassen, sie wollte nur eine Veränderung erzwingen, auch wenn sowohl ihr Gefühl als auch ihr gesamtes psychologisches Fachwissen sagten, dass das Erzwingen nicht der Weg zur Veränderung sei. Und doch konnte und wollte sie den Anspruch nicht aufgeben, ihm die wichtigste und inspirierendste Gesellschaft zu sein, diejenige, die ihm ein Zuhause gab und ihn vielleicht von seiner mysteriösen Depression und Ziellosigkeit heilen konnte.

Sie hatte ja seine Eltern kennengelernt, es war offensichtlich, dass der Hund in der Kindheit begraben lag, aber sie konnte ihren Finger nicht exakt in die Wunde legen, obwohl sie es mehrmals probiert hatte. *Ich bin doch von keiner Kindheit und keinen Eltern determiniert*, beharrte er, sodass sie trotz der Naivität der Aussage fast versucht war, ihm zu glauben. Dennoch dachte sie weiter über seine Eltern nach. Die fürsorgliche Mutter, die sich vielleicht immer ein bisschen zu sehr in der Opferrolle gegenüber den egomanischen Männern in der Familie sah, der verhärmte Vater und Roberts Rolle als einziges Kind und Puffer zwischen ihnen. Robert pflegte den

Kontakt zu seiner Mutter und schien sie im Gegensatz zu seinem Vater auch wirklich zu mögen, aber ein männliches Kind nahm sich meistens nicht die Mutter als Rollenvorbild, hatte sie gelernt. Es waren allerdings nicht nur die Neugier auf den Ursprung seiner Verletzungen, seine mysteriöse Vulnerabilität oder ein Helferkomplex, die sie an ihn banden, sie fand ihn auch nach wie vor attraktiv und so lebendig, vielleicht mehr als je zuvor. Ihm beim Untergehen zuzuschauen, bei einem Vorgang, den sie kaum aufhalten konnte, forderte sie nicht nur heraus, sondern turnte sie merkwürdigerweise auch an. Die Melancholie, die er dabei verbreitete, berührte sie irgendwie, ließ sie selbst intensiver fühlen. Sie konnte ihn unmöglich jetzt schon verlassen.

*

Während er vor seiner Schicht vermutlich in der Kölsch-Kneipe saß – warum es mitten in der Altstadt eine Kölsch-Kneipe gab, hatte ihr bisher niemand plausibel erklären können – und sich von irgendwelchen Bekannten hinter der Theke freihalten ließ, traf sie sich zum ersten Mal seit zwei Jahren mit einem anderen Mann, wenn man vom Kaffeetrinken mit Koen einmal absah, der mit jedem Jahr nachsichtiger mit ihr wurde und dessen Gelassenheit langsam in einer sie latent aggressiv machenden Indifferenz gipfelte. Selbst Robert sah keinerlei Gefahr mehr in ihm.

Dieses Treffen nun war ihrer Studienkollegin Uta geschuldet, der sie von der vorübergehenden Trennung erzählt hatte, nicht aber von ihren Plänen, Robert noch eine Chance zu geben, und die sofort einen Bekannten für sie in petto gehabt hatte, der ebenfalls seit Kurzem Single war. Sie hatte sich auf die von Uta terminierte Verabredung eingelassen, und weil sie sich nie vor etwas drückte, sagte sie nicht ab, selbst wenn sie kognitiv schon auf halbem Weg zurück zu Robert war.

Es handelte sich nicht ganz um ein Blind Date, denn sie hatte den Mann schon mal an der Uni gesehen, es war Utas Tutor, ein relativ neuer Dozent am Lehrstuhl, den Kristin aber noch nie in einem Kurs gehabt hatte. Sie wusste, dass er siebenunddreißig war, sein Schwerpunkt klinische Psychologie und er bereits graue Haare hatte. Da es ihr unangenehm gewesen wäre, wenn einer von Roberts zahllosen Barkeeper-Bekannten sie gesehen hätte, hatten sie sich beim Auerbräu nördlich der Altstadt verabredet. Der Auerbräu war ein eher traditionelles Wirtshaus, das dem Vorsitzenden der Alzheimer-Partei gehörte.

Der Dozent war schon da, als sie den mit grobem Kies gefüllten Innenhof mit dem dichten Efeu an den Hauswänden betrat. Er war groß und breitschultrig, hatte volles, bereits vollständig ergrautes, längeres Haar, trug eine eckige Hornbrille und einen braunen Cord-Anzug mit beigem Hemd ohne Krawatte. Als sie an den kleinen Holztisch kam, der nach Balkonmöbel aussah, stand er auf und gab ihr die Hand.

»Arndt«, sagte er.

»Kristin«, sagte sie.

Nachdem sie sich kurz darüber ausgetauscht hatten, wie sie beide hierhergekommen waren – sie zu Fuß, er mit dem Fahrrad –, studierten sie die Speisekarte und entschieden sich, sie für Bratkartoffeln und Salat, er für ein Forellenfilet.

»Triffst du dich öfter privat mit Studentinnen?«, fragte sie und hielt ihr Glas mit Kirschsaftschorle wie eine einsatzbereite Waffe fest.

»Du bist doch gar nicht meine Studentin«, sagte er und wich ein paar Zentimeter mit seinem breiten Oberkörper zurück. Er war deutlich größer und wirkte auch robuster als der schmale Robert.

»Das war nicht die Frage«, sagte sie.

»Nur mit denen, die ich aufs Examen vorbereite. Und in der Regel auch nicht im Biergarten.«

»Ach komm, du warst doch mit Uta sicher diesen Sommer schon im Biergarten«, sagte sie, und er senkte den Blick, so als gäbe er bereits auf.

»Okay. Eins zu null für dich.« Nur langsam hob er den Blick wieder.

»Gut.« Kristin ließ das Glas los. »Keine Angst vor Rückstand. Ist kein Problem für mich, wenn du mit Uta was unternimmst.«

»Das ist sicher eh das letzte Mal in diesem Jahr. Wird langsam kühl abends«, sagte er mit Blick auf ihre Strickjacke oder ihre Brüste.

»Du bist frisch getrennt?«, fragte sie und ignorierte seine Wetterprognose. Stattdessen musterte sie den Efeu an der Wand hinter ihm, der in zahllosen winzigen, gelben Blüten aufging. Gemeiner Efeu, dachte sie. Giftig. Kann über zweihundert Jahre alt werden. Bietet Bienen Schutz, und manche machen Hustensaft draus oder glauben, er helfe gegen Cellulite. Hildegard von Bingen hat ihn gegen Gelbsucht benutzt. Sie lachte innerlich laut auf, dachte an Robert. Sie stellte ihn sich vor, wie er gerade hinter der Theke seinen Märtyrer mixte. Vielleicht schmeckte er ja doch nicht so schlecht, es war einfach nur nicht ihre Geschmacksrichtung, und ihr Härtegrad an Alkohol. Sie dachte an das Buch, das er ihr zum Geburtstag geschenkt hatte: das *Neue Blumenbuch* von Maria Sibylla Merian, einer Pionierin auf den Gebieten der Insekten- und Pflanzenforschung und dazu eine begnadete Illustratorin. Eine unbeugsame und von Männern unabhängige Frau, die im siebzehnten Jahrhundert ihre eigenen Forschungsreisen nach Südamerika finanziert hatte.

Ihr Gegenüber schien konsterniert, dass sie ihn so früh etwas so Persönliches fragte, oder er dachte einfach nur über die bestmögliche Antwort nach. Jedenfalls dauerte es, bis er sagte: »›Frisch‹ ist übertrieben.«

»›*Frisch ist übertrieben*‹«, wiederholte sie.

»Ich bin frisch geschieden. Getrennt bin ich schon seit über einem Jahr. Aber wir haben es in der Zwischenzeit als gute Freunde in derselben Wohnung probiert.« Er schaute sich hilfesuchend um, als hoffte er, dass seine Forelle käme und ihn von dem Thema erlöste.

»Suchst du was?«, fragte sie.

»Nein, gar nichts«, sagte er, und seine Stimme brach kurz in sich zusammen, sodass er sich räuspern musste.

»Wie lange wart ihr verheiratet, wie alt ist deine Ex-Frau und woran ist die Ehe gescheitert?«

Er räusperte sich ein weiteres Mal, bevor er antwortete. Es klang, als hätte er Schleim im Hals, eine Menge. »Das ist ja eine Batterie an Fragen.«

»Ich hab auch nicht viel Zeit.« Kristin zuckte unschuldig mit den Schultern. »Examensstress.«

»Gut, dann seh ich zu, dass ich alle Fragen abgearbeitet habe, bis das Essen kommt. Fünf Jahre verheiratet, Carola ist zweiunddreißig und die Ehe ist am Kind gescheitert.«

»Am Kind?«, fragte sie. Neugierig und ein bisschen erschrocken.

»Am Kind«, wiederholte er und hatte jetzt offenbar sein Selbstbewusstsein wiedergefunden. »Solltest du mal eins bekommen, dann lass dich jetzt schon warnen: Plötzlich ist man Arbeitskreis statt Liebespaar.«

»Es gibt genug Paare, die zusammenarbeiten«, sagte sie. »Gab es Kompetenzgerangel, oder was war los?«

»So in der Art. Vielleicht sind durchs Kind aber auch ganz grundsätzliche Differenzen ans Licht gekommen.«

»Das kann sein. Ist ja oft so, dass der Zwang zur Gemeinsamkeit die Unterschiede offenlegt«, sagte sie kühl und blickte wieder auf den Efeu. Im Frühjahr beerenartige Steinfrüchte, die noch giftiger als die Blätter sind. Falcarinol und Polyacetylen. Bekommt man Durchfall von, Kinder manchmal Fieber und Blasen auf der Haut.

»Wie lang hast du denn heute Zeit?«, fragte er, nutzte ihre Efeu-Meditation, um das Thema zu wechseln.

»Zwei Stunden maximal«, sagte sie. »Und ich bin eigentlich auch wieder mit meinem Freund zusammen, egal, was Uta dir erzählt hat. Also noch bin ich's nicht, aber ich komm wieder mit ihm zusammen.«

»Ja? Weißt du schon die genaue Uhrzeit?«

»Sehr witzig«, tat sie beleidigt, fand es aber ganz witzig.

»Uta hat mir gar nichts erzählt«, sagte er und wirkte jetzt doch ein wenig enttäuscht. Sie nahm seine rechte Hand und drückte auf seine Fingernägel. Die Hand war kräftig, die Finger lang, die Haut rau, ein kleines bisschen schwarz unter den Nägeln, das sah sie, als sie wieder losließ. So als ginge er einem körperlichen Beruf nach.

»Ich repariere Motorräder in der Freizeit«, entschuldigte er sich. »Also eigentlich nur meins.«

»Ist das schwer?«, fragte sie.

Er nickte, sagte aber: »Geht. Muss man sich reinfuchsen.«

»Reinfuchsen ist gut«, sagte sie. »Komplexe Dinge können ist gut.«

Das Essen kam. Er stellte seinen Riesling weg und legte die Serviette auf den Schoß. Er gefiel ihr jetzt besser – seine Manieren, dass er so groß war und schon ein Kind hatte. Bei Bratkartoffeln erzählte sie ihm vom Albertinum und ihrer Diplomarbeit. Er bot an, sie Korrektur zu lesen.

»Nein, das ist ja nur ein Vorwand, um mich wiederzusehen«, sagte sie und legte ihr Besteck zur Seite. Jetzt hatte er doch wieder etwas Gekränktes im Blick.

»Du bist ja knallhart. Ich hatte auch wirklich schon harmonischere Dates«, sagte er, und seine breiten Schultern zogen sich zusammen, so als wäre er sich doch unsicher, ob er mit dem letzten Satz zu weit gegangen war. »Woher willst du denn überhaupt wissen, dass ich dich wiedersehen will nach heute Abend?«

»Ich hab da ein Gefühl für.« Sie warf einen letzten Blick auf den Efeu für heute Abend.

Seine Wohnung war fast noch kleiner als ihre alte in der Kramgasse. Lange wohnte er noch nicht hier. Die große Wohnung habe seine Ex-Frau behalten, erklärte er.

»Das ist nur gerecht«, sagte Kristin, als sie sich gegen drei Uhr morgens wieder anzog. »Du hast dich doch getrennt.«

»Sie hat mich rausgeworfen.«

»Sie wird ihre Gründe gehabt haben.«

»Ich mag dich«, sagte er und zog die dunkelblaue Bettdecke hoch, fast bis über den Mund, als sei ihm der Satz peinlich. Sie nickte und zog sich an.

Im Gäßchen ohne End konnte sie nicht einschlafen. Sie hörte, wie Robert nach Hause kam. Sie war sich sicher, dass er nicht gleich ins Bett ging, dass er noch am Fenster stand. Im Waschbecken waren ein paar rote Schlieren gewesen, wenn auch fast schon durchsichtig. Wahrscheinlich hatte er wieder Zahnfleischbluten. Es roch überall nach Alkohol. Nicht fahl nach Bier, sondern klinisch, nach Desinfektionsmittel, vermutlich Schnaps. Sogar seine Zahnbürste roch danach. Sie war jetzt mehr denn je davon überzeugt, dass sie ihn wiederhaben wollte.

28

THOMAS-BERNHARD-TOURISTEN

Ein Ende war in Sicht.

Mitte September hatte Robert sich endlich fürs Examen angemeldet, nur noch ein Schein in Didaktik fehlte ihm, aber den machte er gerade zusammen mit David Deininger und konnte ihn nachreichen. Es war ihr letzter gemeinsamer Kurs, bevor im Februar die Prüfungen begannen. Er hatte fast alle Fristen erfolgreich verlängert – die Anmeldung, den letzten Schein und die Zulassungsarbeit. In anderthalb Wochen musste er die Arbeit aber endgültig abgeben, er brauchte nur noch ein paar Fotos vom Schloss Wolfsegg aus Thomas Bernhards *Auslöschung*, auf denen der Dozent Neubauer dann doch bestanden hatte.

Ausführungen über Symbolik und Allegorie der Schlossarchitektur hatte er in einem Zeitungsartikel auf Mikrofilm in der Bibliothek gefunden. Davon hatte er das meiste abgeschrieben, jetzt ging es nur noch um die Fotos. Die Fahrt nach Oberösterreich war für kommenden Samstag geplant, es sollte ein Tagesausflug mit Kristin werden, der auch verorten sollte, wie es weiterging. So stellte sie es ihm zumindest in Aussicht. Er hoffte sehr, dass es weiterging.

Was ihn hoffen ließ, war ihr Verhalten nach der blutigen Prügelei in der Kapelle vor einer Woche. Schon bevor er ihr das Blut im Waschbecken und die Würgemale am Hals hatte erklären können, war sie mit einer ungewohnten Sanftheit mittags auf ihn zugekommen, hatte ihm Frühstück gemacht und sogar Nusshörnchen vom

Bäcker geholt. Es war fast so, als hätte die Schlägerei eine grundlegende Veränderung in ihr ausgelöst, zu einer weniger kritischen Haltung ihm gegenüber geführt, einer Nachsicht, die er sich lange gewünscht hatte. Oder war es Mitleid? War seine Lädiertheit für sie ein Symbol für den Niedergang, in dem er sich befand? Vom hoffnungsvollen Studienanfänger zum abgewirtschafteten Bartender. Hatte sie begriffen, wie kaputt er war, wie kaputt ihre Beziehung, und machte jetzt nur noch eine Art Sterbebegleitung? So was war doch ihr Ding.

Sie fuhren am Samstag. Am Freitag hätte er noch nicht aus der Stadt weggekonnt. Zumal Robert jetzt jeden Freitagvormittag den gesamten Wochenendbestand für die Kapelle in verschiedenen Großmärkten einkaufte, eine Tätigkeit von mehreren Stunden, bei der man hochkonzentriert sein musste, damit am Samstag nicht kriegsentscheidende Sirups fehlten oder die Physalis oder das Budweiser ausgingen. Fassbier, Pils und Zwickelbier musste er nicht besorgen, die wurden von der Brauerei geliefert, Robert musste dem Fahrer nur das Lager aufschließen und beten, dass nicht Rüttgens vor der Tür stand.

Turkey sah das Einkaufen als Test an, ob Robert zum Geschäftsführer taugte, und hatte ihm das auch so gesagt. Roberts Einwand, dass er bald Examen mache und dann ins Referendariat gehe, begegnete er mit einem fröhlichen *Ach, ich kenn so viele, die das Referendariat geschmissen haben.*

Nach einer friedlichen Freitagsschicht, in der Mona das Aufräumen für ihn übernahm, sodass er bereits um vier im Bett lag, brach er also am Samstagvormittag mit Kristin König nach Wolfsegg auf. Einen Tag vor der Bundestagswahl.

Die Strecke zum Schloss Wolfsegg betrug keine zweihundert Kilometer, das war in zwei Stunden zu schaffen.

»Packt's der Schröder?«, fragte Robert kurz vor der österreichischen Grenze. Er sah sie an. Sie trug ein blaues Kleid, das oben schmal geschnitten war und bis übers Knie ging. Dazu ihre gelben Turnschuhe und ein gelbes Haarband. Sie kam ihm dünner vor. Vielleicht auch älter. Kaum mehr mädchenhaft. Und doch war er erleichtert, dass sie mitkam. Dass sie wieder mehr mit ihm redete als bloß: *Wir brauchen noch Milch,* und: *Kannst du die Tür zu deinem Zimmer zumachen? Es zieht.* Dass sie Anteil nahm. Sosehr er eine Leichtigkeit schätzte, wie sie zum Beispiel Mona an den Tag legte, so sehr schätzte er Kristins Ernsthaftigkeit, die ihm eine Richtung vorgab, die ihn zwang, sich mit sich selbst auseinanderzusetzen, selbst wenn es wehtat. Wenn Kristin dich seziert, ist das ein Zeichen ihrer Verbindlichkeit, dachte er.

»Will er jetzt über Politik reden?«, fragte sie und lächelte.

Er fühlte sich selbst nach nur vier Stunden Schlaf wach und präsent. Vielleicht weil Bernd nach längerer Zeit mal wieder vorbeigeschaut hatte. Eigentlich hatte Robert Nein gesagt, doch Bernd bestand darauf, dass er vor dem großen Gästeansturm gegen eins noch eine kleine Portion »Traubenzucker« nahm, um bei Laune zu bleiben.

»Also, ich glaub schon, dass er's packt«, sagte Robert, als Kristin sich nicht dazu äußerte. Sie zog ihre Schuhe aus, fuhr den Sitz ganz zurück und legte ihre Füße auf die Armaturen, wirkte desinteressiert. »Der Schröder ist doch das, was man einen ›Machtmenschen‹ nennt«, redete er weiter. »Der will das unbedingt. Das spüren die Leute. Ich zum Beispiel will nichts unbedingt, das ist vermutlich mein Problem. Außer dich natürlich.«

Sie nahm seine Hand, die auf der Handbremse ruhte, und schlug die Beine auf den Armaturen übereinander. »So selbstkritisch, Gärtner-Boy. Das muss gar nicht sein. Die meisten Leute wissen nicht genau, was sie wollen, und eignen sich auch nur Ziele und Wünsche an, die sie irgendwo aufgeschnappt haben. Was man halt so zu wollen hat im Leben. Da bist du vielleicht nur ehrlicher, du weißt es eben einfach nicht. Dürfen wir eigentlich ins Schloss?«

»Leider nicht«, sagte Robert und tippte mit den Fingern der linken Hand im Rhythmus zu »Wir müssen hier raus« von Ton Steine Scherben aufs Lenkrad. »Die Familie, der das Schloss gehört, erlaubt es nicht. Schon gar nicht, wenn es was mit Thomas Bernhard zu tun hat. Dem Nestbeschmutzer.«

»Das ist ja schade. Ich dachte, du hättest dich da um eine Art Führung gekümmert. Hast du wenigstens bei denen angerufen?«

»Nein, ich hab das in einem Artikel gelesen, dass die Bernhard-Touristen nicht ausstehen können. Weil er ihr Schloss literarisch so geschlachtet hat. Vor allem das mit dem Hakenkreuz über der Kindervilla. Aber Fotos von außen wird uns ja wohl keiner verbieten können«, sagte er.

»Du hast noch nicht einmal angerufen«, seufzte sie.

»Jetzt freu dich doch über den Ausflug«, sagte Robert.

»Das tu ich«, sagte Kristin, nahm die Füße vom Armaturenbrett.

»Wir sind geboren, um frei zu sein. Wir sind zwei von Millionen, wir sind nicht allein. Und wir werden es schaffen, wir werden es schaffen«, sang Rio Reiser.

*

Nachdem sie tatsächlich nach nur wenigen Fotos von einer älteren Frau, die im U-förmigen Innenhof ein paar überdimensionale Töpfe mit Chinaschilf goss, vertrieben worden waren, beschlossen sie, rüber nach Linz zu fahren. Im Kaffeehaus Traxlmayr saßen sie sich bei einem Stück Torte mit Schlagobers gegenüber, das sie sich teilten. Sein Kaffee befand sich in einer breiten, flachen Tasse aus zierlichem Porzellan. Kristin trank einen schwarzen Tee aus einer bauchigen Tasse.

»Wie geht's jetzt eigentlich mit uns weiter?«, wollte Robert wissen.

»Was denkst du denn, wie's weitergeht?«

»Das liegt doch bei dir.«

»Klar«, sagte sie und nahm einen Schluck Tee. »Nur bei mir.«

Er wusste nicht, wie sie das meinte, und beschloss, nichts darauf zu erwidern.

Sie stellte die Tasse hin, sah ihn an und sagte: »Okay, Robert Bley. Dann sind wir ab jetzt wieder zusammen. Sie dürfen Ihre Freundin jetzt küssen.«

Robert lachte. Er fand sie gut. Ihre Art, immer alles auszusprechen. Er dachte gerne über sich, dass er das auch tat, aber im Gegensatz zu ihr war er geradezu verhuscht. Kristin König – *Force of nature*. Er beugte sich zu ihr hinüber und küsste sie kurz auf den Mund. »Hast du mich zur Strafe so lange hingehalten, oder bist du jetzt erst zu dem Entschluss gekommen?«

»Lange hingehalten? Ein paar Wochen ist nicht lang, my little Gärtner-Boy. Dafür, dass du mit schweren Gegenständen nach mir geworfen hast. Ich war mir anfangs sehr unsicher, ob wir das noch mal reaktivieren sollen.« Sie hielt den Kopf leicht schief.

»Und was hat den Ausschlag gegeben?«

Sie antwortete nicht, setzte stattdessen einen gequälten Gesichtsausdruck auf.

»Was hast du?«, fragte er.

»Wie wichtig ist dir völlige Transparenz in unserer Beziehung?« Sie nahm die Tasse wieder in die Hand.

»Was meinst du mit ›völlige Transparenz‹?«

»Ich meine, gar keine Geheimnisse haben. Alle Karten auf den Tisch.«

»Ist mir schon wichtig.« Er merkte, wie sich sein Magen zusammenzog. Etwas Gutes konnte das nicht heißen. »Was musst du mir denn sagen?«, fragte er.

»Ich muss dir im Grunde gar nichts sagen. Es fällt ja auch in eine Zeit, in der wir nicht zusammen waren. Du hast mich nur gefragt, was den Ausschlag gegeben hat.«

»Welchen Ausschlag?«, fragte Robert, der den Kontext vergessen hatte.

»Du wolltest wissen, was den Ausschlag gegeben hat, wieder mit dir zusammenzukommen.«

»Ja, stimmt.« Robert fühlte, wie eine unsichtbare Schwere ihn in den gepolsterten Stuhl vom Café Traxlmayr hineinpresste.

»Ich habe mit einem anderen Mann geschlafen. Nur ein Mal, aber dafür intensiv. Gekannt habe ich ihn gerade mal ein paar Stunden.«

»Das ist jetzt nicht dein –«, begann Robert, aber Kristin ließ ihn nicht ausreden.

»Es hat auf emotionaler Ebene nichts bedeutet, wobei das natürlich nie ganz stimmen kann; zumindest habe ich mich nicht verliebt oder so was. Aber ich hatte Spaß. Und bevor du jetzt ausflippst, überleg doch zuerst, ob du dich nicht sogar für mich freust. Das klingt vielleicht zynisch, aber erstens ist mir etwas Gutes passiert, jemand hat sich um mich bemüht und war aufmerksam, und zweitens war es ja auch für dich eine positive Sache, weil ich dadurch erst verstanden habe, wie verbunden ich mit dir bin. Und übrigens auch, wie gut unser eigener Sex ist. Jetzt kannst du rumbrüllen, mit der Tasse werfen oder dich einfach nur freuen, dass ich wieder da bin und nur dich will und auch ziemlich schnell mit dir ins Bett.«

Robert schwieg. Krallte seine Finger unter dem Tisch ineinander und spürte, wie seine Augen feucht wurden. Er wollte dem Tisch die Tischbeine wegtreten, sodass das ganze Geschirr auf den Boden fiel und zerbrach, oder den Tisch umschmeißen wie in einem Western oder einfach nur aufstehen und gehen, doch noch immer saugte ihn etwas – vielleicht ein schwarzes Loch – in den Stuhl hinein, und er sah sie einfach nur an und versuchte, nicht zu weinen. Sie lächelte. Er stellte sich vor, wie Kristin König Sex mit jemand anderem hatte. Er dachte an Antonia Brandt. An ihren Autovermieter. An Malta. Fühlte sich von allem ausgeschlossen. Mit diesem Gefühl war es bei Antonia nicht mehr besser geworden. Es war eigentlich der Auftakt vom Ende gewesen, wenn er ehrlich war. Er nahm seine Hände wieder unter dem Tisch hervor und legte sie auf den Tisch.

»Okay«, sagte er. »Das ist okay. Dann zahlen wir jetzt und gehen.«

*

Das Auto hatten sie beim Alten Dom abgestellt. Als sie einstiegen, sagte Kristin: »Wir könnten doch auch zu deinen Eltern fahren und dort übernachten. Ich würde sie gerne mal wieder treffen. Dann könnten wir ihnen auch das mit der Verlobung sagen.«

Roberts rechte Hand war gerade dabei gewesen, die Fahrertür zu öffnen, jetzt verharrte sie am Rahmen, obwohl die Tür schon einen Spalt weit offen stand.

»Das mit der Verlobung?« Ein Teil von ihm wollte, dass sie einen Scherz machte, ein anderer nicht.

»Ich wollte nur testen, wie du reagierst. Würdest du mich denn überhaupt heiraten wollen? Bringt uns steuerlich eine Menge, sobald wir anfangen zu arbeiten. Du als Lehrer und ich als Therapeutin. Klar, ich muss noch die Approbation machen, aber dann steht einem Dasein als Bildungsbürger-Ehepaar nichts mehr im Weg.«

Wie sie sich das Lachen verbiss, ärgerte ihn dann doch.

»Wir können gern zu meinen Eltern fahren, wenn du das willst«, ignorierte er ihre vielleicht nur sarkastisch gemeinten Zukunftspläne. Doch so leicht ließ sie sich nicht abschütteln.

»Also, würdest du mich heiraten wollen, wenn ich dich jetzt fragen würde? Auf der Stelle?«, machte sie im Auto weiter.

Er schnallte sich an und rückte den Innenspiegel zurecht, obwohl das nicht notwendig war. Er legte die Hände aufs Lenkrad, dann ließ er wieder los und lehnte sich zurück.

»Müsste *ich* nicht *dich* fragen?« Er sah sie nicht an, doch er wusste, dass sie nicht angeschnallt war und ihm zugewandt auf dem Beifahrersitz saß, einen Fuß unter dem Po, ihn amüsiert betrachtend.

»Quatsch«, sagte sie. »Jeder kann jeden fragen. Wir sind ja nicht mehr beim Minnesang.«

»Moment, Minnesang ist ja wohl meine Witzkategorie. Ich bin der Germanist.«

»Lenk nicht ab, noch drei Sekunden und deine Antwort gilt als *Scheiße, ist die Alte bekloppt.*«

»Äh ja, natürlich würde ich dich heiraten wollen«, sagte er eilig.

»Natürlich würde er mich heiraten wollen«, wiederholte sie. »Jetzt wollen wir's mal nicht übertreiben, oder? Noch wohnen wir ja noch nicht mal richtig zusammen.«

»Hä?«, sagte er irritiert und beinahe wütend, wie sie ihm jetzt plötzlich den Wind aus den Segeln nahm. Oder hatte er ihr den Wind aus den Segeln genommen mit seinem Konjunktiv? Warum war es eigentlich ständig so kompliziert und meta zwischen ihnen? Nie eindeutig?

»Na ja, das nennst du doch wohl nicht ›Zusammenwohnen‹, oder?« Sie schnallte sich an. »Wir sind doch gewissermaßen nur eine weitere WG.«

»Das können wir ändern«, sagte er und fand die Vorstellung sehr unschön, kein eigenes Zimmer mehr zu haben.

*

Warum sie noch unbedingt zu seinen Eltern wollte, war ihm nicht ganz klar, aber seit sie sich kannten, hegte sie großes Interesse an sein Elternhaus und Geschichten aus seiner Kindheit, die mit seinen Eltern zu tun hatten. Es war jetzt halb fünf, sie hatten Straubing hinter sich gelassen und befanden sich auf der Höhe von Rotham, als Robert auf der von rechts einmündenden Landstraße schon von

Weitem ein Auto stehen sah, das offensichtlich darauf wartete, nach links auf die Gegenfahrbahn abbiegen zu können. Robert war noch etwa hundert Meter von der Abzweigung entfernt, als das Auto unvermittelt losfuhr, und er erkannte sofort, dass es nicht schnell genug war, um es rechtzeitig über die Kreuzung zu schaffen.

Er zog den Tercel ganz nach rechts, doch aus irgendeinem Grund blieb der fremde Wagen, als wäre er zu Tode erschrocken, mitten im Abbiegen stehen, und der Tercel krachte ihm in Superzeitlupe in die Seite.

Robert sah entgeistert dabei zu, wie sein Wagen erst in die hintere Tür des anderen Autos einschlug und dann nach rechts abschmierte. Hoffte, dass niemand auf dem Rücksitz des anderen Autos gesessen hatte. Hoffte, dass Kristin nichts passiert war, während er merkte, wie es die Motorhaube zusammenschob und es ihm den Kopf nach vorne riss. Dann kam der Tercel mit einer nur noch halben Motorhaube zum Stehen. Kurz vor dem Straßengraben. Leichter Rauch stieg vor seiner Heckscheibe auf, die intakt geblieben war. Der Blick zu Kristin. Die saß angeschnallt und aufrecht in ihrem Sitz und bewegte sich nicht. Ihr Gesicht war weiß wie ein Blatt Papier, die Augen geschlossen. Sie ist tot, dachte Robert für eine Zehntelsekunde, bevor er sich besann.

»Kristin, ist alles gut?«, fragte er in eine geradezu groteske Stille hinein, und sie öffnete die Augen. »Wir müssen raus hier. Nicht, dass der Wagen brennt.«

»Unsinn«, sagte sie ganz leise und blieb sitzen. »Autos brennen nicht einfach so. Beruhige dich.«

»Tut dir was weh?«, fragte er.

»Ich kann den Kopf nicht richtig bewegen. Du musst mir beim Aussteigen helfen.«

Er stieg aus, rannte um das Auto herum und half ihr aus dem Wagen, stützte ihren Kopf mit der einen Hand, führte sie mit der anderen an der Hüfte ein paar Schritte bis zu einer Bushaltestelle, die nur aus einer Holzbank und einem Schild mit Abfahrtszeiten bestand. Sie setzten sich, er hielt sie weiterhin fest.

»Ich ruf einen Arzt«, sagte er.

»Ist sicher nur ein Schleudertrauma. Kümmere dich um den anderen Wagen.«

»Ich lass dich nie wieder allein«, flüsterte er ihr ins Ohr. »Garantiert nie wieder.« Sie rang sich ein müdes Lächeln ab.

Ein cirka Fünfzigjähriger mit zerzaustem Haar und blutiger Unterlippe hinkte auf sie zu. Robert blickte zum anderen Auto. Ein metallic-roter Citroën, mit einem Einschlag knapp hinter dem Fahrersitz, gute zehn Meter von der Kreuzung entfernt. Stumm blinkend stand der Citroën auf der Kreuzung, keine Spur von Rauch oder auslaufendem Öl.

»Sind Sie verletzt?«, fragte Robert.

Der zerzauste Mann schüttelte den Kopf und leckte sich mit der Zunge über die Unterlippe. »Und ihr beide?«, fragte er.

»Ich nicht, aber meiner Verlobten geht's nicht so gut«, sagte Robert.

»Ich habe den Krankenwagen schon gerufen«, sagte der Mann, und jetzt bemerkte Robert, dass er ein Handy in der Hand hielt.

»Dafür sind die natürlich wirklich gut«, sagte Robert mit Blick auf das Handy.

Der zerzauste Mann ging zurück zu seinem Auto. Robert blieb bei Kristin sitzen, hielt sie fest.

»Hast du Schmerzen?«, fragte er.

»Ich kann leider nicht nicken«, sagte sie.

*

Über den Notarzt hatte er seinen Vater angerufen, ihm mitgeteilt, dass sie auf dem Weg ins Klinikum seien, und ihn gebeten, den ADAC anzurufen, damit er das Auto holte.

In der Notaufnahme mussten sie zwanzig Minuten warten, in denen sie nicht redeten, in denen Robert sich ausmalte, wie es sein würde, verheiratet zu sein. Dann wurden sie hineingerufen, und man bereitete Kristin zum Röntgen vor. Robert wartete draußen.

Nach einer Viertelstunde kam sie mit einer Halskrause und einer Packung Tabletten zurück.

»Und?«, fragte er und stand auf.

»Nur ein Schleudertrauma, wie ich gesagt hab.«

»Es tut mir alles so leid«, sagte er.

»Dir muss nichts leidtun. Alles gut.« Ihr unendlich müdes Lächeln. Gegenüber an der Wand hing ein Plakat mit dem Querschnitt der menschlichen Wirbelsäule. Sie fixierte es, als hielte sie sich daran aufrecht.

»Meine Mutter ist gleich da. Soll ich dir was vorlesen?«, fragte Robert und nahm eine Frauenzeitschrift in die Hand.

»Nein danke«, sagte sie. »Was hältst du eigentlich von Kindern?«

29

BON ODIN SCOTT

»Ich werde Papa«, sagte Hamlet mit dem zufriedensten Lächeln, das Robert an ihm gesehen hatte, seit er ihn damals auf der Party im Keller seiner Eltern für seine selbstgemachten Erdbeer-Daiquiris gelobt hatte.

Inmitten eines fast obszön milden Dezembers saßen sie am frühen Nachmittag auf der viel zu stark beheizten Fensterbank im Visconti. Hamlet hatte eine Flasche Champagner für sie bestellt, und sie hatten gerade angestoßen, noch ohne dass Robert den Anlass kannte. Gestern Abend hatte Hamlet ihn angerufen, er wolle Robert unbedingt treffen und ihm etwas erzählen, was sonst noch niemand wisse. Vielleicht ist Hamlet schwul – der Gedanke ging Robert bis zu dem Treffen nicht mehr aus dem Kopf.

»Das heißt, Mona ist schwanger?«, fragte Robert. Er spürte in dem Moment wieder den Schnitt in seinem Finger vom Abend der Schlägerei. Irgendwie schien er nicht ganz verheilen zu wollen.

»Und wie schwanger die ist«, sagte Hamlet und trank sein halb volles Glas in einem Schluck aus. »Kotzt wie ein Fischkutter. Und ist die ganze Zeit müde. Mehr?« Hamlet hielt Robert die Champagnerflasche hin.

»Wie ein Fischkutter?«, fragte Robert. »Ist das ein gängiges Idiom? Kotzen wie ein Fischkutter?«

Hamlet wirkte kurz ratlos. »Nein, aber es klang gut, fand ich. Vielleicht kommt's irgendwie von reihern, Fischreiher, Fischkutter.«

»Vermutlich«, sagte Robert. »Und eine Alliteration ist ja auch noch dabei. Klingt wirklich nicht schlecht.« Robert hätte beinahe vergessen, was für eine Bombe Hamlet gerade hatte platzen lassen. Das Ende ihrer Jugend hatte er verkündet.

»Willst du jetzt noch Champagner?«, fragte Hamlet.

»Danke. Ich hab noch. *Du* hast gerade ausgetrunken«, sagte Robert.

»Stimmt, ich hab sicher gleich einen sitzen«, gluckste Hamlet und schenkte sich nach.

»Der ist aber schon recht teuer hier, der Schampus, oder?«, sagte Robert.

»Einkaufspreis.«

»Du zahlst Einkaufspreis im Visconti?«, fragte Robert einigermaßen fassungslos.

»Timo kommt immer zu mir in die Mittwochsschicht, wir haben da einen kleinen Deal«, sagte Hamlet. Strahlend.

»Das ist mal ein guter Deal.« Robert fragte sich, wie ihm entgangen sein konnte, dass Hamlet und der Visconti-Geschäftsführer Timo so speziell miteinander waren.

»Du wirst übrigens der Pate von unserem Kind«, sagte Hamlet. »Das hab ich so beschlossen. Deshalb erfährst du es sogar noch vor meinen Eltern.«

»Das ist ja eine Ehre«, sagte Robert, der panische Angst davor hatte, was man als Pate alles leisten musste. »Was wird es denn?«

»Wissen wir noch nicht. Ist ja erst zweieinhalb Monate alt.«

»War das denn geplant?«

»Nein. Null. Gar nicht«, sagte Hamlet. »Da hat sich der Kollege Odin wohl einen Scherz mit uns erlaubt. Aber die Mona wird ja auch dreißig, die hat sich wahnsinnig gefreut.«

»Und du?«

»Ich werde vierundzwanzig«, sagte Hamlet.

»Du Witzbold. Ob du dich auch wahnsinnig freust.« Robert

schnippte mit dem Zeigefinger gegen sein Glas, das nur einen erstickten Ton hervorbrachte.

»Klar freu ich mich wahnsinnig. Dann kann ich mit meinem Kind alle *Star-Wars*-Filme noch einmal sehen.«

»Kannst du doch so auch«, sagte Robert, dem im nächsten Moment auffiel, wie abschätzig der Kommentar wirken musste. »Aber ich versteh schon«, schob er deshalb schnell hinterher. »Mit dem eigenen Kind ist das sicher noch mal was anderes.« Er schwieg und wartete ab, ob Hamlet verstimmt war.

War er nicht.

»Und finanziell packt ihr das? Mona studiert doch auch noch, oder?«, fragte er dann. In Wirklichkeit hatte Robert natürlich keinerlei Ahnung, was ein Kind kostete, aber er hielt es für angebracht, die kritische Stimme zu sein. Ohne zu wissen, warum eigentlich und ob es in so einer Situation überhaupt eine kritische Stimme brauchte. Er versuchte sich vorzustellen, was Kristin dazu sagen würde, ob sie auch so kritisch wäre. Aber sie wollte ja vielleicht selbst ein Kind, und vielleicht war sie auch nur mit ihm so kritisch und hätte in diesem Fall einfach nur Anteilnahme gezeigt.

»Das ist kein so großes Problem«, sagte Hamlet und stellte sein Glas hin, um sich eine blaue Gitanes anzuzünden. Er zog wie ein Verrückter, bevor er eine viel zu große Wolke ausatmete, hustete und dann erst weitersprach. »Ich schmeiß das Studium und mach eine Ausbildung.«

»Du machst was?«, sagte Robert und verschluckte sich fast am Champagner. Tränen stiegen ihm in die Augen.

»Alles okay?«, fragte Hamlet.

»Geht wieder«, sagte Robert noch mit feuchten Augen und brüchiger Stimme. Noch ein Schluck. Dann war endlich sein Glas leer, und er nahm sich die Flasche, schenkte sich nach.

»Also pass auf, ich hab eh keine Chance mehr wegen Statik und ehrlich gesagt auch gar keine Lust mehr auf das dämliche Studium.

Das ist mir alles zu theoretisch und zu autokratisch. Ich brauche was, was lebensnaher ist.«

»Was zum Beispiel?«

»Ich fang eine Ausbildung als Bestatter an.«

»Holy shit«, sagte Robert. »Du kennst ja kein Pardon mit den Breaking News. Was kommt als Nächstes? Wirst du Papst? Oder die neue Nummer eins der ATP-Weltrangliste?«

Hamlet lachte. Robert nicht. »Warum Bestatter?«, fragte er, setzte ein Gesicht auf, von dem er sich vorstellte, dass eine kritische Stimme es aufsetzen müsse.

»Weil man da nicht extra in die Berufsschule muss. Und ich könnte ab nächstem Jahr anfangen. Beim Beerdigungsunternehmer Unterholzner.«

»Der Bestatter heißt nicht ernsthaft Unterholzner, Häm.«

»Doch, kein Scheiß.«

»Und dann arbeitest du nicht mehr in der Kapelle?«

»Natürlich, ich hab ja noch zwei Schichten, und der Turkey hat mir sogar die Geschäftsführung angeboten. Weiß aber nicht, ob ich das neben der Ausbildung noch schaffe.«

»Die Geschäftsführung? Uno momento, die hat er mir auch angeboten«, sagte Robert, in dem missglückten Versuch, seine Empörung zu unterdrücken und eher amüsiert zu klingen.

»Ich weiß«, sagte Hamlet und sah aus, als hätte er Mitleid mit Robert. Senkte den Blick, blies sich die langen Strähnen aus dem Gesicht. »Aber der Turkey sieht das ein mit deinem Examen.«

Aha, der Turkey sieht das ein, dachte Robert. Ohne noch mal mit ihm darüber zu reden. Er fand das ziemlich unverschämt.

»Zurück zu dir. Warum ausgerechnet Totengräber? Eine problemlose Ausbildung ist ja wohl bitte nicht der Hauptgrund?«, fragte Robert. »Nicht für einen Weirdo wie dich.«

»Also zunächst mal ist das eine sichere Bank. Weil, Sterben ist ja keinem Trend unterworfen. Außer jemand wirft eine Atombombe oder so was. Und Sterben wird auch nicht durch innovative Technologien überflüssig. Noch nicht zumindest.« Hamlet lächelte selbstbewusst. »Und dann kommt mir das Leben ja schon immer so wahnsinnig absurd vor«, sagte er. »Da hab ich gedacht, vielleicht hat ja der Tod ein bisschen mehr Struktur.«

»*That's some dark shit*«, sagte Robert und griff sich eine Zigarette aus Hamlets Gitanes-Schachtel, die auf dem schmalen Tisch vor ihnen lag. Neben ihnen saß die Intendantin vom Stadttheater bei einem Glas Rotwein und las die Tageszeitung. Bei »*dark shit*« hob sie kurz den Kopf, nur um sofort wieder weiterzulesen.

Es war Viertel vor drei und draußen regnete es in Strömen. Der Regen hallte in die überdachte Passage hinein, das Geräusch der schweren Regentropfen auf dem Kopfsteinpflaster der Gesandtenstraße dröhnte bis an die Fensterfront des Visconti, oder vielleicht bildete Robert sich das auch nur ein.

»Hast du dir schon einen Namen für das Kind überlegt?«, fragte Robert, der sich im Sturm der Neuigkeiten wieder auf die eigentliche Schreckensnachricht besann.

»Klar. Aber bin noch nicht mit der Dame des Hauses einig. Wenn es ein Junge wird, heißt er Bon Odin Scott. Und wenn es ein Mädchen wird, heißt es Ava.«

»Ava? Ist das nicht ein Smashing-Pumpkins-Song oder so was?«, fragte Robert.

»Keine Ahnung. Kommt vom lateinischen *avis,* ›Vogel‹. Kann aber auch ›Wasser‹ oder die ›Starke‹ heißen.«

»Irgendwas mit stark bedeuten ja viele Namen«, sagte Robert.

»Hmmm«, machte Hamlet und zog verunsichert die Schultern hoch.

»Egal. Schöner Name«, sagte Robert. »Auf jeden Fall. Zieht ihr zusammen?«

»Im Sommer voraussichtlich. Ich werd den Keller meiner Eltern ausbauen.«

»Du willst wieder zu deinen Eltern ziehen? Mit Mona? Nach Bogen? Häm, bist du sicher, dass es dir gut geht? Ist das wirklich Champagner oder ein spritziger Absinth?«

»Du, die freuen sich total, wenn wir kommen. Und dann auch noch mit Enkelkind«, sagte Hamlet, als wäre das die plausibelste Begründung der Welt.

»Na, das klingt doch alles ganz erfreulich«, sagte Robert und hielt Hamlet sein Glas hin.

*

Nachdem er die Thomas-Bernhard-Arbeit abgegeben hatte, erhöhte Robert die tägliche Zeit der Examensvorbereitung von zwei auf vier Stunden und fragte sich, ob er nicht auch hinschmeißen und Bestatter werden sollte. Man musste ja nicht gleich wieder zu den Eltern ziehen. Es fiel ihm schwer zu glauben, wie schnell Hamlets Leben sich offensichtlich zum absolut Positiven gewendet hatte. Er hatte es eigentlich als gegeben akzeptiert und wohl auch nicht sonderlich bedauert, dass Hamlet im Gegensatz zu ihm nichts so wirklich gelang. Aber wenn er ehrlich war, musste er zugeben, dass Hamlet seit geraumer Weile so ziemlich alles gelang und ihm nichts. Und es hatte alles damit angefangen, dass Turkey Hamlet für die Kapelle rekrutiert hatte. Während er in Irland gewesen war. Und den Teufel gesehen hatte. Vielleicht hätte er zu Hause bleiben sollen. So toll war das Wandern mit Kristin nun auch nicht gewesen.

Die meiste Zeit des Tages exzerpierte Robert gerade die relevanten Stellen aus seinen Lehrbüchern über deutsche Literaturgeschichte und aus *Story of English,* füllte zudem ein Arbeitsbuch mit Übungen zur Satzanalyse im Englischen aus. Da er wenig Hoffnung hatte, langfristig etwas davon im Gedächtnis zu behalten, schrieb er sich die wichtigsten Sachverhalte immer und immer wieder aus den Büchern heraus, bis er seitenweise dasselbe auf seinen

Zetteln stehen hatte, leider ohne das Gefühl, er wisse jetzt mehr als zuvor.

Vor dem Grammatikteil in Germanistik fürchtete er sich am meisten, da half ihm das Exzerpieren nicht, und er merkte, wie wenig er sich auf sein Sprachgefühl verlassen konnte, von dem er immer gedacht hatte, es bringe ihn von selbst durch Schule und Studium. Als Süddeutscher war er wohl doch leicht benachteiligt in Sachen Hochsprache, von etlichen Vokabeln konnte er ja noch nicht einmal die korrekte Vergangenheitsform bilden, wie er feststellen musste, selbst wenn das Bairisch in seinem Elternhaus verhältnismäßig moderat gewesen war – im Gegensatz zum allgemein vorherrschenden Dialekt in Ascha und vor allem in Richtung Bayerischer Wald.

Die mündlichen Prüfungen würden anderthalb Wochen nach den schriftlichen folgen, die ließ er in der Vorbereitung zunächst außen vor, zumindest rhetorisch hatte er sich schon immer zu retten gewusst; dieser Glaube war ihm noch nicht ganz abhanden gekommen.

Die Konzentration fiel ihm schwer, da er nach wie vor meistens verkatert war. Er hatte die Arbeit in der Kapelle zwar auf eine einzige Schicht in der Woche reduziert, und den Einkauf am Freitagvormittag hatte mittlerweile Hamlet übernommen, dennoch saß er fast jeden Abend am kurzen Tresen, unterhielt sich mit den Stammgästen oder beobachtete seine Kollegen bei der Arbeit.

Jeden Tag um die Mittagszeit holte er sich eine Semmel mit Leberkäse in einer Bäckerei in der Obermünsterstraße, die auch Imbisse anbot. Hin und wieder harrte er danach noch eine gute halbe Stunde auf dem Christkindlmarkt am Neupfarrplatz aus und trank dort einen Glühwein, bevor er mit einem sanftwarmen Schwindelgefühl und Bauchschmerzen wieder zurück an den Schreibtisch ging. Sein Magen war im Lauf des letzten Jahres nicht besser geworden, und insgeheim hatte er Angst, wie Rothkowski zu enden.

Immer öfter hatte er Krämpfe und musste sich schon nachmittags mit einer Wärmflasche ins Bett legen, doch noch bildete er sich ein, dass ein kurzer Obstbrand oder eben ein Glühwein dagegen half.

»Bei deiner Ernährung ein Wunder, dass du überhaupt noch einen Magen hast«, sagte ihm Kristin, als sie beim Abendessen in der Küche saßen. Sie hatte Reis mit Brokkoli gekocht, was er zu seiner eigenen Verwunderung immer wieder gerne aß. Sie trank ein Glas Leitungswasser, er ein Pils.

»Inwiefern ernähre ich mich denn so falsch?«, fragte Robert und riss sich ein überstehendes Nasenhaar aus.

»Die Frage ist nicht ernst gemeint, oder?« Sie ignorierte das Nasenhaar, das er auf den Küchenboden hatte fallen lassen. »Hör mal, du stehst morgens auf und kaufst dir einen Puddingplunder. Dann setzt du dich hin und isst beim Lernen Weingummi, in der Mittagspause deinen Leberkäse, dann einen Glühwein hinterher und zum Lernen wieder Weingummi. Abends gehst du in deinen Bierkeller und trinkst Dunkles, Gimlet und Underberg. Noch nicht mal dein Alkoholkonsum ist ausgewogen.«

»Ich habe vielleicht nur einen empfindlichen Magen«, sagte er.

»Das kommt noch dazu.« Sie war jetzt fast ein wenig aufgebracht, fasste sich mit schmerzverzerrtem Gesicht an den Nacken. Bis vor vier Tagen hatte sie noch die Halskrause getragen, jetzt ging es ohne, doch sie konnte kaum den Kopf drehen, und der Orthopäde hatte gesagt, eine gewisse Immobilität könne ein Leben lang zurückbleiben.

»Habe ich eigentlich erzählt, dass Hamlet jetzt auch in einer Ska-Band spielt?«, lenkte er das Gespräch weg von seiner Ernährung.

»Nein, hast du nicht.« Sie hielt sich immer noch den Nacken. »Was macht der jetzt noch alles? Kandidiert er als Bundespräsident? Stoppt er den Welthunger?«

»So ähnlich«, lachte Robert und nahm einen Schluck von seinem Pils. »Synchron zu Vaterschaft, Geschäftsführung und Totengräberausbildung singt er jedenfalls jetzt in einer Ska-Band.«

»Was ist Ska noch mal genau?«

»Mischung aus Reggae und Punk. Für Skinheads von Skinheads ursprünglich. Also linken Skinheads.«

Sie nickte verständnislos.

»Wann willst du Kinder?«, sagte sie nach einer Weile, in der sie schweigend gegessen hatten.

»Ich?«

»Nein, der Mann mit der Axt hinter dir.«

»Ich könnte jederzeit Kinder haben. Würde mir nichts ausmachen«, sagte Robert und richtete sich leicht auf, nahm die Ellenbogen vom Tisch und legte die Hände auf seine Knie. Sein Blick fiel auf die Wand im Flur, wo über dem Telefon immer noch Rothkowskis *Clockwork-Orange*-Filmplakat hing. Er hatte sich von Hamlets Schocknachricht erholt und war dazu übergegangen, sich einzureden, dass auch er jederzeit bereit sei, Vater zu werden.

»Es würde ihm nichts ausmachen«, sagte sie. »Aber freuen würde es dich auch nicht.«

»Doch, natürlich«, sagte er.

»Das glaube ich dir nicht. So wie du dich ernährst, wie willst du denn da ein Kind großziehen? Das wird ja keine drei Jahre alt.«

Seine Augen weiteten sich. »Entschuldigung, war nicht so gemeint«, sagte sie schnell, sich offenbar im Klaren darüber, dass sie zu weit gegangen war.

»Ich würde mich wirklich freuen«, sagte Robert trotzig. »Vielleicht kreise ich ja dann auch nicht mehr dauernd um mich selbst.«

»Das arme Kind. Du benutzt es als Therapie«, sagte Kristin und hätte sicher halb belustigt den Kopf geschüttelt, wenn sie nur gekonnt hätte. Stattdessen stand sie auf.

»Was machst du?«, fragte er.

»Ich meditiere.« Sie ging in Rothkowskis ehemaliges Zimmer und zog die Ziehharmonika-Tür hinter sich zu.

»Und ich?«, rief er hinterher.

»Du spülst ab«, rief sie, gedämpft durch die geschlossene Falttür, zurück.

*

Als er mit Kristin am Heiligen Abend nachmittags über die Friedenstraße die Stadt verließ und zu seinen Eltern in die Gärtnerei fuhr, war er froh, wegzukommen. All die Jahre war die Stadt ihm ein Refugium gewesen, ein Ort der Neuerfindung und Selbstbestimmung, jetzt schnürte sie ihm schlimmer die Luft ab als die Baumschule.

Wo er auch hinging, er traf überall Leute, die er kannte und die ihn kannten. Meistens aus der Gastronomie. Er konnte in keine Kneipe und kein Café, er konnte nicht in die Buchhandlung und nicht zu Kaufhof, nicht ins Kino und noch nicht einmal in die Stadtbibliothek gehen, um sich eine DVD auszuleihen, nicht in den Asia-Imbiss in der Glockengasse, nicht zum Italiener und nicht in den Teeladen, ohne dass er jemand Bekannten traf, jemanden, der eine Meinung über ihn hatte oder ihn auch nur so grüßte, als hätte er eine. Es wurde zusehends zum Martyrium, sich nicht mehr anonym fühlen zu können. Kurz: Es war wie in Ascha.

Auch die Arbeit in der Kapelle widerte ihn langsam an. Die Betrunkenen und Gestörten, Gekränkten und Gebrochenen, Wütenden und Wollenden, Labernden und Maulfaulen, Depressiven und Euphorisierten, es waren einfach zu viele Emotionen an einem Ort. Emotionen, von denen er sich fremdbestimmt fühlte. Die alle ungehindert auf ihn einregneten.

»Ich würde nach dem Examen gerne weg«, sagte er, als sie mit dem Leihwagen, den er vom ADAC bekommen hatte, bis sein Auto repariert war, auf die Autobahn fuhren.

»Du musst doch eh weg, wenn du ins Referendariat gehst«, sagte sie.

»Ich geh nicht ins Ref«, sagte er. »Zumindest jetzt nicht. Ich muss irgendwas Inspirierendes machen. Irgendwohin, wo man herausgefordert wird. Und das wird man nicht in Beilngries oder sonst einem brutalen Dorfloch.«

»Kein Grund, so radikal zu werden. Du weißt doch gar nicht, was dich erwartet. Herausfordern werden dich die Schüler schon, da würde ich mir keine Sorgen machen.«

Den Einwand ignorierte Robert. »Wenn ich jetzt wegen des Referendariats ein Jahr nach Weiden oder Kelheim muss, dann erschieß ich mich. Auf der Stelle.«

»Na gut. Dann mach das doch«, sagte sie, den Blick stoisch nach vorne auf die Straße gerichtet, als hätte sie aufgegeben, ihn von irgendetwas überzeugen zu wollen. »Das Weggehen, nicht das Erschießen.«

»Du kommst auch mit«, sagte er und nahm ihre Hand.

Sie starrte weiter auf die Straße, versuchte hundertprozentig gerade zu sitzen. Seit dem Unfall stieg sie ungern in Autos.

»Das ist sehr großzügig, aber ich mach erst im nächsten Semester mein Diplom, falls du das vergessen hast. Ich kann gar nicht weg.«

»Man kann immer weg«, sagte Robert und kratzte sich hinter dem Ohr. »Dieser ewige Nebel ist doch auch die Hölle«, deutete er nach draußen. »Das halbe Jahr Nebel. Mich würde die Selbstmordrate hier interessieren.«

»Und wo willst du dann hin?«

»Weiß nicht, vielleicht nach Leipzig. Aufbruch Ost. Oder nach Berlin. Oder lieber Hamburg. Köln weniger. München nur zur Not. New York.«

»Warum nach New York?«, fragte sie und sah ihn an, wie er aus dem Augenwinkel wahrnahm. Da war keine Häme, sie wollte wirklich wissen, warum New York.

»Keine Ahnung. Große weite Welt. Spektakel. Sich besonders fühlen in einer besonderen Stadt?« Er wusste, dass er nicht weit kam mit Ausreden, deshalb blieb er bei der Wahrheit.

»Gut«, sagte sie und fuhr ihm durch die Haare. »Das lass ich gelten.«

*

Opa Wolfgang und Oma Silvia waren dieses Jahr an Weihnachten wieder zu Gast. Roberts Vater hatte sie vom Bahnhof abgeholt.

»Wie schaut's denn bei euch zwei eigentlich mit Kindern aus?«, fragte sein Opa, der vergessen hatte, seinen Hut abzusetzen. »Ihr seid ja jetzt doch schon ein paar Jahre zusammen.«

Bevor Robert etwas sagen konnte, schritt überraschenderweise seine Oma ein. »Geh, Wolfgang, das ist doch nicht mehr die Antonia. Das ist Kristin.«

Opa Wolfgang blickte seine Frau erst kurz empört, dann konsterniert an. Schließlich sah er Kristin an wie ein Gespenst, bis er sich nach ein paar Sekunden wieder gefangen hatte. »Das tut mir jetzt leid. Aber du siehst der Antonia täuschend ähnlich. Oder täusch ich mich? Täusch ich mich da so, Silvia? Ich kann mich doch nicht so täuschen?« Oma Silvia schüttelte wortlos den Kopf.

»Ach, der Schwiegervati«, sagte Roberts Mutter sanft und schaute ängstlich zu Kristin. Aber die lächelte nur und nahm unter dem Tisch Roberts Hand. Seine Mutter mochte Kristin, das hatte sie auch so geäußert. *Weil die weiß, was sie will. – Sehr originelle Analyse*, hatte Robert ihr geantwortet. Seit dem Unfall mochte sie sie sogar noch mehr.

Roberts Vater hatte das Ganze mit versteinertem Blick verfolgt und fuhr seine Hand jetzt mechanisch in Richtung Weißbierflasche aus. »Der Vater ist halt auch nicht mehr der Jüngste, da nistet sich schon mal Moos in den Synapsen ein. Also lasst's ihn in Ruhe.«

»Dir geb ich gleich ein Moos«, sagte Opa Wolfgang, und wer den Blick übersah, den er seinem Sohn dabei zuwarf, hätte es durchaus für einen Scherz halten können. »Der Robert hat halt einen bestimmten Frauentyp. Kann ich ja nichts dafür, wenn die sich so ähnlich schauen.«

Oma Silvia seufzte.

»So, können wir das jetzt bitte beenden?«, sagte Robert vielleicht eine Spur zu herrisch. Kristin ließ seine Hand los.

»Aber die Frage könnt ihr doch trotzdem beantworten«, beharrte Opa Wolfgang, während die Oma erneut den Kopf schüttelte.

»Was für eine Frage denn?« Robert vollführte mit beiden Zeigefingern ein nervöses Schlagzeugsolo auf der Tischkante, dessen Sechzehntel noch mehr Unruhe verbreiteten.

»Wie's mit Kindern aussieht, wollte ich doch nur wissen.« Opa Wolfgang schaute erst ihn, dann Kristin erwartungsvoll an. Sich offensichtlich immer noch keiner Schuld wegen der Verwechslung bewusst.

»Opa, wir sind noch nicht einmal Mitte zwanzig, und jetzt sag bitte nicht so was wie: Als ich in deinem Alter war, bla, bla, bla …«

»Robert, Tonfall«, mahnte ihn seine Mutter.

»Frech ist er geworden«, sagte Opa Wolfgang enttäuscht.

»Wenn du ihn so ärgerst«, sagte Oma Silvia.

»Dich ärger ich gleich, wenn du dich immer einmischst«, sagte er zurück.

»Sei lieb, Wolfgang«, sagte die Oma und klopfte ihm auf die Hand.

»Junior, du entschuldigst dich jetzt beim Opa, sonst lass ich dich das Weihnachtsevangelium vorlesen«, sagte sein Vater. Seiner Mutter entfuhr ein Lachen. Auch Robert musste grinsen. Es passierte nur selten, dass sein Vater mit Vorsatz komisch war. Zumindest hoffte er, dass es nur ein Witz gewesen war.

»'tschuldigung, Herr Opa«, sagte er.

Kristin, die die ganze Zeit kein einziges Wort gesagt hatte, flüsterte Robert ins Ohr: »Ich mag deine Oma.«

Nach der Bescherung ohne Evangelium unternahmen sie alle zusammen einen Spaziergang im Dunkeln durch Gärtnerei und Baumschule. Der Kiesweg wurde von kleinen Parklaternen erleuchtet, die auf Hüfthöhe endeten. Es hatte nicht geschneit. Seine Oma hatte sich bei Robert eingehakt und Robert bei Kristin.

»In fünf Jahren ist der Spuk hier vorbei«, sagte Roberts Vater und deutete auf ein Gewächshaus zu seiner Linken.

»Was meinen Sie damit?«, fragte Kristin, und Robert stellte sich im Stillen dieselbe Frage.

»Dann machen wir hier alles dicht und ziehen in die Stadt.«

»Sie ziehen freiwillig in die Stadt?«, fragte Kristin und zog ihre Mütze leicht hoch, damit sie Roberts Vater besser verstand, der ein paar Meter vorausgelaufen war. »Aber es ist doch paradiesisch hier.«

Das mit der Stadt war auch für Robert eine Neuigkeit.

»Aber natürlich in die Stadt. Das Landleben ist doch pervers. Du musst jeden Schritt mit dem Auto machen, kannst nirgendwohin außer zu den Bierdimpfeln im Dorfwirtshaus, aber sogar dahin musst du fahren für ein mieses Schweineschnitzel und Judenwitze.«

Robert fragte sich, ob das sein Vater war, der da redete, oder ob man ihn durch einen Klon vom Mars ersetzt hatte. Das war ihm neu, dass der Vater das Landleben zum Kotzen fand.

»Ich verstehe«, sagte Kristin, und Robert war froh, dass sie den Satz seines Vaters nicht noch mal wiederholt hatte.

Gegen zehn Uhr, nach einem letzten Glas Rotwein, verabschiedeten sich Robert und Kristin.

»Kannst du dir vorstellen, die Gärtnerei zu übernehmen, bevor dein Vater sie verkauft oder aufgibt?«, fragte Kristin im Auto.

»Überhaupt nicht«, sagte Robert, »aber ich gebe zu, die Vorstellung, dass hier dann gar nichts mehr von uns ist, finde ich auch trist.«

»Ach so? Ich dachte, du kennst keine Nostalgie«, sagte Kristin. »Behauptest du doch immer.«

»Ich weiß auch nicht, was mit mir los ist«, sagte Robert. »Muss an Weihnachten liegen.«

30

MY HEART WILL GO ON

Robert war kalt.

»Kannst du das Fenster zumachen?«, fragte er Kristin, die eine Hand aus dem Fenster hielt.

»Es ist wie Frühling draußen«, sagte sie.

»Die kalte Hälfte von Frühling«, sagte er.

»Wann sind wir wieder daheim?«, fragte Kristin und legte die Hände in den Schoß. Sie trug eine schwarze Anzughose und eine weiße Bluse unter einem schwarzen, an der Hüfte endenden Blazer. Ihre dunkelblonden Haare waren offen und durcheinander vom Fahrtwind. Er versuchte sich zu erinnern, ob ihre Haare früher voller gewesen waren. Damals, als er sie zum ersten Mal mit Uta und ihren Freundinnen in der Mensa hatte sitzen sehen. So kühl und teilnahmslos. So effizient. Sie drückte auf den Knopf und fuhr das Beifahrerfenster hoch.

»Wir bleiben nur bis morgen früh. Heute Nachmittag ist die Beerdigung und dann der Leichenschmaus. Danach gehen wir ins Hotel. Morgen frühstücken wir noch mit allen im alten Haus, dann fahren wir.«

»Wirst du sie vermissen?«, fragte Kristin und hatte eine Hand auf seiner Zigarettenschachtel, die in der Ablage vor der Gangschaltung lag. So als wollte sie verhindern, dass er danach griff. Sie hatte schon vor ein paar Monaten mit dem Rauchen aufgehört. Mit der anderen Hand holte sie einen Apfel aus ihrer Sporttasche und rollte ihn auf ihrer Anzughose hin und her, während er leicht nach links zog, um zu sehen, ob er den Lastwagen vor ihm auf der B16 überholen konnte.

»Ich denke schon«, sagte Robert. »Aber vor allem hat sie mir leidgetan.«

»Warum leid?«, fragte Kristin, beobachtete ihn, wie er mit einer Hand den Wagen steuerte und mit der anderen nach einer CD im Seitenfach kramte.

»Ich hab neulich erst *Titanic* auf Video gesehen«, fing er an.

»Okay«, sagte sie argwöhnisch, als hätte er seine Geschichte mit *Ich nehme ja seit geraumer Zeit Heroin* begonnen. Man sagt erst mal *Okay*, denn man will nicht die gesamte Anekdote mit impulsiver Empörung bombardieren.

»Hey, der ist gar nicht so schlecht, wie man denkt«, sagte Robert. »Auf jeden Fall hat da diese junge Frau überlebt. Die Kate-Winslet-Figur. Als alte Frau sitzt die jetzt im Präsens da und erzählt einem Filmemacher die Geschichte von der Titanic und ihrer ersten großen Liebe.«

Kristin verzog das Gesicht. »Ihrer ersten großen Liebe, das ist starker Tobak, oder?«, sagte sie.

»Aber jetzt pass auf!« Er schlug mit der Handkante leicht auf das Lenkrad seines Tercels, der wieder aussah wie vor dem Unfall, der Versicherung sei Dank. »Mir geht es nicht um den Untergang oder diese Liebesgeschichte mit DiCaprio. Mir geht es darum, dass meine Oma sicher auch mal ein hoffnungsvolles Mädchen war, mit Vorstellungen, wie ihr Leben verlaufen sollte. Wünsche. Ideen. Reisen, die sie machen wollte.«

»Ja, klar hatte sie die. Wie jeder von uns«, sagte Kristin und riss mit den Zähnen ein so großes Stück aus ihrem Apfel, dass das Fruchtfleisch spritzte. »Woher stammte sie denn? Aus deiner Gegend?«

»Nein, sie kam aus Schlesien. Wurde vertrieben nach dem Krieg. Vater von den Nazis festgesetzt, Bruder im Krieg verschollen. Der

Vater war Chefredakteur bei der Zeitung in Breslau. Und dann ist sie nach dem Krieg in Bayern gelandet und musste auf dem Feld arbeiten.«

»Wie alt war sie, als sie wegmusste?«, fragte Kristin.

»Siebzehn. Die Flucht war ein Gewaltmarsch. Haben manche gar nicht überlebt.«

»Das klingt hart«, sagte Kristin. Sie wickelte den Apfelbutzen in ein Papiertaschentuch ein.

Im Radio lief ein Peter-Gabriel-Song, und Robert machte lauter. Redete aber trotzdem weiter.

»Die Oma war auf jeden Fall wahnsinnig arm, als sie im Donaumoos ankam«, sagte Robert. »Mit ihrer Mutter und ihrer kleinen Schwester. Kein Prestige mehr, verstehst du, da war Sense mit Breslauer Bildungsbürgertum. Noch nicht mal eine eigene Wohnung.«

»Dass dich das plötzlich so interessiert«, sagte Kristin. »Bisher haben wir nie über deine Großmutter gesprochen. Es ging immer nur um Opa Wolfgang.«

»Meine Mutter hat mir am Telefon länger von ihr erzählt. Sie weiß eine Menge über die Oma.«

»Obwohl sie die Mutter von deinem Vater war …«, merkte Kristin an.

»Ja … Aber der redet nicht über seine Mutter, und wer weiß, ob es ihn interessiert, wie sie sich gefühlt hat.«

»Vielleicht tust du ihm da unrecht«, sagte Kristin, während Peter Gabriel sich einer dringenden Verkehrsdurchsage unterordnen musste.

»Auf jeden Fall hat sie schließlich einen Agrar-Beamten geheiratet, der von seiner Stiefmutter und seinem Stiefbruder um sein Erbe beschissen worden war und bis an sein Lebensende niemandem mehr richtig getraut hat.«

»Den Opa Wolfgang?« Kristin steckte den mit Papier umwickelten Apfel in eine kleine, durchsichtige Plastiktüte. Weiß Gott, wo sie die herhatte. Wie sie immer auf alles vorbereitet ist, dachte er. Dann warf sie einen langen Blick aus dem Fenster auf die bewaldeten Donauauen am Fuße der Brücke, die sie gerade überquerten.

»Es gab sicher schlimmere Ehemänner damals. Der war halt immer nur ein furchtbarer Griesgram, der Gesellschaft gemieden hat und nie verreisen wollte. Außer vielleicht eine Wallfahrt alle paar Jahre.«

»Aber deine Oma wäre gerne gereist?«

»Zu mir hat sie mal gesagt, sie hasst das flache Land. Die hat sich über Berge gefreut. In Niederschlesien hat sie die Oderlandschaft gehabt; hier ist ja nichts, hat sie gesagt.«

»Hier ist doch das Donaumoos oder wie das heißt«, sagte Kristin.

»Wie auch immer«, sagte Robert. »Hier hat sie sich immer irgendwie eingesperrt gefühlt. Sagt meine Mutter.«

»Ja? Aber sie hatte doch ihr Haus am Stadtrand, ihre Kinder und Enkel, mit denen sie gut auskam.«

»Man hat es ihr schon angemerkt, finde ich. Sie war immer mit allem so vorsichtig und hat versucht, sich so unauffällig wie möglich zu verhalten. Ein leises Leben.«

»Das kann sein«, sagte Kristin und band sich die Haare zusammen. »Trotzdem kannst du daraus nicht ableiten, dass sie völlig unglücklich war und sich eingesperrt gefühlt hat. Jeder hat die verschiedensten Stimmungen und Phasen. Ich glaube, du projizierst da was hinein.«

»Wieso sollte ich das tun?«, fragte er.

»Weil du dich selbst immer eingesperrt fühlst.«

Ein Gong kündigte die Nachrichten im Radio an, und Robert nahm es ihr heute nicht so übel, dass sie ihn analysierte, er fühlte sich ernst genommen dadurch.

Ihm war immer noch kalt, obwohl das Fenster schon lange zu war. Er sah die wintergeplagten und niedergedrückten Wiesen, die nass von der Nacht vergeblich in den Tag hineintrockneten. Sie nahm seine Hand und drückte sie so fest, dass es fast wehtat. Aber so wurde ihm warm.

*

Auf der Beerdigung musste er weinen. Nicht wegen der Oma, sondern weil er seinen Vater zum ersten Mal weinen sah. Er hatte sich den Bart abrasiert und sah ganz schlaff und blass darunter aus. Es war nur noch zur einen Hälfte sein Vater, zur anderen ein weinender älterer, teigiger Mann, der sich kurz bei seinem Bruder aufstützen musste, nachdem er eine Schaufel Erde ins Grab geworfen hatte. Kristin legte ihren Arm um Roberts Hüfte und zog ihn ganz nah an sich heran.

Später im Gasthaus saß er einem gebeugten Opa Wolfgang gegenüber, dem seine Krawatte in die Suppe gefallen wäre, hätte Roberts Mutter sie nicht über seine Schulter geschwungen. Er trug ein viel zu großes schwarzes Jackett und keinen Hut. Die ohnehin zahlreichen hellbraunen Flecken auf der Kopfhaut schienen noch mehr geworden zu sein.

»Und du hast jetzt dein Examen hinter dir, Berti?«, fragte er, nachdem er wieder aus der Schüssel aufgetaucht war.

Robert nickte, und Opa Wolfgang trank von seinem Pils.

»Und was wirst du jetzt?« Er hatte Schaum auf der Oberlippe und in seinem weißen Schnauzbart. Robert war erstaunt, wie gefasst sein Opa war.

»Ich werde Lehrer, das weißt du doch«, sagte Robert.

»Das ist doch ein sehr feiner Beruf«, sagte sein Großvater. »Es gibt ja nur noch so wenig Ideale heutzutage und niemanden, der sie vermittelt. Deine Oma hat immer gesagt: ›Wie sollen die Kinder denn noch Moral lernen, wenn die Lehrer alle die amerikanische Musik hören und Haschisch rauchen?‹«

Robert bezweifelte stark, dass seine Oma das gesagt hatte, aber er hielt sich zurück. Das war nicht der Zeitpunkt.

Franzi, seine Hellseher-Tante, bemerkte den Ernst der Lage und lenkte seine Aufmerksamkeit auf sich. »Hast du eigentlich schon die Ergebnisse?«

»Nein«, sagte Robert. »Erst im Mai. Aber du weißt ja eh schon, was ich für eine Note bekomme.«

»So funktioniert das nicht, das weißt du doch«, sagte sie, seinen Witz ausblendend. »Wie ist dein Gefühl?«

»Eher mittel«, sagte Robert leiser, sodass sein Opa ihn nicht hörte.

Robert konnte tatsächlich schlecht einschätzen, wie es ihm in den Prüfungen ergangen war. Die Grammatikaufgaben waren ihm vor allem in Germanistik nahezu unlösbar vorgekommen. In Literaturgeschichte war er in beiden Fächern einigermaßen vorbereitet gewesen, und die mündlichen Prüfungen hatte er mit einem Schnitt von 2,0 bestanden.

In der Zeit der Prüfungen hatte sich Kristin fast rührend um ihn gekümmert, hatte ihn mit Tee, Essen, Süßigkeiten und einem kleinen Examenskalender versorgt, in dem an jedem Prüfungstag etwas anderes drin gewesen war, von einem Buch mit Shakespeare-Witzen bis hin zu einer Handcreme, englischem Tee und den Weingummis, die er so gerne aß.

Und dennoch war das Erste, was er nach der letzten Prüfung unternommen hatte, eine Schicht in der Kapelle mit Hamlet und Mona gewesen, gleichzeitig Monas letzte. Sie und Hamlet würden einen Jungen bekommen, Bon Odin Scott stand also nichts mehr im Wege. Am Ende der Schicht hatte Robert in ohrenbetäubender Lautstärke Smokey Robinson gespielt und mit Hamlet getanzt, und nach Hause gekommen war er um acht Uhr am Samstagmorgen. Kristin war schon wach gewesen, und sie hatten Sex in der Badewanne gehabt, weil sie ihre Tage hatte und so das Blut schnell entsorgt war.

»Als Lehrer hast du das halbe Jahr Ferien«, sagte sein Großvater und schlürfte einen neuen Löffel Suppe in sich hinein. »Das hast du dir genau richtig ausgesucht.«

»Es tut mir leid, dass du jetzt die Oma nicht mehr hast«, sagte Robert unvermittelt. Weil es ihm wirklich leidtat, wenn er ihn so ansah mit seiner Suppe. Er sah allein und ziellos aus.

»Ich freu mich für die Silvia«, sagte sein Opa und richtete sich jetzt erstmals, seit er angefangen hatte zu essen, auf. »Die hat's hinter sich. Der Herrgott hat sich bestimmt über eine wie sie gefreut. Eine, die immer so hilfsbereit ist. Die macht auch da oben einen guten Eindruck. Die wird's gut haben, bis ich nachkomme.«

Tante Franzi legte dem Opa den Arm um den Hals.

»Geh, hör auf, Franziska«, knurrte der, war aber nicht wirklich verärgert.

»Du bist also das Medium«, sagte Kristin zu Tante Franzi.

»Sehende. Wir sagen ›Sehende‹«, sagte Franzi und entfernte ihren Arm von Opa Wolfgang.

»Dann hast du Robert damals vorhergesagt, dass er mich spielerisch erobern muss. Um mich herumtanzen.«

Sie lächelte erfreut. »Ja, ich erinnere mich. Du warst das?«

»Ja, das war ich. Und bin's immer noch«, sagte Kristin, strich sich eine lose Strähne hinter die Ohren.

»Und? Hat er's tatsächlich spielerisch gemacht?«, wollte Franzi wissen.

»Na ja. Irgendwie schon. Er kam mir mit einer ermordeten Taube und einer blutverschmierten Schürze entgegen und hat mich nach einem Date gefragt.«

Franzi lachte laut.

»Wer hat die Taube ermordet?«, fragte Opa Wolfgang, bekam jedoch keine Antwort.

»Ja, siehst du?«, sagte Tante Franzi. »Beiläufig. Spielerisch. Aus dem Moment heraus. Das habe ich gemeint.«

Kristin lachte jetzt. Robert lachte. Der Opa Wolfgang lachte mit, ohne zu verstehen, worüber.

*

»Hast du dich jetzt eigentlich schon fürs Referendariat angemeldet?«, wollte Kristin am nächsten Vormittag auf der Heimfahrt von Bad Gögging wissen. Das Schwarz war weg, sie trug jetzt eine weite blaue Jeans und ein gelb-schwarzes Holzfällerhemd.

»Nein«, sagte Robert und rauchte zum offenen Fenster hinaus, obwohl es regnete. Der Filter war bereits so nass, dass er eigentlich nicht mehr daran ziehen konnte.

»Machst du's überhaupt?«

»Ich glaub nicht.« Er ließ die Zigarette aus dem Fenster fallen.

»Und dann willst du was? Ein Praktikum machen? Wo?«

»Ich weiß es nicht. Vielleicht als Webdesigner. Ein Stammgast aus der Kapelle hat eine kleine Agentur. Der könnte mir was beibringen.«

Sie sagte nichts. Zuckte nur leicht mit den Schultern.

»Findest du nicht gut?«, fragte Robert.

»Ja, warum nicht?«, sagte sie. »Du klingst nur nicht besonders inspiriert. Wolltest du nicht Musiker oder Journalist werden?«

»Ich hab ja momentan keine Band. Und als Journalist müsste ich auf die Journalistenschule gehen, und dann bin ich ja fast dreißig, wenn ich da fertig bin. Wofür hab ich denn so lange studiert?«

»Das ist doch Unsinn. Es gibt so viele Quereinsteiger.«

»Ja, aber ich hab ja während des Studiums keine journalistische Erfahrung gesammelt.«

»Das stimmt allerdings«, sagte sie. »Aber dafür jede Menge Ausreden.«

»Hör auf damit«, sagte Robert harscher, als er wollte. »Hör bitte auf damit.«

»Womit?«, fragte sie.

»Mit deinem Argwohn immer. Es gibt Leute, die müssen ihren Weg erst finden. Nicht alle wissen sofort, wo ihre Stärken liegen. Was sie genau wollen. Nicht alle haben so konkrete Vorstellungen wie du. Lass mich doch herausfinden, was ich will.«

»Das tu ich, Robert Bley. Das tu ich doch«, sagte Kristin, und er wunderte sich, wie traurig sie jetzt klang.

*

Als Kristin die Tür aufschloss, rief jemand aus der Wohnung: »Hallo, ich bin's nur!«

Kristin wich einen Schritt zurück, aber Robert erkannte die Stimme sofort und zog die Tür auf. Es war Rothkowski oder jemand, der ihm sehr ähnlich sah, mit kurzen Haaren. Er stand in einem schwarzen Bademantel vor ihnen, und Robert freute sich bei allem Schock, ihn zu sehen. Auf eine Art, als entdeckte man beim Durchzappen zufällig eine alte Serie aus der Kindheit.

»Tut mir leid, euch so zu erschrecken, aber ich musste in der Stadt was erledigen, und ich hab ja noch den Schlüssel. Hallo, Kristin«, sagte er, sein Blick streifte sie nur flüchtig. »Ich sehe, ihr habt euch hier zusammen hin-, äh, eingerichtet.«

»Ja, ist doch ganz hübsch geworden«, sagte Kristin, das Wortspiel übergehend. In ihren Augen blitzte es feindselig.

»Ganz hübsch häuslich. Man merkt die ordnende Kraft einer Frau.« Rothkowski blickte den Gang hinunter ins offene Wohnzimmer, Roberts ehemaliges Zimmer, in dem er offenbar gerade gewesen war. Dann wandte er sich an Robert. »Ich sehe, du hast meinen Rat befolgt mit der weiblichen Mitbewohnerin.«

»Wie war die Kur?«, fragte Robert.

»Die Kur? Ja, die ist ja jetzt schon wieder ein paar Monate her. Die war ganz gut. Ich saß da mit lauter so Managern herum, die alle

Handyverbot hatten und nicht verstehen konnten, dass ich keins hab. Ich hab die ganze Zeit gelesen, die haben die ganze Zeit Sport gemacht.«

Robert stellte in der Tat fest, dass Rothkowski immer noch genauso weiß und unsportlich aussah wie vorher.

»Und was ist mit deinen Haaren passiert?«

»Kreisrunder Haarausfall«, sagte Rothkowski, und Robert bemerkte den Anflug einer Fahne.

»Ach du Scheiße«, sagte Kristin.

»Er macht einen Scherz«, klärte Robert auf. »Und du darfst wieder trinken?«

»Ja, der Arzt hat Entwarnung gegeben. Die Leber ist wieder gesund und pumpt wie ein junger Schwarzenegger!«

Jetzt musste selbst Kristin kurz lächeln.

»Wollt ihr was? Ich habe einen Pflaumenbrand aus dem Allgäu mitgebracht.« Er kratzte sich durch den Bademantel am Oberschenkel.

»Du, nein danke, wir kommen gerade von der Beerdigung meiner Oma.«

»Oha, mein aufrichtiges Beileid«, sagte Rothkowski und räusperte sich. »Aber was ich eigentlich sagen wollte ...«

»Du willst wieder einziehen«, sagte Robert.

Kristin sah Robert ungläubig von der Seite an, dann sofort wieder zu Rothkowski.

»Na ja, ich bin ja noch der Hauptmieter. Und ich würde gern mein Studium zu Ende bringen. Ihr wisst ja sicher, wie schwer das mit den Wohnungen in der Altstadt ist. Wenn man diese Wohnung hier neu vermieten würde, dann wär die mittlerweile gute dreihundert Mark mehr wert.«

»Das ist mir klar«, sagte Robert und stellte fest, dass der Gedanke an sein altes Zimmer und das alte Setup mit Rothkowski gar nicht so abwegig war, wie er eben noch gedacht hatte.

»Keine Angst, liebste Kristin«, sagte Rothkowski und beugte sich nun väterlich zu ihr. »Ich bin eh noch zwei Monate im Allgäu, ich musste mich gestern nur wieder immatrikulieren, deshalb bin ich da. Ich fahr auch morgen früh wieder. Nur ... bis zum Wintersemester müsstet ihr – oder müsstest du – dann halt eine andere Lösung gefunden haben.«

»Das ist gar kein Problem«, sagte Kristin, die einen Schritt zurückgewichen war vor dem Mann im Bademantel. »Ich finde eine Wohnung, wollte eh generell eher an den Stadtrand.«

Wir finden schon was zusammen, hätte Robert wohl an dieser Stelle sagen sollen, doch es kam ihm nicht über die Lippen.

»Das beruhigt mich ungemein«, sagte Rothkowski und sah tatsächlich erleichtert aus. »Und was machen wir heute noch Feines, wir drei?«

»Ich wollte noch zu meiner Mutter heute. Macht ihr beide euch doch einen schönen Abend zusammen. Wie in alten Zeiten.«

»Marvelous«, sagte Rothkowski und sah Robert an. »Und du? Hast du Lust? Wie wär's mit einem kleinen Nacktdarts-Turnier?«

Roberts Kopfhaut wurde heiß. Er schaute zu Kristin, aber die mied seinen Blick. »Also, ich bin eigentlich auch mit eingeladen bei Kristins Mutter.«

»Ach so«, sagte Rothkowski, seine hellblauen Augen schimmerten ihn wässrig und mitleidig an.

»Du kannst ruhig hierbleiben, ich nehm den Bus«, sagte Kristin und hatte schon die Hand am Türgriff. Das ärgerte Robert, sie ließ ihm ja gar nicht die Chance, sich für sie zu entscheiden. In einer Kurzschlusshandlung sagte er daher: »Gut, Schatz, dann sehen wir uns morgen.«

»Marvelous«, rief Rothkowski und klatschte in die Hände.

31

DIE VERSUNKENE STADT

Nach dem Dartsabend und viel zu viel Bier mit Rothkowski fühlte sich Robert schwer und schuldig. Er hatte weder konzentriert geworfen noch hatte er Rothkowskis Ausführungen über seine Reha folgen können. Psychologische Eingangsuntersuchung versus Ausgangsuntersuchung, Sitzungen am Rudergerät, ein Faltkurs und Gartenarbeit. Die ganze Zeit über hatte Robert an Kristin gedacht, wie sie einfach gegangen war, wie enttäuscht und gekränkt sie in den letzten paar Sekunden gewirkt hatte, bevor sie ihre eigene Wohnung verlassen hatte. Ein Blick, als hätte sie aufgegeben. Er dachte an Kinder, Heiraten, an alles, was sie ihm so halb ironisch in Aussicht gestellt hatte. Dinge, die ihm ein wenig Angst machten, aber die er im Grunde doch auch wollte. Vielleicht noch nicht sofort. Und trotzdem ließ er zu, dass Rothkowski sie aus der Wohnung schmiss und damit irgendwie auch ihre gemeinsamen Pläne unterlief. Falls es überhaupt gemeinsame Pläne waren; es musste ja einen Grund dafür geben, warum er sich vorhin nicht sofort solidarisch erklärt hatte. Genau das hatte sie registriert. Aber nein, er wollte nicht aus Deep City Nine ausziehen, wenn er ehrlich war.

Sie hatten die Dartsscheibe in seinem ehemaligen Zimmer aufgehängt, also musste er sich etwas einfallen lassen, um nach dem Turnier allein zu sein und Rothkowski zu vergraulen. Der blieb natürlich in aller Herrgottsruhe sitzen, obwohl Robert in einer Tour gähnte wie ein Abgrund.

»Schön, dass Deep City Nine wieder vereint ist. Hast mir gefehlt, Bley. Rothkowski umarmte ihn von hinten. Er roch nach Alkohol und einem besonders frischen Duschgel, oder war es Rasierwasser? Robert tauchte unfreiwillig in Rothkowskis Geruch ein, bis er keine Luft mehr bekam.

»Komm, jetzt besiegeln wir meinen Turniersieg noch mit einem alles zerstörenden Glen-Irgendwas – muss schauen, was ich noch in meinem Geheimfach hab.«

»Geheimfach? Was für ein Geheimfach?«, gähnte Robert.

»Sag ich nicht, sonst wär's kein Geheimfach«, sagte Rothkowski. »Als großer Ermittler hast du dich ja schon bei *Monkey Island* nicht erwiesen.«

»Nein Danke, keinen Schnaps mehr. Bitte nicht.« Robert löste sich aus der Umarmung und starrte aufs lichtlose Schloss, das in der nasskalten Aprilnacht ebenfalls keinen Grund zu feiern sah.

»Du, sei mir nicht böse, aber ich glaub, ich muss jetzt ins Bett«, sagte Robert. »So viel Bier vertrag ich nicht mehr.«

»Sacrebleu, jetzt hör auf. Du bist ja in meiner Abwesenheit völlig verweichlicht. Zeit, dass wir wieder trainieren. Mea culpa, dass ich dich so lange allein gelassen habe«, sagte Rothkowski und ließ sich wieder zurück auf die Couch fallen. Erst beim Wort zum Sonntag ging er endlich ins andere Zimmer.

*

Am nächsten Tag verabschiedete sich Rothkowski brav gegen zehn Uhr, weil er mit einer Studentin zum Frühstück verabredet war. Draußen regnete es in Strömen, und das bereits den dritten Tag in Folge.

Robert setzte sich mit einer Schüssel Vollkorn-Cornflakes aufs Sofa und wurde das Gefühl nicht los, einen gravierenden Fehler gemacht zu haben. Er irrte sich selten in dem Gefühl, Kristin gekränkt zu haben, aber er hatte gelernt, es zu ignorieren. Denn wenn er es nicht ignorierte und ansprach, dann wurde sie unwirsch und sagte, er solle ihr keine Launen unterstellen, über die sie sich selbst noch nicht im Klaren sei. Das sei zum einen eine self-fulfilling prophecy und zum anderen nur eine Überkompensation seines eigenen schlechten Gewissens. Doch wenn er nichts sagte, verriet ihn letztlich sein übervorsichtiges Schweigen. Es war frustrierend, denn eigentlich hielt er seine neue Zurückhaltung für einen Fortschritt gegenüber seinen Disputen mit Antonia, und doch führten sie zum selben Ergebnis.

Kristin kam erst am späten Abend zurück ins Gäßchen ohne End.

»Wo warst du?«, fragte er ohne Begrüßung.

»Bei meiner Mutter, wo sonst?«

»So lange?«

»Ja, wir haben Rommé gespielt.«

»Die ganze Zeit?«

»Nein. Danach bin ich noch acht Kilometer gelaufen. Soll ich dir die Strecke beschreiben? Was willst du denn jetzt von mir?«, fragte sie gereizt, und er schüttelte nur den Kopf.

»Nichts«, sagte er. »Ich frag mich nur manchmal, was du eigentlich an mir findest. Es entsteht ständig Druck wegen irgendwas. Du bist ständig unzufrieden.«

»Und du bist die Zufriedenheit in Person«, sagte sie. »Was möchtest du denn stattdessen? Jemanden, der dich den ganzen Tag anhimmelt und dir applaudiert?« Sie wischte mehrmals wütend mit der Hand über die Couch, als müsste sie eine meterhohe Staubschicht entfernen.

»Du musst nicht gleich so hart werden.« Robert bemühte sich ruhig zu klingen. »Welches Verhalten ist denn so schlimm, dass du es mir austreiben musst wie eine Erzieherin, wenn ich fragen darf?«

»Du hast recht«, sagte sie und hörte auf mit den Wischbewegungen, legte die Hand in ihren Schoß. »Es ist kein konkretes Verhalten. Es ist eine Wesensart, und es steht mir nicht zu, dich so grundsätzlich zu kritisieren oder ändern zu wollen. Hat in der Menschheitsgeschichte ja eh noch nie funktioniert.«

»Und was für eine Wesensart ist so verstörend?« Robert stand schon seit geraumer Zeit mitten im Raum, die Beine breit auf dem Boden, die Hände vor den Hüften, so als bereitete er sich auf ein Schusswaffenduell vor.

»Du brauchst einfach zu viel Platz! Deine Persönlichkeit schluckt alles. Da bleibt wenig Platz für jemanden, der sich nicht so wichtig nimmt. Wenig Platz für mich.«

*

Natürlich war ihm aufgefallen, dass es seit nunmehr einer Woche regnete, doch mehr hatte er sich nicht dabei gedacht. An diesem Morgen im Mai waren die Zeitungen plötzlich voll mit Hochwasser- und Katastrophenmeldungen aus ganz Bayern.

»Wollen wir einen Spaziergang machen?«, fragte Kristin, als sie mit einem Handtuch-Turban aus dem Bad kam, ansonsten war sie nackt. Es war erstaunlich, wie lang ihr Oberkörper war. Er wollte sie in den Arm nehmen. Sie ließ es zu, hielt ihn aber mit angespannten Schultern ein paar entscheidende Zentimeter auf Abstand. Der Streit von vorgestern steckte beiden noch in den Knochen.

Unten an der Donau sah die Stadt aus wie Venedig.

Fischmarkt, Keplerstraße und Holzlände standen komplett unter Wasser, an ihrem der Donau zugewandten Rand hatte man mit Planken und Steinen improvisierte Stege errichtet, an den wichtigsten Kreuzungen führten Brücken aus Brettern über das Wasser. Die Alte Weinlände existierte nicht mehr, die Donau war hoch bis an die Haustüren der wenigen Häuser dort getreten. Von der

Steinernen Brücke aus wirkte der Wasserstand so hoch, dass man meinen konnte, die Brücke wäre abgesackt. Das Wasser der Donau war braun und brodelnd, ein Strom aus nichts Gutem.

»Ich will da nicht runter«, sagte Kristin, aber Robert ließ die Neugier nicht los, und er schloss die Tür zur Kapelle auf. Er schaffte es noch nicht einmal ganz die metallene Wendeltreppe hinunter, so hoch stand das Wasser. Von den Barhockern am kurzen Tresen sah man nur noch die Sitze. Es war eiskalt für Juni, und im halben Licht der Notbeleuchtung wirkte das brackige Wasser pechschwarz. Für Robert hatte das Szenario etwas Betörendes, wie aus einer lange vergessenen Kindheitsfantasie. Ein schwarz verlockend schimmernder Pool, dort, wo man ihn am wenigsten erwartete, in dem man unter- und an einem völlig anderen Punkt im Zimmer wieder auftauchen konnte. Oder vielleicht sogar in einer anderen Welt wie bei den *Brüdern Löwenherz*. Nur der faulige Geruch störte seine Fantasie empfindlich. Es roch wie im Gewächshaus.

Robert starrte regungslos weiter auf das schwarze Wasser, das auf ihn zu warten schien. »Wie eine versunkene Stadt, oder?«, sagte er mit dem Rücken zu Kristin, die ein paar Schritte weiter oben auf der Treppe stand. Er drehte sich um, sah noch die letzte Regung ihres nachdenklichen Nickens.

*

»Suchen wir uns eigentlich eine neue Wohnung?«, fragte er später in der Ostengasse auf dem Weg zum Villapark.

»Hängt davon ab, wo du einen Job bekommst«, sagte sie. »Es rentiert sich doch gar nicht, wenn wir jetzt zusammenziehen und du dann nach München oder sonst wohin gehst.«

»Da ist was dran«, sagte er. »Aber wo würdest du dann wohnen, wenn Rothkowski wieder einzieht und ich bleibe?«

»Ich zieh erst mal zurück zu meiner Mutter, vielleicht sogar so lange, bis ich mit dem Studium fertig bin.« Kristin ging so schnell, dass er kaum folgen konnte.

»Und wenn ich woandershin gehe, kommst du dann nach?« Robert beeilte sich. Sie gingen auf der dem Fluss abgewandten Seite, hier war der Gehweg noch zu gebrauchen.

»Könnte man versuchen, aber man wird sich die Jobs nicht aussuchen können«, sagte sie.

»Da ist was dran«, sagte er erneut und fragte sich, ob es normal war, Vorfreude und Angst gleichzeitig zu spüren. Vorfreude, weil er woanders neu anfangen konnte, vielleicht jemand Neuen treffen, ohne diese permanente Eierschalen-Stimmung. Angst, weil er sich nicht vorstellen konnte, noch mal jemanden zu finden, den er so sehr bewunderte wie sie. Jemanden, der sich bei aller Kritik so sehr mit ihm befasste. Angst davor, wie sehr es wehtun würde, sie nicht in seine Nähe zu haben.

Mittlerweile hatten sie den Villapark erreicht, standen am Geländer an der Treppe, die in den Park hineinführte wie eine Badeleiter in ein riesiges Freibad. Er gehörte zur Königlichen Villa im Nordosten der Altstadt, einer Sommerresidenz von Maximilian II., mit Blickachsen über die Donau und weit hinaus ins Land, angeblich bis zur Walhalla. Der dazugehörige Park war gleichzeitig der Burggraben.

»Würden wir dann eine Fernbeziehung führen?«, fragte Robert und tastete nach Kristins Hand.

»Vermutlich.« Sie nahm seine Hand. »Du bist eiskalt«, sagte Kristin.

»Ich weiß nicht, ob ich das gut kann mit einer Fernbeziehung«, sagte Robert und drückte dabei ihre Hand, damit es nicht so pessimistisch klang.

»Vornehmen kannst du es dir ja zumindest. Aber jetzt bleib doch erst mal im Hier und Jetzt, bevor du wieder apokalyptisch wirst«, sagte sie.

»Was würde bei dir passieren, wenn wir uns trennen?«, fragte Robert und ließ ihre Hand los.

»Meinst du emotional oder organisatorisch?«, fragte sie zurück. Alleine diese Gegenfrage ging ihm schon auf die Nerven. Diese ständige Nüchternheit. Immer zuerst die Meta-Ebene.

»Beides.«

»Es wäre natürlich schade. Aber meine Welt ginge jetzt nicht unbedingt unter.« Sie sah ihn an, er wandte den Blick ab. »Das willst du nicht hören, oder?«

»Ich bin also der Schwächere, oder wie?«, fragte Robert, den Blick fest auf den übergelaufenen Villapark geheftet.

»Nein, nur der Unselbstständigere«, sagte sie leise und strich ihm über den Kopf. »Aber das muss ja nicht so bleiben.« Er hielt ganz still. »Du hast doch gefragt ...«, sagte sie behutsam.

Er reagierte nicht.

»Weißt du, ich kümmere mich ja auch gerne um dich.«

»Das klingt schrecklich«, sagte er zu dem abgesoffenen Park. »So als würde ich mich nicht im Geringsten um *dich* kümmern.«

»Na ja, du bist in einer Umgebung groß geworden, in der die Mutter auf alle emotionalen Bedürfnisse eingeht und der Vater das Geld besorgt und das als Alibi nimmt, um keine Beziehung zu jemandem entwickeln zu müssen, keine Intimität. Sich den emotionalen Stress vom Leib hält.«

»Sprichst du jetzt von meinen Eltern?«

»Klar. Auch. In der Realität deiner Kindheit sind die Identitäten Weiblich und Männlich klar getrennt. Obwohl du deine Mutter als liebevoll, hilfsbereit und zugänglich kennst, also eigentlich ein ideales Vorbild, orientierst du dich nicht an ihr, denn als Frau ist sie ja kein Rollenmodell. Bleibt dein verhärmter Vater. Aber du bist schlau genug zu wissen, dass du nicht so sein willst wie er. Nicht so eine Art Mann. Und dann bist du unsicher, welche Art Mann du überhaupt sein kannst. Das ist völlig verständlich.«

Er hatte das Gefühl, sich sanft und langsam in seine Einzelbestandteile aufzulösen und leicht wie Asche in den überfluteten Villapark hinunterzufallen. Doch sie war noch nicht fertig.

»Laut Chodorow hast du eine psychische Störung wegen deiner heteronormativen Kindheit und Erziehung, die stark patriarchisch geprägt ist.«

»Vorher klang's netter«, sagte er und versuchte, sich irgendwie wieder zusammenzusetzen. Vorerst vergeblich.

»Das hast du mit Millionen junger Männer gemeinsam«, sagte sie. Ist das ernsthaft ein Trost, Kristin König?, dachte er. »Du bist in einer männlichen Realität aufgewachsen, hast keine Ahnung von einer weiblichen Realität. Die gibt es für dich nicht. Du kannst gar nicht wissen, wie es mir geht, egal, wie sehr du dich anstrengst. Aber dein Instinkt und die gute Erziehung deiner Mutter sagen dir natürlich, dass an der männlichen Realität was faul sein muss. Dass das nicht alles sein kann. Und doch kennst du nur die. Deshalb bist du so verwirrt.«

»Klingt, als müsste man mich einweisen«, sagte Robert. Unten im Villapark trieb eine einsame Milchpackung im Flutwasser.

»Nicht dramatisch werden. Du bist doch reflektierter als die meisten. Du hast alle Chancen, das hinter dir zu lassen. Dich hindert nur deine Bedürftigkeit nach ständiger Zuwendung. Ich hindere dich. Und vielleicht dein Alkoholkonsum.«

»Ich höre nur: Ich werde mich trennen, damit du lernen kannst, erwachsen zu werden und auf eigenen Füßen zu stehen«, sagte Robert. »So übersetzt mein Gehirn deine Psychologen-Lingo.«

»Und genau so ist es auch gemeint«, sagte sie und lächelte mit schmerzverzerrtem Gesicht. »Weil ich dich eigentlich gar nicht liebe, sondern nur erziehen will.«

Doch Robert blieb in seine Bestandteile zerlegt.

*

Am Mittwoch war das Hochwasser so weit zurückgewichen, dass erstmals wieder Lieferverkehr am südlichen Donauufer der Altstadt möglich war. Er verließ die Wohnung, um Turkey für zehn Mark die Stunde beim Aufräumen und Putzen der Kapelle zu helfen. Der Geruch würde allerdings den ganzen restlichen Sommer bleiben, hatte Turkey prognostiziert. Er hatte die Sickergrube acht Mal ausgepumpt, doch der Geruch hatte sich längst in den Wänden festgesetzt.

Unten im Treppenhaus öffnete Robert den Briefkasten und fand einen Brief von der Universität darin vor. Er öffnete ihn zitternd und las: Gesamtnote 3,9.

Scheiße.

Das ist scheiße. Dafür hättest du nicht studieren brauchen, dachte er. Gleichzeitig wurde ihm der Atem knapp, und er musste sich auf die unterste Stufe der Treppe setzen und die Augen schließen. Fünf Minuten lang hörte er sich selbst beim Atmen zu, die Augen geschlossen. Dann ging er zurück in die Wohnung – Kristin war längst in der Bibliothek – und legte sich auf die Couch. Weitermachen, weitermachen, dachte er und atmete weiter. Er hörte jedes Geräusch im Haus ums Vielfache verstärkt und überdeutlich, den tropfenden Spülkasten im Klo, die Kinder unten im Kindergarten, das Küchenradio der Nachbarn, die einparkenden und wegfahrenden Autos am Emmeramsplatz, Kirchenglocken irgendwo. Das Rauschen seines Blutes. Wenn er die Augen schloss, konnte er in das schwarze Wasser der überfluteten Kapelle tauchen.

Weitermachen, dachte er. Vielleicht sagte er es auch laut. Dann stand er auf und holte sich den Wodka mit dem roten Etikett aus dem Kühlfach, der über fünfzig Prozent hatte, und trank aus der Flasche. Er ging ins Bad, hielt die Hände unter das kalte Wasser, ein paar Minuten lang. Er schlug sich selbst auf die rechte Wange und sagte zu seinem Spiegelbild: »Die Robert-Bley-Maschine. Null Defekte. Weitermachen.«

32

YOU TO ME ARE EVERYTHING

Der letzte Tag der Menschheit, das Jüngste Gericht, der größte Blackout der Geschichte.

Durch das Internet geisterten einige sinistre Superlative über die bevorstehende Jahrhundertsonnenfinsternis. Börsencrash, Klimakatastrophe, Plünderungen und Attentate wurden in Aussicht gestellt, und das alles nur, weil die Sonne für ein paar Sekunden dunkel werden würde. Eine neue Eiszeit stehe bevor, hatte Robert irgendwo gelesen. Und irgendwie hatte wohl auch eine Prophezeiung von Nostradamus etwas damit zu tun. Robert fragte sich, ob die Sonnenfinsternis für das vorausgegangene Hochwasser verantwortlich war, konnte aber nichts darüber in der Zeitung finden.

Für ihn war allerdings das größte Kuriosum, dass einige seiner Bekannten sogar freiwillig bis nach Karlsruhe fuhren, weil die Sonnenfinsternis dort besser zu sehen sein würde. Wegen drei Minuten standen sie jetzt drei Stunden im Stau. Er selbst hatte überlegt, einfach zu Hause zu bleiben und aus dem Fenster zu schauen. Hier in der Altstadt rechnete man mit maximal ein, zwei Minuten Dämmerlicht, und trotzdem kauften alle Schutzbrillen, bis es in der ganzen Stadt keine mehr gab.

Kristin hatte ebenfalls kein Interesse an der Eklipse, sie lernte für ihr Examen und packte nebenbei Bücher und Geschirr in Kisten, mit denen sie in zwei Wochen zu ihrer Mutter ziehen wollte.

Vor zwei Tagen hatte Robert dann doch beschlossen, sich die Sonnenfinsternis anzuschauen, und bei Miriam angerufen, und sie hatte ihm angeboten, mit ihrem neuen Auto auf die Winzerer Höhen zu fahren. Um kurz nach elf sollte es dunkel werden.

»Ich muss jetzt los, Miriam wartet unten«, sagte Robert auf dem Flur, laut genug, dass ihn Kristin auch im anderen Zimmer hören konnte.

»Ist gut. Viel Spaß euch beiden«, erwiderte sie, und ohne sie zu sehen, wusste er, dass sie noch nicht einmal den Kopf gehoben hatte, sondern weiter in ihre Unterlagen starrte. Sie wusste, wer Miriam war, wusste, dass er mal was mit ihr gehabt hatte, doch es war ihr offenbar egal. Seine Versicherung, dass die Affäre der Vergangenheit angehöre, reichte ihr, und »Eifersucht« schien ihr ohnehin ein Fremdwort zu sein.

Dort, wo das Gäßchen ohne End in die Silberne-Fisch-Gasse mündete, parkte ein silbergrauer Mercedes Strich-Acht, an dessen Kühlerhaube Miriam lehnte. Ihre Haare waren kürzer, sie hatte sie hinter die Ohren gestrichen, und sie trug ein weißes Kleid mit hellblauem Muster. Ihre nackten Unterschenkel erschienen ihm muskulöser denn je.

»Was ist denn das für ein Auto?«, fragte Robert.

»Geil, oder?«, sagte Miriam und legte eine Hand auf das vermutlich heiße Dach des Wagens.

»Gehört der Andi?« Robert kam langsam näher.

»Warum bitte soll der Andi gehören? Den hab ich gekauft. Bitte nehmen Sie Platz, Herr Arsch.«

»Danke«, sagte Robert und stieg ein. Ein wenig ehrfürchtig.

Sie fuhren los, und auf dem Weg schob sie eine Kassette ein. »Meine Sommerkassette«, erklärte sie, dann liefen »*Let's Groove*« von Earth, Wind & Fire und »*You To Me Are Everything*« von einer Band, auf deren Namen Robert nicht kam. Es war nicht so ganz seine Musik, aber wie Miriam mit- und ihn dabei ansang, war ansteckend. »*Words cannot express how much you mean to me.*« Er fühlte sich seltsam daheim in diesem riesigen alten Auto, in der Augustwärme und der eigenartigen Weltuntergangsstimmung in der Stadt. Es war zwanzig vor elf.

»Viel mitbekommen werden wir auch da oben nicht«, sagte Miriam und drehte die Musik leiser. »Es ist leider ziemlich bewölkt.«

»Schade«, sagte Robert, dem der Zusammenhang zwischen Bewölkung und Finsternis nicht ganz klar war. Wurde es dadurch nicht noch dunkler?

»Die innere Uhr wird angeblich gestört«, sagte Miriam. »Die Tiere im Zoo werden unruhig. Die denken, die Nacht ist da, und ziehen sich zurück. Was sagt deine innere Uhr?«

»Dass ich Hunger hab«, sagte Robert.

»Ich hab was dabei«, sagte Miriam. »Schafskäse und ein paar Gurken. Und Laugenstangen.«

Robert fischte eine Tom-Petty-Kassette aus dem Handschuhfach. »Wie geht's euch eigentlich?«, fragte er, während sie bei der Pfaffensteiner Brücke abbog und am Nordufer der Donau entlangfuhr.

»Du, uns geht's gut. Der Andi geht im Herbst ins Referendariat nach München, und ich hab einen Platz in Dachau bekommen.«

»Also zieht ihr beide nach München?« Robert nahm die Sommerkassette aus dem Radio und legte Tom Petty ein. »*The Waiting*« fing an.

»Klar, bietet sich ja an. Wie läuft's mit der Kristin?«

Robert musste überlegen.

»Es geht so. Ich geh ja nicht ins Referendariat, und Kristin wird erst im Wintersemester fertig. Die hat aber schon eine Stelle.«

»Ja? Wo denn? Und was machst du?« Miriam legte ihm die rechte Hand aufs Knie. Er warf seine Zigarette aus dem Fenster.

»Ich arbeite erst mal in der Kapelle weiter. Mit drei Schichten in der Woche komme ich locker über die Runden.«

»Und wo geht Kristin hin?« Es hatte nichts Abfälliges oder Skeptisches, wie Miriam Kristins Namen sagte, es klang fast liebevoll. So als wäre es ihr eine Ehre. Als machte Kristin ihn attraktiver. Dass sich jemand wie Kristin ihn ausgesucht hatte.

»Sie geht nach Salzburg. Ihre ehemalige Dozentin geht dahin und hat ihr eine Stelle am Lehrstuhl angeboten, wo sie auch promovieren kann.«

Robert erinnerte sich an den Abend, an dem sie ihm das erzählt hatte. Wie er aus der Wohnung gelaufen war und sich alleine ins Alte Kabinett gesetzt hatte und erst um vier Uhr stockbetrunken nach Hause gekommen war. Am nächsten Morgen hatte er ihr gratuliert und sich entschuldigt und insgeheim überlegt, ob er Schluss machen sollte oder fremdgehen. Aus Rache, weil sie ihn hier sitzen ließ – in der Altstadt mit Rothkowski. Ihn unten in der Kapelle versinken ließ mit Bernd, der die Bar bald übernehmen würde. Turkey wollte sie ihm überschreiben, weil ihm ein Prozess wegen Steuerhinterziehung blühte. Denn auch Hamlet war nicht mehr da, er hatte tatsächlich die Ausbildung zum Bestatter begonnen und aufgehört, in der Kapelle zu arbeiten, auch mit Rücksicht auf sein Kind, das nun doch nicht Bon Odin Scott hieß, sondern Johann Mats, in Anlehnung an Johnny Marr und Matt Johnson von The The, die Hamlet vergötterte. Robert hatte das Kind bisher nur ein Mal gesehen, als Mona und Hamlet kurz in der Stadt gewesen waren. Nur auf einen Kaffee. Hamlet hatte sich ein Tuch umgebunden gehabt, in dem vermutlich ein Kind steckte, das die ganze Zeit über geschlafen hatte; wirklich zu Gesicht bekommen hatte Robert es nicht.

»Das ist doch toll für sie«, sagte Miriam. Holte Robert aus seinen Gedanken. »Aber natürlich dumm wegen Fernbeziehung, oder?«

»Ich find's ziemlich scheiße«, sagte Robert. »Auch wenn ich mich natürlich für sie freue«, fügte er ein bisschen zu hektisch hinzu.

»Hast du deine Schutzbrille dabei?«, fragte Miriam, als sie an einem Friedhof vorbeikamen.

»Ich denke schon«, sagte Robert, der nicht rechtzeitig eine gekauft, aber die von Kristin ausgeliehen hatte.

Miriam bog in einen Feldweg, Tom Petty konnte sich nicht mehr gegen die scheppernde Stoßdämpfung durchsetzen. Auf den Wiesen und Feldern links und rechts von ihnen hatten bereits ein paar Leute Decken ausgebreitet und saßen mit Bierflaschen im Schneidersitz, schauten in den wolkenverhangenen Vormittagshimmel.

An einer Wegkreuzung parkten sie den Strich-Acht mit zwei Reifen im staubigen Feld und stiegen aus. Miriam holte eine Decke und einen Rucksack vom Rücksitz. Robert kramte in der Innentasche seiner Jeansjacke nach der Schutzbrille, doch er fand sie nicht. Es war kurz vor elf.

Miriam breitete die Decke mitten auf der Wiese aus, möglichst weit weg von anderen Leuten. Sie setzten sich mit Blick auf einen großen Ahornbaum hin. Sein Laubwerk war tiefgrün, keine Anzeichen von Spätsommer. Miriam reichte Robert ein Bier.

»Ahorn, oder?«, sagte sie.

Er nickte. »Willst du unnützes Botanikwissen?«

»Klar, Arsch. Immer«, sagte sie. Legte einen Arm um ihn.

»Gehört zu den Seifenbaumgewächsen.«

»Seifenbäume?«

»Ja, keine Ahnung, warum die so heißen.«

»Was noch?«

»Flachwurzelnd. Wirft im Herbst als Letzter Blätter ab. Gibt welche, die fünfhundert Jahre alt geworden sind.«

»Fünfhundert Jahre sind ein halbes Jahrtausend«, sagte Miriam beeindruckt. »Ist übrigens gleich so weit. Merkst du, dass es kühler geworden ist?«

Er merkte es. Ein komischer Gedanke beschlich ihn: Vielleicht geht ja wirklich so die Welt unter. Alle machen sich einen Spaß draus, sitzen und warten, lachen, trinken, fahren nach Karlsruhe, aber dann war's das wirklich. Innerhalb von ein paar Minuten. Vielleicht gab es gar keinen nächsten Winter mehr. Er dachte an Tori Amos und an Antonia Brandt. An die Wohnung beim Fernsehturm. An Hibiskus und Oma Silvia. Wie alles so harmlos angefangen hatte. Vielversprechend sogar.

»Setz jetzt mal deine Brille auf«, sagte Miriam, sie hatte ihre schon auf, als er zu ihr rübersah.

Er kramte in den Taschen seiner Lederjacke. »Ich glaub, ich hab sie vergessen. Ich halt mir die Hand vor die Augen.«

»Ob das so schlau ist …«

Ein heftiger Windstoß hob die oberste Staubschicht vom trockenen Feld nebenan. Dann wurde es still.

»Es geht los«, sagte Miriam leise. »War schön, dich gekannt zu haben, Arsch.«

»Geht mir genauso. Bye-bye«, sagte Robert und schaute in den Himmel.

Innerhalb von Sekunden kam die falsche Dämmerung. Er sah dumpfe Umrisse hinter den Wolken, dann musste er den Blick abwenden, weil Lichtflecke vor seinen Augen tanzten.

»Unheimlich, oder?«, flüsterte ihm Miriam ins Ohr und drückte sich an ihn. Er umarmte sie, küsste sie auf die Wange, hatte jetzt die Augen geschlossen.

»Ist alles okay bei dir?«, fragte sie.

Er schüttelte kaum merklich den Kopf. Für ein paar Sekunden blieb die Welt stehen. Nichts rührte sich mehr, und er konnte mit Sicherheit sagen, dass das der schönste Moment seit Jahren war.

33

SONNENFINSTERNIS

»Keine Zeit. Ich muss die Amaryllis herrichten«, sagte ihr Mann und war so schnell aus der Küche verschwunden, wie er gekommen war, um einen Vanillejoghurt zu essen und sich eine Thermoskanne Kaffee mitzunehmen, die sie ihm bereitgestellt hatte.

»Wenn du später zum Norbert fährst, hol doch bei Penny noch ein paar Eier für den Kuchen«, rief sie ihm hinterher.

»Du musst dem nicht schon wieder einen Kuchen backen. Wie viele Kuchen frisst der denn in der Woche? Acht?« Er klang gedämpft, so als wäre er schon zur Haustür hinaus.

»Wenn's ihm halt nicht gut geht …«, sagte sie, da war er sicher schon auf dem Weg ins Gewächshaus.

Als sie in Roberts Zimmer kam, saß er an seinem Schreibtisch, ganz nah vor seinem Computer. Er trug die Hornbrille, die sie vor ein paar Tagen zusammen in der Stadt gekauft hatten. *Hornbrille trägt man jetzt wieder,* hatte er zu ihr gesagt, und sie hatte es kaum glauben mögen. Seine Hand klickte hektisch auf der Maus herum.

»Robo, ich glaub nicht, dass Computerspielen so gut für deine Augen ist.«

»Das ist doch scheißegal«, sagte er. »Da, wo die Netzhaut verbrannt ist, ist sie verbrannt und kann auch durch den Computer nicht noch kaputter werden.« Er klickte weiter, drehte sich nicht zu ihr um.

»Aber willst du wirklich am Vormittag schon mit dem Computerspielen anfangen? Ich hab dir unten deinen Kaffee hingestellt«, sagte sie. »Vielleicht trinken wir zusammen eine Tasse.«

»Was soll ich denn sonst am Vormittag machen?«, fragte Robert und sah sie immer noch nicht an. Immerhin hatte er aufgehört zu klicken, und auf dem Bildschirm war jetzt *Game paused* zu lesen.

»Zum Beispiel dem Papa im Garten helfen. Ich hab mit ihm ausgemacht, dass er dir ab jetzt zwölf Mark in der Stunde zahlt.«

»Ach komm«, sagte Robert und drehte sich zu ihr um. An seinen Augen konnte sie gar nichts feststellen, dachte sie immer wieder. Er sah nur müde aus. Das linke Auge war ein bisschen rot, als wären ein paar Äderchen geplatzt, mehr nicht. »Auf sein Mitleid kann ich wirklich verzichten.«

»Jetzt sei nicht so hart«, sagte sie und hatte schon wieder die Tür in der Hand. »Der meint's nur gut.«

»Merkt man ihm nicht an.«

»Der kann halt auch nicht raus aus seiner Haut.«

»Will er auch nicht«, sagte Robert und drehte sich wieder zu seinem Spiel um. Jetzt bewegte sich das Geschehen auf dem Bildschirm wieder, und das Geklicke setzte wieder ein. Sie schloss die Tür hinter sich.

Unten setzte sie sich alleine mit ihrem Kaffee an den Küchentisch und fragte sich, ob sie etwas falsch gemacht hatte. Sie hatte ihm immer alle Freiheiten gelassen, ihn so weit wie möglich von der Strenge seines Vaters abgeschirmt und von der Gärtnerei ferngehalten, ihm alle Wahlmöglichkeiten verschafft. Möglichkeiten, wie sie in ihrer Kindheit undenkbar gewesen wären. Jetzt fragte sie sich, ob ihr Mann nicht recht gehabt hatte.

Der hat keine Orientierung und kann mit so viel Freiheit gar nichts anfangen. Der ist doch viel zu emotional. Soll in die Gärtnerei gehen, der muss jetzt wirklich nicht studieren. Ich kümmere mich schon um ihn. Lass ihn nicht studieren. Schon gar nicht Lehrer. Man wird die El-

tern sonst irgendwann vor ihm warnen müssen. Lass ihn nicht allein, der ist doch noch ein Kind.

Nein, es war gut gewesen, ihn nicht in die Gärtnerei zu zwingen. Sich in diesem Fall gegen ihren Mann durchzusetzen, selbst wenn er sie jetzt verhöhnte. Es war gut gewesen, Robert das zuzutrauen. Er würde wieder werden. Er war erst vierundzwanzig.

*

Am Morgen nach der Sonnenfinsternis hatte er auf dem rechten Auge einen weißen Fleck im Blickfeld gehabt. Er sagte zu Kristin, es komme ihm vor, als trage er eine Brille, die an einer Stelle extrem verkratzt sei. Und auch das andere Auge sehe nicht ganz scharf. Sie ging sofort mit ihm zum Augenarzt, wo sie drei Stunden lang warten mussten, da sie offensichtlich nicht die Einzigen waren, die wegen der Folgen der Sonnenfinsternis da waren.

Er habe Glück gehabt, dass er kurzsichtig sei, sagte der Arzt, was Robert bis dahin gar nicht gewusst hatte. Dadurch hätten sich die Strahlen nicht auf der Netzhaut gebündelt, sondern schon vorher im Glaskörper. Die Augen von Kurzsichtigen seien etwas länger als normale, erklärte der Augenarzt. Eine minimale Verbrennungsfläche habe er in der Tat entdeckt, könne aber schlecht beurteilen, inwiefern sie tatsächlich die Sehfähigkeit beeinträchtige.

Der tut sich doch zu siebzig Prozent selber leid, sagte ihr Mann. *Du tust ihm unrecht,* sagte sie.

Im Uniklinikum hatte man ihm dann eine Woche lang jeden Tag achthundert Milligramm Cortison ins Auge gespritzt. *Den Rest muss die Zeit heilen,* hatte der Chef der Augenklinik gesagt.

Als Kristin aus der Wohnung im Gäßchen ohne End ausgezogen war, hatte Robert kurzfristig beschlossen, ebenfalls auszuziehen und vorübergehend wieder bei ihnen in Ascha zu wohnen. Sie hielt das für keine schlechte Idee, ein bisschen Rückzug tat ihm sicher gut.

Ihr Mann gab sich wenig beeindruckt. *Der kann mir gerne in der Baumschule helfen. Vielleicht will er ja doch noch Gärtner werden, das mit der Uni war ja kein großer Erfolg.*

Er muss sich nur erholen, hatte sie gesagt. *Nur für eine gewisse Zeit, dann kann er immer noch Lehrer werden.*

Wer nimmt den denn mit seinem Vierer-Schnitt? Der ist doch so gut wie durchgefallen.

Der hat ganz viel anzubieten, war sie überzeugt.

Eine große Klappe hat der anzubieten und ein riesiges Phlegma. Der war ja selbst zu bequem, bei einer Jahrhundertsonnenfinsternis seine Schutzbrille aufzusetzen.

Bist du geschert, hatte sie ihren Mann gerügt.

Tut mir leid. Aber der soll mal nicht das Opfer spielen, sondern die Dinge selbst in die Hand nehmen, statt sich von seiner geliebten Mama helfen zu lassen. Immer die Mama. Wenn was nicht hinhaut im Leben, wird's die Mama schon richten. Oder eine seiner Freundinnen. Hat sich immer auf die Frauen verlassen. Das hast du ihm so beigebracht. Statt sich auf sich selbst zu verlassen. Ganz weich hast du ihn gemacht.

Und sie hatte gesagt, was sie schon lange hatte sagen wollen: *Weil du dich nicht für ihn interessiert hast. Nicht interessieren wolltest. Weil er dich an dich selbst erinnert. Weil du selbst so weich bist tief drinnen und dich von allem abgewandt hast.*

Jetzt werd mal nicht unverschämt, hatte er entgegnet und dabei plötzlich nicht mehr wütend gewirkt, eher müde, war zu seinen Pflanzen gegangen und erst nachts wiedergekommen.

*

Kristin hatte Robert mit seinem Toyota vor ein paar Wochen nach Ascha gebracht und war noch zum Essen geblieben. Die Möbel und Kisten hatte sie in der folgenden Woche mit dem Transporter der

Baumschule geholt. Zweimal musste sie fahren, Robert hatte vom Augenarzt ein halbes Jahr Fahrverbot bekommen.

Kristin war wegen der Examensvorbereitung immer nur kurz am Wochenende vorbeigekommen. Sie hatte kein Auto und musste sich am Bahnhof in Bogen abholen lassen, was ihr nicht angenehm war, sie wollte niemandem zur Last fallen. Alles am besten selbst erledigen. Das fand sie gut an Kristin. Sie fragte sich, wie lange Kristin noch mit ihrem Sohn zusammenbleiben würde, sobald sie erst mal nach Salzburg gezogen war. Viele Gemeinsamkeiten hatten die beiden nicht. Andererseits: Was hatte sie mit ihrem Mann gemeinsam? Oder gemeinsam gehabt?

Nur, dass sie sich damals gegen den Willen ihrer Eltern verlobt hatten. Sie, die immer so gehorsame Tochter eines Großgrundbesitzers aus Kirchroth, und er, der langhaarige Sohn eines zurückgezogenen Exzentrikers und unnahbaren Agrar-Beamten, den ob seiner Einmischungen in die hiesige Landwirtschaft niemand leiden konnte. Er, der in München studierte und angeblich in der linken Szene daheim war. Sie, die nach ihrem Realschulabschluss im Büro ihres Vaters Akten sortierte und einmal die Woche abends mit ihrer jüngeren Cousine nach Straubing in die Disco fuhr, wo sie ihn getroffen hatte. Sie, die gerade mal einen Freund im Leben gehabt hatte. Er, dem sie angeblich nur so nachliefen in München. Und doch war er wegen ihr nach Ascha zurückgegangen – behauptete er zumindest. Als sie schwanger wurde. Sie wusste aber, dass er das Betriebswirtschaftslehre-Studium in München eh verabscheute.

Ihre Gemeinsamkeit war gewesen, dass sie sich fremd in ihren Familien und unter den Leuten auf dem Dorf gefühlt hatten. Das war letztlich auch sein Argument dafür gewesen, auf den Friedensberg, der außerhalb der Ortschaft lag, ins Haus seiner Eltern zu ziehen und dort eine Gärtnerei zu eröffnen. Sie hatte ihren Job bei ihrem Vater gekündigt und sich mit um die Gärtnerei gekümmert, seine Eltern zogen dafür in den Kurort Bad Gögging, sein Vater war wegen eines Nervenleidens frühpensioniert.

Jetzt waren das Haus und die Gärtnerei ihre Gemeinsamkeit. Und Robert.

34
UNDERTAKER

An einem frühen Abend schaute Hamlet ohne Johann Mats und ohne Mona vorbei. Robert hatte ihn seit fast einem halben Jahr nicht mehr gesehen und ihn auch nicht angerufen. Hamlet hatte sich bei ihm gemeldet, weil Kristin ihm erzählt hatte, dass Robert sich die Netzhaut verbrannt habe und wieder zurück in die Gärtnerei gezogen sei. Im Prinzip war es wie früher: Sie beide wohnten wieder bei ihren Eltern.

Für einen Abend im Oktober war es noch erstaunlich warm, deshalb setzte sich Robert mit Hamlet auf die kleine Holzbank am Rand des Apfelgartens, der etwa dreihundert Meter vom Haupthaus entfernt hangabwärts angesiedelt war.

»Jetzt sind wir also wieder daheim«, sagte Hamlet, der immer noch seinen Maori-Briefträger-Anhänger umhängen hatte.

»Ich bin nicht freiwillig hier«, sagte Robert, der einen alten Arbeitshut seines Vaters trug, einen ausgebleichten Fedora, und mit seinem Vollbart und dem Hut aussah, als wäre er drei Jahre auf Reisen gewesen.

»Du hättest doch in der Stadt bleiben können«, sagte Hamlet. »Da gibt es Ampeln für Blinde.« Er war ein bisschen dicker geworden. Hatte gleichzeitig mit Mona während der Schwangerschaft zu-, aber im Gegensatz zu ihr nicht wieder abgenommen.

»Ich bin nicht blind.«

»Das war ein Scherz.«

»Okay. Na ja, ich wollte ja eh weg aus der Stadt. Hier bin ich nur, bis die Augen wieder verheilt sind und ich einen Job gefunden habe. In einer anderen Stadt.« Robert starrte auf das Laub unter den Bäumen, das sein Vater noch nicht beseitigt hatte. Der wird nachlässig, dachte er und ertappte sich bei dem Gedanken, es morgen früh zusammenrechen zu wollen.

»Kannst du meine Hand sehen?«, fragte Hamlet und bewegte seine ausgestreckten Finger auf Roberts Augen zu.

»Natürlich, du Komiker. Aber ich seh halt fleckig und verschwommen. Das stresst mich. Und verunsichert auch. Weil man nicht genau weiß, ob die Dinge so sind, wie man sie sieht. Und ich hab dauernd Kopfschmerzen.«

»Das tut mir leid«, sagte Hamlet. »Was machst du dagegen?«

»Aspirin. Rasierklingen.«

»Rasierklingen?«

»Das war nur ein Witz. ›*Razor Blades and Aspirin*‹, der Song. Kennst du doch.«

»Dann bin ich beruhigt. Ich soll dir herzliche Grüße von Mona ausrichten.«

»Danke«, sagte Robert und wandte den Blick fast widerwillig vom Laub der Apfelbäume ab. »Wie geht's Johann Mats?«

»Dem geht's gut. Der kann jetzt lauter pupsen als ich«, sagte Hamlet.

»Gratuliere. So früh schon so ein wichtiges Lebensziel erreicht.«

»Ja, der wird mal Raketenforscher und entwickelt einen Kompostantrieb.« Hamlet machte den Reißverschluss seiner Fleecejacke auf, versteckte seinen Maori-Anhänger und schloss ihn wieder.

»Wie läuft's im Beerdigungs-Business? Bist du jetzt der niederbayerische Undertaker?«, fragte Robert.

»Genau«, lachte Hamlet. »Wer nicht sterben will, obwohl die Verwandtschaft schon ungeduldig drauf wartet, den slamme ich in den Sarg!«

»Und im Ernst?«, fragte Robert, sah Hamlet mit halb offenen Augen an. Hamlet versuchte, die Verbrennungen in seinem Auge zu erkennen, doch es war zu dunkel, und Robert merkte es, wandte den Blick ab.

»Im Ernst ist der Job sehr interessant. Du glaubst gar nicht, wie viele Leute tatsächlich bei Haushaltsunfällen sterben.« Hamlet fuhr sich durch die Haare, die immer noch lang waren. Dazu trug er jetzt Koteletten, die Neil Young neidisch hätten werden lassen.

»Schlägt dir das nicht aufs Gemüt mit den Leichen?«

»Gewöhnt man sich schnell dran. Ich mag die Arbeit mit den Toten eigentlich. Die zu reinigen und vorzubereiten, sodass die sich wieder sehen lassen können. Das ist sehr befriedigend, wenn ein Toter wieder lebendiger aussieht. Und den Angehörigen tut's auch gut, den Toten noch mal in einem Topzustand zu sehen. Nach der Ausbildung mache ich eine Fortbildung zum Thanatopraktiker.«

»Was ist das?«

»Ein Einbalsamierer. Das ist dann fast schon eine Kunst. Da hat man später viele kreative Möglichkeiten.«

»Was für ein Sargmodell würdest du mir empfehlen?«, fragte Robert, die halb offenen Augen jetzt wieder bei Hamlet.

»So einen Truhensarg, wie man ihn in amerikanischen Filmen oder bei Vampiren sieht. Den kannst du oben und unten aufklappen. Wenn man mal kurz frische Luft schnappen will oder sehen, was draußen so los ist. Oder unten aufmachen für die spontane Zombie-Notdurft. In Klavierlackoptik natürlich.«

»Natürlich«, sagte Robert. »Hast du noch Hunger? Meine Mutter hat zu viel Ossobuco gemacht.«

»Nein danke. Ich hab mich heute auf einer Trauerfeier so vollgefressen, ich kann nicht mehr.«

»Du kannst nicht mehr«, wiederholte Robert und stand auf. »Wollen wir reingehen? Wird doch langsam frisch. Der Sommer hat sich lange gehalten, aber irgendwann ist Schluss.«

»Klar. Willst du dich bei mir einhängen?«

»Ich bin doch nicht Ray Charles«, sagte Robert und lief voraus zum Wohnhaus.

»Was hast du denn jetzt eigentlich vor?«, fragte Hamlet im Gehen. Seine Turnschuhe hatten hinten an der Ferse ein Loch, Robert konnte den hellblauen Socken sehen.

»Ich weiß es noch nicht. Hängt davon ab, wann es meinen Augen wieder besser geht.«

»Die Gärtnerei willst du nicht übernehmen?«

»Nur über meine Leiche. In einem amerikanischen Truhensarg.«

*

Ende Oktober besuchte ihn Kristin. Mit einem ernsten Gesicht.

»Du machst Schluss«, sagte er zu ihr, sobald sie in seinem Zimmer saßen. Er auf dem Bett, sie auf seinem Schreibtischstuhl.

Sie nickte.

»Anderer Mann?«

Sie nickte erneut.

»Wer?«

»Der, mit dem ich geschlafen habe, als Schluss war.«

»Der Dozent?«

»Ja. Der geht auch nach Salzburg.« Sie sah ihn aus schmalen Augen an. Wenn sie ihn so ansah, kamen meist unangenehme Wahrheiten ans Licht.

»Wie bitte?« Robert stellte seine Beine auf den Boden.

»Ich hab dich angelogen. Es gibt keine Dozentin. Er geht nach Salzburg und nimmt mich mit an den Lehrstuhl. Er hat mich gefragt. Erst mal nur wegen des Jobs. Der Rest hat sich ergeben.«

»Das ist mir zu viel. Du spinnst doch«, sagte Robert und hielt sich die Hände vor die Augen. »Und das alles, während ich hier liege und nichts sehe.«

»Du siehst fast alles, und du liegst auch nicht«, sagte Kristin. Ihre Stimme war dünn.

»Kümmert dich das alles nicht? Tut dir nichts leid?«, fragte Robert und nahm die Hände wieder von den Augen.

»Doch. Es kümmert mich. Und es tut mir leid. Sehr leid. Aber ich kann es nicht ändern. Wenn du willst, bleiben wir in Kontakt. Solange du willst. Sooft du willst.«

»Du kannst mich mal«, sagte Robert. »Hau ab hier.«

»Klar«, sagte sie. Nahm ihren schwarzen Anorak vom Stuhl und zog ihn an. »Es tut mir wirklich alles leid«, sagte sie. So traurig und verletzt hatte er sie noch nie gesehen. Seine Wut versickerte so schnell, wie sie ihn erfüllt hatte. Zurück blieb eine leere schwarze Fläche in seinem Kopf. Wie eine Wiese in der Nacht, ohne Konturen.

»Fuck. Mir doch auch«, sagte er und begann zu weinen. Versank langsam in seiner Bettdecke. Immer tiefer, bis er sie nicht mehr sehen konnte. Sie setzte sich neben ihn, nahm ihn in den Arm, bis er sich beruhigt hatte.

35

SANTORINI

Sie haben kaum geschlafen. Verlassen das Hotel und machen sich auf den Weg nach Piräus. Nehmen den Bus durch das smogverseuchte Athen. Eine Stadt, die so laut ist, dass sie sich nicht unterhalten können. Was sie eh nicht wollen, denn sie sind todmüde.

Fast die ganze Zeit haben sie Karten gespielt und die Nachthitze über sich ergehen lassen, sind dem Schlaf aus dem Weg gegangen. Haben sich von dem Schock erholt, nur knapp einer Falle entkommen zu sein. Zumindest denken sie das.

Am Vorabend sind sie im kleinen Radius um ihr Hotel geschlichen und haben nach einer Bar gesucht, einer Kneipe, einer Taverne, irgendwas. Sie waren gerade erst in Athen angekommen, direkt vom Flughafen ins Hotel, es sollte nur noch ein Bier irgendwo sein. Egal, wo.

Ein alter Mann in einer Uniform, so wie sie sich die Uniform eines Nachtwächters vorstellen, hat sie in einer kleinen Seitenstraße aufgehalten und sie eine Treppe hinunter in eine Bar eingeladen. Der Mann hat so alt und vertrauenswürdig ausgesehen, dass sie nicht argwöhnisch wurden. Sein hauchdünner weißer Schnauzbart und ein paar weiße Haare, die aus der Schirmmütze herausfielen, flößten ihnen Vertrauen ein.

An der Bar stellte man ihnen ungefragt einen Ouzo auf Eis hin. Robert trank, und es schmeckte merkwürdig. Irgendwie nach Zitrone und Spülmittel.

Schon nach ein paar Schlucken habe er sich high gefühlt, sagt er jetzt noch mal zu Hamlet, als sie aus dem überfüllten Bus aussteigen. Nur zwei Minuten nachdem er ausgetrunken hatte, haben sich dann zwei Frauen links und rechts neben sie gesetzt und sie in ein Gespräch verwickelt. Als sich die eine mit dem braunen Pagenkopf und in einem schwarzen Minikleid als Aphrodite vorstellte und auf Nachfrage zugab, dass sie aus Ungarn komme, und ihn dann fragte, ob er sie auf einen Sekt einlade, kapierte Robert. Tippte Hamlet auf die Schulter und sagte leise: *Nichts wie raus hier.* Dann standen sie auf und liefen aus dem Lokal. Ohne sich umzuschauen, durch die Gasse zurück zum Hotel. Sie hätten schwören können, dass sie noch die schlurfenden Schritte vom Nachtwächter hinter sich hörten, der sie bedächtigen, doch beständigen Schrittes verfolgte wie ein Untoter. Oder so, als wüsste er eh, in welchem Hotel sie zu finden waren.

*

Vor ihnen öffnet sich der Hafen von Piräus, die Luft ist immer noch schlecht, feucht, heiß und zugleich staubig, doch der Wind ist schon der Wind der Ägäis.

Auf der Fähre legen sie sich erst mal eine Stunde mit den anderen Reisenden aufs hintere Deck zwischen besetzte Bänke und schlafen auf ihren Isomatten ein, die Schlafsäcke dienen als Kopfkissen, und ihre Rucksäcke haben sie umklammert wie riesige Kuscheltiere.

Als Robert die Augen aufschlägt, manövriert die Fähre schon durch die ersten kykladischen Felsformationen. Er sieht sich um, Hamlet sitzt auf einer frei gewordenen Bank, trinkt aus seiner Wasserflasche und isst einen Apfel. Auf seinen Backen sind fast mehr von den schwarzen Bartstoppeln als um sein Kinn und seinen Mund. Robert sieht alles ganz klar. Das präzise Blau der Ägäis schärft seine Sinne. Die leicht lockigen Haare fallen Hamlet ins Gesicht, wenn er in den Apfel beißt. Seine Haut ist hellbraun und hat einen leichten Feuchtigkeitsfilm. Hamlets Beine sind so behaart, dass man an manchen Stellen keine Haut sieht. Ich liebe den, denkt Robert.

Dann steht er auf und stellt sich an die Reling, betrachtet die Schaumspur, die die Schiffsschraube hinterlässt. Schaut auf die sich entfernenden Felsen mitten in einem surrealen Türkisblau, das es so in Wirklichkeit eigentlich nicht geben kann.

Am späten Nachmittag treffen sie auf Santorini ein. Die Halbmondbucht öffnet sich und gibt die Sicht auf die Vulkaninsel frei, von der sie glauben möchten, dass Platon mit Atlantis *sie* gemeint habe.

Nach zwei Schritten auf der Insel kommen ihnen Männer entgegen, die ihnen Zimmer vermitteln wollen. Robert vermutet Nepp, doch dann sieht auch er ein, dass man bei umgerechnet zehn Mark pro Nacht nicht so viel falsch machen kann. Sie willigen ein, nehmen ein Zimmer mit zwei Betten im Hotel George, im südlichen Firá. Sie bekommen einen kopierten Zettel mit einer Landkarte ausgehändigt, auf der das Hotel eingezeichnet ist.

Am Hafen kaufen sie sich zwei riesige Sesamringe, bevor sie sich auf den Weg hinauf in die Stadt machen. Immer wieder fasst sich Robert an den Brustbeutel unter seinem T-Shirt, in dem sich die handgeschriebene Telefonnummer von Antonia befindet. Es sind dreihundert Höhenmeter bis in die Stadt, und es dämmert, als sie dort ankommen. Auf einem kleinen gefliesten Platz finden sie ein Lebensmittelgeschäft, in dem sie sich Eis und Dosenbier holen, damit stellen sie sich an die Mauer über dem Kraterrand.

»Das ist jetzt vielleicht unsere beste Zeit«, sagt Robert und schaut auf eine riesige, hell erleuchtete Jacht im Kraterbecken der Insel. Er glaubt, Seile mit Girlanden erkennen zu können, die quer übers Deck gespannt sind. Doch eigentlich ist er viel zu weit weg.

»Ganz sicher sogar«, sagt Hamlet und leckt an einem Haselnusseis. »Und danach kommt wieder die beste.«

»Ja? Meinst du?«, fragt Robert.

»Klar. Es wird immer besser. Immer freier. Immer abenteuerlicher. Immer mehr passiert, immer mehr wird möglich. Man darf es nur nie erwarten. Nicht so ungeduldig drauf warten. Das ist der Trick.«

»Das Problem ist doch, dass man sofort wieder was Neues will, wenn man einmal das erreicht hat, was man sich vorgestellt hat«, sagt Robert. »In dem Moment, in dem man etwas erreicht, wird es normal.«

»Das stimmt nicht«, sagt Hamlet und trinkt einen Schluck Bier. »Das kann man doch selbst steuern. Man kann erst mal nichts Neues wollen. Sich sagen, wie geil gerade alles ist. Weil du dein Abi geschafft hast, weil du mit diesem Mädchen zusammengekommen bist, weil dir so ein guter Erdbeer-Daiquiri gelungen ist.«

»Vielleicht hast du recht«, sagt Robert, ohne Hamlet anzuschauen. »Vielleicht sollte ich mir das merken.«

»Klar«, sagt Hamlet und fasst sich an seinen Anhänger von Tikitiki-a-Taranga, dem Maori-Gott der Briefträger.

Eine Zeit lang schweigen sie, dann legt Hamlet Robert die Hand auf die Schulter. »Machst du dir Sorgen um die Zukunft?«

Eine Frage nach seinem Wohlbefinden – und noch dazu eine so explizite körperliche Zuwendung – ist er von Hamlet nicht gewöhnt, und so zuckt er unabsichtlich zurück. Hamlet nimmt die Hand weg.

»Eigentlich nicht«, sagt Robert, »nur manchmal krieg ich das Gefühl der Einsamkeit nicht weg. Und dann hab ich Angst, dass es bleibt, egal, was ich tue oder was noch kommt. Dass das Gefühl ein Dauerzustand ist. Ein bisschen wie ein Fluch. Schweres Blut. Vielleicht von meinem Vater geerbt.«

»Ich kenn das Gefühl«, sagt Hamlet. »Aber ich glaub, das gehört zu unserem Alter. Das geht weg, wenn wir heiraten und Kinder bekommen. Du wirst das bald erleben. Bin mir sicher, dass das bei dir ganz schnell geht.«

»Wie kommst du darauf?«

»Weil Tikitiki-a-Taranga warm wird, wenn ich das sage. Das bedeutet meistens, dass ich recht habe. Fühl mal.« Er nimmt den Anhänger in die Hand und hält ihn Robert hin.

»Du hast einen ziemlichen Knall, Häm«, sagt Robert und berührt Tikitiki-a-Taranga. Er ist tatsächlich warm. »Wenn du nicht mein bester Freund wärst, würde ich die Männer mit den weißen Turnschuhen anrufen.«

Hamlet kichert, nimmt den Anhänger zurück, streckt Robert dafür seine Bierdose hin. Sie stoßen an.

Am nächsten Morgen leihen sie sich Roller aus und fahren hoch zum nordwestlichsten Zipfel des Insel-Halbmonds. Nach Ia, in das weiße Dorf, in das alle fahren, um den Sonnenuntergang über der Kraterbucht anzuschauen.

DANKE

Danke an die Freundinnen und Freunde von damals, die ich nicht vergessen werde. Danke an meine Familie und an die marvelous Betriebspsychologin. Danke an Jörn, Angela, meinen Verlag und an Rüdiger für den Buchtitel.